ULRICH HEFNER

Die dritte Ebene

Buch

Am Anfang stehen kleine, scheinbar unzusammenhängende Ereignisse: Im Dschungel von Venezuela wird eine alte Schamanin während eines Unwetters in ein blitzartiges Licht gehüllt und ist seither »Nicht mehr vom Wolkengott zurückgekehrt«. Ein ähnliches Schicksal ereilt zwei Astronauten der Discovery, die beim Anflug auf die Erde in eine undurchdringliche Wolkendecke geraten. Nach der Landung fallen sie in ein Koma, aus dem sie in regelmäßigen Abständen erwachen, um dann von erschreckenden Visionen geplagt zu werden. Besteht ein Zusammenhang?

Und auch andernorts geschehen merkwürdige Dinge: In einer kleinen Kirche in Venedig »weint« die Jungfrau eines Altarbildes blutige Tränen und prophezeit der Menschheit eine neue Sintflut. Eine nicht abreißende Kette weltweiter Naturkatastrophen scheint wie die Erfüllung dieser Prophezeiung: Aus unerklärlichen Gründen tauchen Polarlichter im Golf von Mexiko auf. Monsterhurrikans und ungeheure Flutwellen verwüsten die Küstenregionen des amerikanischen Kontinents und bedrohen Europa. Sind dies die Vorboten einer gigantischen Klimaveränderung? Oder steckt etwas anderes dahinter?

Internationale Wissenschaftler sollen den Phänomenen auf den Grund gehen. Zu ihnen gehören auch der Parapsychologe Brian Saint-Clair und die Schlafforscherin Suzannah Shane. Doch offenbar gibt es mächtige Personen, die ihre Nachforschungen um jeden Preis verhindern wollen. Ein führender Professor stirbt unter mysteriösen Umständen, und Brian und Suzannah entgehen nur knapp einem Anschlag. Alle Spuren führen zu einem geheimnisvollen Sperrgebiet in Neu-Mexiko ...

Autor

Ulrich Hefner, geboren 1961 in Bad Mergentheim, hat neben seiner Laufbahn als Polizeibeamter bereits vier Romane veröffentlicht. Er ist verheiratet, hat zwei Kinder und lebt mit seiner Familie in Lauda, Baden-Württemberg. Er ist u. a. Mitglied in den Autorenvereinigungen »Das Syndikat« und »Die Polizei-Poeten« und Gewinner des eScript Literaturpreises des ZDF.

Ulrich Hefner
Die dritte Ebene

Roman

GOLDMANN

FSC
Mix
Produktgruppe aus vorbildlich
bewirtschafteten Wäldern und
anderen kontrollierten Herkünften

Zert.-Nr. SGS-COC-1940
www.fsc.org
© 1996 Forest Stewardship Council

Verlagsgruppe Random House FSC-DEU-0100
Das für dieses Buch verwendete FSC-zertifizierte Papier
München Super liefert Mochenwangen.

1. Auflage
Taschenbuchausgabe Mai 2009
Wilhelm Goldmann Verlag, München,
in der Verlagsgruppe Random House GmbH
Copyright © 2008 by RM Buch und Medien Vertrieb GmbH
Redaktion: Monika Köpfer
Umschlaggestaltung: UNO Werbeagentur, München
Umschlagmotiv: Getty Images/Peter Turner und
Getty Images/Japan Images/Tohoku Color Agency
Th · Herstellung: Str.
Satz: Buch-Werkstatt GmbH, Bad Aibling
Druck: GGP Media GmbH, Pößncek
Made in Germany
ISBN 978-3-442-47054-9

www.goldmann-verlag.de

*Es gibt keinen Frieden, es gibt nur die Zeit
zwischen den Kriegen ...*

*Für meine Mutter, die
in der Nacht auf den 5. Februar 2006
eingeschlafen ist.*

Hauptpersonen

Dr. Brian Saint-Claire, Parapsychologe und Journalist aus Long Point View, Kanada.

Dr. Suzannah Shane, Psychologin und Schlafforscherin an der Universität von Chicago.

Professor Dr. Wayne Chang, Meteorologe und Geophysiker beim National Weather Service in Camp Springs.

Sheriff Dwain Hamilton, Sheriff im Socorro County in New Mexico.

Professor James Paul, Leiter des Space-Shuttle-Programms der NASA in Cape Canaveral.

Professor Cliff Sebastian, Leiter der meteorologischen Abteilung der National Oceanic and Atmospheric Administration in Boulder, Colorado.

Dr. Antony Schneider, Kollege von Wayne Chang beim National Weather Service in Camp Springs.

Dr. Allan Clark, Leiter des National Hurricane Center in Miami, Florida.

Gerad Pokarev, genannt Porky, Chefredakteur des *ESO-Terra*-Magazins in Cleveland.

Prolog

Oktober 2003

Socorro County, New Mexico

Die Frau hetzte durch den beginnenden Morgen, ihre Füße waren von blutigen Schrammen übersät, und Schweißtropfen rannen ihr über die Stirn. Ihr Brustkorb hob und senkte sich im rasenden Takt der Angst und der Erschöpfung. Ihre Lunge schmerzte, und Tränen liefen ihr über die alabasterfarbenen Wangen. Alles Blut war aus ihrem Gesicht gewichen.

Sie war auf der Flucht und wusste weder aus noch ein. Nur mit einem Nachthemd und einem Morgenmantel bekleidet, ohne Schuhe und Strümpfe hastete sie durch das Wäldchen. Mit jedem Schritt entfernte sie sich weiter von dem Ort des Grauens. Die Kälte des Oktobertags spürte sie nicht, sie hatte nur ein Ziel: Entkommen!

Bestimmt waren die Kerle in den schwarzen Anzügen längst hinter ihr her. Sie wusste, dass in der Nähe eine Straße durch das sandige Tal führen musste, nur wo genau sie verlief, das wusste sie nicht. Sosehr sie sich auch zu konzentrieren versuchte, immer wieder wurden ihre Gedanken durch grellfarbene Explosionen in ihrem Kopf durchbrochen. Vielleicht wäre es das Beste, sich einfach auf den Boden zu legen und auf den Tod zu warten. Den Tod, der einer Erlösung für sie gleichkommen würde. Doch sie lehnte sich mit aller Macht gegen die innere Müdigkeit auf. Sie musste es einfach schaffen, nur so würde die Welt von den Grausamkeiten erfahren, die man ihr angetan hatte.

Sie verharrte eine Weile und schaute hinunter ins Tal. Insgeheim hoffte sie, dass ein Scheinwerferlicht den wabernden Nebel durchdringen und ihr den weiteren Weg weisen würde. Doch sie hoffte vergebens. Allein die Nebelschwaden zogen an ihr vorüber, und durch den jungen Tag hallte das Gezwitscher der Vögel, das bald durch ein anderes Geräusch überlagert wurde – ein bedrohliches Brummen, das unaufhaltsam näher kam.

Eine Woge des Schmerzes überflutete ihren Kopf. Sie presste die Hände gegen die Schläfen. Der Schmerz verzog sich so plötzlich, wie er gekommen war. Sie tastete über ihre kurz geschorenen Haare. Tränen liefen ihr über die Lippen. Sie hätte am liebsten geschrien, aber der Laut blieb ihr im Hals stecken. Wallende Locken hatten ihr bis über die Schultern gereicht, und sie war immer stolz auf ihre Haarpracht gewesen, doch nun waren nicht viel mehr als einen Zentimeter lange Stoppeln übrig geblieben. Lange Haare seien unpraktisch, hatten die Männer gesagt, bevor sie ihr die Locken kurzerhand abgeschnitten hatten. Seither hatte sie keinen Blick mehr in einen Spiegel geworfen.

Das Brummen entfernte sich, nahm eine andere Richtung. Sie atmete auf. Dann hetzte sie den Abhang hinunter, rannte über sandigen Boden, bevor sie erneut in ein Wäldchen eintauchte und eins mit den dichten Nebelschwaden wurde.

Kennedy Space Center, Florida

Die Vorbereitungen waren abgeschlossen. Die dampfende Trägerrakete vom Typ Delta IV im Startgerüst des Kennedy Space Center war startbereit. Die große Digitaluhr über der Videoleinwand im Kontrollzentrum zeigte noch drei Minuten bis zum Start, und die Augen der Mitarbeiter waren gebannt auf ihre Terminals gerichtet. Der Flightcommander hatte die grüne Lampe aktiviert. Alle Systeme arbeiteten innerhalb der Norm.

Commander Nicolas Leach beobachtete argwöhnisch das Kontrollpaneel und schickte leise ein letztes Stoßgebet gen Himmel. Die Auslastung des Startgewichts lag im Grenzbereich, aber der verantwortliche Ingenieur hatte seine Bedenken mit einem Wink beiseitegeschoben.

»Wenn wir wollen, dann schießen wir Ihnen ein ganzes Hochhaus in den Himmel«, hatte er gesagt, bevor er hinter seinem Kontrollpult Platz genommen hatte.

Im gesicherten und abgeschirmten Nutzlastcontainer der ersten Delta-Stufe befand sich eine wertvolle Fracht. Mit knapp 2,7 Tonnen war der Satellit mit dem geheimnisvollen Namen *Prophet 1* um knapp 400 Kilogramm schwerer geworden als ursprünglich geplant. Dies lag an der extrem leistungsfähigen Stromquelle, die nachträglich in den Flugkörper eingebaut worden war. Der Satellit, der zu einer Reihe von künstlichen Himmelskörpern gehörte, die in den nächsten Wochen der Nummer 1 folgen sollten, war Bestandteil eines Navy-Projekts, das zur Verbesserung der Überwachung der südöstlichen Pazifikregion diente.

Nördlich des zwanzigsten Breitengrades sollte *Prophet 1* etwas mehr als 200 Kilometer vor der Küste des Kontinents in geostationärer Position verankert werden. Für die erfahrenen und routinierten Techniker auf Cape Canaveral stellte dieser Raketenstart nicht viel mehr dar als eine weitere Mission in ihrem prall gefüllten Terminkalender, doch für Commander Nicolas Leach war er die Krönung seines Lebenswerks. Knapp eine Milliarde US-Dollar und zwanzig Jahre intensiver Forschung standen auf dem Spiel, und angesichts des Sparkurses, der ihnen verordnet worden war, konnte jeder Fehler das plötzliche und jähe Ende seiner Bemühungen bedeuten. Nicht allein deshalb kribbelten Nicolas Leach die Finger. Ihm standen dicke Schweißperlen auf der Stirn.

Highway 60, Socorro County, New Mexico

Gene Morgan hatte ein gutes Gefühl, als er mit seinem Laster über den Highway 60 von Magdalena nach Socorro donnerte. Er hatte die Interstate 40 bei Chambers verlassen, weil es kurz vor Gallup einen schweren Unfall gegeben hatte, und war über Saint Johns nach Quernado hinuntergefahren. Damit hatte er sich einen großen Umweg erspart, denn die Polizei leitete den

Verkehr über die nördlichen Nebenstraßen an der Unfallstelle vorbei, was zu kilometerlangen Staus führte.

Der Dieselmotor seines Peterbilt Freewheelers schnurrte vor sich hin, und aus dem Radio erklang gedämpft Countrymusik. Gene war mit Leib und Seele Fernfahrer. Den Truck hatte er sich auf Pump gekauft, doch in den letzten Monaten hatte es nicht an Aufträgen gemangelt. Der Auflieger seines Trucks war randvoll gefüllt mit Fernsehern, DVD-Playern und Digitalrecordern für einen Elektronik-Großmarkt, der in Kürze seine Pforten öffnen würde. Der Auftrag war gut bezahlt, und für den Rückweg nach Houston war bereits die nächste Ladung gebucht. Er wusste, dass er seinen Erfolg im Frachtgeschäft seiner Frau verdankte, denn seit sie die Disposition übernommen hatte, fuhr er immer weiter in die Gewinnzone. Ihm war es egal, was er hinter sich auf der Ladefläche transportierte, Hauptsache, es stank nicht und brachte reichlich *Bucks* auf sein Bankkonto.

Er freute sich auf das Wochenende, wenn er mit Rita nach Del Rio fahren würde, um dort auf dem großen Truckertreffen alte Bekannte wiederzusehen. Das würden ein paar lange und feuchte Nächte werden. Mit den Fingern schlug er auf dem Lenkrad den Takt. Es kam ihm vor, als sei die Musik früher besser gewesen, gefühlvoller, harmonischer, ja, auch eine Spur ehrlicher als der Kram, der heutzutage die Charts rauf- und runterdudelte.

Es war kurz vor Socorro, als die Frau plötzlich wie aus dem Nichts durch die morgendlichen Nebelfetzen mitten auf seiner Fahrbahn auftauchte. Mit voller Wucht presste er den rechten Fuß auf die Bremse. Die Reifen des Peterbilt kreischten, und der Laster schlitterte über die feuchte Fahrbahn. Fast schien es, als wollte die Rutschpartie kein Ende nehmen. Das Ächzen und Stöhnen des Trucks schmerzte ihm in den Ohren. Eine Sekunde später holperte der Lastzug über den Randstreifen und schlitterte eine kleine Böschung hinunter. Ein erschütternder Schlag beendete die Fahrt, und der Laster knallte gegen einen Baum, wo er schließlich zum Stehen kam.

Gene fuhr sich mit der Hand über die Stirn. Es dauerte eine Weile, bis er begriff, was geschehen war. Mit zitternden Knien stieg er aus. Sein Gesicht war kalkweiß. Im morgendlichen Dämmerlicht suchte er mit den Augen die Umgebung ab. Doch niemand war zu sehen. Hatte er sich das alles nur eingebildet? Er hätte schwören können, dass eine Frau in einem hellen Morgenmantel direkt vor ihm auf der Straße gestanden hatte. Ihm wurde flau im Magen. Hatte er sie etwa überfahren?

Er trat vor den Laster. Der Rammschutz hatte ihn vor größerem Schaden bewahrt, auch wenn der Baum nahezu entwurzelt war. Aber seine Sorge galt im Moment etwas anderem. Er suchte nach Blut, nach einem Fetzen Stoff, nach einem Hinweis auf die Frau, doch er fand nichts. Das Chrom des Stoßfängers glänzte nahezu unberührt. Erleichtert atmete er auf. Er umrundete den Wagen und fluchte, weil sich die Reifen tief in den sandigen Boden eingegraben hatten. Aus eigener Kraft würde er es nicht schaffen, den Wagen aus dem feuchten Untergrund zu befreien. Langsam ging er zurück zur Straße. Er folgte den frischen Profilspuren der Reifen. Durch die milchigen Nebelfetzen lief er zu der Stelle, an der er die Frau gesehen hatte. Plötzlich hörte er ein leises Wimmern, und ein Schreck durchzuckte seinen Körper. Er hatte nicht geträumt. Die Frau kauerte am Straßenrand und verbarg das Gesicht in den Händen. Das Wimmern verstummte, als er sich näherte. Mit weit aufgerissenen Augen schaute sie auf.

»Lady, ist Ihnen etwas passiert?«, fragte er.

Die Frau wirkte wie ein Gespenst aus einer anderen Welt.

»Kann ich Ihnen helfen?«

Sie versuchte sich zu erheben, doch ihre Beine knickten ein. Er sprang hinzu und stützte sie. Behutsam ließ er sie wieder zu Boden gleiten. Irgendetwas stimmte hier nicht. Was tat eine Frau im Morgenmantel, noch dazu ohne Schuhe, weitab von der nächsten Stadt mitten auf der Straße? Er musterte sie, doch außer ein paar Schrammen an Armen und Beinen konnte er keine Verletzung entdecken.

»Bleiben Sie hier liegen. Ich hole eine Decke.«

Gene wandte sich um, doch die Frau griff nach seinem Arm. Wie eine Ertrinkende krallte sie sich an ihm fest.

»Helfen Sie mir! Bitte, gehen Sie nicht!«

Ihre Worte waren ein einziges Flehen.

»Ich hole nur eine Decke und mein Handy«, erwiderte Gene. »Ihnen muss kalt sein. Außerdem brauchen wir Hilfe. Der Truck steckt im Sand fest.«

Noch bevor die Frau antworten konnte, näherte sich ein dunkler Geländewagen und hielt gegenüber am Straßenrand an. Gene Morgan atmete auf. Zwei Männer stiegen aus dem Jeep und rannten über die Straße. Sie trugen dunkle Anzüge und wirkten auf den ersten Blick wie Geschäftsleute, die geradewegs aus ihren hell erleuchteten Büros einer Stadt im Osten kamen. Der Griff der Frau verstärkte sich. Gene musterte die beiden.

»Es gab einen Unfall«, stammelte er. »Sie stand plötzlich direkt vor mir auf der Straße.«

Der eine Mann – er hatte dunkles, welliges Haar – nickte kurz und gab seinem Begleiter ein Zeichen, woraufhin der andere nach der Frau griff. Gene schaute ihn ungläubig an. Die Frau zuckte zusammen und krallte die Fingernägel schmerzhaft in seinen Arm. Ihr panischer Blick blieb ihm nicht verborgen.

»Was soll das?«, protestierte Gene. »Was haben Sie mit ihr vor?«

Der Dunkelhaarige langte in seine Jackentasche, und einen Augenblick lang dachte Gene, dass sein letztes Stündlein geschlagen habe, doch als die Hand des Mannes wieder auftauchte, brachte er ein Mäppchen mit seiner Dienstmarke zum Vorschein. Gene entspannte sich, als er den Adler im Wappen erkannte, doch bevor er den daneben steckenden Ausweis lesen konnte, wurde das Mäppchen wieder zugeklappt. »Wir sind schon seit Stunden auf der Suche nach ihr«, sagte der Dunkle. »Diesmal hat sie es verdammt weit geschafft. Sie haben uns sehr geholfen, Mister.«

Gene zog die Stirne kraus. »Was ist mit ihr?«

Während der andere mit einem kräftigen Ruck die Finger der Frau von Genes Arm löste und sie gegen ihren vergeblichen Widerstand zum Wagen führte, vollführte der Dunkelhaarige eine eindeutige Geste vor seiner Stirn. »Sie ist nicht ganz beieinander. Ausgebüxt aus der Nervenheilanstalt in Socorro. Leidet unter Verfolgungswahn und sieht überall Gespenster.«

Jetzt entspannte sich Gene ein wenig. Er schüttelte erleichtert den Kopf.

Bevor der Begleiter des Dunkelhaarigen die Frau in den Jeep bugsieren konnte, wandte sie sich noch einmal um. »Helfen Sie mir!«, rief sie herüber. Dann wurde sie in den Wagen geschoben und verschwand hinter den abgedunkelten Scheiben.

Trotz des Dienstausweises des Mannes wusste Gene noch immer nicht so recht, wie er sich verhalten sollte, wenngleich Kleidung und Zustand der Frau durchaus darauf schließen ließen, dass sie aus einer Irrenanstalt entlaufen war.

»Wenn ich mich nicht täusche, liegt Socorro knapp fünf Kilometer von hier entfernt«, sagte er. »Sollten wir nicht den Sheriff holen? Schließlich hat sie einen Unfall verursacht, und ich kriege den Truck allein nicht mehr aus dem Graben. Ich meine, ich habe Ladung an Bord. Was, wenn etwas beschädigt ist?«

Der Dunkelhaarige schaute hinüber zum LKW. »Der Sheriff ist ebenfalls auf der Suche nach ihr. Wir werden ihn über Funk verständigen und einen Abschleppwagen anfordern. Um den Schaden machen Sie sich keine Sorgen, der Sheriff kennt die Frau. Sie hat nicht zum ersten Mal auszubrechen versucht.«

Grinsend drehte sich der Dunkelhaarige um und ging hinüber zu seinem Wagen.

Gene nickte. »Dann warte ich hier solange.«

»Was bleibt Ihnen anderes übrig?«, sagte der Dunkle lachend. »Aber es kann noch eine halbe Stunde dauern, der Sheriff ist gerade oben bei Bernardo.«

Nachdem der Mann eingestiegen war, brauste der Jeep in Richtung Magdalena davon. Gene versuchte noch einen Blick auf das

Kennzeichen des Wagens zu erhaschen, doch mehr als die Anfangsbuchstaben *REI* konnte er nicht erkennen. Er ging zurück zu seinem Laster, stieg in das Führerhaus und wartete. Der Dunkelhaarige hatte recht, was konnte er schon anderes tun?

Nachdem er zwei Stunden vergeblich gewartet hatte, griff er zum Handy und wählte die Notrufnummer. Auf seine Frage, wo denn der Sheriff bleibe, reagierte die Telefonistin erstaunt. Sie wisse weder von einem Unfall noch von der Suche nach einer vermissten Frau, aber den Sheriff werde sie benachrichtigen.

Eine weitere Stunde später tauchte ein blau-weiß lackierter Ford Maverick mit blauen und roten Rundumleuchten auf. Das Wappen des Sheriff-Departments von Socorro prangte an den Türen. Ein zwei Meter großer Hüne von der Statur eines Ringers stieg aus dem Wagen und kam auf den LKW zu. Die braune Uniform und der goldene Stern über der Brust wiesen ihn als Hüter des Gesetzes aus.

Gene wartete geduldig, bis der Sheriff den LKW umrundet hatte.

»Wohl noch ein bisschen müde heute Morgen?«, raunte der Sheriff und musterte Gene von oben bis unten.

»Ich musste dieser Frau ausweichen, dieser Irren, nach der Sie die ganze Zeit gesucht haben«, entgegnete Gene. »Sie stand plötzlich mitten auf der Straße. Ihre Kollegen haben sie mitgenommen und mir versprochen, einen Abschleppdienst zu rufen.«

»Wir suchen keine Irre, und meine Kollegen fahren bestimmt nicht hier draußen spazieren. Wir haben anderes zu tun.«

Gene verschlug es einen Moment lang die Sprache, doch auch als er den Rest der Geschichte erzählte, blieb die Miene des Sheriffs starr.

»Ich denke, ich rufe Ihnen einen Abschleppdienst, der Sie hier herauszieht, außerdem zahlen Sie dreißig Dollar Strafe«, entgegnete der Sheriff. »Und das nächste Mal, mein Junge, schlafen Sie richtig aus, bevor Sie sich hinters Steuer setzen und mir solche Lügenmärchen auftischen.«

»Aber ich erzähle Ihnen doch keinen Mist«, protestiere Gene Morgan. »Die Frau saß hier im Gras. Sie war barfuß und nur mit einem Morgenmantel bekleidet. Sie müssen mir glauben.«

»Es sollte mich schwer wundern, wenn sich eine Frau im Morgenrock und noch dazu ohne Schuhe von Albuquerque in diese Gegend verirrt«, erwiderte Sheriff Hamilton.

»Wieso Albuquerque? Die Kerle sagten Socorro.«

»Mein Junge, die nächste Irrenanstalt ist in Albuquerque. Hier draußen gibt es im Umkreis von sechs Kilometern nur Steine, Hügel, Bäume und Sand. Ein paar Hütten allenfalls, aber bestimmt keine Irrenanstalt. Also was ist, zahlen Sie die dreißig Dollar, oder soll ich den Richter anrufen?«

Entmutigt griff Gene nach seiner Brieftasche.

Erstes Buch

Visionen

Frühling 2004

1

Cumaná, Venezuela

Der Flug in der einmotorigen Piper der Linea Turistica Aerotuy unterhalb der dichten Wolkendecke von Cumaná nach Ciudad Guayana verlief geräuschvoll und unruhig. Brian Saint-Claire schaute aus dem Kabinenfenster auf die ausgedehnten Wälder. Unter ihm lag eine einzige grüne Weite, die sich bis zum Horizont erstreckte.

Der Pilot, ein braun gebrannter und bärtiger Venezolaner aus Apure, warf hin und wieder einen besorgten Blick auf die tiefschwarzen Regenwolken, die sich im Westen zu einer gigantischen Sturmfront aufgetürmt hatten. Brian hing schweigend seinen Gedanken nach. Er dachte an den heftigen Streit mit Cindy und ihren theatralischen Abgang vor knapp einer Woche. Seither hatte er nichts mehr von ihr gehört. Dieser Trip nach Südamerika war genau zum richtigen Zeitpunkt gekommen und würde ihn hoffentlich auf andere Gedanken bringen. Er sollte für ein Magazin mit dem geheimnisvollen Namen *ESO-Terra* eine Reportage über eine Schamanin der Warao-Indianer verfassen, die in einem kleinen Dorf irgendwo im Orinoco-Delta lebte. Den Schilderungen einiger Augenzeugen zufolge hatte die Frau neben der Gabe der Levitation noch weitere bemerkenswerte psychokinetische Fähigkeiten. Doch wie viel Wahrheit hinter den Erzählungen steckte, blieb abzuwarten. Oft genug hatten ihn seine Exkursionen auf den Spuren übernatürlicher Phänomene zu irgendwelchen Spinnern, Fantasten und Hochstaplern geführt, deren einzige außergewöhnliche Fähigkeit es war, gutgläubige Mitmenschen hinters Licht zu führen.

Für Brian, der an der Universität von Chicago Psychologie und Philosophie studiert und dann eine Ausbildung in Parapsychologie absolviert hatte, war das nichts Neues. Als Parapsychologe wusste er sehr wohl Betrügereien und Zaubertricks von echten metaphysischen Erscheinungen zu unterscheiden, wobei Letztere im Vergleich zu Ersteren äußerst rar waren. Brian war gespannt, was ihn diesmal erwartete. Doch selbst wenn er sich wieder einmal vergeblich auf eine lange Reise begeben hatte, so war es eine willkommene Gelegenheit, sich von dem heftigen Streit mit Cindy zu erholen. Außerdem wurde er für seine Arbeit gut bezahlt.

Brian Saint-Claire mit seinen welligen dunkelblonden Haaren und der Ausstrahlung eines Hollywoodschauspielers sah man seine vierzig Jahre nicht an.

Das Leben war für ihn ein einziges unergründliches Abenteuer – und somit waren Gleichförmigkeit, feste Gewohnheiten und eine tiefe Beziehung kaum mit seinem Rhythmus vereinbar. Die Vorstellung, zu heiraten und Kinder großzuziehen, so wie Cindy es sich wünschte, jagte ihm Angst ein.

Die Piper hüpfte im aufkommenden Wind auf und ab. Die Gewitterfront raste auf sie zu. Blitze zuckten aus den Wolken der Erde entgegen, und der Pilot fluchte laut.

»Was für ein schreckliches Jahr«, raunte er auf Spanisch. »Die Stürme nehmen kein Ende. Es ist die Strafe Gottes für die Menschen, die ein gottloses Leben führen.«

Brian nickte und schaute auf seine Uhr. Wenn ihn nicht alles täuschte, dann müssten sie ihr Ziel in Kürze erreichen. Suchend warf er einen Blick aus dem Fenster, doch wohin er auch sah, war er umgeben von grünem Dschungel.

»Vorgestern ist vor La Guaira eine Fähre im Sturm gesunken«, fuhr der Pilot fort, scheinbar unbeeindruckt von der Wolkenfront, die immer näher kam. »Es heißt, die Wellen waren so hoch wie die Wolkenkratzer in Caracas. Sie haben das Schiff einfach verschluckt. Hundert Menschen waren an Bord. Sie kamen von Curaçao. Keiner konnte mehr lebend geborgen werden.«

Der Pilot beobachtete amüsiert die Wirkung seiner Worte.

Brian wurde langsam unruhig. Nicht, dass er ein ängstlicher Mensch war, ganz im Gegenteil, er hatte so manches Abenteuer überstanden, doch er wusste immer seine Chancen einzuschätzen. Und angesichts der gewaltigen Gewitterfront schienen die Chancen in diesem kleinen und klapprigen Flugzeug gegen null zu gehen.

»Wie lange dauert es noch?«, rief er dem Piloten in fließendem Spanisch zu.

Der Pilot wies in nördliche Richtung, und Brians Augen folgten dem Daumen, doch er musste sich gewaltig strecken, um einen Blick aus dem Seitenfenster des Piloten zu erhaschen. Die Landschaft dort wechselte ihr Gesicht. Der Wald blieb zurück, und stattdessen tauchten Häuserdächer am Horizont auf.

»Ciudad Guayana«, sagte der Pilot. »In zehn Minuten werden wir landen. Es wird holperig, aber wir werden schneller als der Sturm sein.«

Der Pilot behielt recht. Wenige Minuten später setzte die Piper auf dem asphaltierten Rollfeld des kleinen Flughafens auf. Brian wurde ordentlich durchgeschüttelt, doch es lag weniger an dem Wind als vielmehr an den Wellen und Löchern der Landebahn, die aus der Ferne vollkommen ebenmäßig ausgesehen hatte.

Brian kletterte aus dem engen Cockpit und streckte erst einmal seine Glieder aus. Er fühlte sich wie gerädert, und sein Rücken schmerzte. Der Pilot beförderte unterdessen Brians Rucksack und die Reisetasche aus dem Flugzeugrumpf. Er hatte es offenbar eilig, denn auch der Himmel über der Stadt begann sich zuzuziehen. Die feuchte Hitze wurde von einem böigen Wind hinweggefegt. Neben einer Holzbaracke in der Nähe stand ein alter sandfarbener Landrover, an dem ein groß gewachsener Mann mit Cowboyhut lehnte und scheinbar gelangweilt die Szenerie beobachtete. Während sich Brian bei dem Piloten bedankte und ihm ein paar Dollars zusteckte, schlenderte der Gaucho in seinen schwarzen Stiefeln langsam näher. An dem Gürtel, der um seine Hüfte gebunden war, steckte ein großkalibriger Colt in einem Halfter. Er wirkte wie ein Westernheld aus einer längst vergangenen Zeit.

»Dr. Saint-Claire?«

Seine Stimme mischte sich unter den Motorenlärm der startenden Piper. Brian nickte.

»Ich bin Juan Andreas Casquero«, stellte er sich vor. Dann zeigte er in die Wolken. »Sie haben Glück gehabt.«

Er nahm Brian eine Tasche ab und begleitete ihn zum Landrover. Nachdem er Brians Gepäck im Kofferraum verstaut hatte, öffnete er die Beifahrertür.

»Was macht ein Gringo-Arzt in Ciudad Guayana?«, fragte Juan, während er sich hinters Steuer schwang.

Brian lächelte. »Ich bin kein Arzt, ich bin Psychologe.«

»Ein Seelenklempner, das ist ja noch besser.«

»Wohin fahren wir jetzt?«, fragte Brian, um das Thema zu wechseln.

»Es ist unklug, sich bei Sturm in den Dschungel zu begeben«, erklärte Juan. »Bis Tucupita ist es weit, und die Straßen sind auch ohne Unwetter schon gefährlich genug. Wir fahren in die Stadt. Ich habe in einer kleinen Pension zwei Zimmer reserviert. Morgen sehen wird dann weiter. Bei den Warao wird gerade die Hölle los sein.«

Brian Saint-Claire seufzte. Juan war ihm als kompetenter Führer empfohlen worden. Außerdem war er auf ihn angewiesen, denn Juan sprach fließend den Warao-Dialekt.

Devon Island, Barrowstraße

Der kanadische Polarfrachter *Island Queen* war am frühen Morgen mit vollen Frachträumen aus dem Hafen von Churchill in der Hudsonbai ausgelaufen und hatte bei mäßigem Wind und wolkenlosem Himmel gute Fahrt aufgenommen. Mit knapp zwölf Knoten hielt das Schiff über das Foxebecken auf die Barrowstraße zu. Die Frachträume quollen über von Weizen, der für Yokohama bestimmt war. Knapp 7000 Seemeilen durch eine eisfreie Beringstraße lagen vor den Seemännern. Bei voller Fahrt wäre das Schiff 18 Tage unterwegs. Doch bereits südlich der Devon-Inseln brach das Inferno aus heiterem Himmel über das Schiff herein.

Das Unheil kündigte sich mit der raschen Zunahme des Windes an. Über der Baffinbai türmten sich Wolken zu einem riesigen dunklen Wolkengebirge auf. Der Wind wühlte die Wellen auf und trieb die Sturmfront rasch westwärts. Der Kapitän der *Island Queen* schaute ungläubig auf seine Instrumente. Das Barometer fiel ebenso rasant wie die Temperatur, und Orkanböen peitschten gegen die großen Fenster der Brücke. Der Sturm schob die Wellenberge vor sich her, die mit einem heftigen Donnern gegen den Schiffsrumpf prallten. Noch immer vermeldete der Wetterdienst einen trockenen und warmen Frühlingstag mit mäßigem Wind aus südöstlicher Richtung, doch inzwischen hatte der Wind auf Nordost gedreht. Das Schiff lief querab zu den Wellen, und der Kapitän wies seinen Steuermann an, den Frachter in den Wind zu drehen.

Eine Welle traf die *Island Queen* und ließ das Schiff erzittern. Der massige Rumpf neigte sich bedrohlich nach Backbord.

»Beidrehen, um Gottes willen, kurbeln Sie schon!«, rief der Kapitän auf der Brücke dem Rudergänger zu, als erneut ein Brecher den Schiffskörper traf. Plötzlich spielten sämtliche Instrumente verrückt, sogar der elektronische Kreiselkompass drehte sich wie wild, ganz so als ob das Instrument selbst die Orientierung verloren hätte. Aus dem Lautsprecher des Funkgeräts drang nur noch statisches Rauschen. Jeglicher Kontakt zur Außenwelt war abgebrochen.

Mittlerweile hatte das Wolkengebirge die Barrowstraße erreicht, und eine nahezu undurchdringliche Dunkelheit senkte sich auf das Schiff herab. Blitze erhellten jäh die Finsternis. Ein weiterer Brecher überspülte das Deck und riss einige überraschte Matrosen mit sich in die kalte Flut. Andere konnten sich mit letzter Kraft an die Reling klammern. Der Kapitän hielt sich am Kontrollpult fest, während der Rudergänger von der Wucht des Aufpralls in eine Ecke des Brückenraums geschleudert wurde. Benommen raffte er sich wieder auf, nachdem sich das Schiff wieder ausgerichtet hatte. Blut rann ihm über die Stirn. Der Funker und der zweite Offizier, die sich noch auf der Brücke befanden, suchten Halt an fest verankerten Konsolen. Das Schiff ächzte und stöhnte angesichts des Drucks der Fluten auf die Stahlflanken.

»Kommt!«, rief der Kapitän den Männern zu. »Wir müssen sie in den Wind drehen, sonst ...«

Ungläubig starrte er auf die Wand aus Wasser und Gischt, die über die Steuerbordseite auf die Brücke zuraste. Eine Monsterwelle von gigantischem Ausmaß. Die Vorläufer der Wellen drückten das Schiff auf die Backbordseite. Der Kapitän wandte den Kopf. Er wusste, dass es für ein Ausweichmanöver zu spät war. Nur noch Sekunden würde es dauern, bis die gigantische Welle das Schiff erfasste und mit sich riss. Er hatte von diesen Monsterwellen und ihrer verheerenden Wirkung gehört und machte sich keine Illusionen. Das Letzte, was der Kapitän wahrnahm, war das schrille Lachen des Rudergängers. Jetzt verliert er auch noch den Verstand, dachte er, als im selben Augenblick die Woge auf der Brücke wie eine Bombe einschlug. Das Sicherheitsglas barst, und eiskaltes Wasser ergoss sich in den Raum. Der Kapitän wurde von den kalten Fluten gegen die Außenwand gedrückt und verlor die Besinnung. Die *Island Queen* rollte zur Seite, und die letzten Matrosen, die sich noch auf dem Vorschiff befunden hatten, verschwanden in der Tiefe.

Erst als die Welle ablief, kam das Schiff zur Ruhe, doch es war zu spät. Die Wassermassen waren bereits in das Unterdeck eingedrungen und hatten die Frachträume überspült. Die Maschinen waren verstummt, auch in diesen Räumen stand das Wasser bereits mannshoch. Ein riesiges Loch klaffte am Bug. Das Schiff war verloren.

Sieben Minuten nachdem die *Island Queen* zehn Seemeilen südlich der Devon-Inseln in der Barrowstraße gesunken war, funkte die Außenstation des Meteorologischen Dienstes in Coppermine eine Sturmwarnung an die Schiffe in der Labradorsee und warnte vor orkanartigen Winden und heftigen Wellen. Zu spät für die *Island Queen* und zwei weitere Schiffe, die sich zu dieser Zeit auf dem Weg in die Hudsonstraße befunden hatten.

Ciudad Guayana, Venezuela

Sie hatten den Tag in der kleinen Bodega neben der Pension Margarita in Ciudad Guayana zugebracht, bevor sie am Abend müde und auch ein wenig betrunken zu Bett gegangen waren. Der Sturm war über die Stadt hereingebrochen, und die Regenfluten hatten sich über die Straßen ergossen und sie in schlammige Bäche verwandelt. Juan hatte eine Flasche Tequila bestellt und sich zu Brian an den Tisch gesetzt. Sie kamen ins Gespräch, und Juan erzählte, dass er seit Jahren schon Touristen durch das Orinoco-Delta führte. Zwar gebe es nicht viele Besucher übers Jahr, das Geschäft sei dennoch lohnenswert, denn die meisten der Touristen waren gut betucht und ließen den einen oder anderen Dollar springen. So ermöglichten sie ihm ein einträgliches Geschäft und ein gutes Leben. Er selbst stamme aus Cabimas im Osten, wo er als Fischer gearbeitet hatte, doch diesem Leben habe er vor einigen Jahren den Rücken gekehrt.

Juan schien ein patenter Bursche zu sein. Die sonnengegerbte Haut und der dunkle Bart ließen ihn etwas verwegen erscheinen, aber mit jedem Glas wurde er Brian sympathischer. Als Juan nach dem Grund seines Besuchs bei den Warao-Indianern fragte, zögerte Brian und wich einer Antwort aus. Was hätte er sagen sollen? Dass er eine Frau aufsuchen wolle, die zaubern und in der Luft schweben konnte? Eine solche Antwort hätte bei seinem Gegenüber Gelächter und Spott hervorgerufen. Juan blieb jedoch beharrlich. Schließlich legte sich Brian eine Antwort zurecht, die der Wahrheit nahekam, ohne ihn verrückt oder idiotisch erscheinen zu lassen. Doch das Gegenteil trat ein.

»Gringo, es gibt Dinge hier, da würdet ihr Americanos staunen«, antwortete Juan und goss ein weiteres Glas ein. »Ich weiß, wovon ich rede. Die Warao sind ein Volk mit alter Tradition. Und wenn ich Hilfe brauche, weil ich mich verletzt habe oder krank fühle, dann mache ich einen großen Bogen um die Hospitäler. Ich kenne eine Medizinfrau ganz in der Nähe, die Wunder vollbringen kann. Ich weiß, es mag komisch klingen in einer Zeit, wo uns die Zivilisation immer weiter von unseren Wurzeln entfernt, aber wir Menschen haben eine Seele, und wenn diese Seele krank wird, dann nützt eure ganze moderne Medizin nichts mehr. Ich weiß, wovon ich spreche.«

Brian schluckte. Juan hatte diese Worte mit einer Inbrunst ausgesprochen, die erkennen ließ, wie aufrichtig er es meinte. Brian war überrascht, hatte er doch Juan anfänglich für einen ungebildeten Gaucho gehalten, den außer Dollars nicht viel mehr interessierte.

»Aber wir beide sind ja gesund«, fuhr Juan fort und schenkte noch einmal ein. »Jetzt trinken wir, und morgen fahren wir nach Tucupita. Dort wartet ein Boot, mit dem wir den Orinoco hinunterfahren. Ich bringe dich zu deiner fliegenden Frau, keine Angst, Gringo.«

Brian ergriff das Glas. »Wann werden wir aufbrechen?«

»Nach Sonnenaufgang.«

»Aber der Regen?«

»Bis morgen hat die Sonne die Straßen wieder ausgetrocknet«, erklärte Juan und bestellte eine weitere Flasche. »In diesem Land wirst du immer nass. Entweder es regnet, oder dir läuft der Schweiß in Strömen über den Rücken.«

Juan sollte recht behalten. Als sie am nächsten Morgen kurz nach sechs Uhr aufbrachen, waren die Straßen um Ciudad Guayana wieder befahrbar. Die Luft war kühl und frisch. Sie setzten sich in den Landrover und fuhren, nachdem sie die Stadt hinter sich gelassen hatten, durch eine ausgedehnte Savanne Richtung Westen, dem Orinoco entgegen. Brian griff in seine Hemdtasche und zog eine Schachtel Tabletten hervor. Er schluckte eine der weißen Pillen und spülte sie mit Wasser aus seiner Feldflasche hinunter.

Juan musterte ihn grinsend. »War der Tequila nicht gut?«, fragte er.

Brian nickte. »Gut schon, nur ein wenig zu viel.«

»Oh, ihr Americanos«, seufzte Juan. »Ihr seid stolz auf euren Whiskey, aber kaum bekommt ihr etwas Anständiges, schon seid ihr krank.«

»Ich bin kein Amerikaner«, entgegnete Brian. »Ich bin Kanadier.«

Er ließ sich im Sitz zurücksinken und schloss die Augen. Ihm stand nicht der Sinn nach einer Unterhaltung.

2

National Weather Service, Camp Springs, Maryland

Der Fernschreiber ratterte unaufhörlich und spuckte Unmengen von Papier aus, das in einem blauen Wäschekorb landete. Professor Wayne Chang, Meteorologe und Geophysiker, saß vor seinem Computer und warf einen ungläubigen Blick auf die Bildschirmdaten. Die Landkarte auf dem Monitor zeigte die Südküste Floridas bis hinunter zu den Antillen. Grellgelbe Isobaren – Linien, die Flächen gleichen Luftdrucks miteinander verbinden – unterteilten das Gebiet in verschiedene Bereiche, doch irgendetwas stimmte nicht. Der Luftdruck in Höhe von Puerto Rico war innerhalb der letzten drei Stunden über 30 Hektopascal gefallen, die Windgeschwindigkeit lag bei 57 Knoten, und die Luftströmung eines 250 Kilometer entfernten subtropischen Hochdruckgebiets speiste über das Meer unaufhörlich das entstandene Tief. »Wir erhalten auch von der kanadischen Nordküste sonderbare Werte«, erklärte Changs Kollege Schneider, der das Papier aus dem Wäschekorb einer oberflächlichen Prüfung unterzogen hatte. »Dort treibt ein Ausläufer des Islandtiefs auf die Hudsonbai zu. Das ist für diese Jahreszeit ziemlich außergewöhnlich.«

»Was ist in diesem Frühjahr überhaupt noch so, wie es sein soll?«, knurrte Chang. »Da unten braut sich etwas zusammen. Wir müssen eine Sturmwarnung herausgeben. Es sieht gar nicht gut aus.«

»Ein Hurrikan?«

»Ich fürchte, ja. Eines gewaltigen Ausmaßes und einen ganzen Monat zu früh. Er ist vor Barbados entstanden. Nach meinen Berechnungen treibt er mit rasender Geschwindigkeit auf die Südküste Floridas zu. Ich habe den Kurs mittlerweile dreimal überprüft. Florida und die Bahamas, sofern sich die Parameter nicht ändern.«

»Und genau da haben wir wieder das Problem«, erwiderte Schneider. »Vor einem Jahr lagen wir bei achtzig Prozent unserer Vorhersagen richtig. Wenn wir in diesem Jahr fifty-fifty schaffen, dann können wir noch von Glück reden. Das sind keine Vorhersagen mehr, das ist reinste Wahrsagerei.«

Chang drückte auf die Eingabetaste seines Keyboards. Zahlenreihen liefen über den Bildschirm. »Vielleicht sind unsere Rastergrößen nicht mehr zeitgemäß. Das Jahr fängt jedenfalls gut an. Ein Hurrikan, mitten im Frühjahr. Das darf doch wohl nicht wahr sein.« Er zoomte auf der Landkarte in das Gebiet, in dem sich der Sturm zusammenbraute. Ein Raster von schwarzen Vierecken lag darüber. Jedes Quadrat war mit einer Kombination aus Buchstaben und Zahlen beschriftet. Die Sturmfront überdeckte bereits mehr als zwei Drittel der Fläche. »Schauen wir mal, was da draussen vorgeht«, murmelte Chang. »Weisst du, was wir im Planquadrat DSQ 327 haben?«

Schneider durchsuchte die nicht enden wollende Liste. Schliesslich legte er die Aufzeichnungen auf das Schreibpult. »Das ist eine Boje draussen im Golf. Sie arbeitet mit Funk.«

»Ich hole mir mal die Daten rein«, sagte Chang und klickte auf den Link, der sich hinter den Buchstaben im Viereck versteckte. »Windgeschwindigkeit bei 61 Knoten aus Süd-Südwest, 890 Hektopascal, Temperatur 21,3 Grad Celsius und knapp 82 Prozent Luftfeuchtigkeit.«

Schneider warf einen Blick auf den Monitor und verglich die Daten mit denen der Prognose. »Das ist plausibel.«

Chang klickte auf das daneben liegende Quadrat. Weitere Daten wurden übermittelt – sie waren nahezu identisch mit den Werten von DSQ 327. Chang prüfte weitere Raster. Hinter jeder Einteilung steckte eine Wetterstation, die ihre festgestellten Daten online übermittelte: eine Boje, Satellitenwerte, Messungen eines Wetterballons mit Sonde oder einer einfachen Wetterstation in irgendeinem Garten eines Grundstücks oder eines öffentlichen Gebäudes. Dazu kamen noch einige tausend herkömmliche Wetterstationen, wo ein ehrenamtlicher Mitarbeiter, meist Rentner, viermal täglich die Werte ablas und sie dann per Telefon oder Fax durchgab. Mitarbeiter des Instituts übertrugen diese Werte unverzüglich in den Zentralrechner, damit sich ein schlüssiges Bild ergab und eine Prognose errechnet werden konnte. Als Chang den Link auf der DSQ 334 aktivierte, stutzte er. Windgeschwindigkeit bei 72 Knoten aus westlicher Richtung, Luftdruck bei 1020, 13,8 Grad und eine Regenwahrscheinlichkeit von 72 Prozent. Das Ergebnis wich drastisch von der Norm ab.

»Was ist da bei 334?«, fragte Chang und zeigte mit dem Finger auf den Bildschirm. Das Quadrat lag über der Region von West Palm Beach.

Schneider wühlte in den Papieren. »Ich hab's«, sagte er. »Es ist ein Funksignal, kommt online rein und geht direkt auf den Rechner.«

»Da stimmt doch was nicht«, entgegnete Chang. »Eine solche Abweichung auf knapp fünf Quadratkilometern liegt zu weit außerhalb des Varianzbereiches.«

Schneider griff zum Telefonhörer. »Ich werde ein Wartungsteam runterschicken. Die sollen sich dort mal umsehen und die Sensoren überprüfen.«

»Ach, und wenn du gerade dabei bist, ruf in Key West an, die sollen eine Ballonsonde aufsteigen lassen! Ich brauche Werte aus den oberen Schichten.«

Noch bevor Schneider zum Telefonhörer gegriffen hatte, wurde lautstark die Tür aufgestoßen. Vargas stürzte in den Raum, das Gesicht rot vor Anstrengung. »Wir haben was Großes auf dem Schirm!«, rief er atemlos. »Was wirklich Gigantisches. Dreihundert Kilometer unterhalb der Baja. Es kommt rasch näher.«

Chang schaltete auf eine Übersichtskarte und zoomte auf die Westküste des Kontinents.

»Verdammt!«, zischte er. Ein Wolkenwirbel mit einer Ausdehnung von fast dreihundert Kilometern lag knapp einhundert Kilometer vor der Baja California. Das Satellitenbild wurde alle zehn Sekunden aktualisiert. Zweifellos trieb der Wolkenwirbel auf das Festland zu.

»Verflucht, ein weiterer gigantischer Wirbelsturm!«, sagte Schneider mit großen Augen.

»Gebt sofort eine Warnung heraus!«, ordnete Chang an. Für die Schifffahrt im Pazifik südlich der Baja und für die gesamte Südwestküste. Am besten bis hinauf nach Los Angeles. Wenn uns das hier trifft, dann gnade uns Gott. Habt ihr ein Verlaufsschema berechnet?«

»Wir haben den Wirbel vor fünfzig Minuten vor der Küste Mexikos geortet, da war er noch ein kleines Wolkenknäuel, nicht mehr als ein dichtes Wolkenband. Die Rotationsgeschwindigkeit liegt weit über 250 Kilometer. In vierzig Stunden ist er da, wenn er nicht die Richtung wechselt.«

»Wahrscheinlichkeit?«, fragte Schneider.

Vargas atmete tief ein. »Nördliche Richtung, wir haben dort draußen eine Tiefdruckrinne, die bis San Francisco hinauf reicht.«

»Teufel, das wird verdammt eng.«

Wayne Chang fasste sich an den Kopf. »Der reinste Albtraum ... dabei hat die Saison der Stürme noch gar nicht begonnen. Ich denke, die Jungs in Miami sollten sich das mal genauer anschauen. Irgendetwas stimmt dort nicht.«

Raumfähre Discovery, 500 Kilometer vor der Baja California

8.23 GMT. Nach vier Tagen im All befand sich die Raumfähre *Discovery* auf dem Rückflug von der Raumstation ISS und war vor knapp zwei Minuten von ihrer Umlaufbahn in den Orbit eingetreten. Die Manövriertriebwerke waren planmäßig gezündet und die Sinkgeschwindigkeit auf exakt 336 Stundenkilometer verringert worden. Der Übergang in die Stratosphäre stand bevor, und alle Systeme arbeiteten auf Automatik. Der Routinesinkflug war eingeleitet, und Copilot Sanders und der Missionsgast Helmut Ziegler von der Austrian Space Agency hatten sich auf Anweisung des Flugleiters zur Ruhe begeben. Die Überwachung der Steuerungsautomatik lag bei der Bodenkontrolle in Houston. Don Gibson, der Pilot der Raumfähre, beobachtete die Instrumente mit wachem Blick. Er war ein routinierter und erfahrener Pilot. Diese Mission war sein vierter Flug ins All und sollte, ginge es nach ihm, auch nicht sein letzter sein. Er schaute aus dem kleinen Dreiecksfenster auf die blau schimmernde Kugel hinab, die von hier oben so winzig und verletzlich erschien. Schon als kleiner Junge hatte er davon geträumt, mit den riesigen Raketen ins Weltall zu fliegen, um die Planeten zu erforschen. Mittlerweile wusste er, wie naiv seine Vorstellung vom All und von Raum und Zeit gewesen war. Selbst eine Mondlandung bedurfte höchster Anstrengungen und eines Heers von Wissenschaftlern, Ingenieuren und Technikern, um die Expedition zu einem erfolgreichen Abschluss zu bringen. Und dabei war der Mond astronomisch gesehen nicht einmal einen Katzensprung entfernt.

Der Mars war gemessen an der unermesslichen Ausdehnung des Weltalls für bemannte Raumflüge immer noch unerreichbar. Verglich man die bisherigen Leistungen der Raumfahrt mit astronomischen Dimensionen, hatte man im Grunde genommen gerade mal einen Fuß vor die Haustür gesetzt. Trotzdem wollte Don Gibson diesen Anblick nicht mehr missen. Die Erde war in ein tiefes Blau getaucht, in dem weiße, flauschige Wollebällchen dahinschwebten, und dahinter ergoss sich die undurchdringliche Schwärze des Kosmos.

Gibson blickte auf seine beiden Begleiter, die in ihren Raumanzügen steckten und auf Anordnung des Flightcommanders den schönsten Teil der Mission verschliefen. Die beiden hatten vor kaum einer Stunde noch über der Raumstation geschwebt, um eine defekte Satellitenantenne auszurichten. Die Außenmission im Weltall war mit allerlei Komplikationen verbunden gewesen, und Sanders sowie Ziegler waren bis an die Grenze ihrer Leistungsfähigkeit gegangen, um ihren Auftrag erfolgreich zu beenden. Länger als im Zeitplan vorgesehen hatte das Shuttle im All verbringen müssen, der Sauerstoffvorrat war nahezu aufgezehrt, und die beiden waren völlig erschöpft ins Shuttle zurückgekehrt.

»Commander/NTO: G/S Zero!« Die Stimme des Flightcommanders der Flugkontrolle in Houston ertönte im Kopfhörer.

»Ich höre«, antwortete Gibson.

»Sie halten auf eine gewaltige Sturmfront zu. Korrigieren Sie Ihren Kurs und drehen Sie auf 325, drei … zwo … fünf. Damit weichen Sie dem Sturmzentrum aus und streifen nur die äußeren Schichten.«

Gibson warf einen Blick aus dem Fenster. Direkt unter der Nase der *Discovery* entdeckte er ein gewaltiges Wolkenfeld.

»Roger«, bestätigte Gibson. »Übernehme manuelle Steuerung.«

Manuelle Kurskorrekturen waren jederzeit möglich. Die Geschwindigkeit und der Winkel des Sinkfluges lagen noch immer im grünen Bereich. Nach der Kurskorrektur galt es lediglich, einen anderen Landewinkel zu berechnen und das Resultat in das automatische Landesystem einzuspeisen. Danach konnte sich Gibson wieder zurücklehnen und zusehen, wie die *Discovery* wie an einer Schnur gezogen die weitläufige Landebahn auf der Edwards Air Force Base in Kalifornien ansteuerte. Er führte ein sanftes Lenkmanöver aus, bis er den angegebenen Kurs erreicht hatte, dann schwenkte er wieder in die horizontale Position ein. Die Geschwindigkeit sank auf 320 Kilometer.

»Korrektur erfolgt«, gab er kurz an das Kontrollzentrum durch.

»Wir haben euch auf dem Schirm, das sieht gut aus«, erhielt er zur Antwort. »Die neuen Landevektoren sind in den Rechner übertragen. *Discovery*, gehen Sie wieder auf Automatik. Wir melden uns.«

Ein zufriedenes Lächeln huschte über Gibsons Gesicht. Der Sinkflug verlief ruhig. Am Übergang in die Troposphäre wurde das Schiff durchgerüttelt, doch Gibson blieb gelassen. Die Dichte der Gasschichten nahm deutlich zu, und die Geschwindigkeit verringerte sich zusehends. Plötzlich war aus dem Kopfhörer nur noch ein Rauschen zu vernehmen, und das Schiff begann zu trudeln. Gibson riss am Steuerruder und schaltete die Automatik ab. Ein heftiges Schütteln lief durch das Schiff, und ein lautes Prasseln war zu vernehmen. Eiskristalle prallten gegen die Außenhaut. Gibson fluchte.

Für einen kurzen Moment hielt er inne. Irgendetwas war dort draußen in den Wolken. Die aufkeimende Angst jagte ihm eine Gänsehaut über den Rücken. Es war, als ob ihn sein eigener

Schatten verfolgte und nach seiner Seele griff. Ein ohrenbetäubendes Donnern ließ ihn zusammenzucken. Ein gleißend heller Blitz durchzuckte das Cockpit, und die Instrumente begannen verrücktzuspielen.

»Houston!«, rief er in das Sprechgeschirr. »Houston, wir sind in Schwierigkeiten!«

Er wartete, doch außer dem Rauschen und Knistern herrschte Schweigen im Kopfhörer. Er warf einen Blick nach draußen und sah, dass sie sich mitten in einer Wolkenhülle befanden. Erneut erzitterte das Shuttle unter einem kräftigen Donnerschlag. Die aufblitzende Helligkeit brannte in seinen Augen. Für Sekunden schloss er geblendet die Lider.

»Verdammt, Houston!«, rief er, doch die Antwort blieb aus. Er wandte sich Sanders zu und rief seinen Namen in das Bordfunkgerät. Doch Sanders rührte sich nicht, seine Augen blieben geschlossen. Auch Ziegler, der auf dem Sitz hinter ihm in seinen Gurten saß, schlief einfach weiter. Irgendetwas stimmte mit ihnen nicht, doch er hatte keine Zeit, sich um die Kollegen zu kümmern, denn erneut wurde das Schiff von einem Blitz getroffen. Es schien, als ob die Raumfähre wie ein Stein durch die Wolken sackte.

»Verdammt, wir stürzen ab!«, rief er in das Mikro.

»*Discovery* ... melden ... Kurs ...«

Nur Wortfetzen, unverständliche Fragmente drangen an sein Ohr. Mit eisernem Griff hielt er das Steuerruder umklammert und versuchte, sich dem Zerren des Sturms entgegenzustemmen. Das Schiff stöhnte und ächzte unter der Belastung, doch es gelang ihm, die Lage des Shuttles zu stabilisieren. Die Geschwindigkeit war auf 275 Kilometer gesunken. Viel zu langsam, um die Landebahn in Edwards zu erreichen. Er überlegte. Schließlich kam ihm ein abenteuerlicher Gedanke. Noch war das Monomethylhydrazin in den Treibstofftanks nicht ganz aufgebraucht. Der Schub würde für einen kurzen Zündimpuls ausreichen. Er legte den grünen Kippschalter um, der die Zufuhr von Stickstofftetroxid regelte, dann schlug er mit dem Handballen auf den roten Schalter unterhalb des Steuerruders. Der künstliche Horizont signalisierte ihm, dass sie in einem steilen Winkel dem Boden entgegenstürzten. Bevor er das Steuer nach hinten riss, schickte er noch ein Stoßgebet in den Himmel. Die beiden Orbitalmanövertriebwerke setzten ein. Ruckartig wurde das Schiff nach vorn katapultiert. Rasch gewann es an Geschwindigkeit und Höhe. Gibsons Plan schien aufzugehen. Auf dem Anzeigeinstrument hob sich die Nase immer mehr der Nulllinie entgegen. Plötzlich durchstieß das Schiff die Wolkendecke, und der milchige Nebel gab den Blick auf die Erde frei. Sekunden später verstummten die Schubaggregate. Gibson kontrollierte die Instrumente. Die Geschwindigkeit betrug nun wieder 324 Stundenkilometer bei einer Höhe von 26 000 Fuß. Edwards lag noch 90 Kilometer entfernt.

»Houston, verdammt, meldet euch!«, sagte Gibson keuchend. Schweiß lief ihm über die Stirn.

»*Discovery*, Gott sei Dank«, erwiderte der Flightcommander. »Was war los bei euch?«

»Was los war?«, schnauzte Gibson. »Der verdammte Sturm war näher, als ihr dachtet. Hat uns ganz schön durchgewirbelt. Beinahe wären wir abgeschmiert. Ich glaube, in den Wolken steckte etwas …«

»Was heißt das? Geht es euch gut?«

Gibson schaute sich um. Er seufzte laut.

»Commander/NTO: G/S Zero«, ertönte die ernste Stimme des Flightcommanders. »Geben Sie uns Ihren Status!«

Gibson riss sich zusammen und verscheuchte den bedrückenden Gedanken. »Ihr werdet es nicht glauben«, sagte er. »Während wir beinahe in den großen Teich gefallen wären, haben meine Begleiter geschlafen wie die Murmeltiere. Sie sind einfach nicht wach zu kriegen.«

»Geben Sie uns Ihren Status!«

Die Stimme aus der Flugkontrolle klang nach wie vor besorgt.

Offenbar hatte der Flugleiter den Eindruck gewonnen, der Pilot der *Discovery* wäre nun total verrückt geworden. Gibson kontrollierte seine Instrumente. Alles schien in Ordnung. Er schaltete das Check-up-Terminal ein und versuchte, eine Kurzanalyse durchzuführen, aber auf dem Bildschirm flimmerte nur ein rotes Viereck: *Offline.*

»Ich habe ein Problem«, sagte er leise. »Ich fürchte, an dem Vogel stimmt was nicht. Ich bekomme keine Daten für einen Statuscheck.«

Einen Augenblick herrschte Schweigen. Noch einmal tippte Gibson auf die Eingabetaste des Computersystems. Doch das Bild änderte sich nicht.

»*Discovery*«, zerschnitt der Flightcommander die Stille. »Wir stehen vor dem gleichen Problem. Wir haben keine Kontrolle über Ihre Steuerautomatik, ich wiederhole, wir sind ebenfalls offline. Sie müssen den Vogel mit der Handsteuerung landen. Wie ist Ihre augenblickliche Position?«

Gibson schaute auf den elektronischen Kompass und nannte die abgelesenen Daten, die Geschwindigkeit und die augenblickliche Höhe. Wieder herrschte für einen Augenblick Ruhe.

»Sie sind zu schnell, steigen Sie auf 28 000 Fuß, damit reduzieren Sie Ihre Geschwindigkeit. Drehen Sie auf 124, ich wiederhole, drehen Sie auf eins … zwo … vier.«

Gibson bestätigte und führte die Anweisungen aus. Sein Manöver mit den Orbitaldüsen hatte die Raumfähre auf eine Position gebracht, die ein paar Kilometer zu weit nördlich lag.

»Ich habe jetzt eins zwo vier auf 28 000. Meine Geschwindigkeit liegt bei 280 Kilometer«, meldete Gibson ein paar Minuten später.

»Schauen Sie aus dem Cockpit«, erwiderte die Flugkontrolle. »Sie sehen jetzt Edwards am Horizont auftauchen. Wir übergeben an die Landekontrolle. Folgen Sie den Anleitungen. Es ist alles vorbereitet. Viel Glück.«

Sekunden später meldete sich der Tower der Edwards Air Force

Base bei der *Discovery*. Der verantwortliche Flugleiter übernahm die Einweisung zur manuellen Landung.

»Halten Sie sich genau an meine Anweisungen, ich bringe Sie runter«, versprach der Flugleiter von Edwards. »Fahren Sie jetzt die Landeklappen aus und reduzieren Sie die Geschwindigkeit auf 250. Gehen Sie auf Sinkflug! Sie brauchen 2000 Fuß.«

Als Don Gibson kurz darauf die Anweisung zum Ausfahren des Fahrwerks erhielt, fixierte er mit den Augen das Flugfeld von Edwards, das am Horizont aufgetaucht war. Jetzt war alles nur noch eine Frage von Minuten. Gibson beobachtete gebannt die Fahrwerkskontrolle. Mit einem Piepen kündigten die Tragflächenfahrwerke an, dass sie ausgefahren und verriegelt waren. Zwei grüne Lichter, die direkt über dem Piloten aufleuchteten, bestätigten die Meldung. Plötzlich schnarrte ein lauter Warnton. Das Bugrad hing fest. Ein rotes Licht signalisierte eine Fehlfunktion.

»Verdammt, Edwards!«, fluchte Gibson. »Mein Bugrad rastet nicht ein. Habt ihr gehört?«

»Verstanden!«

»Was soll ich tun?«

Die Landebahn näherte sich rasch. Die Geschwindigkeit war auf 210 Kilometer gesunken. Die Höhe betrug noch knapp 450 Meter.

»Zum Teufel, Edwards, was soll ich tun?«

»Kommen Sie nach Hause«, sagte der Flugleiter. »Landen Sie, Pilot. Kommen Sie rein und beten Sie.«

Die *Discovery* setzte knapp drei Minuten nach dem letzten Funkruf auf der Landebahn der Edwards Air Force Base auf. Zuerst bekamen die Fahrwerke unter der Tragfläche Bodenkontakt. Eine ganze Weile brauste die *Discovery* mit aufgerichteter Nase über den Asphalt. Als sich die Geschwindigkeit immer weiter reduzierte, zog die Schwerkraft die Nase des Shuttles dem Boden entgegen. Das Bugrad bekam unter einem Schwall von Qualm und Staub Bodenkontakt. Doch es knickte nicht ein. Zumindest nicht sofort. Gibson bremste und aktivierte die zusätzlichen Bremsfallschirme. Schließlich gab das Bugrad nach, und der Rumpf der Raumfähre streifte über den Boden. Funken stieben auf, und ein Teil der Rumpfkacheln löste sich. Noch immer rollte das Raumschiff auf den Tragflächenfahrwerken geradeaus weiter, bis es kurz vor dem Ende der Landebahn zum Stehen kam. Sofort brausten Rettungsfahrzeuge über die Landebahn und hielten auf die *Discovery* zu.

»Mein Gott, das war knapp«, sagte der Chef des Rettungsteams, nachdem die Astronauten aus dem Shuttle geborgen waren. »Sie haben es geschafft, Sie Teufelskerl. Wie haben Sie das bloß hingekriegt?«

»Ich habe gebetet«, antwortete Don Gibson mit krächzender Stimme.

Caraguela, Orinoco-Delta, Venezuela

Trotz der holperigen Fahrt über staubige Straßen war Brian eingedöst. Die Umgebung wechselte ihr Gesicht. Der rötliche Staub wurde durch eine ausgedehnte Graslandschaft ersetzt, die von einem breiten Gürtel von Sträuchern und Büschen durchzogen war. Obwohl es noch früh am Morgen war, wurde es bald unerträglich heiß im Wagen. Die subtropische Luftfeuchtigkeit ließ Brians Hemd und Hose an seinem Körper festkleben. Schließlich rückte die Waldgrenze näher, und die ersten Bäume säumten ihren Weg. Brian hätte manches für eine Klimaanlage gegeben, doch der Landrover hatte seine besten Jahre schon hinter sich. Der Motor schnaubte, und dunkler Rauch quoll aus dem dröhnenden Auspuff, als sie eine Steigung passierten, deren Fahrbahnbelag aus blankem Felsgestein bestand. Kurz vor Mittag, bei tropischen Temperaturen, endete die Piste an einem reißenden Fluss.

»*Maldita sea!*«, fluchte Juan.

»Und was jetzt?«, fragte Brian, der schon das jähe Ende seiner Reise gekommen sah, doch Juan schaute ihn unbeeindruckt an.

»*Me cago en diez!*«, sagte er grinsend und legte einen Schalter um, der sich direkt neben dem Schaltknüppel befand. »Jetzt waschen wir den Wagen.« Er stieg aus dem Jeep und wies Brian an, sich hinter das Steuer zu setzen.

»Gas!«, rief er Brian zu, als er sich direkt vor dem Wagen postiert hatte.

Brian zuckte mit der Schulter.

»Auskuppeln und Gas geben, Canadiense!«

»Ich denke, das kriegt sogar ein Eskimo aus dem kalten Norden hin.«

Brian fluchte und tat, wie ihm aufgetragen wurde. Der Motor heulte auf. Schließlich erkannte er, was Juan vorhatte. Der Venezolaner hielt den Karabinerhaken der Seilwinde in der Hand und zog das Stahlseil hinter sich her. Der Fluss war tatsächlich nicht sonderlich tief. Das Wasser reichte Juan bis zu den Knien. Trotzdem bedurfte es einer gehörigen Anstrengung, die knapp zehn Meter breite und tückische Furt zu durchqueren. Am anderen Ufer angekommen, schlang Juan das dicke Stahlseil um einen kräftigen Baum. Wenig später zog die Winde den Wagen über die Furt ans andere Ufer.

»Auf den Straßen in das Delta muss man auf alles gefasst sein«, meinte Juan. »Aber ich sagte doch, ich kenne mich hier aus.«

Brian nickte anerkennend und schlug sich mit der flachen Hand gegen den Hals. Diese verdammten Mücken waren eine einzige Plage, und dabei hatte er sich vor dem Abflug mit reichlich Mückenschutzmittel eingedeckt. Eine Stunde später, drei Kilometer vor Tucupita, tauchten die ersten Hütten am Wegesrand auf. Juan lenkte den Wagen von der breiten Piste in einen schmalen Seitenweg, der mitten hinein in den dichten Dschungel führte. Brian lief inzwischen der Schweiß in Strömen über den Rücken. Die Luft im Wagen blieb trotz heruntergelassener

Scheiben heiß und stickig. Zehn Minuten später bemerkte Brian das Glitzern, das durch das lichte Blätterwerk der Bäume drang. Ein Seitenarm des Orinoco tauchte vor ihnen auf. Der Fluss war gewaltig, Brian schätzte die Breite auf beinahe einen halben Kilometer. Zwei Hütten standen am Ufer. Einfache Pfahlhütten, mit Außenwänden aus verschnürten Palmwedeln. Juan brachte den Landrover zum Stehen. Ein Eingeborener mit nacktem Oberkörper kam aus einer der Hütten. Er begrüßte Juan freundlich. Brian stieg aus. Das Geschrei von Brüllaffen hallte durch den dichten Wald.

Während sich Juan mit dem Indio in einer gutturalen Sprache unterhielt, ging Brian hinunter ans Ufer des Flusses. Zwei Langboote mit Außenbordmotoren lagen an einem hölzernen Landesteg vertäut. Erneut klatschte er mit der flachen Hand gegen seinen Arm. Ein weiterer Mückenstich.

»Dabei schlafen die meisten Viecher noch«, erklang Juans Stimme in seinem Rücken. Brian drehte sich herum. Juan ging zum Wagen und kehrte mit einer silbernen Dose zurück.

»Wenn Sie bis zum Abend nicht aufgefressen werden wollen, dann schmieren Sie sich das auf die Haut.«

Skeptisch öffnete Brian die Dose, die Juan ihm gegeben hatte, und roch daran. Er zuckte zurück und verzog das Gesicht.

»Was ist das?«

»Kerosin, Limone und Babyöl«, erwiderte Juan. »Das Einzige, was gegen diese verfluchten Plagegeister hilft.«

Widerwillig tauchte Brian den Zeigefinger in die stinkende Melange.

»Zweihundert Stiche am Tag sind keine Seltenheit«, erklärte Juan. »Vor allem hier am Fluss.«

»Und wie geht es weiter?« Brian strich sich die widerliche Emulsion auf die Arme.

»Yakuna bringt uns mit dem Boot nach Caraguela«, sagte Juan. »Es liegt etwa zwei Stunden nördlich von hier. Wir essen etwas und brechen in zwanzig Minuten auf. Und nicht vergessen, es hilft nur, wenn man alle Körperteile damit bestreicht. Aber das ist Ihre Sache, Doktor.«

»Na ja, vielleicht hält es wenigstens die Piranhas ab«, seufzte Brian.

Sie brachen planmäßig auf. Der Fluss war ruhig und die Strömung mäßig. Der Fahrtwind kühlte ihre erhitzten Körper und machte den Tag ein wenig erträglicher. Brian reckte die Arme in die Höhe und genoss die Abkühlung. Hin und wieder trieben Äste und Holzstämme am Boot vorbei.

»Der Sturm von gestern hat einige Bäume entwurzelt«, erklärte Juan. »Es gab ein kräftiges Gewitter.«

Sie bogen in einen Seitenarm ab, der nach Osten führte. Ein paar Orinoco-Delfine begleiteten das Boot ein Weilchen. Brian holte seine Kamera aus dem Rucksack und schoss ein paar Fotos von den grauen Gefährten. Nach einer weiteren Biegung tauchten Hütten am Ufer auf. Vor ihnen lag Caraguela.

3

Interstate 25, San Antonio, New Mexico

Ein kühler Morgen zog über White Sands herauf, und über den Wäldern des Cibola National Forest trieben Nebelschwaden in der Morgendämmerung. Sheriff Dwain Hamilton schlug den Pelzkragen seiner Jacke hoch und schaute hinüber auf die Interstate 25. Auf der Straße herrschte noch Ruhe, doch bald schon würden sich Tausende von Pendlern auf den Weg hinauf nach Albuquerque machen. Die Raststätte an der Interstate 25 lag von Bäumen umsäumt an einem kleinen Bachlauf, der sich ein paar Kilometer östlich in den Rio Grande ergoss. Die roten Lichter des Polizeiwagens rotierten hektisch, und das gelbe Absperrband jenseits der Müllcontainer flatterte im aufkommenden Wind.

Vor knapp einer Stunde hatte Deputy Lazard, Hamiltons Neffe, angerufen und ihn aus einem unruhigen Schlaf gerissen. Seit

Margo an Weihnachten mit den Kindern das Haus verlassen hatte, brauchte er nachts ein paar Drinks, um einschlafen zu können. In Hamiltons Kopf hämmerte eine ganze Schar Gleisarbeiter, trotzdem war er sofort hellwach, nachdem Lazard ihm vom Fund einer Leiche auf dem Parkplatz bei San Antonio berichtet hatte. In den letzten drei Jahren, seit er Sheriff geworden war, hatte es nur einen Mord gegeben. Hamilton war stolz darauf, dass er die 9000-Seelen-Gemeinde und das umliegende County fest im Griff hatte. Ein paar Diebstähle, Scherereien mit Trunkenbolden und hier und da eine Schlägerei – doch jetzt lag eine Leiche am Coward Creek zwischen zwei großen Müllcontainern. Ein junger Mann, etwa dreißig, auffallend blass, rothaarig und nur mit einer Schlafanzughose und einem gelben Sweatshirt bekleidet, das die Aufschrift *POW* trug. Keine Schuhe, keine Jacke, keinen Rucksack, nichts, das auf seine Identität oder seine Herkunft schließen ließ.

»Also, wenn Sie mich fragen, Sheriff«, sagte Dr. Roberts, der ortsansässige Arzt, »dann liegt er bereits seit gestern hier. Die Leichenstarre hat sich schon zurückgebildet. Aber sehen Sie, diese punktförmigen Eintrübungen hier sind sehr ungewöhnlich.«

Er zeigte auf die hellen Flecken, die den Kopf und den Oberkörper der Leiche bedeckten.

»Wenn mich nicht alles täuscht, sind das noch leichte Druckmarken von Sensoren, wie man sie im Krankenhaus beim EKG oder einem EEG verwendet.«

Der Doktor kniete sich nieder und hob den rechten Arm des Toten an. »Außerdem diese Einstiche in der Armbeuge«, fuhr er fort. »Entweder ist er ein Junkie oder aus einem Krankenhaus entlaufen.«

Sheriff Hamilton notierte die Angaben des Arztes in seinem kleinen schwarzen Notizblock.

»Woran könnte er gestorben sein?«, fragte der Sheriff.

Der Doktor überlegte. Noch einmal öffnete er die Augen des Toten und schaute prüfend in dessen Pupillen. Dann richtete er sich auf.

»Todesursache könnte durchaus eine Intoxikation sein, aber ich will mich da nicht festlegen. Erst müssen wir die Gewebeuntersuchungen abwarten. Auf den ersten Blick sieht es mir tatsächlich nach einer Überdosis aus.«

Sheriff Hamilton fluchte.

»Dann hat er sich einen goldenen Schuss gesetzt?«, fragte Deputy Lazard.

Dr. Roberts lächelte. »Entweder er – oder ein anderer.«

»Ermordet?«, fragte Lazard.

»Das herauszufinden ist Ihr Job.«

Ein schwarzer Buick bog auf den Parkplatz ein. Der Deputy an der Zufahrt versuchte, den Wagen anzuhalten, doch der Buick fuhr kurzerhand an ihm vorbei und bremste direkt vor Hamiltons Geländewagen. Ein Mann in grauem Anzug und einem beigefarbenen Trenchcoat öffnete die Beifahrertür und stieg aus. Breitbeinig schlenderte er auf Hamilton zu.

»Hallo, Sheriff!«, sagte der Mann. »So früh schon auf?«

»Howard«, erwiderte Sheriff Hamilton. »Was führt Sie in diese gottverlassene Gegend?«

Howard ließ den Sheriff einfach stehen. Er ging hinüber zu den Müllcontainern und warf einen Blick auf die Leiche. Inzwischen war auch der Fahrer des Buick ausgestiegen und wartete an der offenen Fahrertür.

»Tex, holen Sie die Spurensicherung und informieren Sie Albuquerque!«, rief Howard seinem Fahrer zu. »Die sollen gleich einen Leichenwagen herschicken. Außerdem will ich ein Team mit Hunden. Wir suchen hier alles ab!«

Tex nickte und verschwand im Wagen.

Sheriff Hamilton verzog das Gesicht. »Wenn ich mich nicht täusche, dann liegt der Parkplatz im Socorro County. Damit ist das unser Fall.«

Howard grinste breit und deutete auf den Highway. »Irrtum, Hamilton. Für den Highway ist die State Police zuständig, also wir.«

»Für den Highway vielleicht, aber der ist dort drüben.«

Howard zog ein Handy aus der Tasche und wählte eine Nummer. Wenig später wechselte er ein paar Worte mit dem Teilnehmer am anderen Ende. Dave Lazard warf Hamilton einen fragenden Blick zu. Schließlich trat Howard zu ihnen und reichte Hamilton das Mobiltelefon. Nach einem kurzen Telefonat mit dem Büro des Bezirksstaatsanwalts war die Zuständigkeit geklärt. Hamilton klappte das Telefon zu und reichte es Howard, der noch immer grinsend vor ihm stand.

»Dave, pack alles zusammen«, sagte Hamilton zu seinem Deputy. »Wir rücken ab.«

»Wer hat die Leiche gefunden?«, rief ihm Howard nach, als der Sheriff zu seinem Wagen ging.

»Es war Crow«, antwortete Hamilton. »Er hat die Müllcontainer geleert.«

»Und wo ist er jetzt?«

»Er ist weitergefahren. Vermutlich im Reservat.«

»Dann bringen Sie ihn her!«

Hamilton schüttelte den Kopf und setzte sich hinter das Steuer. »Ihr Fall, Captain Howard!«

Caraguela, Orinoco-Delta, Venezuela

Einfache Holzhütten, auf Pfählen erbaut und mit Palmwedeln gedeckt, säumten das Flussufer. In einer kleinen Bucht ragte ein primitiver Bootsanleger in den Fluss. Nachdem Juan das Boot vertäut hatte, schwang er sich auf die schwankenden Bohlen. Vier Indios vom Stamme der Warao, mit Lendenschurz bekleidet und starrem Blick, beobachteten vom Flussufer argwöhnisch die Besucher. Sie hielten Äxte in den Händen und schienen über die unvorhergesehene Störung ihres Alltags nicht gerade begeistert zu sein.

Yakuna zog es vor, im Boot zu warten, bis Juan das Begrüßungsritual vollzogen hatte. Als sich Brian erheben wollte, legte

Yakuna die Hand auf dessen Schenkel, zum Zeichen, dass es besser sei, erst einmal im Boot zu bleiben, bis Juan zurückkehrte. Hier draußen im Dschungel waren ungebetene Gäste nicht immer willkommen. Juan ging, die Handflächen ihnen zugewandt, ohne Eile auf die vier Indios zu. Eine Geste, die den Indios sagte, dass sie nichts zu befürchten hatten.

Schließlich näherte sich ein weiterer Warao. Ein Mann um die sechzig, mager, mit einem zerschlissenen Strohhut auf dem Kopf. Sein Gang und seine Gebärden hatten etwas Aristokratisches. Juan blieb stehen und wartete, bis der Alte bei ihnen war. Dann verneigte er sich kurz und begrüßte den Warao. Wortfetzen wehten zu Brian herüber, aber er konnte den Sinn der Worte nicht verstehen. Die Unterhaltung zog sich eine ganze Weile hin, doch der Alte schien nicht zum Ende kommen zu wollen. Brian wartete geduldig in der Hitze des verklingenden Tages und hoffte, bald diese schaukelnde Nussschale verlassen zu können. Inzwischen fanden sich immer mehr Dorfbewohner am Ufer ein. Auch Frauen und Kinder zeigten sich. Brian atmete auf, denn der Anblick von Kindern in dieser gespannten und scheinbar feindseligen Stille ließ ihn zuversichtlicher werden. Fast zwanzig Minuten später wandte sich Juan endlich dem Boot zu und bedeutete den beiden Wartenden, dass sie ebenfalls aussteigen durften.

Brians Glieder schmerzten, und er streckte sich. Das Boot wankte bedrohlich, als er mit einem ausgreifenden Schritt den Ausleger betrat. Yakuna sprang behände vom Boot und folgte ihm. Langsam gingen sie auf Juan und den Alten zu.

»Das ist der Dorfälteste«, erklärte Juan. »Er erlaubt uns, das Dorf zu betreten, und heißt uns willkommen. Allerdings gibt es ein kleines Problem mit Ihrer fliegenden Frau.«

Brian blickte Juan fragend an. »Ist sie etwa ... tot?«

Juan schüttelte den Kopf. »Sie ist zu den Göttern gegangen, auf eine lange Reise, sagt der Älteste. Aber ihr Körper ist noch am Leben.«

Brian schluckte.

»Ich habe ihm gesagt, dass Sie ein weißer Medizinmann sind«, fuhr Juan fort. »Der Dorfälteste ist dennoch einverstanden, dass Sie zu ihr gehen.«

»Was ist passiert?«, fragte Brian.

»Es war während des großen Sturms. Die Dorfbewohner hatten sich in ihrem Haupthaus versammelt, und die Medizinfrau bemühte sich, den Wolkengott zu beschwichtigen. Sie hat zu ihm gebetet und ist zu ihm hinaufgestiegen. Plötzlich wurde sie von einem gleißenden Licht eingehüllt. Es rauchte und qualmte, und dann zerbrach die Hütte.«

»Ein Blitz hat sie gespaltet?«

»Ich glaube ja«, sagte Juan. »Seither ist die Frau nicht mehr vom Wolkengott zurückgekehrt. Sie glauben, das Böse steckte in den Wolken und hat nach dem Dorf gegriffen, aber sie hat sich geopfert und dadurch das Dorf und die Bewohner beschützt.«

Der Alte wandte sich um und wies mit der Hand auf einen Pfad, der zwischen den Bäumen im nahen Dschungel verschwand. Brian ging zurück zum Boot und holte seinen Rucksack, dann brach die kleine Gruppe auf.

Der Pfad war ausgetreten und führte eine sanfte Anhöhe hinauf. Tropische Bäume und Farne säumten ihren Weg, und je weiter sie sich vom Fluss entfernten, umso heißer wurde es. Die Luft vibrierte vor Hitze, und selbst der Schatten spendete keine Abkühlung. »Verdammt!«, murmelte Brian, während er neben Juan dem Dorfältesten folgte. »Ich muss die Reportage bis zum Wochenende bei meiner Zeitung abliefern. In letzter Zeit geht wirklich alles schief.«

Als sie den Hügelkamm erklommen hatten, eröffnete sich vor ihnen eine weitläufige Lichtung. Karge, schmucklose Hütten standen scheinbar planlos durcheinander auf dem freien Platz. Doch als sie näher kamen, erkannte Brian, dass alle Gebäude und Stallungen auf das große Haus in der Mitte der Lichtung ausgerichtet waren. Das Haus der Dorfgemeinschaft.

Der Alte murmelte ein paar Worte, und Juan übersetzte. »Die Frau heißt Ka-Yanoui. Sie liegt dort drüben im großen Haus. Wir sollen leise sein, es darf in ihrer Nähe nicht gesprochen werden, damit ihr Geist nicht verwirrt wird und in den Körper zurückfindet.«

Brian nickte. Schon von Weitem erkannte er den hinteren Teil der Stammeshütte, der eingestürzt war. Dunkle, verkohlte Balken lagen umher, und die Palmblätter, welche die Außenwand gebildet hatten, waren braun und versengt.

»Wie gesagt, ein Blitzschlag«, murmelte Brian.

Vor der großen Hütte wies der Alte sie an zu warten, ehe er mit seinen Begleitern im mit Teppichen verhüllten Eingang verschwand. Die große Gruppe Eingeborener, die sich inzwischen um die sonderbaren Besucher versammelt hatte, verharrte in Stille. Brian beschlich ein eigenartiges Gefühl. Nur die Stimmen des Urwalds drangen an sein Ohr. Das Vogelgezwitscher und hier und da der Schrei eines Brüllaffen. Die Menschen schwiegen. Sogar die Kinder standen reglos unter den Erwachsenen und musterten die Fremden mit sorgenvoller Miene.

»Warum ist es hier so ruhig?«, flüsterte Brian.

Juan räusperte sich. »Sie glauben, dass der Kampf mit dem Wolkengott den Geist der Schamanin verwirrt hat und er nun irgendwo über dem Dorf umherirrt und nach seinem Körper sucht. Deswegen schweigen sie. Sie wollen den Geist auf seiner Suche nicht ablenken.«

Brian nickte.

Nach einer Weile erschien der Älteste in der Türöffnung und gab Juan und Brian ein Zeichen. Zögerlich betraten sie die Stufen, die hinauf zum Eingang führten. Yakuna blieb zurück. Brians Herzschlag beschleunigte sich, als er die Hütte betrat. Ihn schauderte, und trotz der feuchten Hitze überlief ihn eine Gänsehaut. Auf dem Boden brannten unzählige Kerzen.

In der Mitte der riesigen Halle lag auf einem Bett aus mehreren Decken der reglose Körper der Frau. Brian trat näher. Frauen des Stammes umgaben das Lager der Schamanin. Mit einem Tuch benetzte eine der Indiofrauen Stirn und Lippen der Schlafenden. Als Brian einen Schritt näher trat, sah er ihre offenen Augen, die reglos und stumpf durch ihn hindurchblickten. Der Brustkorb der Frau hob und senkte sich. Sie lebte.

Der Alte flüsterte Juan ein paar Worte zu. »Sie können ruhig näher kommen, Dr. Saint-Claire«, übersetzte er.

Brian kam der Aufforderung nach und kniete sich zur Linken der Frau nieder.

»Darf ich sie untersuchen?«, fragte er in gedämpftem Ton.

Juan übersetzte, und der Alte nickte. Brian hob das Ohr an den Mund der Schlafenden. Die ausgestoßene Atemluft strich ihm über die Wange. Er fühlte ihren Puls. Er ging langsam, aber regelmäßig. Als er ihre Augen betrachtete, bemerkte er das leichte, fast unmerkliche Flackern ihrer Pupillen.

»Ich habe so etwas zwar noch nie gesehen«, sagte Brian im Flüsterton, »aber ich glaube, sie ist dem Leben so fern wie dem Tod. Offenbar ist sie durch den Blitz in eine Art Wachkoma gefallen. Ich fürchte, sie wird sterben, wenn wir sie nicht in eine Klinik bringen. Sie muss mit Flüssigkeit und Nahrung versorgt werden, sonst wird sie in ein paar Tagen dehydrieren.«

»Keine Chance, Doktor«, erwiderte Juan. »Sie gehört in dieses Dorf.«

»Dann stirbt sie!«

»Sie verstehen die Menschen hier draußen nicht«, erwiderte Juan leise. »Sie hat das Dorf vor großem Unheil beschützt. Die Dorfbewohner spüren noch immer ihre Anwesenheit. Ihr Geist wacht über das Dorf. Wenn sie fortgeht, dann sind die Menschen hier schutzlos allen Gefahren des Dschungels ausgeliefert und ihr Geist wird ihren Körper nie mehr wiederfinden.«

»Das ist doch purer Aberglaube.«

»Für Sie ist es Aberglaube. Es ist der Glaube der Warao, und das allein zählt. Sie werden Ihnen niemals gestatten, die Frau von hier wegzubringen.«

»Hier kann niemand etwas für sie tun«, sagte Brian.

Juan wandte sich dem Dorfältesten zu und flüsterte ihm ein paar Worte ins Ohr. Schließlich nickte der Alte und begleitete die beiden Besucher wieder aus der Hütte hinaus. Zusammen mit Yakuna folgten sie dem Alten, der sie zu einem kunstvoll gebauten Haus führte, über dessen Giebel der prächtig geschmückte Kopf einer Raubkatze prangte. An der Feuerstelle neben dem Eingang ließen sie sich nieder. Der Alte wies ein paar umherstehende Frauen an, Speisen zuzubereiten. Inzwischen erzählte er Juan, der wiederum dessen Worte für Brian übersetzte, vom Alltag der Warao, von der Jagd und von dem Leben, das sein Volk hier draußen führte. Hin und wieder gebe es blutige Auseinandersetzungen mit anderen Stämmen, welche die Fischgründe der Warao plünderten oder die Reviere des Stammes nach Beute durchstreiften. Die Schamanin habe das Dorf immer gut beschützt und die Kranken oder Verletzten geheilt. Sie besitze die Gabe des zweiten Gesichts und könne alle Geister bändigen. Nur wenige aus seiner Sippe seien in letzter Zeit gestorben. Auch im Kampf habe es keine Verluste mehr gegeben, seit Ka-Yanoui mit den Geistern spreche. Während ihrer Gespräche mit ihnen sei es vorgekommen, dass die Geister sie in die Höhe hoben. Um seine Worte mit einer Geste zu unterstreichen, fuhr der Älteste mit der flachen Hand im Abstand von etwa einem halben Meter über den Boden. Daraufhin erhob sich der Indio und verschwand in der Hütte.

»Da haben Sie Ihre Story«, sagte Juan.

»Was haben Sie in der Hütte zu ihm gesagt?«, fragte Brian.

Juan lächelte. »Machen Sie ein paar schöne Bilder von dieser wilden Gegend und schreiben Sie über die Warao. Schreiben Sie, dass es noch Menschen gibt, die glücklich und zufrieden mit dem sind, was die Natur ihnen schenkt, und die unsere Zivilisation nicht brauchen, um ein ausgefülltes Leben zu führen.«

»Was haben Sie in der Hütte gesagt?«, wiederholte Brian beharrlich.

Juan zog die Stirn kraus. »Ich habe ihm gesagt, Sie glauben, dass ihr Geist bald wieder zu ihrem Körper findet.«

»Sie wird sterben, wenn wir sie nicht in eine Klinik bringen«, entgegnete Brian barsch. »Es ist unsere Christenpflicht.«

»Das denke ich nicht«, entgegnete Juan. »Ich bin auch Christ und im Namen Gottes getauft worden. Aber wenn ich sehe, was Gott mit seinen Dienern so alles geschehen lässt, dann kommen mir jedes Mal Zweifel, ob es ihn überhaupt gibt.

Diese Menschen glauben daran, dass alle Dinge, die sie umgeben, von einem großen Geist erfüllt sind und dass diese Geister den Menschen nicht von vornherein gütlich gestimmt sind. Deswegen brauchen sie ihre Schamanin. Sie glauben, dass eine Kraft in ihr wohnt, der es gelingt, die bösen Geister zu beschwichtigen oder zu vertreiben. Wenn wir ihnen diese Frau wegnehmen würden, dann würden wir sie einer großen Kraft berauben. Wenn wir den Zustand der Frau auf eine medizinische Diagnose reduzieren, dann verraten wir den Glauben, ja, die Zuversicht dieser Menschen. Wollen Sie das tatsächlich?«

Brian schluckte. »Sie wird verdursten und verhungern, wenn sie hierbleibt«, unternahm er einen letzten, zaghaften Versuch, Juan von der Notwendigkeit der medizinischen Behandlung der Schamanin in einer Klinik zu überzeugen.

»Wenn es ihr Schicksal ist zu sterben, dann wird sie sterben. Aber das ist für diese Menschen leichter zu akzeptieren, als wenn wir ihnen die Verbindung zu den Göttern und den Schutz vor ihnen nehmen.«

Brian seufzte. Tief im Inneren wusste er, dass Juan recht hatte. Die Frau gehörte zu ihrem Volk, im Leben wie auch im Sterben, und vor allem auch im Tod. Und noch etwas hatte er begriffen: Juan war kein stumpfsinniger und ungebildeter Cowboy, wie er zuerst geglaubt hatte, er war ein feinfühliger und intelligenter Mensch. Viel näher an der Natur der Dinge, als Brian anfänglich vermutet hatte. Wenig später trugen die Frauen das Essen auf. Brian hatte keinen Appetit, doch der Alte, der in die Runde zurückgekehrt war, hätte es als Beleidigung aufgefasst, wenn er nicht aß. Widerwillig tat Brian es den anderen gleich und langte mit gewölbten Fingern in die hölzerne Schüssel. Erstaunen legte sich über sein Gesicht. Der Brei schmeckte vorzüglich.

»Was ist das?«, fragte er.

Juan schmatzte und leckte sich die Finger ab. »Das ist ein Brei aus Wurzeln, Gemüse und Fisch. Sehr nahrhaft.«

»Fisch?«

»Piranhas«, entgegnete Juan lachend.

Cape Canaveral, Florida

NASA-Direktor Traverston schaute mit betretener Miene über seinen Brillenrand, als Professor James Paul, der verantwortliche Leiter der Shuttle-Missionen, mit seinem Bericht endete.

»Und warum haben die Meteorologen den Sturm nicht voraussehen können?«, fragte er.

»Sie haben sich verschätzt«, erklärte Paul. »Einfach verschätzt. Wir hatten ihn auf dem Bildschirm, aber er hat sich mit unerwartet hoher Geschwindigkeit auf die Baja zubewegt. Das war nicht abzusehen.«

»Trotzdem, ein Gewitter kann das nicht verursacht haben«, sagte Traverston. »Ich habe noch nie davon gehört, dass ein Blitzschlag einen komatösen Zustand bei Astronauten hervorruft. Verbrennungen, Tod, das sind bekannte Folgen. Und warum sind nur zwei Astronauten davon betroffen, während der dritte den Blitzschlag schadlos übersteht, obwohl er sich nur ein paar Meter von den anderen entfernt im selben Raum befindet? Da stimmt etwas nicht, James.«

»Ich weiß«, entgegnete der Professor. »Das ist es ja gerade, was mich stutzig macht. Ich schlage deswegen vor, alle Shuttleflüge vorläufig einzustellen, bevor wir den Vorfall nicht genauestens untersucht und geklärt haben. Wir können nicht ausschließen, dass unsere Systeme versagten.«

Traverston winkte ab. »Wir können nicht einfach unsere Verträge mit den anderen Nationen ignorieren. Der Ausbau der Versorgungseinheit des ISS muss bis zum Oktober abgeschlossen sein. Das heißt, wir müssen mindestens noch zwei weitere Flüge in den Orbit unternehmen.«

»Und was sagen wir den Österreichern?«

Traverston überlegte. »Es ist dumm, dass wir ausgerechnet bei dieser Mission einen Gast der ASA an Bord hatten. Damit können wir die Geschichte wohl kaum auf kleiner Flamme halten. Wie geht es Ziegler?«

»Ziegler und auch Sanders liegen in unserer Klinik hier im Space Center. Ihr Zustand ist unverändert. Nur Gibson ist wach aus dem All zurückgekehrt. Er hat ein paar Blessuren bei der Bruchlandung davongetragen, aber er kann die Klinik bald schon wieder verlassen.«

Es klopfte an der Tür. Paul schaute ärgerlich auf. Er hatte ausdrücklich erklärt, dass er nicht gestört werden wolle.

»Ja?«, rief er unwirsch.

Die Tür wurde geöffnet, und seine Sekretärin steckte den Kopf durch den Türspalt. Neben ihr stand Dr. Lisa White Eagle, eine Navajo-Indianerin. Sie war Physikerin und schon seit einigen Jahren verantwortlich für die Technik an Bord der Shuttles. Ihr Gesicht wirkte besorgt.

»Was ist denn los?«, brummte Paul.

Lisa White Eagle trat näher und nickte Direktor Traverston wortlos zu.

»Na los, was gibt es denn?«, sagte Paul.

»Wir haben die ersten Untersuchungen am Shuttle abgeschlossen«, berichtete White Eagle. »Die Schäden an der Außenhülle und dem Fahrwerk sind nur geringfügig. Aber die gesamte Steuerungstechnik muss erneuert werden. Offenbar hat die *Discovery* durch die Ionisierung der Luftschichten trotz der Abschirmung einen beträchtlichen Schaden davongetragen.«

»Wie lange wird das dauern?«

»Vier, fünf Wochen bestimmt.«

»Gut«, erwiderte Paul. »Dann machen Sie sich sofort an die Arbeit!«

»Da ist noch etwas«, sagte White Eagle und warf Traverston einen fragenden Blick zu.

Paul horchte auf. »Was denn?«

»Es gibt da einen ungewöhnlichen Umstand, von dem ich Ihnen berichten muss. Uns fehlt augenblicklich jegliche physikalische Erklärung dafür.«

»Raus mit der Sprache!«

»Das Steuerelement im Shuttle ist mit dem Kontrollelement der Basis nicht mehr synchron.«

»Was genau bedeutet das?«, meldete sich Traverston zu Wort.

»Wir haben eine Abweichung von minus 0,667 Sekunden«, erklärte Lisa White Eagle. »Normalerweise ist das Steuerungssystem des Shuttles mit der automatischen Steuerung der Bodenkontrolle auf Zulu-Zeit unter Berücksichtigung der relativistischen Zeitdilatation synchronisiert. Alle Steuerbefehle, die wir jetzt an das Shuttle online übermitteln würden, würden entweder zu früh ausgeführt werden, oder es gäbe Abweichungen in den Datensträngen, die bis zur Ignorierung der Befehle führen könnten. Kurzum, eine automatische Flugkontrolle des Shuttles ist überhaupt nicht mehr möglich.«

»Was ist daran ungewöhnlich, schließlich ist das Ding ja mitten durch einen Orkan geflogen?«, erwiderte Traverston.

»Da ist eine Atomuhr eingebaut, die lässt keine Abweichung zu«, erklärte Professor Paul.

White Eagle nickte. »Wir haben bislang keine vernünftige Erklärung dafür.«

Traverston warf einen Blick auf seine Armbanduhr. »Gut, James«, sagte er, mit einem Mal in Eile. »Untersuchen Sie die Sache. Sie haben von mir grünes Licht. Wenn wir auf die *Discovery* sowieso ein paar Wochen verzichten müssen, dann werden wir eben einige Flüge verschieben. Ich werde mich bemühen, den Österreichern zu erklären, was passiert ist. Aber verschonen Sie mich mit allzu vielen technischen Details. Ich sage denen einfach, der Sturm ist daran schuld, und bringe mein Bedauern zum Ausdruck.«

»Und was ist mit einem Startverbot?«, fragte Paul den Direktor, der sich bereits der Tür zugewandt hatte. »Ich meine damit auch die *Endeavour* und die *Atlantis*. Diese Shuttles fliegen mit der gleichen Technik.«

Traverston zögerte. »Sie haben sechs Wochen bis zum geplanten Start der *Atlantis*«, entgegnete er. »Wenn Sie bis dahin keinen erklärbaren Grund für den Unfall gefunden haben, dann ist allein der Sturm dafür verantwortlich. Ist das klar, James? Wir haben in der Raumfahrt bisher immer Opfer bringen müssen, und wegen eines solchen Zwischenfalls können wir das ISS-Projekt nicht unnötig verzögern. Diesmal sind wir wieder die Nummer eins im All und nicht die Russen. Nur wenn Sie mir definitiv sagen, dass es beim nächsten Mal unweigerlich wieder zu einer solchen Katastrophe kommt, dann werde ich mich hinter Sie stellen, aber nur dann. Auch ich habe das Columbia-Desaster noch nicht vergessen. Haben Sie mich verstanden, James?«

Professor Paul nickte.

4

Mississippi-Bucht, Alabama

Der Hurrikan, den Wayne Chang im Karibischen Meer ausgemacht hatte, lief entlang einer Tiefdruckrinne auf die Mississippi-Bucht, das Mündungsdelta des Flusses, zu und traf mit voller Wucht die Küstenregion um die Stadt Mobile. Die Menschen der gefährdeten Orte hatten ihre Häuser verbarrikadiert und die Fenster mit Brettern vernagelt. Doch diese Schutzmaßnahmen halfen nur wenig. Den Windgeschwindigkeiten nahe den 250 Kilometern pro Stunde trotzten weder die schweren

Holzbalken noch die Bretterverschläge. Der Sturm riss alles mit, was sich ihm in den Weg stellte. Einige Menschen waren mit den notwendigsten Habseligkeiten ins Landesinnere geflohen, diejenigen aber, die es vorgezogen hatten, in ihren Häusern zu bleiben und auszuharren, beteten um ihr Leben.

Der Pfarrer von Marlow, südöstlich von Mobile, musste hilflos mit ansehen, wie das Dach seiner Kirche vom Wind emporgehoben wurde und in den dunklen Wolken verschwand. Es war das Letzte, was er in seinem Leben wahrnahm, bevor er, getroffen von den schweren Stützbalken des Kirchenschiffs, tödlich verwundet zu Boden sank.

Wie Streichhölzer knickten die Brückenpfeiler der Eisenbahnbrücke im Westen der Stadt ein und begruben ein Fabrikgebäude unter sich. Keiner der Arbeiter darin überlebte.

Außerhalb der Stadt, an der Straße nach Summerdale, zerrte der Wind an der Farm der Richardsons, einer schwedischen Familie, die vor zwanzig Jahren in die USA eingewandert war und sich mit Schweiß und Tränen eine Existenz aufgebaut hatte. Melissa Richardson saß mit ihren sechs Kindern im Keller, während ihr Ehemann mit ein paar Nachbarn versuchte zu retten, was nicht mehr zu retten war. Dicht aneinandergedrängt duckten sie sich auf den Boden. Schützend schlang Mrs Richardson die Hände um ihre Kinder. Das Brausen hatte sich zu einem infernalischen Tosen gesteigert, und das laute Poltern verriet ihnen, dass der Wind mit aller Kraft seine Beute, Reklametafeln, Holzbalken oder Bretter, gegen die Außenwände blies. Sie murmelte ein Gebet, und Tränen rannen über die Wangen der Kinder. Wenn es nach ihr gegangen wäre, dann hätten sie sich allesamt am frühen Morgen in den Wagen gesetzt und hätten sich aus dem Staub gemacht, wären bis hinauf nach Jackson gefahren. Doch es war ihr nicht gelungen, ihren Ehemann zu überzeugen.

»Ich habe das hier alles mit meinen eigenen Händen aufgebaut«, hatte er gesagt. »Ich lass es mir nicht einfach wegnehmen.«

Im Angesicht des Sturms wusste Melissa instinktiv, dass es ein Fehler gewesen war, der Sturheit ihres Mannes nachzugeben. Sie hätte ihn nötigenfalls sogar allein zurücklassen müssen, um ihre Kinder in Sicherheit zu bringen.

Draußen schien es, als ob der Wind nachlassen würde. Zumindest beruhigte sich das Tosen, und auch die Einschläge an der Hauswand verklangen. Hoffnung keimte in ihr auf, einen flüchtigen Moment dachte sie, das Schlimmste wäre überstanden, doch sie irrte: Das Schlimmste stand ihr erst noch bevor.

Das Haus wurde sprichwörtlich über ihren Köpfen hinweggefegt. Dann hob der Wind die Dielen des Erdgeschosses an, die ihr einziger Schutz vor den wirbelnden Luftmassen geblieben waren, und eine um die andere wehte davon, bis sich die tobenden Gewalten hinab in ihren Keller stürzten. Tom, ihr vierjähriger Sohn, war der Erste, den die entfesselte Naturgewalt mit sich fortriss. Melissa umklammerte mit aller Kraft ihre restlichen Kinder, doch es war zu spät. Sie schrie auf, als der neue Traktor, von einem Luftwirbel getragen, auf sie herniederstürzte. Sekunden später war die Familie Richardson samt ihrem ganzen Besitz – Wohnhaus, Stallungen und Tieren – ausgelöscht: von den einstürzenden Massen erschlagen oder in einem Luftwirbel hinweggefegt.

Die unbändige Kraft des Hurrikans schien nahezu unerschöpflich. Auf einer Schneise von beinahe 200 Kilometern Breite zerstörte *Amy,* wie die Meteorologen den tropischen Zyklon benannt hatten, Gehöfte, Dörfer und ganze Stadtteile. Er hinterließ ein Band von Tod und Zerstörung. Erst als der Zyklon Mobile erreichte, hatte er sich abgeschwächt und wurde zu einer Front aus Regen und Gewitter. Die Regenflut überschwemmte weite Teile des Landes und zerstörte den kümmerlichen Rest, der den Wind überdauert hatte. Überall an der Südküste von Alabama und in der Mississippi-Bucht hörte man an diesem Tag die Sirenen der Rettungswagen und des Katastrophenschutzes, und als die Nacht hereinbrach, waren die Krankenhäuser und Leichenhallen, die der Sturm verschont hatte, überfüllt von Menschen. Der Gouverneur von Alabama rief in den Abendstunden des Maitages den Notstand aus, und die Nationalgarde unterstützte die Rettungskräfte bei den Bergungsarbeiten. Das Ausmaß der Zerstörungen war gewaltig. Es würde Wochen, ja Monate dauern, bis die gröbsten Spuren des Hurrikans beseitigt wären – manche würden noch lange sichtbar sein. *Amy* kostete über einhunderttausend Menschen das Leben.

Währenddessen atmeten die Bewohner der Westküste um Los Angeles auf. Zwar hatte der Zyklon *Bert* die Küstenregion der Baja California gestreift, doch die Tiefdruckrinne hatte sich zunehmend nach Nordwesten auf den Pazifik hinaus verlagert. Knapp 500 Kilometer vor der Westküste der Vereinigten Staaten von Amerika löste sich der Sturm über dem Pazifik auf. Nur ein paar Hütten und Strandkörbe von Hotels waren umgerissen worden. Todesopfer gab es keine zu beklagen. Die Westküste der Vereinigten Staaten war nur knapp einer Katastrophe entgangen.

Racine, Wisconsin

Suzannah Shane hatte es sich mit ihren Büchern auf dem Balkon ihrer Wohnung an der Oakes Road gemütlich gemacht und die dicke Strickjacke übergezogen, als der Wind von Süd auf Westen drehte. Die Sonne hatte sich hinter einem dichten Wolkenband versteckt, und über dem Lake Michigan waren dunkle Wolken aufgezogen, die nach Racine herübertrieben.

Innerlich fluchte sie, weil sich der anfänglich sonnige Tag doch noch zu einem Regentag entwickelte. Es war ihr erster Urlaubstag, und sie hatte sich geschworen, diesmal richtig auszuspannen, zu lesen und einfach nur die Stunden am See zu genießen. Vielleicht würde sie ein paar Tage an die Ostküste fahren oder hinunter nach New York, wo ihre Schwester wohnte, aber wenn sie ehrlich zu sich selbst war, dann hatte sie keinerlei Lust dazu.

Nach dem heftigen Streit mit ihrer Mutter stand zumindest Baltimore nicht auf ihrem Programm.

»Auf der einen Seite hast du Erfolg in deinem Beruf, aber im Leben findest du dich nicht zurecht, da versagst du ständig«, hatte ihre Mutter ihr vorgeworfen, als sie vor zwei Wochen miteinander telefonierten. Suzannah war ausgerastet und hatte die Kontrolle verloren. Sie hatte ihren Stolz, und als Versagerin bezeichnet zu werden, ließ sie sich nicht gefallen. Eigentlich taten ihr die barschen Worte leid, mit denen sie ihre Mutter in die Schranken gewiesen hatte. Doch zu einem Besuch und zu einer Entschuldigung war Suzannah noch nicht bereit. Seither herrschte Funkstille. So hatte Suzannah beschlossen, in der ersten Woche erst einmal richtig auszuspannen.

Ein kräftiger Windstoß fegte über ihren Balkon und verblätterte die Seiten des Buchs, das in ihrem Schoß lag. *Romeo und Julia,* der Klassiker von Shakespeare über die romantische, aber auch verhängnisvolle Liebe zweier Menschen, die nicht zusammenkommen durften.

Liebe, Treue, Leidenschaft – das war etwas, was in ihrem Leben keinen Platz mehr einnahm. Sie hatte nur einmal in ihrem Leben wirklich geliebt, doch das war nun schon Jahre her. Kurz vor der geplanten Hochzeit war dieser Kerl einfach aus ihrem Leben verschwunden. Es hatte ihr das Herz gebrochen, und dieser Bruch war nie mehr richtig verheilt. Zwar gab es danach einige Romanzen, eine Ehe sogar, aber das beglückende Gefühl der Liebe war nie mehr wieder in ihr Leben zurückgekehrt. Ihre überstürzte Ehe mit einem Arzt war gescheitert.

Er konnte ihr nicht geben, wonach sie sich sehnte, und ihr wurde klar, dass ihre erste große Liebe ihr Glück einfach mit sich genommen hatte und sich einen Dreck darum scherte, was aus ihr werden würde. Seither verschlang sie Literatur, die von unglücklichen Liebschaften handelte. Es war alles, was ihr geblieben war, doch ihr mangelndes Glück in der Liebe lag keineswegs an ihrem Aussehen. Seit der Scheidung von Andrew, den sie bei einem gemeinsamen Forschungsprojekt am Memorial Hospital kennengelernt hatte, joggte sie mindestens zweimal in der Woche. Der Lohn ihrer Mühe war eine makellose Figur, die sie durch tägliches Hanteltraining im Kraftraum der Universität abrundete. Ihre rötlich schimmernden, glatten Haare und ihr dunkler Teint ließen sie ein wenig verwegen erscheinen. Auch wenn sie schon Mitte dreißig war, gab es noch immer Männer, die sich nach ihr umdrehten. Ihre Depressionen bekämpfte sie mit ihrer Arbeit, die mittlerweile zum Mittelpunkt ihres Lebens geworden war. Sie hatte sich als Neuropsychologin und eine der bedeutendsten Schlafforscherinnen in den Vereinigten Staaten einen Namen gemacht. Der Weg zur Professur war geebnet. Nur selten ließ sie sich auf Affären ein – mehr als ein paar One-Night-Stands hatte es in den letzten Jahren nicht gegeben. Ihr Arbeitstag betrug manchmal bis zu sechzehn Stunden. Keine Zeit mehr für die Suche nach der Liebe und keine Zeit mehr für Depressionen. Keine Zeit für weitere Enttäuschungen. »Stolpern ja, fallen nie wieder«, war zu ihrem Lebensmotto geworden. Daran änderten auch die ständigen Vorwürfe ihrer Mutter nichts.

Erneut blies eine kalte Windböe über ihren Balkon, der sich auf der Seeseite ihres Apartmenthauses befand. Die Dreizimmerwohnung, die sie sich gekauft hatte, lag direkt am Lake Michigan, in einer der teuersten Gegenden. Eine abgeschlossene Wohnanlage für die gehobene Mittelschicht. Sogar einige Schauspieler aus Hollywood hatten sich hier für viel Geld Apartments gekauft, um dem Stress der Filmstadt zu entfliehen und ein paar Tage am See auszuspannen. Drei lang gestreckte Bauten vereinigten sich zu einem nach Westen hin geöffneten Karo. In der Mitte befanden sich ein riesiger Swimmingpool und eine Bar. Nur Bewohner und deren Gäste erhielten Einlass in die exklusive Wohnanlage. In der Tiefgarage stand ihr gelber Porsche, den sie sich vor ein paar Monaten gekauft hatte und mit dem sie nach Chicago fuhr, bis auf die Tage, an denen sie wieder einmal in ihrem kleinen Zimmer in der Uni übernachtete, weil sich die Heimfahrt entlang des Lake Michigan nicht mehr lohnte. Geld war kein Problem. Ihr monatlicher Verdienst war ordentlich, und ihre Veröffentlichungen in verschiedenen wissenschaftlichen Fachzeitschriften brachten ihr von Zeit zu Zeit zusätzliche Einnahmen. Gemessen an ihrem Stand, ihrer Reputation und ihrem materiellen Besitz hätte sie durchaus glücklich sein können, doch sie wusste und hatte sich mittlerweile damit abgefunden, dass ihr das Wesentlichste für immer fehlen würde.

Das Telefon klingelte und riss sie aus ihren Gedanken. Die ersten Urlaubstage waren am schlimmsten. Sie betrat ihre Wohnung und nahm den Hörer ab.

»Hallo, Suzi«, erklang die Stimme ihrer Schwester Peggy aus dem Lautsprecher. »Ich wollte mich mal bei dir melden. Wegen deines Urlaubs und so.«

Erleichtert atmete Suzannah auf. Sie hatte schon befürchtet, dass jemand aus der Uni am Apparat wäre und ihr Urlaub ein jähes Ende finden würde.

»Du, ich weiß noch nicht, wann ich kommen kann«, sagte Suzannah. »Ich muss erst einmal zu mir selbst finden. Der ganze Stress in der letzten Zeit …«

»Wann warst du eigentlich das letzte Mal bei uns? Vor einem Jahr? Versprochen hast du es oft. Die kleine Sarah wird ihre Patentante überhaupt nicht mehr wiedererkennen. Du igelst dich immer mehr ein. Mutter hat dich fast schon ein halbes Jahr nicht mehr gesehen. Sie macht sich Sorgen.«

»Sorgen?«

»Hast du eigentlich noch Freunde?«

Suzannah seufzte. »Doch nicht schon wieder diese Nummer. Es geht mir gut. Ich verdiene reichlich Geld, ich kann mir was leisten, mein Sexualleben ist nach wie vor aufregend, und mein letzter Arztbesuch war auch okay.«

»Als ob das alles wäre«, erwiderte Peggy. »Ich meine, das Leben besteht doch aus mehr als aus Arbeit und Schlaf. Was liegt bei dir dazwischen?«

Suzannah blickte an die Decke. »Hast du angerufen, um mir eine Moralpredigt zu halten, oder hat dich Mutter darum gebeten?«

»Nein, aber ich sorge mich eben um meine kleine Schwester. Und ich will nicht nur einmal alle zwei Monate mit ihr telefonieren, ich möchte sie wiedersehen. Ist das zu viel verlangt?«

»Und warum kommst du nicht einfach hierher?«

»Gute Idee, ich bringe die Kinder und Robert mit, und wir machen uns ein paar schöne Tage, während wir uns bei dir einnisten. Sagen wir übermorgen?«

Suzannah sog tief die Luft ein. Dieser Überfall war das Letzte, was sie jetzt gebrauchen konnte.

»Na, ist das eine Idee?«, fragte Peggy herausfordernd.

»Ich ... ich weiß nicht ...«

»Ich möchte jetzt zu gern dein Gesicht sehen«, sagte Peggy lachend. »Aber nun Spaß beiseite. Roberts Einheit wurde für die nächsten vier Wochen nach Mobile verlegt. Sie helfen dort unten bei den Aufräumarbeiten. Ich fahre für zwei Wochen mit den Kindern zu Mama, und ich würde mich freuen, wenn du ebenfalls ein paar Tage vorbeikommst. Sagen wir, nächstes Wochenende. Damit hast du auf einen Schlag alle Pflichttermine erledigt und kannst dich für den Rest deines Urlaubs ganz auf dich konzentrieren.«

Suzannah überlegte. »Was macht Robert in Mobile?«, sagte sie, um vom Thema abzulenken.

»Wegen des Hurrikans«, erklärte Peggy. »Dort unten sieht es aus wie nach einem Bombardement. Seine Einheit leistet Katastrophenhilfe, und ich dachte, ich nutze die Gelegenheit und fahre mit den Kindern nach Baltimore. Aber ich verspreche dir, dass ich auch in Racine vorbeischaue, wenn es dir lieber ist.«

Suzannah hasste die penetrante Art ihrer Schwester. Sie hatte schon immer erreicht, was sie wollte. Peggy hatte immer ihren Willen ihr gegenüber durchgesetzt. Also wusste Suzannah, dass es keine leeren Worte waren – Peggy tat meist, was sie androhte. Außerdem konnte sie sich ihrer Mutter nicht ewig entziehen. Irgendwann würde sie den Haussegen wieder geraderücken müssen.

»Also gut, am nächsten Wochenende«, willigte Suzannah schließlich ein. »Aber am Montag fahre ich wieder nach Hause.«

»Das werden wir sehen«, erwiderte ihre Schwester, ehe sie das Gespräch beendete.

Suzannah legte sich auf die Couch und blickte stumm hinaus über den See. Ihre Augen wurden feucht, als sie über das Gespräch mit ihrer Schwester nachdachte. Peggy hatte recht. Nur Arbeit und Schlaf waren zu wenig, um glücklich zu sein. Doch was zum Teufel sollte sie tun? Sie fuhr sich über die Stirn. Schließlich erhob sie sich und ging in das Badezimmer. Die Tabletten lagen in der unteren Schublade des Wandschranks. Sie nahm eine der kleinen rosa Pillen und schluckte sie mit einem Glas Wasser hinunter. Eine weitere Dosis scheinbaren Glücks. Dann ging sie in ihr Schlafzimmer, ließ sich auf das Bett fallen und ließ ihren Tränen freien Lauf. Nach einer Weile beruhigte sie sich und trocknete die Augen. So hatte bislang jeder Urlaub der letzten Jahre begonnen. Stolpern ja, aber fallen niemals wieder.

Kennedy Space Center Hospital, Florida

Der Raum wirkte nüchtern und steril. Im Halbdunkel waren nicht mehr als das Bett und die Apparate zu erkennen. Schläuche und Kabel führten von den Maschinen zu dem Körper und dem Kopf des Mannes, der regungslos auf dem Bett festgeschnallt in leicht aufgerichteter Position lag. Die Fenster waren geschlossen, die grünlichen Vorhänge zugezogen. Ein Piepton erklang im gleichmäßigen Rhythmus. Verschiedenfarbene Wellenlinien liefen über die grünlichen Monitore, die auf dem Rolltisch neben dem Bett standen. Der Astronaut Helmut Ziegler von der Austrian Space Agency lag nun schon seit drei Tagen regungslos und mit geschlossenen Augen auf dem Bett in dem Hospital des

Space Centers. Alle Vitalfunktionen, bis auf die Atmung, bewegten sich am unteren Level. Doch alle eineinhalb Stunden begannen sich die Linien des Elektroenzephalogramms, des Elektrookulogramms und des Elektromyogramms wie wild hin und her zu bewegen, die Geräte verzeichneten deutliche Ausschläge. Mittels der Magnetresonanztomografie wurden dazu korrespondierend abwechselnde Gehirnaktivitäten im Hippokampus und im Kortex festgestellt. Zweifellos schlief Helmut Ziegler. Er schlief einen komaähnlichen Schlaf, aus dem er trotz aller Bemühungen des Ärzteteams der NASA nicht erweckt werden konnte. Ein vollkommen unnatürlicher, komatöser Zustand, der mit allen bislang gemachten Erfahrungen und den bisherigen Erkenntnissen unerklärlich blieb.

»Bei Sanders ist es keinen Deut anders«, sagte Dr. Brown, der verantwortliche Chefarzt des Hospitals, und sah auf seine Armbanduhr.

Professor Paul blickte durch die Glasscheibe in das Zimmer und beobachtete die Apparate.

»Es ist bald so weit«, erklärte Brown. »Sie können die Uhr danach stellen.«

»Und was steckt dahinter?«, fragte Paul.

»Hirnströme, dazu heftige Augenbewegungen und Muskelspannung. Der Mann träumt. Es gibt keine Zweifel. REM-Phasen wechseln sich mit Tiefschlafphasen ab. Alles ganz natürlich. Die Symptomatik lässt sich eindeutig diagnostizieren, nur eine Ursache hierfür können wir nicht finden. Also, ich habe so etwas noch nicht erlebt. Aber ich bin ja auch Internist und Bakteriologe. Uns fehlen Spezialisten. Neurologen, Psychiater oder fachlich kompetente Psychologen, in diesem Fall Schlafforscher, die sich ausschließlich mit einer solchen Problematik beschäftigen. Unser Team ist für solche Fälle nicht ausgestattet.«

»Und was raten Sie mir?«

Brown schüttelte den Kopf. »Ohne Fachleute kommen wir nicht weiter. Wir haben vergeblich die Bibliotheken sämtlicher

Fachkliniken nach ähnlichen Fällen durchsucht. Wir sind lediglich auf eine Publikation gestoßen, die sich in einem – sagen wir – Randbereich bewegt. Ein Psychologe hat vor Kurzem einen Artikel über eine Eingeborene veröffentlicht, die nach einem Blitzschlag offenbar ebenfalls in einen Tiefschlaf gefallen ist und träumt.«

»Sie raten mir also, Spezialisten von außerhalb hinzuzuziehen?«, fragte Paul.

»Bringen wir die Sache auf den Punkt«, erwiderte Brown. »Wenn wir überhaupt eine Chance haben wollen, das Rätsel unserer beiden Astronauten zu entschlüsseln und ihnen zu helfen, dann geht es nicht ohne Hilfe. Wir sind dazu nicht in der Lage.«

5

Socorro, New Mexico

Deputy Lazard lief der Schweiß über die Stirn. Seine Uniform war verschmutzt, und seine schwarzen Stiefel waren mit einem staubigen Film überzogen. Nachdem er die Tür zum Zellentrakt geschlossen hatte, wurde das laute Gebrüll von der dicken Stahltür verschluckt. Sheriff Hamilton stand hinter dem Tresen und blickte auf die Uhr.

»Wo habt ihr ihn erwischt?«, fragte er und zündete sich ein Zigarillo an.

Deputy Lazard klopfte den Staub von seinem Hut. »Er hat sich draußen bei Lopez in einer Hütte versteckt. Er ist betrunken und hat ausgetreten wie ein verrücktes Maultier. Wir mussten ihm die Handschellen anlegen.«

»Gute Arbeit«, kommentierte Sheriff Hamilton. »Ruf den Richter an. Hollow soll sich um den Bericht kümmern. Wenn du dich frisch gemacht hast, komm mal zu mir, ich muss mit dir reden.«

Lazard nickte.

Hamilton wandte sich um und verschwand in seinem Büro. Er setzte sich hinter den Schreibtisch und schlug den Aktendeckel zu. Zufrieden zog er an seinem Zigarillo. Wieder ein Fall, der erledigt war. Bearfoot würde zuerst einmal seinen Rausch ausschlafen, bevor er ihn morgen den Justizbehörden in Albuquerque zuführen würde. Er war ein Schläger und Säufer. Vor zwei Wochen war er aus dem Gefängnis von Las Cruces ausgebrochen, und seither trieb er sich im Socorro County herum. Letzten Dienstag hatte er Ellys Bar vor der Stadt heimgesucht, und nachdem er betrunken genug gewesen war, hatte er einen Streit mit einem Fernfahrer vom Zaun gebrochen. Von dem Mobiliar in der kleinen Bar war nicht viel übrig geblieben. Den Fernfahrer hatte er krankenhausreif geprügelt. Neben dem Widerstand, den er heute bei seiner Festnahme geleistet hatte, waren einige andere Anklagepunkte auf seiner Liste hinzugekommen. Genug, um ihn für weitere fünf Jahre aus dem Verkehr zu ziehen. Vor vier Jahren hatte Bearfoot in einem Streit ein Messer gezogen und Smitty, den Gärtnereigehilfen aus San Antonio, schwer verletzt. Auch damals war er betrunken gewesen. Sieben Jahre Haft hatte ihm das eingebracht, davon hatte er gerade mal dreieinhalb abgesessen. Er hatte die Gelegenheit genutzt und war nach einer Zahnarztbehandlung aus dem Wartezimmer geflohen.

Es war klar, dass er sich wieder in seine Heimat, in das Socorro County absetzen würde. Hier war er aufgewachsen, hier kannte er jedes Haus, jede Hütte und jeden Stein. Seit dem Ausbruch hatten Sheriff Hamiltons Männer nach ihm gefahndet. Nun war er wieder dort, wo er hingehörte.

Hamilton legte die Akte beiseite und schnippte die Asche in einen Aschenbecher. Er griff nach dem Plastikbeutel, in dem sich ein paar Haare befanden, und warf einen nachdenklichen Blick darauf. Es klopfte an der Tür.

»Komm rein!«, rief Hamilton und zerdrückte das Zigarillo im Aschenbecher.

Lazard betrat das Büro und ging hinüber zum Fenster. Er warf einen Blick nach draußen auf die Hauptstraße, wo sich gerade eine Gruppe Menschen vor dem Gerichtsgebäude versammelt hatte. Die Männer trugen dunkle Anzüge und die Frauen ihre Sonntagskostüme. Hamilton erhob sich und stellte sich neben Lazard.

»Betty sieht glücklich aus.« Der Sheriff blickte durch die staubige Scheibe auf die junge Frau in dem weißen Kleid. In ihren Händen trug sie einen Blumenstrauß.

»Ja, ich glaube wirklich, dass sie glücklich ist«, bestätigte Lazard. Seine Stimme klang heiser.

»Du hast sie geliebt?«

Lazard schüttelte den Kopf. »Es ist vorbei. Ich hoffe, sie wird mit Lenny glücklich.«

»Lenny ist ein guter Kerl«, erwiderte Hamilton.

Lazard wandte sich um und ging auf den Stuhl neben Hamiltons Schreibtisch zu. Mit einem Seufzer ließ er sich nieder. Hamilton ahnte, was in ihm vorgehen musste. Beinahe zwei Jahre war er mit Betty zusammen gewesen, bevor sie sich vor knapp einem Jahr im Streit getrennt hatten und Betty nach Vaughn zog. Nun heiratete sie ausgerechnet in Socorro, vor den Augen seines Neffen, der wohl noch immer unter der Trennung litt. Wie verrückt die Welt doch war.

»Wie geht es Tante Margo?«, wechselte Dave Lazard das Thema. »Hat sie sich gemeldet?«

Hamilton zuckte die Schulter. »Ich habe seit einer Woche nichts mehr von ihr gehört. Sie ist genauso dickköpfig, wie deine Mutter es war.« Diesmal war ein Krächzen in Hamiltons Stimme zu vernehmen.

»Sie ist eben eine echte Grange.«

»Da magst du recht haben«, sagte Hamilton.

»Wie wär's, wenn wir uns beide heute so richtig volllaufen lassen?«, sagte Lazard. »Dann können wir uns gegenseitig etwas vorheulen.«

Hamilton schüttelte den Kopf. Margo hatte vor ein paar Monaten ihre Koffer gepackt und war mit den Kindern einfach verschwunden. Für eine Weile schwiegen sie.

»Weswegen hast du mich eigentlich gerufen?«, durchbrach Lazard das Schweigen. Hamilton zog einen blauen Aktenordner aus einem Schreibtischfach und warf ihn vor Lazard auf den Tisch.

»Du hast doch noch Beziehungen zur Rechtsmedizin in Albuquerque?«

Lazard griff nach dem Ordner und blätterte darin. »Du hast dir den Bericht über die Leiche am Coward Trail kommen lassen«, sagte der Deputy erstaunt. »Obwohl der Fall nicht in unseren Zuständigkeitsbereich gehört?«

»Wenn in meinem County eine Leiche gefunden wird, dann will ich wissen, was es damit auf sich hat«, brummte Hamilton und zündete sich ein neues Zigarillo an. »Erinnerst du dich an den Vorfall mit dem Lastwagenfahrer und der Frau im Morgenrock vor ein paar Monaten bei Magdalena?«

Lazard blickte den Sheriff mit großen Augen an. Schließlich schüttelte er den Kopf.

»Der Lastwagenfahrer war von der Straße abgekommen, weil er angeblich einer Frau in einem Morgenmantel ausgewichen ist. Ich habe dem Mann nicht geglaubt, aber jetzt bin ich mir da nicht mehr so sicher.«

»Nur weil der Tote von der Interstate auch eine Schlafanzughose trug?«

Hamilton nickte. »Nicht nur das, er trug auch noch ein Sweatshirt mit der Aufschrift *POW*.«

»Und was bedeutet das?«

»Na, überleg mal!«

»Du meinst, er ist ein Kriegsgefangener?«, fragte Lazard erstaunt. »Nein, das ist doch Blödsinn. Warum sollte die Army ein Kriegsgefangenenlager hier in New Mexico unterhalten?«

»Und was ist mit dem Stützpunkt drüben bei Magdalena?«

Lazard winkte ab. »Das ist ein Trainingscamp für Marinesoldaten. Sie trainieren dort für den Einsatz in Afghanistan. Das weiß doch mittlerweile jedes Kind.«

»Eben, deshalb.«

»Du meinst, er ist einer unserer Jungs?«

»Wie du lesen kannst, ist die Leiche trotz Nachfrage in den Krankenhäusern noch immer nicht identifiziert«, sagte Hamilton und zeigte ihm die Plastiktüte mit den Haaren. »Ich habe einen Informanten im Marine Network Center in Fort Worth. Unsere Soldaten, die in den Einsatz gehen, geben mittlerweile alle eine Blutprobe ab, damit man ihr DNA-Muster erstellen kann. Damit kann man ihre Überreste besser identifizieren, wenn sie von einer Granate getroffen werden. Wenn das DNA-Muster des Jungen irgendwo in den Dateien der Army gespeichert ist, dann will ich es erfahren.«

»Du willst also, dass ich nach Albuquerque fahre und ein DNA-Profil erstellen lasse?«, erwiderte Deputy Lazard. »Aber warum soll der Tote ein Angehöriger der Army oder der Marines sein? Diese Sweatshirts kannst du mittlerweile in jedem Jeansshop kaufen, die sind hip bei den Jungs.«

Hamilton fuhr sich nachdenklich über die Stirn. »Es ist nur eine Ahnung«, sagte er.

Long Point View, Lakeland, Ontario

Vor drei Tagen war Brian Saint-Claire von seiner Reise nach Venezuela wieder nach Hause zurückgekehrt. Das Magazin hatte seine Reportage über die Warao-Indianer in der aktuellen Juniausgabe veröffentlicht, nachdem Brian den Text und die Fotos per E-Mail von Caracas aus übermittelt hatte. Der Chefredakteur hatte die Story zur Titelgeschichte des Magazins erkoren. Der Aufhänger waren das ursprüngliche Leben der Indios inmitten einer unwirtlichen Natur und ihre Welt der Geister und Dämonen gewesen, doch auch über das seltsame Schicksal der

Schamanin, die nach einem Blitzschlag in eine Art Koma gefallen war, hatte Brian berichtet. Er war hochzufrieden mit der Platzierung seiner Story, doch jetzt plagte ihn wohl wegen der Temperaturumstellung vom heißen Südamerika in die kalte Region um den Eriesee eine heftige Erkältung.

Er würde sich erst einmal erholen, hatte er sich vorgenommen, als er am frühen Morgen seine Angel geschnappt hatte und mit dem Geländewagen hinüber zur Ostspitze gefahren war. Frische und feuchte Seeluft und die atemberaubende Schönheit seiner Heimat waren bislang immer die beste Medizin gewesen. Er hatte sich warm eingepackt und die gefütterten Stiefel angezogen, ehe er sich kurz vor sechs Uhr in der Frühe aufgemacht hatte. Er brauchte die Ruhe und das Wasser, um seine Gedanken wieder zu ordnen. Als er den Anrufbeantworter nach seiner Ankunft abgehört hatte, war er ein wenig enttäuscht. Außer dem Chefredakteur des Magazins, für das er arbeitete, seiner Mutter und der Besitzerin des Gemischtwarenladens in Port Rowan hatte niemand angerufen. Cindy schwieg sich aus. Und dabei hatte er fest damit gerechnet, dass sie anrufen würde.

Auf der anderen Seite hätte er ihr nichts anderes gesagt als an dem Tag, bevor er nach Venezuela aufgebrochen war. Dennoch schmerzte die Erkenntnis, dass sie ihn so schnell aus ihrem Leben streichen konnte. Sein Verstand sagte ihm, dass er nicht für eine feste Bindung geschaffen war, doch sein Ego vertrug es nun einmal nicht, wenn man ihn einfach beiseitestellte wie einen Schirm nach dem großen Regen.

Seine Angelschnur trieb im Wasser, während er in seinem Campingstuhl saß und in der neuen Ausgabe von *ESO-TERRA* blätterte. Im Nachhinein betrachtet, war es eine kluge Entscheidung gewesen, das Leben der Warao in den Mittelpunkt seines Berichts zu rücken. Die Reportage schien ihm rundum gelungen, sie war unterhaltend, spannend und mit einer Prise Übersinnlichkeit angereichert. Ein Lächeln huschte über seine Lippen. Seit langer Zeit war er wieder einmal zufrieden mit seiner Arbeit. Dieser ewigen Kurzberichte über Scharlatane, die versuchten, ihm einen Bären aufzubinden, war er langsam überdrüssig. So wie dieser seltsame Missionar der Heilslehre vor zwei Monaten in einem Vorort von Seattle, dem stets pünktlich um Mitternacht die Muttergottes in einer stillgelegten und halb verfallenen Kirche erschienen war. Zugegeben, der technisch begabte Pfarrer hatte sich alle Mühe gegeben, um die Projektion echt wirken zu lassen. Dank der aufwendigen Technik war der Schwindel nicht leicht zu durchschauen, doch am Ende scheiterte der Versuch dennoch, als die Erscheinung für einen kurzen Moment in elektromagnetischen Interferenzen in sich zusammenfiel, nachdem Brian sein Handy betätigt hatte.

Um den Abriss der Kirche zu verhindern, hatte sich der Pfarrer zu Lug und Betrug hinreißen lassen, und Brian konnte nur hoffen, dass ihm seine Verfehlungen vor dem Jüngsten Gericht verziehen wurden. Er hatte dennoch zwei Seiten über den Pfarrer und seine einfallsreiche Technik verfasst. Und die Veröffentlichung hatte auch einen positiven Aspekt: Spender und Sponsoren kamen dem Geistlichen zu Hilfe. Ob es am Ende reichte, den Abriss der Kirche zu verhindern, hatte Brian nie erfahren. Vielleicht sollte er in den nächsten Tagen mal nach Seattle fahren.

Das Klingeln des Glöckchens, das er an die Angel gebunden hatte, riss ihn aus seinen Gedanken. Die Rute neigte sich unter dem Zug eines kräftigen Fisches. Die Angelschnur rollte sich mit rasender Geschwindigkeit ab. Brian sprang auf, ergriff die Angelrute und bremste behutsam die rotierende Rolle. Kräftig stemmte er sich gegen den Zug des Fisches und fixierte den Schnurfangbügel. Allmählich gewann er Oberhand, doch der Kampf mit seinem Fang trieb ihm den Schweiß auf die Stirn. Nach knapp zehn Minuten erlahmte der Widerstand des Fisches. Vorsichtig zog Brian die Schnur ein, doch bevor er das Ufer erreichte, stemmte sich der Fisch noch einmal mit aller Kraft gegen sein Schicksal. Brian war so überrascht, dass er wohl ein wenig zu kräftig dagegenhielt. Schließlich riss der Angelhaken von der Schnur, und

Brian stürzte unsanft zu Boden. Er musste lachen. Offenbar gab es noch andere Geschöpfe, die sich mit aller Macht gegen ihre Gefangennahme wehrten, dachte er. Und noch ein Gedanke setzte sich in seinem Gehirn fest – zum Teufel mit Cindy.

Plaza Hotel, Midtown, New York, USA

Professor Wayne Chang fühlte sich unwohl in seinem schwarzen Anzug. Er stand vor dem Spiegel und nestelte an seiner Krawatte, die für sein Gefühl mal wieder zu eng saß. Offizielle Anlässe waren ihm ein Graus, und er mied öffentliche Auftritte normalerweise wie die Pest. Doch diesem Symposium, veranstaltet von der World Meteorological Organization, durfte er keineswegs fernbleiben. Führende Wissenschaftler aus aller Welt diskutierten über die Frage, ob die Erde in eine Klimakatastrophe schlitterte und welche Maßnahmen umgehend umgesetzt werden müssten, um die globale Erderwärmung zu stoppen.

Beinahe zweihundert Menschen bevölkerten den gediegenen Tagungsraum im dritten Stock des Plaza Hotels am Central Park South.

»… seit Jahrzehnten schon durch die Strömungsverhältnisse der Höhenwinde und den Corioliseffekt Feinstaub auf den Polkappen ab, der durch den Industrieausstoß und den Straßenverkehr entsteht«, erklärte der bekannte Klimatologe Professor Behring vom Kieler Institut für Umwelt und Meeresforschung in seinem Referat. »Die negative Beeinflussung des Reflektionsverhaltens der Eisoberfläche ist nicht von der Hand zu weisen – dadurch werden die oberen Schichten für die Energie des Sonnenlichts angreifbar. Dies führt unweigerlich zu einer Erwärmung in den oberen Gletscher- und Eisschichten und schließlich zu einem unumkehrbaren Abschmelzeffekt.«

»Ihre Ergebnisse sind beeindruckend, Professor Behring«, meldete sich ein Wissenschaftler aus der australischen Gruppe zu Wort. »Sie haben bislang aber nur Indizien, keine Beweise.«

»Natürlich gibt es für meine Theorie noch keine Langzeitstudien, jedoch weist die Analyse der bisherigen statistischen Daten eine klare Tendenz auf«, hielt Behring dagegen.

»Die Erwärmung der Atmosphäre um beinahe 0,5 Grad in den letzten Jahren ist ein klarer Beweis für den Treibhauseffekt«, rief ein weiterer Teilnehmer des Symposiums Professor Behring zu. »Nach einer Studie des Max-Planck-Instituts in München ist eine Erwärmung um elf Grad Celsius in den nächsten fünfzig Jahren möglich. Wärmere Durchschnittswerte wirken sich naturgemäß auf alle Strömungsverhältnisse unseres Planeten aus. Sei es in der Luft oder im Wasser. Auch das Wasser am Nordpol erwärmt sich dadurch stetig.«

»Feinstaubniederschlag ist eine weitere Ursache für einen beschleunigten Schmelzprozess«, fuhr Behring in seinen Ausführungen fort. »Es gab Zeiten, in denen weit mehr Rußpartikel und weitaus mehr Kohlendioxyd die Atmosphäre belasteten. Aber zusätzlich zum mittlerweile unumstrittenen globalen Erwärmungsprozess beschleunigt der Feinstaubniederschlag das Abschmelzen der Polkappen. Im Endeffekt bedeutet das, dass die Klimakatastrophe ein paar Jahre früher über uns hereinbrechen wird.«

»Erinnern Sie sich, Professor, eben in jener Zeit, als es weit höhere Konzentrationen an Kohlenstoff und Schwebteilchen in der Atmosphäre gab, ist, soviel ich weiß, das Leben im Wasser entstanden«, warf der Australier ein.

Professor Behring ging nicht auf den Einwand ein, stattdessen klaubte er seine Notizblätter auf dem Rednerpult zusammen. Mit einer Verbeugung verließ er die Bühne. Wayne Chang hatte eine lebhafte Diskussion erwartet, doch Professor Behring schien offenbar keine Lust darauf zu haben.

Wayne hatte eine eigene Meinung zu diesem Thema. Für ihn gab es zahlreiche Faktoren, die das Wetter und die Umwelt negativ beeinflussten und zu einer globalen Erderwärmung führten. Unglücklicherweise kam ausgerechnet in dieser Epoche der Menschheitsgeschichte alles zusammen: Feinstaub, Kohlendioxyd, FCKW, das Ozonloch, die Abholzung der Regenwälder und damit die negative Beeinflussung des Luftaustauschs, dazu die Erwärmung der Ozeane durch Einleitungen von Warmwasser aus den Kraftwerken.

Nur ein gemeinsames Streben aller Staaten der Weltgemeinschaft konnte der Klimakatastrophe Einhalt gebieten. Aber davon waren die führenden Nationen weit entfernt. Schließlich führten wirtschaftliche Einschnitte zum Verlust von harten Devisen. Die Globalisierung schaffte einen weltweit hart umkämpften Markt. Es war eine Spirale, aus der es scheinbar kein Entkommen gab. Zumindest war noch niemand in Sicht, der den ersten Schritt in die richtige Richtung machte, um damit dem Raubbau an der Natur ein Ende zu setzen.

»Im Grunde genommen ist es egal, ob irgendwo in Brasilien tausend Hektar Urwald gerodet oder in den USA auf den überfüllten Highways aus Tausenden von Auspuffen Schadstoffe in die Luft geblasen werden«, murmelte Waynes Nachbar, ein kanadischer Meteorologe. »Niemand in der Welt lässt seinen Wagen stehen und geht den Rest des Lebens zu Fuß, nur weil sich ein Holzfäller im Regenwald bereit erklärt, ab morgen einen großen Bogen um die Bäume zu machen.«

»Irgendjemand muss aber anfangen«, erwiderte Wayne.

»Tun Sie es?«, fragte der Kanadier.

Wayne schüttelte den Kopf. »Wenn die Menschen endlich kapieren, dass sie ein Teil eines äußerst komplexen wie auch sensiblen Ökosystems sind, das nur funktionieren kann, wenn man behutsam damit umgeht, kann es längst schon zu spät sein. Sie haben sicherlich von den Hurrikans vor unserer Küste gehört?«

Der Kanadier nickte. »Eine Laune der Natur«, entgegnete er. »Ausreißer gibt es immer mal wieder. Anomalien eben, die Natur hält sich nicht an Regeln.«

»Vielleicht aber ist die Zunahme der Stürme an Häufigkeit und Ausmaß schon das erste Signal für einen bevorstehenden Klimawandel«, sagte Wayne. »Für mich driftet die Menschheit unausweichlich in eine apokalyptische Zukunft, wenn sich nicht bald etwas ändert.«

Der Kanadier erhob sich. »Wenn Sie darauf warten, dann sind Sie ein hoffnungsloser Idealist. Und jetzt entschuldigen Sie mich bitte, ich habe einen Bärenhunger.«

Wayne schaute sich um, bereits die Hälfte der Zuhörerschaft hatte den Saal verlassen. Schließlich erhob er sich ebenfalls.

»Hallo, Professor Chang«, erklang eine angenehme weibliche Stimme in seinem Rücken.

Wayne wandte sich um und musterte die schlanke, dunkelhaarige Frau, die hinter ihm stand und ihn anlächelte. Ihre dunkelbraunen Augen leuchteten.

»Kennen wir uns?«, antwortete Wayne Chang und rückte seine Brille gerade.

»Jennifer Oldham vom *South Coast Magazin*«, erwiderte die junge Frau und streckte Chang die Hand entgegen. »Ich habe vor drei Jahren einen Bericht über eines Ihrer Forschungsprojekte veröffentlicht. Die Auswirkungen erhöhter Wärmeeinstrahlung in den oberen Schichten der Atmosphäre …«

»… und der daraus resultierende Einfluss auf die äquatorialen Höhenwinde und den Jetstream«, vollendete Chang den Satz. »Ja, ich erinnere mich.«

Die übrigen Zuhörer hatten sich mittlerweile ebenfalls erhoben und strebten auf die vier Ausgänge zu, die in einen großen Saal führten, in dem das kalte Büfett angerichtet worden war.

»Was halten Sie von dem Vortrag von Professor Behring?«, fragte die Journalistin. »Liegt er richtig mit seiner These?«

»Wollen wir gemeinsam etwas trinken?«

Die Journalistin nickte. »Sehr gern.«

Gemeinsam gingen sie in den Saal nebenan, wo sich Grüppchen gebildet hatten und eifrig Smalltalk gehalten wurde. Chang trat an das Fenster und warf einen Blick auf den benachbarten Central Park.

»Wissen Sie, ich will Ihnen in einem für mich passenden Bild antworten«, holte Wayne Chang aus. »Stellen Sie sich eine Waage vor, die sich im absoluten Gleichgewicht befindet. In beiden Schalen auf den jeweiligen Seiten befinden sich unzählige Salzkörner. Niemand weiß, wie viele es sind, das Gewicht jedoch ist so bemessen, dass wir annehmen müssen, es ist beiderseits dieselbe Menge. Mit jedem neuerlichen Anschlag auf unsere Natur, einem defekten Staubfilter in einem Abluftkamin, Motoren, die ihre Abgase ungehindert in die Luft blasen, oder einem gefällten Baum im Regenwald, wandert eine kleine Menge Salzkörner von der einen Schale in die andere. Durch den Feinstaub werden ebenfalls Salzkörner umgeschichtet. Noch immer wissen wir nicht, welche Menge an Salzkörnern von der einen Seite auf die andere wandern muss, dass unsere Waage aus dem Lot gerät. Aber eines wissen wir genau, eines Tages wird das Gleichgewicht unwiderruflich aufgehoben sein, und ich hoffe, dass ich diesen Tag nicht erleben muss. Wissen Sie, was ich meine?«

Die Journalistin nickte. »Unser Schicksal steht also in den Sternen?«

Chang lächelte. »So poetisch würde ich das nicht ausdrücken. Denn da gibt es einen feinen Unterschied: Wenn wir so weiterwirtschaften wie bisher, dann ist unser Ende vorherbestimmt.«

»Was wurde eigentlich aus Ihrem Forschungsprojekt?«

Chang nahm zwei Drinks von dem Tablett eines vorbeieilenden Kellners. Er reichte der jungen Frau ein Glas.

»Leider führten wir das Projekt nie zu Ende«, sagte er. »Es ist immer eine Sache des Geldes.«

»Gab es keinen Sponsor für das Projekt?«

Chang musste herzhaft lachen. »Wen hätten wir fragen sollen? Die Autoindustrie, die Möbelhersteller oder die Betreiber von Kraftwerken?«

»Wie wäre es mit der Regierung oder mit den Vereinten Nationen«, sagte Jennifer Oldham. »Gibt es kein Budget dafür?«

»O doch, sicherlich, das gibt es. Es gibt eine Stelle beim Umweltministerium, die sich um solche Dinge kümmert. Sie müssen nur eine Eingabe machen und Ihr Forschungsgebiet und das Ziel Ihrer Bemühungen darlegen, dann entscheiden die Beamten über den Sinn und Nutzen Ihres Projekts. Wenn Sie Glück haben, wird Ihnen ein Budget zugeteilt.«

»Und wo ist der Haken?«

»Bei knapp 3000 Anträgen pro Jahr ist Ihre Chance nur wenig größer als bei einer Lotterie.«

Mittlerweile wurde es Abend über dem Central Park. Jennifer Oldham und Wayne Chang nippten an ihren Gläsern und schauten hinaus auf die grüne Lunge der Stadt. Der offizielle Teil der Veranstaltung war für den heutigen Tag beendet.

»Wohnen Sie ebenfalls hier im Plaza?«, fragte Chang, nachdem er das zweite Glas Sekt geleert hatte.

Jennifer schüttelte den Kopf. »Das wäre schön, aber mein Blatt ist recht knauserig, was die Spesen anbelangt. Ich habe ein Zimmer im Larchmont in Greenwich Village.«

»In Greenwich Village«, antwortete Chang. »Da fällt mir ein, dass ich allmählich Hunger bekomme. Haben Sie schon etwas gegessen?«

»Nicht viel, bis auf ein paar Häppchen.«

»Worauf hätten Sie Lust? Hamburger, Chinesisch, Französisch oder vielleicht etwas exotischer, Thai oder Indisch?«

Wenn Jennifer lächelte, funkelten ihre Augen wie ein vom Mond beschienener dunkler Teich. »Ich esse gern Italienisch.«

»Gut, dann lade ich Sie ein. Es gibt ausgezeichnete italienische Restaurants in Greenwich Village. Wie wäre es mit *Il Mulino* oder *Da Babbo*, falls dort noch ein Platz frei ist?«

»Ich habe mir sagen lassen, dass es in Manhattan ein italienisches Familienrestaurant geben soll, in dem der Chef je nach Lust und Laune seine Gäste bekocht.«

»Sie meinen das *Po* in der Cornelia Street. Aber Vorsicht, wenn der Chef schlechte Laune hat, dann sind die Gerichte meist *arrabiata*.«

»Ach was, ein Italiener und schlechte Laune, das gibt es doch gar nicht.«

»Und woher wollen Sie das wissen?«

»Mein Vater stammte aus Italien«, sagte Jennifer Oldham.

»Oldham klingt aber nicht gerade italienisch.«

»Das liegt daran, dass ich den Namen meiner Mutter trage.«

6

Kennedy Space Center Hospital, Florida

Die Sonne hatte sich verdunkelt, und aus den schwarzen Wolken regnete glühende Asche hernieder. Detonationen zerrissen die Luft. Eine Feuerwalze raste geradewegs auf die erste Häuserzeile zu. Menschen schrien panisch und suchten Zuflucht hinter den verglasten Fassaden der Gebäude. Die Erde erzitterte, und das laute Grollen überlagerte die Schreie der Frauen und Kinder. Dann tat sich der Erdboden auf und verschluckte die bunte Masse aus Blech und Stahl, die von den Flüchtenden auf der Straße zurückgelassen wurde. Glühende Lava floss aus dem dunklen Rachen der Erde hervor, und beißender schwarzer Qualm überdeckte die Stadt. Die Luft vibrierte vor Hitze, und jeder Atemzug verbrannte die Lunge. Die Apokalypse war gekommen und hüllte die Welt in ihr schwarzes Leichentuch.

Helmut Ziegler schlug die Augen auf und blickte in das gleißende Licht. Seine Augen schmerzten. Fieberhaft versuchte er sich zu erinnern, doch das Bild des Schreckens, eine undurchdringliche Flut aus einzelnen Sequenzen, hatte all seine Gedanken überlagert, so als wäre dies seine einzige Erinnerung. Schützend schlug er die Hände vor die Augen. Er schrie auf, und sein Körper bebte. Vorsichtig öffnete er die Augen und blinzelte durch die Finger. Er lag auf einem Bett in einem weiß getünchten Zimmer. Apparate und Monitore standen neben ihm auf einer fahrbaren Stellage. Er brauchte eine Weile, bis sich seine Augen an die Helligkeit gewöhnt hatten. Wo war er nur? Er schaute sich um. Nur wenig Licht drang durch das Fenster, das von einem schweren dunkelgrünen Vorhang abgedunkelt wurde, der ihm die Sicht nach draußen verwehrte. Sein Kopf schmerzte, und er war schweißgebadet. Ein immer wiederkehrender schriller Ton zehrte an seinen Nerven. Für Sekunden schloss er die Augen, versuchte zu verstehen, was geschehen war, wie er hierhergekommen war und – wer er war, doch sein Gedächtnis ließ ihn im Stich. Sosehr er sich auch bemühte, einen klaren Gedanken zu fassen, immer wieder tauchten die Bilder des Todes und der Zerstörung auf. Er riss erneut die Augen auf. Sein Atem ging schnell, und sein Herz klopfte wie rasend. Ein weiterer gutturaler Schrei kam über seine Lippen. Schließlich wurde die Tür aufgestoßen, und zwei Frauen in wehenden weißen Mänteln rannten in das Zimmer.

Zieglers Körper zuckte unkontrolliert, wie bei einem epileptischen Anfall. Immer wieder lief ein erneuter Ruck durch seinen Oberkörper. Er wollte sich erheben, aber es gelang ihm nicht. Die Krankenschwestern kamen näher. Plötzlich löste sich seine Muskelblockade. Er richtete sich auf. Mit fahrigen Bewegungen schlug er um sich. Er traf die rothaarige Krankenschwester in der Magengegend. Sie ging mit einem gurgelnden Laut zu Boden. Krampfartig zuckend und wild mit den Armen rudernd, saß er auf dem Krankenbett und drohte jeden Moment zu Boden zu stürzen. Die dunkelhaarige Schwester gab ihre Versuche auf, seine Hände zu fassen. Der unbändigen Kraft des Mannes hatte sie nichts entgegenzusetzen. Unwillkürlich bog sie den Kopf zurück, als Zieglers Arm knapp an ihr vorbeifuhr.

»Zwanzig Milligramm Tranxilium!«, rief die Dunkelhaarige in das Nebenzimmer. »Aber schnell!«

Pfleger rannten herbei. Inzwischen hatte sich die rothaarige Schwester wieder vom Boden aufgerafft. Ihr Gesicht war schmerzverzerrt. Gemeinsam versuchten sie, den Tobenden zu überwältigen. Immer wieder traf Ziegler einen der Umstehenden. Der Kampf dauerte eine ganze Weile, bis es schließlich einer der Schwestern gelang, die Spritze in Zieglers Oberschenkel zu jagen. Er gebärdete sich wie ein Wahnsinniger. Doch allmählich erlahmten seine Kräfte. Ein Gesicht tauchte vor seinen Augen auf. Er versuchte, nach dem Gesicht zu greifen, bevor ihn eine tiefe Ohnmacht aus seiner Tobsucht erlöste.

Südlich der Kaimaninseln, Karibik

Der dichte Wolkenschirm südlich der Kaimaninseln hatte gigantische Ausmaße erreicht. Seit zwei Stunden beobachteten die Meteorologen des National Hurricane Center in Miami das Wolkengebilde auf ihren Monitoren, und ihre Befürchtungen schienen sich zu bestätigen. Alle Anzeichen sprachen dafür, dass sich erneut ein gewaltiger Wirbelsturm im Karibischen Meer entwickelte, der sich langsam in Richtung Nordosten bewegte. Die Wandergeschwindigkeit lag knapp über 25 Kilometer in der Stunde. Noch war die Richtung, die der Sturm nehmen würde, nicht eindeutig festzustellen. Nachdem der Wolkenschirm geortet worden war, hatte der leitende Meteorologe ein Flugzeug der NOAA, des amerikanischen Wetterdienstes, angefordert, um vor Ort nähere Untersuchungen durchzuführen. Die *Fairchild 328* war kurz darauf in Corpus Christi gestartet und hatte mit Maximalgeschwindigkeit Kurs auf den Sturm genommen. Für Ronald C. Coldmann, den Piloten der Maschine, und seinen Copiloten Trevor Walters war es nur ein weiterer Routineeinsatz. Schon über vierzigmal waren sie gemeinsam in die dichten Wolken eines Hurrikans geflogen, hatten das stille Auge des Wolkenwirbels erreicht und durchstoßen und dabei allerlei wichtige Daten über die Wander- und Rotationsgeschwindigkeit, über die mögliche Richtung und über die zu erwartende Zerstörungskraft gesammelt, um sie dann an das National Hurricane Center zu übermitteln.

»Wir gehen auf 28 000 Fuß und schauen uns das Ganze erst einmal von oben an«, sagte Coldmann, als er in der Ferne die aufgetürmten Wolken entdeckte.

Das Wetterflugzeug war mit aufwendiger Technik zur Beobachtung und Analyse der Wolkengebilde ausgestattet – Wind- und Strömungsmessern, Druck- und Feuchtigkeitsmessgeräten, einem Infrarotkamerasystem und einem aufwendigen Dopplerradar, um in das Innere der Wolkenmassen einzudringen. Außerdem befanden sich zwei erfahrene Meteorologen der NOAA an Bord, die ebenfalls schon mehrere Hurrikan-Einsätze hinter sich hatten. Bereits aus der Ferne bestätigte sich das angenommene Ausmaß des Zyklons. Fast über 500 Kilometer erstreckte sich das Gebilde aus Luft und Wasserdampf. Ein gigantisches Ausmaß.

»Entfernung?«, fragte Walters den Piloten.

»Noch dreißig Kilometer«, antwortete Coldmann und zog das Steuer auf sich zu, um die Nase der Maschine aufzurichten. Im Steigflug legten sie den Rest der Strecke zurück, bis der Höhenmesser sich bei 28 000 Fuß einpegelte. Der künstliche Horizont zeigte, dass sich die Maschine wieder ausrichtete und auf den Luftschichten schwebte. Die *Fairchild* war ein gutmütiges Flugzeug, ein Hochdecker mit zwei kräftigen Triebwerken, die einen Maximalschub von fast 1650 Kilowatt entwickelten und Geschwindigkeiten im unteren Jet-Level ermöglichten. Ronald C. Coldmann hatte schon unzählige Flugstunden mit dieser Maschine hinter sich gebracht, seit sie fünf Jahre zuvor in Dienst gestellt worden war.

»Ich kann das gar nicht glauben«, sagte Coldmann und warf einen Blick auf die Geschwindigkeitsanzeige. »So früh im Jahr bin ich noch nie einen Hurrikaneinsatz geflogen.«

»Es ist in diesem Frühjahr ungewöhnlich warm«, sagte Walters. »Die Meerestemperatur liegt in dieser Region weit über der

Norm. Der letzte Bericht sprach von 26,4 Grad Celsius. Die *Portland* kreuzt vor Mexiko und führt dort Messungen der Meeresströmungen durch. Einige meinen, dass El Niño zurückgekehrt ist. Es liegt wohl doch an der zunehmenden Konzentration von Kohlendioxyd in der Atmosphäre. Der Treibhauseffekt nimmt stetig zu. Ich dachte aber nicht, dass es so schnell gehen wird ...«

»Wir fliegen jetzt rein, gleich wird es etwas holperig«, unterbrach Coldmann den Vortrag seines Copiloten.

Walters richtete den Blick nach draußen. Die ersten Wolkenschleier umhüllten das Cockpit. Immer dichter wurde der obere Wolkenschild, und bald schon konnte sich der Pilot nur noch auf seine Instrumente verlassen. Während die *Fairchild* auf knapp 28000 Fuß ihre gerade Bahn mitten hinein in den Nebel aus feuchter, warmer Luft und Wasserdampf verfolgte, waren die Messgeräte an Bord unermüdlich im Einsatz, maßen Windgeschwindigkeiten, Luftdruck, die relative Feuchte und die Dichte der Wolke. Die Luftdruckwerte fielen zusehends weiter ab. Zweifellos entwickelte sich diese tropische Depression mit rasender Geschwindigkeit zu einem gigantischen Wirbelsturm. Mittlerweile hatte er fast das doppelte Ausmaß von *Amy* und *Bert*, den beiden vorangegangenen Stürmen, erreicht. *Cäsar* hatten die Meteorologen des National Hurricane Center den neuen Wolkenwirbel getauft, und er war das größte Wolkengebilde, das Ronald Coldmann jemals durchflogen hatte. Wenn dieser Sturm die amerikanische Küste erreichen würde, dann wären die Schäden unabsehbar.

Trevor Walters blickte aus dem Cockpitfenster. »Es ist immer wieder überwältigend«, sagte er beinahe melancholisch. »Diese ungebändigte Kraft der Natur macht mir jedes Mal aufs Neue klar, wie klein und zerbrechlich wir Menschen doch sind.«

»Jetzt werde bloß nicht philosophisch«, erwiderte Coldmann. »Bei der Vorstellung, was passiert, wenn er das Land erreicht, wird aus meiner Ehrfurcht blanke Wut.«

Ein lauter Knall beendete jäh die Unterhaltung. Das Schnarren des Warntons erfüllte die Kabine, und die hektisch blinkende rote Warnlampe am Instrumentenpult spiegelte sich auf den blassen Gesichtern der Piloten. Die Maschine erzitterte und neigte sich zur Seite.

»Verdammt, was ist passiert?«, schrie Coldmann gegen den schrillen Ton an.

Krampfhaft umklammerte er das Steuer, sodass seine Knöchel weiß hervortraten.

Kennedy Space Center Hospital, Florida

»Sie sind beide fast zur gleichen Zeit erwacht. Plötzlich waren sie einfach wieder zurück im Leben. Ziegler erwachte um 8 Uhr 28 und Sanders genau 53 Sekunden später. Irgendwie gespenstisch, oder? Ich weiß nicht, was ich dazu sagen soll.«

James Paul schaute durch die Glasscheibe in das Krankenzimmer. Der venezianische Spiegel war nur von dieser Seite lichtdurchlässig. Für den Astronauten Sanders, der mit angezogenen Beinen auf seinem Bett saß und mit schreckensstarren Augen in die Leere des Raums blickte, blieb die Scheibe undurchdringlich. Sanders wirkte wie eine versteinerte Statue. Regungslos, teilnahmslos, leblos.

»Was kann so etwas verursachen?«, wandte sich James Paul an Dr. Brown, den Chefarzt des Kennedy Space Center Hospital. »Ich meine, es muss doch irgendeine Erklärung dafür geben.«

»Ehrlich gesagt, ich habe keinen blassen Schimmer.« Dr. Brown fuhr sich mit der Hand über die Glatze.

»Panische Angstattacken, Albdruck, Schlafstörungen, Krampfanfälle und Phasen wie bei einer Aphasie. Jegliches Erinnerungsvermögen an ihre Zeit vor dem Raumflug ist ausgelöscht oder tief im Unbewussten vergraben. Nur diese Bilder vom Feuer und einer Katastrophe spuken in ihren Köpfen herum. Und das Verrückte daran ist, dass sie beide unabhängig voneinander nahezu den gleichen Albtraum schildern. Fast so, als hätten sie ihn tatsächlich erlebt.«

»Und was haben Sie vor?«

»Wir werden ihr Gehirnwasser analysieren, aber ich bin mir fast sicher, dass wir keine Anomalien feststellen werden. Wenn Sie mich fragen, dann ist ihre Erkrankung eher psychischer Natur. Dr. Phillips hat ebenfalls keine Erklärung. Natürlich kann eine unterbewusste Posttraumatisierung aufgrund der gefährlichen Situation bei der Landung vorliegen. Obwohl sie nach Aussage des Piloten geschlafen haben. Das bestätigen auch die letzten brauchbaren Überwachungssequenzen der Bodenkontrolle.«

Professor James Paul nickte nachdenklich. Erneut warf er einen Blick durch den Spiegel in das halbdunkle Zimmer. Sanders machte einen bemitleidenswerten Eindruck. Wie ein Kind im Mutterleib hatte er sich zusammengekrümmt.

»Wir haben Beruhigungsmittel verabreicht«, erklärte Dr. Brown. »Höchstdosierung. Aber das können wir nur kurze Zeit durchhalten, wenn wir ihren Organismus nicht nachhaltig schädigen wollen.«

Paul schüttelte den Kopf. »Ich brauche Antworten, doch stattdessen bekomme ich weitere Fragen.«

Dr. Brown nahm seine Brille ab und reinigte sie mit dem Zipfel seines Kittels. »Antworten auf derlei Fragen kann ich leider keine bieten. Das ist nicht mein Fachgebiet. Ich bin Mediziner. Meine Psychologie erstreckt sich allein auf Patientenbetreuung – ein aufmunterndes ›Das wird schon wieder‹, das ist auch schon alles. Und ehrlich gesagt, glaube ich, dass Dr. Phillips mit seinem Latein ebenfalls am Ende ist. Auch er hat außer Spekulationen keine Erklärung für den Zustand der beiden Astronauten. Phillips ist ein ausgezeichneter Verhaltenstherapeut, aber das Problem hier übersteigt seine Fähigkeiten. Hier sind Fachleute gefragt. Das ist nicht sein Gebiet. Wir haben keine Seeleningenieure, weswegen auch. Ich denke da an Brandon, Ben Faluta oder auch diese Shane aus Chicago.«

»Ich glaube nicht, dass Traverston die Sache gern in den Medien aufbereitet sehen will«, seufzte Paul. »In den letzten Jahren ist der Enthusiasmus unserer Regierung und der Bevölkerung über die Raumfahrt deutlich gesunken. Wir müssen vorsichtig sein. Die Sache ist höchst sensibel. Wir sind hier bei der NASA und nicht bei irgendeiner Firma. Wir haben Vorschriften, die ich nicht einfach umgehen kann. Vor allem was die Hinzuziehung von Spezialisten anbelangt, die nicht dem Militär oder der Marine angehören.«

Brown setzte seine Brille wieder auf. »Es ist Ihre Entscheidung. Sie müssen abwägen, was Sie für wichtiger einstufen. Die Geheimhaltung oder das Leben der beiden Astronauten. Ich kann nur beraten, und meine Meinung kennen Sie. Letztlich müssen Sie mit der Entscheidung leben.«

Professor James Paul atmete tief ein. »Sie machen es einem nicht leicht.«

Dr. Brown wies auf das Spiegelglas. »Ich möchte mit den beiden Jungs da drinnen unter keinen Umständen tauschen.«

Professor Paul nickte. »Ich werde mir Ihren Vorschlag durch den Kopf gehen lassen.«

Südlich der Kaimaninseln, Karibik

»Eis!«, rief Copilot Walters hysterisch. »Eisklumpen, so groß wie Tennisbälle!«

Das Prasseln auf die Außenhaut der *Fairchild* nahm überhaupt kein Ende. Die Maschine verlor rasch an Vortrieb, und die extremen Konvektionswinde rissen das Flugzeug empor. Immer höher hinauf in die oberen Schichten. Ein weiterer dumpfer Knall übertönte das Surren des Warntons.

»Unser Backbordtriebwerk ist ausgefallen!«, schrie Coldmann gegen den Lärm an. »Ich kann die Maschine nicht mehr halten. Wir schmieren ab!«

Die *Fairchild* neigte sich auf die linke Seite und rollte über.

Coldmann zerrte am Steuerrad und versuchte vergeblich, das Flugzeug zu stabilisieren. Mittlerweile zeigte der Höhenmesser 32 000 Fuß an. Die instabile Maschine wirbelte durch die starke Aufwärtsströmung, und der Vortrieb ging gegen null.

Walters wurde in seinen Sitz gepresst. Ängstlich blickte er aus dem Cockpitfenster.

»Feuer!«, rief er. »Unser Triebwerk brennt.«

»Wir müssen raus hier!«, antwortete Coldmann, doch Walters rührte sich nicht. Wie in Trance versunken, mit weit aufgerissenen Augen, starrte er in den grauen Wolkenwirbel.

Coldmann rüttelte seinen Copiloten an der Schulter. »Was ist mit dir?«, brüllte er.

»Da ist ein Schatten in den Wolken«, stammelte Walters. »Ich spüre es, dort draußen ist etwas. Es kommt auf uns zu. Es greift nach uns.«

»Komm zu dir!«, brüllte Coldmann. »Jetzt ist nicht die Zeit für Hirngespinste, wir stürzen ab.«

Erneut prallten dicke Eisklumpen gegen den Flugzeugrumpf. Die Seitenscheibe der Cockpitverglasung splitterte. Glassplitter drangen in das Innere und trafen Walters im Gesicht. Blut spritzte umher, und der laute Schmerzensschrei des Copiloten verklang im ohrenbetäubenden Lärm, der im Cockpit herrschte. Coldmann versuchte, seinen Gurt zu lösen, doch es gelang ihm nicht. Immer wieder drehte sich die Maschine wie ein Wurfpfeil um ihre Achse. Plötzlich wurde die *Fairchild* von einem starken Abwind erfasst. Das Rollen ging in einen rasanten Sturzflug über. Coldmann hatte vollkommen die Orientierung verloren. Die Wolken nahmen ihm jegliche Sicht, und die Zeiger der Instrumente drehten sich wild. Die Anzeige des Höhenmessers rotierte rasend schnell. Immer tiefer stürzte die Maschine in das dunkle Wolkenfeld. Walters schwanden die Sinne. Sein Kopf schwankte im Rhythmus der Drehungen hin und her. Mit einem Mal durchstieß die Maschine die dunkle Wolkendecke, und das blaue Wasser tauchte unter ihnen auf. Rasend schnell kam es näher. Coldmann stemmte sich gegen den Sitz und versuchte, das Steuerrad zu ergreifen und die Panik, die ihn erfasst hatte, zu unterdrücken. Mittlerweile betrug die Höhe unter 2000 Fuß. Endlich gelang es ihm, das Steuer festzuhalten. Mit aller Kraft riss er das Ruder in seine Richtung. Für einen Augenblick hatte er den Eindruck, dass sich die Nase der Maschine aufrichten würde. Hoffnung keimte in ihm auf. Doch keine fünf Sekunden später schlug die *Fairchild* auf das Wasser auf und brach in der Mitte auseinander. Coldmann, Walters und die beiden Meteorologen versanken in den Fluten des Karibischen Ozeans. Der Sturm setzte seinen Weg unbeirrbar fort und hielt auf die amerikanische Küste zu.

7

West Side, New York, USA

Wayne und Jennifer hatten am Abend im *Po* gespeist und anschließend einen Club in der Leroy Street besucht. Spät am Abend hatten sie im Larchmont an der Hotelbar noch einen Drink zu sich genommen. Der Alkohol und ihr verständnisvoller Gesprächspartner hatten Jennifer redselig werden lassen. Sie erzählte, dass sie früher bei der *Washington Post* gearbeitet, aber nach der Trennung von ihrem langjährigen Freund ein neues Betätigungsfeld weit weg von der Hauptstadt gesucht habe. So sei sie schließlich beim *South Coast Magazine* in Beaumont gelandet. Einem Magazin, das sich in den letzten Jahren zu einem viel beachteten und weit verbreiteten Blatt an der Südküste entwickelt hatte. Auch wenn das Magazin nicht mit der *Washington Post* vergleichbar sei, die Arbeit mache ihr Spaß und erfülle sie. Wayne Chang lauschte Jennifers Erzählungen und vermittelte ihr den Eindruck, dass er sich tatsächlich für ihr Leben interessierte. In der lockeren Stimmung der beginnenden Nacht und nach ein paar weiteren Drinks kamen sich die beiden näher. In dieser Nacht kehrte Wayne nicht mehr in das Plaza Hotel zurück. Das Bett in seinem Zimmer blieb unbenutzt. Nach dem Frühstück am nächsten Morgen fuhren sie gemeinsam mit dem Taxi ins Plaza, wo am Morgen die letzten Referate gehalten wurden und die Veranstaltung mit einem gemeinsamen Mittagessen endete. Eine Stunde später saßen Jennifer Oldham und Wayne Chang zusammen in einem Café im Schatten der Metropolitan Opera und tranken Cappuccino.

Jennifer plauderte von ihrer Kindheit und von ihren drei Brüdern, mit denen sie sich ständig gezankt hatte. Wayne lachte herzhaft, als sie von ihren Streichen berichtete.

»Jetzt habe ich dir beinahe mein ganzes Leben erzählt, würde aber auch gern etwas von dir erfahren«, sagte sie und nahm einen Schluck aus ihrer Tasse.

»Da gibt es nicht viel zu erzählen«, antwortete Wayne.

Jennifer strich sich eine Locke aus dem Gesicht und stützte das Kinn auf die Hand. Sie lächelte entwaffnend, und ihre dunklen Augen glänzten. »Das glaube ich nicht, jeder hat eine Geschichte – und eine Kindheit. Was war dein Traum, damals, als du klein warst?«

Wayne winkte ab. »Meine Kindheit verlief nicht so lebensfroh und lustig wie deine. Ich war ein Einzelkind, und meine Eltern waren sehr beschäftigt und oft auf Reisen. Mein Vater war Professor für Astrophysik und hielt Vorlesungen an allen möglichen Universitäten auf der Welt, und meine Mutter war Historikerin. Ich wuchs unter der Fuchtel eines altmodischen Kindermädchens auf, und später wurde ich in ein Internat gesteckt. Es gab ständig Probleme, für meine Lehrer und Betreuer war ich ein Enfant terrible. Schließlich stellte man in Tests fest, dass ich hochbegabt bin, und daher rührte wohl meine Neigung, den Unterricht zu stören.«

»Aber ist das nicht fantastisch, wenn man feststellt, dass man den anderen haushoch überlegen ist, dass man sich aus der grauen Masse hervorhebt und mit seinem Gehirn Höchstleistungen vollbringen kann?«

Wayne schüttelte den Kopf. »Alle Dinge haben zwei Seiten. Wenn man in der Welt des Durchschnitts lebt, dann bleiben Schwierigkeiten nicht aus. Ich erinnere mich noch an die neidvollen Blicke meiner Mitschüler angesichts meiner Zensuren. Plötzlich wird man in eine Ecke gestellt und ist ein Außenseiter. Mein Spitzname war übrigens Zulu, so wie der Steuermann aus *Startrek,* wobei meine Mitschüler ihn nicht gerade schmeichlerisch gebrauchten. Als Erwachsener lernt man, damit umzugehen, aber als Kind ist man dem Spott schutzlos ausgeliefert. Erst nachdem mich meine Eltern auf eine Schule für Hochbegabte schickten und ich mit Gleichgesinnten zusammen war, wurde es besser. Doch das bedeutete nur wieder ein neues Internat, noch weiter entfernt von meinem Elternhaus. Du siehst also, eine normale Kindheit gab es für mich nicht. Ich kann dir von Forschungsprojekten berichten, von Arbeitsergebnissen und ersten Preisen, aber Streiche mit Geschwistern oder Freunden kann ich leider nicht zum Besten geben. Wenn ich heute zurückblicke, dann fühle ich mich ein wenig um meine Kindheit betrogen.«

Das Lächeln war aus Jennifers Gesicht gewichen. »Das tut mir leid«, sagte sie mit belegter Stimme.

»Muss es dir nicht, das ist alles Vergangenheit«, antwortete Wayne. »Dafür habe ich heute einen sehr gut bezahlten Job, und meine Arbeit macht mir Spaß.«

»Wenn ich recht überlege, kenne ich kaum jemand anderen, der so viele Titel und Diplome erworben hat wie du. Professor für Geodäsie, Doktor der Meteorologie und der Geophysik.«

»Und die Kartografie nicht zu vergessen«, warf Wayne schmunzelnd ein.

»Und trotzdem scheinst du ein normaler Mensch geblieben zu sein«, sagte Jennifer. »Früher stellte ich mir einen Professor als alten, grauhaarigen Herrn mit dicken Brillengläsern vor. Etwas weltfremd und bisweilen ein wenig verwirrt. Auf dich trifft dieses Klischee überhaupt nicht zu.«

»Oh, ich trage Kontaktlinsen«, scherzte Wayne.

Der Ober kam an den Tisch, und Wayne bestellte zwei Martini.

»Das mit den Hurrikans so früh im Jahr ist schon außergewöhnlich, oder?«, sagte Jennifer unvermittelt.

Wayne nickte. »Es ist eigentlich unerklärlich. Aber da in unserem Kosmos alles den Gesetzen der Natur folgt, bin ich sicher, dass die Jungs vom Hurricane Center eine Erklärung dafür finden werden.«

»Und was für eine Erklärung kann das sein?«

»Wir müssen uns langsam von dem Gedanken verabschieden, dass alles so bleibt, wie es ist. Die Welt ist im Fluss. Nichts ist statisch, auch das Klima nicht. Nehmen wir nur mal die durchschnittliche Temperatur von zirka zehn Grad Celsius. Erst seit knapp zehntausend Jahren ist sie stabil. Vorher gab es weit größere Schwankungen, und meistens war es deutlich kälter auf unserem Planeten.«

»Zehntausend Jahre ist eine lange Zeit«, warf Jennifer ein.

»Gemessen an dem Alter unseres Universums nicht viel mehr als eine Sekunde.«

»Das heißt, dass sich unser Klima auf alle Fälle ändern wird?«

»Nicht unbedingt«, erwiderte Wayne. »Niemand kann vorhersehen, wie es in zehntausend Jahren auf unserem Planeten aussehen wird. Doch zurzeit tun unsere Gesellschaft und die Industrie alles dafür, dass ein ohnehin instabiles Klima noch unbeständiger wird, indem wir Treibhausgase und Kohlendioxyd in großen Mengen in unsere Atmosphäre blasen. Irgendwann werden wir die Rechnung dafür bezahlen müssen.«

Jennifer richtete sich auf. »Also sind diese Hurrikans schon die ersten Vorboten der Veränderung?«

»Das habe ich damit nicht gesagt«, entgegnete Wayne. »In jedem Jahrhundert gibt es irgendwelche Phänomene, die ungewöhnlich sind. Denk nur an die sogenannten Jahrhundertsommer, die Dürreperioden oder die extremen Regenfluten, die wir bereits erlebt haben. Vielleicht sind die Stürme, die wir derzeit erleben, ein weiteres natürliches Phänomen. Um eine fundierte Aussage treffen zu können, braucht man nähere Untersuchungen.«

Der Ober kam an den Tisch und servierte zwei Martini Rosso auf Eis mit Zitrone. Wayne nahm einen Schluck.

»Vor fünfzig Jahren steckte die Forschung in Sachen Tornados und Hurrikans noch in den Kinderschuhen, erst in den letzten zwanzig Jahren haben wir deutliche Fortschritte gemacht ...«

»Ich frage mich, warum wir trotz aller Technik noch immer hilflos diesen Wirbelstürmen ausgeliefert sind. Jedes Jahr verwüsten sie unsere Küsten, fordern Menschenleben und richten Milliardenschäden an«, fiel Jennifer ihm ins Wort.

»Oh, es gab durchaus eine Zeit, wo man glaubte, die Hurrikans bekämpfen zu können«, erklärte Wayne. »Man flog mit Flugzeugen in die Wolkendecke und warf Silberjodid ab, aber die Wirkung war eher entmutigend. Mittlerweile weiß man, dass die tropischen Stürme für das Leben auf der Erde unentbehrlich sind. Im Grunde genommen gehören sie zu unserer gigantischen globalen Klimaanlage. Ohne sie würde keine warme Luft zu den Polen transportiert werden. Wir brauchen diese Stürme im Grunde genommen ebenso wie einen gewissen Treibhauseffekt, sonst lägen unsere durchschnittlichen Temperaturen unter minus zehn Grad Celsius.«

»Das heißt also, wir müssen weiterhin mit den Hurrikans leben.« Jennifer seufzte und leerte ihr Glas.

»Ich denke, wenn wir unser Frühwarnsystem immer weiter verdichten, dann sind wir bald in der Lage, die Bewegungen der Stürme auf den Punkt genau vorherzusagen. Bei den Tornados ist das ein erheblich größeres Problem. Mittlerweile sterben mehr Menschen an den Folgen eines Tornados als an denen eines Hurrikans, und das obwohl das Ausmaß eines Hurrikans um ein Vielfaches größer ist.«

»Und warum unternimmt man nichts gegen die Tornados?«
Wayne wies hinauf zum Himmel. Eine kleine weiße Wolke zog dort ihre Bahn über dem ansonsten strahlend blauen Himmel.

»Irgendwann trifft diese Wolke auf weitere Artgenossen und vereinigt sich«, erklärte Wayne. »In der Mitte dieser Wolkenfront wird ein kräftiger Aufwind aus feuchter Warmluft frei. Von außen strömen weitere Luftmassen in die Gewitterwolke oder den Cumulonimbus, wie wir Meteorologen sagen. Immer höher hebt sich die Wolke, und schließlich prallt die aufsteigende Luft mit der Tropopause zusammen. Der Aufwind im Inneren der Wolke dringt weit in die Tropopause, die Grenzschicht der Erdatmosphäre, ein. Die warme Luft beendet rasch die Konvektion, also die vertikale Luftbewegung, und die Gewitterwolke flacht zu einem breiten Schirm an der oberen Wettergrenze ab. Im oberen Bereich haben wir Eiskristalle, darunter Regentropfen, die für die Aufwinde schließlich zu schwer werden und als Regen zur Erde fallen. Das alles ist nicht weiter schlimm und gehört zur ganz normalen Klimaroutine unserer Natur. Luftaustausch, Abkühlung, Wassertransport – all das sind lebenswichtige Dinge für uns Menschen und die Flora und Fauna.

Nun kann es aber vorkommen, dass sich mehrere Gewitterwolken zu einer Gewitterfront zusammenschließen. Es entsteht eine Superzelle, aus der leicht ein Tornado erwachsen kann. Aber in achtzig Prozent aller Fälle löst sich das Gewitter nach einer gewissen Zeit auf. Die Wahrscheinlichkeit, dass daraus ein Tornado entsteht, ist also eher gering. Wenn aber doch, dann geht alles rasend schnell. Wir können aber nicht bei jedem größeren Gewitter eine Tornadowarnung herausgeben. Das würde jedes Mal eine Hysterie in der Bevölkerung auslösen. Vor drei Jahren arbeitete ich bei einem Projekt mit, das sich *Tornado Watch* nannte. Es ging dabei um erd- und satellitengestützte Überwachung von Sturmfronten entlang der neuralgischen Entstehungszonen im Mittleren Westen. Doch leider überschritten wir recht bald das zur Verfügung stehende Budget, und das Projekt wurde auf Eis gelegt, obwohl wir erst knapp die Hälfte der geplanten Messstationen errichtet hatten. Manchmal gibt es eben auch andere als die natürlichen Grenzen.«

Gerade als Jennifer antworten wollte, klingelte ihr Handy in der Handtasche. Ihre Antworten waren knapp, doch ihr Gesichtsausdruck verriet ihre Besorgnis. Als sie das Gespräch beendete, schaute Wayne ihr fragend ins Gesicht.

»Ist etwas passiert?«, fragte er.

Jennifer nickte. »Das war meine Redaktion«, erwiderte sie. »Unterhalb von Barbados braut sich ein gewaltiger Wirbelsturm zusammen. Vor der mexikanischen Küste ebenfalls. Sie vermissen ein Flugzeug des Wetterdienstes aus Corpus Christi. Ich soll runterfliegen, um einen Bericht darüber zu schreiben. Mein Flug geht bereits in einer Stunde.«

»Ein Wetterflugzeug aus Corpus Christi«, murmelte Wayne nachdenklich. »Das muss eine Maschine der NOAA gewesen sein. Weiß man schon Genaueres?«

Jennifer schüttelte den Kopf. »Wegen des Sturms können die Schiffe nicht auslaufen. Zwei Flugzeuge der Küstenwache sind auf dem Weg.«

»Sehen wir uns wieder?«, fragte Wayne und warf einen Blick auf seine Armbanduhr.

»Zwischen Beaumont und Washington liegen zwar Welten«, sagte Jennifer, »aber ich würde dich gern wiedersehen.«

»Ich dich auch. Lass mich dich zum Flughafen bringen«, erwiderte Wayne. »Und du kannst dir sicher sein, dass ich mich bei dir melde.«

»Was wirst du jetzt tun?«

»Ich fliege sofort zurück nach Camp Springs, um mich über die Lage zu informieren.«

Gemeinsam verließen sie das kleine Café an der West Side und fuhren mit einem Taxi zum Flughafen.

Long Point View, Lakeland, Ontario, Kanada

Brian Saint-Claire saß vor seinem Haus und rauchte eine Zigarette. Die Sonne färbte sich in der Abenddämmerung rot. In einem Eimer neben der Bank schwammen zwei dicke Forellen, und Brian freute sich auf einen ruhigen und beschaulichen Abend.

Den ganzen Tag hatte er auf dem See geangelt. Vor sechs Jahren hatte er das Haus in der Abgeschiedenheit abseits von Port Rowan gekauft. Umgeben von Wasser, hohen Bäumen und grünen saftigen Wiesen fühlte er sich wohl. Hier tankte er neue Energie, bevor er wieder in die Welt hinauszog, um unerklärlichen Phänomenen hinterherzujagen und darüber seine Reportagen zu verfassen. Eigentlich war die Berichterstattung mehr Hobby als Beruf, Journalismus hatte er nie erlernt. Nach seinem Studium an der Universität in Chicago hatte er eine Zeit lang als Dozent dort gearbeitet. Heute war er froh darüber, dass er die Universität hinter sich gelassen hatte. Aus ihm war ein Abenteurer und Weltenbummler geworden, der ein unstetes Leben führte. Als einziger Sohn eines reichen Kaufmanns aus Quebec war er nicht auf einen Brotberuf angewiesen. Das Investmentdepot, das sein Vater für ihn eingerichtet hatte, war mittlerweile zu einer stattlichen Summe angewachsen. Brian drückte die Zigarette im Aschenbecher aus. Langsam verspürte er Hunger.

Plötzlich hörte er Motorenlärm in der Dämmerung. Ein weißes Mercedes-Cabrio fuhr den holperigen Feldweg herauf und hielt direkt vor dem Haus.

»Ich ruiniere mir jedes Mal den Lack, wenn ich zu dir herausfahre«, schimpfte Porky, nachdem er ausgestiegen war. »Wann lässt du endlich diesen Weg asphaltieren – oder wie wär's, wenn du einfach mal ans Telefon gingst?«

Porky hieß mit bürgerlichem Namen Gerad Pokarev und war Chefredakteur des *ESO-Terra*-Magazins; wie immer trug er einen hellen, zerknitterten Anzug und trotz der anbrechenden Dunkelheit seine obligatorische Ray-Ban-Sonnenbrille.

»Was führt einen Stadtmenschen so spät am Tag mitten in die Wildnis?«, begrüßte Brian seinen unverhofften Gast.

»Hast du ein Bier? Meine Kehle ist total ausgetrocknet.«

Brian verschwand im Haus.

Porky ließ sich mit einem Seufzer auf die Bank der Veranda fallen. »Den ganzen Tag versuche ich dich schon zu erreichen!«, rief er ihm nach. »Hast du der Zivilisation schon den Rücken zugekehrt, oder bist du für diese Welt noch zu sprechen?«

Brian kam mit zwei Flaschen zurück, öffnete sie und setzte sich neben Porky, ohne sich zu einer Antwort herabzulassen.

»Mein Gott, diese Stille hier würde mich umbringen. Was treibst du nur den ganzen Tag in diesem Dschungel?«

»Ich war fischen.« Brian wies auf den blauen Eimer neben sich. »Hast du Hunger?«

»Gott behüte«, wehrte Porky ab. »Ich esse nichts, das sich noch bewegt. Ich stehe mehr auf Fleisch, und zwar tot, klein gehackt und mit Tomatentunke beträufelt zwischen zwei Brötchenhälften, verstehst du?«

Brian musterte seinen Besucher. »Ein wenig fettarme Ernährung stünde dir gut zu Gesicht. Also, weshalb bist du hier? Bestimmt nicht, um dich mit einem guten Freund zu treffen.«

Porky nahm einen kräftigen Schluck aus der Flasche. »Ich brauche dich.«

»Du brauchst mich?«

Porky richtete sich auf. »Dein Bericht über diese Indianer hat uns gute Kritiken eingebracht. Harbon ist sehr zufrieden mit unserer Arbeit. Er glaubt, dass wir die Auflage noch steigern können, wenn wir uns am modernen Marketing orientieren und uns vorwiegend auf medienwirksame Leitthemen spezialisieren.«

»Und das heißt?«

Porky zog eine DVD aus seiner Jackentasche.

»Was ist das?«

»Ein neuer Auftrag. Schau es dir einmal an. Du hast doch einen Player, oder?«

Brian nahm die DVD und verschwand im Haus. Porky leerte seine Bierflasche und folgte ihm.

Brian legte die silberne Scheibe in den DVD-Spieler und schaltete den Fernseher ein. Die graue Fassade einer Kirche flackerte über den Bildschirm. Die Aufnahme war unscharf, wackelte und zitterte, sodass nur wenig zu erkennen war. Schließlich verdunkelte sich der Bildschirm, und die Kamera schwenkte ins Innere der Kirche. Ein von Säulen umrahmtes Altarbild war zu erkennen. Es zeigte Maria und Jesus, der neben ihr kniete und ihr die Hand auflegte. Wackelnd zoomte der Kameramann auf das Bildnis der Maria.

»Da, siehst du es?«, rief Porky.

»Was soll ich sehen?«

Porky stellte sich neben den Fernseher und wies auf das Gesicht der Mutter Gottes.

»Drück doch mal die Pausetaste!«

Brian kam der Aufforderung nach und trat neben Porky vor den Fernsehapparat.

»Da läuft eine dunkle Spur vom Auge Marias hinunter, meinst du das?«

»Die Tränen Marias«, bestätigte Porky.

»Was soll das, bist du jetzt unter die Wundergläubigen gegangen?«

»Vor zwei Wochen hatten Kinder, die in der Kirche beteten, eine Marienerscheinung. Die Mutter Jesu sprach zu ihnen und verkündigte, dass eine große Katastrophe über die Menschen hereinbreche. Nachdem die Erscheinung wieder verschwunden war, tropften von dem Altarbild blutige Tränen herab.«

»Und du glaubst diesen Blödsinn?«, fragte Brian. »Diese Aufnahme sieht mir nicht gerade beweiskräftig aus.«

Porky wandte sich um und setzte sich in einen Sessel. »Das ist nicht der Punkt. Du hast doch bestimmt schon von diesem Schriftsteller gehört, der über die Kirche schreibt und einen Bestseller nach dem anderen landet. *Sakrileg* war sein größter

Erfolg. Es ist ein absoluter Reißer. Harbon meint, dass wir die Geschichte mit der Marienerscheinung als Leitartikel bringen sollen. Es würde unserer Auflage bestimmt nicht schaden.«

»Und wo ist diese Kirche?«

»Sie steht in Venedig, unweit des Markusplatzes.«

»Weißt du, als ich vor sieben Jahren anfing, für das Magazin zu schreiben, da hatte ich irgendwie das Gefühl, dass es darum geht, die Wahrheit ans Licht zu bringen, und zwar mittels fundierter Recherchen. Aber in letzter Zeit werde ich das Gefühl nicht los, dass nur noch eins zählt: die Auflage. Ich bin kein Sensationsjournalist, und ich schreibe auch keine Romane. Ich halte mich nach wie vor für einen Wissenschaftler.«

Porky wischte Brians Einwurf mit einer Handbewegung weg. »Damals war alles anders. Wir waren unabhängig und hatten einen Verleger, dem es um Hintergründe ging. Aber Thomason ist gestorben, und das Blatt gehört mittlerweile zu einem Medienkonzern. Und da zählt nun mal die Auflage. Damals haben wir knapp fünftausend Exemplare an esoterische Leser verkauft, eine Auflage, die unsere Zeitschrift gerade so am Leben hielt. Heute haben wir eine Auflage von 150 000 und sind beinahe an jedem Kiosk hier im Osten erhältlich. Die Zeiten haben sich geändert.«

»Nicht nur die Zeiten«, entgegnete Brian. »Auch du hast dich verändert.«

»Du hast gut reden«, erwiderte Porky. »Du brauchst dir keine Sorgen zu machen. Du hast eine reiche Familie und ein dickes Konto. Ich habe nur diesen einen Job, und das Magazin ist mein Leben. Von dem Gehalt finanziere ich meine Miete, mein Essen, und ich kaufe mir meine Anzüge davon, auch wenn sie dir nicht gefallen. Wo, glaubst du, käme ich unter, wenn mich Harbon rauswirft? Harbon will, dass du zusammen mit Leon und Gina nach Venedig fliegst und die Titelstory schreibst. Es ist ihm egal, ob es sich bei der Geschichte um Lüge oder Wahrheit handelt. Ihm kommt es nur darauf an, dass sich unser Blatt verkauft. Und angesichts des neuerlichen Kirchenbooms in den Medien glaubt er, dass sich genau mit diesem Thema Geld verdienen lässt. Ich habe ihm gesagt, dass du bestimmt ablehnen würdest – weißt du, was er geantwortet hat?«

Brian zuckte mit den Schultern.

»Er sagte, dass ein Chefredakteur seine Mannschaft im Griff haben muss, sonst kann er sich als Eisverkäufer an den Seen versuchen. Das hat er geantwortet, bevor er mich aus seinem Büro warf.«

»Ausgerechnet Leon, dieser Spinner«, murmelte Brian. »Der Kerl bringt nur Schwierigkeiten.«

»Aber er ist ein hervorragender Chemiker, wenn er nicht trinkt. Und in letzter Zeit ist er trocken, seit ich ihm mit dem Rauswurf gedroht habe.«

Brian überlegte.

»Tu es für mich, Partner«, sagte Porky. »Du schuldest mir noch immer einen Gefallen. Erinnerst du dich an Toledo?«

»Fang nicht schon wieder damit an.«

»Sie hätte dich noch immer in ihren Fängen, wenn ich nicht gewesen wäre.«

Brian verzog das Gesicht. »Aber danach sind wir endgültig quitt.«

»Mein Wort darauf.« Porky streckte Brian die Hand entgegen.

Brian zögerte. »Wann soll es losgehen?«

»Es ist alles vorbereitet. Ihr fliegt übermorgen von Detroit aus. Von Rom nehmt ihr einen Inlandsflug nach Venedig. Ich habe direkt neben der Kirche im Hotel Orion Zimmer für euch reservieren lassen. Es gibt ausreichend Spesen, und du kommst wieder hinaus in die weite Welt. Italien, Venedig, die Stadt der Liebe. Das klingt doch verlockend.«

»Habe ich eigentlich eine Wahl?«

»Wenn du einen sehr guten Freund retten willst, dann gibt es nur eine Entscheidung«, antwortete Porky.

Brian warf einen letzten Blick auf den Bildschirm, auf dem noch immer das Bildnis der Mutter Gottes flimmerte.

»Also gut, ich fliege«, sagte er schließlich und ergriff Porkys ausgestreckte Hand. »Aber danach brauche ich meine Ruhe. Mindestens einen Monat lang. Ist das klar?«

»Ich gebe dir gern Urlaub«, sagte Porky neckend. »Auch wenn du als freier Mitarbeiter keinen Anspruch darauf hast.«

»Hast du jetzt Lust auf Fisch?«

Porky schüttelte den Kopf. »Ein Bier würde ich aber noch trinken.«

8

Südlich der Kokosinsel, Pazifik

Einen Tag nachdem *Amy* und *Bert,* die beiden Wirbelstürme, in der Karibik und vor der Westküste von Mexiko gesichtet worden waren, entsandte das National Hurricane Center in Miami das Forschungsschiff *Portland* der National Oceanic and Atmospheric Administration, kurz NOAA genannt, in die Region um die Kokosinsel im Pazifik. Dort sollte die wissenschaftliche Crew nähere Untersuchungen bezüglich der ozeanischen und atmosphärischen Verhältnisse durchführen. An Bord befanden sich neben der vierzigköpfigen Mannschaft Wissenschaftler und Meteorologen des National Hurricane Center und der NOAA.

Ein Team von Ozeanologen ließ einen Streamer zu Wasser, um die Strömungsverhältnisse, Intensität und Dichte sowie die Temperatur in knapp zehn Meter Tiefe zu messen. Dazu ging die *Portland* knapp 40 Kilometer südlich der Kokosinsel vor Anker. Gleichzeitig überprüften Meteorologen mittels eines hochsensiblen Messgerätes die oberen Luftschichten, indem sie einen Wetterballon aufsteigen ließen.

Fünf Tage lagen sie nun an derselben Position. Die gewonnenen Werte waren ein einziges Rätsel. Brach die Klimakatastrophe, die führende Klimatologen und Meteorologen für die kommenden Jahrzehnte vorausgesagt hatten, viel früher als vermutet über die Menschheit herein? Die Männer von der *Portland* suchten nach Antworten, doch bislang stießen sie nur auf weitere Fragen.

»Alles in allem haben wir in den oberen Wasserschichten fast fünf Grad über der Norm«, sagte Egon Taylor, nachdem er die gewonnenen Daten des Streamers mit den Temperaturstatistiken der vorangegangenen Jahre verglichen hatte.

»Das deckt sich mit unseren Feststellungen«, bestätigte Peter Holbroke von der NOAA. »Wenn ich unseren Messungen glauben darf, dann verläuft die innertropische Tiefdruckrinne um einige Kilometer zu weit nördlich. Wenn ich heute früh nicht auf den Kalender geschaut hätte, dann könnte ich annehmen, wir hätten bereits Ende Juni.«

»Wir haben eine warme Meeresströmung, die sich vom australischen Kontinent herüber an die südamerikanische Küste erstreckt. Der Nordäquatorialstrom und die Gegenströmung haben sich beinahe umgekehrt. Wir müssen mit dem Streamer tiefer gehen, um weitere Daten zu gewinnen. Alles deutet auf einen außergewöhnlichen El-Niño-Effekt.«

Holbroke nickte. »Wir lassen morgen früh einen Ballon mit einer Sonde aufsteigen, um die Stärke und Richtung der Höhenwinde zu überprüfen, aber ich fürchte, Sie haben recht. Die Passatströmung ist viel zu schwach, um das Wasser in die richtige Richtung treiben zu können.«

»Wir sollten auf alle Fälle noch weitere Messungen zur Verifizierung unserer Daten durchführen«, sagte Taylor. »Irgendetwas erscheint mir faul. Letzten Monat hatten wir noch keinerlei Hinweise auf irgendwelche ungewöhnlichen Strömungsverläufe.«

Noch bevor Holbroke antworten konnte, wurde die Tür zur Kabine im Zwischendeck aufgestoßen. Der Funker betrat den Raum und reichte Taylor ein Telex. Interessiert überflog dieser die Zeilen.

»Was ist los?«, fragte Holbroke.

Taylor reichte Holbroke das Papier. »Wir haben eine Hurrikanwarnung. Knapp 110 Kilometer südlich. Er scheint riesig zu sein. Das NHC meint, wenn er sich in dieser rasanten Geschwindigkeit weiterentwickelt, dann müssen wir mit einem Wirbelsturm der Kategorie vier bis fünf auf der Saffir-Simpson-Skala rechnen. Sie bitten uns, Messdaten über die Konvektionsströme und die Zirkulationsgeschwindigkeit zu sammeln.«

Holbroke aktivierte den Überwachungsmonitor. Dann zoomte er auf der Wetterkarte, die von einem Wettersatelliten direkt online übertragen wurde, in den Bereich des angegebenen Sichtungsgebiets. Ein riesiger Wolkenwirbel war zu erkennen.

»Der ist gewaltig«, murmelte Holbroke. »Er hat sich bereits einen riesengroßen Wolkenschirm zugelegt. Die warme Meeresoberfläche heizt ihn immer mehr auf.«

»Wie viel Zeit haben wir noch?«

»Ich schätze, in vier bis fünf Stunden ist er hier.«

»Dann müssen wir uns sputen«, sagte Taylor. »Wir fahren näher ran, machen ein paar Radaraufnahmen und setzen uns dann, so schnell es geht, ab.«

Ein dumpfer Knall drang durch die Metalltür. Die Alarmsirene ertönte, und das Licht begann zu flackern. Bevor das Licht endgültig erlosch, gingen die Bildschirme der Computer aus. Der Überspannungsschutz hatte die Notabschaltung aktiviert.

»Verflucht, was ist da los?« Taylor wandte sich zur Tür. Ein letztes Aufflackern der Glühlampe, und die Dunkelheit ergoss sich in den Raum. In der gespenstischen Finsternis tastete Taylor nach der Tür und öffnete sie. Eine gespenstische Stille herrschte im Zwischendeck, sogar das hektische Hupen der Alarmsirene war verstummt. Leise drangen Rufe in den Flur. Taylor ging vorsichtig auf den Niedergang zu. Holbroke folgte ihm. Die Schwärze erschien undurchdringlich, nur Taylors weißes T-Shirt war als Schattenriss zu erkennen.

»Was geht hier vor?«, fragte Holbroke besorgt.

Das Schulterzucken seines Begleiters blieb ihm verborgen. Endlich gelangten sie zu dem Schott, das zum Aufgang führte. Es war geschlossen. Mit den Händen tastete Taylor über den kalten Stahl, bis er die Verriegelung fühlte. Mit kräftigem Schwung drehte er am Verriegelungsrad und zog gleichzeitig das Schott auf. Dämmerlicht flutete den Gang.

In der Nähe des Aufgangs erblickte Taylor einen Seemann, der an einem Feuerlöscher herumnestelte.

»Was ist geschehen?«, fragte er.

Der Seemann fuhr erschrocken herum.

»Mann, reden Sie schon!«, fuhr Taylor den ängstlichen Matrosen an.

»Wir haben Feuer im Generatorenraum!«, rief der Seemann hysterisch. »Es greift auf die Hauptmaschine und den Elektromaschinenraum über.«

Taylor ließ den Mann stehen und stürmte die Treppe hinauf. Schreie drangen an sein Ohr. Eine dichte schwarze Rauchfahne stieg achtern auf.

»Verdammt, das darf doch nicht wahr sein«, stöhnte Holbroke, der ebenfalls die Treppe heraufgeklettert war. Fassungslos stand er neben Taylor und starrte auf die dichte Rauchfahne.

Markusplatz, Venedig

Die Sonne stand hoch über dem Campanile und strahlte mit aller Kraft auf den Dogenpalast und die Markuskirche herab. Die ganze Schönheit des weißen Kuppelbaus offenbarte sich den zahlreichen Besuchern des Markusplatzes, und sogar Brian blieb kurz stehen, um das geschichtsträchtige Bauwerk zu würdigen. Hier traf sein Blick auf einen Querschnitt durch die Baustile vergangener Jahrhunderte. In Harmonie verschmolzen romanische, byzantinische und gotische Stilelemente zu einem atemberaubenden Ganzen. Die Goldene Basilika, wie die Kirche auch genannt wurde, wirkte derart imposant, dass sich Brian trotz der Menschenmassen um ihn herum fast ein wenig wie ein Eindringling vorkam.

»Wohin müssen wir jetzt?«, fragte Gina, die für die hohen Temperaturen – 32 Grad Celsius hatte das Thermometer auf der Piazzale Roma angezeigt – unpassend gekleidet war und einen schwarzen Koffer auf Rollen hinter sich herzog. Leon zuckte mit der Schulter. Brian wies auf eine kleine Gasse hinter der Nordseite der Markuskirche. Er schulterte seine Reisetasche und setzte den Weg fort. Die unzähligen Tauben vor ihnen flatterten auf, als sie den Markusplatz überquerten. Als sie vor dem Hotel Orion ankamen, das sich in der San Marco Spadaria direkt am Campo San Zulian befand, atmete Gina erleichtert auf. Zwar war der einfache Bau nicht ganz nach ihrem Geschmack, aber ihr stand im Moment nur der Sinn danach, sich ihrer Jeans und ihres Pullis entledigen zu können.

Leon schmunzelte, nachdem er den Blick über den Campo San Zulian hatte schweifen lassen, einen engen Platz, umrahmt von Häusern und am östlichen Ende von der weißen Fassade der Chiesa San Zulian. »Typisch Porky. Nur damit wir unsere Aufgabe nicht aus den Augen verlieren und bloß keinen Cent zu viel ausgeben.«

»Ich brauch jetzt erst einmal Ruhe und Wasser, kaltes Wasser«, stöhnte Gina.

»Und ich habe Hunger«, sagte Brian. »Ich schlage vor, wir treffen uns in zwei Stunden im Foyer und besprechen, wie wir vorgehen.«

»Schauen wir doch gleich mal nach«, schlug Leon vor, als er ein paar Touristen in der Kirche verschwinden sah. »Ich habe alles dabei, was wir brauchen. Vielleicht haben sich unsere Ermittlungen dann schon erübrigt.«

»Nein, wir wollen Gina erst ihre kalte Dusche gönnen«, entschied Brian. »Wir treffen uns um fünf im Foyer.«

»Gut, du bist der Boss«, meinte Leon, schnappte sich seinen Koffer und verschwand durch die Glastür in das Gebäude. Brian hielt Gina die Tür auf und half ihr mit dem Koffer. Im Inneren des Hotels war es angenehm kühl. Überhaupt entsprachen das Interieur und die Ausstattung des Hauses keineswegs dem ersten Eindruck, den man von dem Gebäude gewinnen konnte, wenn man davorstand.

»Gott sei Dank«, murmelte Gina, als sie auf die Rezeption zugingen. »Ich dachte schon, das ist irgend so ein Stundenhotel.«

»Hauptsache billig, das sähe Porky ähnlich.« Leon setzte endlich seine übergroße und unpassende Schildmütze ab, ohne die er nie das Haus verließ. Seine tiefschwarzen und mit reichlich Gel behandelten Haare lagen wie ein Helm um seinen Kopf. Das übergroße Pentagramm, das er sich auf den Oberarm hatte tätowieren lassen, und die Piercings in beiden Ohren und Nase ließen ihn wie einen Zuhälter aus Little Italy erscheinen.

»Wenn wir nachher der Kirche einen Besuch abstatten, schlage ich vor, dass du dir etwas Langärmeliges anziehst«, sagte Brian. »Außerdem ist dein Gesichtsschmuck auch nicht gerade förderlich, um mit Pater Francesco ins Gespräch zu kommen. Ich denke, es ist besser, wenn du dich erst einmal im Hintergrund hältst.«

»Ich wusste gar nicht, dass du so spießig sein kannst«, konterte Leon angesäuert.

»Das hat nichts mit spießig zu tun. Ich will nur verhindern, dass wir gleich einen schlechten Eindruck hinterlassen. Wir sind nun einmal in Europa und noch dazu in einer Stadt, die auf über tausend Jahre katholischer Tradition zurückblickt. Hier sind die Menschen anders als in New York.«

»Okay, okay. Ich bleibe im Hintergrund und kümmere mich um die Analyse. Um die kalte Wissenschaft sozusagen. Für die Showeinlagen seid ihr zuständig. Ich spreche sowieso kein Italienisch.«

9

Camp Springs, Maryland

Wayne Chang war noch am Abend, nachdem er Jennifer Oldham zum Flugplatz begleitet hatte, in das Weather House nach Camp Springs zurückgekehrt. Er wollte unbedingt wissen, was es mit dem vermissten Flugzeug der NOAA in der Karibik auf sich hatte. Mit dem Aufzug fuhr er in den sechsten Stock. In den Gängen schlug ihm hektische Betriebsamkeit aus den Büros entgegen. Er stürmte in die Überwachungszentrale, die einem Kontrollzentrum der NASA ähnelte. Unzählige Konsolen mit Computerbildschirmen darauf und dahinter jeweils ein Mitarbeiter, der mit großen Augen auf seinen Monitor starrte. Schneider saß vor einer Großbildleinwand, auf der ein riesiger Wolkenwirbel abgebildet war. Die Umrisse der Baja California waren zu erkennen. Er blickte erstaunt auf, als Wayne sich neben ihn stellte.

»Ich dachte, du kommst erst morgen«, sagte er.

»Ich habe gehört, dass ein neuer Hurrikan im Anmarsch ist. Außerdem soll ein Flugzeug vermisst werden. Was geht da draußen vor?«

Schneider schaltete auf eine Übersichtskarte. »Ein Sturm, sagst du? Da sind zwei ausgewachsene Wirbelstürme vor unserer Küste. *Cäsar* hat sich in der Karibik in der Nähe der Kaimaninseln eingenistet, und *Dave* greift uns vom Pazifik aus an. Hinzu kommt noch eine riesige Gewitterfront oberhalb der Baffinbai, die auf die kanadische Küste zutreibt.«

»Was soll das heißen – die Stürme greifen uns an?«

»Wie würdest du das nennen?«, antwortete Schneider. »Der April war zu trocken, der Mai nahezu sommerlich heiß. Die Meeresströmung hat sich umgekehrt, und Hurrikans entstehen außerhalb der Saison. Wann hat es das schon mal gegeben? Das sind doch eindeutige Zeichen. Da oben in der Atmosphäre geht etwas vor, das uns Rätsel aufgibt.«

Wayne schüttelte den Kopf. »Wir sind Wissenschaftler, aber du klingst wie eine hysterische Waschfrau.«

»Seit einem Jahr arbeiten wir daran, unsere Überwachungsraster zu verfeinern, um die Vorhersagen zu verbessern. Wir reißen uns den Arsch auf und schlagen uns die Nächte um die Ohren. Und wofür das alles?«

»Jetzt komm mal wieder runter«, versuchte Wayne seinen Kollegen zu beruhigen. »Wir können nur das Wetter beobachten, steuern können wir es nicht, und das ist auch gut so.«

»Wir verändern das Wetter schon lange«, erwiderte Schneider trocken. »Wir tun es nicht mit Apparaten oder Fernsteuerungen, sondern durch unsere Lebensweise. Durch die Industrie und den Straßenverkehr mit ihren Abgasen, durch die Einleitung von Kühlwasser in unsere Flüsse, Seen oder Ozeane, durch die Abholzung von Regenwäldern. Wir verändern unser Klima, und das Gefährliche daran ist, es scheint niemanden zu interessieren. Wir sägen längst schon an dem Ast, auf dem wir sitzen. Und ich glaube, es dauert nicht mehr lange, bis wir von unserem hohen Baum fallen und uns das Genick brechen. Dieser Planet braucht uns Menschen nicht, aber wir, wir sind auf ihn angewiesen.«

Wayne setzte sich auf die Schreibtischkante. »Mit dieser Rede hättest du auf dem Symposium in New York einen starken Eindruck hinterlassen. Was ist los mit dir?«

Schneider zuckte mit den Schultern und seufzte. Er schaltete zurück auf das erste Bild. »Der Pilot der vermissten Maschine ist Coldmann.«

Wayne sog scharf die Luft ein. Schneider und Coldmann waren langjährige Freunde gewesen. Sie hatten gemeinsam bei der Airforce im ersten Golfkrieg Einsätze geflogen. Später war Schneider zum Wetterdienst gewechselt, und er selbst hatte Coldmann einen Job als Pilot bei der NOAA verschafft.

»Tut mir leid«, sagte Wayne Chang mit brüchiger Stimme. »Das wusste ich nicht.«

Ein paar Minuten später setzte sich Wayne in seinem Büro ans

Telefon und wählte die Nummer von Professor Cliff Sebastian, einem ehemaligen Studienkollegen, der bei der National Oceanic and Atmospheric Administration in Boulder, Colorado, einen leitenden Posten innehatte. Er schaute auf die Uhr. Es war kurz nach Mitternacht, in Boulder war es gerade neun Uhr. Unter der Privatnummer seines Freundes meldete sich niemand. Er wählte die Nummer seines Büros. Es dauerte eine Weile, bis er durchgestellt wurde.

»Hallo, Wayne«, meldete sich Cliff. »Es tut mir leid, ich habe nicht viel Zeit, hier ist gerade die Hölle los.«

»Das Flugzeug?«

»Zum letzten Mal hatten wir in der Nähe der Kaimaninseln Funkkontakt«, schilderte Sebastian. »Sie wollten in den vorderen Quadranten des Sturms eindringen, seither ist der Kontakt abgebrochen.«

»Sind Suchmannschaften unterwegs?«

»Wo denkst du hin, dort draußen tobt ein Hurrikan der Kategorie F4. Und er hat noch lange nicht seine volle Intensität erreicht. Wir haben ein Startverbot für alle Maschinen verhängt. Es ist zu gefährlich. Auch die Küstenwache hat ihre Suche bis auf Weiteres eingestellt. Aus Norfolk ist eine Flotte unterwegs, aber es wird eine Woche dauern, bis sie im Suchgebiet eintreffen, wenn sie nicht vorher wegen des Sturms abdrehen müssen.«

»Wer war an Bord, kenne ich jemanden?«

Wayne hörte das leise Seufzen seines Freundes. »Lois und Bisky von der NHC. Coldmann ist mit Walters geflogen. Wir haben keine Hoffnung mehr.«

»Eine Katastrophe«, stimmte Wayne zu. »Ich möchte bloß wissen, was passiert ist. Coldmann ist ein alter Hase, der schon bei der Airforce Erfahrungen als Tornadobeobachter sammelte.«

»Tja, aber so etwas ist immer möglich«, erwiderte Sebastian. »Die Jungs kennen das Risiko.«

Wayne wusste, was Cliff Sebastian damit meinte. Bis vor drei Jahren hatte er selbst im Auftrag der NOAA an solchen Flügen teilgenommen, um möglichst viele Daten über das Innere der tropischen Zyklone zu sammeln. Vor jedem Flug war er darauf hingewiesen worden, welche Gefahren hinter dem dichten Wolkenschirm auf ihn lauerten. Allzu schnell wurde es zur Routine, zu etwas Alltäglichem, bis … bis solch ein Zwischenfall wie draußen vor den Kaimaninseln einem ins Gedächtnis rief, wie riskant das Unterfangen war. Seit sich Wayne damals dafür entschieden hatte, der Hurrikanforschung den Rücken zu kehren, und zum Wetterdienst nach Camp Springs wechselte, waren für ihn die Flüge in Vergessenheit geraten. Beim National Weather Service hatte er die Aufgabe übernommen, den Ausbau und die Modernisierung der Wetterstationen auf dem Kontinent und in der Karibik voranzutreiben und das Informationsnetz enger zu stricken, damit bessere und genauere Voraussagen möglich waren. Ein Gebiet, für das er aufgrund des Studiums der Geodäsie prädestiniert war. In den ersten Monaten hatte er die aktive Forschungsarbeit an den Sturmfronten noch vermisst. Doch dann hatte ihn seine neue Tätigkeit vollkommen in Beschlag genommen. Natürlich gab es immer wieder Berührungspunkte zwischen seiner Arbeit und der NOAA oder der Hurrikanjäger des NHC in Miami, dennoch blieben Außeneinsätze eine Seltenheit. Und ehrlich gesagt, vermisste er sie auch nicht mehr.

»Habt ihr schon eine Ahnung, was diese frühen Hurrikans verursacht?«, fragte Wayne.

»Offenbar haben wir ein ungewöhnliches El-Niño-Phänomen«, sagte Sebastian. »Doch eine Erklärung haben wir dafür nicht. Es kam wie aus heiterem Himmel. Wir sind gerade dabei, den Hintergrund zu erforschen, aber bislang kennen wir nur die Symptome, die Ursache leider noch nicht.«

»Wir haben einen ungewöhnlich trockenen April erlebt, und der Mai war um 17 Prozent zu warm.«

»Ich kenne die Statistik«, sagte Sebastian. »Wir sind zum selben Ergebnis gekommen. Aber wir haben die Aufzeichnungen der letzten hundert Jahre herangezogen und festgestellt, dass es solche Jahre bereits gab, in denen derartige Ausreißer registriert wurden. 1904, 1934 und 1946 wurden ähnliche Werte aufgezeichnet. Übrigens, wenn wir unseren Archiven trauen dürfen, wurde im Jahr 1722 schon einmal von einem Hurrikan Anfang Mai berichtet.«

»Glaube mir, das beruhigt mich nicht im Geringsten«, entgegnete Wayne.

»Mich ehrlich gesagt auch nicht. Es tut mir leid, ich muss jetzt Schluss machen. Es gibt noch ein weiteres Problem, um das wir uns kümmern müssen.«

»Ein Problem?«

Sebastian zögerte.

»Was ist es?«

»Bitte behalte es für dich, es ist noch nichts Offizielles.«

»Du weißt, dass du dich auf mich verlassen kannst.«

»Vor zweieinhalb Stunden haben wir einen Notruf von der *Portland* erhalten. Sie kreuzt vor der mexikanischen Küste. Offenbar ist ein Feuer an Bord ausgebrochen, der Notruf brach ab. Seither ist Funkstille.«

»Vor der mexikanischen Küste?«, fragte Wayne. »Dort wütet doch der zweite Zyklon.«

»Das ist ja das Problem«, gestand Sebastian zögerlich. »Nach letzter Positionsmeldung der *Portland* hat der Sturm in weniger als einer Stunde ihren Standort erreicht.«

»O Gott, was habt ihr unternommen?«

»Was sollen wir unternehmen?«, entgegnete Sebastian. »Wir sitzen hier und beten für sie. Kein Schlepper der Welt kann sie noch vor Eintreffen der Sturmfront erreichen.«

»Und Flugzeuge?«

»Es gibt nur eine Möglichkeit. Wir sind alles durchgegangen und haben uns die Köpfe heißgeredet, oder warum glaubst du, bin ich noch hier? Ein U-Boot der Marine ist auf dem Weg, um die Besatzung zu evakuieren. Ich hoffe nur, dass es die *Portland* noch rechtzeitig erreicht.«

»Wie viele sind an Bord?«
»Beinahe einhundert Leute.«

Hotel Orion, Venedig

Brian Saint-Claire saß gegenüber dem Hotel in der Edy-Bar und schlürfte einen Martini. Gina hatte neben ihm Platz genommen und einen Espresso bestellt. Sie trug ein rotes Top und darüber eine schlichte weiße Bluse. Ihr pechschwarzes Haar hatte sie streng nach hinten gekämmt und zu einem Zopf gebunden. Mit der silbernen Brille auf der Nase wirkte sie wie Miss Moneypenny aus den älteren James-Bond-Filmen. Neben Englisch beherrschte sie fließend Deutsch, Französisch und Italienisch. Außerdem wusste sie mit ihren gut vierzig Jahren, wie man mit Menschen umging, welchen Ton man anschlagen musste, um etwas in Erfahrung zu bringen. Und sie hatte eine weitere Gabe: Dinge zu erkennen, die normalen Menschen verborgen blieben. Dinge, die für die Schulwissenschaften nicht existent waren, weil sie nicht objektiv belegbar waren. Kurz und gut, Gina war ein Medium; sie hatte ein Gespür für die Präsenz psychokinetischer Energiefelder und die beinahe übersinnliche Fähigkeit, Lüge und Wahrheit mit der Präzision eines wissenschaftlichen Messgerätes zu unterscheiden. Ihre Trefferquote war kaum zu überbieten. Brian war sehr froh darüber, dass sie mit nach Europa gereist war. Mit Leon verhielt es sich anders. Leon war ein Freak, ein Kerl, der oft über das Ziel hinausschoss und Schwierigkeiten magisch anzog. Brian hatte sich vorgenommen, ihn an der kurzen Leine zu halten. Schließlich war dieser Auftrag höchst sensibel und bedurfte einer gehörigen Portion Einfühlungsvermögens.

»*Le lacrime della madre di Gesù*«, zitierte Gina die Überschrift des Zeitungsartikels. Zwei Kinder hatten in der gerade mal dreißig Schritte entfernten Chiesa di San Zulian eine Marienerscheinung. Es handelte sich hierbei um einen zwölfjährigen Jungen und seine zehnjährige Schwester, denen in den Abendstunden die Mutter Maria vor dem Hauptaltar erschienen war. Sie prophezeite den Geschwistern, dass sich die Winde erheben und die Stürme über die Lande herfallen würden und eine neuerliche Sintflut die Sünde von der Welt waschen würde. Die Erscheinung habe knapp eine Minute angedauert, dann habe sich die Muttergottes wieder entmaterialisiert. Als Zeichen der Wahrhaftigkeit ihrer Worte seien Tränen aus den Augen des Marienbildnisses über dem Altar geflossen. Und die Tränen seien rot wie Blut gewesen.

Brian hatte den Artikel und den Bericht der Redaktion mittlerweile mehrfach gelesen. Den Recherchen zufolge lebten sowohl die Kinder als auch der Priester der Gemeinde, Padre Francesco, in unmittelbarer Nähe der Kirche.

»Also, wenn ich das lese, dann fährt mir ein kalter Schauer über den Rücken«, sagte Gina und reichte Brian den Artikel.

»Danke, ich kenne ihn auswendig.«

»Hast du die Nachrichten gehört?«, fragte Gina, nachdem der Kellner ihren Espresso serviert hatte. Brian schüttelte den Kopf.

»Offenbar treiben wieder zwei Hurrikans auf unsere Küste zu. Dabei ist noch keine Sturmsaison. Ich habe sofort an die Prophezeiung Marias gedacht, als ich das hörte.«

Brian runzelte die Stirn. »Du meinst, die Erscheinung könnte tatsächlich stattgefunden haben?«

»Es ist immerhin möglich.«

Brian lächelte. »Siehst du einen Zusammenhang?«

Gina nippte an ihrem Espresso. »Die Meteorologen und Klimatologen sind ratlos. Es ist zumindest nicht normal. Und alles, was außerhalb der Norm liegt, ist für uns interessant.«

»Wo bleibt Leon?« Brian schaute auf die Uhr. Es war bereits zwanzig nach fünf.

»Ach, du kennst ihn doch. Er braucht erst Anlauf.«

»Er und Anlauf, dass ich nicht lache. Manchmal braucht er eher jemanden, der ihn bremst, bevor er über das Ziel hinausschießt.«

»Du magst ihn nicht sonderlich?«

»Ich ...«

»Oh, schlechte Stimmung«, ertönte die Stimme Leons. Brian fuhr herum. Leon stand hinter ihm und grinste breit. In seinem dunklen Anzug sah er aus wie der Manager eines Beerdigungsinstituts. Seine Piercings hatte er abgelegt.

»Wo kommst du her?«, fragte Brian.

Leon lehnte sich locker an die Wand und wies mit dem Daumen in Richtung der Kirche. »Ich war drinnen und hab mich etwas umgesehen. Sehr interessant, der reinste Klerikerladen. Postkarten, Kerzen, Bücher, Heiligenbilder und kleine Kreuze aus Holz mit Lederband. Eine grauhaarige Eminenz beäugt dich misstrauischer als die Türsteher am Sunset Strip. Seine griesgrämige Miene erhellt sich nur, wenn er Geld klimpern hört.«

»Verdammt, ich sagte doch, keine Alleingänge!«, brauste Brian auf.

»Was heißt Alleingänge«, erwiderte Leon ruhig. »Ich dachte, ich soll mich im Hintergrund halten. Und das habe ich getan. Ich habe mich nur ein wenig umgeschaut und erste Messungen gemacht. Bislang konnte ich nichts Ungewöhnliches feststellen. Bis auf die Tränen der Muttergottes, die sind tatsächlich noch leicht zu erkennen. Zumindest ist eine dunkle Spur zu sehen, die von den Augen herabläuft.«

»Sonst noch etwas?«

»Der Graue ist so etwas wie eine Aufsicht und scheint während der Öffnungszeiten ständig da zu sein. Um sechs wird geschlossen. Ich frage mich nämlich, ob der ergraute Sicherheitsmann seine Kirche auch bloß eine Minute aus den Augen lässt. Also werde ich mich hierher setzen, auf den Feierabend warten und beobachten, was dort drüben nach Torschluss vor sich geht. Ihr könnt euch ja inzwischen die Kirche anschauen.«

»Das ist eine gute Idee«, beschloss Gina und erhob sich.

»Nicht so schnell«, sagte Brian. »Wir sollten beratschlagen, wie wir weiter vorgehen.«

»Ist meine Idee dem Boss wieder einmal nicht gut genug?«, seufzte Leon.

Brian warf ihm einen genervten Blick zu. »Das hat überhaupt nichts mit dir zu tun. Wir stehen vor einer schwierigen Aufgabe, und ich will nicht vorzeitig Aufmerksamkeit auf uns lenken. Wir müssen herausfinden, wie wir an die Kids herankommen und uns ungestört mit ihnen unterhalten können. Bis zum offiziellen Termin mit dem Priester ist noch ein wenig Zeit. Diese Zeit sollten wir nutzen.«

»Das ist doch ganz einfach«, entgegnete Gina. »Ich übernehme die Kinder und du den Priester. Leon soll inzwischen ein paar Untersuchungen machen. Das Material des Altars. Substanz der Farbe, das Übliche eben.«

»Da brauche ich aber jemanden, der mir den Aufpasser vom Leibe hält«, wandte Leon ein.

»Du bist doch sonst immer kreativ, also lass dir was einfallen.« Gina schmunzelte.

Brian erhob sich. »Gut, abgemacht. Wir gehen jetzt rüber, und du behältst den Eingang im Auge. Übrigens, ich hatte einen Martini und Gina einen Espresso.«

Leon ließ sich auf den Stuhl fallen, während Brian und Gina auf die Kirche zuschlenderten und langsam in der Menschenmenge verschwanden, die sich durch die enge Gasse schob.

Kokosinsel, Pazifischer Ozean

Das Feuer griff unaufhaltsam vom Maschinenraum auf die Decks über. Erbarmungslos fraßen sich die Flammen über das lackierte Metall durch die kleinsten Ritzen der Schotts. Die automatische Löschanlage war aufgrund des Stromausfalls außer Betrieb. Akkumulatoren waren in der Hitze geplatzt, und giftige, explosive Dämpfe breiteten sich aus und zwangen die Männer an Bord der *Portland,* immer weiter zurückzuweichen.

Ein Notstromaggregat lieferte gerade so viel Strom, wie für

den Betrieb des Funkgeräts und der Notbeleuchtung notwendig war, doch bislang drang nur statisches Rauschen aus dem Lautsprecher auf der Brücke. Die *Portland* trieb manövrierunfähig auf dem Pazifischen Ozean. Die Wellen waren von Minute zu Minute heftiger geworden. Der Wind hatte aufgefrischt und blies kräftig aus südwestlicher Richtung. Die Umrisse des Wolkengebirges, das dem Hurrikan voranging, hoben sich deutlich vom schwarzen Himmel ab. Verzweifelt versuchte die Besatzung des Forschungsschiffs, mit handbetriebenen Wasserspritzen den Brand zu bekämpfen. Doch der Einsatz der Feuerlöscher war bisher vergeblich. Der Lack der Deckschichten und das Gasgemisch nährten die Flammen. Einige Besatzungsmitglieder waren im Unterdeck vom Feuer eingeschlossen. Für sie bestand keine Hoffnung mehr. Andere lagen auf dem Vorschiff und rangen nach Atem, nachdem sie für längere Zeit dem beißenden Qualm ausgesetzt gewesen waren. Verwundete mit Brandverletzungen irrten umher. Ihre Schreie vermischten sich mit dem Knistern des Feuers. Die Sanitäter waren gänzlich überfordert.

Durch die vom feurigen Schein erhellte Nacht gellten die Rufe der Offiziere, die ihren Männern Anweisungen zubrüllten. Doch die Hoffnung schwand. Wenn nicht bald Hilfe nahte, dann war das Schiff verloren.

»Der Sturm rollt unaufhaltsam auf uns zu«, schrie Holbroke gegen das Rauschen und Knistern an. »Wir müssen von Bord. Es hat keinen Sinn mehr.«

Er schob sich die Gurte des Wasserkanisters von den Schultern und warf ihn mitsamt der Druckspritze auf die Planken.

»Sinnlos, es ist alles sinnlos, das Schiff ist verloren«, sagte Taylor. »Die Rettungsboote. Wir müssen die Rettungsboote zu Wasser bringen. Es ist unsere einzige Chance!«

Noch bevor die Worte verklungen waren, wurde das Schiff von einer heftigen Detonation erschüttert. Flammen schlugen vom Niedergang herauf, und die Hitze an Bord wurde unerträglich.

Ein Offizier kam angerannt. »In die Boote, alles in die Boote!«, rief er atemlos.

Die ersten Blitze zuckten aus den Wolken, und eine Windböe fegte über das Deck. Ehe das erste Rettungsboot zu Wasser ging, stürzten sich die entfesselten Gewalten des herannahenden Sturms auf das brennende Schiff.

10

Chiesa San Zulian, Venedig

Eine erfrischende Kühle empfing Brian und Gina, als sie durch das große Portal in das Innere der Kirche traten. Trotz der Vielzahl der anwesenden Touristen, die in Andacht die Altäre und Fresken bewunderten, empfing sie eine ehrwürdige Stille. Brian schaute sich um. Die Kirche war im frühen 15. Jahrhundert erbaut worden und nach dem Schutzpatron San Zulian benannt. Der Hauptaltar wurde von jeweils vier kleineren Altären an den Seitenwänden flankiert, die in Form und Ausgestaltung wie kleinere Abbildungen des großen wirkten. Das Altarbild zeigte im oberen Bereich eine Marienszene. Josef, sitzend und in einen purpurfarbenen Mantel gekleidet, legte Maria die rechte Hand auf das Haupt, während diese zu seinen Füßen kniete. Im Hintergrund waren Musikanten zu sehen, die sich scheinbar teilnahmslos ihrem Spiel widmeten. Brian war die Symbolik der Geste des Handauflegens aus zahlreichen kirchlichen Szenen bekannt: Sie war gleichzeitig Segnung, Vergebung der Sünden und Anerkennung für gottesfürchtiges Handeln.

Brian schlenderte näher zum Altar, während sich Gina den Auslagen und Postkarten widmete, die neben dem Eingang aufgebaut worden waren. Dort saß auch der grauhaarige alte Mann, von dem Leon berichtet hatte, und musterte missmutig die Besucher. Brian blieb vor dem Altar stehen und schaute nach oben. Das Bildnis der Maria befand sich auf drei Metern Höhe. Zu hoch, um ohne Hilfsmittel hinaufzugelangen. Die Spur unter den Augen der Muttergottes war schwach zu erkennen. Doch ansonsten fiel ihm nichts Ungewöhnliches auf.

Der Altar war aus den üblichen Bestandteilen wie Marmor, Kalkstein und Gips gefertigt. Verschiedene Materialien miteinander zu verbinden, sodass sie Jahrhunderte überdauerten, war eine Herausforderung für die Baumeister des Mittelalters gewesen. Im Laufe der Jahrhunderte waren immer wieder Ausbesserungsarbeiten notwendig, weil die Farben verblassten, Holz vermoderte oder Stuckteile aufgrund der Witterung oder der Feuchtigkeit von den Wänden rissig wurden. Auch in dieser Kirche war trotz der Kühle eine hohe Luftfeuchtigkeit zu spüren. Was konnte man in einer Stadt, die mitten ins Wasser gebaut war, anderes erwarten?, dachte Brian. Er suchte nach Nahtstellen, nach eindeutigen Hinweisen auf Restaurationen, doch mit bloßem Auge war nichts zu erkennen. Angesichts des mürrischen Aufpassers im hinteren Teil der Kirche fragte er sich, wie Leon es anstellen konnte, unbeobachtet eine Materialanalyse der Tränenspur durchzuführen.

Gedankenverloren wandte er sich um und ging zum Ausgang, wo ihn Gina erwartete. In den Händen hielt sie Hefte und Broschüren über die Kirche San Zulian. Brian warf einen kurzen Blick zurück, dann verließen sie das Gotteshaus, und die Hitze des verklingenden Tages fing sie wieder ein.

»Hast du etwas gespürt?«, fragte Brian.

Gina schüttelte den Kopf. »Nichts Außergewöhnliches. Kirchen sind oft von einer besonderen Aura umgeben, aber darüber hinaus konnte ich nichts fühlen.«

Brian schaute auf die Broschüren in ihren Händen. »Was hast du da mitgenommen?«

»Eine kleine Auswahl aus dem klerikalen Supermarkt.« Gina hielt die Hefte hoch. »Sechzehn Euro habe ich dafür berappt. Aber es ist ja für einen guten Zweck.«

»So, welchen denn?«, fragte Brian.

»Die Renovierung der Kirche.«

Als sie wieder zur Edy-Bar zurückkehrten, war Leon verschwunden. Brian schaute sich um, doch er konnte ihn nirgends entdecken. Gina bemerkte Brians suchenden Blick.

»Er wird schon wieder auftauchen«, sagte sie. »Du kennst ihn doch. Vielleicht ist ihm eingefallen, wie er an eine Materialprobe kommen könnte. Manchmal folgt er einfach einer Eingebung ...«

»... und hinterher stecken wir alle wieder mal im Schlamassel«, fiel ihr Brian ins Wort.

»Er kann ja nicht weit sein.«

Die Glocken der nahen Markuskirche ertönten. Auch die anderen Kirchenglocken fielen in das abendliche Konzert ein. Brian sah auf seine Uhr. Es war genau 18 Uhr.

»Jetzt bin ich mal gespannt«, sagte Brian und ließ sich zusammen mit Gina an einem freien Tisch nieder. Sie bestellten sich einen Cappuccino. Brians Blick heftete sich an das Kirchenportal der Chiesa San Zulian. Die letzten Touristen verließen die Kirche und traten hinaus ins Sonnenlicht. Kurz darauf wurde die Tür geschlossen. Ganze zwanzig Minuten verstrichen, ehe der grauhaarige alte Mann ins Freie trat. Sorgfältig verschloss er mit einem übergroßen altertümlichen Schlüssel das Kirchenportal. Schließlich verschwand der Alte in einer Seitengasse. Brian erhob sich. Einen Augenblick lang war er versucht, dem Mann zu folgen, doch dann entdeckte er Leon, der wohl auf die gleiche Idee gekommen war und hinter dem grauhaarigen Alten in der kleinen Seitengasse verschwand.

»Vielleicht hast du recht«, sagte er, während er sich wieder setzte. »Möglichweise sollte ich Leon einfach mal von der Leine lassen. Wir werden sehen, was dabei herauskommt.«

Gina blickte ihn fragend an.

»Ich für meinen Teil werde morgen mit Padre Francesco reden«, erklärte Brian. »Und du schaust, wie wir an die Kinder herankommen.«

Südlich der Kokosinsel, Pazifik

Die *SSN-28 Clayton* war ein U-Boot der Ohio-Klasse und kreuzte schon seit ein paar Tagen in der südlichen Pazifikregion vor der Küste Mexikos, als der Funkspruch der Kommandozentrale am frühen Abend aufgefangen worden war. Commander Loison hatte mit voller Kraft Kurs auf die Kokosinsel genommen. Ein Auftrag von höchster Priorität. Jeder an Bord wusste, dass die Besatzung der *Portland* verloren war, wenn es ihnen nicht rechtzeitig gelänge, das Schiff ausfindig zu machen. Seit der letzten Positionsmeldung des brennenden Schiffs, etwa vierzig Seemeilen südlich der Insel, waren mehr als zwölf Stunden vergangen. An der Wasseroberfläche tobte ein gigantischer Wirbelsturm, und ein manövrierunfähiger Kreuzer hatte gegen das aufgepeitschte Meer und die heftigen Winde eines Hurrikans keine Chance. Noch bestand Hoffnung, noch waren die Ausläufer des Sturms nicht in dem Gebiet angekommen, das der Navigator als mögliche Position der *Portland* auf der Seekarte bestimmt hatte. Gemessen an der Zuggeschwindigkeit des Zyklons *Dave* und der augenblicklichen Zugrichtung, verblieben noch knapp dreißig Minuten, bis die Sturmfront den vermuteten Standort der *Portland* erreichte. Es würde auf alle Fälle eng werden.

Die Nerven der Männer waren zum Zerreißen gespannt. Alle Stationen waren besetzt, und die Blicke der Matrosen hatten sich auf die Monitore der Radar- und Sonaranlagen geheftet. Noch gab es kein Signal, das der *Portland* zugeordnet werden konnte. Auch der Funker bekam mehr und mehr Probleme. Der Sturm schränkte die Verbindung zum Hauptquartier ein, und bald drangen nur noch Wortfetzen und Rauschen aus dem Lautsprecher.

Die *Clayton* war auf Tauchfahrt gegangen und durchpflügte den Ozean in knapp vierzig Metern Tiefe. Die unruhige See erschwerte die Fahrt und war selbst in dieser Tiefe deutlich spürbar. Der Commander saß mit seinem Ersten Offizier in der Messe und beratschlagte das weitere Vorgehen zur Evakuierung des Kreuzers. Einhundert Mann zusätzliche Besatzung auf dem U-Boot unterzubringen würde keine leichte Aufgabe werden. Schließlich war ein Unterseeboot der US-Navy kein Passagierdampfer, und der Platz an Bord war selbst unter normalen Einsatzbedingungen knapp bemessen.

»Vorausgesetzt wir finden sie, haben wir bei einem Orkan über Windstärke zwölf enorme Probleme bei der Bergung«, sagte der Erste Offizier. »Der Wellengang liegt bei sieben. Die Tendenz ist zunehmend. Wir können nur hoffen, dass wir es rechtzeitig schaffen und die *Portland* noch eine Weile vom Sturm verschont bleibt.«

»Wie viel Zeit bleibt uns zur Bergung?«

»Nach unserer Berechnung gerade mal zehn Minuten, wenn wir nicht Gefahr laufen wollen, unter die Wellenberge zu geraten. Fraglich ist, ob wir überhaupt anlegen können.«

»Wenn das Boot brennt, dann halten wir Abstand. Sie werden in den Rettungsbooten zu uns übersetzen müssen.«

Der Offizier nickte. »Das ist die einzige Möglichkeit.«

Der Lautsprecher in der Messe ertönte. »Wir haben das Zielgebiet erreicht«, tönte die Stimme des Navigators durch den kleinen Raum. »Bislang noch keine Ortung. Wir beginnen jetzt mit der Suche und gehen auf Seerohrtiefe.«

Hotel Orion, Venedig, Italien

Brian hatte unruhig geschlafen. Das Altarbild hatte ihn nicht mehr in Ruhe gelassen. Vor allem die blutigen Tränen der Muttergottes hatten ihn in seinen Träumen verfolgt, und er war schweißgebadet aufgewacht. Als der Wecker klingelte, dehnte und streckte er sich, bevor er sich erhob. Im Zimmer war es angenehm kühl geworden. Nach einer erfrischenden Dusche ging er hinunter in den Frühstücksraum, wo Leon bereits am Tisch saß und einen Cappuccino schlürfte.

»Na, lange genug an der Matratze gerochen?«, begrüßte er Brian. »Ich dachte schon, du wolltest gar nicht mehr aufstehen.«

Leons Anblick und die schnoddrige Begrüßung waren nicht dazu angetan, seine Laune zu verbessern. Mit einem Seufzer ließ er sich auf einem Stuhl nieder und schlug die Hände vors Gesicht.

»Gina ist schon unterwegs«, verkündete Leon. »Sie versucht, die Kinder ausfindig zu machen, indem sie die Schulen des Viertels abklappert. Ich hoffe, dass es nicht zu viele Ableger der Mancinis gibt.«

Ein Kellner näherte sich, und Brian bestellte Kaffee, Orangensaft, Brötchen und Marmelade.

»Ich denke, sie wird sie finden«, sagte Brian. »Mit ihrem Gespür schafft sie das schon.«

Leon nickte. »Übrigens, der Alte wohnt gerade mal eine Gasse von hier entfernt in der Via Merceria. Es stand nur ein einziger Name auf dem Türschild. Er heißt P. Parrotta. Wobei das P. natürlich auch für seine Frau stehen kann, falls er eine hat.«

»Ich habe gesehen, dass du ihm gefolgt bist«, sagte Brian. »Hast du schon einen Plan, wie du an eine Probe des Oberflächenmaterials und der Farben des Altarbilds kommst?«

Leon lächelte verschmitzt. »Ich habe viele Pläne. Aber es wird nicht einfach. Um neun öffnet die Kirche ihre Pforten, das heißt, der Alte wird das Portal aufschließen. Mal sehen, was passiert, wenn er pinkeln muss. Vielleicht bleibt sein Platz währenddessen wenigstens leer.«

»Ich habe mir gestern den Altar angeschaut. Er besteht im Wesentlichen aus drei Oberflächen. Aber ich habe keine Nähte oder geflickte Stellen gesehen.«

»Wir sind hier in Europa. Noch dazu in Italien«, erwiderte Leon. »Hier gibt es wahre Meister der Restaurationskunst. Ohne Lupe wirst du kaum etwas erkennen.«

Der Kellner servierte das Frühstück. Brian schnitt ein Brötchen auseinander und strich sich Marmelade auf die eine Hälfte. Leon schüttelte sich. »Wie man nur so früh was essen kann.«

»Du frühstückst nicht?«

Leon deutete auf die Tasse vor sich. »Feste Nahrung erst ab zwölf. Wann hast du das Gespräch mit dem Pfaffen?«

Brian nahm einen Schluck Kaffee. »In einer halben Stunde. Ich hoffe, der Mann ist kooperativ.«

»Wieso sollte er nicht«, meinte Leon. »Schließlich bietet sich ihm nicht jeden Tag die Gelegenheit, mit einem Reporter aus Amerika zu reden. Er wird stolz sein, dass sich unsere große Nation für sein bescheidenes Kirchlein interessiert.«

Brian leerte seine Tasse. »Na, wenn du dich da mal nicht irrst, die Europäer sind in manchen Dingen eher verschlossen.«

Leon beugte sich vor und klopfte Brian auf die Schulter. »Du machst das schon«, sagte er und hob einen großen Zeichenblock vom Boden auf.

Brian schaute ihn fragend an. »Was hast du vor?«

Leon grinste breit. »Ich bin ein hoffnungsvoller Maler von der Akademie der Künste und werde dem alten Parrotta ein paar Scheine zuschieben, damit ich seine Kirche von innen zeichnen kann. Vielleicht finde ich so eine Möglichkeit, mich ein wenig seiner Beobachtung zu entziehen. Ich denke, jeder muss einmal pinkeln.«

»Aber du sprichst doch kein Wort Italienisch.«

Leon zog ein Wörterbuch aus der Tasche. »Für den Alten wird's schon reichen.«

Nach dem Frühstück machte sich Brian auf den Weg zum Pfarramt, das sich gleich neben der Kirche befand. Padre Francesco wusste nicht, bei welchem Magazin der Reporter arbeitete, der ihn an diesem Morgen um neun Uhr interviewen sollte. Als Porky den Termin über den Bischof der Diözese arrangiert hatte, hatte er geflissentlich verschwiegen, dass es sich um eine esoterische Zeitschrift handelte. Brian fühlte sich nicht wohl bei dem

Gedanken, womöglich einen Priester in die Irre führen zu müssen. Er war kein gläubiger Mensch im Sinne der Kirche, aber er glaubte an die Kraft des Übersinnlichen, daran, dass es eine übergeordnete Macht gab, die das Universum beherrschte. Was ihm jedoch zutiefst widerstrebte, war die Institutionalisierung des Glaubens – der Personenkult und die straffe Hierarchie der Kirche. Doch er musste sich hüten, dem Priester seine persönliche Meinung zu offenbaren.

Padre Francesco saß in einer kleinen, aber von Sonnenlicht durchfluteten Kammer hinter einem mächtigen, aus tiefschwarzem Holz gefertigten Schreibtisch, sodass er beinahe zwergenhaft wirkte. Der Pater, der eine braune Kutte trug und ihn mit freundlichem Blick musterte, mochte an die siebzig sein. Obwohl er kaum größer als eins sechzig war, strahlte er eine respektgebietende Autorität aus.

Brian verbeugte sich und begrüßte den Pater freundlich.

Der Priester lächelte und wies auf den Stuhl in der Ecke. »Ein weiter Weg führt Sie zu mir. Doch die Welt ist klein in großen Dingen.«

Brian suchte seinen italienischen Wortschatz nach einer passenden Erwiderung ab, musste jedoch kapitulieren. Dieser Art philosophischer Gesprächsführung war er ad hoc nicht gewachsen. Also lächelte er nur und nannte dann den Grund seines Besuchs.

»Der Bischof hat mir Ihr Kommen angekündigt«, erwiderte der Pater. »In dieser gottlosen Welt ist es hin und wieder erforderlich, dass Gott seine Stärke und seine allmächtige Präsenz den Menschen demonstriert. Der Glaube ist unser einziges Heil, das uns vor der ewigen Verdammnis errettet, wenn der Jüngste Tag anbricht. Ich stehe Ihnen gern zu Diensten, soweit es mir möglich ist.«

Brian musste insgeheim schmunzeln, als er an eine andere, ganz und gar irdische Macht dachte. Als Porky kurz vor dem Abflug noch einmal versichert hatte, dass alles vorbereitet sei, hatte er ihm auch zu verstehen gegeben, dass ein Anruf des Medienmoguls Harbon genügte, um ihm Tür und Tor zu öffnen.

»Ich würde gern über die Marienerscheinung mit Ihnen reden«, sagte Brian. »Offenbar waren es zwei Kinder, die ...«

»Es ist nicht ungewöhnlich, dass sich der Allmächtige den Unschuldigen unter uns offenbart«, unterbrach ihn Padre Francesco.

Brian wagte einen neuen Anlauf. »Den Berichten zufolge geschah das Wunder kurz nach 21 Uhr. Was mich interessiert, ist, ob die beiden Kinder zu so später Stunde allein in der Kirche waren und was die beiden dazu bewogen hat.«

»Unserer Gemeinde steht unsere Kirche jeden Tag offen«, erwiderte der Geistliche. »Aber natürlich müssen wir uns auch vor Dieben schützen, deshalb ist das Portal außerhalb der normalen Besuchszeiten abgeschlossen. Doch in jedem Gotteshaus unserer Stadt gibt es einen Kirchendiener, der unweit der Kirche wohnt und immer aufzuschließen bereit ist, falls eines unserer Schafe die Nähe des Herrn sucht. So steht es schon im Buch der Bücher – ›klopfet, so wird euch aufgetan‹.«

Brian gab sich mit der Erklärung zufrieden. »Kann ich mit den Kindern sprechen?«, fragte er weiter.

Das Lächeln wich aus dem Gesicht des Geistlichen. »Das wird nicht möglich sein. Die Kirche hat in solchen Fällen die Aufgabe, die Kinder zu beschützen. Das werden Sie verstehen.«

»Aber wenn ein Wunder geschieht, warum darf die Öffentlichkeit nicht daran teilhaben?«

»Oh, ob es ein Wunder ist, das wird sich noch herausstellen«, erwiderte Padre Francesco. »Beamte des Vatikans untersuchen den Vorfall. Die Prüfung wird eine geraume Zeit in Anspruch nehmen, schließlich geht die Kirche in diesen Fällen sehr selbstkritisch vor. Es sind Kinder, und niemand sonst war dabei. Sie können aber gern unsere Kirche besichtigen und sich vor Ort informieren. Unterhalten Sie sich doch einfach mit Paolo Parrotta, er ist unser Kirchendiener. Er war der

Erste, der mit den Kindern gesprochen hat. Er hat auch Aufnahmen von den Tränen der Muttergottes gemacht, als sie noch frisch waren. Er wird Ihnen bereitwillig Auskunft darüber geben.«

Brian brachte ein dankbares Lächeln zustande. »Wurden Untersuchungen gemacht?«

»Wir halten uns in Fällen von Erscheinungen dieser Art streng an die Regeln des Vatikans«, erklärte der Pater. »Ich habe sofort den Bischof informiert, und dieser hat den zuständigen Kirchenbeamten in Rom verständigt. Sicherlich haben die Gesandten der Kongregation alle Maßnahmen getroffen, die in solchen Fällen zu treffen sind. Uns sind jetzt die Hände gebunden, bis wir Nachricht vom Heiligen Stuhl erhalten. Sie müssen leider mit der Presseerklärung vorliebnehmen, zu der sich der Bischof veranlasst sah, nachdem die Anfragen von Journalisten überhandgenommen haben.«

Padre Francesco reichte Brian ein Schriftstück. Brian überflog es kurz. Es war der Wortlaut der Pressemeldung, die Porky ihm bei seinem Besuch in seinem Haus am See gezeigt hatte.

»Weiter kann ich Ihnen nichts dazu sagen. Wir müssen uns beide in Geduld üben«, sagte der Pater und erhob sich, das Gespräch unmissverständlich beendend.

Als Brian zum Hotel am Campo San Zulian zurückging, kreisten seine Gedanken um die wenigen Antworten, die er von Padre Francesco erhalten hatte. Doch statt mehr Klarheit zu gewinnen, drängte sich bei ihm der Verdacht auf, dass der Geistliche etwas zu verbergen versuchte. Noch einmal ließ er das Gespräch Revue passieren. Doch es waren nicht allein die Worte, die Brian stutzig gemacht hatten. Auch die verhaltenen Gesten und die verkniffene Mimik des Paters ließen ihn misstrauisch werden.

Gina saß an einem Tisch in der gegenüberliegenden Bar, als Brian in Gedanken versunken auf den Hoteleingang zusteuerte.

»Hast du etwas in Erfahrung bringen können?«, fragte sie.

Brian machte auf dem Absatz kehrt und trat an ihren Tisch.

»Ich dachte, du bist unterwegs in den Schulen«, erwiderte er überrascht. »Hast du die Kinder nicht gefunden?«

Gina nickte. »Doch, ich habe sie sogar gesehen. Sie sind dort. Zwei süße kleine Persönchen, die aussehen, als ob sie kein Wässerchen trüben können. Aber ich kam nicht an sie ran.«

»Was heißt das?«

»In der Pause habe ich zwei Kinder nach den Geschwistern Mancini gefragt, und sie waren beide auf dem Pausenhof, allerdings in Begleitung. Zwei Männer in schwarzen Talaren waren ständig um die beiden Kinder herum. Fast wie Leibwächter.«

Brian schüttelte den Kopf. »Verdammt, das habe ich befürchtet. Padre Francesco hat nur ausweichende Antworten geliefert. Offenbar wird der Vorfall vom Vatikan untersucht, und so lange werden alle Beteiligten abgeschirmt.«

»Dann müssen wir uns eine andere Strategie zurechtlegen«, erwiderte Gina und trank einen Schluck Kaffee.

Brian schaute sich um. »Wo ist eigentlich Leon?«

Gina stellte die Tasse zurück auf den Tisch und wies mit einer Kopfbewegung in Richtung der Kirche. »Unser Kunststudent widmet sich seit Stunden seinem Studium.«

11

Südlich der Kokosinsel

Die *SSN-28 Clayton* durchpflügte das Zielgebiet, in dem sich die *Portland* den Berechnungen nach befinden sollte, doch die Suche blieb ergebnislos. Inzwischen tobte der Hurrikan über das Meer. Die entfesselten Winde peitschten die Wellen auf und schoben sie nordostwärts vor sich her. Die Fahrt auf Seerohrtiefe war unmöglich. Die See war bis in dreißig Meter Tiefe aufgewühlt und schüttelte das U-Boot kräftig durch, sodass der Commander eine Tauchtiefe von einhundert Metern anordnete. Auf den Überwachungsmonitoren waren keine Schiffe zu erkennen, und das Sonar war bei dem Sturm, der über dem Unterseeboot herrschte, unbrauchbar.

»Wann, meinen Sie, können wir auftauchen?«, fragte der Commander seinen Ersten Offizier.

»Frühestens in einer Stunde«, antwortete der Offizier und legte seinen Zirkel neben die Seekarte. »Selbst wenn wir das Schiff orten würden, könnten wir es nicht riskieren. Wir haben da oben einen Wellengang von zwölf bis 15 über normal.«

Sorgenfalten lagen auf dem Gesicht des Commanders. Er wusste, dass sie zu spät gekommen waren. Entweder hatte der Sturm das Schiff weit abgetrieben, oder es war längst gesunken. Der letzten bruchstückhaften Meldung aus Los Angeles nach war der Funkkontakt zur *Portland* vor dreizehn Stunden abgebrochen. Seither herrschte Funkstille.

»Wir warten hier, bis wir auftauchen können«, entschied der Commander und wandte sich um.

»Aye, Captain«, sagte der Erste Offizier.

Edy-Bar, Venedig, Italien

»*Avrebbe voglia di bere un caffè con noi?*«, fragte Gina den jungen Kellner in der Edy-Bar im weißen Rüschenhemd.

Der junge Mann nickte, machte sich einen Espresso und setzte sich dann zu ihnen an den Tisch. Er musterte Brian freundlich und wandte sich Gina zu.

»Signora?«, fragte er mit dem für Italiener typischen Charme.

Gina spielte die geschmeichelte Touristin und fragte ihn, ob es wahr sei, dass sich vor Kurzem ein Wunder in der benachbarten Kirche zugetragen habe. In knappen Worten schilderte sie ihm die Geschichte, wie sie sich laut Pressemeldung zugetragen hatte.

Der Kellner neigte sich verschwörerisch Gina zu und flüsterte: »Die beiden Kinder wohnen ganz in der Nähe. Es war vor drei

Wochen am Sonntagabend. Ich kann mich noch genau daran erinnern. Der alte Paolo kam aus der Kirche. Sein Blick war wie verklärt. Er murmelte: ›Ein Wunder ist geschehen, ein Wunder.‹ Zusammen mit ein paar Nachbarn bin ich ihm in die Kirche gefolgt. Die Kinder knieten noch immer vor dem Altar und beteten, und, ob Sie es glauben oder nicht, am Bildnis der Jungfrau liefen blutige Tränen herab.«

»Sie haben es selbst gesehen?«, meldete sich Brian zu Wort.

»*Sul mio onore*«, versicherte der Kellner.

»Was passierte dann?«

»Padre Francesco kam. Er hat uns aufgefordert, die Kirche zu verlassen. Dann hat er mit den Kindern gesprochen. Ich glaube, er hat den Bischof verständigt.«

»War die Kirche am nächsten Tag wieder geöffnet?«, fragte Brian.

Der Kellner schüttelte heftig den Kopf. »Eine ganze Woche war sie geschlossen. Es fanden nicht einmal Gottesdienste statt. Männer waren hier, Fremde, es hieß, es seien hohe Beamte des Vatikans, die den Vorfall untersuchten.«

Brian warf Gina einen vielsagenden Blick zu. Es war das übliche Vorgehen des Vatikans im Falle eines solchen Vorkommnisses. Eine unabhängige Untersuchungskommission nahm sich der Angelegenheit an. Man führte eine Reihe von Befragungen durch, und erst wenn das Prozedere abgeschlossen war, wurde entschieden, ob es sich um ein mögliches Wunder handelte. Die katholische Kirche, die noch vor wenigen Jahrzehnten recht kritiklos jede angebliche Erscheinung für bare Münze nahm und als Beweis für die Existenz Gottes präsentierte, ging nun behutsamer mit solchen Fällen um. Allzu oft hatte sich hinterher das Wunder als ein Gespinst aus Täuschung und Lügen entpuppt.

»Sind die Kinder regelmäßig in der Kirche?«, fragte Gina.

»Die Kinder helfen oft ihrem Großvater, der Küster in der Kirche ist«, antwortete der Kellner. »Sie ergänzen die Vorräte an Kerzen, helfen beim Blumenschmuck oder auch beim Kirchenputz.«

»Der grauhaarige Mann in der Kirche ist ihr Großvater?« Ginas Stimme klang überrascht. Der Kellner nickte.

»Es ist mir aufgefallen, dass es sehr viele Souvenirs in dieser Kirche zu kaufen gibt, mehr als in anderen Kirchen hier in Venedig«, sagte Brian. Ihm war nicht entgangen, dass Gina das verwandtschaftliche Verhältnis zwischen den Kindern und dem Küster höchst verdächtig fand.

»In jeder Kirche können Sie Postkarten und kleine Büchlein über die Kirchengeschichte kaufen – eine kleine Zusatzeinnahme, um die Kirchenkasse aufzubessern. Und unsere Gemeinde braucht dringend Geld, denn die Fundamente müssen erneuert werden. Hier in Venedig muss man ständig renovieren, die Feuchtigkeit, verstehen Sie?«

»Und Sie glauben, dass die Geschichte mit der Marienerscheinung stimmt?«, fragte Gina.

»Ich bin ein guter Christ und ein gläubiger Mensch, aber ich bin kein Idiot. Ich habe die blutigen Tränen mit eigenen Augen gesehen. *Gesù è il mio testimone*«, erwiderte der Kellner bestimmt. »Im Übrigen müssten Sie doch am besten wissen, dass die Natur zurzeit verrücktspielt, wenn Sie aus den USA kommen. Ich habe die Nachrichten über die rätselhaften Hurrikans gehört, die Ihr Land heimsuchen. Das ist doch Beweis genug, dass es sich hier um eine echte Prophezeiung handelt.«

Damit entschuldigte sich der junge Mann und ging an seine Arbeit zurück.

»Also jetzt wird mir so manches klar«, sagte Gina im Flüsterton. »Der Alte ist der Opa, die Kirche muss dringend renoviert werden, und ein Teil der Kosten wird über den Verkauf von Kerzen, Postkarten und Büchlein bezahlt. Wenn ich eins und eins zusammenzähle, dann wird mir klar, was hier gespielt wird.«

Brian schüttelte den Kopf. »Vorsicht«, warnte er. »Lass uns keine voreiligen Schlüsse ziehen.«

Südlich der Kokosinsel, Pazifik

Der Hurrikan wanderte mit einer Zuggeschwindigkeit von 35 Kilometern in der Stunde in nördliche Richtung weiter, bis er südlich von Revilla Gigedo auf eine breite Hochdruckzone traf, die ihn nach Westen zwang. Die *SSN-28 Clayton* durchkämmte die Planquadrate des Zielgebietes auf der Suche nach dem manövrierunfähigen Kreuzer der National Oceanic and Atmospheric Administration, doch bald hatte auch das letzte Mitglied der Besatzung die Hoffnung verloren, noch auf das Schiff zu treffen. Der Pazifik hatte den Stahlkoloss verschlungen, und alle Spuren dieses Dramas waren von dem Zyklon beseitigt worden.

Commander Loison stand auf dem Turm des aufgetauchten U-Bootes und hielt das Fernglas vor die müden Augen. Die Morgendämmerung schob sich von Osten her über das Meer und tauchte den Ozean in ein stahlgraues Licht. Weiße Schaumkronen ritten über die Wellenkämme der noch immer aufgepeitschten See. Wenngleich das kleine rote Quadrat auf der Seekarte winzig im Vergleich zur Größe der Karte anmutete, so war es in der Realität ein Gebiet von mehreren hundert Quadratkilometer Wasser. In einer Art Zickzackkurs nahm sich die *Clayton* dieser Weite an und zerteilte das Gebiet in kleine überschaubare Häppchen. In der vergangenen Stunde hatten sie gerade einmal ein Viertel ihres Einsatzgebietes durchforstet. Auch wenn die *Portland* gesunken war und der Radarschirm nichts weiter als Leere in der näheren Umgebung anzeigte, so hoffte Commander Loison, wenigstens auf ein Teil des Kreuzers zu stoßen, und mochte es nur ein einzelner Rettungsring sein. Nicht alles konnte das Meer verschlungen haben. Doch es war wie verhext, in der Dämmerung war nicht das Geringste auszumachen. Fast so, als hätte es die *Portland* nie gegeben.

Commander Loison nahm das Fernglas von den Augen und rieb sich die Augen. Eine Welle traf den Turm, und Gischt spritzte auf. »Verdammtes Unwetter!«

»Wir sind am zweiten Wendepunkt angekommen und drehen jetzt nach Norden«, meldete der Wachoffizier, der neben Loison und zwei weiteren Offizieren auf dem Turm stand.

Loison nickte und hob das Fernglas wieder vor die Augen. Das Boot legte sich gegen die Wellen, bis der neue Kurs anlag. Inzwischen war die Sonne aufgegangen, und die Wellen ebbten langsam ab. Der Himmel war wolkenverhangen, doch der Wind ließ nach. Mit seinem Fernglas suchte der Commander angestrengt den Horizont ab. Plötzlich verharrte er. Ein dunkler Fleck, backbord voraus, hatte seine Aufmerksamkeit erregt. Er tippte den Wachoffizier an und zeigte in die Richtung. »Lassen Sie den Kurs ändern!«

Der Wachoffizier nickte und betätigte den kleinen Schalter am Sprechgeschirr. Der Bug des U-Bootes richtete sich neu aus. Der dunkle Fleck wurde größer und größer.

»Eine Barkasse!«, rief der Wachoffizier. »Das ist eine gekenterte Barkasse.«

Loison nickte. »Entweder ist es ein Fischerboot, das abgetrieben wurde, oder es ist tatsächlich eine Barkasse.«

Je näher das U-Boot kam, umso deutlicher hob sich der dunkle Rumpf vom grauen Wasser ab.

»Das ist tatsächlich ein Rettungsboot«, murmelte der Wachoffizier. »Ich kann die Ziffern erkennen. *N-35-634–Portland.*«

Als die *Clayton* nahe genug war, ließ Commander Loison das Boot von einer Rettungscrew bergen. Mit langen Enterstangen zogen sie die gekenterte Barkasse zum U-Boot heran. Doch die Barkasse hatte sich an der Wasseroberfläche festgesaugt und hielt allen Versuchen stand, sie aufzurichten, sodass zwei Taucher ins Wasser mussten. Die beiden waren kaum unter Wasser verschwunden, als sie kurz darauf wieder auftauchten. Ein menschlicher Körper lag in ihren Armen.

»Er lebt noch«, sagte der Schiffsarzt, als er sich zu dem Geborgenen hinabbeugte.

Die beiden Taucher brachten noch zwei weitere Körper an

Deck, doch die waren bereits tot. »Sie haben sich am Boot festgebunden«, berichtete einer der Taucher.

»Bringt den Mann unter Deck!«, befahl der Arzt den Soldaten und packte seinen kleinen Notfallkoffer zusammen.

»Wie geht es ihm?«, fragte Loison den Arzt.

»Er ist vollkommen erschöpft, sein Puls ist stark verlangsamt, aber regelmäßig«, antwortete der Arzt. »Unterkühlung und Entkräftung. Aber ich denke, er wird durchkommen.«

Loison klopfte dem Arzt auf die Schulter. »Es ist wichtig, dass wir so schnell wie möglich erfahren, was mit dem Schiff geschehen ist. Möglicherweise treiben noch weitere Rettungsboote hier draußen.«

Hotel Orion, Venedig

Gina saß mit Brian im hoteleigenen Restaurant beim Abendessen, als Leon auftauchte. Den Rest des Tages hatten die beiden damit zugebracht, in der Umgebung die Menschen nach dem Wunder in der Kirche zu befragen. Sie hatten die unterschiedlichsten Erzählungen der Geschehnisse erfahren. Doch in einem waren sich die Menschen einig, sie glaubten, dass tatsächlich eine Marienerscheinung stattgefunden hatte und die Kinder die Wahrheit sagten. Nicht wenige – darunter Geschäftsleute und Ladenbesitzer – spendeten spontan eine größere Geldsumme zur Erhaltung der Kirche, nachdem der alte Paolo Parrotta ihnen das Wunder verkündigt hatte. Weiter hatten Gina und Brian in Erfahrung gebracht, dass die Kirchenrenovierung von der zuständigen Kirchenverwaltung zwar ebenfalls als notwendig erachtet wurde, jedoch aufgrund der Bedeutung des Bauwerks eher nachrangig eingestuft und auf das nächste Jahr verschoben worden war. Paolo Parrotta, in dritter Generation als Kirchendiener der Chiesa San Zulian tätig, musste diese Nachricht zutiefst getroffen haben. Diese Kirche war sein Leben. Er hegte und pflegtesie, als gäbe es für ihn nichts anderes auf der Welt.

»Er hat den Kindern Wort für Wort eingetrichtert«, sagte Gina voller Überzeugung. »Die Sache stinkt zum Himmel. Bestimmt hat er auch die Tränen auf das Marienbild gemalt. Er will das Geld für die Renovierung zusammenbekommen. Das ist alles. Ein einziger großer Schwindel, und dieser Pater Francesco weiß davon.«

»Einem echten Idealisten ist so etwas natürlich zuzutrauen«, pflichtete Brian ihr bei. »Aber trotzdem müssen wir an eine Analyse herankommen. Wenn es nur eine Möglichkeit gäbe, unbeaufsichtigt in die Kirche zu gelangen.«

»Selbst zum Pinkeln bleibt er in der Nähe«, fügte Leon hinzu. »Aber mir wird schon etwas einfallen. Ich habe heute zumindest ein paar Tests an den Wänden durchführen können. Teilweise sind die Farbschichten erst vor kurzer Zeit aufgetragen worden.«

»Sei vorsichtig, damit der Alte keinen Verdacht schöpft«, erwiderte Gina.

»Keine Angst, er hält mich für einen großen Maler mit Zukunft«, sagte Leon.

Brian blätterte in Leons Skizzen. »Also wenn du mich fragst, dann solltest du vielleicht wirklich die Branche wechseln.«

Leon fühlte sich sichtlich geschmeichelt. »Ich war drei Jahre auf der Kunstakademie. Dort gab es die schönsten Mädchen, und man konnte den ganzen Tag vor einer leeren Leinwand verbringen und sich von den Strapazen der Nacht ausruhen. Aber dann hat mir mein Vater den Geldhahn abgedreht. Die meisten berühmten Maler seien erst nach ihrem Tod bekannt geworden, meinte er. Und bis dahin hätten sie sich durchs Leben geschnorrt...«

»Womit er nicht unbedingt falschliegt«, sagte Gina.

»Im Schnorren war ich jedenfalls schon zu meiner Akademiezeit ein echter Spezialist.«

SSN-28 Clayton, Südpazifik

Der Schiffsarzt hatte recht behalten mit seiner Einschätzung. Eingewickelt in zwei Heizdecken und nachdem man ihm eine warme Suppe eingeträufelt hatte, fand der Schiffbrüchige bald seine Lebensgeister wieder. Das Luftpolster unter dem gekenterten Rettungsboot und die unter der Sitzbank verheddert Schnur um seinen Leib hatten ihm das Leben gerettet. Nun lag er auf der Krankenstation und starrte an die Metalldecke. Als Commander Loison die kleine Kammer betrat, blickte er auf. Loison legte zum Gruß die Hand an die Stirn und nannte seinen Namen.

»Fühlen Sie sich in der Lage, mit mir zu sprechen?«

Der Gerettete nickte. »Ich bin Peter Holbroke«, antwortete er mit brüchiger Stimme. »Ich kann mich nur noch daran erinnern, dass es eine Explosion an Bord der *Portland* gab. Kurz darauf stand das ganze Schiff in Flammen. Wir nahmen die Rettungsboote, aber der Sturm war schon über uns. Es wurde finster um uns, plötzlich erfasste uns der Wind und trieb uns immer weiter von dem Schiff weg. Ich sah den Feuerschein nicht mehr. Alles ging furchtbar schnell. Jemand rief, dass wir uns im Boot festbinden sollten, man reichte mir ein Seil. Ich schwang es um meinen Körper und befestigte es an einer der Riemenhalterungen. Kurz darauf wurden wir von einer Riesenfaust emporgehoben. Eine Weile sind wir, so glaube ich, durch die Luft gesegelt. Plötzlich schwappte Wasser ins Boot. Wir sind einfach umgekippt. Von da an weiß ich nur, dass ich im Wasser trieb. Endlose Stunden lang, während der Wind über mich hinwegbrauste.«

»Wissen Sie, wie viele sich in Ihrem Boot befanden?«

Peter Holbroke schüttelte den Kopf.

»Gab es außer Ihrem Boot noch andere Rettungsboote, die zu Wasser gelassen wurden?«

»Ich weiß es nicht«, antwortete Peter Holbroke. »Was ist mit den anderen?«

Loison warf dem Arzt einen fragenden Blick zu. Beinahe unmerklich schüttelte dieser den Kopf.

»Schlafen Sie jetzt«, erwiderte Commander Loison. »Sie müssen erst einmal wieder zu Kräften kommen.«

Loison drehte sich um und verließ die Kammer.

»Sie sind alle tot?«, fragte Holbroke, an den Arzt gewandt.

»Schlafen Sie jetzt, der Kapitän hat recht. Sie müssen erst wieder zu Kräften kommen.«

12

Chiesa di San Zulian, Venedig

In der mondlosen, stockfinsteren Nacht konnte man nicht einmal die Hand vor Augen erkennen. Es war weit nach Mitternacht, und das bunte Treiben in der Stadt im Meer schien erloschen, wie die Laternen in den engen Gassen rund um den Campo San Zulian. Dort, wo sich tagsüber die Ströme der Touristen durch die engen Gassen schlängelten, herrschte Stille. Nur ab und zu bellte irgendwo in der Lagunenstadt ein Hund.

Leise tastete er sich voran. Immer darauf bedacht, keinen Lärm zu verursachen. Die Leiter hatte er von einer nahen Baustelle mitgenommen. Sie war leicht, wenngleich mit ihren drei Metern nicht leicht zu transportieren. Ständig musste er auf der Hut sein, um in der Dunkelheit nirgends anzuecken. Doch er gab sich Mühe und schaffte es ohne den geringsten Laut bis zum Nebeneingang der Kirche. In seinem schwarzen Overall, der schwarzen Strickmütze und dem geschwärzten Gesicht wirkte er wie ein unsichtbarer Schatten, als er sich gegen die hölzerne Tür des Seiteneingangs lehnte. In seinem Rucksack trug er alles mit sich, was er für diesen nächtlichen Ausflug brauchte. Kurz flammte der Strahl einer Taschenlampe auf. Er schob den Schlüssel in das Schloss und atmete auf, als er ihn nach rechts drehte und ein kurzes metallenes Knacken zu hören war. Einen Augenblick hielt er inne und lauschte in die Schwärze, dann schob er die Tür weit auf und bugsierte die Leiter ins Innere. Die Taschenlampe flammte erneut auf. Durch die kleine Sakristei gelangte er in den Hauptraum, wo er sich zielstrebig dem Altarplatz zuwandte und die Leiter vor der Wand platzierte. Vorsichtig klappte er sie aus, dann überprüfte er, ob sie auch fest stand, bevor er im Schein der Lampe im Rucksack kramte. Die Taschenlampe war kaum größer als ein Bleistift, doch ihr konzentrierter Strahl tauchte das Innere des Rucksacks in gleißende Helligkeit. Er griff nach dem dunklen Etui und steckte es in die Innentasche seines Overalls. In einem weiteren Kästchen befanden sich sechs Fläschchen mit Flüssigkeit, Chemikalien, die im Kontakt mit gewissen Substanzen reagierten und sich entsprechend verfärbten. Nachdem er alles in seinem Overall verstaut hatte, kletterte er die Sprossen hinauf. Auch hierbei vermied er unnötigen Lärm, obwohl jeder Tritt auf den metallenen Streben im Kirchengewölbe widerhallte.

Oben angekommen, die Taschenlampe zwischen den Zähnen, zog er vorsichtig ein Skalpell aus seiner Tasche. In den hautengen Latexhandschuhen wirkten seine Hände blass und leblos. Sich mit den Beinen abstützend, hob er ein speziell gefaltetes Papier gegen die Wand. Behutsam schabte er mit dem Skalpell über wechselnde Stellen der Wand, auch des Altarbilds. Niemand würde hinterher sein Tun bemerken, es sei denn, der Betrachter kannte sich in der Analyse von Oberflächenmaterial aus und suchte die Wand nach den feinen Radierungen ab, die er hinterließ. Insgesamt zehn kleine Kuverts füllte er so mit Staub. Bevor er sich anschickte, die Leiter wieder hinabzusteigen, suchte er im Strahl der Taschenlampe die Fugen ab, die sich zwischen dem Altarbild und dem aufgesetzten Rundbogen gebildet hatten. Zufrieden nickte er. Es war so, wie er es sich gedacht hatte. Der Rundbogen über dem Bild, für den oberflächlichen Betrachter aus Marmor geformt, bestand unter einer knapp zwei Zentimeter starken Marmorbeschichtung aus Gips. Und senkrecht über dem Gesicht der Maria befand sich eben an diesem Übergang ein dunkler Fleck. Er steckte das Skalpell zurück in die Scheide und holte das Kästchen mit den Fläschchen heraus. Dann benetzte er einen Wattebausch mit einer weißen Flüssigkeit und fuhr damit über den dunklen Fleck. Den Wattebausch teilte er in sechs Teile und gab je ein Stück in die sechs Fläschchen, die er anschließend in ein Futteral steckte. Schließlich stieg er die Leiter hinab. Unten angekommen, legte er seine Utensilien auf dem Boden ab und klappte die Leiter wieder ein. Er schaute auf seine Armbanduhr. Sie zeigte drei Minuten vor vier. Zeit, von hier zu verschwinden, dachte er, gleichwohl ließ ihn seine Neugier nicht los. Er wollte wissen, ob seine Vermutung stimmte, und zog die Fläschchen noch einmal aus dem Futteral. Mit seiner Lampe prüfte er sorgfältig jedes einzelne der sechs gläsernen Behältnisse. Und tatsächlich, Nummer zwei und drei hatten sich verfärbt: Die klare Flüssigkeit von Nummer zwei hatte sich in eine dunkle Brühe verwandelt, und Nummer drei erstrahlte in leuchtendem Lila. Zufrieden atmete er ein, ehe ihn ein leises Geräusch zusammenfahren ließ. Er duckte sich, als auch schon der Schein einer Taschenlampe aufflammte und ihn erfasste.

»*Polizia!*«, hallte es durch die Kirche. »*Stia fermo!*«

Leon fuhr zusammen. Vor Schreck ließ er das Etui mit den Fläschchen zu Boden fallen.

»*E arrestato!*«, erklang die Stimme erneut.

Sein Herz raste, und er riss die Arme in die Höhe. Die Worte blieben ihm im Hals stecken.

Baltimore, Maryland

Eigentlich hatte sie vorgehabt, nur über das Wochenende in Baltimore zu bleiben, doch Peggy hatte ihr einen dicken Strich durch die Rechnung gemacht. Suzannah Shane hätte es wissen müssen. Und so wurde aus dem geplanten Wochenende eine ganze Woche. Insgeheim genoss sie die Zeit in ihrem Elternhaus, mit ihrer Schwester Peggy und deren süßen Kindern Sarah und Tom, und, ja, sogar mit ihrer Mutter. Obwohl es bisher noch zu keiner Aussprache zwischen Mutter und Tochter gekommen war. Vor allem der kleine Tom, gerade sechs Jahre alt geworden, hatte einen Narren an seiner Tante gefressen und ließ keinen Augenblick verstreichen, ohne in ihrer Nähe zu sein. Anstrengend war es mit den Kindern schon, doch Suzannah musste sich eingestehen, dass am Ende die Freude überwog. In ihrer Gegenwart schien der unterdrückte Mutterinstinkt zu erwachen, der tief in ihr schlummerte, obwohl Kinder bislang nie ein Thema für sie gewesen waren. Als Kind hatte sie wie die meisten anderen Mädchen mit Puppen gespielt, und als Teenager hatte sie sich ein Leben als Ehefrau und Mutter vorgestellt. Ein schönes Haus, einen fürsorglichen Mann und zwei süße Kinder. Über die Jahre hatte sie diese Vorstellung verdrängt. So, wie sie vieles in ihrem Leben verdrängt hatte. Sie wusste, warum sie immer wieder eine Krise durchlitt, sie kannte die Symptome und Folgen der Verdrängung, schließlich war Psychologie eines ihrer Studienfächer gewesen. Eine Zeit lang hatte sie sogar als Psychologin praktiziert, bevor es sie in die Forschung zog. Doch sich selbst zu helfen, das vermochte sie nicht.

Seit drei Tagen waren Suzannahs Schlafstörungen wie weggeblasen, sie schlief wie ein Murmeltier. Auch an diesem Morgen hatte Peggy sie wecken müssen, damit sie es noch rechtzeitig vor Mittag hinaus auf den Baltimore Cemetery East schafften. Seit einem halben Jahr war Suzannah nicht mehr am Grab ihres Vaters gewesen. John William Shane war vor vier Jahren an den Folgen eines Herzanfalls gestorben. Suzannah hatte Tränen in den Augen, als sie vor dem Grabstein aus weißem Marmor stand. Sie hatte ihren Vater sehr geliebt.

»Ich habe ganz vergessen, welche Farbe seine Augen hatten«, sagte Suzannah und legte den Strauß weißer Nelken auf das Grab.

»Ich vermisse ihn ebenfalls«, antwortete Peggy. »Es ist nicht gerecht. Er war im besten Alter. Er hätte noch nicht sterben dürfen.«

Suzannah legte ihrer Schwester den Arm um die Schultern. Sie wischte sich eine Träne von der Wange.

Peggy atmete tief ein, dann richtete sie sich auf. »Wie geht es dir wirklich?«, fragte sie.

Suzannah seufzte. »Wenn ich arbeite, dann habe ich keine Zeit, darüber nachzudenken. Nur abends manchmal oder an gewissen Wochenenden fühle ich mich echt beschissen. Manchmal beneide ich dich.«

Peggy streichelte über Suzannahs Arm. »Es ist schon komisch. Du hast einen tollen Job, bist gebildet, verdienst gut, fährst einen teuren Sportwagen und scheinst trotzdem nicht glücklich zu sein mit deinem Leben. Ich stehe zu Hause am Herd, kümmere mich um die Kinder und den Haushalt und warte darauf, dass Robert abends nach Hause kommt. Manchmal beneide ich dich um deine Freiheit und würde gern mit dir tauschen. Aber nur manchmal.«

»Man vermisst immer das am meisten, was man nicht mehr besitzt«, antwortete Suzannah.

Peggy ahnte, was sie damit sagen wollte. Sie sah ihre Schwester von der Seite an. »Hast du eigentlich je wieder etwas von ihm gehört?«

»Von Andrew?«

»Nein, ich meine nicht Andrew. Er war nur ein kleines Kapitel in deinem Leben. Ich meine ihn, den Kerl, der dich nicht loslässt und den du offensichtlich nicht vergessen kannst.«

Suzannah schüttelte den Kopf. »Nichts. Nur, dass er noch immer als Journalist für irgend so ein Okkultismus-Blättchen unterwegs ist.«

»Es tut mir leid, ich weiß, wie du dich fühlst.«

»Tust du das wirklich?«

»Ich bin deine große Schwester«, sagte Peggy. »Lass uns in die Stadt fahren. Wir shoppen ein bisschen und setzen uns in ein

Straßencafé. Und rede mit Mutter, sie hat dein Schweigen nicht verdient.«

»Du weißt von dem Streit, hat sie mit dir darüber geredet?«

»Sie leidet sehr darunter. Ich weiß doch, wie stolz sie auf dich ist.«

Hotel Orion, Venedig

Das Leben kehrte in die engen Gassen zurück. In der beginnenden Morgendämmerung schob ein kleiner, untersetzter Mann in signalroter Weste eine Karre über den kleinen Campo San Zulian. Der Wagen war angefüllt mit Müll, den er kurz zuvor von der Merceria gekehrt hatte. Auch an diesem Tag würden wieder die Touristen den Markusplatz überfluten wie die Brandung den Strand und anschließend durch die engen Gassen, in denen sich Laden an Laden reihte, der Piazale Roma entgegenströmen, nachdem sie Film um Film mit Aufnahmen der Markuskirche oder dem Dogenpalast verknipst hatten. Ab Mai gehörte Venedig der Welt.

Noch schien die Stadt zu schlafen, als die Gruppe Polizisten in blauen Uniformen das Hotel an der Spadaria durch den Haupteingang betraten, nachdem ihnen der Nachtportier geöffnet hatte. Ein Mann in Zivil erkundigte sich nach den Zimmernummern zweier kanadischer Gäste, die vor drei Tagen im Hotel abgestiegen waren. Der Portier schickte die Polizisten in den dritten Stock.

Brian Saint-Claire lag nackt in seinem Bett und schlief. Das Bettlaken war zerwühlt, und nur ein einfaches Leinentuch bedeckte seinen Körper. Seine Atemzüge gingen langsam und gleichmäßig. Das Knacken seiner Zimmertür nahm er nicht wahr. Auch als sich die Polizisten leise in das Zimmer schlichen, schlief er friedlich weiter. Erst als sich die Hand des Zivilbeamten auf seine Schulter legte und ihn heftig schüttelte, kam er zu sich. Benommen schlug er die Augen auf. Als er die Uniformierten erblickte, fuhr er hoch.

»Brian Saint-Claire«, ertönte eine Stimme in Englisch mit italienischem Akzent. »Sie sind verhaftet.«

Brian dachte, er träume. Er kniff die Augen zusammen, doch die Gestalten, die sein Zimmer bevölkerten, wollten dennoch nicht wieder verschwinden.

»Ziehen Sie sich an und folgen Sie uns auf das Revier!«, befahl die Stimme.

»Weswegen ... was ist passiert?«, stotterte Brian.

»Das werden Sie noch früh genug erfahren.«

Pazifikküste vor Kalifornien

Die *SSN-28 Clayton* pflügte durch den unruhigen Pazifik. Den ganzen Tag über hatte sie auf der Suche nach weiteren Überlebenden vor der Kokosinsel gekreuzt, doch die Mannschaft hatte keine weiteren Schiffbrüchigen ausmachen können. Von der *Portland* fehlte jede Spur. Mittlerweile waren Suchflugzeuge der Navy und der Küstenwache aufgestiegen. Die *Clayton* steuerte mit dem bislang einzigen Überlebenden der Katastrophe den Hafen von Los Angeles an.

Der Hurrikan *Dave* war inzwischen weitergezogen. Etwa auf Höhe von Costa Rica bog er nach Nordwesten ab und wanderte entlang einer Tiefdruckfront weiter auf den offenen Pazifik hinaus. Die Menschen in Mexiko und an der Südostküste der Vereinigten Staaten konnten aufatmen. Auf der Westseite Mittelamerikas hatte sich sein Zwillingsbruder *Cäsar* unterdessen zu einem Sturm der Kategorie 4 entwickelt. Entlang der Yucatan-Straße war er vom Karibischen Meer in den Golf von Mexiko eingedrungen und war dann in einem kreisförmigen Bogen nach Osten eingeschwenkt. In der mexikanischen Provinz Quintana Roo überquerte er die Küste und richtete großen Schaden an. Flüsse traten über die Ufer, und meterhohe Wellen brandeten gegen das

Land. Der Wind entwurzelte Bäume und riss Fischerhütten mit sich. Nur dem Umstand, dass die Region schwach besiedelt und der mexikanische Wetterdienst rechtzeitig über die neue Prognose der NHC informiert worden war, war es zu verdanken, dass eine schlimmere Katastrophe vermieden werden konnte. Aber noch immer war die Gefahr nicht gebannt. Der Hurrikan *Cäsar* setzte seinen Weg fort und schwenkte nach Norden ein. Zwar hatte ihn die Berührung mit dem Festland abgeschwächt, doch noch immer besaß er genügend Zerstörungskraft, um beträchtliche Schäden anrichten zu können. Für eine Entwarnung war es zu früh. Währenddessen tobte hoch im Norden über der Labrador-See zur gleichen Zeit ein heftiger Orkan.

Polizeigebäude Santa Chiara, Venedig

Die kleine, enge Zelle im Kellergeschoss des Polizeigebäudes von Venedig wirkte düster und abstoßend. Durch das winzige Fenster in der dunkelgelb getünchten Wand fiel nur wenig Sonnenlicht ins Innere. Die graue Tür aus Stahl war geschlossen. Brian saß auf der Pritsche, die in die Wand eingelassen war, und hatte die Beine angewinkelt. Es roch nach Moder und Schimmel. Er horchte auf, als draußen auf dem Gang dumpfe Schritte hallten. Geräuschvoll wurde ein Schlüssel in das Schloss gesteckt. Es knackte laut, dann wurde die Tür aufgeschoben, und das Gesicht eines Mannes erschien im Türspalt.

»Signore Saint-Claire, *andiamo!*«, sagte der Mann, der eine blaue Uniformjacke über dem weißen Hemd trug. Seine Geste war eindeutig.

Draußen schien die Junisonne, und Brian musste die Augen zusammenkneifen, als er aus dem dunklen Kellergewölbe in den sonnendurchfluteten Flur trat. Durch die langen Gänge führten ihn zwei Polizisten in den zweiten Stock. In einem Büro erwartete ihn der Zivilbeamte, der schon am frühen Morgen in seinem Zimmer gestanden hatte.

»Haben Sie ausgeschlafen, Signore Saint-Claire?«, fragte der Zivilist und wies mit einer Geste auf den Stuhl vor dem Schreibtisch.

Brian setzte sich, während sich die beiden uniformierten Beamten neben der Tür platzierten.

»Ich möchte jetzt endlich wissen, weswegen ich hier bin«, sagte Brian bestimmt. »Warum halten Sie mich fest, und wo sind meine Begleiter?«

Der Polizeibeamte in Zivil lehnte sich auf seinem Stuhl zurück. Er grinste. Brian musterte den dunkelhaarigen, drahtigen Mann. Er schätzte ihn um die fünfzig. Auf dem Schreibtisch entdeckte er ein Namensschild: *Commissario Di Salvio*.

»Ich hoffte, ich könnte das von Ihnen erfahren«, antwortete der Kommissar. »Damit würden Sie mir eine Menge Arbeit ersparen.«

»Italien ist doch ein Rechtsstaat, wenn ich mich nicht täusche. Also, was wollen Sie von mir?«

Das Lächeln des Polizisten gefror. Er richtete sich auf und beugte sich über den Schreibtisch. »Kennen Sie Leon Rainders?«

»Natürlich kenne ich Leon«, antwortete Brian. »Wir sind hierhergekommen, um im Auftrag unseres Magazins über eine Illumination zu berichten. Er gehört zu meinem Team.«

»Und genau deswegen sind Sie hier«, sagte der Polizist. »Wir haben Leon Rainders gegen vier Uhr in der Frühe in der Chiesa San Zulian ertappt, als er sich daranmachte, sakrale Gegenstände zu entwenden. Und nun sagen Sie, er gehört zu Ihrem Team.«

Brian schüttelte den Kopf. »Das ist doch Blödsinn.«

»In den letzten Wochen hatten wir zahlreiche Einbrüche in Kirchen und Museen unserer Stadt. Es wurden Werte in Millionenhöhe gestohlen. Wir wussten von Anfang an, dass eine Organisation dahinterstecken muss.«

Brian riss die Augen auf. »Sie glauben doch nicht, dass wir ...«

»Dann nennen Sie mir einen vernünftigen Grund, weswegen ich anderer Meinung sein sollte. Was hat Ihr Komplize um vier Uhr früh in der Kirche verloren?«

»Haben Sie schon von den Tränen der Mutter Gottes gehört?«, fragte Brian.

Der Kommissar schüttelte den Kopf.

Brian erzählte ihm die Geschichte mit der Marienerscheinung, die zwei Kindern angeblich widerfahren sein sollte.

Der Kommissar hatte die Arme vor seinem Körper verschränkt und hörte interessiert zu.

»Um diesem Phänomen auf den Grund zu gehen, wollten wir Messungen vor Ort durchführen, aber der verantwortliche Geistliche lehnte das ab. Deshalb ist Leon wohl in der Nacht in die Kirche eingestiegen. Ich wusste nichts davon, aber Leon neigt oft zu unkonventionellen Methoden«, beendete Brian seinen Bericht.

»Und diese abenteuerliche Geschichte soll ich Ihnen glauben?«

»Rufen Sie in unserer Redaktion an, die Telefonnummer finden Sie in meinem Notizbuch. Außerdem kann Ihnen Padre Francesco bestätigen, dass ich ihn in dieser Angelegenheit aufsuchte. Es stand sogar in der Zeitung. Wir haben den Artikel in unserem Gepäck. Sie haben doch sicherlich bereits alles durchsucht.«

»Man könnte auch sagen, Sie haben den Coup sehr gut eingefädelt, für den Fall, dass etwas schiefgehen sollte.«

Allmählich platzte Brian der Kragen. Er hatte den Eindruck, er konnte erzählen, was er wollte, der Polizist hatte längst sein Urteil gefällt. »Ich möchte mit einem Anwalt reden!«, sagte er.

Der Polizist grinste erneut. »Wir sind ein Rechtsstaat«, antwortete er. »Ihnen wird Gelegenheit gegeben, ein Telefonat zu führen. Aber erst, wenn etwas Licht in diese Angelegenheit gedrungen ist.«

»Ich habe das Recht auf einen Anwalt«, beharrte Brian, »und

zwar sofort! Außerdem möchte ich wissen, wohin Sie Gina und Leon gebracht haben.«

»Bei Verdunklungsverdacht kann ich Sie vierundzwanzig Stunden festhalten. Ich muss lediglich den Ermittlungsrichter informieren, und das ist bereits geschehen. Und was Ihre Freunde betrifft, die sind ebenfalls hier.«

Brian schaute resigniert zu Boden.

»Wie heißt Ihre Zeitschrift?«, fragte der Kommissar

Brian schaute auf. »Das Magazin gehört zur Harbon-Gruppe. Es nennt sich *ESO-Terra*.«

»Habe ich noch nie gehört.«

»Es erscheint nur in den USA.«

Der Kommissar nickte. »Und womit befasst sich Ihr Magazin?«

Brian war nahe dran, die Geduld zu verlieren.

»Ich bin ausgebildeter Psychologe und beschäftige mich mit Grenzwissenschaften. Übersinnlichem, besser gesagt. Es gibt zahlreiche übernatürliche Phänomene, für die es keine wissenschaftliche Erklärung gibt. Meine Aufgabe ist es, den Wahrheitsgehalt solcher Wahrnehmungen zu prüfen und darüber zu berichten.«

»Und Sie glauben an solchen Unsinn?«, entgegnete der Polizist.

Auf Brians Gesicht zeigte sich ein unterdrücktes Lächeln. Der Mensch auf der anderen Seite des Schreibtisches schien nur an sich selbst zu glauben. »Niemand hat bislang Atome gesehen, und dennoch kann man ihre Existenz beweisen. Vor fünfhundert Jahren glaubte man, die Erde sei eine Scheibe, und doch ist sie rund. Natürlich gibt es Scharlatane, die Geschichten erfinden, um Aufmerksamkeit zu erregen. Aber darüber hinaus gibt es Phänomene, die experimentell nachweisbar sind, aber noch stehen wir am Anfang, was die wissenschaftlichen Methoden betrifft.«

»So, was für Phänomene beispielsweise?«

»Haben Sie schon von Psychokinese gehört?«, fragte Brian.
Der Kommissar schüttelte den Kopf.

»In einer Reihe von Experimenten wurde nachgewiesen, dass durch Geisteskraft Einfluss auf die Bewegung von Materie ausgeübt werden kann. Im Fall, den wir aktuell untersuchen, handelt es sich wie gesagt um eine Illumination; andere Beispiele sind das Déjà-vu, die Präkognition oder die Hellseherei.«

Der fragende Blick des Kommissars sprach Bände.

»Das zweite Gesicht«, erklärte Brian. »Präkognition ist die Fähigkeit, Dinge vorherzusehen. Das ist ein sehr weit verbreitetes Phänomen.«

Der Kommissar schmunzelte. »Das kenne ich«, sagte er. »Als meine Frau am letzten Sonntag eine Panna Cotta zubereitete, wusste ich bereits vorher, dass sie misslingt.«

Erneut fühlte Brian Wut in sich aufsteigen. Wieder einmal saß er einem dieser Ignoranten gegenüber, die an nichts anderes glaubten als an das, was sie mit eigenen Augen sehen und mit ihrem beschränkten Horizont erklären konnten. Was sollte er noch sagen.

Das Telefon klingelte. Der Kommissar nahm den Hörer ab. Er sprach flüsternd und mit abgewandtem Oberkörper, sodass Brian nichts verstehen konnte. Nachdem er den Hörer aufgelegt hatte, schaute er Brian mit durchdringenden Augen an.

»Offenbar sind Ihre Angaben richtig.« Der Kommissar griff in eine Schublade und zog ein schwarzes Etui hervor. Er öffnete es und präsentierte die sechs kleinen und mit Flüssigkeit gefüllten Fläschchen darin, die in unterschiedlichsten Farben schimmerten. »Können Sie mir erklären, was das ist?«

Brian begutachtete das Etui. »Ich nehme an, das gehört Leon. Er ist Chemiker, und bei dem hier handelt es sich wohl um seine Analyseausrüstung.«

»Er trug es bei sich, als wir ihn verhafteten«, erklärte der Kommissar.

»Dann fragen Sie ihn doch selbst«, entgegnete Brian.

»Ich wollte es aber gern von Ihnen wissen«, sagte der Kommissar. »Ihr Freund hat mir übrigens die gleiche Antwort gegeben. Sie scheinen sich wohl gut abgesprochen zu haben.«

»Und was geschieht jetzt mit uns?«, fragte Brian.

Der Kommissar runzelte die Stirn. »Es bleibt immer noch der Tatbestand des Einbruchs. Außerdem traue ich Ihnen nicht.«

Brian beugte sich vor. »Ich lag in meinem Bett und schlief. Sie haben mich doch selbst schlafend angetroffen. Was werfen Sie mir also vor?«

»Ich sagte Ihnen doch, wir halten Sie für Kunstdiebe, die sich auf sakrale Gegenstände spezialisiert haben.«

»Mir ist egal, wofür Sie mich halten«, sagte Brian, der an sich halten musste, um sein Gegenüber nicht anzubrüllen. »Ich habe Ihnen erklärt, weswegen wir hier sind. Sie haben keinerlei Beweise für Ihren Verdacht. Ich bestehe darauf, augenblicklich einen Anruf zu führen, ansonsten werden Sie noch lange an mich denken.«

»Sie drohen mir?«

»Das ist keine Drohung, das ist ein Versprechen!«

Der Kommissar überlegte. »Angenommen, ich gestatte Ihnen das Gespräch, wen würden Sie anrufen?«

Brian griff nach einem Kugelschreiber, der auf dem Schreibtisch lag, und riss einen Notizzettel von dem daneben liegenden Block. Er schrieb die Telefonnummer auf und sagte: »Das ist unser Chefredakteur in Cleveland. Sie können es ruhig überprüfen und auch mithören, das stört mich nicht im Geringsten. Selbstverständlich bezahle ich den Anruf.«

Kommissar Di Salvio nickte stumm und schob Brian das Telefon zu.

13

Camp Springs, Maryland

Wayne Chang saß in seinem Büro und überflog die Aufzeichnungen, die er vom National Hurricane Center in Miami übermittelt bekommen hatte.

»Es gibt immer wieder Unglücksfälle«, sagte Schneider und schaute aus dem Fenster hinaus in den wolkenverhangenen Himmel. »Aber Unglücksfälle sehen anders aus.«

Chang blätterte in seinem Notizblock. »Derlei Phänomene sind bekannt, seit der Mensch sich darangemacht hat, die Stürme zu erforschen. Die *Portland* war ein solides Schiff, aber wenn der Bericht stimmt, dann hatten die Menschen an Bord keine Chance.«

»Da draußen geht etwas Seltsames vor«, sagte Schneider nachdenklich. »Was immer es auch ist. Ich weiß nur, dass diese gottverdammten Stürme nicht sein dürften. Nicht so früh und nicht so heftig. Es ist ... es ist, als ob sich das Klima gegen die Menschheit zur Wehr setzt.«

»Nein, du redest dir da etwas ein. Es ist sicherlich ungewöhnlich, ja vielleicht sind es auch die Vorboten eines sich verändernden Klimas, aber du hörst dich fast so an, als glaubtest du, dass eine fremde Macht dahintersteckt.«

Schneider wandte sich um. »Vier Vermisste beim Absturz des Flugzeugs, über einhundert Vermisste beim Untergang der *Portland*. Und in beiden Fällen waren unsere Kollegen unterwegs, um die Hintergründe dieser abnormen Frühjahrsstürme zu erforschen. Sei mir nicht böse, aber ich habe das Gefühl, dass es sich dabei nicht mehr um einen puren Zufall handeln kann.«

Chang schüttelte ungläubig den Kopf. »Du entwickelst so etwas wie Paranoia. Sieh die Sache doch mal objektiv. Es ist ein ungewöhnliches Phänomen, dem wir auf den Grund gehen müssen, aber wir sind Wissenschaftler. Wir arbeiten nicht mit Vermutungen, wir spekulieren nicht, wir forschen und suchen nach Beweisen. Es geht um Meteorologie und um Klimatologie. Wissenschaftsgebiete, die sich ganz klar an mathematisch berechenbare Gesetzmäßigkeiten halten. Dahinter gibt es nichts Mystisches oder Übersinnliches.«

Schneider nickte. »Vielleicht hast du recht. Vielleicht ist es nur ein vorübergehendes Phänomen. Aber es macht uns deutlich, dass wir schon viel näher am Abgrund stehen, als wir glauben. Und das hier ist erst der Anfang. Wer weiß, wie sich die Sache weiterentwickelt. Auf alle Fälle müssen wir auf der Hut sein und den Menschen sagen, wohin es führt, wenn man die Naturgewalten herausfordert und die Umwelt ständig mit Füßen tritt. Wir müssen eine klare Stellung beziehen. Das ist unsere Aufgabe.«

»Da kann ich dir nur zustimmen«, sagte Chang. »Aber leider sind die Menschen noch nicht so weit. Solange es um Profit geht, gerät alles andere in Vergessenheit. Aber jetzt lass uns an die Arbeit gehen, wir haben noch über hundert Raster auszuwerten. Ich muss übermorgen das Konzept vorstellen, und da brauche ich die Zahlen schwarz auf weiß.«

Schneider seufzte. »Da draußen toben Stürme, und wir katalogisieren Temperaturen und Niederschlagsmengen. Findest du das nicht paradox?«

Chang verzog das Gesicht. »Nein, das finde ich nicht«, erwiderte er grimmig. »Wir sind nicht bei den Hurrikan-Jägern, wir haben andere Aufgaben, die ebenfalls erledigt werden müssen. Und die neue Rastereinteilung wird helfen, deine Angriffe, wie du sie nennst, frühzeitig zu erkennen und damit womöglich Menschenleben zu retten. Das ist alles andere als nebensächlich.«

Schneider sog tief die Luft ein. »Du hast ja recht. Aber seitdem Coldmann abgestürzt ist, leide ich unter Depressionen. Ich denke, dass niemand einen sinnlosen Tod sterben sollte.«

»Sein Tod war nicht sinnlos«, entgegnete Chang. »Er ist gestorben, während er seine Aufgabe erfüllte. Er war Pilot und kannte die Gefahren. Trotzdem ist er in den Hurrikan hineingeflogen. Er tat es, weil es seine Aufgabe war. Er hat nicht gezögert und über die Sinnlosigkeit seines Tuns spekuliert. Er hat es einfach nur getan, verstehst du?«

Schneider nickte. Er wusste, was Wayne Chang damit zum Ausdruck bringen wollte. »Also gut, genug davon«, sagte er schließlich. »Gib mir mal einen Teil der Datenblätter, damit wir vorankommen. Und wenn wir fertig sind, dann gehen wir zusammen zu *Joe's* und gießen uns ein paar hinter die Binde.«

Chang hob abwehrend die Hände. »Tut mir leid, das geht nicht. Jennifer ruft mich später noch an.«

Schneider lächelte. »Verliebt?«

Chang griff geflissentlich nach einem Datenblatt, das in einem Korb vor ihm lag. Eine Antwort gab er nicht.

»Verstehe«, murmelte Schneider, bevor er Changs Büro verließ.

Baltimore, Maryland

Der Blick über den Lake Montebello Drive auf den See erinnerte Suzannah Shane an ihr Zuhause in Racine. Sie saß auf einem bequemen Liegestuhl und genoss den Sonnenuntergang. Auf dem Grill schmorten saftige Steaks, und der Geruch ließ ein heimeliges Gefühl in ihr aufkeimen. Beinahe so wie früher, als ihr Vater noch lebte. Der laue Frühsommerabend war wie gemacht für einen geselligen Abend. Peggy hatte ein paar Nachbarn und Freunde zum Barbecue eingeladen. Suzannah verfolgte mit den Augen den roten Ball am Himmel, der langsam der Erde zustrebte, und hing ihren Gedanken nach. Sie hatte Smalltalk mit den Gästen gemacht, doch nun suchte sie abseits des Rummels etwas Ruhe.

Als sie Schritte hinter sich hörte, horchte sie auf. Peggy stapfte über den Rasen. Ein mitleidiges Lächeln lag auf ihren Lippen.

»Es ist dir zu viel?« Peggy setzte sich neben Suzannah auf einen gepolsterten Stuhl.

Suzannah schüttelte den Kopf, doch es gelang ihr nicht, überzeugend zu wirken. Zu halbherzig war ihre Geste, wusste sie doch, dass sie Peggy nichts vormachen konnte.

»Gleich können wir essen: Die Steaks sind fast durch und die Maiskolben schön knusperig. Du hast es bald überstanden.«

Suzannah lehnte sich zurück und betrachtete versonnen, wie sich die rote Scheibe hinter den Horizont schob. »Denkst du manchmal auch über den Tod nach?«

Peggy riss die Augen auf. »Was ist los mit dir, was soll der Unfug?«, fragte sie besorgt.

»Keine Angst«, beeilte Suzannah sich zu sagen. »So schlimm sind meine Depressionen nicht. Die untergehende Sonne hat mich auf den Gedanken gebracht. Es sieht so aus, als ob die Sonne verglüht und in die Erde stürzt. Und am nächsten Tag steht sie wieder auf und zieht am Himmel ihre Bahn, als ob nichts gewesen wäre.«

»Sie stirbt nicht, sie geht unter«, berichtigte Peggy.

»Ja, ich weiß. Ich denke nur ... glaubst du, dass sich für uns Menschen alles wiederholt? Dass wir, wenn wir sterben, einfach eine Stufe weiter wandern, um dort neu zu beginnen?«

Peggy atmete auf. »Ich weiß nicht. Vielleicht ist auch alles nur zu Ende.«

»Für immer?«

»Over and out«, erwiderte Peggy. »Ausgelöscht, beerdigt und verfault. Und irgendwann vergessen. Ich glaube, mehr ist da nicht.«

»Ich habe ein Buch gelesen. Von einer Autorin mit indianischem Namen. Ich komm nur gerade nicht drauf. Sie meint, der Geist ist viel zu stark, um einfach zu vergehen. Nur der Körper ist schwach. Sie nennt es Parallelexistenz. Es gibt Tausende von Welten, in denen sich unser Leben ständig wiederholt. Wie ein Perpetuum mobile. Man stirbt, und alles beginnt wieder von vorn.«

»Und du glaubst diesen Schwachsinn?«

Suzannah warf ihrer Schwester einen verträumten Blick zu. »Ich möchte es gern glauben. Der Gedanke gefällt mir: Dann kann ich so manches in meinem Leben das nächste Mal besser machen.«

Peggy lachte. »Und was würdest du tun, wenn du ihm noch einmal begegnetest? Ich meine in der Parallelwelt, im selben Alter und unter gleichen Voraussetzungen?«

Suzannah richtete sich auf. Ihr Blick wurde ernst. »Ich würde ihm Handschellen anlegen. Und anschließend den Schlüssel wegwerfen.«

Die beiden Schwestern brachen in schallendes Gelächter aus. Suzannah spürte, wie sich der Knoten in ihrer Brust löste und einer angenehmen Leichtigkeit Platz machte.

Peggy erhob sich und reichte ihrer Schwester die Hand. »Komm jetzt, die Steaks sind bestimmt fertig.«

»Gut, ich habe nämlich einen mächtigen Appetit.«

Sie gingen hinüber zur Veranda. Doch gerade als sie sich setzen wollten, kam ihre Mutter mit dem Telefon in der Hand aus dem Haus.

»Suzi, ein Anruf für dich. Es ist offenbar wichtig.«

»Wer ist es?«

»Professor Huxley.«

Suzannah griff nach dem Telefon. Wenn ihr Vorgesetzter sie im Urlaub anrief, dann musste es wichtig sein. Sie meldete sich.

»Hallo, Suzannah, entschuldigen Sie die Störung«, sagte Huxley. »Ich habe einen Anruf von Professor James Paul von der NASA erhalten. Sie haben ein Problem. Es geht offenbar um die Erforschung einer Art Raumkrankheit bei Astronauten. Ich werde daraus nicht schlau. Jedenfalls wollen sie Sie als Verstärkung für ihr Forschungsprojekt haben. Sie, Suzannah, und niemand sonst. Tut mir leid, Ihnen den Urlaub zu vermasseln.«

»Mich?«

»Sie sollen sich morgen bei Professor Paul melden«, bestätigte Huxley und nannte ihr Pauls Telefonnummer.

Socorro, New Mexico

Captain Howard von der State Police war außer sich. Er stützte sich auf dem Schreibtisch des Sheriffs auf, und seine Augen blitzten Hamilton feindselig an. »Ein für alle Mal, ich verbiete mir jegliche Einmischung in meinen Fall!«, schrie er. »Die Leichensache am Coward Trail ist unsere Sache. Die Anordnung des Staatsanwalts war eindeutig. Ich lasse mir von so einem Provinz-Cowboy wie Ihnen nicht ins Handwerk pfuschen. Und wenn Sie glauben, Sie könnten Ihre Kompetenzen überschreiten, dann werden Sie mich kennenlernen. Haben Sie mich verstanden, Hamilton?«

Tex, Howards Assistent, stand grinsend vor dem Fenster.

Sheriff Hamilton hatte sich gelassen zurückgelehnt und die Beine auf den Schreibtisch gelegt. Beinahe regungslos ließ er das Gewitter über sich ergehen. Ein Lächeln lag auf seinem Gesicht.

»Sie reden laut genug«, antwortete er.

Die Gleichgültigkeit des Sheriffs erzürnte Captain Howard nur noch mehr. »Sie glauben wohl, nur weil Ihr Onkel Senator von New Mexico ist, können Sie sich über alle Vorschriften hinwegsetzen. Aber da haben Sie sich geschnitten. Sie werden sehen, was Sie davon haben. Ich mache Sie so fertig, dass Ihnen Ihre Großspurigkeit noch vergeht.«

Langsam reichte es Sheriff Hamilton. Er nahm die Beine vom Schreibtisch und richtete sich auf. Er war beinahe zwei Köpfe größer als der Captain der State Police. Howard beobachtete Hamilton argwöhnisch, als dieser den Schreibtisch umrundete und sich vor ihm aufbaute.

»Sie sind noch keinen Millimeter vorangekommen, Howard«, sagte der Sheriff leise. »Sie wissen nicht, wer der Tote ist und wo er herkommt. Wie soll ich Ihre Ermittlungen behindern, wenn es nicht einmal richtige Ermittlungen gibt? Und noch eins. In meinem Büro gibt es nur einen, der hier herumschreit. Jetzt nehmen Sie Ihren John-Wayne-Verschnitt mit und verschwinden Sie von hier!«

Sheriff Hamiltons Stimme klang ruhig, aber dennoch schwang ein gefährlicher Unterton mit. Captain Howard wandte sich um und durchquerte ohne ein weiteres Wort das Büro. Auf der Türschwelle wandte er sich noch einmal um. Beinahe wäre Tex, sein Untergebener, der ihm folgte, gegen ihn geprallt.

»Ich warne Sie!«, rief der Captain noch einmal und stürmte aus dem Office.

Hamilton stand breitbeinig am Fenster. Die Blicke aller Mitarbeiter im Office waren ihm zugewandt. Deputy Lazard, Hamiltons Neffe, erhob sich von seinem Schreibtisch und warf ebenfalls einen Blick nach draußen auf den Parkplatz. Dort fuhr der dunkle Buick des Captain mit quietschenden Reifen davon.

»Was ist denn bloß in den gefahren?«, fragte Lazard.

»Vergiss es einfach«, antwortete der Sheriff und ging hinaus.

Polizeigebäude Santa Chiara, Venedig

Nach einer schlaflosen Nacht lag Brian auf der Pritsche seiner Zelle und blickte an die schmuddelige Decke. Er hatte die Arme hinter dem Kopf verschränkt und überlegte, wie er ungeschoren aus dieser Situation kommen könnte. Er hatte von Anfang an geahnt, dass es mit Leon Schwierigkeiten geben würde, doch nie im Traum hätte er daran gedacht, für ein Mitglied einer vermeintlichen Bande von Kunstdieben gehalten zu werden und in einem italienischen Gefängnis zu enden. Was konnte er noch tun? Der Kommissar schien seiner Geschichte keinen Glauben zu schenken. Brian hatte seinen Anruf getätigt, nun blieb ihm nichts weiter, als darauf zu vertrauen, dass Porky alle Hebel in Bewegung setzte, um ihn, Gina und Leon freizubekommen. Die Luft im Inneren der engen Zelle war feucht und stickig. Es mochten hier gut dreißig Grad herrschen. In Kanada wurden selbst Mörder komfortabler behandelt als er hier im altehrwürdigen

Europa. In dieser Zelle fühlte er sich lebendig begraben. Sollte er weich gekocht werden, bis er schließlich doch noch einräumte, ein Krimineller zu sein?

Brian horchte auf, als er dumpfe Schritte vernahm und kurz darauf ein Schlüssel in das Schloss der schweren Stahltür gesteckt wurde. Er richtete sich auf. Die Tür wurde aufgestoßen, ein uniformierter Beamter trat in den Türspalt und forderte ihn mit einer Geste auf mitzukommen. Brian fiel ein Stein vom Herzen.

Als er in den langen Gang trat, wurde Leon von zwei Beamten vorbeigeführt.

»Leon!«, rief Brian.

Leon wandte sich um. Ein Grinsen lief über sein Gesicht. »Hallo, Chef! Scheißsituation, was? Und der Zimmerservice lässt auch zu wünschen übrig.«

»Hatte ich nicht gesagt: keine Alleingänge!«, erwiderte Brian ärgerlich, dem nicht nach Scherzen zumute war.

Die Beamten zogen Leon in eine Zelle, doch der sträubte sich. »Es hat sich zumindest gelohnt!«, rief er über die Schulter zurück. »Eisenpartikel und Sauerstoff, rostiges Wasser, verstehst du. Wir sind verarscht worden!«

Brian wurde von dem Beamten an den Händen gepackt. »*Silenzio!*«, herrschte ihn der Uniformierte an. Doch auch Brian setzte sich zur Wehr und zog die Hände zurück.

»Woher kommt es?«, rief Brian, ehe Leon in die Zelle gezerrt wurde.

Geräuschvoll krachte Leons Zellentür ins Schloss. Dennoch war seine Antwort unüberhörbar. Der Polizist drückte Brian gegen die Wand und schlug ihm mit einem Schlagstock in den Rücken.

Mit schmerzverzerrtem Gesicht streckte Brian die Hände gegen die Wand.

»Aufhören!«, rief er dem Beamten zu. Ein zweiter Polizist sprang hinzu. Die beiden rissen Brian die Arme auf den Rücken, und schon klickten die Handschellen und schnitten ihm schmerzhaft in die Handgelenke. Brian sank zu Boden. Ein Fluch kam über seine Lippen. Doch schon zogen ihn die Polizisten wieder hoch und zerrten ihn mit. Wortlos drängten sie ihn durch den Flur und führten ihn die Treppen hinauf. In einem kleinen, spärlich eingerichteten Zimmer setzten sie ihn auf einen Stuhl und postierten sich zu beiden Seiten neben ihn.

Mehrere Minuten vergingen, ehe der Kommissar erschien. Er warf Brian einen fragenden Blick zu.

Brian drehte sich ein wenig zur Seite und präsentierte die Handschellen um seine Gelenke. »Sagten Sie nicht, Italien sei ein Rechtsstaat? Stattdessen werden die Gefangenen mit Brutalität und Willkür behandelt.«

Der Kommissar wandte sich an einen der Beamten. Der Uniformierte erklärte, dass Brian sich widersetzt habe und deswegen gefesselt worden sei.

»Das ist Quatsch. Ich wollte mich nur mit meinem Komplizen unterhalten, damit wir unsere Aussagen abstimmen«, sagte Brian sarkastisch. »Ist das etwa auch ein Verbrechen?«

Brian zog das Wort Komplize in die Länge, sodass der Kommissar schmunzeln musste. Er befahl den Polizisten, die Handschellen abzunehmen, und setzte sich auf den freien Stuhl. Brian rieb sich erleichtert die schmerzhaften Druckstellen.

»Manchmal sind meine Kollegen etwas zu eifrig«, entschuldigte sich der Kommissar. »Aber ich gab Anweisung, dass sich die Gefangenen nicht unterhalten dürfen. Vor allem, weil noch immer Verdunklungsgefahr besteht. Meine Leute glaubten, dass Sie sich befreien wollten.«

»Blödsinn«, antwortete Brian. »Sie glauben wohl noch immer, dass wir eine Bande von Kunstdieben sind. Aber wenn Sie gründlich ermitteln würden, dann …«

»Was ich glaube, spielt keine Rolle«, fiel ihm der Kommissar ins Wort. »Ich sagte schon, ich traue Ihnen und Ihren Freunden nicht. Für mich ist das alles nichts weiter als eine billige Ausrede.«

Brian richtete sich auf, und schon legte ihm einer der Polizisten die Hand auf die Schulter. Doch der Kommissar hob beschwichtigend die Hand.

»Es ist keine Ausrede!«, erwiderte Brian. »Sie haben doch mit meiner Redaktion gesprochen und mit Sicherheit auch unsere Personalien überprüft. Und wenn Sie inzwischen mit Pater Francesco geredet hätten, dann wüssten Sie, wovon ich rede.«

Der Kommissar lächelte. »Hier ist jemand, der Sie sprechen will.«

Die Tür wurde geöffnet, und Pater Francesco stand davor.

Brian schaute den Geistlichen mit großen Augen an. »Pater Francesco! Sie müssen dem Kommissar erklären, weswegen ich bei Ihnen war«, platzte er heraus.

Der Kommissar erhob sich und ging zur Tür. »Sie haben eine halbe Stunde, Padre«, sagte er im Vorübergehen.

Der Pater nickte. »Unter vier Augen, sagte ich.« Padre Francesco wies auf die beiden Polizisten.

Brian beobachtete die Szene gespannt. Kurz darauf hatten der Kommissar und die beiden Polizeibeamten den Raum verlassen.

Pater Francesco setzte sich auf den Stuhl und faltete die Hände vor seinem runden Bauch. »In einen schönen Schlamassel sind Sie da geraten«, sagte der Pater freundlich.

Brian lächelte. »Da sind wir aber nicht ganz allein dran schuld. Wenn Sie uns erlaubt hätten, Nachforschungen anzustellen, dann wäre diese Nacht-und-Nebel-Aktion gar nicht notwendig gewesen.«

»Ich erklärte Ihnen, dass es kirchliche Vorschriften gibt ...«

Brian hob die Hände. »Lassen Sie mich kurz erzählen, was wir herausgefunden haben. Die Kirche muss renoviert werden, aber es ist kein Geld vorhanden, und Ihre kirchliche Finanzabteilung denkt gar nicht daran, der kleinen Gemeinde unter die Arme zu greifen. Die Enkel des Küsters – ihrem Großvater treu ergeben – plappern alles nach, was sich der Alte ausdenkt. Irgendwann beginnt jeder Nagel zu rosten. Und die Feuchtigkeit in dem alten Kirchenbau tut das Übrige. Das alles zusammen ergibt die tränenrührige Geschichte von San Zulian.«

Der Pater blickte zu Boden. Minutenlang verharrte er stumm in dieser Pose. »Ich habe Ihnen erklärt, dass unsere Kirche äußerst kritisch mit sogenannten Wundern umgeht. Es wurde eine Prüfungskommission einberufen, die den Fall überprüft.«

»Und ich habe Ihnen erklärt, was wir herausgefunden haben«, entgegnete Brian.

»Und das werden Sie schreiben?«

»Nur das, was wir herausgefunden haben. Mit den Kindern konnten wir ja bislang nicht reden.«

Pater Francesco seufzte. »Sie vergessen die Menschen. Die Kinder und Paolo, der Küster, der aus selbstlosen Gründen handelte. Wir würden sie alle damit offiziell der Lüge bezichtigen. Sie müssten mit diesem Makel weiterleben, und der Alte würde in seinem Viertel das Gesicht verlieren. Das ist nicht das, was Sie wollen, oder?«

»Hat sich die Kirche selbst nicht der Wahrheit verschrieben?«

Pater Francesco lächelte. »Wahrheit. Es gibt viele Wahrheiten. Die Wahrheit liegt im Auge des Betrachters. Wahrheit und Glaube sind die Grundfesten unseres Daseins. Aber niemand sollte unter diesen Mauern begraben werden. Sie sind nach Venedig gekommen, um eine Heiligenerscheinung zu untersuchen. Um anschließend einen Artikel für Ihr Magazin zu schreiben. Ein Magazin, das sich verkaufen soll. Und je mehr Exemplare verkauft werden, desto mehr Geld verdient Ihr Verlag. Das ist auch eine Wahrheit, oder? Ihnen ist es vollkommen gleichgültig, was die Menschen in einem solchen Zeichen sehen oder welche Hoffnungen sie damit verbinden. Sie denken an den Verkauf. Unsere Kirche hingegen untersucht alle Umstände, und irgendwann, wenn genug Zeit ins Land geflossen ist, wird eine kleine Erklärung in einem unserer Hefte stehen, in der die Erscheinung von San Zulian als außergewöhnliche Wahrnehmung, aber ausdrücklich nicht als Wunder deklariert wird. Niemand wird über die Menschen sprechen, niemand wird sie verurteilen oder bloßstellen. Ich finde, das ist eine Wahrheit, mit der man gut leben kann, Sie nicht?«

Brian sog tief die Luft ein. »Es ist Ihre Wahrheit, aber nicht die Wahrheit, die ein Journalist aufdecken möchte«, antwortete Brian.

Pater Francesco faltete die Hände. »Ich werde Ihnen jetzt etwas erzählen, das nicht in Ihre Zeitung gehört. Sie müssen mir Ihr Wort geben, dass Sie schweigen. Ihr Ehrenwort.«

Brian zögerte, ehe er nickte.

Pater Francesco blickte an die Zellendecke, so als ob er sich das Einverständnis des Herrn einholen wollte, bevor er Brian die Geschichte offenbarte. »Wissen Sie, ich kenne Paolo schon seit über dreißig Jahren«, begann er. »Seit ich hier in Venedig bin, kümmert er sich um die Kirche, so wie vor ihm sein Vater und sein Großvater, und wahrscheinlich auch sein Urgroßvater. Es war vor drei Jahren. Paolo sprach mich eines Tages nach der Messe an. Ich weiß den Tag noch genau, denn ich hatte ihn zuvor noch nie so aufgelöst gesehen. Er wirkte übernächtigt, nervös und fahrig. Er fragte mich, wie es denn sei, wenn einem ein Heiliger erscheine. Ich erklärte ihm den Standpunkt der Kirche gegenüber Illuminationen, doch er wollte meine persönliche Ansicht hören, das merkte ich bald.

Schließlich gestand er mir, dass er am Abend zuvor mit der Mutter Jesu gesprochen habe. Sie sei ihm bei Anbruch der Dunkelheit in der Kirche erschienen. Sie habe ihm von einer großen Katastrophe berichtet. Über die Menschen im Herzen Europas würde die Sintflut hereinbrechen, sie würden ihr Hab und Gut in den wütenden Fluten verlieren und manche sogar ihr Leben. Er schilderte mir seine Vision mit solch einer Lebendigkeit, dass ich einen Augenblick lang meine Skepsis verlor. Ich versuchte ihn zu beruhigen, doch die Erscheinung verfolgte ihn noch tage-

und wochenlang in seinen Träumen. Seine Visionen verflogen erst, nachdem zwei Wochen darauf der Osten Deutschlands und Teile Polens von heftigen Regenfällen und Überschwemmungen heimgesucht wurden. Sie haben bestimmt davon gehört. Es gab mehrere Tote, und die Schäden erreichten Milliardenhöhe.

Nach dieser Flutkatastrophe fand Paolo seine Ruhe wieder, bis er vor drei Wochen erneut zu mir kam und mir erzählte, dass ihm abermals die Jungfrau Maria erschienen sei. Dieses Mal habe sie ihm von heftigen tropischen Stürmen erzählt, die den amerikanischen Kontinent heimsuchen würden. Ganze Städte würden in den Fluten versinken, und die Erde würde sich auftun und mit Feuer und heißem Staub ganze Landstriche verwüsten.«

Brian schüttelte den Kopf. »In jedem Jahr rasen Hurrikans von der Karibik auf Amerika zu. Tornados und Orkane gehören in den Staaten zum Sommer, so wie Hitze und heftige Gewitter in Ihrem Land.«

Der Pater hob beschwichtigend die Hände. »Paolo sprach von einem ungekannten katastrophalen Ausmaß. Diese Vision raubt ihm seither den Schlaf. Sie haben ihn gesehen. Er ist nur noch ein Schatten seiner selbst. Er glaubt fest daran, dass er die Menschen vor dem Teufel warnen, ihnen die Augen öffnen muss. Dass dies der Wille Gottes ist. Ich habe Paolo auf die Konsequenzen einer solchen Offenbarung hingewiesen. Ich sagte, niemand würde ihm Glauben schenken, jeder würde ihn für verrückt halten und über ihn lachen. Am Ende würde er sogar sein Amt als Küster verlieren. Ich redete auf ihn ein, beschwor ihn, bat ihn, meinetwegen zu schweigen, doch er tat es nicht. Ich kann nicht sagen, was ihn dazu bewogen hat, die Kinder in diese Sache hineinzuziehen. Wahrscheinlich war es mein Fehler, denn ich hatte ihm erzählt, dass in der Vergangenheit vor allem Kinder als Medium von Heiligen ausgesucht wurden. Vielleicht weil Kinder noch unschuldig sind und Jesus eine besondere Beziehung zu ihnen hat.«

»Er hat die Kinder vorgeschoben, um sein Amt zu behalten und den möglichen Konsequenzen aus dem Wege zu gehen«, resümierte Brian. »Seine eigenen Enkelkinder: Wie kann er sie nur in eine solche Situation bringen?«

»Die Sorge um San Zulian, die Kirche, hat ihn dazu gebracht. Sie ist alles, was er hat. Er sah wohl keinen anderen Ausweg, seiner Bestimmung zu folgen und gleichzeitig meinen Willen zu respektieren.«

»Es ist eine Lüge«, widersprach Brian.

»Eine Halbwahrheit, würde ich sagen.«

Brian lächelte. »Wieder eine Ihrer kirchlichen Thesen?«

Der Pater erhob sich. »Ich bitte Sie im Namen der Kinder und im Namen Paolos, verurteilen Sie diese Menschen nicht, die zu retten versuchen, was zu ihrem Lebensinhalt wurde. Ich bitte Sie, auf diesen Artikel zu verzichten.«

Brian schaute aus dem Fenster, als der Geistliche an ihm vorüberging und an die Tür klopfte.

»Ich bitte Sie, im Namen Jesu Christi«, sagte Pater Francesco, bevor er den Raum verließ und sich die beiden Polizisten wieder hinter Brian aufbauten.

14

Kennedy Space Center, Florida

Dicke Regentropfen prasselten gegen die Fensterscheibe im dritten Stock des Bürokomplexes, in dem die administrative Leitung des Space Center untergebracht war. Professor James Paul hatte den ganzen Tag über vor Journalisten und Vertretern der Wirtschaft und der Politik über das weitere Vorgehen beim ISS-Projekt referiert. Jetzt war er erschöpft und wollte nur noch nach Hause. Paul hasste diese repräsentativen Termine. Trotz seiner Tätigkeit als Leiter des Raumfahrtprogramms, bei der solcherlei Auftritte zum Alltag gehörten, war er dennoch Techniker geblieben. Im Kreise seiner Mitarbeiter und in den Labors und Werkstätten des Zentrums fühlte er sich am wohlsten. Draußen wurde es dunkel, und der Gewittersturm, der seit drei Stunden über Cape Canaveral wütete, schwächte sich langsam ab. Einen kurzen Moment lang überlegte Professor Paul, ob er nicht noch die Unterlagen für das neue Satellitenantriebssystem mit nach Hause nehmen sollte, doch er entschied sich anders, den heutigen Abend wollte er genießen. Ein Gläschen Wein bei Kerzenschein mit Amanda. Es war Tage her, seit er das letzte Mal seine Frau gesehen und sich mit ihr unterhalten hatte. Amanda wusste, dass es Phasen gab, in denen ihr Mann in Arbeit zu ertrinken drohte und keine Zeit für die Familie hatte. Sie hatte sich daran gewöhnt. Einen hochrangigen Job wie den des verantwortlichen Leiters des NASA-Spaceshuttle-Programms bekam man nicht geschenkt, den musste man sich verdienen.

Professor Paul legte die Akten zurück auf den Schreibtisch und ging zur Tür, als es plötzlich klopfte. Paul schaute auf die Uhr. Es war kurz vor zehn, wer konnte um diese Zeit noch mit ihm sprechen wollen. Er krächzte ein heiseres »Herein«. Seine Stimme war angeschlagen von dem vielen Reden.

Donald Ringwood öffnete die Tür und betrat das Büro. Ringwood war als Personalchef einer der stellvertretenden Leiter. Er hatte an der Eliteuniversität Harvard Betriebswirtschaft studiert und war als Seiteneinsteiger über politische Wege zur NASA gekommen. Ringwood war einen ganzen Kopf kleiner als Paul und hatte eine Glatze. Seine grauen, monotonen Anzüge und die Tatsache, dass er das Hemd bis oben hin geschlossen trug, verstärkten den Eindruck, man habe einen Buchhalter vor sich.

»Ringwood«, grüßte Professor Paul seinen späten Besucher. »Was machen Sie noch so spät hier?«

»Rechnungen und Bilanzen«, antwortete Ringwood.

James Paul lächelte gequält. Für ihn war Ringwood ein Bürokrat, ein notwendiges Übel, das zufällig dasselbe Bürohaus mit ihm teilte. Pauls Sympathien für Donald Ringwood hielten sich in Grenzen. In ganz engen Grenzen sogar. »Gibt es ein Problem?«, fragte Paul und griff nach seinem Regenmantel als unmissverständliches Zeichen, das Feld räumen zu wollen.

Doch Donald Ringwood ignorierte die Geste und reichte ihm ein Schreiben. »Dieses Schreiben von der Universität Chicago – eine Kostendeckungsübernahmeerklärung, die wir gegenzeichnen sollen – ist heute auf meinen Schreibtisch geflattert.« Ringwood schob sich eine schmale Lesebrille auf die Nase. »Es geht hier um die Auslösung für einen gewissen Professor Doktor Thomas Brandon, Psychiater und Psychologe. Ich wusste nicht, dass wir eine Fremdkraft angefordert hätten.«

»Brandon«, sagte Paul. »Das geht schon in Ordnung. Ich habe ihn angefordert.«

»Sie?«

Paul reichte ihm das Schreiben zurück. »Ja, ich. Etwas dagegen?«

»Es geht hier um Reisekosten und Auslösegelder in Höhe von 23 000 Dollar. Ich finde schon, dass es hierfür eine plausible Erklärung geben muss. Schließlich unterschreibe ich für die Richtigkeit der Ausgaben.«

»Und damit haben Sie wohl ein Problem?«, entgegnete James Paul. »Aber ich sage es Ihnen gleich, in nächster Zeit werden Ihnen noch weitere dieser Schreiben auf den Schreibtisch flattern. Leiten Sie einfach die Rechnungen an mich weiter. Ich unterschreibe selbst.«

»Das ist nicht möglich!«, antwortete Ringwood wie aus der Pistole geschossen. »Sie überschreiten Ihre Kompetenz. Unser Budget für administrative Ausgaben ist begrenzt. Da müsste ich zuerst grünes Licht von Direktor Traverston bekommen.«

Professor James Paul blitzte Ringwood ärgerlich an. »Ich weiß nicht, ob es Ihnen klar ist, aber ich bin der Leiter dieser Abteilung. Und ich denke, dass ich durchaus die Kompetenz besitze, um über die Gelder zu verfügen. Außerdem hat mich Direktor Traverston längst autorisiert.«

»Um welchen Bereich geht es denn überhaupt?«, fragte Ringwood.

Ärgerlich warf Paul seinen Regenmantel über den Sessel. »Jetzt hören Sie mir einmal zu«, sagte er laut. »Dort drüben im Hospital liegen zwei Astronauten, die irgendeine Art von Psychose aus dem All mitgebracht haben. Die Männer wurden ausgewählt, weil sie zu den Besten gehören. Sie waren furchtlos, versiert und intelligent. Und nun liegen sie da wie ein Häufchen Elend. Wie ängstliche Tiere kauern sie in ihren Ecken. Und jeden Tag erhalten sie zwei Spritzen mit einem starken Beruhigungsmittel. Das kann so nicht weitergehen. Genau aus diesem Grund habe ich die führenden Köpfe der betreffenden Fachbereiche angefordert. Ich will den Dingen auf den Grund gehen.«

»Aber wir haben doch genügend Ärzte und Spezialisten …«

»Wir haben eine Abteilung für Knochenbrüche und Charakterschulung, aber keine Spezialisten, die im Falle der beiden Astronauten gefragt sind. Ich will die Spitzenklasse, die an den besten Universitäten unseres Landes forscht. Doktor Brown selbst riet mir dazu, Fachleute hinzuzuziehen. Ich habe es mir lange überlegt. Aber ich sage Ihnen etwas, Ringwood. Diese braven jungen Männer haben für uns ihren Arsch riskiert, da ist es nur recht und billig, dass wir ihnen jegliche Hilfe zuteilwerden lassen, die wir kriegen können. Und noch etwas. Ich scheiße auf Ihre Dollars. Sie tun genau das, was ich Ihnen sage. Ich unterschreibe die Rechnungen, und Sie werden die betreffenden Beträge auszahlen. Jeden einzelnen Cent. Und nun, guten Abend.«

Professor James Paul hatte sich in Rage geredet. Er griff nach seinem Regenmantel und stürmte zur Tür und hinaus auf den Flur.

Die Tür fiel lautstark ins Schloss. Donald Ringwood stand verdattert in der Mitte des Zimmers, das Schreiben aus Chicago noch immer in der Hand.

Redaktion ESO-Terra, Cleveland, Ohio

»Ich habe dir ja gesagt, mit Leon gibt es nur Schwierigkeiten«, sagte Brian ungehalten. »Es ist das letzte Mal, dass ich so eine Scheiße mitmache. Ich dachte schon, die lassen mich in diesem Dreckloch verrecken.«

»Immerhin hat es sich gelohnt«, antwortete Porky. »Schließlich hat Leon mit seiner Analyse den Schwindel mit diesen Tränen aufgedeckt.«

»Ja, das hat er, aber zu welchem Preis.«

Brian, Gina und Leon waren vor drei Stunden in Detroit gelandet. Während des Flugs hatte Brian kein Wort mit Leon gesprochen. Gina hatte ihm berichtet, dass Leon oberhalb des Altarbilds eine schmale Ritze im Übergang vom Marmor zum Stuck gefunden habe, aus der das Rostwasser gedrungen sei. Offenbar hatte der Baumeister des Altars die Verbindung der beiden unterschiedlichen Materialien mit kleinen Eisenstiften gesichert.

Aufgrund der Feuchtigkeit in der Lagunenstadt hatte sich die Ritze zusehends vergrößert, und an den Nägeln hatte sich Kondenswasser gesammelt. Auf dem Altarbild darunter hatte sich eine rostige Spur gebildet, die aussah, als würde sie aus den Augen der Muttergottes dringen.

Für Brian war die Aufdeckung des Schwindels nur ein schwacher Trost, waren er und seine Begleiter doch offiziell des Landes verwiesen worden. Letztlich hatten sie ihre Freilassung nur Pater Francesco zu verdanken, der keine Anzeige erstattet, sondern die Aussage Brians bestätigt hatte. Obwohl es zu keiner Anklage kam, hatte der Kommissar die Ausweisung über die Ausländerbehörde veranlasst. Quasi als kleine Genugtuung, da er die vermeintlichen Kunsträuber widerstrebend hatte freilassen müssen.

Brian dachte an die Worte des Geistlichen. »Ich werde dir übermorgen meine Reportage zukommen lassen«, sagte er zu

Porky. »Aber eine Enthüllungsgeschichte darfst du nicht erwarten. Ich werde die Sache in der Schwebe halten und ein wenig Hintergrundwissen über die unzähligen maroden Kirchen im alten Europa einarbeiten. Das muss reichen.«

»Irrtum, Sportsfreund«, entgegnete Porky. »Jetzt, wo die Sache klar ist, werden wir sie ans Kreuz nageln. Den Alten und den Pater mitsamt seiner Kirche. Das ist ein gefundenes Fressen für unsere Leser, findest du nicht?«

Brian schüttelte den Kopf. »Nein, genau das werden wir nicht tun.«

»Und wieso nicht?«

»Weil es Menschen sind. Der Alte, die Kinder und der Pater. Es sind Menschen, die einen Fehler gemacht haben. Sie taten es, weil sie ihre Kirche erhalten wollen und weil es Wahrheiten gibt, hinter die wir niemals blicken können.«

Porky klopfte mit der flachen Hand auf den Schreibtisch. »Der Pfaffe hat dich ganz schön eingewickelt. Sagtest du nicht, dass du dich dem Magazin angeschlossen hast, weil es dir um die Wahrheitsfindung geht? Weil du die Scharlatane und Betrüger entlarven willst. Waren das nicht deine Worte?«

»Ansichten können sich ändern.«

»Aber eine Lüge wird nicht zur Wahrheit, nur weil man die Umstände versteht.«

Brian blickte zu Boden. »Keine Enthüllung, nur allgemeines Blabla. Das muss für diesmal reichen.«

»Es ist deine Story«, antwortete Porky. »Aber vergiss nicht, du bist der Journalist und ich der Redakteur.«

»Keine Enthüllungsstory, basta«, entgegnete Brian und wandte sich zur Tür.

»Und was machst du jetzt?«, rief ihm Porky nach.

»Ich sagte doch, nach der Story mache ich erst einmal Urlaub!«, rief Brian im Gehen.

Porkys Fluchen hörte er nicht mehr.

Camp Springs, Maryland

Professor Wayne Chang blätterte in der Angebotsübersicht der Simpson Electronic Control Ltd. aus San Diego und verglich die technischen Daten des neuen computergesteuerten Wetterdatenmessgeräts mit dem System des Konkurrenzunternehmens Data Control Systems Ltd. aus New Heaven.

Der Alltag hatte Wayne Chang wieder eingeholt. Zusammen mit Schneider und drei weiteren Technikern arbeitete er an dem Projekt *Weatherboard II*, das unter anderem von drei großen interkontinentalen Fluglinien der USA mit finanziert wurde. Es ging darum, Raster in Gegenden zu verkleinern, in denen sich die Wetterbedingungen alle paar Kilometer änderten, um genauere Prognosen treffen zu können. Zu diesen Gebieten zählten etwa das Küstengebiet des Golfs von Mexiko oder die Gebirge des Mittleren Westens. Derart enorme Abweichungen beruhten auf geografischen Bedingungen – Gebirge, Flüsse oder Seen, ausgedehnte Wälder oder Steinwüsten –, die das regionale Wetter beeinflussten. Nur eine feinere Untergliederung der etwa 25 Quadratkilometer großen Rastereinteilungen unter Berücksichtigung der örtlichen Gegebenheiten würde Abhilfe schaffen und dem Wetterdienst zu genaueren Werten verhelfen. In mühevoller Kleinarbeit hatten Chang und sein Team die Wetterdaten der letzten zwanzig Jahre ausgewertet, um festzustellen, wo die Abweichungen zwischen den Vorhersagen und den tatsächlich eingetroffenen Bedingungen so weit auseinanderlagen, dass die Prognose des regionalen Wetterdienstes eher einem Geheimtipp für das Pferderennen glich als einer ernst zu nehmenden Aussage. Nun stand ihr Konzept und konnte in die Praxis umgesetzt werden. Die Installation zusätzlicher Wetterstationen war dazu erforderlich, teilweise in einsamen und gottverlassenen Gegenden.

»Die Anlage aus New Heaven ist deutlich preiswerter, wenn wir uns für sie entscheiden, sparen wir an die vierzigtausend

Dollar Gesamtkosten. Also wenn du mich fragst, dann sollten wir das Risiko eingehen«, sagte Chang und reichte Schneider die Datenblätter der beiden Anlagen. »Die Jungs aus New Heaven arbeiten offenbar günstiger, denn einzelne Bauteile sind nahezu identisch.«

»Hast du mit unseren Ingenieuren gesprochen?«, fragte Schneider.

»Sie haben beide Anlagen für geeignet befunden.«

»Dann verstehe ich deine Skepsis nicht.«

Chang lächelte. »Vor ein paar Jahren habe ich mir einen Wagen gekauft. Es standen zwei zur Auswahl. Beide nahezu identisch. Ich habe den billigeren genommen und hatte drei Monate später einen Motorschaden. Vielleicht bin ich deshalb vorsichtig.«

»Ist das jetzt empirisches Kalkül oder pure Schwarzseherei?«, erwiderte Schneider mit einem Lächeln auf den Lippen.

Die Tür wurde geöffnet, und Abteilungsleiter Norman Grey betrat das Büro. »Professor Chang, Dr. Schneider, ich habe gehört, dass Sie für die Umsetzungsphase bereit sind«, sagte er zufrieden. »Damit sind wir dem Zeitplan sogar um einen Monat voraus. Das trifft sich gut.«

Chang schaute Grey fragend an.

»Wayne, ich erhielt heute einen Anruf von der NASA aus Cape Canaveral«, fuhr Grey fort. »Wie Sie wissen, hatten sie vor Kurzem ein Problem bei der Landung einer Raumfähre. Das Shuttle ist vor der kalifornischen Küste in einen Sturm geraten und wurde von einem Blitz getroffen. Sie haben eine Untersuchungskommission eingerichtet und wollen einen Spezialisten von uns dabeihaben, und zwar Sie.«

»Warum ausgerechnet mich?«

»Offenbar haben die Leute von der NASA Ihren Aufsatz über die Anatomie der Blitze im *Science Magazine* gelesen. Nächsten Dienstag beginnt die Kommission zu tagen.«

»Aber wir haben hier noch alle Hände voll zu tun«, gab Chang zu bedenken. »Wir müssen noch …«

»Ich denke, Schneider schafft das schon«, fiel ihm Grey ins Wort. »Professor Paul hat mich gebeten, Sie freizustellen. Es scheint, dass er wirklich eine harte Nuss zu knacken hat. Er weiß auch, dass er Sie nicht zwingen kann, aber er machte deutlich, dass es um die Sicherheit der Astronauten bei künftigen Missionen geht. Ich denke, Sie sollten es sich zumindest einmal anhören. Ich kenne den Mann, wenn er um Hilfe bittet, dann ist es sehr ernst.«

Wayne dachte einen Augenblick nach. »Dienstag, sagten Sie?«

»Dienstag um elf Uhr im Kennedy Space Center. Flug, Abholung und Unterkunft sind organisiert, ein Ticket ist hinterlegt. Sie müssen nur noch die Koffer packen.«

»Eigentlich wollten wir in der nächsten Woche mit der Installation der Stationen beginnen«, überlegte Chang laut.

»Mensch, Wayne, ein Job bei der NASA«, meldete sich Schneider zu Wort. »Da würde ich keine Sekunde überlegen. Schließlich genießen die noch immer einen ausgezeichneten Ruf, auch wenn in der letzten Zeit ein paar Dinge schiefgelaufen sind.«

»Schneider hat recht. Diese Mission wird Ihrer Reputation bestimmt nicht schaden.«

Wayne Chang erhob sich. »Schon gut, schon gut. Ich gehe ja, wenn ihr mich unbedingt loswerden wollt ...«

Socorro, New Mexico

Sheriff Dwain Hamiltons Ärger war verflogen. Den Besuch von Captain Howard von der State Police hatte er längst vergessen. Hamilton hielt nicht viel vom Captain. Seit seiner Wahl vor drei Jahren, als Howard als einziger Gegenkandidat antrat und letztlich die Segel streichen musste, war ihr Verhältnis gespannt. Howard machte Hamiltons Onkel, den Senator, für seine Niederlage verantwortlich. Auch wenn dies gar nicht stimmte, so erzählte Howard jedem, dass er nicht an Dwain Hamilton, sondern an dessen Onkel, dem Senator Joseph F. Hamilton, gescheitert war.

Inzwischen hatte er sich von seinem Kontaktmann bei der State Police eine Kopie der kompletten Akte des tot aufgefundenen jungen Mannes vom Coward Trail besorgt. Es wurmte ihn, dass mitten in seinem County die Leiche eines Mannes gefunden wurde und er weder wusste, wer der Mann war, noch unter welchen Umständen er zu Tode kam. Wenige Zentimeter hatten entschieden, dass der Fall in den Zuständigkeitsbereich der State Police gehörte und nicht in seinen. Doch das würde ihn nicht daran hindern, seine Privatermittlungen fortzuführen. Howard war ein Schwachkopf, der nicht einmal wusste, dass seine Frau es mit einem anderen trieb, während er im Büro saß und das Geld verdiente. Dabei war das längst ein offenes Geheimnis.

Für einen kurzen Moment dachte Dwain an seine eigene Frau, die ihn vor ein paar Monaten verlassen hatte. Von Anfang an hatte sie sich in der kleinen Stadt am Rio Grande unglücklich gefühlt. Vor seiner Wahl zum Sheriff hatte Dwain eine Ranch in der Nähe der Cave Pearls bei Carlsbad verwaltet, und Margo hatte die gewohnte Umgebung und vor allem ihre geliebten Pferde nie verlassen wollen. Sie war gegen seine Bewerbung als Sheriff im Socorro County gewesen. Schließlich hatte Dwain seinen Kopf durchgesetzt, und Margo war mit ihm gegangen. Doch nun war sie weg, endgültig, wie es schien.

Der Sheriff atmete tief ein und blätterte in der Aktenkopie, die vor ihm lag. *Unknown – Coward Trail*, stand auf dem Einband. Dwain schlug die erste Seite auf. Eine kurze Zusammenfassung des Sachverhalts. Das Ende eines Menschenlebens in knappen, sachlichen Worten. Auf den folgenden Seiten Fotos vom Fundort und der Leiche, der Spurensicherungsbericht und die Protokolle von Zeugenvernehmungen und zum Schluss der ärztliche Bericht des Leichenbeschauers und der Obduktionsbericht der Gerichtsmedizin. Insgesamt 122 Seiten. Kein Name des Toten, kein Hintergrund, keine Lebensgeschichte. *Unknown* – nähere Umstände nicht bekannt. Dwains ungeordnete Gedanken konzentrierten sich langsam auf eine einzige Frage: Wer war der Tote vom Coward Trail?

Er trug eine Schlafanzughose, das hieß, er konnte kein Landstreicher sein, denn sonst wäre er sicherlich in irgendeiner Stadt aufgefallen und wegen Erregung öffentlichen Ärgernisses vom Sheriff verwarnt worden. Er trug ein Sweatshirt mit der Aufschrift *POW*. Es war, das hatte Dwain mittlerweile in Erfahrung gebracht, tatsächlich eines der Shirts, mit denen die Army ihre Kriegsgefangenen in den Lagern ausstattete. Zwar gab es ähnliche Shirts im Handel zu kaufen, jedoch war die Qualität des Shirts, das der Tote trug, mit der des Militärs identisch.

Verwunderlich und mysteriös waren die Male am Körper des Toten, die offensichtlich von einer ärztlichen Behandlung herrührten. Deutliche Male am Brustkorb und am Kopf, die von Elektroden stammen mussten. Doch in den umliegenden Krankenhäusern fehlte kein Patient.

Noch mysteriöser war die mutmaßliche Todesursache, die in einem toxikologischen Gutachten festgestellt worden war. Für den Tod war eine Überdosis eines Medikaments verantwortlich, das auf der Basis von Meskalin hergestellt wurde. Zusätzlich wurden Spuren von LSD und Natriumpentathol im Gewebe des Toten gefunden. Dwain hatte in der städtischen Bibliothek nachgeschlagen und das Internet bemüht. All diese Substanzen kamen in ganz speziellen Drogen vor – in bewusstseinserweiternden oder sogenannten Wahrheitsdrogen.

War der Tote ein Kriegsgefangener? Doch aus welchem Land konnte er stammen?

Anthropologisch war er dem alten Europa, genauer gesagt Irland zuzuordnen. War er ein IRA-Kämpfer, der Anschläge gegen englische Einrichtungen in den USA vorbereitet hatte? Dann müsste er jedoch als vermeintlicher Terrorist in einem Staatsgefängnis sitzen und nicht in einem Internierungslager der Army.

Sicherlich, das Kriegsrecht barg für den Staat mehr Möglichkeiten zur Restriktion. Es gab keine Richter, keine Anwälte, die Fragen stellten, es gab keine Presse und keine Beobachter von außen. Die USA waren ein freiheitlicher Staat, der die Menschenrechte achtete, zumindest sollten das die Menschen glauben. Wenn es Übergriffe gab, so wie in den Gefängnissen im Irak, dann waren es Einzelfälle einiger übereifriger Bewacher. Dwain hingegen wusste, wie das System funktionierte. Zwei Tage zuvor hatte er einen Artikel in einem Magazin gelesen, wonach auch US-Bürger, die mit dem Islam sympathisierten, damit rechnen mussten, nach dem Kriegsrecht behandelt zu werden. War der Tote vielleicht ein amerikanischer Islamist, der nach Kriegsrecht verhaftet und bei der Befragung nach Komplizen unabsichtlich mit einer Überdosis einer Wahrheitsdroge getötet worden war? Waren die Ermittlungen der State Police deswegen so wenig gründlich und so wenig effektiv? Dwain hielt diese Theorie für recht plausibel. Aber wie gelangte der junge Mann dann auf den Parkplatz am Coward Trail? Vielleicht erbrachte die Überprüfung der DNA-Analyse doch noch einen Hinweis. Außerdem war es an der Zeit, einmal im Marine Training Camp bei Magdalena vorbeizuschauen.

Der Sheriff blätterte weiter und stieß auf die Vernehmungsniederschrift von Crow, dem alten Indianer, der die Leiche auf dem Parkplatz zwischen den Mülltonnen gefunden hatte. Er wollte schon weiterblättern, als er die letzte Frage des vernehmenden Beamten las: »Haben Sie etwas Ungewöhnliches auf dem Parkplatz bemerkt – Fahrzeuge, Personen oder sonst eine Auffälligkeit?« Crow antwortete: »Eigentlich war alles wie immer. Ich bin auf den Parkplatz gefahren und habe in der Nähe der Mülltonnen geparkt, so wie ich es jeden Tag tue. Moment, doch, ich erinnere mich. Ein dunkler Pick-up, ein älteres Modell, fuhr vom Parkplatz, als ich in die Zufahrt einbog. Der Wagen fuhr in Richtung Albuquerque weiter.«

Dwain Hamilton las die Zeilen erneut. Crow hatte womöglich

eine wichtige Beobachtung gemacht. Eine nähere Beschreibung konnte er zwar nicht abgeben. Ein älterer, dunkler Pick-up. Es gab unzählige solcher Wagen im Socorro County. Vielleicht sollte er selbst noch einmal mit Crow reden.

Long Point View, Kanada

Brian war stinksauer. Er warf den Korrekturabzug in die Ecke. Er hatte gute Lust, nach Cleveland zu fahren und sich Porky vorzuknöpfen. Eines wusste er jedoch mit Sicherheit: Seine Tätigkeit für das Magazin *ESO-Terra* war beendet. Um die Verkaufszahlen zu steigern, hatten sie seinen sachlich gehaltenen Artikel zu einer sensationslüsternen Story umgewandelt, in der der alte Küster, die Kinder, Pater Francesco, ja sogar die Kirche des Schwindels und der Lüge bezichtigt wurden. Bei aller Freundschaft zu Porky und bei allem finanziellen Druck, dem sich der Chefredakteur beugen musste, aber das ging zu weit. Brian war kein Enthüllungsjournalist, der über Leichen ging. Wenn jemand bewusst und aus kommerziellen Gründen die Allgemeinheit hinters Licht führte, dann war es etwas anderes, dann hatte dieser Mensch es verdient, vor der Öffentlichkeit bloßgestellt zu werden. Doch wenn Kinder zu Leidtragenden wurden, dann sah er es als seine journalistische Pflicht, sie zu schützen.

Außerdem, wer weiß, vielleicht war ja doch etwas dran an der Illumination, allerdings in der Form, wie sie der Alte Padre Francesco anvertraut hatte. Brian rief sich sein letztes Gespräch mit dem Pater ins Gedächtnis zurück. Die Stürme, die zurzeit wüteten, waren keine Illusion, keine Fantastereien, sie waren Realität. Selbst Meteorologen und namhaften Klimaforschern gaben die Zyklone Rätsel auf. Manche unter ihnen sprachen – so hatte er auf dem Rückflug im *Science Magazine* gelesen – von den Vorboten einer nahenden Klimakatastrophe.

Waren Paolo Parrottas Visionen am Ende real? Hatte ihm die Mutter Maria tatsächlich ein Zeichen gesandt, damit er die Menschen warnen konnte? Brian würde es wohl nie erfahren. Der alte Küster würde nun als Lügner und Betrüger öffentlich an den Pranger gestellt werden. Und unter dem Artikel würde Brians Name stehen.

Brian schaute auf die Uhr. Es war kurz nach zehn Uhr abends. Vor knapp einer halben Stunde war er aus der Einsamkeit der kleinen Insel östlich von Long Point zurückgekehrt und hatte den Korrekturabzug in seinem Briefkasten vorgefunden. Auf dem Kuvert war keine Briefmarke. Porky hatte ihn persönlich im Postkasten deponiert. War er hier, um mit ihm zu reden? Aber nun war es zu spät. Vor einer Stunde waren die Druckmaschinen angelaufen.

Nachdem er vor zwei Tagen aus Venedig zurückgekehrt war, hatte er noch immer unter den Nachwirkungen seiner Inhaftierung gelitten. Das Gefühl, ersticken zu müssen, hatte ihn bis nach Kanada verfolgt. Deshalb hatte er noch am selben Abend das Boot klargemacht, sich den Schlafsack geschnappt, Proviant eingeladen und war hinaus auf die kleine unbewohnte Insel unterhalb von Bakers Whole gefahren. Unter freiem Himmel, abseits der Zivilisation hatte er geschlafen und den Duft der Freiheit eingeatmet. Die Mücken und Stechfliegen hatte er sich mit dem Wundermittel von Juan Andreas Casquero vom Leibe gehalten. So war der Duft der Freiheit zwar zeitweilig durchsetzt von Dieselgestank, vermischt mit dem Geruch nach Babyöl, doch es hatte geholfen, so wie damals an den Ufern des Orinoco.

Brian griff zum Telefon. Das rote Licht des Anrufbeantworters blinkte hektisch. Er wählte die Nummer der Redaktion, doch niemand meldete sich. Mit einem Fluch auf den Lippen warf er den Hörer zurück auf die Gabel. Dann drückte er auf die Abspieltaste des Anrufbeantworters. Acht Nachrichten waren darauf gespeichert. Viermal vernahm er nur ein Knacken, der Anrufer hatte aufgelegt. Dreimal hatte Porky angerufen und um Rückruf gebeten. Der letzte gespeicherte Anruf war am heutigen Mittag erfolgt. Brian schaltete den Lautsprecher an:

»Brian Saint-Claire, ich bin Professor James Paul von der NASA in Cape Canaveral. Ich habe Ihren Artikel über die Indiofrau in Venezuela gelesen. Wir benötigen Ihre Hilfe in einer speziellen Angelegenheit. Ihre Erfahrungen, die Sie in Venezuela gemacht haben, könnten für uns außerordentlich wichtig sein. Ich bitte Sie dringend um einen Rückruf. Meine Rufnummer lautet 5 55-30 00-87 89.«

Brian hörte die Nachricht noch einmal ab. Einen Augenblick dachte er an die Schamanin der Warao-Indianer. Er fühlte sich ein wenig schuldig, weil er sich nicht mehr nach ihr erkundigt hatte, obwohl er Juan damals versprochen hatte, ihn anzurufen.

»Na, Brian Saint-Claire«, sagte er zu sich. »Was meinst du? Sollst du dich bei der NASA melden?« Er überlegte. Die Aussicht erschien ihm reizvoll. »Ach, was soll's«, sagte er und griff zum Telefon.

Kennedy Space Center, Florida

Suzannah Shane war vor einer Stunde auf dem Flughafen von Orlando gelandet. Ein Pilot der NASA hatte sie dort erwartet und mit einem Hubschrauber zum Space Center geflogen. Eine Angestellte hatte sie begrüßt und zu einer kleinen Bungalowsiedlung abseits der Ausstellungsfläche geführt. Dort zeugten verschiedene Raketenmodelle in Originalgröße von den vergangenen fünfzig Jahren der Raumfahrtgeschichte. Für Suzannah, die zum ersten Mal auf Cape Canaveral weilte, war es ein aufregender Moment, als sie vor einer Luna-Fähre stehen blieb, mit der fünfunddreißig Jahre zuvor die Astronauten auf dem Mond gelandet waren.

»Ist dieses Modell nicht ein wenig klein?«, fragte sie ihre Begleiterin.

»Modell?«, erhielt sie zur Antwort. »Das ist kein Modell. Das ist die Ausführung XA-2. Mit einer Landefähre des gleichen Typs waren unsere Astronauten 1971 tatsächlich auf dem Mond.«

»So klein?«

»Größe bedeutet Gewicht, und Gewicht bedeutet Schubkraft und Energie«, antwortete die Angestellte der NASA. »Im All geht es eben etwas kuscheliger zu.«

Suzannah nickte. Die Frau führte sie zu einem Bungalow und öffnete die Tür. »Ich hoffe, die Umgebung genügt Ihren Ansprüchen. Ich denke, Sie wollen sich erst einmal frisch machen. Der Rest des Gepäcks wird Ihnen gebracht. Ich erkläre Ihnen kurz die Bedienung der Klimaanlage.«

Suzannah ging an der Frau vorbei und warf einen Blick in das Apartment. Es war luxuriös eingerichtet.

»In zwei Stunden werde ich Sie abholen und zu unserem Kasino im Administrationsbereich führen. Professor Paul wird Sie am Nachmittag persönlich begrüßen. Er ist derzeit noch mit Organisatorischem beschäftigt. Ich hoffe, Sie fühlen sich wohl bei uns.«

Suzannah warf der Angestellten einen freundlichen Blick zu. »Vielen Dank.« Eine heiße Dusche und ein wenig Ruhe würden ihr nach dem unruhigen Flug guttun.

Fünf Minuten später brachte ein weiterer Angestellter die beiden noch fehlenden Gepäckstücke. Suzannah war geneigt, ein Trinkgeld zu geben, doch sie verkniff es sich. Schließlich war dies hier kein Hotel, obwohl es beinahe den Anschein hatte. Sie war mitten im Heiligtum der NASA, und sie genoss die großartige Atmosphäre.

15

Taylor County, Florida

Cäsar war wie vorausberechnet auf das Festland von Florida zugerast. Er hatte sich nur mäßig abgeschwächt, und seine Windgeschwindigkeit lag noch bei über 220 Stundenkilometer. Seit Tagen gab das National Hurricane Center in Miami Sturmwarnungen aus. Mit voller Wucht traf der Sturm das Taylor County. Die Menschen um Perry hatten sich auf das Inferno vorbereitet. Viele waren ins Landesinnere geflohen und hatten einen Teil ihres Hab und Guts mitgenommen, nachdem sie ihre Häuser mit dicken Holzbohlen gesichert hatten. Eine riesige Flutwelle traf die Küste und überspülte Keaton Beach.

Stände, Hütten und verlassene Wohnwagen wurden von den Wassermassen mitgerissen. Bäume wurden entwurzelt. Der Wind ließ nicht lange auf sich warten. In den Nachmittagsstunden brach der Sturm los. Der Himmel verdüsterte sich, und bald war es so dunkel wie bei Anbruch der Nacht. Der Hurrikan hinterließ eine breite Schneise der Zerstörung.

Einige Unverbesserliche, die den Sturmgewalten trotzen wollten und sich zwischen Keaton Beach und Salem in eine Farm zurückgezogen hatten, wurden einfach mitsamt ihrem Gebäude davongetragen. Bei Hampton Springs wurden riesige Strommasten umgeknickt, als wären sie aus Streichhölzern, und vor Athena hob der Wind das Dach eines Tanzcafés in die Luft und riss es mit sich fort. Das Wüten nahm kein Ende. Blitze zuckten durch den Nachmittag, und Regenmassen ergossen sich aus den dunklen Wolken. Die Sümpfe verwandelten sich in glitzernde Seen, und der Regen überflutete die Keller, in denen Menschen Zuflucht gesucht hatten.

Bis hinauf nach Perry zog sich bald die Spur der Vernichtung, und sie schien kein Ende nehmen zu wollen. Das National Hurricane Center aktualisierte die Warnungen in Minutenabständen. Wenn sich seine Geschwindigkeit nicht abschwächte, würde der Sturm bis tief hinein nach Georgia wandern.

Es war kurz vor zwei Uhr nachmittags, als *Cäsar* über Perry hinwegfegte und ganze Stadtteile verwüstete. Die einfachen Wohngebäude am Stadtrand hielten den mächtigen Windgeschwindigkeiten nicht stand. Wie Kartenhäuser stürzten sie ein und begruben die Menschen unter sich. In ein Kaufhaus an der Mainstreet schlug ein gewaltiger Blitz ein. Der Gastank vor der

Halle explodierte, und eine gewaltige Stichflamme stob in den Himmel und wurde vom Wind verteilt. Überall brachen Brände aus. Feuer, Wind und Wasser – die entfesselten Elemente – tobten sich aus und zerstörten weite Teile des Landstrichs. Dörfer und Gehöfte, ganze Stadtteile wurden vom Sturm hinweggefegt, gingen in den Fluten unter oder fielen der Feuersbrunst zum Opfer. Die Hölle hatte ihre Pforten geöffnet und spie Tod und Vernichtung über das Land. Die Menschen mussten tatenlos zusehen, wie ihnen der Hurrikan alles nahm, was sie sich erschaffen hatten.

Doch das Inferno sollte noch kein Ende haben. Nachdem er Perry heimgesucht hatte, änderte der Sturm plötzlich und vollkommen überraschend seine Richtung und nahm Kurs auf Tallahassee. Zerstörung und Tod hatten gerade erst begonnen.

Socorro, New Mexico

Eine ausgesprochen dunkle Nacht hatte sich über das Socorro County gelegt und hüllte das Land ein wie ein Kokon. Wind war aufgekommen, und das Schild an Betty's Bar schaukelte quietschend hin und her. Sheriff Dwain Hamilton blickte gebannt auf den kleinen Fernseher, der in der Funkzentrale flimmerte. Vor ihm am Funktisch saß Donna Rosenberg, und ihre Augen füllten sich mit Tränen, als die ersten Bilder von den Verwüstungen Perrys über die Mattscheibe liefen. Bereits über dreißig Todesopfer gab es zu beklagen. Die Schäden hatten die Milliardengrenze erreicht, und noch immer tobte sich der Sturm über dem Land aus. Für das Live Oak County galt Warnstufe eins. In weniger als drei Stunden würde *Cäsar* in die Stadt einfallen.

»Die armen Menschen«, sagte Donna Rosenberg.

Der Sheriff schaute aus dem Fenster. Der Wind nahm zu. »Wer ist draußen?«, fragte Hamilton die Funkerin.

Donna wandte sich zu ihm um. »Tonio und John sind drüben in San Antonio, und Carlos ist auf der Sechzig.«

Hamilton hatte seine dicke Jacke übergestreift und den Hut aufgesetzt.

»Willst du ebenfalls noch raus?«, fragte Donna.

Er nickte. »Es braut sich ein Sturm zusammen. Ich will im Cibola mal nach dem Rechten sehen. Ich nehme den Maverick.«

Zwanzig Minuten später bog Sheriff Hamilton mit seinem Wagen unweit von Magdalena in eine kleine Straße ab, die in den Cibola National Forest führte. Der Wind hatte nachgelassen, jedoch türmten sich dichte Wolken über dem Wald auf. Bald würde es regnen. Die Scheinwerfer seines Wagens fraßen sich durch die Dunkelheit. Bäume flogen im Scheinwerferlicht an ihm vorbei, schließlich kam er an eine Weggabelung. Er schaute auf die Uhr. Es war kurz vor Mitternacht. Er lenkte den Wagen an den Straßenrand und ließ die Seitenscheibe herunter. Stille herrschte im Wald. Selbst die Tiere schienen sich vor der bedrohlichen Schwärze in Sicherheit gebracht zu haben. Irgendwo hier am Fuße des Mount Baldy musste die Straße hinüber zum Marines Training Center führen. Dwain öffnete die Tür. Plötzlich zerriss ein Knall die Stille. Ein greller Blitz zuckte auf die Erde herab, und Dwain schloss geblendet die Augen. Die Wolken zerbrachen, und dicke Regentropfen stürzten aus dem Himmel herab. Mit einem Fluch auf den Lippen schloss Dwain die Tür und ließ das Fenster hoch. Der Wolkenbruch nahm ihm die Sicht. Selbst bei höchster Stufe waren die Scheibenwischer überfordert. Bei diesem Wetter konnte er die Fahrt zum Militärcamp vergessen.

Er startete den Wagen und wendete. Er fuhr zurück auf die Straße nach Magdalena. Doch kaum war er eingebogen, sah er die Rückleuchten eines Wagens, der neben der Straße in einem Graben lag. Er schaltete das Rotlicht ein und hielt an. Im Scheinwerferlicht erkannte er einen Pick-up mit einem Kennzeichen aus New Mexico. Dwain zog den Reißverschluss seiner Jacke zu, setzte den Hut auf und griff nach seiner Taschenlampe. Bevor er ausstieg, lockerte er den Sicherungsbügel seines Holsters. Der 45er war geladen. In der Einsamkeit des Cibola Forest wollte er gewappnet sein. Vielleicht sollte er kurz im Office Bescheid geben. Dwain griff nach dem Funkhörer, doch das Gerät blieb tot. Schließlich stieg er aus und ging vorsichtig, in gebückter Haltung auf den Pick-up zu. Mit der einen Hand hielt er den Strahl der starken Taschenlampe auf das Führerhaus gerichtet, während seine andere Hand das Griffstück seiner Pistole umfasste. Die Ladefläche des alten roten Dodge war leer. Wachsam leuchtete er durch die Seitenscheibe. Schemenhaft erkannte er den Oberkörper eines Mannes mit grauen Haaren, der, mit einem karierten Hemd bekleidet, quer auf der Sitzbank des Wagens lag. Mit einem Ruck riss der Sheriff die Tür auf und zielte mit der Waffe auf den Liegenden. Plötzlich richtete sich der Insasse des Pick-up auf. Mit weit aufgerissenen Augen starrte er in den Strahl der Taschenlampe.

»Sie sind gekommen!«, schrie der Grauhaarige. Panisches Entsetzen lag in seinen Augen. »Sie sind aus den Wolken gefallen. Das Böse ist gekommen, um mich zu holen!«

»Jack?«, antwortete Dwain Hamilton fragend und nahm die Taschenlampe herab. »Jack Silverwolfe?«

»Rote Scheiben fliegen über den Himmel. Mein Gott, sie kommen!«

Der alte Mann sackte zusammen und drohte aus dem Wagen zu kippen. Dwain fing ihn auf, bevor er im feuchten Gras landete, und stellte ihn auf die Füße.

»Jack, beruhige dich!«, schrie Dwain. »Ich bin es, Sheriff Hamilton. Was ist passiert?«

Alkoholdunst stieg ihm in die Nase, als der Alte den Kopf hob und Dwain in die Augen blickte.

»Ihr seid nicht gekommen, um mich zu holen?«

»Mein Gott, Jack, du bist sturzbetrunken!«

Nur mühsam hielt sich der Alte auf den Beinen. Er deutete in den Himmel. »Dort oben habe ich sie gesehen. Sie werden wiederkommen, ich kann es fühlen.«

»Ich weiß, was du fühlen kannst«, sagte Dwain Hamilton neckend. »Den Mescal von Tante Gippy, den spürst du. Warst du in Dusty, oder hast du dir den Fusel im Wagen hinter die Binde gekippt?«

Jack Silverwolfe machte eine abwehrende Geste. »Nichts verstehst du, gar nichts.«

Durch den Regen führte Dwain den Alten zum Streifenwagen und setzte ihn auf den Rücksitz. Nachdem er den Schlüssel des Pick-up abgezogen, das Licht ausgeschaltet und den Wagen abgesperrt hatte, setzte er sich hinter das Steuer des Maverick. Der Regen hatte seine Jacke durchdrungen, und er fröstelte.

»Wegen dir werde ich morgen einen schönen Schnupfen haben«, sagte Dwain zu dem Alten. »Ich werde dir jetzt erst einmal zu einem warmen Plätzchen verhelfen. Aber kotz mir bloß nicht den Wagen voll.«

Dwain startete den Wagen und schaltete die Heizung ein.

»Ich habe sie gesehen«, murmelte Jack Silverwolfe. »Ich habe sie gesehen. Er hat mir gesagt, dass sie aus den Wolken kommen, bevor er seine Augen für immer geschlossen hat. Er war noch so jung, aber er hat es gewusst.«

Dwain horchte auf. »Wer hat es gewusst?«

»Sie haben ihn mitgenommen und untersucht. Dann haben sie ihn einfach weggeworfen.«

Dwain bremste so jäh, dass Jack mit dem Gesicht gegen das Sicherheitsnetz prallte, das den Fahrer vor möglichen Aggressionen von Festgenommenen schützte.

»Von wem redest du, zum Teufel?«, schrie Dwain den alten Mann an. »Was weißt du über den Toten?«

»Sie waren da, ganz nah. Oben am Himmel. Ihre Augen sind rot wie die feurige Glut. Sie werden kommen, und die Welt wird verbrennen.«

»Verdammt! Reiß dich zusammen. Du hast von einem Toten gesprochen, der untersucht wurde. Was weißt du darüber?«

»Ich bin … ich bin … mir dreht sich alles … ich kann nicht!«

Ein Schwall Erbrochenes spritzte durch das Netz und beschmutzte Dwains Jacke. Dwain fluchte. Der Alte ließ sich zufrieden zurücksinken und schloss die Augen.

Der Sheriff rief laut seinen Namen, doch der Alte reagierte nicht. Nur das Rasseln seines Atems erfüllte die Stille. Der Regen hatte aufgehört, das Gewitter hatte sich verzogen.

Dwain legte den Gang ein und fuhr über die nasse Straße nach Socorro. Vor der Stadtgrenze griff er zum Funkgerät und rief die Zentrale.

»Verdammt! Dwain, wo waren Sie nur!«, antwortete ihm Donnas vorwurfsvolle Stimme. »Sie glauben gar nicht, was hier los war. Ein Anruf jagte den anderen. Insgesamt habe ich siebzig Notrufe registriert.«

»Wegen des Sturms?«

»Hier drehen alle durch. Die Leute wollen Ufos über dem Bosque gesehen haben. Rot glühende Scheiben sollen dort herumgeflogen sein. Ich habe so etwas noch nicht erlebt.«

»Ufos, sagst du?«

»Wenn ich es doch sage! Erwachsene Menschen, du wirst es nicht glauben. Sogar Dr. Strauss vom Krankenhaus hat angerufen. Ich habe Carlos hinuntergeschickt, aber außer Blitze hat er nichts entdeckt. Ich glaube, hier drehen langsam alle durch. Wo bist du jetzt?«

»Ich komme von Magdalena herüber. Ich habe den alten Jack Silverwolfe an Bord. Er ist betrunken und mit seinem Wagen in den Graben gerutscht. In zwanzig Minuten bin ich bei dir. Gehen immer noch Anrufe wegen der Sache ein?«

»Nein, nicht mehr, seit das Gewitter losgebrochen ist.«

»Ich beeile mich«, versicherte Dwain und schob den Hörer zurück in die Halterung.

Ein kurzer Blick streifte den alten Mann auf dem Rücksitz. War Jack Silverwolfe doch nicht im Delirium? Hatte er tatsächlich eine ungewöhnliche Beobachtung gemacht? Und was hatte es mit dem toten Jungen auf sich, von dem er gefaselt hatte?

Dwain kannte den alten Jack seit Jahren. Der alte Mann hielt sich für einen der letzten Medizinmänner der Navajos und lebte außerhalb des Reservats in einer Hütte am Rio Salado. Im Winter schnitzte er kleine Holzfiguren, die er an Touristen verkaufte, und im Sommer stellte er Fallen auf und lebte vom Fischen. Jack trank gern mal einen über den Durst, und zwar den hochprozentigen Kakteenschnaps, den Tante Gippy nach einem alten Rezept herstellte. Es hieß, das Zeug sei so stark, dass es Löcher in Autotüren fraß. Natürlich war das eine Übertreibung, aber Dwain hatte in der Tat noch keinen stärkeren Alkohol getrunken. Er gab Gas. Mittlerweile roch es so penetrant nach Erbrochenem, dass er die Scheibe öffnen musste. Der Alte schlief friedlich weiter. Sein Brustkorb hob und senkte sich gleichmäßig. Es blieb keine andere Wahl, er musste warten, bis Jack wieder nüchtern war, bevor er ihn weiter befragen konnte. Was wusste Jack Silverwolfe über den Toten vom Coward Trail?

Socorro, New Mexico

Dwain Hamilton war noch lange wach gewesen. Es war zu spät geworden, um noch nach Hause zu fahren. Kurzerhand hatte er es sich in dem Sessel in seinem Büro gemütlich gemacht. Als er gegen sieben Uhr morgens erwachte, fühlte er sich wie gerädert. Augenblicklich wanderten seine Gedanken zu Jack Silverwolfe; er wollte mit ihm reden, sobald dieser wieder ansprechbar war. Was wusste der alte Indianer von der Leiche des jungen Mannes am Coward Trail? Er hielt es für durchaus möglich, dass Jack am Fundort der Leiche gewesen war, schließlich fuhr er einen alten roten Pick-up. Sicherlich, in diesem Landstrich waren solche Wagen weit verbreitet, sie waren praktisch und komfortabel. Selbst zwei Deputys aus seinem Office fuhren Pick-ups.

Er wusch sich und streifte das beige Diensthemd über. Im Spiegel betrachtete er sein Gesicht. Eine neue Falte hatte sich zu den bereits vorhandenen unter seine müden Augen gesellt. Er sah übernächtigt und krank aus. Als das Telefon klingelte, beendete er seine Morgentoilette.

»Hallo, mein Junge«, dröhnte die sonore Stimme von Joseph Hamilton, Dwains Onkel, aus dem Lautsprecher. »Ich wollte mal hören, wie es dir geht. Hast dich ganz schön rar gemacht in letzter Zeit.«

Dwain verzog das Gesicht. Onkel Joe hatte recht, in der letzten Zeit hatte er sich wirklich nicht oft bei ihm gemeldet, obwohl der Senator eine Art Vaterersatz für ihn war. Sein schlechtes Gewissen trieb ihm die Röte ins Gesicht. Einen kurzen Augenblick suchte er nach einem Vorwand. Schließlich sagte er: »Ich habe gerade eine Menge um die Ohren. Vor Kurzem hatten wir eine Leiche in der Nähe der Interstate und wissen noch immer nicht, wer der Tote ist.«

»Ich habe davon gehört. Aber ist nicht die State Police für den Fall zuständig?«

Dwain schnaubte verächtlich. »Du glaubst doch nicht, dass Howard auch nur einen Schritt in der Sache weiterkommt.«

»Das ist nicht die Frage.«

»Während Howard in seinem Büro Däumchen dreht, habe ich mittlerweile eine heiße Spur. Ich habe gestern mit dem alten Jack gesprochen. Möglicherweise weiß er etwas über den Toten.«

»Der alte Jack …?«

»Ein Indianer, der in einer Hütte am Rio Salado haust. Offenbar hat er mit dem Toten vor dessen Ableben gesprochen. Ich werde mir den alten Jack heute noch vornehmen.«

»Verbrenne dir bloß nicht die Finger«, mahnte Onkel Joe. »Captain Howard wird es nicht gerne sehen, wenn ausgerechnet du dich in seine Angelegenheiten mischst.«

»Ich habe alles im Griff, keine Angst«, beschwichtigte Dwain. »Wenn etwas an der Sache dran ist, dann kann ich Howard immer noch informieren.«

»Ich hoffe, du weißt, was du tust, mein Junge«, antwortete der Senator. »Eigentlich wollte ich fragen, ob du am Sonntag mit mir zu Mittag essen willst. Wir haben eine neue Zuchtstute, die ich dir gern zeigen würde. Also, Sonntag um elf?«

Dwain seufzte leise. »Leider muss ich dich enttäuschen, aber ich ersticke in Arbeit. Vielleicht ein andermal.«

»Gut«, entgegnete Onkel Joe. »Aber lass dir nicht wieder sechs Wochen Zeit. Jetzt, wo Margo verschwunden ist, brauchst du jemanden, der sich um dich kümmert.«

»Ich verspreche, ich melde mich.« Dwain legte auf und verließ sein Büro. Im Wachraum saß Deputy Lazard hinter dem Schreibtisch des Wachhabenden.

Der junge Mann blickte auf, als der Sheriff vor dem Schreibtisch stehen blieb. »Du siehst schrecklich aus. Muss eine anstrengende Nacht gewesen sein.«

»Gab es noch etwas?«

Lazard lächelte. »Der Sturm hat die Spinner ins Bett getrieben. Donna hat über siebzig Anrufe erhalten. Alle wollen ein Ufo am Himmel gesehen haben. Sogar Pastor Nash war unter den Anrufern. Weder Antonio noch Carlos haben etwas entdeckt. Wahrscheinlich war es das Gewitter. Wetterleuchten über dem Bosque und irgendeine Luftspiegelung in den Wolken.«

»Vermutlich hast du recht«, erwiderte der Sheriff. »Ist Jack schon ansprechbar?«

»Er hat sich bereits um sechs lautstark zu Wort gemeldet. Ich habe ihm erklärt, dass du mit ihm reden willst. Er hat sich auf die Pritsche gesetzt und meditiert. Vor fünf Minuten hat der versoffene Spinner noch immer im Schneidersitz auf der Pritsche gesessen.«

Dwain Hamilton nickte. Er nahm den Zugangsschlüssel zum Zellentrakt vom Schlüsselbrett.

»Soll ich dich begleiten?«, rief ihm Lazard hinterher.

»Das schaffe ich schon allein.« Die Worte des Sheriffs verklangen, als er hinter der stählernen Tür verschwand, die zu den Zellen führte.

Jack Silverwolfe saß noch immer im Schneidersitz auf der Pritsche der ersten Zelle und hielt die Augen geschlossen. Dwain wusste, dass der alte Indianer ihn gehört hatte. Er steckte den Schlüssel in das Schloss und öffnete die Zelle.

»Geht es dir gut?«, fragte Dwain leise.

Der Indianer öffnete die Augen. »Ich war meinem Schöpfer nahe, und er hat mir anvertraut, dass er mich liebt. Wie geht es jemandem, der weiß, dass er geliebt wird?«

»In der Nacht war dein Schöpfer fern von dir«, antwortete Dwain. »Du hast meine Jacke und meinen Jeep mit deinem Essen verziert. Die Liebe deines Schöpfers war nicht besonders groß.«

Der Indianer lachte kehlig. »Weißer Mann, großer weißer Mann. Ich habe dir erzählt, warum ich angehalten habe. Sie sind gekommen. Es sind die Boten des Todes. Auf roten Schwingen sind sie durch die Nacht geritten. Sie sind gekommen, um die Naturgewalten zu entfesseln. Bald werden wir alle zu unserem Schöpfer gehen.«

»Es waren die Boten des Mescal aus Tante Gippys Brennerei, die dir die Sinne vernebelten. Das feurige Wasser des weißen Mannes tut einem alten Indianer wie dir nicht gut. Dein Wagen steht im Graben, und eigentlich sollte ich dir den Führerschein abnehmen.«

Beleidigt blicke Jack Silverwolfe zu Boden.

»Was weißt du über den toten Jungen vom Coward Trail?«

Silverwolfe zögerte.

»Ich kann deinen Wagen beschlagnahmen und ihn ins Labor schicken. Außerdem werden Hunderte von Stiefeln über dein Land trampeln. Wir werden jeden Stein umdrehen. So lange, bis wir etwas gefunden haben. Überlege es dir.«

»Das Land ist heilig«, erwiderte Jack Silverwolfe. »Es ist das Land, wo meine Ahnen wohnen. Lange bevor ihr Weißen in das Land gekommen seid, haben wir unsere Toten an der Biegung des Flusses bestattet.«

»Der Junge ist tot, und du weißt etwas darüber. Bevor ich nicht alles erfahren habe, bleibst du in dieser Zelle. Es ist mir egal, wessen Knochen in der Erde neben deiner Hütte vermodern. Wir werden jeden Zentimeter durchsuchen. Und wenn sich die Geister deiner Ahnen bei uns beschweren, dann werde ich laut deinen Namen rufen und ihnen sagen, dass du an allem schuld bist.«

Jack Silverwolfe wurde langsam nervös. »Die Geister der Toten werden es nicht zulassen, dass ihre Ruhe gestört wird.«

»Deine Geister werden mich nicht daran hindern. Ich werde ihnen sagen, dass Silverwolfe die Verantwortung trägt.«

Jack Silverwolfe löste die Beine aus dem Schneidersitz und erhob sich. Betreten blickte er zu Boden. »Die Weißen sehen nur mit ihren Augen, sie fühlen mit ihrer Hand und glauben nur an das, was sie sehen«, murmelte er. »Unser Volk sieht mit dem Geist und fühlt mit all seinen Sinnen, ihr hingegen seid blind, taub und gefühllos. Ihr werdet den tieferen Sinn unserer Natur nie verstehen lernen, weil ihr euren Geist verschlossen haltet. So wie ihr nicht merkt, dass die Geister längst euer Ende beschlossen haben. Zuerst schicken sie Winde, dann folgt das Wasser, und am Ende wird sich die Erde auftun, und die ganze Welt wird vom Feuer des großen Geistes verschlungen. So ist es überliefert.«

»Und du wirst der Erste sein, den ich persönlich den Flammen zum Fraß vorwerfen werde. Was weißt du über den Toten vom Coward Trail?«

Jack schwieg, wenngleich Dwain spürte, dass sein Widerstand allmählich brach.

Der Sheriff wandte sich um. »Ich habe keine Lust mehr, meine Zeit in deiner Zelle zu vergeuden. Der Tag ist noch jung, und draußen am Rio ist es hell.«

»Er kauerte an der Straße«, beeilte Jack sich zu sagen. »Es war mitten in der Nacht. Ich bin aus Magdalena gekommen und habe angehalten. Er fror, war ausgemergelt, und der große schwarze Schatten schwebte bereits über ihm.«

»Wo hast du ihn gesehen?«

»Es war im Cibola, kurz hinter Magdalena«, antwortete Jack. »Ich nahm ihn mit zu mir. Ich versuchte ihm zu helfen, aber sein Geist verließ ihn. Ich konnte nichts mehr für ihn tun.«

»Er ist in deiner Hütte gestorben?«

»Er starb kurz nach Mitternacht.«

»Und warum hast du ihn nicht einfach im Wald verscharrt?«

Jack setzte sich wieder auf die Pritsche. »Ich wollte, dass er den Weg zum Großen Geist findet. Deswegen legte ich ihn am Coward Trail ab, damit der Junge auf eurer heiligen Erde ruht, bis er gerufen wird.«

»Hat der Junge etwas gesagt? Habt ihr miteinander gesprochen?«

Jack schüttelte den Kopf. »Er war der Welt entrückt. Er sprach im Wahn und erzählte von einem feurigen Strahl, auf dem seine Gedanken in den Himmel reisten. Er sprach vom Tod. Ich konnte ihm nicht mehr helfen.«

Dwain trat wieder in die Zelle und ließ sich neben Jack auf der Pritsche nieder. »Hat er seinen Namen genannt?«

Wiederum schüttelte Jack den Kopf.

»Woher er stammt, wohin er will, was er mitten in der Nacht da draußen tut?«, fragte der Sheriff. »Mein Gott, er muss doch etwas gesagt haben?«

»Ich habe ihn nicht gefragt«, erwiderte Jack Silverwolfe. »Er war krank, allein und verlassen. Ich wollte ihm helfen. Mehr nicht.«

»Hatte er etwas bei sich? Papiere, einen Ausweis oder einen Führerschein?«

Der Alte überlegte. »Er hatte einen Beutel bei sich.«

»Wo ist der Beutel?« Dwain Hamiltons Stimme klang fordernd.

»Ich wollte den Beutel zu ihm legen, aber dann kam Crow, der für den weißen Mann die Mülltonnen leert, und ich bin schnell weggefahren. Ich nahm mir vor, ihn auf sein Grab zu legen. Aber ich habe es auf dem Friedhof nicht gefunden.«

»Wo hast du den Beutel gelassen?«

»Im Wagen. Er ist noch immer in meinem Wagen. Ich würde ihn gern zurückgeben, aber ich habe seinen toten Körper nicht gefunden.«

Dwain atmete tief ein. Er glaubte dem alten Indianer. »Ich werde dafür sorgen, dass er seinen Beutel zurückerhält«, sagte er leise.

»Wirst du mein Land durchsuchen?«

Der Sheriff schüttelte den Kopf. »Die Ruhe der Toten ist heilig. Egal, welche Hautfarbe ihre Körper trugen.«

»Kann ich jetzt gehen?«

Dwain nickte und zog ein Dokument hervor. »Du musst diese Verzichtserklärung noch unterschrieben, dann werde ich dich zu deinem Wagen fahren, und du wirst mir alles geben, was dem Toten gehört.«

Jack griff nach dem Bogen Papier und schaute ihn fragend an. »Was ist das?«

»Es ist eine Formalität«, erklärte Dwain. »Du erklärst damit, dass du wegen deiner Inhaftierung keine Ansprüche an die Stadt Socorro stellst. Du musst nur unterschreiben.«

»Ich kann nicht schreiben«, erwiderte Jack. »Ich lese den Wind und die Spuren, und ich schreibe in das Holz. Aber eure Zeichen sind mir fremd.«

»Dann mach einfach ein Kreuz.«

Zwanzig Minuten später fuhr Sheriff Dwain Hamilton zusammen mit dem alten Indianer zurück an die Stelle, wo der Pick-up noch immer im Straßengraben stand. Voller Hoffnung öffnete er den kleinen weißen Beutel, nachdem Jack ihn aus seinem Wagen geholt hatte. Doch es befand sich nur ein schmutziges Handtuch darin. Enttäuscht suchte Dwain weiter, bis er die kleine eingenähte Tasche an der Innenseite des Beutels entdeckte. Er fasste hinein und zog eine kleine Plastikkarte mit Anstecknadel heraus. Eine Karte, wie sie Besucher in einem Krankenhaus erhielten. Auf der Vorderseite stand nur eine siebenstellige Nummernkombination, die mit den Ziffern *NRC-C08* endete. Dwain drehte die Karte um und starrte sekundenlang auf die schwarzen Buchstaben. *Allan Mcnish,* stand dort geschrieben. Immerhin, ein Name.

Kennedy Space Center, Florida

»Meine Damen, meine Herren, ich freue mich, dass Sie unserer Einladung gefolgt sind und ich Sie hier auf dem Gelände des Kennedy Space Center willkommen heißen darf«, begrüßte Professor Paul die Anwesenden, die sich im klimatisierten Konferenzzimmer im zweiten Stock des NASA-Verwaltungsgebäudes versammelt hatten.

Sieben Personen, darunter zwei Frauen, saßen an dem langen Tisch.

»Noch ist unser Team nicht ganz vollständig, doch unser fehlender Gast ist erst vor wenigen Minuten in Orlando gelandet«, fuhr Paul fort. »Ich hoffe, dass er es noch rechtzeitig schafft, bevor wir in die Materie einsteigen. Meine Damen, meine Herren, Sie gehören zu den führenden Köpfen, die unsere Wissenschaft in den Bereichen Psychologie, Meteorologie, Physik und Raumfahrt aufzuweisen hat. Ich denke, die meisten unter Ihnen werden sich kennen. Wenn nicht, dann wird später Gelegenheit sein, sich miteinander bekannt zu machen. Ich will Sie nicht weiter auf die Folter spannen. Der Grund, warum wir Sie hergebeten haben, ist ganz einfach: Die NASA braucht Ihre Hilfe.«

Gemurmel erhob sich unter den Anwesenden. Fragende Blicke wurden ausgetauscht.

»Vor zwei Wochen geriet unsere Raumfähre *Discovery* beim Landeanflug in einen dieser ungewöhnlich heftigen Frühjahrsstürme. Das Raumschiff wurde schwer beschädigt, dennoch gelang es dem Piloten, es unter größter Anstrengung auf Edwards zu landen. Ein Blitzeinschlag hat vermutlich sämtliche Systeme einschließlich der Landetelemetrie lahmgelegt. Sogar die Steuerungseinheit, die mit einer Cäsiumuhr ausgestattet ist, wurde beschädigt. Zwei der drei Astronauten lagen ein paar Tage im Koma und leiden seither unter einer schweren Angstpsychose. Unabhängig voneinander träumen sie im Prinzip den gleichen Albtraum. Zumindest ähneln sich die Bilder, von denen sie im Schlaf erzählen. Es sind Traumbilder von Tod und Zerstörung. Wenn sie wach sind, schweigen sie, als ob sie das Sprechen verlernt hätten, ein aphasieähnlicher Zustand. Meine Damen, meine Herren, wir stehen vor einem Rätsel. Alle Shuttleflüge sind bis auf Weiteres ausgesetzt, und bevor wir nicht wissen, was dieses Desaster verursacht hat und welche Schutzmaßnahmen wir ergreifen können, wird auch kein weiteres bemanntes Raumflugprojekt durchgeführt werden.«

»Damit ich Sie richtig verstehe: Wir sollen der Ursache dieses Phänomens auf den Grund gehen?«, meldete sich Professor Thomas Brandon zu Wort. Er war Psychiater und Dozent an der Universität von Illinois in Chicago und unumstrittene Kapazität im Bereich Therapiemaßnahmen bei psychotischen Erkrankungen.

Professor Paul nickte. »Wir sind auf solche Fälle nicht vorbereitet, aber Sie können sicher sein, dass wir Sie in Ihren Bemühungen uneingeschränkt unterstützen.«

»Das heißt, dass Sie uns mit allen nötigen Details versorgen?« Die Frage kam von Dr. Joseph Stone. »Auch denjenigen, die unter Geheimhaltung fallen?« Stone war Ingenieur für Raumfahrt und arbeitete bei einem Privatunternehmen auf Long Island, das sich auf den Bau von Satelliten- und Steuerungssystemen für die Raumfahrt spezialisiert hatte.

»Alle Details, alle Daten, keine Einschränkung«, antwortete Professor Paul. »Das gilt selbstverständlich auch für unsere ausländischen Gäste. Wir haben zwei Problembereiche. Der eine betrifft die Raumfahrt selbst, der andere – vielleicht viel schwierigere Bereich – die ungewöhnliche Erkrankung, unter der die beiden Astronauten leiden.«

Professor Helmut Haarmann, Mathematiker und Koryphäe

auf dem Gebiet der modernen Zeitmesstechnik an der Universität in Stuttgart, meldete sich zu Wort. »Könnten Sie das etwas näher spezifizieren?«

Der Lärm eines Hubschraubers drang dumpf durch die schallisolierten Scheiben ins Innere des Raums. Die Köpfe der Anwesenden wandten sich dem Fenster zu, und ihre Blicke folgten dem weißen Jet Ranger, der über dem angrenzenden Gelände eine Schleife flog, bevor er auf dem freien Platz vor dem Gebäude zur Landung ansetzte.

Paul wartete, bis der Hubschrauber gelandet war und die Rotorblätter langsam zur Ruhe kamen. »Auf den Punkt gebracht, geht es um die Beantwortung folgender Fragen«, erklärte er. »Welche Ursache führte zur Beschädigung des Shuttles und zur Abweichung in der Steuerungstechnik, was ist der Grund für die psychiatrische Erkrankung unserer Astronauten und wie können wir ihnen helfen? Um diesen Fragen auf den Grund zu gehen, sollten wir zwei Teams bilden, ein Team aus den anwesenden Naturwissenschaftlern und das zweite Team aus dem Bereich Psychologie. Natürlich sollte ein ständiger Informationsaustausch zwischen beiden Teams stattfinden. Dazu würde ich vorschlagen, dass wir uns am Ende eines Tages zu einem festgesetzten Zeitpunkt treffen und uns über unsere Erkenntnisse und Fortschritte unterhalten.«

»Unfallforschung, Diagnostik und Therapie«, bemerkte Professor Brandon.

»Genau«, bestätigte Professor Paul, als es klopfte.

Paul verließ seinen Platz an der Stirnseite des Tisches und öffnete die Tür. Brian Saint-Claire trat ein. Er trug Jeans, Turnschuhe und ein weißes T-Shirt. Seine Haare waren zersaust und hingen ihm wirr in die Stirn.

»Entschuldigen Sie die Verspätung«, sagte er und folgte der einladenden Geste Pauls.

»Es ist schön, dass Sie kommen konnten, Dr. Saint-Claire«, antwortete Paul. »Nehmen Sie Platz!«

Brian folgte der Aufforderung und setzte sich auf den freien Stuhl neben Wayne Chang. Er verspürte einen Stich, als sein Blick das Gesicht von Suzannah Shane streifte, die ihn überrascht anschaute.

»Ich dachte, es geht um seriöse Forschungsarbeit?«, sagte Professor Brandon, an Professor Paul gewandt.

»Das ist richtig«, antwortete der verantwortliche Leiter des NASA-Shuttleprogramms erstaunt. »Was wollen Sie damit sagen?«

»Was will dann Egon von den Ghostbusters hier?«, schob Brandon nach und wies auf Brian Saint-Claire.

Erstaunte Blicke der Anwesenden richteten sich auf Brian. Nur Suzannah Shane starrte vor sich auf den Tisch. Sie hoffte, dass niemand die Röte bemerkte, die sich auf ihren Wangen ausgebreitet hatte, nachdem Brian den Raum betreten hatte.

»Brandon, nett, Sie wiederzusehen«, konterte Brian Brandons Angriff. »Praktizieren Sie wieder, oder langweilen Sie noch immer Ihre Studenten im Hörsaal?«

Die Anwesenden folgten mit Unbehagen dem Schlagabtausch. Gemurmel erhob sich im Raum.

»Meine Herren, ich bitte Sie!«, beschwichtigte Professor James Paul. »Ich denke, dass wir wie erwachsene Menschen miteinander umgehen können. Lassen Sie uns ein gemeinsames Ziel verfolgen und unsere persönlichen Ressentiments vergessen. Zumindest für den Zeitraum, in dem wir zusammenarbeiten.«

»Ich weiß nicht, welchen Beitrag er zur Klärung der genannten Fragen leisten könnte«, sagte Brandon. »Okkultismus ist so weit von seriöser Wissenschaft entfernt wie die Erde von der Sonne.«

»Ich möchte, dass Dr. Saint-Claire unserem Team angehört«, erwiderte Professor Paul. »Ich denke, der Fall, mit dem wir es hier zu tun haben, ist so außergewöhnlich, dass wir uns tatsächlich im Grenzbereich der Wissenschaft und der metaphysischen Ebene bewegen. Im Übrigen ist Dr. Saint-Claire einem ähnlichen

Phänomen bereits begegnet. Es wäre mir sehr wichtig, dass er mitarbeitet, oder sollte das ein Problem für Sie sein?«

Brandon hob beschwichtigend die Hände. »Schon gut, solange er keine Kruzifixe auspackt und Knoblauchzehen aufhängt, soll es mir recht sein.«

Brian lag eine Erwiderung auf der Zunge, doch er schluckte sie hinunter und schwieg.

»Dr. Lisa White Eagle ist die technische Leiterin des Shuttleprogramms. Ich würde vorschlagen, dass sie nun mit ihren Ausführungen beginnt.« Damit übergab Professor Paul das Wort an seine Kollegin.

16

Tallahassee, Florida

Während Hurrikan *Dave* das Zentralpazifische Becken überquerte und nördlich der Karolineninseln in den kalten Ausläufern eines Aleutentiefs seine Kraft verlor, hatte sein Pendant *Cäsar* den Südosten von Tallahassee in ein Schlachtfeld verwandelt. Drei Stunden hatte er gewütet und die südlichen Stadtteile nahezu ausgelöscht, ehe er nach Norden weitergezogen war. Für den gesamten Süden Georgias war die höchste Warnstufe ausgegeben worden. Die Menschen flüchteten ins Landesinnere. Das Schicksal der Einwohner von Tallahassee hatte ihnen eindringlich klargemacht, welche Gefahr ihnen drohte, sollten sie sich dazu entschließen, in ihren Häusern zu bleiben.

Über eintausend Tote und beinahe doppelt so viele Verletzte hatte *Cäsar* hinterlassen, und noch immer wurden an die tausend Menschen vermisst. Feuerwehr, Polizei und Militär waren im Einsatz. Der Gouverneur von Florida befand sich in Tallahassee, der Präsident der Vereinigten Staaten war auf dem Weg ins Krisengebiet und hatte bereits Hilfe für die Überlebenden in Aussicht gestellt.

Im National Hurricane Center in Miami saßen Mitarbeiter fassungslos vor ihren Bildschirmen und verfolgten die Satellitenbilder, die ihnen online übermittelt wurden. *Cäsar* hatte nur wenig von seiner zerstörerischen Kraft eingebüßt – noch immer lag seine Zuggeschwindigkeit bei dreißig Stundenkilometern. Inzwischen hatte er die Grenze nach Georgia erreicht und nahm Kurs auf die Stadt Cairo. Die Bewohner dieser Stadt hatten mehr Zeit, um sich in Sicherheit zu bringen, als die Menschen in Tallahassee, denn er folgte wieder der vorausberechneten Bahn. Und angesichts der Fernsehbilder über die Zerstörungskraft des Wolkenwirbels wussten sie, dass es Wahnsinn wäre, sollten sie versuchen, dem Sturm zu trotzen.

Die Meteorologen und Hurrikan-Forscher des NHC in Miami trauten ihren Berechnungen nicht mehr. Hatten die Vorhersagen der vergangenen Jahre beinahe zu 95 Prozent mit der tatsächlichen Zugbahn der Stürme übereingestimmt, so wusste mittlerweile jeder: Diese allzu frühen Wirbelstürme des noch jungen Jahres waren launischer, gefährlicher und todbringender als alle Stürme der letzten zwanzig Jahre zusammen.

Aber nicht nur die Meteorologen der Vereinigten Staaten hatten mittlerweile das Vertrauen in ihre Fähigkeiten verloren. In der ganzen Welt schien das Wetter verrücktzuspielen. Knapp 6000 Kilometer nördlich von Tallahassee tobte ein Orkan über der Baffininsel, und mehrere Schiffe, darunter auch ein schwedischer Tanker mit 5000 Bruttoregistertonnen, befanden sich in den kalten Gewässern der Lancaster-Straße in höchster Not. Und während unzählige Augenpaare in Miami die Bahn von *Cäsar* verfolgten, sammelte sich bereits eine neue unheilvolle und todbringende Wolkenarmada westlich der Antillen im Golf von Mexiko.

Socorro, New Mexico

»Allan Mcnish«, murmelte Dwain Hamilton, während er mit der Plastikkarte in seinen Fingern spielte. »Zumindest haben wir seinen Namen. Das ist mehr, als der alte Howard bislang herausgefunden hat.«

»Und wie willst du ihm das sagen?«, antwortete Deputy Lazard. »Er wird wissen wollen, woher du die Karte hast.«

»Ich habe Jack mein Wort gegeben. Seine Geschichte ist wahr, ich glaube ihm. Howard kann sich auf den Kopf stellen und mit dem Hintern wackeln. Von mir wird er nichts erfahren.«

»Er wird dafür sorgen, dass du gefeuert wirst«, gab Lazard zu bedenken. »Wenn ich daran denke, wie er das letzte Mal aus dem Büro gestürmt ist, dann ist mir klar, dass er nichts unversucht lassen wird, dir die Informationen zu entreißen. Und darüber hinaus machst du auch deinen Neffen brotlos.«

»Ich bin der Sheriff im County«, entgegnete Dwain Hamilton. »Über sechzig Prozent der Wähler haben mich gewählt.«

»Das ist ihm egal. Er wird dich in Beugehaft nehmen lassen, und du wirst deinen Job verlieren.«

Dwain warf seinem Deputy die Plastikkarte zu. »Vielleicht muss er das hier überhaupt nicht erfahren. Was glaubst du, woher stammt diese Karte?«

Lazard griff nach ihr und begutachtete sie forschend. »Es ist kein Magnetstreifen darin enthalten. Es ist einfach nur ein Namensschild. Solche Schilder werden überall verwendet. In Krankenhäusern, in Fabriken, in Büros, selbst in den Imbissläden hat heute jede Spülkraft solch ein Schild an der Brust. Hast du den Namen schon überprüft?«

»Du weißt, wie ich diese schnurrenden Kisten hasse. Und offiziell kann ich in der Sache nichts unternehmen. Außerdem dachte ich, dass sich mein Deputy darum kümmert ...« Dwain lächelte verschmitzt.

Lazard überlegte. »Dazu müsste ich nach L.A. Unser Computer gibt für eine Personenrecherche zu wenig her. Ich müsste vielleicht sogar in L.A übernachten.«

»Zwei, maximal drei Tage und zweihundert Dollar Spesen«, antwortete Hamilton.

Lazard reichte dem Sheriff die Hand. »Abgemacht!«, sagte er, und sein breites Grinsen offenbarte die Zahnlücke in seinem Mund.

»Ich hoffe, du kannst etwas in Erfahrung bringen«, murmelte Dwain Hamilton.

Lazard erhob sich. »Ich kann dir nichts versprechen.«

Dwain nickte. Allan Mcnish war ein Allerweltsname. Bestimmt gab es in den Vereinigten Staaten Hunderte, die diesen Namen trugen. Und was, wenn der Tote überhaupt nicht aus den USA stammte, sondern ein Tourist aus Europa – aus Irland, England oder Schottland – war? Egal, es gab keine andere Möglichkeit. Dass ein Allan Mcnish nicht gesucht wurde oder als vermisst galt, wusste er bereits. Donna hatte das überprüft. Mehr war über den Polizeicomputer im Sheriff-Office allerdings nicht herauszufinden. Der Zugriff auf die Computersysteme der Passämter blieb den großen Polizeidirektionen vorbehalten. Und seinen Widersacher Howard von der State Police in Albuquerque konnte er in dieser Sache wohl kaum um Unterstützung bitten.

Kennedy Space Center, Florida

Lisa White Eagles Bericht war mit unzähligen Fragezeichen versehen. Die eindringlichen Bilder des beschädigten Shuttles und die dramatischen Gesprächsmitschnitte des Funkverkehrs zwischen der *Discovery* und der Bodenkontrolle in Houston verstärkten den Eindruck und machten die Rätselhaftigkeit des Geschehens deutlich. In den vergangenen drei Stunden waren die Wissenschaftler mit einer Fülle von Informationen überflutet worden, sodass eine Pause dankbar angenommen wurde.

»Wir treffen uns in einer halben Stunde wieder in diesem

Raum«, hatte Professor Paul gesagt, als er den Vortrag unterbrach. »Schnappen Sie frische Luft. Sie können sich ungehindert im Areal bewegen. Aber verlaufen Sie sich nicht.«

Suzannah Shane war über den langen Flur hinaus auf den Balkon gegangen. Sie brauchte tatsächlich frische Luft, denn sie hatte schlecht geschlafen. Ihr alter Traum hatte sie wieder heimgesucht, den sie vor etlichen Jahren immer wieder geträumt hatte. Sie stand auf einer weitläufigen Wiese, umgeben von wilden Tieren – Hunden, Wölfen und sogar Löwen. Bedrohlich belauerten die Kreaturen ihr Opfer. Suzannah begann zu laufen. Sie hetzte über die Wiese und versuchte ein nahes Wäldchen zu erreichen. Zuerst hatte sie den Eindruck, dass sie nicht vom Fleck kam, doch dann flog die Umgebung an ihr vorbei. Noch bevor sie das rettende Waldstück erreichte, stürzte sie in eine abgrundtiefe Schwärze, die sie einfach verschluckte. Schweißgebadet war sie aufgewacht und hatte über eine Stunde schlaflos im Bett gelegen. Es war kurz vor Mitternacht gewesen, und sie hatte sich gefragt, warum dieser alte Traum ausgerechnet jetzt zurückgekehrt war. Nun wusste sie, warum. Es musste wohl eine Vorahnung gewesen sein. Sie wusste genau, was dieser Traum bedeutete und was ihr Sigmund Freud geraten hätte, um ihr Leben in den Griff zu kriegen. Schließlich waren die Träume zu einem wesentlichen Bestandteil ihres Lebens geworden. Tagtäglich beschäftigte sie sich in ihrem Labor mit Träumen – nicht mit ihren eigenen, sondern mit den Träumen anderer Menschen.

»Ich freue mich, dich wiederzusehen«, riss eine sanfte Stimme sie aus den Gedanken. Erschrocken fuhr sie herum und blickte in das Gesicht von Brian Saint-Claire. Einen Augenblick lang wusste sie nicht, was sie tun sollte. Sollte sie lächeln oder weinen oder einfach nur das Weite suchen? Sie riss sich zusammen und versuchte eine gleichgültige Miene, die ihr jedoch gründlich misslang.

»Soll ich dich lieber allein lassen?«, fragte Brian.

Suzannah schüttelte den Kopf.

»Es ist lange her …«, antwortete sie mit brüchiger Stimme.

»Fünf Jahre«, sagte Brian und stellte sich neben sie an die Brüstung.

Fünf Jahre und drei Monate, dachte Suzannah bei sich, doch sie schwieg. Sie war hin- und hergerissen. Auf der einen Seite hasste sie den Mann, der vor ihr stand, auf der anderen Seite liebte sie ihn noch immer. Es fiel ihr schwer, Gleichgültigkeit zu mimen.

Brian zündete sich eine Zigarette an und blies den Rauch in die Luft. »Du hast dich überhaupt nicht verändert. Die Jahre sind spurlos an dir vorbeigegangen. Ich habe gehört, du stehst kurz vor deiner Professur.«

»Und du, noch immer auf der Jagd nach dem Übersinnlichen?«, erwiderte sie und dachte, wie gut es doch war, dass man die Wunden der Seele nicht offen und für jedermann sichtbar vor sich hertragen musste.

Brian nickte lächelnd. »Den Job als Journalist habe ich gerade hingeschmissen.«

Suzannah schaute Brian fragend an. »Mal wieder was anderes tun, so wie früher? Bloß nicht zu lange am selben Ort, bevor man Wurzeln schlägt?«

Brian nahm die negativen Schwingungen in Suzannahs Worten wahr. Eine deutliche Anspielung auf ihre misslungene Beziehung. Er sog an der Zigarette. »Früher …«, wiederholte er nachdenklich, und diesmal war es seine Stimme, die brüchig klang.

Schritte erklangen. Brian wandte sich um. Wayne Chang war zu ihnen auf den Balkon getreten. Ein Handy lag in seiner Hand.

»Ich störe doch hoffentlich nicht?«, fragte er entschuldigend. »Ich muss dringend mit meiner Dienststelle sprechen.«

Brian schüttelte den Kopf und wandte sich wieder Suzannah zu. »Ich denke, wir sollten wieder reingehen. Die Pause ist vorbei. Später beim Mittagessen würde ich mich freuen, wenn du mir Gesellschaft leistest. Wir könnten dann über alles reden.«

»Reden? Worüber?«

Diesmal lag ein scharfer Ton in Suzannahs Stimme.

Brians Brust zog sich zusammen. »Über den Fall natürlich«, antwortete er betreten, bevor er sich umwandte und wieder hineinging. Suzannah blieb noch eine Weile auf dem Balkon. Sie wollte, dass niemand ihre Tränen sah, vor allem Brian Saint-Claire nicht.

Nachdem sich alle Wissenschaftler wieder im Konferenzraum eingefunden hatten, übergab Professor Paul das Wort an den medizinischen Leiter des Hospitals, Dr. Eugene Brown. Brown machte nicht viele Worte, sondern erklärte kurz den Zustand der beiden Astronauten, die in dem kleinen Krankenhaus untergebracht waren. Dann forderte er die Wissenschaftler auf, ihm zu folgen.

Das Hospital lag direkt neben dem Verwaltungsgebäude, und es dauerte knapp zehn Minuten, bis die Gruppe ihr Ziel erreicht hatte. Hinter dicken Glasscheiben lag ein Mann regungslos auf einem Bett. Körper und Arme waren mit ledernen Riemen umschlungen. Der Kopf des Patienten war durch eine Kopfhaube gesichert. Neben dem Fenster lag die Patientenkarte. *Helmut Ziegler, ASA*, stand in großen roten Lettern auf dem Deckblatt.

»Akute oder latente Eigengefährdung«, folgerte Brandon. »Hat er schon einen Selbstmordversuch unternommen?«

Dr. Brown schüttelte den Kopf. »Ich glaube nicht, dass er dazu fähig wäre. Ich glaube sogar, dass er derzeit überhaupt nicht zu einer koordinierten und selbstbestimmten Handlung fähig ist. Seit gestern haben wir sämtliche Medikamente abgesetzt, damit Sie seine unbeeinflussten Reaktionen selbst beurteilen können. Sehen Sie …«

Dr. Brown nickte zwei weiß gekleideten Pflegern zu, die daraufhin das Zimmer betraten und wortlos die Fixierung des Astronauten lösten. Kaum war Ziegler wieder bewegungsfähig, sprang er auf, kauerte sich in der nächsten Ecke auf den Boden und hob die Hände schützend über den Kopf. Sein Gesicht war voller Angst. Seine Augen traten aus den Höhlen hervor, und er zitterte am ganzen Leib. Apathisch starrte er ins Leere.

»Genau die gleiche Reaktion zeigte er, nachdem er aus dem Tiefschlaf erwachte«, erklärte Brown. »Wenn er sich frei bewegen kann und die Wirkung der Beruhigungsmittel nachlässt, sucht er sofort den dunkelsten Winkel seines Zimmers auf und geht in Deckung. In dieser Haltung kann er für Stunden verharren.«

»Ich dachte, er hätte von einem Traum berichtet?«, fragte Suzannah Shane.

Brown nickte. »Wenn er wach ist, spricht er nicht. Er erzählt seinen Traum immer wieder während der Traumschlafphase. Aber nicht etwa in einer Art unbewusstem Gemurmel, sondern in laut und deutlich gesprochenen Worten und in grammatikalisch richtiger Satzstellung. Es scheint mir fast, als ob er einen Bericht über etwas abgibt, das er gerade beobachtet. Bei Sanders ist es ebenso, sogar der Inhalt stimmt mit dem von Ziegler überein. Ich bekomme jedes Mal Gänsehaut, wenn die beiden unbewusst ihre Traumbilder wiedergeben.«

»Erzählt er in der Ichform, oder berichtet er wie ein unbeteiligter Beobachter?«, wandte Brian ein.

»Wir haben alles aufgenommen. Auch die ersten Ergebnisse des EEG und des EOG sind ungewöhnlich. Die REM-Phasen und die Nicht-REM-Phasen haben sich im Grunde genommen verkehrt. Ich habe so etwas noch nie erlebt.«

»Ein wirklich außergewöhnlicher Fall«, sagte Professor Buchhorn von der Universität Basel, der obendrein eine Rehabilitationsklinik leitete. »Ihre Ausführungen klingen in der Tat unglaublich.«

»Unglaublich und bislang auch noch nie beobachtet«, ergänzte Professor Brandon. »Wann können wir mit unseren Untersuchungen beginnen?«

Brown warf Professor Paul einen fragenden Blick zu.

Paul schaute auf seine Armbanduhr. »Sie erhalten im Anschluss sämtliche Ergebnisse unserer Untersuchungen. Das Hospital gehört Ihnen. Sollten Sie spezielle Geräte oder Instrumente benötigen, so lassen Sie es mich wissen. Wir stehen vor einem Rätsel, und bevor wir nicht ausschließen können, dass es sich bei der Erkrankung unserer Crewmitglieder um eine unbekannte Art von Raumkrankheit handelt, wird kein neuer Shuttlestart durchgeführt. Ich hoffe und ich bete für meine Männer, dass es Ihnen gelingen wird, sie vollständig zu heilen.«

»Wir können nichts versprechen, aber wir werden bestimmt alles tun, was in unserer Macht steht«, sagte Suzannah Shane, die ihren Blick noch immer auf den angsterfüllten Astronauten gerichtet hielt.

Socorro, New Mexico

Der vollbesetzte gelbe Schulbus befuhr mit mäßiger Geschwindigkeit die California Street. An Bord befanden sich vierzig Schüler der Parkview Elementary School im Alter zwischen acht und zehn Jahren, die sich nach sieben Stunden Unterricht auf ihr Zuhause und ihre Freizeit freuten. Wie jeden Tag hielt der Bus zuerst an der Haltestelle Faulkner Street, bevor er seine Fahrt in den Süden der Stadt fortsetzte. Francis Garcia, der Busfahrer, war bei den Kindern sehr beliebt. Jeden Morgen brachte er die Schüler zur Schule und fuhr sie nach dem Unterricht wieder nach Hause. Mit seinen knapp sechzig Jahren, mit Haaren weiß wie Wüstensand und mit seiner goldenen Brille ähnelte er ein wenig dem netten *Grandpa Bob* aus der beliebten Kinderserie *Jimmy Hurst*.

Grandpa, so nannten ihn die Kinder, denn kaum einer kannte seinen richtigen Namen.

Auf dem Weg zur nächsten Haltestelle trat Francis auf das Gaspedal. Es war kurz nach vier Uhr am Nachmittag, als der Motor eines entgegenkommenden silberfarbenen Cadillacs laut aufheulte. Der silberne Wagen mit dem gelben Nummernschild, der zuvor von der Texas Avenue eingebogen war, schoss wie ein Pfeil die Straße herunter. Francis erkannte die Gefahr, denn der entgegenkommende Wagen schlingerte und kam immer weiter auf seine Fahrspur herüber. Er umklammerte das Steuer und lenkte nach rechts, dann trat er mit voller Wucht auf die Bremse, als er merkte, dass er nicht mehr ausweichen konnte. Ein lauter Fluch kam über seine Lippen, dann krachte es auch schon fürchterlich. Die Kinder schrien auf, und ein gewaltiger Ruck ging durch den Bus. Bedrohlich neigte er sich nach rechts. Metall knirschte, Glas splitterte, und die Reifen quietschten laut. Schließlich stürzte er auf die Seite und blieb liegen. Francis Garcia bemerkte nichts mehr. Schon als der silberne Cadillac frontal in den Bus gekracht war, war es dunkel um ihn geworden.

17

Socorro, New Mexico

Sheriff Dwain Hamilton saß am Schreibtisch und telefonierte. Allan Mcnish, der Name des Toten vom Coward Trail, ging ihm nicht mehr aus dem Sinn. Mittlerweile hatte er alle Krankenhäuser und Anstalten in der Umgebung abgegrast, doch nirgends kannte man den Namen, nirgends wurde ein Patient vermisst. Jetzt konnte er nur noch hoffen, dass sein Neffe Lazard über die großen Zentralrechner des Los Angeles Police Departments etwas über die Identität des ominösen Toten in Erfahrung brachte.

Er horchte auf, als er hektischen Lärm aus dem Wachraum vernahm. Kurz darauf klopfte es an der Tür. Auf der Straße war das Aufheulen einer Polizeisirene zu hören, als auch schon die Tür aufgerissen wurde, noch bevor Dwain antworten konnte.

Donna steckte den Kopf durch den Spalt. »Chief, Sie müssen sofort kommen«, sagte sie atemlos. »Es hat einen furchtbaren Unfall gegeben. In der California Street ist ein Wagen mit dem

Schulbus zusammengestoßen. Es gibt Verletzte, vielleicht sogar Tote, Kinder sind darunter!«

»Wer von uns ist an der Unfallstelle?«

»Sarah und Tom. Ich habe noch Peter und John hingeschickt. Im Krankenhaus wissen sie Bescheid. Ich habe mehrere Rettungswagen und die Jungs von der Feuerwehr angefordert.«

»Gut gemacht, Donna«, antwortete Dwain Hamilton. »Ich fahre sofort hinaus.«

Es verging keine Minute, bis Dwain Hamilton in seinem Maverick saß und mit eingeschaltetem Blaulicht die Center Street hinunterfuhr.

An der Ecke Church Street staute sich bereits der Verkehr. Dwain musste einen Umweg über die Fisher Avenue fahren, bis er endlich am Unfallort eintraf. Mit betretenem Gesicht stieg er aus dem Wagen. Was er sah, ließ ihm das Blut in den Adern gefrieren.

Der Schulbus lag umgestürzt zwischen Mary Sue Ellens Gemischtwarenladen und Mercy's Tank and Drive auf dem Gehweg. Feuerwehrmänner liefen hektisch umher, andere arbeiteten mit schwerem Bergungsgerät an dem Wrack. Sie versuchten Teile des Dachs aufzuschneiden, weil sich noch immer verletzte Kinder im Inneren des Fahrzeugs befanden.

Zwei Ärzte nahmen sich der blutüberströmten Kinder an, die heulend und schreiend auf Tragen gebettet am Straßenrand lagen. Männer vom Rettungsdienst legten Kopfverbände an, andere schienten Beine, und wieder andere bemühten sich einfach nur, die völlig verstörten Kinder zu beruhigen. Unablässig fuhren Rettungswagen von der Unfallstelle weg und brachten Verletzte in das nahe Krankenhaus. Als sein Blick auf eine Trage fiel, die mit einer schwarzen Plane abgedeckt war, schluckte Dwain den bitteren Geschmack herunter.

Einige Meter vom Bus entfernt stand quer über die Fahrbahn ein silberner Wagen. Dwain konnte nicht sofort erkennen, um welchen Autotyp es sich handelte. Der Wagen wirkte wie eine zerdrückte und zerbeulte Blechdose. Nur das gelbe Nummernschild fiel Dwain sofort auf. Es war nicht aus dieser Gegend.

»Hallo, Chief«, begrüßte Deputy Tom Winterstein seinen Vorgesetzten. »Schöne Scheiße, was da passiert ist.«

»Es gibt Tote?« Dwains Frage klang eher wie eine Feststellung.

Tom Winterstein nickte. »Der Busfahrer hat nicht überlebt. Ansonsten haben wir sieben schwer verletzte Kinder und einige leicht verletzte mit Schnittwunden und Frakturen, und der Fahrer des anderen Wagens ist ebenfalls schwer verletzt. Im Bus liegen noch drei Mädchen. Die Feuerwehr schneidet das Dach auf, damit wir an sie rankommen.«

»Und wie ist es passiert?«

»Der Cadillac ist auf die Gegenfahrbahn geschleudert. Louis aus der Tankstelle hat alles beobachtet. Er sagte, der Cadillac fuhr fast neunzig Sachen und in Schlangenlinien, bevor er vollends auf die Gegenfahrbahn geriet. Der Busfahrer hatte keine Chance zum Ausweichen.«

»Wer ist der Fahrer des Cadillacs?«

Tom Winterstein griff zu seinem Notizbuch und schlug es auf. »Der Mann heißt Bruce Allistar, ist sechzig Jahre alt und wohnt in Magdalena. Er soll Arzt sein und bei den Marines im General Willston Marines Training Center arbeiten. Der Wagen hat übrigens eine Zulassung des US Navy Commands in Washington.«

»Ein Arzt?«

»Also wenn das da drüben ein Dienstwagen der Navy ist, dann ist Allistar nicht nur einfacher Arzt, sondern ein ganz hohes Tier. Nicht einmal mein früherer Colonel hatte einen solchen Wagen. Mehr als ein Buick war nicht drin.«

Dwain Hamilton nickte. »Und wo ist der Mann abgeblieben?«

»Er ist bereits in die Klinik gebracht worden. Ich wollte gerade eine Überprüfung veranlassen, bevor du hier aufgekreuzt bist.«

»Wenn es stimmt, was Louis beobachtet hat, dann wäre es möglich, dass der Doc betrunken ist. Ich fahre selbst ins Krankenhaus. Mach du hier weiter. Wenn die Fabriken in zwei Stunden schließen, dann haben wird ein Verkehrschaos bis hinauf nach Albuquerque.«

Kennedy Space Center, Florida

Professor Thomas Brandon, Professor Robert Buchhorn, Dr. Suzannah Shane und Dr. Brian Saint-Claire, die zusammen das zweite Team bildeten, hatten sich in den ihnen zugewiesenen Besprechungsraum im Space Center Hospital zurückgezogen und studierten die bisherigen Untersuchungsberichte der beiden erkrankten Astronauten. Brian hielt nicht viel davon, er hatte vorgeschlagen, sofort mit eigenen Untersuchungen zu beginnen, doch Brandon hatte seinen Vorschlag mit einer abfälligen Geste abgetan. »Dazu haben wir später ausreichend Zeit, ich denke, für eine erste Beurteilung des Falles sollten wir uns einen Überblick über die Aktenlage verschaffen«, hatte er geantwortet und seine Nase wieder in seinen Aktenordner gesteckt.

Brian hatte sich Zurückhaltung auferlegt, und so schwieg er und widmete sich ebenfalls den unzähligen Protokollen, Messdaten und Diagrammen. Als er die Abschrift des Funkverkehrs zwischen dem Piloten der *Discovery* und der Bodenkontrolle las, wurde er stutzig.

Discovery/Gibson: »*Was los war? Der verdammte Sturm war näher, als ihr dachtet. Hat uns ganz schön durchgewirbelt. Beinahe wären wir abgeschmiert. Ich glaube, in den Wolken steckte etwas ...*«

Groundcontrol: »*Was heißt das? Geht es euch gut?*«

»›Ich glaube, in den Wolken steckte etwas ...‹«, zitierte Brian Saint-Claire aus dem Protokoll.

»Was?«, fragte Suzannah.

»So steht es im Protokoll der Funküberwachung zwischen

dem Shuttle und der Bodenkontrolle«, erklärte Brian. »Ziegler und Sanders schliefen während des Landeanflugs. Nur Gibson, der Pilot, war wach. Er leidet als Einziger nicht unter diesen Symptomen.«

»Unser Geisterjäger hat Lunte gerochen«, scherzte Brandon. »Wenn die beiden geschlafen haben, dann haben sie doch überhaupt nichts von dem Drama mitbekommen, das sich während der Landung der *Discovery* abspielte.«

»Oh, da täuschen Sie sich«, warf Robert Buchhorn ein. »In einem Forschungsprojekt, das wir vor ein paar Jahren an der Universität in Basel durchgeführt haben, stellten wir in den Nicht-REM-Phasen eine deutliche mentale Reaktion des Gehirns auf äußerliche Stressfaktoren fest. Es ist falsch, wenn man behauptet, dass ein Schläfer seine Umwelt nicht wahrnimmt. Der Körper mag im Schlaf in eine Ruhephase übergegangen sein, das Gehirn jedoch ist manchmal sogar außergewöhnlich empfänglich für äußere Einflüsse.«

Brandon schwieg.

»Auffallend sind die extremen panischen Reaktionen und die gesteigerten Stresssymptome, die sich in einem bedenklichen Maß auf das Herz-Kreislauf-System auswirken könnten. Einhergehend mit der Umkehr der REM- und der Nicht-REM-Phasen sowie den regen Aktivitäten im limbischen System und der Amygdala, wie uns die Magnetresonanztomografie zeigt«, fasste Suzannah Shane die bisherigen Messergebnisse der medizinischen Abteilung des Space Center Hospital zusammen. »Diese beiden Männer leiden unter Todesangst, die durch unbekannte Umstände hervorgerufen worden ist; jedenfalls müssen sie sie selbst erlebt oder sonst irgendwie aufgenommen haben. Vielleicht sogar im Traum. Quasi ein doppelter Pavor nocturnus, denn die Schlafenden erzählen unabhängig voneinander im Schlaf von ihrer Wahrnehmung. So etwas ist überaus ungewöhnlich und wurde bislang noch nie publiziert, aber wir können unsere Augen vor den Messdaten nicht verschließen.«

»Da bin ich mit Ihnen einer Meinung, Frau Kollegin«, antwortete Buchhorn. »Eine sensorische Erregung, ich nehme an, der Sturm, die Gefahr an Bord des Shuttles und der drohende Absturz der Raumfähre führten in einer Nicht-REM-Phase zu einem Kernsymbol der späteren Traumhandlung. Und diese Katastrophe läuft nun Tag für Tag, Stunde um Stunde in den Köpfen der beiden Unglücklichen ab.«

»Und dieser Traum vom eigenen Ende wurde durch die weiteren Ereignisse, den Blitzeinschlag vielleicht, zu einer Endlosschleife manifestiert«, mutmaßte Suzannah.

»Eine interessante Theorie«, meldete sich Brandon zu Wort. »Vielleicht sollten wir diese Idee verfolgen. Eine posttraumatische Störung, die sich zu einer Art Psychose verselbstständigte. Ergo eine Handlung, die nie stattgefunden hat und auch nicht mehr stattfinden wird, denn das Shuttle ist sicher gelandet, hält sie in einer Todesillusion gefangen, die den beiden panische Angst einjagt. Wie sollte eine mögliche Therapie Ihrer Meinung nach aussehen, werte Suzannah?«

»Versuchen wir es einmal mit Konfrontation.«

»Konfrontation?«

»Wir stellen die Landung des Shuttles noch einmal nach«, erklärte Shane. »Wir stecken sie in ihre Raumanzüge und stellen den Ablauf zum Zeitpunkt des Sturms noch einmal nach. Aber diesmal mit einem positiven Ablaufschema. Sie landen und werden aus dem Shuttle geführt. Damit geben wir ihnen eine zweite Realität. Vielleicht löst das die Blockade in ihrem Hirn.«

»Haben Sie mit derartigen Experimenten Erfahrung?«, fragte Buchhorn.

»Seit einem Jahr beschäftige ich mich mit einer neuartigen Konfrontationsmethode unter Einbindung der Hypnose als neue Methode zur Therapierung von schwerwiegenden Schlafstörungen«, erläuterte Suzannah. »Unsere Ergebnisse können sich sehen lassen. Die Quote liegt bei über fünfundsiebzig Prozent.«

»Das also hat Sie in letzter Zeit von unserem Campus ferngehalten«, scherzte Brandon. »Ich dachte schon, das Essen in der Mensa wäre nicht mehr nach Ihrem Geschmack. Aber alle Achtung, wenn man Ihnen so zuhört, dann erscheint diese Methode durchaus praktikabel. Man tauscht quasi nur den Film im Kopf aus. Aus dem Drama wird ein Lustspiel, und schon ist der Patient geheilt.«

»Leider ist es nicht ganz so einfach«, warf Suzannah ein. »Das Gehirn lässt sich nicht so ohne Weiteres überlisten. Wie wir alle wissen, vergleicht die Amygdala unter Zuhilfenahme des präfrontalen Kortex und des Hypocampus das eingegebene Reizmuster einer Situation mit den angeborenen Schlüsselmerkmalen sowie dem Erfahrungsschatz. Wir müssen also dafür sorgen, dass die neue, positive Geschichte die alte, angsterregende überlagert und dass sie überdies von den anderen Teilen des Gehirns verifiziert wird.«

»Und wie bewerkstelligen wir das?«, fragte Brandon.

»Wir haben zwei Methoden, die parallel angewandt werden. Wir bedienen uns der Hypnose und setzen Medikamente ein, die eine Bewusstseinserweiterung erzielen.«

»Natriumpentathol?«, fragte Buchhorn.

Suzannah Shane nickte.

»Und was meint unser esoterisch veranlagter Freund dazu?«, fragte Brandon spöttisch und wandte sich Brian zu.

Brian hatte während der Diskussion geschwiegen und sich weiter in die Protokolle und Gesprächsaufzeichnungen eingelesen. Vor allem die Niederschriften der Traumprotokolle hatten ihn erschüttert. Die beiden Astronauten berichteten zweifellos von einer unmittelbar bevorstehenden Katastrophe. In ihren Visionen sahen sie Stürme über die Erde ziehen, die große Opfer unter der Menschheit forderten. Erst am gestrigen Abend hatte ein tropischer Wirbelsturm den Süden von Tallahassee in Florida zerstört und – so hieß es in den Nachrichten – mindestens eintausend Menschen getötet. Ebenso viele Menschen wurden noch vermisst. Alles nur ein Zufall? Er dachte an die Worte von Pater Francesco, der ihm von den sonderbaren Visionen des alten Kirchendieners erzählt hatte.

»Ich möchte zuerst mit dem Piloten reden«, antwortete er und überging die provozierende Anspielung von Thomas Brandon. Er wusste, dass sein Kollege und er auf völlig unterschiedlichen Wellenlängen lagen. Außerdem hatte er es Brandon als Leiter der Psychologischen Fakultät der Bradley-Universität von Chicago zu verdanken, dass er damals seine Stelle als junger Dozent verlor. Brandon hatte die anderen Professoren gegen ihn aufgehetzt, mit der Begründung, dass Brian Saint-Claire keine klare Trennungslinie zwischen der klassischen Schulpsychologie und der Erforschung parapsychologischer Phänomene setze.

»Ein Dozent, der Wissenschaft von Hysterie und Aberglaube nicht zu unterscheiden weiß, hat in der ehrenwerten Gesellschaft ernsthafter Psychologen und Analytiker nichts verloren«, hatte Brandon damals erklärt. Mittlerweile waren beinahe sechs Jahre vergangen. Brian hegte keinen Groll mehr gegen Brandon. Im Gegenteil, eigentlich musste er dem groß gewachsenen und kantigen Mann, der in einem Anzug steckte, der mindestens eine Nummer zu groß für ihn war, sogar dankbar sein. Er hatte ihm ein Leben in Langeweile und Eintönigkeit erspart.

Zweites Buch

Tiefe

Frühsommer 2004

1

Kennedy Space Center, Florida

Professor Wayne Chang blickte fassungslos auf das beschädigte Spaceshuttle, das in einem gigantischen Hangar zur Untersuchung abgestellt worden war. Es musste in einen außergewöhnlich heftigen Eisregen mit mindestens faustgroßen Eisklumpen geraten sein. Die Nase der Raumfähre war eingedellt, die Kacheln des Hitzeschilds waren reihenweise gesprungen und abgeplatzt. Die Löcher im Rumpf des Schiffes wirkten wie Einschüsse. An der Unterseite der *Discovery* in Höhe des vorderen Fahrwerks gähnte ein großes Loch. Auch dort und an den äußeren Rändern der Tragflächen fehlten großflächig die thermischen Schutzschichten. Oberhalb der rechten Tragfläche befand sich ein weiteres Leck in der Isolierschicht. Dort wiesen die weißen Schutzkacheln an den scharfkantigen Rändern schwarze Schlieren auf.

NASA-Techniker in weißen Schutzanzügen waren damit beschäftigt, mit aller Sorgfalt den Triebwerksabschnitt vom übrigen Shuttle zu trennen. Mechaniker in blauen Overalls mit der Aufschrift *Rockwell International* auf dem Rücken arbeiteten am Chassis. Allenthalben herrschte hektische Betriebsamkeit. Stück um Stück, Teil um Teil wurde der *Discovery* das Innenleben entnommen, registriert und dann zur Untersuchung an die Ingenieure und Techniker im hinteren Teil der Halle weitergeleitet.

»Es ist wohl schrottreif, so wie es aussieht«, sagte Wayne Chang, an Dr. White Eagle gewandt.

»Das kriegen wir schon wieder hin«, antwortete die NASA-Technikerin. »Aber der Systemfehler bereitet mir echtes Kopfzerbrechen. Es wäre schön, wenn Sie mir hier und jetzt sagen könnten, dass ein Blitz das Durcheinander angerichtet hat. Das würde uns eine Menge Zeit sparen.«

»Das kann ich leider nicht«, sagte Wayne. »Dazu müsste ich mehr über die Funktionsweise einer Cäsiumuhr wissen. Eines kann ich aber jetzt schon sagen. Die äußerlichen Schäden könnten durchaus von einem Hagelschauer stammen, und es wäre auch nicht das erste Mal, dass ein Flächenblitz, der sich innerhalb einer Wolke ausbreitet, in einen Flugkörper eindringt, der gerade die Wolke durchfliegt. Vor allem, wenn der Flugkörper bereits derartige Beschädigungen aufweist. So etwas kommt zwar äußerst selten vor, aber es kann nicht gänzlich ausgeschlossen werden.«

Unbemerkt hatte sich Professor Haarmann zu den beiden Wissenschaftlern gesellt. »Die Funktionsweise einer Cäsiumuhr«, sagte er, »ist eigentlich relativ einfach zu erklären. Ein Cäsium-Atomstrahl passiert einen Magneten, der die Funktion eines Polarisators erfüllt und die Atome in die gewünschte Richtung lenkt. Dieser zustandsselektierte Atomstrahl mit dem bestimmten Energiezustand tritt in einen Mikrowellenresonator ein. Dort werden die Atome dann mit einem Mikrowellenfeld bestrahlt, sodass sie im Resonanzfall in einen anderen Energiezustand übergehen. Ein Analysatormagnet lenkt die Atome auf einen heißen Draht, dadurch wandeln sich die Cäsiumatome zu positiven Ionen um, die durch einen magnetischen Massenfilter auf die erste Dynode eines Sekundärelektronenvervielfachers verteilt werden. Es entsteht ein atomares Resonanzsignal, dessen Breite im Bereich von 50–500 Herz liegt und durch die Flugzeit der Atome entlang der Resonatorlänge bestimmt wird. Cäsium eignet sich deshalb so ausgezeichnet für eine Atomuhr, weil es nur ein einziges stabiles Cäsium-Isotop in der Natur gibt und bereits bei hundert Grad Celsius ein wirksamer Atomstrahl erzeugt wird. Dadurch liegt der Ionisationswirkungsgrad des Detektors bei hundert Prozent.«

Wayne Chang bemühte sich um eine gleichgültige Miene. »Dann ist ja alles klar«, sagte er. »Kurz gesagt, wird der Zeitfaktor quasi durch die Zerfallszeit von Cäsiumatomen bestimmt.«

Professor Haarmann lächelte. »Das ist eine sehr laienhafte Darstellung, und doch trifft sie den Nagel auf den Kopf. Durch die erzeugte Frequenz wird ein Modulator angesteuert, der wiederum das Signal an einen Quarz-Oszillator weitergibt. Die Uhr funktioniert auf die Nanosekunde genau und weicht in einem Zeitraum von 100 000 Jahren maximal um eine Sekunde ab.«

»In unserem Fall beträgt der Zeitunterschied 0,667 Sekunden, und das in weniger als einer Stunde«, sagte Dr. Lisa White Eagle. »Das ist im Vergleich zu dem Durchschnittswert beinahe eine Ewigkeit.«

»Und doch theoretisch möglich«, erwiderte Professor Haarmann. »Es muss nicht an der eigentlichen Messeinheit liegen. Es kann sich um eine Abweichung des Übertragungssignals oder einen Fehler im Quarz-Oszillator handeln, der während des Gewitters auftrat.«

»Hervorgerufen durch einen Blitzeinschlag«, präzisierte Lisa White Eagle.

»Oder die Astronauten an Bord der *Discovery* waren einfach ihrer Zeit ein wenig voraus«, wandte Wayne Chang scherzhaft ein. Er erschrak, als plötzlich sein Handy klingelte, das in der Brusttasche seines blau-weiß gestreiften Hemdes steckte. Mit einem entschuldigenden Blick nahm er es aus der Tasche und schaute auf das Display. Das leichte Nicken von Lisa White Eagle ermutigte ihn.

»Sie entschuldigen mich«, sagte er und trat ein paar Schritte zur Seite, ehe er das Gespräch annahm. Cliff Sebastian vom Wetterdienst in Boulder war am Apparat. Als Wayne am Tag zuvor die Nachrichten über den Hurrikan und die Verwüstungen in Tallahassee vernommen hatte, versuchte er vergeblich, Cliff Sebastian zu erreichen. Es meldete sich nur die Mailbox. Wayne hatte um einen Rückruf gebeten.

»Hallo, Cliff«, meldete er sich. »Ich bin gerade in einer wichtigen Besprechung, deswegen muss ich es kurz machen. Wie konnte das mit Tallahassee passieren?«

»Diese Frage habe ich seit dem gestrigen Abend bestimmt schon hundert Mal beantwortet«, ertönte die müde Stimme von Cliff Sebastian. »Sogar das Oval Office hat angerufen.«

»Entschuldige, dass ich mit der Tür ins Haus falle, aber du weißt, dass wir an *Weatherboard* arbeiten und Vorschläge zur Verdichtung unseres Überwachungsnetzes ausarbeiten. Vielleicht haben wir im Süden etwas übersehen.«

»Nein, das war nicht der Grund«, erwiderte Sebastian. »Wir hatten den Kurs von *Cäsar* berechnet, und alles sah gut aus, bis sich entlang einer Kaltfront nördlich von Perry eine neue Tiefdruckrinne auftat. Sie hat *Cäsar* regelrecht aufgepumpt und nach Nordosten abgelenkt. Seine Zuggeschwindigkeit nahm stetig zu. Wir hatten einfach zu wenig Vorlaufzeit.«

»Trotzdem, ruf Schneider an! Er soll sich noch einmal das Gebiet um die Apalachee Bay bis hinauf nach Thommasville und hinüber nach Valdosta vornehmen.«

»Und wo bist du, wenn ich fragen darf?«

»Du wirst es nicht glauben«, antwortete Wayne. »Ich bin auf Cape Canaveral und stehe vielleicht zwanzig Meter von der *Discovery* entfernt.«

»Mach keine Witze!«

»Das ist kein Witz, aber ich muss jetzt Schluss machen. Ich rufe dich heute Abend noch einmal an.«

»Nach zehn, bitte«, wandte Sebastian ein. »Ich werde heute länger in der Dienststelle bleiben müssen. *Cäsar* gibt noch immer keine Ruhe. Er ist gerade westlich von Thommasville und rotiert noch immer mit 160 km/h.«

»Ich hoffe, dass er bald an Kraft verliert«, sagte Wayne. »Ein zweites Tallahassee darf es nicht geben. Diese Stürme können einem wahrlich das Fürchten lehren ...«

»*June too soon, July stand by, August look out – you must, Sep-*

tember remember, October all over«, zitierte Cliff Sebastian den alten Spruch der Hurrikan-Jäger, die einige Jahrzehnte zuvor ihr Leben riskiert hatten, um so viele Details und Erkenntnisse wie möglich über die tropischen Wirbelstürme zu gewinnen. »Es begann in diesem Jahr im Mai. Vielleicht müssen wir umdenken und einige Gesetzmäßigkeiten neu definieren. Die Welt ändert sich, die Zeit steht nicht still.«

»Nicht nur die Welt, auch das Klima«, murmelte Wayne. »Doch nicht zum Vorteil für die Menschheit, der Blutzoll wird noch höher, befürchte ich.«

Socorro, New Mexico

Einige hundert Kilometer entfernt warf etwa zur gleichen Zeit Sheriff Dwain Hamilton entnervt den Hörer auf die Gabel und schlug, laut fluchend, mit der Faust auf den Tisch. Auch er hatte am Fernseher die Bilder von dem Unheil verfolgt, das *Cäsar* über die Einwohner von Tallahassee gebracht hatte, und sein Mitgefühl galt den Opfern und ihren Angehörigen, doch ihn beschäftigte ein ganz anderes Problem. Es war das zwölfte Telefonat, das er bereits führte, doch niemand bei der Army oder den Marines kannte Dr. Bruce Allistar, den Militärarzt, der den schweren Busunfall verursacht hatte. Was den Fall noch mysteriöser machte, war die Tatsache, dass Allistar von einem Militärhubschrauber aus dem Socorro Hospital abgeholt worden war, noch bevor er mit dem Mann hatte reden können.

Es stand zu befürchten, dass Grandpa nicht das einzige Todesopfer bleiben würde, auch ein zehnjähriges Mädchen rang mit dem Tod. Und der Mann, der dies zu verantworten hatte, war spurlos verschwunden. Dwain hatte gute Lust, seinen Onkel, den Senator, anzurufen und ihn um Hilfe in dieser Sache zu bitten. Vielleicht würde der Anruf eines Senators die borniert en Beamten in den Amtsstuben der Streitkräfte empfänglicher für sein Anliegen machen. Mittlerweile hatte er sämtliche

Kommandos angerufen, doch niemand konnte oder wollte ihm weiterhelfen. Er würde diesen Bruce Allistar ausfindig machen, und wenn er das Büro des Chief of the Navy direkt kontaktieren musste. Allistar würde sich seiner gerechten Strafe nicht entziehen können.

Inzwischen hatte er den Bezirksstaatsanwalt und den zuständigen Ermittlungsrichter des Socorro County informiert und gebeten, Druck auf das Militär auszuüben. Aber auch dort konnte man ihn nur vertrösten.

Dwain starrte auf das amtliche Telefonbuch vor ihm. Er wollte gerade danach greifen, als es an seiner Tür klopfte.

»Herein!«, rief er unwirsch.

Die Tür wurde aufgestoßen, und Donna erschien in Begleitung von zwei Männern. Sie trugen dunkle Nadelstreifenanzüge und verbargen ihre Augen hinter dunklen Sonnenbrillen. Der Umfang ihrer Oberarme war beeindruckend. Es schien, als würden sie einen Großteil ihrer Zeit mit dem Stemmen schwerer Gewichte verbringen. Der größere, er trug einen Bürstenhaarschnitt, blieb vor dem Schreibtisch stehen, während sich der kleinere der beiden Athleten ein wenig abseitshielt und Dwain Hamilton grinsend ansah.

»Sheriff, die beiden Herren wollen unbedingt mit Ihnen sprechen«, sagte Donna und trat einen Schritt zur Seite.

»Hallo, Chief«, murmelte der Größere. »Ich bin Agent Coburn von der NSA, und das ist mein Kollege Rosen. Wir müssen dringend mit Ihnen sprechen. Es geht um einen Unfall mit einem Militärangehörigen.«

Der Kleinere grinste noch immer, als wären seine Backen eingefroren. Mit einladender Geste wies Dwain Hamilton auf den Stuhl vor seinem Schreibtisch. Donna verschwand, nachdem er ihr zugenickt hatte. Während Coburn Platz nahm, baute sich sein Kollege neben seinem Stuhl auf. Mürrisch blickte er sich um.

»Warum ziehen Sie sich nicht einfach einen zweiten Stuhl heran«, forderte ihn Dwain Hamilton auf. »Hier sind Sie sicher.

Ich tue Ihnen nichts. Außerdem macht es mich nervös, wenn jemand vor mir steht.«

Das Grinsen auf Rosens Gesicht verschwand. Er beugte sich der Aufforderung, nachdem ihm Coburn kaum merklich zugenickt hatte.

»Was führt zwei ausgewachsene Agenten der National Security Agency zu uns in die Provinz?«

»Leider eine sehr delikate Angelegenheit«, entgegnete Coburn und musterte den Union Jack, der neben der Fahne des Socorro County die Wand hinter Dwain Hamilton zierte. »Aber ich bin zuversichtlich, dass wir uns schnell einig werden. Schließlich sind wir alle Patrioten.«

Dwain folgte Coburns Blick und wandte sich kurz um. »Oh, die ist von meinem Vorgänger hier hinterlassen worden. Meine Fahne hängt dort drüben.« Er wies auf die gegenüberliegende Wand, wo ein Wimpel der Los Angeles Lakers hing. »Also, es geht um den Unfall, sagten Sie?«

Coburn räusperte sich. »Sie haben den Wagen von Dr. Allistar abgeschleppt und sichergestellt. Wir sind gekommen, um die Abholung zu organisieren.«

Dwain horchte auf. »Das können Sie vergessen!«, blaffte er.

Coburn griff in seine Jackentasche und zog ein Kuvert hervor, das er dem Sheriff reichte. Dwain Hamilton las das Schriftstück und warf es auf den Tisch.

»Und was soll das Ganze?«

»Der Doc arbeitet für die Regierung und ist tabu für Sie. Der Wagen ist Regierungseigentum. Wir sind gekommen, um ihn abzuholen.«

»Es wurde ein Mann getötet, ein zehnjähriges Kind ringt mit dem Tod«, erwiderte Sheriff Hamilton. »Und jetzt erklären Sie bitte den Angehörigen des Toten und den Eltern des Kindes, dass der Schuldige tabu für uns ist.«

»Sie haben das Schreiben gelesen und wissen, dass ich mit weitreichenden Vollmachten ausgestattet bin. Wenn Sie Ihren

Job behalten wollen, dann tun Sie am besten das, was ich Ihnen sage.«

»Komisch, so etwas Ähnliches habe ich schon einmal gehört«, sagte Dwain Hamilton. »Ich traue Ihnen nicht. Sie bleiben jetzt brav hier sitzen, während ich mit dem Ermittlungsrichter telefoniere. Der Doktor muss sich seiner Verantwortung stellen, anders kommen wir nicht ins Geschäft.«

Agent Coburn schüttelte den Kopf. »Wir werden Ihnen sagen, wo es langgeht.«

Erneut griff er in die Jackentasche und zog ein weiteres Kuvert hervor.

»Was ist darin?«

»Es ist eine Erklärung von Professor Timberlake, dem Chefarzt der kardiologischen Abteilung des Los Angeles Military Hospital. Doktor Allistar hatte unmittelbar vor seinem Unfall eine Herzattacke. Deswegen hat er die Kontrolle über seinen Wagen verloren. Er wird sich also vor dem Gesetz nicht verantworten müssen. Zum Zeitpunkt des Zusammenstoßes war er bewusstlos, und dafür gibt es Beweise.«

»Beweise?«

»Das ärztliche Gutachten liegt der Erklärung bei. Sie können es ruhig überprüfen lassen.«

»Ich war im Krankenhaus und habe mit dem diensthabenden Arzt gesprochen. Er hat nur ein paar oberflächliche Verletzungen festgestellt. Allistar war bei Bewusstsein. Von einem Herzanfall hat er nichts gesagt.«

Coburn machte eine wegwerfende Geste mit der Hand. »Der Mann stand unter Schock, da steht es schwarz auf weiß. Sie glauben doch nicht allen Ernstes, dass irgend so ein Provinzarzt gegen das Gutachten des Professors bestehen kann. Geben Sie es auf. Die Regierung wird alle Unkosten erstatten und den Hinterbliebenen des Toten und den Verletzten ein sattes Schmerzensgeld zukommen lassen. Das ist mehr, als der beste Anwalt vor Gericht erreichen kann.«

»Und Allistar ist aus dem Schneider«, wandte Dwain Hamilton ein. »So läuft der Deal nicht. Sie irren sich.«
»Dann rufen Sie den Richter an!«, erwiderte Coburn.
Knapp zehn Minuten später verließen die beiden NSA-Agenten das Büro des Sheriffs und begaben sich auf direktem Weg zum Abschleppdienst am Chapparal Drive. Dwain Hamilton hatte einen weiteren Fall verloren, und er fragte sich allmählich, ob das nicht symptomatisch für ihn war.

Moultrie, Georgia

Cäsar hatte Thommasville passiert. Menschen waren nicht mehr zu Schaden gekommen. Der Sturm verlor im gemäßigten Klima des Binnenlandes zunehmend an Kraft. Als Orkan mit kräftigen Regenwolken zog er weiter nach Norden in Richtung Moultrie. Mittlerweile war ein großer Teil der Wassermassen um Tallahassee in der warmen Floridasonne vertrocknet. Langsam wurde das ganze Ausmaß der Zerstörung sichtbar. Es war grauenvoll. In den morastigen Pfützen und kleinen Seen tauchten die verkrümmten Körper von getöteten und vermissten Menschen auf. Die Nationalgarde war zusammen mit der Polizei und der Feuerwehr Tag und Nacht im Einsatz. Das Unwetter war gewichen und machte den Weg für ein kräftiges Hochdruckgebiet frei, das die Temperaturen bald an die Dreißig-Grad-Marke steigen ließ. Jetzt war es wichtig, die Leichen zu bergen, schnellstmöglich zu identifizieren und zu beerdigen. Die Gefahr von Seuchen war immens.

Im Süden von Tallahassee waren Männer der Nationalgarde bei einem eingestürzten Drive-in-Motel damit beschäftigt, vorsichtig Steine und das Geröll des eingestürzten Gebäudes wegzuräumen. Zwar erwartete niemand mehr, auf Überlebende zu treffen, doch als die Leichenspürhunde anschlugen, drang ein seltsames Klopfen aus der Tiefe zu den Männern herauf. Alarmiert von ihren Kollegen hasteten eilends weitere Soldaten herbei. Sie gruben mit bloßen Händen und hoben das schwere Gestein mit langen Stangen an, damit sie das Seil des herbeigerufenen Kranwagens befestigen konnten. Gegen Abend wurde das Klopfen leiser, bis es schließlich verstummte. Verbissen gruben die Helfer weiter. Nachdem sie einen schweren Baumstumpf mit ihren Sägen zerteilt und weggeschafft hatten, fanden sie den zerschmetterten Körper einer Polizistin. *Pamela Roth* stand auf dem Namensschild, das an ihre zerrissene Bluse geheftet war. Mutlos ließen sich die Soldaten auf der Geröllhalde nieder. Plötzlich erklang erneut ein Klopfen. Mit letzter Kraft gruben die erschöpften Soldaten weiter. Nachdem sie ein weiteres schweres Bruchstück aus gemauerten Steinen entfernt hatten, tat sich vor ihnen ein Hohlraum auf. Als ein Soldat mit seiner Taschenlampe in die Höhle aus Schutt, Holz und Mauersteinen leuchtete, blickte er in die angsterfüllten Augen eines Kindes.

Eine halbe Stunde später gelang es den Einsatzkräften, sechs Menschen, darunter zwei kleine Kinder, aus dem dunklen Gefängnis zu befreien. Sie waren entkräftet und durstig, doch unverletzt. Sie hatten mehr Glück gehabt als die anderen zehn Personen, die nur noch als Leichen aus dem Keller des Drive-in-Motels geborgen werden konnten.

Kennedy Space Center, Florida

Brian Saint-Claire fühlte sich miserabel. Seine Gedanken, seine geheimen Blicke, seine Gefühle, alles kreiste nur noch um Suzannah Shane.

Sie hatte ihn gedemütigt. Am Mittag hatte er sich beim Essen im Casino fern von den Übrigen an einen freien Tisch gesetzt und gehofft, Suzannah würde ihm Gesellschaft leisten. Doch sie hatte ihm nicht einmal einen Blick geschenkt, und als sie sich zu den anderen setzte, hatte es ihm einen Stich mitten ins Herz versetzt.

Am Nachmittag hatten sie im Team erste Untersuchungen an

den Patienten vorgenommen. Auch da mied Suzannah die Nähe zu ihm und tat sich stattdessen mit Brandon zusammen. Ausgerechnet mit seinem Widersacher, diesem arroganten Ekel. Und um dem Ganzen die Krone aufzusetzen, verließ sie am Abend zusammen mit Brandon das Labor und ließ ihn mit Professor Buchhorn allein zurück. Brian fiel es schwer, sich auf seine Arbeit zu konzentrieren. War er etwa eifersüchtig?, fragte er sich.

Gegen sechs verließ er ebenfalls das Labor. Er eilte ins Casino, doch weder Brandon noch Suzannah waren dort. Ohne zu essen, ging er hinaus und fuhr mit einem der Jeeps hinüber zu den Apartments. Eine Stunde lang lag er auf seinem Bett und starrte an die Decke. Kurz vor acht duschte er, bevor er sich zur ersten Teamsitzung in das Verwaltungsgebäude begab.

Die anderen Wissenschaftler hatten sich bereits um den großen Tisch versammelt. Nur Shane und Brandon fehlten. Eine Minute vor acht betraten dann beide augenscheinlich gut gelaunt den Sitzungssaal. Sie wirkten wie gute Freunde und nahmen nebeneinander auf der gegenüberliegenden Seite des Tisches Platz. Brian schluckte schwer. In seinem Kopf arbeitete es, doch am schlimmsten war das Gefühl in seiner Brust. Es war, als ob ihm jemand mit aller Kraft den Brustkorb zerquetschen wollte.

»Meine Damen, meine Herren«, eröffnete Professor Paul die Arbeitssitzung. »Ich glaube, es war ein erlebnisreicher Tag für Sie alle. Ich denke, ich übertreibe nicht, wenn ich sage, dass diese Untersuchung die größte Herausforderung an Ihre wissenschaftlichen Fähigkeiten darstellt.

Dennoch hoffe ich, dass wir rasch zu Ergebnissen kommen. Ich möchte Ihnen allen für Ihr Erscheinen danken. Ihre Mitarbeit ist freiwillig, und die NASA kann Ihnen keine Reichtümer bescheren, aber ich hoffe auf Ihre Unterstützung. Damit will ich es bewenden lassen. Ich will keine Monologe halten, sondern freue mich auf eine zwanglose Gesprächsrunde mit Ihnen.«

Unter beipflichtendem Gemurmel setzte sich Professor Paul.

»Wir werden morgen mit der Analyse der Steuereinheit beginnen«, erklärte Professor Haarmann. »Zusammen mit Professor Chang werden wir den Weg verfolgen, den der Blitz durch das Schiff genommen hat. Wir benötigen dazu noch einige Messgeräte.«

»Schreiben Sie alles auf eine Liste«, erwiderte Paul. »Wir werden die Geräte bis spätestens morgen Mittag beschaffen, sofern es keine allzu ausgefallenen Wünsche sind.«

»Ich denke, das wird sich machen lassen«, sagte Professor Haarmann. »Ihre Labors sind gut bestückt.«

Professor Paul nickte dankend und wandte sich an Professor Brandon. »Und wie lief es in unserer psychologischen Abteilung?«

Brandon räusperte sich. »Die Problematik des Gesundheitszustands der beiden Patienten scheint um einiges komplizierter zu sein. Wir sind noch mitten in der Diagnostik. Es kommen natürlich verschiedene auslösende Faktoren in Betracht, aber ich denke, ich bin mit Dr. Shane und Professor Buchhorn schon auf einem guten Weg. Ende der Woche sehen wir weiter.«

Allein, wie Brandon den Namen von Suzannah nannte, ließ Brian vor Wut erzittern. Und angesichts der Unverfrorenheit, mit der Brandon seinen Namen aussparte, wäre er am liebsten aufgestanden und hätte sich den Kerl gegriffen. Er riss sich zusammen und verdrängte seinen Zorn. Sollten die beiden doch ruhig Händchen halten. Das schlechte Gefühl in seiner Brust würde schon vorübergehen. Es war Zeit, sich auf die Arbeit zu konzentrieren.

»Ich würde gern mit dem Piloten des Shuttles sprechen, wenn es möglich ist«, sagte Brian, und seine Stimme klang klar und fest.

»Und was sollte das bringen?«, mischte sich Brandon ein.

Brian ignorierte die Frage, während er den Blick auf Professor Paul gerichtet hielt.

Schließlich nickte Paul. »Ich werde dafür sorgen, dass Sie morgen Nachmittag mit dem Shuttlepiloten sprechen können.«

»Vergessen Sie Ihr Kruzifix nicht«, scherzte Brandon, doch das Lachen blieb aus.

»Hören Sie, Brandon«, erwiderte Brian ruhig. »Ich weiß, dass Sie nicht viel von mir und meinen Methoden halten, das beruht übrigens auf Gegenseitigkeit, aber wir arbeiten hier gemeinsam an einer Sache, in der es um mehr geht als um wissenschaftliche Theorien. Warum vergessen wir für diesen Zeitraum nicht unseren kleinen Zwist? Sie haben Ihre Methoden, und ich habe die meinen. Lassen wir es einfach dabei bewenden. Sie stören meine Kreise nicht, und ich lasse Sie in Frieden. Hinterher, wenn wir den beiden Astronauten geholfen haben, ist immer noch Gelegenheit für einen Schlagabtausch.«

Zustimmendes Gemurmel breitete sich aus.

»Das halte ich für eine vernünftige Idee«, bekräftigte Professor Paul Brians Vorschlag.

Brian schaute in die Gesichter der Anwesenden und wusste, dass er diese Runde gewonnen hatte. Als sein Blick das Gesicht von Suzannah Shane streifte, schien es fast, als ob sie ihm zulächelte.

2

Socorro, New Mexico

Dwain Hamilton saß an seinem Schreibtisch und starrte aus dem Fenster. Hatte sich die ganze Welt gegen ihn verschworen? Zuerst der Tote an der Interstate 25 und jetzt auch noch die Sache mit diesem Arzt der Army, der mir nichts, dir nichts aus der Klinik verschwand. Ihm waren die Hände gebunden. Zu allem Überfluss hatte gestern auch noch Margo angerufen und ihm in einem kurzen Gespräch erklärt, dass sie die Scheidung einreichen werde.

Er hatte keinen Versuch unternommen, sie umzustimmen. Er wusste, dass es keinen Sinn machte. Wenn sich seine Frau etwas in den Kopf gesetzt hatte, dann war dieser Entschluss unumstößlich.

Die Leichtigkeit, mit der er Margos Vorschlag zustimmte, hatte ihn jedoch selbst verwundert. Vielleicht war es der Umstand, dass er sich mittlerweile an das Alleinsein gewöhnt hatte – dass er kommen und gehen konnte, wie es ihm beliebte, oder dass er auf der Couch in seinem Büro schlafen konnte, ohne dass er dafür jemandem Rechenschaft ablegen musste.

Der schrille Ton des Telefons riss Dwain Hamilton aus seinen düsteren Gedanken. Genervt nahm er den Hörer ab und meldete sich barsch.

»Was ist dir denn für eine Laus über die Leber gelaufen?«, erhielt er zur Antwort. Deputy Dave Lazard war am Apparat, den er selbst nach Los Angeles geschickt hatte, um Ermittlungen zur Identität von Allan Mcnish anzustellen. Bevor Dave von seinem Onkel als Deputy vereidigt wurde, arbeitete er als Detective in Los Angeles. Noch immer war er mit einigen Kollegen dort freundschaftlich verbunden. Dwain hoffte, dass die alten Verbindungen seines Neffen ihm im Fall des Toten vom Coward Trail von Nutzen sein konnten.

»Reden wir nicht darüber. Hast du etwas herausgefunden?«

»Du weißt, dass du dich auf mich verlassen kannst«, erwiderte Lazard. »Ich musste mich schwer ins Zeug legen. Es war nicht einfach und hat mich einiges gekostet. Aber es hat sich gelohnt.«

»Dann waren wohl auch weibliche Mitarbeiter darunter«, neckte ihn Hamilton. »Also, schieß los!«

»Insgesamt gibt es vier Datensätze mit dem Namen Allan Mcnish. Peter Allan Mcnish ist knapp fünfzig und stammt aus Jacksonville. Er wird wegen Bankraubs in Florida, South Carolina und Alabama gesucht. Allan Mcnish junior stammt aus New York, ist knapp zwanzig, nach ihm wird wegen Drogenhandels gefahndet. Er hat dunkle Haut. Allan Steward Mcnish aus Detroit ist irischer Abstammung, um die dreißig Jahre alt und wird dem Umfeld der Irisch-Republikanischen Armee zugerechnet. Er wird mit internationalem Haftbefehl gesucht. Dann gibt es noch einen Robert Allan Mcnish aus Saskatoon in Kanada. Der Kerl müsste jetzt neunundzwanzig sein und wird seit fünf Jahren vermisst. Wahrscheinlich ist er auf einem Trip durch Alaska ums Leben gekommen, aber seine Leiche wurde bislang nicht gefunden.«

Hamilton hatte die Akte vor sich aufgeschlagen und musterte die Bilder des Toten vom Coward Trail. »Nummer eins und zwei scheiden aus, bleiben also nur Nummer drei und vier übrig. Hast du Fotos?«

»Ich faxe dir schon einmal das Wichtigste.«

»Wann kommst du zurück?«, fragte Hamilton.

»Ich muss hier noch etwas erledigen«, entgegnete Lazard. »Ich sagte doch, es war nicht einfach, an die Informationen heranzukommen. Schließlich ermitteln wir nicht offiziell.«

»Dann sag ihr einen schönen Gruß von mir, und ich erwarte dich morgen.«

Sheriff Hamilton warf den Hörer auf die Gabel und grinste. Dave war unverbesserlich, kein Wunder, dass er es nicht lange in einer festen Beziehung aushielt, er war einfach zu flatterhaft. Ein weiteres Mal überflog er die Fotografien des toten Mannes mit den roten Haaren, der zwischen den Müllcontainern auf dem Parkplatz an der Interstate gelegen hatte. Allan Steward Mcnish, irischer Abstammung, um die dreißig und wegen Mitgliedschaft in der IRA gesucht. Gestorben an einem ungewöhnlichen Drogenmix, den ihm wer auch immer verabreicht hatte. Sollte es sich bei dem Toten wirklich um einen IRA-Kämpfer handeln, dann stellte sich der Fall ganz anders dar, als Sheriff Dwain Hamilton bislang angenommen hatte.

Kennedy Space Center Hospital, Florida

Don Gibson trug eine weiße Hose und das blaue kurzärmelige Hemd eines Airforce-Piloten. Seine dunkelbraunen Haare waren kurz geschoren und standen aufrecht wie die abgeernteten Stoppeln eines Getreidefeldes. Auf seinen Schultern prangten die Rangabzeichen eines Captains der Airforce. Äußerlich wirkte er ruhig und gelassen, als er sich auf einem Stuhl im Besprechungsraum des Krankenhauses niederließ. Brian Saint-Claire stand hinter der verspiegelten Scheibe und beobachtete den Shuttlepiloten aufmerksam. Brian wollte einen ungezwungenen Eindruck von dem Mann erhalten, von dem er sich einige wichtige Details über die Umstände erhoffte, die zu dem verängstigten Zustand der beiden Astronauten geführt hatten. Mit verschränkten Armen verharrte er unbemerkt hinter der Scheibe und beobachtete den Piloten. Langsam kam Bewegung in den Offizier, der sich allein in dem abgedunkelten und mit versteckten Kameras und Mikrofonen gespickten Raum befand. Gibson schaute auf seine Uhr. Die Miene des Soldaten erschien gleichgültig. Nach zehn Minuten betrat Brian Saint-Claire den Raum. Captain Gibson wies während der Wartezeit keinerlei Anzeichen von einer inneren Unruhe oder eines auffälligen Verhaltens auf. Nur hin und wieder hatte er einen Blick auf seine Armbanduhr geworfen. Nichts Ungewöhnliches für einen Wartenden.

»Hallo, ich bin Dr. Saint-Claire«, grüßte Brian und streckte dem Piloten seine Hand entgegen. »Entschuldigen Sie, dass Sie warten mussten.«

Gibson ergriff die dargebotene Hand und nickte stumm.

Entgegen seiner sonstigen Gepflogenheiten trug Brian eine beige Anzughose, ein weißes Kurzarmhemd und eine dunkle Krawatte. Schließlich war sein Gesprächspartner ein ausgebildeter und gestandener Offizier der NASA. Im Outfit eines alternden Studenten hätte er wohl kaum die nötige Autorität ausgestrahlt, um von Anfang an deutlich zu machen, wer hier die

Gesprächsführung innehatte. Er zog seinen Stuhl heran und platzierte sich direkt gegenüber dem Piloten, wo er sämtliche gestischen und mimischen Gefühlsregungen seines Gesprächspartners erkennen konnte. Den Besprechungstisch hatte Brian eigens für diese Situation entfernen lassen.

»Sie wissen, weshalb Sie hier sind?«, eröffnete Brian den Dialog.

Gibson nickte. »Es geht um den Unfall bei der Landung des Shuttles.«

»Richtig. Ich habe da noch ein paar Fragen an Sie. Vielleicht erzählen Sie mir zuerst, was Ihnen noch in Erinnerung ist.«

Gibson schlug das rechte Bein über das linke. Seine Hände lagen in seinem Schoß.

»Es war reine Routine«, berichtete er. »Davor hatten wir Probleme bei der Installation einer Übertragungsantenne an der Raumstation gehabt und mussten länger draußen bleiben als geplant. Beim Rückflug konnten wir uns keine weiteren Verzögerungen mehr leisten. Um Energie und Sauerstoff zu sparen, schlief der Rest der Crew. Alles lief zunächst reibungslos. Wir hatten 43 Minuten für das Landefenster und traten rechtzeitig in den Orbit ein. Planmäßig zündeten die Verzögerungsdüsen. Unsere Sinkgeschwindigkeit lag bei 380 Stundenkilometer. Unmittelbar darauf erfolgten die Sturmwarnung der Bodenkontrolle und die Aufforderung, den Kurs zu ändern. Unter dem Shuttle befand sich ein riesiger Wolkenschirm, den wir zuvor nicht auf dem Radar hatten. Plötzlich brach das Chaos los. Am Übergang in die Troposphäre rüttelte und schüttelte sich das Schiff. Es bäumte sich auf, der Funkkontakt zur Basis riss ab. Aber das Schlimmste war, dass die Automatik versagte.«

Don Gibson veränderte seine Sitzposition. Mit nach vorn gebeugtem Oberkörper, die Ellenbogen auf die Knie gestützt und die Hände unter das Kinn geschoben, erzählte er weiter.

»Ich ging auf manuelle Steuerung und versuchte das Schiff abzufangen. Draußen prasselte etwas gegen die Shuttlehülle. Ich nehme an, dass es Hagelkörner waren, oder besser gesagt Eisklumpen. Es waren regelrechte Hammerschläge zu hören.«

Brian hörte interessiert zu und registrierte jede Veränderung von Gibsons Haltung, etwa, dass der Pilot die Stirn in Falten legte. Ein Zeichen für seine innerliche Anspannung.

»Was ist dann geschehen?«, ermunterte Brian den Mann zum Weitererzählen.

»Plötzlich gab es einen mächtigen Knall. Das Cockpit wurde von einer gleißenden Helligkeit erfasst. Ich musste die Augen schließen, sie schmerzten. Meine Instrumente fielen aus. Kurz darauf erklang erneut ein lauter Donner, und das Cockpit wurde wieder in ein helles Licht getaucht.«

»Sie glauben, es waren Blitze?«

»Ich bin mir ziemlich sicher. Ich glaube sogar, sie sind durch unser Schiff geschlagen. Auch wenn es verrückt klingen mag.«

»Und was war mit dem Rest der Crew?«

»Sie werden es nicht glauben ...« Gibson richtete sich auf. »Die ganze Zeit über haben die geschlafen. So als wäre nichts geschehen. Sie schliefen sogar noch bei der Landung.«

Brian nickte. »Ich habe gehört, es ist Ihnen und Ihrer Improvisationsgabe zu verdanken, dass das Schiff nicht abgestürzt ist.«

»Wir hatten Glück. Ich habe die Triebwerke des Schiffes aktiviert, sodass die *Discovery* aus dem Sturm herausgeschleudert wurde. Bei der Landung fehlte das Bugrad, aber die Jungs von der Flugplatzfeuerwehr hatten die Landebahn präpariert. Sie waren sofort zur Stelle.«

»›Der verdammte Sturm war näher, als ihr dachtet. Hat uns ganz schön durchgewirbelt. Beinahe wären wir abgeschmiert. Ich glaube, in den Wolken steckte etwas ...‹«, zitierte Brian die Worte des Piloten.

Gibson blickte zu Boden.

»›Der verdammte Sturm war näher, als ihr dachtet. Hat uns ganz schön durchgewirbelt. Beinahe wären wir abgeschmiert. Ich glaube, in den Wolken steckte etwas ...‹«, wiederholte Brian.

Mit fahrigen Fingern fuhr sich Don Gibson über das Gesicht. »Hören Sie, es ist schon ein paar Tage her. Ich kann mich nicht mehr an jedes Detail erinnern«, versuchte er zu erklären, doch Brian schüttelte den Kopf.

»›Ich glaube, in den Wolken steckte etwas ...‹«, wiederholte Brian beharrlich. »Was meinten Sie damit?«

»Sehen Sie, ich bin Testpilot. Ich habe mehrere tausend Flugstunden hinter mir. Unzählige davon in Grenzsituationen. Egal, ob die F15, die F16 oder auch die Super Hornet. Ich habe in meinem Leben schon so viele Vögel geflogen, dass ich mich kaum noch an jeden einzelnen erinnern kann. Ich war angespannt, schließlich droht einem nicht jeden Tag ein Absturz.«

Die Stimme des Piloten war stark erregt. Alle Sachlichkeit war aus ihr gewichen.

Brian hob beschwichtigend die Hände. »Jetzt hören Sie mir mal zu!«, sagte er in ruhigem Ton. »Niemand greift Sie an, niemand erhebt Anklage, niemand hat an Ihrem Verhalten etwas auszusetzen. Die NASA hält Sie für einen Helden, und auch ich ziehe meinen Hut vor Ihnen. Nicht jeder hätte in solch einer Situation die Nerven behalten. Trotzdem möchte ich gern mehr über Ihr Gefühl erfahren, das Sie unmittelbar vor dem Funkruf der Bodenkontrolle empfanden. Es geht hier nicht um Sie, es geht um die beiden Astronauten, die nur ein paar Türen entfernt liegen und mit angsterfüllten Augen in einer Ecke kauern. Ich wurde von Professor Paul hinzugezogen, um den beiden Unglücklichen zu helfen. Aber dazu muss ich alles wissen. Und Sie können es mir sagen.«

»Ich ... ich kann Ihnen nicht helfen.«

»Sie können es, ich sehe es an Ihren Gesten und Gebärden.«

»Ich wusste es«, seufzte Gibson. »Schon als ich die Vorladung bekam, wusste ich es. Traue nie einem Seelenklempner. Egal, was du tust und was du machst, er sieht in allem nur das Negative. Das sind miese Tricks, nicht mehr als ganz miese Tricks. Was wollen Sie von mir?«

»Wovor haben Sie Angst, Mr Gibson?«

»Das wissen Sie doch genau. Ich bin Flieger. Schon in meiner Kindheit träumte ich davon, Jets zu fliegen. Ich habe keine Lust, meinen Pilotenschein abzugeben und in den Tower oder zur Flugkontrolle versetzt zu werden.«

»Und Sie glauben, der Sinn dieses Gesprächs wäre es, Ihnen eine psychische Fehlleistung zu attestieren und Ihnen die Flugerlaubnis zu entziehen?«

»Was denn sonst?«, erwiderte Gibson.

Brian lächelte. »Dieses Gespräch war allein meine Idee. Nicht das der NASA. Und nicht Sie sind der Untersuchungsgegenstand, sondern Ihre unbewussten Wahrnehmungen«, erklärte Brian trocken. »Ich halte Sie wirklich für einen fähigen Piloten, und wenn ich dort hinaufmüsste, dann nur mit Ihnen.«

Gibson lächelte ungläubig.

»Ich bin kein Verhaltenspsychologe, und ich erstelle auch kein Gutachten über Sie«, fuhr Brian fort. »Ich sagte Ihnen schon, weswegen ich hier bin. Ich bin Parapsychologe und untersuche rätselhafte Phänomene. Viele meiner Kollegen halten mich für einen Spinner und das Gebiet der Parapsychologie für reinen Aberglauben. Aber Sie würden staunen, wie viele unerklärliche Phänomene von meinen ehrenwerten Kollegen mit hohlen Phrasen abgetan werden, ohne den wahren Hintergrund zu kennen. Dieses Universum ist Millionen von Jahren alt, es wäre vermessen zu behaupten, dass wir bereits alles kennen, definieren und einstufen können, was uns begegnet. Ich bin nicht so anmaßend. Ich weiß nur, dass der Zustand Ihrer Crew genau das darstellt, wovon ich gerade sprach: ein unerklärliches Phänomen. Ich bitte Sie um Ihre Mithilfe. Wenn Sie nicht wollen oder mir nicht trauen, dann stehen Sie einfach auf und gehen Sie. Jede weitere Minute wäre Zeitverschwendung.«

Gibson überlegte. Unsicher schaute er sich um. »Wer steht hinter diesem Spiegel?«, fragte er und deutete an die gegenüberliegende Wand.

»Niemand«, antwortete Brian.

»Mikrofone und Kameras?«

Brian nickte. »Nur für unsere Untersuchung und meine persönliche Akte.«

Gibson schaute sich im Raum um, suchte mit den Augen die Ecken und Wände ab. »Also gut, was soll's. Ich glaube Ihnen.«

»Was war in den Wolken?«

Gibson erhob sich. »Haben Sie schon einmal erlebt, dass Sie sich wie ein Gefangener Ihres eigenen Spiegelbilds fühlen? So als ob Ihr Geist über Ihnen schwebt und Sie selbst nur zum stillen Beobachter werden?«

»Menschen, die den Abgrund des Todes bereits überwunden hatten und zurückgeholt wurden, berichten oft von einem solchen Phänomen«, erwiderte Brian.

»Nein, nicht wie in *Flatliners*«, widersprach Gibson. »Es war ein anderes Gefühl. So als ob Sie die Situation mit einer kleinen Zeitverzögerung erleben. Das Gehirn ist schneller und hat die nächste Situation bereits analysiert und die Maßnahme festgelegt, während Ihr Körper ein paar Millisekunden hinterherhinkt. So wie bei einer Zeitlupe. Ihr Geist kommt Ihrem Ich gewissermaßen ein Stück zuvor.«

»Eine Art Déjà-vu?«

Gibson nickte. »Ich weiß nicht, wie man so etwas nennt, aber ich glaube fest daran, dass uns genau dieses unerklärliche Gefühl aus der Situation gerettet hat. Ich tat eigentlich nur das, was mir irgendwie eingegeben wurde.«

»Hatten Sie jemals in Ihrem Leben ein ähnliches Empfinden?«

Gibson schüttelte den Kopf. »Es war das erste Mal. Und ehrlich gesagt, hat es mir eine unheimliche Angst eingejagt. Es ist, als ob man zweimal existiert, aber doch nur ein halber Mensch ist, verstehen Sie?«

Brian Saint-Claire schaute den Piloten nachdenklich an. Er wusste, was der Offizier zum Ausdruck bringen wollte. Spiritisten hatten ein solches Gefühl, wenn sie aus ihrer Trance erwachten. Aber Captain Don Gibson war kein Medium. Im Gegenteil, er war weit davon entfernt.

Kennedy Space Center, Florida

Brian hatte sich die wichtigsten Passagen aus dem Bericht des Piloten noch einmal angehört und ein Protokoll erstellt. Für ihn gab es keinen Zweifel, dass Don Gibson kurz vor Auftreten des Gewittersturms ein Déjà-vu erlebte, das ihn durch den Sturm leitete und ihn in dieser Ausnahmesituation mit beinahe traumwandlerischer Sicherheit genau das Richtige tun ließ. Brian hatte Gibsons Personalakte studiert. Captain Don Gibson war ein rational denkender und handelnder Mensch. Von seinem Typ her eher unempfänglich für metaphysische Einflüsse. Umso verwunderlicher, dass er sich auf diese Eingebung eingelassen hatte und bei aller Rationalität nicht ablehnend darauf reagierte. Dennoch ergaben sich aus der Aussage des Shuttlepiloten keine weiteren Anhaltspunkte, was mit den beiden Astronauten während des Rückflugs passiert war. Sie hatten bereits vor Eintritt in die Erdatmosphäre geschlafen und waren auch nicht erwacht, als das Inferno an Bord des Raumschiffs losbrach. Eher ungewöhnlich, denn die beiden befanden sich den Aufzeichnungen nach gerade im Übergang von der dritten Schlafphase in die Tiefschlafphase. Menschen in diesem Stadium reagierten häufig auf äußere Einflüsse und erwachten durch Krach oder Erschütterungen. Vielleicht hatte Suzannah inzwischen etwas herausfinden können.

Brians Magen knurrte. Das Hungergefühl überlagerte seine Gedanken. Er schaute auf die Uhr. Wenn er sich nicht beeilte, dann würde das Casino schließen, und er würde erst am Abend wieder etwas zu essen bekommen. Eilig verließ er das Krankenhaus und sog tief die frische Luft ein, als er hinaus in den Sonnenschein trat. Noch war der Tag durch den heftigen Wind, der aufgekommen war, klar und kühl, doch bald schon würden die

Sonnenstrahlen die Temperaturen in die Höhe treiben. Der Sommer hatte gerade erst begonnen.

Brian ging am Krankenhaus vorbei und schlug den Weg zum Schulungsgebäude ein, wo sich das Casino befand. Ein Fußweg von knapp fünfzehn Minuten auf dem weitläufigen Gelände lag vor ihm. Es war kurz nach ein Uhr mittags. Insgeheim hoffte er, vielleicht auf Suzannah Shane zu treffen, doch als er das Casino betrat, war nur ein einziger Gast zugegen, es war einer der Männer aus dem Physikerteam, ein Meteorologe, dessen Namen Brian schon wieder vergessen hatte. Brian nahm ein Tablett vom Stapel und bog in den Gang entlang des Tresens ein. Statt der Hauptspeise – Chicken Fried Steak mit Baked Potato und Salat – nahm er sich eine doppelte Portion Bratkartoffeln und setzte sich dann zu dem einsamen Gast.

»Brian Saint-Claire«, sagte er und nickte dem Mann mit asiatischem Einschlag freundlich zu.

»Wayne Chang«, erwiderte der Meteorologe. »Nennen Sie mich Wayne.«

Brian legte sich die Serviette auf den Schoß. »Abgemacht, und ich bin Brian.«

»Also gut, Brian«, erwiderte Chang. »Wie kommen Sie bei den Astronauten voran?«

Brian winkte ab. »Bislang haben wir nichts als Theorien, aber von einer Lösung des Problems sind wir, so glaube ich, noch meilenweit entfernt. Und wie läuft es bei Ihnen?«

»Wir haben das Shuttle komplett ausgebeint und untersuchen derzeit die einzelnen Komponenten.« Chang schob sich einen Bissen in den Mund. »Es steht zumindest fest, dass die Raumfähre beim Durchflug der Wolkenbank von großen Eisklumpen getroffen wurde. Dadurch wurde die Außenhaut des Shuttles beschädigt. Wahrscheinlich drang der Blitz durch einen beschädigten Teil der elektrostatischen Schutzummantelung in das Innere der *Discovery* ein.«

»Ist das denn möglich?«

»Normalerweise wird ein Blitzeinschlag in einen Flugkörper durch die symmetrische Form der Außenhülle abgeleitet. Ist die Außenhülle beschädigt, also unsymmetrisch, bietet sie eine Angriffsfläche. Im Inneren herrscht durch die Elektronik des Flugkörpers ein Spannungsverhältnis. Die elektrische Ladung des Blitzes will sich ausweiten und nutzt dazu jede sich bietende Möglichkeit. Dadurch wird ein Blitz gewissermaßen ins Innere gesogen. Diese Erscheinung ist bereits mehrfach in Labors nachgewiesen worden und hat vor drei Jahren tatsächlich zum Absturz eines Passagierflugzeugs über den Westindischen Inseln geführt. Ich denke, das Gleiche ist bei der *Discovery* passiert. Wir sind gerade dabei, den Verlauf der Energieladungen zu rekonstruieren, damit wir unsere Annahme verifizieren können.«

Brian seufzte. »Wenn sich die Krankheit der Astronauten auch so einfach erklären ließe. Leider tappen wir noch immer im Dunkeln. Ich habe heute mit dem Piloten des Shuttles gesprochen. Sie sind doch Meteorologe. Sind Ihnen jemals Berichte von Menschen untergekommen, die – nennen wir es – Verhaltensanomalien während eines Sturms entwickelten?«

»Ich verstehe nicht, was Sie meinen?«

»Ich bin noch einmal das Protokoll des Funkverkehrs zwischen dem Shuttle und Houston durchgegangen. Kurz bevor der Sturm das Schiff erwischte, machte der Pilot eine sonderbare Wahrnehmung. Er war der Meinung, er sei nicht allein. Etwas sei in den Wolken. Er konnte es nicht genau definieren, aber es machte ihm Angst und löste eine Art Déjà-vu aus, das ihn mit traumwandlerischer Sicherheit genau das Richtige tun ließ, verstehen Sie?«

Wayne Chang legte sein Besteck zur Seite. »Ein Sturm dieses Ausmaßes ruft in vielen Menschen eine tiefgehende Furcht hervor. Ich kann mir durchaus vorstellen, dass der Pilot von einem panischen ...«

»Nein, so meine ich das nicht«, fiel ihm Brian ins Wort. »Ich weiß, dass mich viele für verrückt halten und meine Wissenschaft als faulen Zauber abtun. Aber es gibt vieles zwischen Himmel und Erde, das trotz aller Wissenschaft und Logik unerklärlich bleibt und sich nicht in das enge Korsett von naturwissenschaftlichen Formeln und Berechnungsmustern zwängen lässt. Der Pilot, ein ansonsten sehr stabiler und rationaler Mensch, erlebte dieses Déjà-vu und handelte gewissermaßen vorauseilend intuitiv; damit rettete er das Shuttle und die Insassen vor einer Katastrophe. Er meinte, es sei etwas in der Umgebung gewesen, das ihn zu dieser Handlung veranlasste. So etwas wie sein eigenes Spiegelbild.«

»Vielleicht hatte er nur Glück.«

»Schon gut«, lenkte Brian ein. »Möglicherweise haben Sie recht.«

Wayne Chang konnte die Enttäuschung in Brians Gesicht ablesen. Offenbar hatte sich der Psychologe mehr von dieser Unterhaltung erhofft. »Hören Sie, Brian«, nahm er das Gespräch wieder auf. »Ich bin väterlicherseits Japaner und mütterlicherseits Amerikaner. Mein Vater hat mir viel über die japanische Kultur und das Land beigebracht. Trotz aller Wissenschaft wissen wir, dass es in unserem Dasein mehr gibt als graue mathematische Theorie. Unser Schöpfer hat uns einige Rätsel offenbart, die wir auf rational logischem Wege lösen können, aber er lässt sich nicht gänzlich in seine Karten schauen. Wenn ich mich auch eher den Naturwissenschaften verschrieben habe, so glaube ich dennoch an eine metaphysische Ebene.«

Brians dankbarer Blick streifte den hellhäutigen Mann. »Ich glaube, dass die Ursache für den Zustand der Astronauten im Sturm zu suchen ist. Ich glaube, dort oben ist etwas passiert, das uns Rätsel aufgibt. Erst wenn wir genau wissen, was die Astronauten in diesen schrecklichen Zustand versetzt hat, können wir ihnen helfen.«

Nachdenklich blickte Wayne auf seinen Teller. »Diese Stürme sind in höchstem Maße außergewöhnlich. Sie kamen ohne Vorwarnung zwei Monate zu früh. Wir verloren bereits ein Wetterflugzeug vor den Kaimaninseln und ein Schiff bei der Kokosinsel. Manchmal glaube ich, es ist tatsächlich die Rache der Natur an der Menschheit, die für das Entstehen der Zyklone verantwortlich ist.«

»Vor knapp einer Woche unterhielt ich mich mit einem Geistlichen. Er erzählte mir, dass ein Kirchendiener seit einiger Zeit von Visionen geplagt wird. Vor vier Wochen erschien dem alten Mann die Heilige Jungfrau und warnte ihn vor heftigen Stürmen, die den amerikanischen Kontinent heimsuchen würden. Und er meinte, das sei nur der Anfang. Erdbeben, Überschwemmungen und Feuersbrünste würden folgen.«

»Und Sie glauben dem Priester?«

Brian lächelte. »Es ist nur eine Vision, aber nach Tallahassee erscheint sie mir verdammt real.«

»Ich bin nur am Rande mit der Sturmbeobachtung beschäftigt«, erklärte Wayne Chang. »Die Jungs vom NHC unternehmen zurzeit alles, um die Hintergründe für diese ungewöhnlichen Sturmfronten aufzudecken. Möglicherweise stehen sie mit dem El-Niño-Effekt in Zusammenhang. Global gesehen, bin ich mir sicher, dass es eine natürliche Folge unseres Raubbaus an der Natur ist. Wir können nicht darauf vertrauen, dass unsere gewohnten klimatischen Verhältnisse ewig andauern. Bislang gab es immer unterschiedliche Zyklen. Warme Zeiten wechselten sich mit Eiszeiten ab. Erst seit knapp zehntausend Jahren ist unser Klima relativ stabil. Zum Teil ist die Erderwärmung, die derzeit im globalen Mittel bei 0,5 bis 0,7 Grad Celsius liegt, für solche extremen Wetterverhältnisse verantwortlich. Und ich denke, dass die Menschheit an dieser Entwicklung die Schuld trägt.«

»Trotzdem glaube ich, wäre es ratsam, die Stürme noch einmal genauer unter die Lupe zu nehmen. Vielleicht gibt es noch andere Ursachen als den globalen Klimawandel.«

Waynes Handy klingelte. »Entschuldigen Sie«, sagte er zu Brian und nahm das Gespräch an. Jennifer Oldham war am Apparat. Leider musste Wayne auch für das nächste Wochenende ein

Treffen absagen. Jennifer war hörbar missgestimmt. Er vertröstete sie und redete mit Engelszungen auf sie ein. Brian musste schmunzeln, als er Waynes Worte vernahm.

»Na ja, so ist es eben, wenn man Verpflichtungen hat«, sagte Brian scherzend.

Wayne machte eine bedauerliche Miene. »Ich kann es nun einmal nicht ändern. Eine gute Bekannte. Sie ist Journalistin. Übrigens entsteht im Karibischen Meer gerade wieder ein Hurrikan. Aber das NHC geht davon aus, dass er diesmal unsere Küsten verschont. Wir können uns gern noch einmal zusammensetzen und über die Sache reden, aber jetzt entschuldigen Sie mich bitte, ich muss wieder zurück in den Hangar. Wir sehen uns heute Abend zur Besprechung.«

»Hat mich sehr gefreut, Wayne«, erwiderte Brian. »Ich komme sicher auf Ihr Angebot zurück.«

General Willston Training Area, Cibola Forest

Kurz nach dem Gespräch mit Lazard waren aus dem Faxgerät in Dwain Hamiltons Büro die Seiten mit den Informationen über die in Frage kommenden Männer gequollen. Dwain überflog die Blätter. Von Robert Allan Mcnish, dem Vermissten aus Kanada, lag lediglich eine Beschreibung vor. Doch diese traf auf mindestens ein Viertel der irischstämmigen Einwohner des amerikanischen Kontinents zu. Der Datensatz von Allan Steward Mcnish aus Detroit war auch mit einem Foto versehen. Dwain verglich es mit den Aufnahmen der Leiche vom Coward Trail. Auf den ersten Blick war die Ähnlichkeit nicht allzu groß, aber es lagen ja auch drei Jahre zwischen den beiden Aufnahmen. Das Gesicht von Allan Steward Mcnish auf dem Fahndungsfoto wirkte etwas schmaler und kantiger als das Gesicht der Leiche, aber Größe, Alter, Augenfarbe und Frisur stimmten überein. Vielleicht hatte der Drogenkonsum die Gesichtszüge des Toten verändert. Es wirkte aufgedunsen.

Dwain war sich zu achtzig Prozent sicher, dass der Tote der gesuchte IRA-Aktivist war. Abgesehen von einer gewissen Übereinstimmung der beiden Fotos wiesen auch andere Indizien darauf hin: die spärliche Bekleidung und die wenigen Gegenstände, die der Tote mit sich geführt hatte, das gelbe Sweatshirt mit der Aufschrift POW und die Tatsache, dass dem Toten Drogen verabreicht worden waren, von denen Dwain wusste, dass sie als »Wahrheitsserum« bei Vernehmungen durch Geheimdienste verwendet wurden. Nicht zu vergessen die Präsenz von NSA-Agenten in seinem County. Ein schlimmer Verdacht keimte in Dwain auf. Seit dem Anschlag vom 11. September hatte sich sein Land der kompromisslosen Bekämpfung des Terrorismus verschrieben. Inzwischen gab es weltweite Verbindungen zwischen den verschiedenen Terrororganisationen. War es da so abwegig, dass auch die IRA in den Fokus der Geheimdienste gerückt war? Höchste Zeit, der General Willston Training Area im Cibola Forest einen Besuch abzustatten. Terrorverdächtige konnten seit dem Irakkonflikt außergerichtlich interniert werden. Sie unterlagen dem Militärrecht. Ein Militärcamp mitten in der Wildnis und weitab von der Zivilisation eignete sich hervorragend zu einem Internierungslager. Vielleicht würde er dort sogar Erkenntnisse über den auf ominöse Weise verschwundenen Militärarzt Dr. Allistar erlangen. Dwain meldete sich bei Donna ab und stieg in seinen Ford Maverick. Auf dem Highway 60 fuhr er in Richtung Magdalena aus der Stadt hinaus. Nach Magdalena nahm er die 107 in Richtung der San Mateo Mountains, um kurz darauf nach rechts in den Cibola National Forest abzubiegen. Nach knapp einem Kilometer passierte er einen Zaun. Die Verbotsschilder am Rande des breiten Weges wiesen auf die militärische Sperrzone hin. Dwain ignorierte die Hinweise und lenkte seinen Geländewagen einen sanften Hügel hinauf. Der Weg, umsäumt von hohen Kiefern, führte in einem weiten Bogen in ein kleines Tal unterhalb des Mount Withington, an dessen Ende sich das Militärcamp befinden musste. Als er um eine Kurve bog, fuhr er auf eine rot-weiße Schranke zu. Eine Dienstbaracke befand sich unmittelbar daneben, vor der ein grüner Jeep parkte. Ein großes rotes Stoppschild forderte ihn zum Anhalten auf. Noch bevor sein Ford zum Stillstand kam, tauchten zwei bewaffnete Soldaten auf. Einer hielt sein Sturmgewehr auf Dwain gerichtet, während der andere an den Wagen trat. Dwain öffnete die Tür.

»Guten Tag, Sir«, sagte der Soldat freundlich. »Sie befinden sich hier auf militärischem Sperrgebiet. Ich muss Sie auffordern, dieses Gebiet zu verlassen.«

»Ich bin Sheriff Dwain Hamilton, der zuständige Polizeichef im Socorro County, und mein Besuch ist dienstlich.« Dwain präsentierte seine Dienstmarke. »Ich will in einer dringenden Ermittlungssache mit dem Kommandanten der Einheit sprechen.«

»Tut mir leid«, entgegnete der Soldat. »Ich habe strikte Order, niemanden passieren zu lassen.«

In Dwain keimte Wut auf. »Verdammt, ich bin nicht irgendjemand, ich bin der Sheriff in diesem County, und nun öffnen Sie schon diese verdammte Schranke!«

»Bedaure. Ich muss zuerst mit dem Wachoffizier Verbindung aufnehmen. Bitte warten Sie hier.«

»Okay, okay. Aber beeilen Sie sich, ich will wieder zurück sein, ehe es dunkel wird.«

Der Soldat salutierte und verschwand in der kleinen Hütte, während der andere schussbereit in einiger Entfernung stehen blieb und Dwain misstrauisch musterte.

»Keine Angst«, murrte Dwain und schloss die Tür seines Wagens. »Ich werde nicht durchfahren.«

Der bewaffnete Posten zeigte keine Regung und hielt weiterhin sein Gewehr auf den Wagen gerichtet. Ein paar Minuten später kam der Wachsoldat aus der Hütte zurück.

»Ich muss Sie bitten, hier zu warten, bis Captain Melrose eintrifft«, bat der Soldat sachlich.

»Sagen Sie, warum ist hier alles so geheimnisvoll? Ich dachte, das hier ist ein Trainingscamp der Marines?«

»Entschuldigung, Sir. Ich bin nicht befugt, Ihnen Auskunft zu geben. Bitte warten Sie auf Captain Melrose. Er wird mit Ihnen sprechen.«

Dwain nickte. Es hatte keinen Sinn. Er öffnete die Tür und stieg aus seinem Wagen. »Es ist wohl nichts dagegen einzuwenden, wenn ich mir die Beine ein wenig vertrete?«

Der Soldat nickte kurz, ließ ihn aber nicht aus den Augen. Dwain schaute sich um. Erst jetzt erkannte er, dass sich ein paar Meter nach der Schranke ein gesichertes Doppeltor befand. Die Anlage wirkte gespenstisch. Er hatte so etwas schon einmal gesehen. Als er vor zwanzig Jahren in Deutschland die Grenzsperranlagen zur ehemaligen DDR besuchte. Dort hatte man ähnliche Sicherheitsvorkehrungen getroffen. Wobei die Sperranlagen dort dazu bestimmt waren, niemand aus dem kommunistischen Teil Deutschlands hinauszulassen, und weniger, um ein Eindringen zu verhindern. Sein Blick wanderte weiter. Ein riesiger Strommast gegenüber der Sperranlage führte vier Überlandleitungen in das Areal. Ansonsten waren nur Bäume und Büsche zu erkennen. Dwain schätzte, dass er noch einige Kilometer vom eigentlichen Militärcamp entfernt war. Er näherte sich der Schranke und griff in seine Jackentasche. Es war frisch hier draußen im Cibola Forest, am Fuße der Mateo-Berge. Der Sicherungsposten beobachtete ihn nervös.

Dwain zog ein Bonbon hervor und präsentierte es zwischen seinen Fingern. »Auch eins? Ist gut gegen Husten.«

»Nein, danke«, sagte der Soldat. Der Sicherungsposten schwieg.

Zehn weitere schweigsame Minuten verstrichen, ehe ein Motorengeräusch durch den Wald drang. Zuerst glitt der innere Flügel des Doppeltors automatisch zur Seite, und als der Jeep in den Innenbereich eingefahren war und sich das Innentor wieder geschlossen hatte, glitt das äußere Tor auf. Bestimmt war dieser Bereich auch mit Kameras und Sicherheitsschleifen versehen, dachte sich Dwain.

Der Jeep hielt hinter der Schranke, und ein drahtiger Offizier in olivgrüner Tarnuniform und mit einem schwarzen Barett schwang sich vom Beifahrersitz.

»Guten Tag, Sir«, grüßte der Offizier im Rang eines Captain. »Ich höre, Sie sind dienstlich hier. Um was geht es denn?«

Hamilton überlegte. »Gestern hat sich in Socorro ein Unfall ereignet«, sagte Dwain Hamilton zögernd. »Sie haben bestimmt davon gehört. Ich muss in dieser Angelegenheit mit Dr. Allistar sprechen.«

Der Captain zog die Stirn kraus. »Wie kommen Sie darauf, dass Sie einen Dr. Allistar hier im Camp finden?«

»Er fuhr einen Wagen der Army. Und die General Willston Training Area ist die einzige militärische Einrichtung in meinem County. Wo sollte er sonst zu finden sein?«

»Ich kann Ihnen versichern, dass es hier keinen Dr. Allistar gibt.«

»Könnte ich mit dem Kommandanten sprechen?«

»Wir sind ein Trainingscenter der US-Marines. Dieses Gebiet hier unterliegt der Sicherheitsstufe 1. Ohne Erlaubnis darf ich Sie nicht auf das Gelände lassen. Auch wenn Sie der Sheriff sind.«

»Und wo erhalte ich eine solche Erlaubnis?«

Der Offizier lächelte. »Da müssen Sie sich an das Büro des Chief of the Navy in Washington wenden. Aber es bedarf schon eines triftigen Grundes für eine Genehmigung. Sie kennen die politische Lage in der Welt. Die derzeitigen Umstände machen derlei Sicherheitsvorkehrungen notwendig. Nur damit Sie sich eine Vorstellung machen können, was wir hier tun: Wir trainieren für ganz spezielle Einsätze in anderen Teilen der Welt.«

Dwain griff in seine Jackentasche und zog ein Kuvert hervor. Er streckte es dem Wachoffizier hin.

»Was ist das?«, fragte der Soldat.

»Eine Vorladung für Dr. Allistar. Geben Sie das Schreiben an den Kommandanten weiter. Er wird wissen, was zu tun ist.«

»Ich kann Ihnen nicht versprechen, dass die Vorladung bei

diesem Dr. Sowieso ankommt, das dürfte Ihnen doch klar sein.«

Dwain nickte und ging auf seinen Wagen zu. Kurz bevor er einstieg, wandte er sich noch einmal um. »Wie heißt Ihr Kommandant noch mal?«, fragte er.

Der Captain lächelte. »Ich habe Ihnen den Namen nicht genannt, aber der kommandierende Offizier der General Willston Training Area heißt Commander Leach. Das fällt nicht unter die Geheimhaltung.«

»Grüßen Sie Commander Leach und richten Sie ihm aus, dass ich nötigenfalls mit der Militärpolizei wieder auftauchen werde, wenn sich Dr. Allistar nicht bei mir blicken lässt. Es ist zwar nur eine Formalität, die es noch zu regeln gibt, aber nicht einmal die Army hat das Recht, Verdächtige vor der Justiz zu verstecken. Egal, in was für einer Zeit wir leben. Kein Richter wird sich so etwas gefallen lassen. Haben Sie mich verstanden?«

Der Offizier nickte und schob das Kuvert in seine Hosentasche. Dwain setzte sich hinter das Steuer und wendete den Wagen. Hier stank es gewaltig zum Himmel, und er würde herausfinden, was hinter diesem geheimnisvollen Militärcamp steckte.

Kennedy Space Center Hospital, Cape Canaveral

Brian Saint-Claire hatte sich nach dem Mittagessen etwas die Beine vertreten, ehe er über den weitläufigen Platz vorbei am Schulungsgebäude und den Apartments wieder zum Krankenhaus zurückgegangen war. Gerade als er die Schwingtür zur Station im ersten Stock erreichte, wurde sie aufgestoßen. Beinahe hätte ihn das Türblatt getroffen, wäre er nicht rechtzeitig ausgewichen. Suzannah hastete an ihm vorbei, die Lippen aufeinandergepresst und die Augen zu schmalen Schlitzen zusammengezogen. Ihre Miene sprach Bände. Diesen Gesichtsausdruck kannte Brian von früher, wenn Suzannah vor Wut beinahe überschäumte.

»Was ist denn in dich gefahren?«, rief ihr Brian hinterher.

»Ich könnte ihn umbringen!«, sagte sie und blieb stehen. »Dieser borniert und arrogante ... ich weiß überhaupt nicht ... ich habe das nicht nötig. Niemand behandelt mich wie eine kleine, naive Studentin.«

»Brandon?«

»Wer sonst! Egal, was ich mache, egal, was ich tue. Er weiß alles besser. Ich komme mir vor wie eine minderbemittelte Assistentin. Dabei liegt es eine Ewigkeit zurück, als er noch praktizierte.«

»Und was willst du jetzt tun?«

»Ich reise ab.«

»Und überlässt ihm das Feld. Du glaubst doch nicht im Ernst, dass er den Astronauten helfen kann? Im Gegensatz zu dir, aber du kneifst und ziehst dich zurück.«

Suzannahs Körper spannte sich. »Das sagt der Richtige. Wer hat damals gekniffen? Wer läuft schon seit Jahren vor seinem eigenen Leben davon? Wer hat sich damals darum geschert, wie ich mich fühle? Du musst nichts sagen. Das steht dir nicht zu.«

Brian ging auf Suzannah zu. »Ich habe nie aufgehört, diese Stunde zu verfluchen. Ich weiß nicht, was in mich gefahren ist. Plötzlich hatte ich ... Angst. Ich hatte Angst, einen Fehler zu machen. Ich hatte Angst, dich zu verlieren.«

Suzannah schaute ihn mit großen Augen an. »Was ... was soll das jetzt, so etwas wie eine späte Reue?«

»Nenn es lieber Einsicht. Ich habe eingesehen, dass, wenn es ums Weglaufen geht, ich wohl der Spezialist bin. Doch ich habe meine Lehre daraus gezogen, glaub mir. Brandon hat damals dafür gesorgt, dass ich nicht nur meinen Job, sondern auch meinen Ruf verlor. Er wollte mich am Boden sehen, und ich habe mich vor ihm in den Staub geworfen. Diesem Mann genügt nicht, einen zu vertreiben, er will zerstören. Und genau das wird er mit dir tun, wenn du jetzt gehst.«

Über Suzannahs Wange lief eine Träne. Brian legte ihr den

Arm um die Schultern, doch sie entzog sich ihm. Als sie sich ihm wieder zuwandte, war die Träne weggewischt. Entschlossenheit erstrahlte in ihrem Gesicht.

»Ich weiß, dass ich diesen Astronauten im Krankenbett helfen kann. Nur habe ich keine Lust, gegen Windmühlen zu kämpfen. Ich mag es nicht, jeden Schritt, den ich tue, vor irgendjemandem rechtfertigen zu müssen. Und ich mag es nicht, wenn mir jemand voller Argwohn über die Schultern schaut.«

»Dann wirst du dafür kämpfen müssen«, sagte Brian.

»Wirst du mir dabei helfen?«, fragte sie.

»Ich würde mich freuen, wenn du mich an deiner Seite haben wolltest.«

»Also gut, dann lass uns Partner sein.«

Sie reichte ihm die Hand, und Brian schlug lächelnd ein.

Eine ganze Weile standen sie nebeneinander im Gang des Hospitals und schauten sich wortlos in die Augen.

»Und jetzt lass uns an die Arbeit gehen, um diese unglückseligen Menschen endlich aus ihrer traumatischen Isolation zu befreien«, sagte Brian nach einer Weile des Schweigens. Gern hätte er ihr gesagt, was er noch immer für sie empfand, doch er schwieg.

3

Socorro County, New Mexico

Sie saßen an einem Tisch in Bebobs' Bar am Sedillo Park und tranken Bier. Neben Dwain Hamilton lag die aktuelle Ausgabe der *Mountain Mail*, in der von dem Busunfall berichtet wurde. Den Reportern war nicht entgangen, dass ein Mitglied der Army in einem Dienstfahrzeug den Unfall verursacht hatte. Doch der Schuldige war kurz nach seiner Einlieferung in das Socorro General Hospital von einem Militärhubschrauber abgeholt worden. In der Stadt ging das Gerücht, dass es ein hochrangiger Offizier, ein General oder Admiral direkt aus dem Pentagon gewesen sei, der bei dem Unfall verletzt worden war. Doch wann immer jemand Dwain danach fragte, hüllte er sich in Schweigen.

»Na, ihr zwei Süßen«, fragte Mary Ann, die blonde Bedienung. »Wollt ihr auch etwas essen, oder ernährt ihr euch heute flüssig?«

»Bring uns Steaks, Kartoffeln und Bohnen«, sagte Dwain und wandte sich wieder Lazard zu. Sein Neffe war am späten Nachmittag aus Los Angeles zurückgekehrt.

»Ich weiß nicht so recht«, sagte Lazard. »Warum sollte die Army Mcnish im Drogenrausch in der Wildnis aussetzen? Da gäbe es doch bessere Möglichkeiten, ihn spurlos verschwinden zu lassen.«

»Du hast mir nicht richtig zugehört«, entgegnete Dwain Hamilton. »Ich sage ja nicht, dass er ausgesetzt wurde. Nein, er ist ihnen entkommen. Der alte Jack hat ihn unweit von Magdalena auf dem Highway sitzend gefunden. Das Camp ist von dort nicht weit entfernt.«

»Die Army hält Kriegsgefangene und Terrorverdächtige ganz in unserer Nähe gefangen, um sie mit Wahrheitsdrogen und sonstiger Folter zum Reden zu bringen. Und alles unter dem Deckmantel der Geheimhaltung. Ich kann es nicht glauben, aber es klingt sehr plausibel, muss ich zugeben.«

»So wie letzten Herbst die junge Frau«, bekräftigte der Sheriff, »deretwegen dieser Lastwagenfahrer aus Houston von der Straße abkam. Ich habe dem Mann damals nicht geglaubt, aber jetzt sehe ich die Sache anders. Wahrscheinlich ist sie auch aus dem Lager weggelaufen.«

Lazard nahm einen Schluck Bier. »Was tun wir jetzt?«

Hamilton zuckte mit den Schultern.

»Und wenn wir Howard Bescheid geben?«

»Howard ist ein Idiot«, polterte Dwain. »Der Fall ist abgeschlossen und auf Eis gelegt. Angeblich ist die Leiche noch nicht identifiziert. Dabei müsste er nur in die Fahndungscomputer schauen, und der Tote hätte einen Namen.«

Lazard seufzte. »Weißt du, was ich glaube. Ich glaube, der Fall wurde auf Intervention von oben auf Eis gelegt. Deswegen hat er auch so gereizt reagiert, als er erfahren hat, dass du hinter seinem Rücken weiterermittelst.«

»Mein Gott, Junge«, antwortete Dwain. »Wenn du recht haben solltest, dann stecken am Ende alle unter einer Decke.«

»Ein richtiges Komplott. Die Army, die NSA und sogar die State Police. Was sollen wir jetzt tun?«

Dwain schüttelte den Kopf. »Ich habe keinen blassen Schimmer, aber ich glaube, die Lösung des Rätsels liegt dort draußen im Cibola Forest. Es muss einen uneinsehbaren Weg geben, auf dem man hineingelangt. Schließlich ist ihnen Mcnish und davor auch das Mädchen entkommen.«

Die Bedienung näherte sich mit zwei Tellern.

»Ich glaube, ich nehme mir ein paar Tage frei«, sagte Dwain. »Ich wollte schon lange mal wieder jagen gehen. Wie steht es mit dir, kommst du mit?«

»Ich habe noch drei Tage Urlaub und nichts Besonderes vor«, antwortete Dave Lazard mit einem Augenzwinkern.

Kennedy Space Center, Florida

Der düstere, weitläufige Raum war vollkommen mit Gummimatten abgedichtet. In der Mitte standen zwei riesige elektromagnetische Spulen, zwischen denen ein etwa zwei Meter großes Modell eines Shuttles an unsichtbaren Schnüren schwebte. Hinter einer getönten Panzerglasscheibe befand sich der Kontrollraum für das aufwendige Experiment. Das Modell des Shuttles wies an seiner Außenhülle das gleiche Beschädigungsmuster auf wie das Original, die Raumfähre *Discovery*.

Wayne Chang beobachtete zusammen mit Lisa White Eagle, Helmut Haarmann und Joseph Stone das Kontrollpaneel, hinter dem ein Ingenieur der NASA Platz genommen hatte. Gespannte Stille herrschte.

»Ich wäre dann so weit«, sagte der NASA-Mitarbeiter und blickte Professor Haarmann fragend an, der das Zeichen zum Start des Experiments gab.

Als der Ingenieur den Schalter betätigte und langsam die Regler des Kontrollpults in die Höhe fuhr, war ein immer lauter werdendes Brummen zu vernehmen. Das Brummen steigerte sich zu einem infernalischen Rauschen. Lisa hielt sich die Ohren zu. Immer weiter schob der Techniker die Regler in die Höhe. Der Zeiger des Anzeigeinstruments erreichte den roten Bereich.

»Gleich wird's mächtig hell«, sagte Wayne.

»Ich hoffe nur, dass unsere Berechnungen zutreffen«, meinte Stone. »Wir haben nur dieses eine Modell.«

Noch ehe sein letztes Wort verklungen war, entlud sich in einem lauten Knall die elektrische Ladung zwischen den Spulen. Ein greller Blitz schoss in Sekundenschnelle von einer Spule zur anderen hinüber und hüllte das Modell des Raumschiffs in ein grelles Licht. Eine kleine Rauchfahne tanzte an die Decke, nachdem der Blitz auf die andere Spule übergesprungen war.

Lisa klopfte Professor Haarmann und Wayne Chang freudig auf die Schultern. »Exzellente Berechnungen, gute Arbeit«, jauchzte sie.

Der Techniker hatte den roten Hauptschalter gedrückt und die Anlage wieder abgeschaltet.

»Kein Wunder, dass es solche Schäden am Schiff gab«, sagte Stone und öffnete die gepolsterte Tür, die in den Versuchsraum führte. »Würde mich nicht wundern, wenn wir das gleiche Brandmuster vorfinden wie an der *Discovery*.«

»Was uns aber noch keine Erklärung für die Abweichung der Cäsiumuhr liefert.« Professor Haarmann folgte Stone in den düsteren Raum, in dem es entsetzlich nach verschmortem Kunststoff stank.

»Wir brauchen Licht und die Ventilatoren!«, rief Stone.

Der Techniker nickte und aktivierte die Scheinwerfer. Die Rotoren der Lüftung setzten sich sogleich in Bewegung.

Stone trat an die Steuerung des Seilzugs, mit der das Spaceshuttlemodell in der Höhe gehalten wurde. Langsam ließ er das kleine Modell der *Discovery* hinab, bis es sanft auf dem Boden landete. »Dann wollen wir uns den Vogel einmal ansehen«, murmelte er und kniete sich auf die blaue Matte.

»Ein Blitzableitersystem hätte so etwas trotz Beschädigungen des Rumpfs verhindert«, sagte Wayne Chang.

»Die Chance, von einem Blitz getroffen zu werden, steht bei eins zu 64 Millionen«, wandte Lisa ein. »Jedes Kilo unnötiger Ballast, der ins All geschossen wird, kostet uns eine Million Dollar.«

Wayne lächelte. »Wenn mein Schiff bei diesem statistischen Verhältnis die Eins vor dem Doppelpunkt wäre, dann wären die übrigen 64 Millionen nur wenig tröstlich.«

Kennedy Space Center Hospital, Florida

Das Briefing am vorangegangenen Abend war zunächst unangenehm verlaufen. Während die Techniker bei ihren Untersuchungen einen großen Schritt vorangekommen waren, traten die Psychologen noch immer auf der Stelle. Professor Paul hatte Mühe gehabt, eine Eskalation der Aussprache zu verhindern. Vor versammelter Mannschaft hatte Suzannah Shane ihrem Ärger über die andauernden Bevormundungen und die Arroganz von Professor Thomas Brandon Luft verschafft. Brians diplomatischem Geschick war es zu verdanken, dass die Gespräche schließlich wieder in konstruktiven Bahnen verliefen. Er hatte den Vorschlag gemacht, dass sich das Psychologenteam aufteilte und sich jeweils eines Astronauten annehmen sollte. Dadurch würde man Konfliktpotenzial vermeiden und gleichzeitig die methodische Effizienz erhöhen. Denn sollte Suzannah Shane mit ihrer Behandlungsweise recht behalten, dann könnte man die Therapie auch auf den anderen Astronauten übertragen – würde hingegen Brandon mit seiner Therapie einen Erfolg erzielen, so könnte man in gleicher Weise verfahren. Brians Vorschlag erntete großen Beifall bei den Anwesenden. Schließlich stimmten auch Suzannah und Brandon nach reiflicher Überlegung zu. So kam es, dass sich Brian mit Suzannah zusammentat, um sich des ASA-Astronauten Ziegler anzunehmen, und Brandon kümmerte sich unterdessen gemeinsam mit Professor Buchhorn um Sanders.

»Du weißt, dass das Ganze in einem Wettstreit endet, bei dem die beiden Kranken möglicherweise auf der Strecke bleiben.« Suzannah blickte durch die Glasscheibe auf das Krankenlager des österreichischen Astronauten.

»Nur wenn du dich darauf einlässt«, sagte Brian. »Ich kenne Brandons Art sehr gut. Natürlich wird er sticheln, natürlich wird er vergleichen und, sobald er sich im Vorteil sicht, sich in den Vordergrund drängen und dich als Versagerin hinstellen, aber es ist besser, getrennt zu arbeiten, als gemeinsam zu streiten.«

Zieglers Augen waren geöffnet. Er lag bewegungslos auf dem Bett und starrte an die Decke. Leise Sphärenmusik sickerte aus einem Lautsprecher. Suzannah hatte am Tag zuvor die Wirkung der beruhigenden Klänge auf die Astronauten getestet. Beide hatten positiv darauf angesprochen.

Für Suzannah ein klares Indiz, dass sie endlich das starke Tranxillium absetzen oder es zumindest reduzieren konnten. Genau deswegen war sie mit Brandon aneinandergeraten.

»Der Erfolg gibt dir erst einmal recht«, sagte Brian und schaute auf die Uhr. »Jetzt liegt er schon seit sieben Stunden ruhig im Bett, und zwar ohne Beruhigungsmittel.«

Suzannah lächelte. »Sein Puls und die Herzfrequenz sind im grünen Bereich. Keine Panikattacke, keine erhöhten Aktivitäten der Muskeln. Lass uns den morgigen Tag abwarten, dann beginnen wir mit den ersten Schritten.«

»Und heute Nacht würde ich mit einer leichten Fixierung beginnen. Ich will seine Schlafphase beobachten. Vor allem würde mich interessieren, was er so alles von sich gibt.«

»Aber du hast doch die Protokolle und die Aufnahmen gesehen.«

Brian winkte ab. »Wenn ich mich einer Sache annehme, dann möchte ich alle Details aus eigener Wahrnehmung kennenlernen.«

»So wie bei dem Piloten?«, erwiderte Suzannah. »Was hat dir die Befragung eigentlich gebracht?«

»Einige interessante Aspekte über Gibsons Persönlichkeit.«

»Aber nicht das, was du dir erhofft hast?«

»Nicht ganz, das gebe ich zu.«

Suzannah seufzte. »Was suchst du eigentlich hier? Warum bist du hierhergekommen?«

Brian überlegte einen Augenblick. »Die Wahrheit«, antwortete er.

Sie schüttelte den Kopf. »Suchen wir nicht alle nach der Wahrheit?«

»Ich meine nicht die Wahrheit, die wir als Schlussfolgerung unter unseren Untersuchungsbericht schreiben. Ich suche die Wahrheit hinter der Wahrheit, verstehst du?«

Suzannah schaute Brian fragend an. »Ehrlich gesagt, nein.«

»Ich glaube, wenn wir hier fertig sind, wirst du es verstehen«, sagte Brian.

San Mateo Mountains, Cibola National Forest

Sie hatten ihren Jeep auf einem Waldparkplatz am Fuße des westlichen Ausläufers des Mount Baldy geparkt, sich ihren Rucksack umgeschnallt, das Browning-Jagdgewehr geschultert und waren zu Fuß in Richtung der San Mateo Mountains aufgebrochen.

Es war ein wolkenloser, sonniger Tag, und das Thermometer war auf beinahe dreißig Grad Celsius geklettert. Nachdem sie die 107 überquert hatten, folgten sie einem sanften Anstieg, der mitten hinein in einen dichten Fichtenwald des Cibola National Forest führte. Bald wurde aus dem Waldweg ein schmaler Pfad.

Trotz der erfrischenden Kühle des Waldes wurde der Weg zunehmend beschwerlicher. Der Schweiß rann ihnen über die Stirn, und als nach einer kleinen Talsohle ein weiterer steiler Anstieg folgte, setzte sich Dave Lazard abseits des Pfades auf einen abgestorbenen Baumstumpf, entledigte sich seines Rucksacks und wischte sich mit einem Handtuch den Schweiß von der Stirn. Ein zweistündiger strammer Marsch lag hinter ihnen.

Er langte nach seiner Feldflasche. »Hast du eine Ahnung, wie weit es noch ist?«

Dwain Hamilton faltete die Karte auseinander, griff nach seinem Kompass, schaute hinauf zum Himmel und warf einen Blick auf seine Armbanduhr. Durch die dichten Baumwipfel schimmerte das Sonnenlicht. Er zeigte auf einen Punkt in der Karte. »Wir sind jetzt ungefähr hier.« Sein Finger wies auf die Südseite unweit des Mount Withington. »Wenn der Ranger uns nicht angelogen hat, dann liegt das Army-Camp auf der gegenüberliegenden Seite des Berges in einem kleinen Taleinschnitt, der sich nach Westen öffnet.«

»Das heißt, wir müssen da rüber?«

Dave Lazard deutete auf den steil ansteigenden Pfad, der sich in der Ferne in der grünbraunen Natur verlor.

Dwain überprüfte nochmals mit dem Kompass ihre Position.

»Wir hätten uns einen GPS-Decoder ausleihen sollen«, murmelte Lazard.

»Ich halte nichts von dem modernen Zeug. Wenn die Batterien leer sind, dann ist man hoffnungslos verloren.« Dwain hielt den Kompass in die Höhe und deutete mit einem Kopfnicken in Richtung der Sonne. »Ich verlasse mich lieber auf die altmodische Methode. Damit habe ich bislang immer meinen Weg gefunden.«

Lazard lächelte. »Dein Wort in Gottes Ohr.«

»In vier Stunden wird es dämmern«, erklärte Dwain. »Wir schaffen es vielleicht bis zu dem kleinen Bachlauf westlich des

Berges. Dort können wir unser Lager aufschlagen. Ich möchte auf keinen Fall zu nahe am Sperrgebiet campieren. Die Soldaten patrouillieren auch am äußeren Sperrzaun. Wenn sie uns erwischen, war alles umsonst.«

Lazard nahm einen weiteren Schluck aus seiner Feldflasche.

»Lass uns weitergehen!«, forderte ihn Dwain auf. »Und spar dir dein Wasser. Wir können erst am Bach unsere Vorräte auffüllen, und bis zum Camp sind es noch mindestens zehn Kilometer.«

»Wir hätten mit dem Wagen näher heranfahren sollen, das hätte uns Zeit und Kraft gespart«, murrte Lazard.

»Und sofort alle Pferde scheu gemacht, wenn sie den Wagen entdeckt hätten«, erwiderte der Sheriff. »Auf dem Parkplatz an der 107 parken ständig Spaziergänger und Touristen. Und wenn wir uns von der steilen Seite an das Lager heranmachen, dann ist unsere Chance, unentdeckt zu bleiben, weitaus größer.«

»Ich bin wirklich gespannt, ob sich der ganze Aufwand lohnt«, sagte Lazard. »Am Ende treffen wir auf ein paar ausgezehrte Marines, die in den Bergen Krieg spielen.«

»Und wenn es so ist, dann wissen wir zumindest sicher, was da oben im Lager vor sich geht.«

Westlich der Galapagosinseln, südpazifische Region

Es war ein überwältigendes Schauspiel, als die Sonne in einem rötlichen Schimmer in der ruhigen See versank. Selbst die wenigen Wolken am tiefblauen Himmel hatten sich in ein rosafarbenes Laken gehüllt. An Bord der *Timbury* herrschte eine feierliche Stimmung. Die Besatzung hatte ihre Arbeiten eingestellt und verfolgte, fasziniert von der Schönheit des Augenblicks, wie die tiefrote Scheibe langsam hinter dem Horizont verschwand. Eine mäßige Brise wehte von Südosten und blies den Matrosen salzige Luft in die Nase.

Die *Timbury* war ein Forschungsschiff der National Oceanic

and Atmospheric Administration und kreuzte in der Nähe der Galapagos-Schwelle südlich der Isabela-Insel zwischen dem Äquator und fünf Grad südlicher Breite. Die Mission hatte das Ziel, weiteren Aufschluss über die vermutete Strömungsanomalie, kurz El Niño genannt, zu erlangen. Mit modernsten Geräten, Tiefensonar und mehreren Streamern zur Messung der Tiefenströmungsverhältnisse ausgestattet, war das Schiff seit drei Tagen in der Region unterwegs, um Licht in das Dunkel der außersaisonalen Wirbelstürme zu bringen. Nachdem die Suchaktion nach der *Portland* im Pazifik erfolglos abgebrochen worden war, hatten sich drei weitere Schiffe aus ihren Häfen auf den Weg gemacht. Die NOAA brauchte Gewissheit, der Druck der Öffentlichkeit auf Politik, Wirtschaft und natürlich auch auf den Wetterdienst und die Meeresforscher wuchs angesichts der Zerstörungen, die die Wirbelstürme der vergangenen Wochen verursacht hatten.

Die Wetterdienste und Klimatologen arbeiteten mit Hochdruck an der Erforschung der Ursachen, die zu den Wetterphänomenen geführt hatten. Die meisten der verantwortlichen Politiker hofften, dass genügend andere Erklärungen gefunden würden, die über das langjährige Versagen ihrer Umweltpolitik hinwegtäuschten.

Doch egal, wie man es drehte und wendete, bislang blieb der in den letzten Jahren immer wieder auftretende El-Niño-Effekt im Südpazifik zwischen dem südamerikanischen Kontinent und Australien unerklärlich. Die Messdaten hingegen waren eindeutig. Eine im Durchschnitt erhöhte Temperatur des Oberflächenwassers und eine zu hohe Lufttemperatur für die Jahreszeit in der südatlantischen Region erhöhten die Wahrscheinlichkeit für die Entstehung tropischer Zyklone. Und gerade dies war ein wesentliches Indiz für eine drastische globale Erderwärmung.

Nach acht Stunden konzentrierter Arbeit waren die Besatzungsmitglieder der *Timbury* am Ende ihrer Kräfte. Drei Streamer hatten sie in die Tiefenschichten des Meeres abtauchen lassen. Und überall das gleiche Ergebnis. Der südliche Äquatorialstrom zwischen der Westküste Südamerikas und Australien war in den oberen und mittleren Meeresschichten verebbt. Gerade so, als hätte es ihn nie gegeben. Außerdem waren die in normalen Jahren zu verzeichnenden Südostpassatwinde ausgesprochen schwach.Das natürliche Umwälzsystem zwischen den kalten Wassermassen in der Tiefe und dem warmen Oberflächenwasser, natürlich gewachsen in Zehntausenden von Jahren, war nachhaltig gestört. Das südpazifische Hoch, das normalerweise in der Nähe des Südlichen Wendekreises lag, hatte sich in Richtung Norden vorgeschoben. Die Folge waren ein gleichmäßig warmes Gewässer zwischen dem Äquator und dem zwanzigsten nördlichen Breitengrad sowie Südwinde, die stetig warme Luft in dieses Gebiet schaufelten, und eine Verlagerung der planetarischen Frontalzone nach Norden. Solche Umstände begünstigten schon bei kleinsten Luftdruckschwankungen die Entstehung tropischer Wirbelstürme. Sollte sich diese Entwicklung fortsetzen, dann wäre bis zum Spätherbst beinahe wöchentlich mit einem neuen Hurrikan zu rechnen.

Im Grunde genommen war absehbar, wie sich das Szenario in den nächsten Jahren weiterentwickeln würde, darüber waren sich die Besatzungsmitglieder der *Timbury* einig, sollten nicht weitreichende und einschneidende Maßnahmen seitens der Verantwortlichen getroffen werden. Computersimulationen gab es zuhauf. Doch entgegen der landläufigen Meinung würde die Erde nicht zu einem Wüstenplanet mutieren, genau das Gegenteil wäre der Fall. Eine neue Eiszeit würde mit ihren kalten Fingern nach dem Erdball greifen.

Die Männer auf der *Timbury* schauten auf, als der kleine rote Wetterballon mit einer Radiosonde als Passagier über dem Vordeck des Schiffes aufstieg und sich in die oberen Luftschichten hinaufschlängelte.

4

Kennedy Space Center Hospital, Florida

»... rennen ... das Feuer. Es kommt auf uns zu ... lauf ... renn weg!«

Es war gespenstisch. In dem halbdunklen Zimmer, nur durch ein gedämpftes grünes Licht beleuchtet, lag Astronaut Helmut Ziegler lang gestreckt und fixiert auf seinem Bett und schlief einen unruhigen Schlaf. Immer wieder drangen Worte aus seinem Mund. Kein unverständliches Gemurmel, keine brüchigen Wortfetzen, sondern verständliche und akzentuierte Worte. Betonungen und Silben waren eindeutig zu vernehmen.

Sein Körper war bewegungslos, doch seine Augen und seine Gesichtsmuskeln waren in einem hyperaktiven Zustand. Die hohen, gezackten Wellen, die das EEG aufzeichnete, zeigten deutlich, dass dieser Mann einen Traum träumte, der sein Unbewusstes in hektische Aktivität versetzte. Er durchlebte zweifellos einen Albtraum mit ungewöhnlich hoher Intensität.

»... alles bebt um uns ... die Erde tut sich auf ... sie verschlingt uns ... es ist ... es ist ...«

Ein lauter Angstschrei kam über die Lippen des Astronauten und zerriss die gespenstische Stille. Sein Leib zuckte, und plötzlich verkrampfte sich Zieglers Körper, um für fast eine Minute regungslos, mit geschlossenen Augen in der verkrümmten Position zu verharren. Seine Gehirnaktivität erlahmte und fiel wieder auf ein normales Maß zurück. Die Augenaktivität unter den geschlossenen Lidern, gemessen durch das EOG, kam weitestgehend zum Stillstand. Schließlich entspannte sich der Körper des Mannes, um in einen ruhigen und traumlosen Schlaf zu fallen.

Suzannah Shane saß im Nebenraum und blickte durch das große Fenster in das Krankenzimmer. »Er ist wieder in der ersten Phase angekommen. Er wird ruhiger.«

Abgesehen von den Geräten zur Messung der Gehirn- und Augenaktivitäten war Zieglers Körper noch an einer weiteren multifunktionalen Überwachungsanlage angeschlossen. Neben dem Blutdruck, der Atem- und Herzfrequenz und dem Puls wurden seine Muskelaktivitäten mittels Sensoren erfasst. Die Messungen zeigten deutlich erhöhte Werte, während sich der Astronaut in der REM-Phase des Schlafes befand. Vor allem die Blutdruck- und Atemfrequenzen in dieser Schlafphase waren aus medizinischer Sicht bedenklich. Die erhöhten Risiken reichten von einer extremen Hyperventilation über einen Schlaganfall bis zu einem Infarkt. Nur eines sagten die Messungen nicht: weshalb diese angsterfüllten Bilder durch Zieglers Kopf geisterten.

Suzannah betrachtete die Aufzeichnungen der einzelnen Geräte und gab die Daten in ihren Laptop ein. »Die Einschlafphase dauerte vier Minuten, die zweite Phase sechzehn, bei Phase drei liegen wir bei neunzehn Minuten, und dann geht er in eine vierundzwanzigminütige Tiefschlafphase über. Die REM-Aktivität dauerte siebzehn Minuten. Das ist ungewöhnlich lang.«

Brian blickte Suzannah über die Schulter. »Ich fürchtete schon, dass er uns kollabiert. Diese Werte könnten bei einem untrainierten Patienten zur Apoplexie führen.«

»Er ist Astronaut«, antwortete Suzannah. »Vergiss das nicht, er ist körperlich in einer ausgezeichneten Verfassung.«

»Trotzdem, allzu lange hält das kein Mensch durch.«

»Willst du ihn wieder mit Beruhigungsmitteln vollpumpen, damit er ruhig bleibt?«, fragte Suzannah.

Brian schüttelte den Kopf.

»Er muss jetzt da durch«, sagte sie. »Spätestens nächste Woche will ich mit den Hypnoseversuchen beginnen. Bis dahin muss er frei von den Medikamenten sein.«

Ein lautes Stöhnen drang über den Lautsprecher aus dem Raum nebenan. Zieglers Körper verfiel in ein heftiges Zucken. Geräuschvoll begannen die Aufzeichnungsgeräte wieder heftige Aktivitäten der Augen zu registrieren. Brian warf Suzannah einen sorgenvollen Blick zu.

»Er geht wieder in die REM-Phase über, und das nach kaum fünf Minuten«, sagte Suzannah erstaunt. Der Körper des Astronauten verkrampfte sich erneut. Seine Arme und Beine zuckten unkontrolliert. Plötzlich rissen die Fixierschlaufen.

»Brennen ... Brennen!«

Die Worte aus seinem Mund mutierten zu heiseren Schreien. Ziegler richtete sich auf.

»Die Muskelentspannung fehlt. Er steht unter Strom wie ein Hundertmeter-Läufer kurz vor dem Start.«

»Schnell!«, rief Suzannah und riss die Tür zu Zieglers Zimmer auf. Der Astronaut hatte sich vom Bett erhoben. Die Sensoren der Messgeräte lösten sich von seinem Körper und fielen herab. Mit weit schwingenden Armbewegungen schlug er um sich, seine Beine staksten unkontrolliert umher, und er drohte jeden Augenblick zu stürzen, weil er sich in den Kabeln der Messsensoren verfing.

Während Suzannah in der Ecke eine Spritze aufzog, versuchte Brian den Mann zu umklammern. Immer wieder musste er den unkontrollierten Schlägen ausweichen. Schließlich bekam er das Handgelenk des Schlafwandlers zu fassen. Doch noch bevor Brian richtig zupacken konnte, traf ihn ein Schlag an der Schläfe. Für einen kurzen Moment tanzten Sterne vor seinen Augen. Eine Welle des Schmerzes schoss durch seinen Körper. Er wehrte sich gegen die drohende Schwäche und wich einem erneuten Schlag aus. Instinktiv ließ er sich nach vorn fallen und umfasste den Körper des Astronauten. In dem Schlafenden steckte eine schier unbändige Kraft. Brian wurde zur Seite gerissen und strauchelte. Doch er hielt sich auf den Beinen. Menschen, die sich in Todesangst befanden, entwickelten ungeahnte Kräfte und kämpften mit jeder Faser ihres Körpers gegen den drohenden Tod. Und Ziegler war von dieser panischen Todesangst erfüllt, das spürte Brian.

Es gab nur eine Chance, er musste ihn zu Fall bringen, damit Suzannah das Beruhigungsmittel in seine Vene spritzen konnte. Brian richtete sich auf. Erneut wischte Zieglers Arm in seine Richtung. Doch diesmal ergriff Brian den vorbeifliegenden Arm und setzte einen Armhebel an.

Ziegler strauchelte und ging zu Boden. Suzannah eilte mit aufgezogener Spritze herbei. Brian war darauf gefasst, dass er alle seine Kräfte aufbieten musste, damit er Ziegler am Boden halten konnte. Doch er irrte sich. Kaum war der Astronaut auf dem Boden aufgeschlagen, erlahmten seine Bewegungen. Wie ein friedlich Schlafender lag er plötzlich da.

»Es ist vorbei«, sagte Brian, als sich Suzannah hinabbeugte.

»Trotzdem, es kann jederzeit wieder beginnen.« Sie beugte sich über den Astronauten und schob den Ärmel des Schlafanzugs hoch.

Doch Brian legte seine Hand auf ihren Arm. »Lass es, das wirft uns nur zurück«, sagte er. »Ich hieve ihn auf das Bett, und wir fixieren ihn mit den Schnallen. Aber diesmal nehmen wir die Lederbänder und sichern sie mit zusätzlichem Material.«

Suzannah blickte Brian fragend an. Doch der nickte entschlossen. Auf seiner Wange erschien ein dunkler Fleck.

»Tut es sehr weh?« Sie legte sanft ihre Hand darauf.

»Es ist fast nicht auszuhalten«, sagte Brian lächelnd. »Ich glaube, da kann nur noch eine Psychologin helfen.«

Suzannah streichelte über Brians Gesicht. »Oh, da kenne ich jemanden, die sehr gut sein soll.«

San Mateo Mountains, Cibola National Forest

Sie hatten am südlichen Fuß des Mount Withington ihr Nachtlager aufgeschlagen. Am Lagerfeuer hatten sie sich Kaffee gekocht und eine Dose mit Bohnen und Rindfleisch verspeist. Nach dem Essen griff Dwain Hamilton in die Brusttasche seiner Jacke und zog eine Schachtel Zigarillos hervor. Er reichte sie Lazard, doch dieser lehnte ab.

»Ich dachte, das liegt hinter dir?«, fragte sein Neffe.

Dwain steckte mit einem glimmenden Holzspan sein Zigarillo an und nahm genüsslich einen tiefen Zug. »Ich habe wegen Margo aufgehört. Aber Margo ist nicht mehr da. Sie wird auch nicht wiederkommen. Also ist es egal, ob ich rauche.«

Lazard schüttelte den Kopf.

Hamilton ließ seinen Blick über die dunkle Wildnis streifen. Im flackernden Feuerschein tanzten dunkle Schatten in den Bäumen.

»Das habe ich viel zu lange nicht mehr gemacht«, sinnierte Dwain. »Früher war ich oft hier draußen. Ich habe ganze Tage im Cibola verbracht. Irgendwie hat mir das gefehlt.«

Sie sprachen noch eine ganze Weile über die Vergangenheit, über Margo und die Situation der Trennung, bis sie schließlich die Müdigkeit übermannte und sie sich in das Zelt zurückzogen.

Bei Sonnenaufgang erwachte Dwain. Er weckte Lazard, und nach einem kurzen Frühstück setzten sie ihren Weg fort.

»Wenn wir uns ranhalten, schaffen wir den Anstieg und sind bis heute Abend auf der anderen Seite.«

»Wieso bis zum Abend? Das kann doch gar nicht mehr so weit sein«, protestierte Lazard.

»Es sind noch beinahe fünf Kilometer, aber das Problem ist der Abstieg dort drüben. Da gibt es einige kahle Wände, die wir hinunterklettern müssen.« Lazards ungläubiger Blick streifte den Sheriff.

»Was ist?«

»Klettern? Du meinst so richtig in den Felsen?«

Dwain Hamilton zuckte die Schultern. »Ein Problem für dich?«

»Weißt du, wann ich das letzte Mal geklettert bin? Das war, als ich noch aufs College ging.«

»Keine Angst, dein Onkel ist ja bei dir. Ich lass dich schon nicht hängen.« Dwain präsentierte das orangerote Seil.

Lazard verzog das Gesicht.

»Kommst du?«, fragte der Sheriff.

»Habe ich eine andere Wahl?«

Das kleine Tal, das sie durchwanderten, öffnete sich und gab den Blick auf die Südwestseite des Mount Withington frei. Nackter, kalter Stein sah ihnen aus der Ferne entgegen. Sie gingen weiter. Der Wald wurde lichter und der Pfad zu einem breiten Weg. Eine ganze Weile folgten sie dem Lauf eines kleinen Bachs. Sie füllten ihre Feldflaschen mit dem kühlen und kristallklaren Nass und rasteten einige Minuten, ehe sie ihren Weg fortsetzten. Nachdem der Wald wieder dichter geworden war und der Pfad wieder schmaler, folgte ein erster steiler Anstieg. Schnaufend, den Oberkörper nach vorn gebeugt und jeden Halt nutzend, kämpften sie sich voran. Das Gelände wurde flacher, doch noch ehe sie das Plateau erreicht hatten, verwehrte ihnen ein hoher rostiger Zaun den Weg.

No Trespassing! Military Area, stand in roten Buchstaben auf dem wurmstichigen Holzschild, das am Zaun befestigt war.

Erschöpft ließ sich Lazard zu Boden fallen. »Und was machen wir jetzt?«, stöhnte er.

Dwain Hamilton betrachtete den Metallzaun, der oben mit einem dichten Kranz aus Stacheldraht versehen war. Hinter dem Zaun lagen mehrere aufgeschichtete Rollen aus rostigem Stacheldraht. »Da will wohl jemand auf Nummer sicher gehen.« Er seufzte. »Ein Tor wird es hier wohl kaum geben ...«

Kennedy Space Center Hospital, Florida

Um ein Uhr in der Nacht hatten sie die Schlafstudie ihres Patienten abgebrochen. Nachdem Brian Ziegler mithilfe zweier hinzugerufener Pfleger auf das Bett zurückgelegt hatte, fixierten sie ihn mit Lederbändern. Gemeinsam waren Suzannah und Brian vom Krankenhaus zu ihren Bungalows hinübergeschlendert. Einen kurzen Augenblick lang dachte Suzannah daran, Brian noch auf einen Drink in ihr Apartment einzuladen, doch nach reiflicher Überlegung unterließ sie es. Auch wenn ihr Brians Nähe gutgetan hätte, und sosehr sie sich nach seiner Berührung sehnte, so fühlte sie, dass die Zeit noch lange nicht reif dafür war. Eine zweite Enttäuschung würde sie nicht überleben. Und Brian spürte ihre Zerrissenheit, deswegen unternahm er erst gar keinen Versuch, sie zu etwas zu drängen, das sie nicht wollte. Er hauchte ihr einen Kuss auf die Wange, wünschte ihr eine gute Nacht und ging drei Türen weiter, wo er in seinem Zimmer verschwand. Diesmal war Suzannah seiner Berührung nicht ausgewichen, wie er erfreut registrierte.

Sie hatten sich zum Frühstück verabredet, und Brian wartete vor ihrer Tür, als sie ihr Apartment verließ. Ihr mitleidiger Blick traf Brian, als sie seine gerötete und leicht angeschwollene Wange erblickte.

»Da hast du ordentlich eine abgekriegt«, sagte sie mitfühlend. »Komm rein, ich habe eine Salbe.«

Brian schüttelte den Kopf. »Ist schon gut, es ist nicht das erste Mal, dass ich mir eine einfange. Ich war einfach zu langsam.«

»Er war nicht zu bändigen. Wir hätten auf die Pfleger warten sollen.«

»Wir mussten zu ihm rein. Er war nicht bei Sinnen, er hätte sich verletzen können.«

»Heute Nacht werden wir ihn von Anfang an mit zwei soliden Bändern fixieren. So etwas passiert uns nicht mehr.«

Im Casino nahmen sie ein ordentliches Frühstück zu sich. Später, im Krankenhaus, gingen sie zuerst die Aufzeichnungen der vergangenen Nacht durch. Die restliche Nacht hatte Ziegler vergleichsweise ruhig verbracht. Zwar waren noch immer außergewöhnlich lange REM-Phasen mit gleichzeitig gesteigerter physischer Erregung aufgezeichnet worden, aber zu bedrohlichen Spitzenwerten war es nicht mehr gekommen. Gesprochen hatte Ziegler ebenfalls nicht mehr. Jetzt lag er auf seinem Bett, wirkte beinahe ausgeglichen und lauschte entspannt der beruhigenden klassischen Musik aus den Lautsprechern.

Brian zog sich einen Stuhl heran und betrachtete den ASA-Astronauten, der auf ihn beinahe einen verklärten Eindruck machte. »Ich würde einiges darum geben, wenn ich einen Blick in sein Gehirn werfen könnte. Was denkt er jetzt? Was geht in ihm vor?«

»Wir sind hier, um es herauszufinden«, sagte Suzannah. »Und ich finde, dass wir Fortschritte machen. Kleine Fortschritte, aber ich glaube fest daran, dass wir ihm helfen können.«

Brians Gesicht wirkte nachdenklich. »Wird er jemals wieder ein normales Leben führen?«

Suzannah legte ihre Hand auf seine Schulter. »Ich weiß es nicht.«

»Ah, da sind ja unsere beiden Turteltäubchen«, ertönte es hinter ihren Rücken. Ihre Köpfe flogen herum.

Professor Thomas Brandon hatte lautlos den kleinen Überwachungsraum betreten.

»Klopft man neuerdings nicht mehr an?«, fragte Brian.

»Das ist kein Mädchenpensionat«, entgegnete Brandon. »Sie haben wohl vergessen, weswegen wir hier sind.«

Brian wollte aufspringen, aber Suzannah verstärkte den Druck auf seine Schulter.

»Ich wollte mich nur mal nach dem Befinden Ihres Babys erkundigen. Ich hörte, es gab einen Zwischenfall?«

»Nichts von Bedeutung«, entgegnete Suzannah.

Brandon wies auf Brians gerötete Wange. »Dann muss ich wohl annehmen, dass Saint-Claire seine Hände nicht bei sich behalten konnte, oder weswegen hat er eine geschwollene Backe?«

»Verschwinden Sie, Brandon!«, sagte Brian drohend. »Sonst wird Ihre Backe bald genauso aussehen.«

Brandon lächelte. »Keine Angst, ich gehe. Aber vergessen Sie beide nicht, dass wir heute Mittag ein Meeting haben. Wir treffen uns um zwei Uhr im Konferenzsaal. Pünktlich, wenn es geht.«

Nachdem Brandon den Raum verlassen hatte, erhob sich Brian. Seine Miene sprach Bände. »Ich könnte ihn erwürgen«, sagte er und schaute Suzannah ins Gesicht.

»Und ich könnte dir sogar dabei helfen«, antwortete sie.

5

San Mateo Mountains, Cibola National Forest

Dwain Hamilton und sein Neffe hatten die ganze Umgebung nach einem geeigneten Holzstamm abgesucht, um ihn als Kletterhilfe zu verwenden, ohne einen geeigneten zu finden. Kurz erwog der Sheriff, den Zaun durchzuschneiden, aber dann stünden sie vor dem nächsten Problem: Wie sollten sie die Stacheldrahtrollen dahinter überwinden?

Ihnen blieb keine andere Wahl, als den Zaun entlangzuwandern, in der Hoffnung, an eine geeignete Stelle zum Überqueren des Hindernisses zu gelangen. Sie wandten sich nach Westen, wo der Abhang steil abfiel.

Das Gelände wurde zunehmend schwieriger, und sie mussten aufpassen, dass sie nicht abrutschten.

Auf der anderen Seite des Zauns flachte das Gelände ab. Ein ausgefahrener Weg führte dort entlang, auf dem sich Spuren von großen Fahrzeugen mit grobstolligen Reifen tief in die Erde eingegraben hatten. Innerhalb des umzäunten Areals, nur wenige Meter vom Zaun entfernt, lagerten unzählige Baumstämme, aufgeschichtet zu einem großen Berg aus Holz.

»Ich dachte, das ist ein Landschaftsschutzgebiet, wo kommen nur die abgeholzten Stämme her?«, fragte Lazard.

Dwain zuckte mit der Schulter. »Von hier sind sie jedenfalls nicht. Sie wurden über den Weg hierher transportiert. Sie können nur aus dem inneren Teil des Geländes stammen.«

Sie setzten ihren Weg entlang des Zauns fort.

»Wie weit sind wir jetzt schon gegangen?«, fragte Lazard nach einer Weile atemlos und blieb stehen.

Dwain wischte sich den Schweiß aus den Augen. »Ich schätze, drei bis vier Kilometer.«

»Nicht weiter? Mir kommt es vor, als wären es mindestens zwanzig.«

Dwain lachte auf. »Du bist nichts mehr gewohnt. Die Jahre in Los Angeles haben dich verweichlicht.«

Lazard winkte ab. »Blödsinn. Wenn ich gewusst hätte, dass wir in Fort Knox einbrechen wollen, dann hätte ich dafür trainiert. Ich bin nur etwas aus der Übung, mehr nicht.«

Nach einer fünfminütigen Pause brachen sie wieder auf. Der Wald wurde dichter und der Abhang steiler. Immer bedacht darauf, sicheren Halt zu finden, näherten sie sich dem westlichen Ausläufer des Mount Withington, und die Landschaft wurde zunehmend rauer.

Sie wanderten weiter und gelangten in eine Talsohle. Danach ging es wieder steil bergauf. Nach einigen hundert Metern stießen sie auf nackten Fels. Ein unüberwindlicher Steilhang lag vor ihnen. Dwain schätzte den Abgrund auf beinahe zweihundert Meter. Der Zaun endete ein paar Meter weiter im Felsgestein. Doch auch in den Fels waren Pfosten getrieben, die über zwei Meter herausragten. Der Abstand zwischen den rostigen Metallpfählen maß knappe zehn Meter. Sie waren mit mehreren Lagen Stacheldraht verbunden. Auch hier war sorgfältig darauf geachtet worden, dass niemand in den abgeschirmten Bereich eindringen konnte. Selbst versierten Bergsteigern würde es nicht gelingen, diese Barriere aus messerscharfem Draht zu überwinden.

»Ich habe keine Ahnung, wie wir hier durchkommen sollen«, sagte Dwain Hamilton, nachdem er die Lage sorgfältig beurteilt hatte.

»Jetzt sag nur nicht, dass alles umsonst war«, erwiderte Lazard.

»Das hoffe ich nicht, wir müssen nur versuchen, dort hinüberzugelangen.« Dwain wies auf die gegenüberliegende Seite der knapp einhundert Meter breiten Abrissnische.

Lazard schaute auf die andere Seite, wo sich wieder hohe Kiefern dem Himmel entgegenstreckten. An der Felssohle im Tal lagen Schutt und Geröll.

»Der Hang ist wohl abgerutscht und hat den Felsen blank gelegt«, sagte Dwain.

»Oder der Hang wurde gesprengt.«

»Wieso sollte man das tun?«, fragte Dwain.

Lazard wies nach oben. »Deswegen!«

Jenseits des Zauns ragte in einer Höhe von knapp fünfhundert Metern ein metallener Sendemast empor. Das Ende des Masts lief in einem langen, aus dunklem Metall bestehenden Quader aus, auf dessen Oberseite eine riesige Kugel montiert war.

Dwain griff zum Fernglas. »Den habe ich hier noch nie gesehen«, murmelte er.

Lazard beugte sich ein Stück vor. »Das wird eine Art Funkantenne sein. Das Camp liegt schließlich im Schatten des Berges.«

Dwain nickte. Noch ehe er antworten konnte, hörte er Lazard laut fluchen. Er wirbelte herum und sah gerade noch, wie sein Neffe den steilen Abhang hinunterrutschte. Der Sheriff streckte die Hand aus, doch er bekam seinen Begleiter nicht mehr zu fassen. »Dave!«, schrie er laut.

Lazard rutschte etwa fünf Meter weit, bis er sich schließlich an einem jungen Baum festhalten konnte. Ein Schmerzensschrei erklang, als er mit beiden Händen den Baumstamm umfasste.

»Verdammt! Halt dich fest, ich komme!«, rief ihm Dwain zu.

»Schnell, beeil dich!«, antwortete Lazard.

Dwain legte seinen Rucksack ab. Mit fahrigen Fingern schnürte er das Kletterseil um einen dicken Baumstamm. Mit einem Karabinerhaken befestigte er seinen Gürtel an dem Seil. Trotz der heiklen Situation behielt er die Ruhe und überprüfte noch einmal den festen Sitz des Sicherungsseils. Er war lange genug auf Berge geklettert, um zu wissen, wie wichtig eine ordentliche Sicherung war. Langsam und mit Bedacht seilte er sich zu Lazard ab, der noch immer krampfhaft den Stamm umklammerte.

»Tut dir etwas weh, hast du Schmerzen?«, fragte Dwain, während er eine Schleife des Seils in den Karabinerhaken von Lazards Gürtel einhängte und daran zog, bis es straff war. Lazards Atem ging schnell, und ein leises Jammern kam über seine Lippen.

»Verdammt, ich glaube, ich habe mir das Bein gebrochen«, stöhnte er.

Vorsichtig zog sich Dwain Hamilton am Seil in die Höhe. Lazard umklammerte nach wie vor den Baum. Seine Knöchel an den Händen traten weiß hervor. »Du kannst jetzt loslassen, das Seil wird dich halten.«

Lazard warf einen skeptischen Blick auf das rote Seil. »Das ist doch viel zu dünn für uns beide«, gab er zu bedenken.

»Kunstfaser, das hält einen Elefanten. Ich ziehe dich jetzt mit nach oben, du musst nur ein wenig mithelfen.«

Lazard nickte und ließ den Baumstamm los. Nach einem kurzen Ruck hingen sie beide in der Sicherung. Dwain zog sich und seinen Neffen mit unbändiger Kraft den Abhang hinauf. Ihm lief der Schweiß über die Stirn. Langsam näherten sie sich Stück um Stück der Kante. Als er sie erreicht und Lazard das letzte Stück hinaufgezogen hatte, blieb Dwain erschöpft liegen. Sein Brustkorb hob und senkte sich.

»Jetzt sind wir schön angeschmiert«, sagte Lazard. Er hatte vergeblich vesucht, auf den linken Fuß aufzutreten.

»Ich trage dich«, sagte Dwain noch immer atemlos.

»Das ist doch viel zu weit, das schaffst du nicht«, protestierte Lazard.

Doch schon hatte sich Dwain erhoben, packte seinen Neffen und hob ihn samt Rucksack in die Höhe. Wie ein erlegtes Stück Wild lag Dave Lazard über der Schulter des Sheriffs.

»Geht es so?«, fragte Dwain.

»Du bist verrückt, das schaffen wir nie.«

»Ich habe leider keine Pistole dabei, um dir den Gnadenschuss zu geben. Also bleibt mir nichts anderes übrig, als dich mitzunehmen. Sonst kann ich meiner lieben Schwester nie mehr unter die Augen treten.«

Dwain Hamilton kämpfte sich mühsam den beschwerlichen Weg zurück. Huckepack trug er seinen verletzten Neffen über den steilen Abhang hinweg. Bei Einbruch der Dunkelheit erreichten sie den Ausgangspunkt oberhalb des steilen Abhanges. Im Halbdunkel der Dämmerung stand ihnen der schwerste Teil des Weges noch bevor. Mit dem Seil sicherte Dwain den Verletzten und band ihn auf seinem Rücken fest. Lazard protestierte schwach, doch Dwain ignorierte seine Einwände.

»Wenn du ohnmächtig wirst, fällst du mir noch vom Rücken«, erklärte er. »Dann wirst du den Abhang hinunterstürzen. Und diesmal gibt es keinen Halt, hier ist es noch steiler als an der Abrissnische.«

Dwain sicherte den Abstieg mit dem Seil, das er an seinem Gürtel trug. Meter um Meter ließ er sich an der Sicherung in die Tiefe gleiten. Das Seil maß fünfzig Meter. Dwain wusste, dass die Länge nicht ganz reichen würde, doch er hoffte, dass er im unteren Bereich des Abstiegs, wo es nicht mehr so steil war, genügend Halt zum Klettern finden würde. Er mobilisierte seine letzten Kräfte, der Puls raste, während er sich Schritt für Schritt hinabhangelte. Tatsächlich flachte der Abhang ab, sodass er die letzten Meter des Abstiegs auch ohne Seil bewältigen konnte. Es war dunkel geworden, bis er die Talsohle erreichte. Vorsichtig lud Dwain seinen Neffen vom Rücken. Dave war ohnmächtig. Seine Stirn glühte, aber sein Atem ging ruhig und gleichmäßig. Der Sheriff wusste, dass er nur kurz verschnaufen konnte.

Er musste so schnell wie möglich zurück zum Wagen. Lazard brauchte umgehend ärztliche Hilfe. Für einen Moment ließ er sich erschöpft und kraftlos ins feuchte Gras sinken. Er schloss die Augen und atmete erst einmal durch. Als er sie öffnete, blickte er in das gleißend helle Licht einer Taschenlampe.

»Was tun Sie hier, das ist militärisches Sperrgebiet!«, traf ihn die Frage aus dem Licht.

Dwain hob schützend die Hand vor die Augen. »Wir hatten einen Unfall. Mein Neffe ist schwer gestürzt. Ich bin der Sheriff von Socorro County, und das ist mein Neffe. Ich befürchte, er hat sich das Bein gebrochen.«

Zwei Männer in olivgrünen Uniformen eilten herbei und beugten sich über Lazard.

Dwain Hamilton atmete auf. »Wir waren auf der Jagd«, erklärte er. »Wir wollten ein paar Tage hier draußen in der Wildnis verbringen. Ich habe dafür eine Genehmigung des Magdalena Ranger District. Ich wusste nicht, dass wir bereits im Sperrgebiet sind. Ich habe keine Schilder gesehen. Wir haben uns verlaufen und kamen an einen Abhang. Und dort ist er abgerutscht und ein paar Meter die Böschung hinabgestürzt.«

»Woher sind Sie gekommen?«, fragte der Soldat forschend.

»Vom South Baldy. Ich war das letzte Mal vor zehn Jahren hier. Damals konnte man bis zum Gipfel hochklettern, und das wollten wir auch jetzt. Sie müssen mir helfen. Er muss dringend ins Krankenhaus. Mein Wagen steht auf dem Waldparkplatz an der 107.«

»Sie haben ihn allein den ganzen Abhang heruntergebracht?«, erwiderte der Soldat. »Das war eine reife Leistung, Sheriff. Unser Jeep steht ganz in der Nähe. Wir helfen Ihnen.«

Kaimangraben, Karibisches Meer, nördlich von Jamaika

Die weiße Yacht dümpelte unweit der jamaikanischen Küste im sanften Wellengang der Karibik. Das Wasser glitzerte im hellen Sonnenlicht.

Dr. Jon Smith und sein Begleiter Dr. Enrico Garcia Marquez waren Meeresbiologen und gehörten als freie Wissenschaftler dem Institut für Meeresbiologie in Galveston an. Seit vier Wochen befanden sie sich im Gebiet des bis zu 7700 Meter tiefen Kaimangrabens, an der Schwelle des Golfs von Mexiko, um Studien über die Entwicklung der Korallenriffe des Karibischen

Meeres durchzuführen. Seit einigen Jahren waren die Meeresbiologen alarmiert: Ein dramatisches Sterben der Korallenriffe hatte eingesetzt, und auch dieser Effekt war der globalen Erderwärmung zuzurechnen. Doch mittlerweile konnten großflächige Vorkommen der teilweise abgestorbenen Korallenriffe vor Jamaika durch neue Techniken wiederaufgebaut werden. Der weiße Tod, wie die Wissenschaftler das Korallensterben nannten, schien zumindest vorläufig durch künstliche Ansiedlungen gestoppt worden zu sein. Das sogenannte Jamaika-Experiment war so zu einem wegweisenden Zeichen für andere Meeresanrainer geworden, dem Sterben der Korallenriffe entgegenzuwirken.

Beim heutigen Tauchgang, der die beiden Wissenschaftler in knapp zwanzig Meter Tiefe führen sollte, wollten sie das Brot des Meeres untersuchen. Auch die Planktonvorkommen der Karibik hatten in den letzten Jahren unter dem bedenklichen Zustand der Gewässer gelitten. Doch auch hier gab es Grund zur Hoffnung. Mittlerweile konnten an den Auftriebsgebieten des kalten, aber nährstoffreichen Tiefenwassers wieder mannigfaltige Vorkommen an unterschiedlichen Planktonarten festgestellt werden. Wie sich dieser Trend in dem warmen Oberflächenwasser in weiterer Entfernung zur Küste auswirkte, sollte in einer Ganzjahresstudie erforscht werden. Für Jon Smith, den Projektleiter, war es inzwischen der vierte Monat, den er in Span Town zubrachte, wo die kleine Forschergruppe ein kleines Haus bewohnte. Die schöne weiße Yacht mit dem etwas verwirrenden Namen *Taifun* war ebenfalls langfristig gechartert.

Der Tauchgang war selbst für Jon, von dem man behauptete, dass ihm mittlerweile bereits Kiemen gewachsen seien, immer wieder ein aufregendes Erlebnis. Selbst wenn er nur, wie heute geplant, ins blaue und nasse Nichts abseits der farbenprächtigen und tierreichen Bänke eintauchen würde, um aus verschiedenen Tiefen Wasserproben zu ziehen. Jon Smith war gerade dabei, sein Tauchgerät anzulegen, als er ein dumpfes Grollen vernahm. Er richtete sich auf und schaute in den Himmel. Ab und zu kam es vor, dass ein paar Düsenjäger aus Kingston ihre Bahn am Himmel zogen. Aber am Himmel war nichts zu sehen. Das Grollen verstärkte sich.

»Schau dir das an!«, rief ihm Enrico zu, der auf dem Vorderdeck stand und sich über die Reling lehnte. »So etwas habe ich noch nie gesehen!«

Jon legte seine Tauchflaschen auf die Planken und eilte zu seinem Kollegen auf das Vorschiff. Große Blasen stiegen aus dem Meer an die Oberfläche. Mittlerweile hatte sich das Grollen zu einem lauten Getöse gesteigert. Die Luft stank entsetzlich.

»Was ist das bloß?« Jon starrte mit weit aufgerissenen Augen in das Wasser. Plötzlich wandte er sich um. »Wir müssen hier schnellstens weg!«, rief er und hastete auf die Kajüte zu.

Die Intensität der aufsteigenden Blasen verstärkte sich zunehmend. Das ganze Meer rings um das Schiff schien zu brodeln. Immer größer wurden die Gaspolster, die sich aus dem Wasser hoben. Das Schiff begann zu schwanken.

Ein Donnerschlag erklang. Das Schiff wurde in die Höhe gehoben. Jon krallte sich an den Seilen neben dem Niedergang fest. Der laute Schrei Enricos verebbte im Getöse. Das Vorschiff der *Taifun* richtete sich steil auf, ehe es mit dem Heck voran in die Tiefe schoss. Sekunden später war der Spuk vorbei. Der Ozean hatte die Yacht samt ihrer zweiköpfigen Besatzung verschlungen. Das Wasser glitzerte wieder im Sonnenlicht, und eine mäßige Brise wehte den entsetzlichen Gestank in südöstliche Richtung davon.

Kennedy Space Center Hospital, Florida

»Einsteins Theorien sind nach wie vor unumstößlich«, verkündete Professor Haarmann voller inbrünstiger Überzeugung. »Ich weiß, es gibt mittlerweile Kollegen, welche die Lichtgeschwindigkeit als Konstante anzweifeln. Angesichts der Fortschritte in der Quantentechnologie mag es durchaus sein, dass Einsteins

Theorien aktualisiert werden müssen, aber unumstößlich sind seine Aussagen zur Masse. Daran wird sich in den nächsten Jahren nichts ändern.«

Lisa White Eagle machte eine wegwerfende Handbewegung. »Niemand in diesem Raum behauptet ernsthaft, dass die *Discovery* durch den Sturm in die Zukunft gerissen wurde oder sich wie in einem x-beliebigen Science-Fiction-Film eine Art Zeitanomalie auftat und das Schiff verschlang, um es kurze Zeit später wieder auszuspucken. Es ist jedoch bemerkenswert, dass sich trotz aller Versuche noch keine Erklärung für das Phänomen finden lässt.«

»Tachyonen sind mathematisch vorstellbar, aber bislang eben nur graue Theorie«, ergänzte Dr. Joseph Stone.

»Das will ich doch auch gar nicht bezweifeln«, erwiderte Lisa White Eagle. »Wir kommen aber nur zu einer Lösung, wenn wir die Ursache für den Systemfehler ergründen. Nur so lässt sich Abhilfe schaffen.«

»Mein Gott«, unterbrach Haarmann. »Wir haben jetzt gerade mal eine knappe Woche hinter uns. Wir haben inzwischen den Grund für die Beschädigung der Außenhaut des Shuttles herausgefunden und wissen bewiesenermaßen, dass sich durch die Beschädigungen im Rumpf ein Blitz den Weg in das Innere des Raumschiffs bahnen konnte. Ich glaube, über kurz oder lang werden wir eine ähnliche Feststellung in Bezug auf diese vermaledeite Uhr treffen können. Es mag reiner Zufall gewesen sein und außerhalb eines vernünftig erklärbaren Verhältnisses stehen, aber ebenso unwahrscheinlich ist es doch, dass ein Blitz in einen Flugkörper einschlägt. Wir haben hier ein Risiko, das sich im Promillebereich, wenn nicht gar darunter bewegt. Nehmen wir an, dass nicht die Cäsiumeinheit selbst, sondern eine der dazugehörigen Komponenten wie der Synchrondetektor, der Frequenzgenerator oder die Quarzeinheit letztlich von der plötzlichen Energieentladung betroffen wurde, so werden wir es vielleicht niemals herausfinden.«

»Dann müssen wir eben weitere Versuchsanordnungen durchspielen«, warf Lisa White Eagle ein.

Professor Haarmann lächelte mitleidig. »Aber gnädige Frau, wir haben nur dieses eine Leben, um das Rätsel zu lösen. Und alle Eventualitäten eingerechnet, bräuchte ein Einzelner, gemessen an dem Zeitaufwand, den der Versuchsaufbau benötigt, etwa 23 000 Jahre, um die Lösung des Rätsels zu ergründen.«

Professor Paul meldete sich zu Wort. »Dann halten Sie es also für möglich, dass die Zeitverschiebung auf eine Fehlfunktion aufgrund des Blitzeinschlags in einem der Anbauteile des Steuerelementes zurückgeführt werden könnte?«

Professor Haarmann streichelte sich über das Kinn. »Sagen wir es einmal so: Ich kann es nicht mit an Sicherheit grenzender Wahrscheinlichkeit ausschließen.«

Paul wandte sich Professor Brandon zu. »Und wie kommen wir mit unseren Patienten voran? Ich hörte, es gab vergangene Nacht einen Zwischenfall?«

Brandon schüttelte den Kopf. »Mit Sanders war alles in Ordnung …« Er bedachte Suzannah Shane mit einem spöttischen Blick. Suzannah räusperte sich. »Wir hatten ein kleines Problem mit Ziegler. Er hat sich aus seiner Fixierung befreit und ist aufgestanden. Wir mussten ihn erneut fixieren …«

»Dabei habe ich eine kleine Schramme abbekommen«, ergänzte Brian. »Aber es ist alles halb so wild. Wir gönnen Ziegler in der heutigen Nacht etwas Ruhe und hoffen, am Montag in die Therapie einsteigen zu können.«

»Ich verstehe noch immer nicht«, sagte Paul, »wie es sein kann, dass Menschen im Schlaf reden und am Tag, wenn sie wach sind, kein Wort über die Lippen bringen.«

Suzannah lächelte. »Zeitweilige Aphasie, bedingt durch eine traumatische Störung, ist kein Einzelfall. Wenn es uns gelingt, diese Blockade richtig aufzuarbeiten, dann sehe ich gute Chancen für eine gänzliche Heilung der beiden Männer. Wir müssen aber von einer langwierigen Angelegenheit ausgehen.«

Paul nickte. »Ich weiß, kein Mensch erwartet von Ihnen, dass Sie unsere Probleme von heute auf morgen lösen. Was ich mir von diesem Team erhoffe, sind brauchbare Lösungsansätze und Wege, die wir einschlagen und fortführen können, um diese unglücklichen Seelen wieder auf die Beine zu bringen. Ich denke, das genügt für heute. Wir treffen uns am nächsten Montag wieder zur gleichen Zeit in diesem Raum. Danke, meine Damen und Herren.«

Die Anwesenden erhoben sich und folgten Professor Paul zur Tür.

»Mr Saint-Claire, Brian!«, ertönte die Stimme von Wayne Chang. Brian wandte sich um.

»Können wir uns kurz unterhalten?«, fragte Wayne.

Brian nickte und ging zurück an den langen Konferenztisch. Inzwischen hatten die übrigen Wissenschaftler den Raum verlassen.

»Ich habe Neuigkeiten von der NOAA aus Boulder«, sagte Wayne.

Brian setzte sich.

»Leute von der Seerettung haben das im Hurrikan *Cäsar* verlorene Wetterflugzeug gefunden und den Voice-Recorder sichergestellt. Sie hatten recht. Der Copilot war, kurz bevor die Aufzeichnung abriss, in höchster Panik. Er schrie sich die Angst aus dem Leib. Er glaubte, draußen in den Wolken sei etwas, das nach ihm greife. Kurz darauf endet die Aufzeichnung.«

»Könnte ich das Material vielleicht haben?«, fragte Brian.

»Ich bin die nächsten beiden Tage unterwegs, aber ich werde mir eine Kopie der Aufzeichnung besorgen. Bis Montag bin ich wieder zurück.«

Nachdem Chang den Konferenzraum verlassen hatte, blieb Brian noch eine Weile am Tisch sitzen und starrte aus dem Fenster.

Beaumont, Texas

Am nächsten Morgen flog Wayne Chang mit dem City-Hopper der American Airlines von Orlando nach Houston in Texas. Stone, Lisa White Eagle und Haarmann nutzten das Wochenende, um eine neue Versuchsanordnung zur Rekonstruktion des Blitzeinschlags auf der *Discovery* aufzubauen. Wayne hatte sich für das Wochenende freigenommen. Der Aufbau der Anlage war Sache der Physiker.

Er hatte Jennifer versprochen, bis zum Mittag in Beaumont sein zu wollen, doch schon am Flughafen begann das Verhängnis. Die Maschine würde mit über einer Stunde Verspätung in Houston landen, wurde ihm beim Einchecken mitgeteilt. Schuld daran waren die starken Winde und die schweren Regenfälle, die im Schlepptau des Hurrikans *Cäsar* über West Virginia niedergingen. Aus diesem Grund war der Maschine eine Flugroute entlang der Küstenregion zugewiesen worden. Kaum waren die Passagiere zum betreffenden Gate beordert worden, kam es zur erneuten Verzögerung, weil die technische Überprüfung eine Fehlfunktion des Triebwerks der Boing 737 ergeben hatte. Eine weitere Stunde zog ins Land, und Wayne fluchte wie ein Rohrspatz. Er atmete auf, als sich der Flieger endlich in die Lüfte erhob und langsam an Höhe gewann. Bis zur verabredeten Stunde würde er es trotzdem nicht zum McFaddin-Museum schaffen, wo Jennifer auf ihn wartete. Ausgerechnet jetzt konnte er sie nicht einmal anrufen, da er sein Handy im Flugzeug nicht benutzen durfte. Er hoffte, dass wenigstens der Flug und die Landung reibungslos verlaufen würden. Seine Hoffnung wurde nicht enttäuscht. Nach knapp eineinhalb Stunden und mehreren Schleifen über dem National Airport in Houston setzte die Maschine auf der Landepiste auf.

Doch das Pech verfolgte ihn weiter. Der kleine Reisekoffer, den er aufgegeben hatte, hatte sich im Frachtraum der Maschine geöffnet. Eine halbe Stunde verbrachte er im Büro der AA-Vertretung, wo sich ein Angestellter der Fluglinie mehrfach bei ihm entschuldigte und ihm versicherte, dass alle Gegenstände ersetzt werden würden, sobald Wayne die Verlustanzeige vollständig ausgefüllt habe. Zu guter Letzt erhielt er als Entschädigung einen Gutschein über zweihundert Flugmeilen mit einer Maschine der American Airlines. Wayne vermied es, seinem aufgestauten Ärger bei dem Angestellten Luft zu verschaffen, schließlich konnte der am wenigsten dafür.

Nach weiteren zwanzig Minuten verließ er die Ankunftshalle des Flughafens. Fieberhaft suchte er nach einer freien Telefonzelle. Sein Handy, das sich ebenfalls im Koffer befunden hatte, blieb verschwunden. Als er endlich eine freie Telefonzelle fand, musste er feststellen, dass er die Nummer von Jennifer überhaupt nicht wusste. Sie war mit der Speicherkarte des Handys unwiederbringlich verloren. Entnervt suchte er das Büro einer Autovermietung und machte sich mit dem geliehenen Wagen auf den Weg nach Beaumont. Er konnte nur hoffen, dass Jennifer noch auf ihn wartete. Er wusste lediglich, dass sie irgendwo in der Nähe des Cardinal Drives wohnte, doch die genaue Adresse kannte er nicht.

Wayne fuhr mit seinem Wagen über die Interstate 90 und trat das Gaspedal durch. Die Geschwindigkeitsbegrenzung ignorierte er. Er hoffte, dass die Highway Police den heißen Tag irgendwo auf dem Rastplatz eines der zahlreichen Motels oder Raststationen verdösen würde. In Texas, so hatte er gehört, konnte man wegen Geschwindigkeitsübertretung noch immer dazu verdonnert werden, ein paar Stunden hinter Gitter zu verbringen. Er hatte Glück, offenbar hatten die Polizisten sein Flehen erhört. Während Wayne auf der linken Spur über den Highway raste, wurde ihm bewusst, wie wichtig für ihn dieses Treffen mit Jennifer Oldham war. Als er schließlich kurz nach drei Uhr Beaumont erreichte, raste sein Herz. Er hatte ein Gefühl, als würden tausende Schmetterlinge in seinem Bauch tanzen. Und er wusste, dass es nur eine logische Erklärung für dieses Phänomen gab –

er hatte sich in dieses Mädchen mit den langen dunklen Haaren und den großen Augen verliebt.

Als er endlich den Parkplatz gegenüber dem McFaddin-Museum erreichte, war er schweißgebadet. Nervös blickte er sich um. Sie saß neben dem Hauptportal des ehrwürdigen Gebäudes auf einer Bank. Ihre dunklen Haare glänzten im Sonnenlicht.

Socorro General Hospital, New Mexico

Dwain Hamilton hielt einen Strauß Blumen in der Hand, als er über den Gang des Socorro General Hospitals schlenderte. Immer wenn ihm jemand entgegenkam, versuchte er den Strauß zu verbergen. Er kam sich albern mit den Blumen vor, aber ihm war einfach kein besseres Geschenk eingefallen. Er hatte den Strauß heimlich an einem Tankstellenautomaten gekauft.

Am Abend zuvor hatten die Soldaten ihn und seinen Neffen zurück zum Waldparkplatz an der 107 gebracht. Dann war er so schnell wie möglich nach Socorro gefahren und hatte Dave im Krankenhaus abgeliefert. Nach der ersten Untersuchung hatte ihn der Arzt aus dem Krankenzimmer verbannt und ihn angewiesen, nach Hause zu gehen. Später hatte er noch mal mit dem Arzt telefoniert, und der hatte ihn beruhigt. Die Operation war gut verlaufen, innere Verletzungen konnten ausgeschlossen werden. In zwei bis drei Wochen würde Dave Lazard das Krankenhaus wieder verlassen können

Dwain klopfte leise und öffnete die Tür. Er warf einen vorsichtigen Blick in das halbdunkle Zimmer. Dave lag im Bett und schaute grinsend zur Tür. Sein Bein hing in einer Schiene, die mit einem Zugseil an der Decke befestigt war.

»Hallo, Dave, wie geht es dir?«, fragte Dwain leise.

Dave hob seine Hand zum Gruß. Doch auch wenn er es verbergen wollte, konnte Dwain unschwer erkennen, dass sein Neffe noch Schmerzen hatte.

»Es geht schon wieder«, sagte Dave mit brüchiger Stimme.

»Es tut mir leid, dass ich dich in Gefahr gebracht habe«, murmelte Dwain. Er schluckte, als er näher trat und das geschiente Bein betrachtete.

»Blödsinn. Ich hätte besser aufpassen müssen. Du kannst nichts dafür, wenn ich wie ein blutiger Anfänger über den Abhang stolpere. Im Gegenteil. Ich habe gehört, dass du mich bis zum Wagen getragen hast. Ich muss dir dankbar sein, großer Onkel.«

»Ich habe dich nur bis zum Fuß des Hügels getragen. Soldaten haben mir geholfen, dich zum Wagen zu bringen.«

»Soldaten?«

»Sie sind plötzlich aufgetaucht«, erzählte Dwain. »Sie waren in der Nähe auf Streife.«

»Haben sie Verdacht geschöpft?«

Der Sheriff schüttelte den Kopf. »Ich sagte ihnen, wir wären auf einem Jagdausflug gewesen. Ich glaube, sie haben die Geschichte geschluckt.«

Dave lächelte. »Dann ist es ja gut.«

Dwain nickte und zeigte auf den Gipsverband. »Ich hoffe, dass alles wieder gut verheilt.«

»Mach dir keine Sorgen. Der Arzt meint, dass ich in ein paar Wochen wieder Football spielen kann. Das wird schon wieder.«

Es klopfte an der Tür.

Dwain wandte sich um. Eine Krankenschwester steckte den Kopf ins Zimmer. »Sheriff Hamilton?«

»Ja?«

»Sie werden am Telefon verlangt, Ihre Dienststelle, es scheint dringend.«

»Entschuldige, ich komme gleich wieder. Im Krankenhaus muss man ja sein Handy abschalten«, sagte Dwain zu seinem Neffen und wandte sich zum Gehen.

Im Vorübergehen drückte er der Krankenschwester den Blumenstrauß in die Hand.

Als er knapp fünf Minuten später wieder in das Krankenzimmer zurückkam, schaute ihn Dave Lazard fragend an. »Ist etwas passiert?«

Dwains Miene wirkte düster. »Ich muss weg. Man hat den alten Jack Silverwolfe gefunden. Er ist mitsamt seiner Hütte verbrannt.«

»Silverwolfe?«, fragte Lazard. »Hat er nicht den Toten am Coward Trail abgelegt? Das ist ein komischer Zufall, findest du nicht?«

Dwain nickte. »Wenn es überhaupt Zufall ist ...«

Kennedy Space Center, Florida

Brian schreckte auf, als es an der Tür seines Apartments klopfte. Er legte das Telefon zur Seite und schaltete den Lautsprecher ein. Das metallene Dröhnen signalisierte, dass er noch immer vergeblich auf eine Verbindung hoffte. Er hastete zur Tür und öffnete. Suzannah stand vor ihm. Für einen Augenblick stockte ihm der Atem. Ihre Jeans hatte sie gegen ein weißes Kleid ausgetauscht, das einen reizvollen Kontrast zu ihrer braunen Haut bildete und einen freizügigen Blick auf ihr Dekolleté gestattete. Ihre dunklen Haare glänzten seidig. Das dezente Make-up und die großen Kreolen in ihren Ohren unterstrichen ihre feminine Erscheinung. Brian atmete tief durch. Er hatte vergessen, wie attraktiv Suzannah aussah, wenn sie sich zum Ausgehen zurechtmachte, auch wenn sie ihm in Jeans und T-Shirt ebenso gut gefiel.

»Was ist los mit dir?«, fragte sie lächelnd.

Brian stand noch immer wie angewurzelt in der Tür. »Ich ... du ... komm herein«, stotterte er.

Das Dröhnen verstummte. Ein Krächzen war zu hören. Brian fuhr herum.

»Entschuldige«, rief er Suzannah zu und rannte zum Telefonhörer.

»Juan? Juan, bist du am Apparat?«, schrie er in den Hörer.

»*Si, Compadre*«, drang es leise aus dem Telefon. »Wer will das wissen?«

»Ich bin es, Brian Saint-Claire! Erinnerst du dich an mich?«

»*Si*, der Americano mit der fliegenden Frau. Willst du noch einmal an den Orinoco, Gringo?«

»Ich muss unbedingt wissen, wie es der Frau aus dem Dorf geht. Ist sie gestorben?«

Ein lautes Knacken dröhnte aus dem Lautsprecher. Motorengeräusche waren zu hören, gefolgt von Juans Fluchen.

»Juan, verstehst du mich?«

»*Si!*«

»Wo bist du?«

»Ich fliege gerade nach Maracay«, antwortete der Venezolaner.

»Du fliegst, und du telefonierst dabei. Das ist gefährlich«, sagte Brian vorwurfsvoll.

»Ach, Gringo«, entgegnete Juan in seiner gewohnt lässigen Art. »Das ganze Leben ist gefährlich. Soll ich dich wieder zu der Frau aus dem Dorf bringen?«

»Sie lebt also?«

»Sie hat einen starken Geist. Ich sagte doch, sie muss im Dorf bleiben. Ihr Geist hat den Wolkengott besiegt. Sie ist mächtiger als zuvor. Sie kann die Geister verstehen und in die Zukunft schauen.«

»Visionen?«

»Gringo, wenn du mit Vision meinst, dass ihr die Götter wohlgesinnt sind, dann sind es Visionen, zum Teufel.«

»Kann sie sprechen?«

»Sie war eine ganze Woche noch in den Wolken, doch dann ist ihr Geist in ihren Körper zurückgekehrt. Jetzt ist sie wieder wach. Sie kann alles tun, was wir auch tun können, aber ihr Geist kann noch viel mehr. Sie sieht die Zukunft. Sie hat mir gesagt, dass du kommen wirst, Gringo. Schon bald.«

Brian zog die Augenbrauen hoch. Für einen Augenblick herrschte Schweigen.

»Bist du noch am Telefon, Americano? Hörst du mich?«

»Ja, ich verstehe dich. Ich kann dich verstehen«, murmelte Brian und ließ sich auf das Bett fallen.

»Wann kommst du, Gringo?«

»Nein, ich komme nicht«, antwortete Brian. »Ich habe zu tun. Ich melde mich wieder bei dir.«

»Ka-Yanoui hat dich gesehen«, bekräftigte Juan. »Du bist durch ihr Dorf gegangen. Du warst nicht allein. Denke daran, sie kennt alle Antworten, und du wirst Fragen haben. Erinnere dich daran, Gringo, denn ich bin da, wenn du kommst.«

Brian schüttelte den Kopf. »Ich arbeite zurzeit für die NASA. Ich ...«

»Vertraue der Macht der Götter und pass auf dich auf, Gringo«, erwiderte Juan. »Und trinke nicht wieder so viel. Das macht deinen Geist ganz verwirrt. Und dein Kopf brummt wie tausend Fliegen.«

»Ich werde an dich denken, wenn ich den nächsten Whiskey trinke. Pass gut auf dich auf, Juan.«

Brian drückte auf den roten Knopf und beendete das Gespräch. Nachdenklich schaute er auf den Telefonhörer.

»Ein guter Freund?«, fragte Suzannah.

Brian schob seine Gedanken beiseite und schaute auf. »Ein wirklich guter Freund. Ich war mit ihm bei der Schamanin in Venezuela. Er war mein Führer.«

»Die Frau, über die du eine Reportage geschrieben hast?«

»Genau«, bestätigte Brian. »Sie lag sieben Tage lang im Koma. Jetzt ist sie wieder wach und kann sprechen.«

»Sie war im Koma – so wie unsere beiden Patienten, nicht wahr?«

Brian nickte. »Was führt dich in meine bescheidene Hütte?«, wechselte er das Thema.

»Ach ja, ich wollte dich eigentlich fragen, ob du mit mir nach

Orlando fährst. Ich war auf so einen langen Aufenthalt nicht eingestellt und bräuchte noch ein paar frische Sachen. Ich dachte, du hättest vielleicht nichts gegen einen kleinen Trip einzuwenden. Ziegler ist bei den Pflegern in guten Händen, und wir haben Zeit bis heute Abend.«

»Sicher doch, wir sind doch Partner«, sagte Brian schmunzelnd und stellte das Telefon zurück in das Ladegerät. »Ich frage mich nur, wie wir hier wegkommen sollen?«

Suzannah wies auf das Fenster. Brian warf einen Blick nach draußen. Ein weißer Chevy stand auf dem Parkplatz gegenüber.

»Er gehört uns«, sagte Suzannah. »Zumindest für den heutigen Tag.«

Brian zog seine Turnschuhe an und griff nach einem leichten Blouson. »Worauf warten wir dann noch?«

6

NOAA, Boulder, Colorado

Chefmeteorologe Professor Cliff Sebastian von der National Oceanic and Atmospheric Administration hatte abermals einen anstrengenden Tag hinter sich. Er freute sich darauf, den Sonntagabend in der entspannten Atmosphäre des Baseballstadions am Rande der Stadt verbringen zu können. Die Red Boulder Bulldogs spielten gegen die Niwot Cougars. Ein Duell um einen der Spitzenplätze der laufenden Saison. Neben seinem Beruf war Baseball Sebastians große Leidenschaft, und er besaß eine Saisonkarte für die laufende Runde.

Früher hatte er selbst in der Mannschaft seines College gespielt, und sein Trainer hatte ihm damals gesagt, er habe Talent und könne es in dieser Sportart weit bringen. Doch dann hatte er den Sport aufgegeben und sich der Wissenschaft verschrieben. Trotzdem fühlte er sich noch immer in den Stadien zu Hause und konnte am besten abschalten, wenn er den Teams dabei zuschaute, wie sie dem kleinen weißen Ball nachjagten. Für eine Familie war nie Platz in seinem Leben gewesen. Nach dem Studium und mehreren Jahren Forschungsarbeit, unter anderem auf dem Mount Washington – dem Berg des Windes – und in der Arktis, hatte er sich der NOAA angeschlossen und war schließlich verantwortlicher Abteilungsleiter für Meteorologie und Klimaforschung innerhalb der Behörde geworden.

Den gestrigen Tag hatte er damit verbracht, Stellungnahmen und Presseinterviews zu den Zerstörungen des Hurrikans *Cäsar* zu geben. Nachdem die offiziellen Stellen in Tallahassee ihren Schadensbericht veröffentlicht hatten, hatte sein Telefon nicht mehr stillgestanden. Immer wieder stand eine Frage im Mittelpunkt: »Könnte sich eine Katastrophe wie diese noch einmal wiederholen?«

Die Antwort war ihm nicht schwergefallen. »Solange sich die Wassertemperaturen im Golf und vor der Küste Mexikos nicht deutlich nach unten korrigieren und die ungünstigen Strömungsverhältnisse der Höhenwinde anhalten, so lange muss man auch mit Hurrikans von immenser Stärke rechnen«, hatte er erklärt. »Ich will keine Panik machen und die Menschen verunsichern, sondern lediglich daran erinnern, dass ich zwar die Abteilung für Klimaforschung leite, aber dass das Wetter noch immer von der Natur gemacht wird. Und diese Natur ist von den Menschen in den letzten Jahren nicht besonders gut behandelt worden. Trotz aller Warnungen der Klimaforscher in aller Welt hat man noch immer keine wirksamen Vorkehrungen gegen die stete globale Erderwärmung getroffen. Zwar mag dem unwissenden Betrachter eine durchschnittliche Erwärmung von einem Grad im Mittel als gering, ja sogar unwesentlich erscheinen, das Ökosystem ist allerdings ein äußerst sensibles Gebilde, das schon durch kleinste Eingriffe für die Menschheit bedrohliche Reaktionen hervorrufen kann. Aus diesem Grund sind weitere tropische Stürme eher wahrscheinlich, als auszuschließen.«

Diese Erklärung hatte er dem Nachrichtensender NBC live gegeben, und die Reaktion ließ nicht lange auf sich warten. Unzählige Anrufe besorgter Menschen, Politiker und Abgeordneter hatten ihn erreicht. Innerhalb kürzester Zeit war die Telefonzentrale der NOAA überlastet. Als Sebastian kurz vor zehn Uhr nach Hause ging, rauchte sein Kopf gewaltig. Um abzuschalten, hatte er eine halbe Flasche Wein geleert, bevor er sich gegen Mitternacht ins Bett legte.

Am nächsten Morgen, einem Sonntag, hatte er zwar etwas länger geschlafen, war aber angesichts der angespannten Lage wieder ins Büro gegangen. Jetzt freute er sich auf eine Dusche und anschließend auf das Baseballspiel.

Gerade als er ins Bad ging, klingelte das Telefon.

»Sebastian!«, meldete er sich knapp.

»Wagner, Washington«, hörte er die brummige Stimme eines Mannes aus dem Lautsprecher. »Professor Sebastian?«

»Was wollen Sie?«

»Ich habe Ihr Interview gestern auf NBC gesehen und muss Ihnen mitteilen, dass wir nicht sehr erfreut darüber sind. Sie arbeiten schließlich für eine staatliche Einrichtung und beziehen ein dickes Gehalt aus der Staatskasse.«

Cliff Sebastian runzelte die Stirn. »Wer sind Sie?«

»Mein Name ist Richard Wagner. Ich arbeite für den Präsidenten der Vereinigten Staaten. Und Sie bewegen sich an einem Abgrund.«

»Woher haben Sie meine Telefonnummer?«

»Ich arbeite für die Regierung, haben Sie es endlich kapiert!«

Einen kurzen Augenblick lang dachte Sebastian daran, das Gespräch zu beenden. Doch er entschied sich anders. »Was wollen Sie von mir?«

»Ich will Ihre Loyalität für den Präsidenten, und ich will, dass Sie künftig Interviews direkt mit dem Weißen Haus abstimmen. Nach dem gestrigen Debakel ist es besser, wenn wir offizielle Mitteilungen an die Presse und an das Fernsehen koordinieren.«

»Sie können mich …«

»Wie ein hirnloser Idiot haben Sie gestern beinahe das ganze Volk in eine Hysterie versetzt«, dröhnte es aus dem Lautsprecher. »Was wollen Sie damit bezwecken, eine Massenpanik? Schießereien und Plünderungen in den Straßen? Zur Stunde sind Tausende auf den Highways von der Küste unterwegs ins Landesinnere. Sie fliehen vor einem Gespenst, das Sie durch Ihre unbedachten Äußerungen in ihre Köpfe gepflanzt haben. Seit Hunderten von Jahren gibt es jeden Sommer diese verfluchten Hurrikans. Aber Sie machen daraus ein politisches Problem. Die Umfragewerte des Präsidenten sind gestern um beinahe zehn Prozent gefallen. Woher nehmen Sie diese Unverfrorenheit? Werden Sie von den Demokraten bezahlt, oder sind Sie etwa Kommunist?«

»Jetzt hören Sie mal …«

»Nein, Sie hören mir zu! Ich bin noch nicht fertig. Sie halten sich an unsere Abmachungen, sonst werden Sie in diesem Land nicht einmal mehr Hot Dogs an der Straßenecke verkaufen. Haben Sie mich verstanden!«

»Wenn Sie fertig sind, dann bin ich jetzt dran«, antwortete Cliff Sebastian. »Sie können sich Ihre Einschüchterungsversuche an den Hut stecken. Wenn ich gefragt werde, dann werde ich antworten. Und wenn es dem Präsidenten nicht gefällt, dann kann er ja umschalten. Dies hier ist ein freies Land. Lange bevor Sie geboren und Ihr Boss zum Präsidenten gewählt wurde, haben sich die Menschen in diesem Land mit Blut die Freiheit erkauft. Und diese Freiheit nehme ich auch für mich in Anspruch. Guten Tag.«

Cliff Sebastian drückte auf den roten Knopf und beendete das Gespräch. Er warf den Telefonhörer auf den Wohnzimmertisch und ließ sich in einen Sessel fallen. Die Gedanken überschlugen sich in seinem Kopf. Das Telefon klingelte erneut. »Was ist denn nun noch?«, rief er ungehalten in die Sprechmuschel.

»Ich … entschuldigen Sie«, erklang die verunsicherte Stimme seiner Sekretärin. »Tut mir leid, dass ich Sie störe, aber es ist dringend.«

Cliff Sebastian atmete durch. »Entschuldige, Jenny«, sagte er sanft. »Ich hatte gerade etwas Ärger. Was liegt an?«

»Ich soll Ihnen ausrichten, dass das Seismologische Institut aus Philadelphia angerufen hat. Die Außenstelle auf Jamaika hat ungewöhnlich starke tektonische Aktivitäten südlich des Kaimangrabens gemessen. Ein Beben der Stärke 4,5. Ich glaube, Sie sollten sofort herüberkommen.«

»Ich komme«, seufzte Sebastian.

Das fehlte noch. Geriet die Natur nun vollends aus den Fugen?

Kennedy Space Center, Florida

Brian und Suzannah hatten einen wunderschönen Tag in Orlando zugebracht. Nach dem Shopping in der Innenstadt hatten sie sich in ein Café gesetzt und sich unterhalten. Seit ihrer Trennung war viel Zeit ins Land geflossen, und sie hatten sich einiges zu erzählen. Suzannah war nahe daran, Brian zu gestehen, dass sich ihre Gefühle für ihn nie geändert hatten, sosehr er sie damals auch vor den Kopf gestoßen hatte. Aber sie hielt sich zurück. Brian hatte sich verändert. Aus dem leichtsinnigen, unsteten, um nicht zu sagen, verantwortungslosen Abenteurer, der ihr damals fast das Herz gebrochen hatte, war ein reifer, nachdenklicher Mann geworden, wie sie fand.

Brian wiederum erzählte, dass er nach ihrer Trennung eine weitere Beziehung hatte, mit einem Mädchen aus Port Rowan, doch auch diese Verbindung war nicht von langer Dauer gewesen. Bald hatte er wieder die Flucht ergriffen. Den Grund behielt er für sich.

Wieder zurück, duschte Brian und streifte sich gerade seine Hose über, als es an der Tür klopfte. Überrascht – bis zu seiner Verabredung mit Suzannah im Hospital war es noch eine halbe

Stunde – humpelte Brian zum Eingang, während er den Reißverschluss seiner Hose hochzog, zog schwungvoll die Tür auf und blickte in das Gesicht von Wayne Chang.

»Oh, ich störe hoffentlich nicht. Ich sah Licht …«

»Hallo, Wayne, wieder zurück aus dem Süden?« Brian machte eine einladende Geste. Wayne Chang trat herein, in seiner Hand hielt er einen Aktenordner.

»Ich habe hier die Abschrift des Flugschreibers«, sagte er.

Brian führte seinen Gast zu der kleinen Sitzecke, doch am liebsten hätte er ihm den Ordner auf der Stelle aus der Hand gerissen. Kaum saßen sie, überflog er hastig das niedergeschriebene Protokoll der letzten Unterhaltung an Bord der *Fairchild*, bevor die Maschine südlich von den Kaimaninseln ins Meer stürzte. Endlich fand er die Zeilen, nach denen er suchte. Hitze wallte in ihm auf.

»Sie wissen, dass ich Ihnen diese Unterlagen gar nicht geben dürfte«, sagte Wayne in die Stille.

Brian hielt Wayne den Ordner vor die Nase und zeigte auf die Stelle auf der vorletzten Seite, wo die letzten Worte protokolliert waren, kurz darauf war die Maschine im Meer versunken.

Copilot: »Da ist ein Schatten in den Wolken. Ich spüre es, dort draußen. Er kommt auf uns zu. Er greift nach uns.«

Pilot: »Komm zu dir! Jetzt reiß dich zusammen, wir stürzen ab.«

»Eine Wahnvorstellung, oder?«, fragte Wayne.

Brian erhob sich und ging an seinen Schreibtisch. Er holte ein paar Blätter hervor und suchte die entsprechende Passage darin. Schließlich reichte er Wayne einen Bogen.

»Der verdammte Sturm war näher, als ihr dachtet. Hat uns ganz schön durchgewirbelt. Beinahe wären wir abgeschmiert. Ich glaube, in den Wolken steckte etwas …«

»Was ist das?«, fragte der Meteorologe.

»Das ist das Protokoll des Funkverkehrs zwischen der *Discovery* und der Bodenkontrolle während des Landeanfluges«, erklärte Brian. »Fällt dir dabei etwas auf?«

»Aber was soll in den Wolken gewesen sein?«, fragte Wayne. »Außerirdische, ein Ufo oder Terroristen? Das ist doch alles Blödsinn.«

»Es muss ja nicht unbedingt etwas Materielles gewesen sein. Nicht alles, was uns Angst macht, besteht aus Materie. Auch Gedanken können uns eine heilige Furcht einjagen.«

»Du meinst so eine Art ›großer Geist‹?«

»Ich rede nicht von Gespenstergeschichten«, sagte Brian. »Ich stelle nur fest, dass wir eine ungewöhnliche Parallele bei den beiden Ereignissen haben, die nicht rational zu erklären sind. Ist es möglich, Frequenzfelder in den Stürmen zu analysieren?«

»Frequenzfelder. Wofür denn das?«

»Hast du jemals etwas über das morphische Feld im Zusammenhang mit der Gehirnforschung gehört?«

Wayne schüttelte den Kopf.

»Ich werde es dir ein andermal erklären, aber ich bin mit Suzannah in der Klinik verabredet. Wir wollen heute Abend noch einmal mit Ziegler arbeiten«, erklärte Brian. »Also: Gibt es eine Möglichkeit, Frequenzfelder in den Stürmen nachzuweisen oder zu bestimmen?«

»Es gibt extreme Überlagerungen, vor allem in Gewitterstürmen. Wie sollten wir dort einzelne Frequenzfelder isolieren können? Und wofür sollte es gut sein?«

»Mich würde interessieren, ob es ELF-Wellen in den Wolkengebirgen gibt. Könntest du das feststellen?«

»Ich könnte es versuchen, das würde aber eine ganze Weile dauern.«

»Ich weiß, aber es wäre wichtig für meine Untersuchungen.«

Rio Salado, Socorro County, New Mexico

Das Licht des untergehenden Tages bahnte sich seinen Weg durch die Baumwipfel am Fuße des Ladron Peak. Der Pfad hinunter zum Ufer des kleinen Flusses war steil und beschwerlich.

Sheriff Dwain Hamilton hatte seinen Wagen knapp einen Kilometer westlich des Saumpfades neben den Streifenwagen abgestellt und sich zusammen mit Deputy Hollow auf den Weg zur Hütte von Jack Silverwolfe gemacht. Schon von Weitem sah der Sheriff die verkohlten Reste von Jacks Hütte. Weitere Deputys waren vor Ort. Tom Winterstein hatte die Spurensicherung übernommen. Lena Martinez fotografierte zusammen mit Carlos Ramirez den schaurigen Ort. Unweit des rauchenden Schuttbergs lag unter einer Plane die Leiche des alten Jack.

Als Tom Winterstein Dwain erblickte, hielt er mit seiner Arbeit inne und wartete, bis der Sheriff unten angekommen war.

»Schöne Scheiße, was?«, begrüßte Tom seinen Vorgesetzten. Tom war seit fünfundzwanzig Jahren Polizist und hatte schon unter mehreren Sheriffs gedient.

»Habt ihr schon herausgefunden, was passiert ist?«, fragte Dwain.

Tom zeigte auf die Leiche. »Vielleicht war er betrunken und ist eingeschlafen, während das Feuer brannte. Paco hat ihn gefunden. Er war auf der Jagd und kam mit dem Boot hier vorbei. Er besuchte den alten Jack von Zeit zu Zeit. Als er die verbrannte Hütte sah, stieg er aus. Die Leiche des alten Jack lag mitten im Schutt.«

»Können wir sicher sein, dass es ein Unfall war?«

Tom zeigte mit weit ausladender Geste in die Landschaft. »Es gibt hier jede Menge alter Fußspuren. Aber sie sind nicht zuzuordnen. Soll ich Dr. Stevenson hierher bestellen?«

»Nein, ich will die Jungs von der Rechtsmedizin in Albuquerque hier haben. Sie sollen jemanden herunterschicken, solange es noch hell ist«, erwiderte der Sheriff.

»Wieso Albuquerque?«, fragte Tom. »Dr. Stevenson ist doch …«

Dwain unterbrach ihn. »Dr. Stevenson ist beinahe siebzig, ich will ihm so einen langen Fußweg durch die Wildnis nicht mehr zumuten. Also ruf bitte in Albuquerque an.«

Er konnte Tom nicht sagen, weswegen er in diesem Fall Spezialisten von der Rechtsmedizin brauchte, statt auf die Künste eines alten Landarztes zu vertrauen, der hier und da als Leichenbeschauer aushalf.

Tom Winterstein zuckte mit den Schultern. »Das wird aber eine ganze Weile dauern, bis die hier sind.«

Dwain nickte. »Dann warten wir eben.«

Er beobachtete zwei seiner Männer, die suchend in der Nähe des Flussufers entlanggingen. Ein schmaler, primitiver Anlegesteg aus Baumstämmen und Brettern ragte in den kleinen Fluss. Ein altersschwacher Kahn war dort festgemacht. An der Stelle, an der Jack seine Hütte gebaut hatte, war der Rio Salado knapp vier Meter breit. Der alte Navajo lebte von der Jagd, vom Fischen und vom Verkauf geschnitzter Holzfiguren an Touristen. Er wohnte bereits hier, als Socorro noch ein ärmliches, unbedeutendes Nest war. Nun war Jack tot. Dwain überlegte, wie alt Jack wohl gewesen war. Niemand wusste es so genau.

Der Sheriff schlenderte am Rande der mannshohen Büsche entlang. Ein kleiner Pfad führte hinein in die grüne Dunkelheit. Hier draußen am Fuß der Ladron Mountains stand das Buschwerk sehr dicht. Dürre Laubbäume wechselten sich mit Dornengestrüpp ab. Der Rio Salado zerschnitt das kleine und staubige Tal in zwei Hälften. Auf der gegenüberliegenden Seite des Flusses lag die alte Begräbnisstätte der Navajo, über die Jack seit Jahren mit Argusaugen wachte. Den Touristen erzählte er alle möglichen Geschichten über den Totenkult der Indianer. Aber ob sich hier jemals ein Friedhof befunden hatte oder aber die Kultstätte nicht viel mehr eines von Jacks Hirngespinsten war, stand in den Sternen. So wie die Ufos in jener Nacht, als Dwain ihn im Straßengraben unweit von Magdalena betrunken in seinem Pick-up gefunden hatte.

Der Pick-up? Verdammt, wo hatte Jack den Wagen abgestellt? Hier in dieser Einöde jedenfalls nicht. Kein Fahrweg führte bis zur Hütte.

»Habt ihr Jacks Wagen gefunden?«, rief Dwain Tom Winterstein zu.

»Jacks Wagen steht einen knappen Kilometer westlich von hier, am Ende des Trampelpfads«, erwiderte Tom. »Sarah und John sind dort und schauen sich um.«

»Ich habe hier etwas gefunden!«, rief Carlos Ramirez. Er deutete auf den Boden. Die Stelle war nur wenige Meter vom Steg entfernt. Dwain und Tom gingen hinüber. Vorsichtig bewegten sie sich durch das Gras, denn das Gelände war noch nicht abgesucht worden. Ein länglicher, glitzernder Gegenstand lag auf dem Boden. Ein Kugelschreiber.

Dwain nahm dem Deputy das Vergrößerungsglas aus der Hand und beugte sich hinab. »Ein Kugelschreiber der Marke Parker«, murmelte er nachdenklich. »Das Ding sieht wertvoll aus.«

»Vermutlich gehörte er Jack«, meinte Carlos. »Er hat ihn vielleicht von einem Touristen gegen seine Schnitzereien eingetauscht.«

Dwain erhob sich. »Das glaube ich nicht. Der alte Jack konnte nicht schreiben. Im Gegenteil, er hat sich aus Prinzip dagegen gesträubt, es zu erlernen.«

Tom holte eine Tüte aus seiner Umhängetasche. »Dann werden wir ihn eintüten, nachdem ihn Lena fotografiert hat.«

»Irgendwie habe ich das Gefühl, dass es gar kein Unglück war«, sagte Dwain nachdenklich. »Ich möchte, dass ihr hier jeden Stein umdreht. Und holt Jacobsen mit seinen Spürhunden. Hier stimmt etwas nicht.«

»Du glaubst, es war Mord?«

Dwain zeigte auf den Kugelschreiber. »Ich weiß es noch nicht, aber es ist doch merkwürdig, oder?«

Kennedy Space Center Hospital, Florida

Suzannah stand der schwierigste Part der Therapie bevor. Es musste ihr gelingen, Ziegler in tiefe Trance zu versetzen. Die Somnambulanz war nicht ganz ungefährlich. Der Hypnotisierte verlor jegliche Kritikfähigkeit gegenüber den Suggestionen seines Hypnotiseurs. Kurzum, Ziegler begab sich mit allen Sinnen in Suzannahs Hände. Partielle bis vollständige Amnesie sowie Halluzinationen waren die Folge. Nur so würde es gelingen, Zieglers traumatische Gedanken zu löschen, um sie durch positive Wahrnehmungen zu ersetzen. Doch bis dahin war es noch ein weiter Weg. Zuerst musste sich Ziegler an die Anwesenheit von Suzannah gewöhnen. Er musste lernen, dass von ihr keine Gefahr ausging, dass er ihr und vor allem dem Klang ihrer Stimme vertrauen konnte.

Zieglers Zustand war vergleichbar mit dem eines verängstigten Tiers. Suzannah hatte mehr als einmal an das Gorillamännchen im Chicagoer Zoo denken müssen, als sie vor der Glasscheibe im Krankenhaus stand und in das Zimmer des Astronauten blickte. Vielleicht war der Vergleich gar nicht einmal an den Haaren herbeigezogen, denn die Reaktionen des Mannes waren genauso unberechenbar wie die eines in die Enge getriebenen Gorillas.

»Ich weiß nicht, ob er schon so weit ist«, sagte Brian mit sorgenvoller Miene, als sie gemeinsam vor der Tür zu Zieglers Zimmer standen. »Ich bleibe hier draußen, aber sobald etwas passiert …«

»Was sollte denn passieren?«, fiel ihm Suzannah ins Wort. »Er ist mit Lederriemen fixiert. Es kann nichts passieren.«

»Ich meine ja nur …«

»Brian«, antwortete sie. »Wir sind hier, um ihm zu helfen. Er ist nicht gefährlich, er ist keine reißende Bestie, die auf ein Opfer wartet. Dort drinnen liegt ein zutiefst verängstigter Mensch, der aus irgendeinem unbekannten Grund in seinem Unbewussten Entsetzliches durchmacht. Erlebnisse, die ihn in Todesangst versetzen.«

»Und genau deshalb müssen wir uns sicher sein, dass wir kein Ungeheuer in ihm erwecken. Ich habe einfach ein ungutes Gefühl bei der Sache. Es ist eine Gratwanderung, das weißt du genau. Wenn er nur einen kleinen Schritt in die falsche Richtung macht, einen winzigen Tritt, dann haben wir ihn für immer verloren.«

»Und was denkst du, sollten wir tun?«

Brian atmete tief ein. »Ericksons Therapie mag ja bei gewissen Patienten die richtige Methode sein. Ich möchte vorher noch etwas anderes versuchen.«

»Wir stehen unter Druck«, gab Suzannah zu bedenken. »Brandon wird uns mit Hohn und Spott überschütten, wenn wir keine Fortschritte machen.«

»Brandon«, sagte Brian verächtlich. »Er pumpt Sanders mit Medikamenten voll und macht aus ihm einen ferngesteuerten Roboter ohne Hirn und Verstand.«

»Er arbeitet nach der klassischen Methode. Er stellt ihn ruhig, unterdrückt die Symptome und setzt auf Zeit.«

»Er bekämpft den Schmerz, aber er lässt den Stachel im Fleisch stecken.«

»Er setzt auf die natürlichen Verdrängungsprozesse und hofft, dass sich der Stachel von selbst in Wohlgefallen auflöst.«

Brian lächelte.

»Welche Methode schwebt dir vor?«, fragte Suzannah nach einer Weile.

»Ich stehe voll hinter dir, ich will nur ein zusätzliches Sicherungsnetz einbauen. Über die Lautsprecher lässt sich nicht nur Musik übertragen. Ich brauche nur einen kleinen Verstärker, etwas Raumhall und ein Mikrofon, dann kannst du von hier draußen zu ihm sprechen. Wir werden sehen, wie er dann reagiert.«

Suzannah schüttelte den Kopf. »Du vergisst ein wesentliches Element von Ericksons Therapie: die Nähe zum Patienten«, erklärte sie. »Er muss meine Anwesenheit spüren, nur so wird er Vertrauen zu mir fassen. Aber das weißt du genau – oder hast du alles vergessen, was du damals in den Vorlesungen gehört hast?«

Betreten schaute Brian zu Boden. Für einen Augenblick war er nahe daran, Suzannah zu gestehen, dass er schreckliche Angst um sie hatte. Wenn sie allein diesen Raum betreten würde, befand sie sich in höchster Gefahr. Nach dem nächtlichen Vorfall wusste er, dass Ziegler eine unbändige Kraft entwickeln konnte, wenn er sich in die Enge getrieben fühlte. Er hatte es am eigenen Leib erlebt. Und er befürchtete, dass Suzannah nicht lange warten würde, bis sie die Fixierung des Astronauten löste. Aber im Grunde genommen, das wusste Brian selbst, war es der einzige und auch richtige Weg. Ein Weg mit einem hohen Risiko.

NOAA, Boulder, Colorado

Cliff Sebastian raste mit seinem Dodge die Ash Street in Boulder hinunter. Tektonische Aktivitäten im Kaimangraben. Was steckte dahinter? Seine Gedanken kreisten um die möglichen schrecklichen Folgen, die ein Seebeben an der Schwelle zum Golf von Mexiko haben konnte. Ging dieses Katastrophenjahr geradeso weiter, wie es begonnen hatte?

Die rote Ampel an der Kreuzung zur 32nd Street übersah er. Das laute Hupen eines verärgerten Autofahrers, der wegen ihm scharf bremsen musste, riss ihn zurück in die Wirklichkeit. Er konzentrierte sich wieder auf die Straße.

Die gemessene Stärke der seismologischen Aktivitäten war bedenklich. Sicherlich, die Erdoberfläche war kein fest gezimmerter Fußboden. Sie bestand aus einzelnen Platten, die sich übereinandergeschoben hatten und sich bewegten, und war somit labil und sensibel. Unter der dünnen Oberfläche brodelte ein niemals erlöschendes Feuer.

Sebastian hoffte, dass es bei diesem vergleichbar leisen Getöse bleiben würde. Wie viele Katastrophen hatten die Menschen des Kontinents noch zu ertragen? Tief in sich wusste er, dass *Cäsar* nicht der letzte Hurrikan in diesem Jahr gewesen war, der die amerikanische Südküste heimsuchte, bis schließlich der Oktober mit kälteren Temperaturen dem Spuk ein Ende setzte.

Er bog in das Areal des NOAA-Gebäudes ein. Der Pförtner erkannte seinen Wagen und öffnete die Schranke. Sebastian parkte neben dem Hauptportal und betrat das Gebäude. Zielstrebig wandte er sich zum Fahrstuhl, doch noch bevor er ihn erreichte, hielt ihn die Stimme des Leiters der Wochenendbereitschaft zurück.

»Simon, was ist nur los in diesen Tagen?«, seufzte Sebastian und reichte dem untersetzten älteren Mann die Hand.

Der Angesprochene zog die Stirn kraus. »Die Meldung kam vor drei Stunden herein. Mittlerweile hat das Seismologische Institut die Messung bestätigt. Das Epizentrum liegt ungefähr zwanzig Kilometer westlich von Jamaika. Es kam zu einem Gasausstoß, ansonsten ist wieder Ruhe eingekehrt. Es gibt leider Vermisste. Zwei Boote sind spurlos verschwunden. Eines davon gehörte einem meeresbiologischen Forschungsprojekt an. Die Küstenwache ist ausgerückt.«

»Und was gibt es sonst noch für Hiobsbotschaften?«

»Wie wäre es mit einer ausgeprägten Tiefdruckrinne im Nordwestpazifik vor den Philippinen, die nach Nordwesten wandert? Oder starke Regenfälle mit Überflutungen im Herzen Europas? Erdrutsche und reißende Bergflüsse in den Alpen, fast winterliche Temperaturen südlich der Hebriden und starke Winde der Stärke zehn in der westlichen sibirischen Tiefebene. Dazu Wassertemperaturen über 26 Grad vor der Westküste Mexikos und im Karibischen Meer. Irgendwie haben wir in diesem Jahr kein Glück.«

»Ist es wirklich das Glück, das uns fehlt?«, erwiderte Sebastian. »Oder haben wir den Bogen mittlerweile überspannt?«

»Ich weiß es nicht«, sagte Simon. »Ich weiß nur, dass wir vor zwei Stunden ein Telex aus dem Weißen Haus erhalten haben. Es wurde eine Nachrichtensperre in Bezug auf alle außergewöhnlichen klimatischen und tektonischen Phänomene verhängt. Ab sofort gehen alle Nachrichten und Meldungen über die neu eingerichtete Koordinierungsstelle des Oval Office.«

»Und wer hat das angeordnet?«, fragte Sebastian.

»Niemand Geringeres als der Präsident der Vereinigten Staaten hat das Telex unterzeichnet.«

Gerichtsmedizinisches Institut, Albuquerque, New Mexico

Gemeinsam mit Tom Winterstein hatte sich Dwain gegen acht Uhr nach Albuquerque auf den Weg gemacht. Am Tag zuvor hatte er bei der niedergebrannten Hütte des alten Indianers stundenlang auf das Eintreffen des Leichenbeschauers aus Albuquerque warten müssen – einer Frau, wie er erstaunt feststellte. Und sein Bauchgefühl war von dieser Dr. Deringer zumindest vorläufig bestätigt worden: Sie hatte einen Genickbruch bei der verkohlten Leiche festgestellt. Doch die genaue Diagnose würde erst die Obduktion am Gerichtsmedizinischen Institut in Albuquerque ergeben.

Der Gedanke an Jack Silverwolfe hatte den Sheriff schlecht schlafen lassen. Er konnte es kaum erwarten, endlich Licht ins Dunkel zu bringen. Auf der Fahrt grübelte er darüber nach, ob zwischen dem Tod von Jack Silverwolfe und dem von Allan Mcnish womöglich eine Verbindung bestand. Da sein Neffe Dave Lazard die nächsten Wochen wohl kaum einsatzfähig sein würde, müsste er mit Tom zusammenarbeiten, sollte sich der Tod des alten Indianers tatsächlich als Mordfall entpuppen. Ausgerechnet jetzt fiel Dave aus!

Sein Neffe war ausgebildeter Detective, und in einem Mordfall hätte er seine Hilfe gut brauchen können. Für einen kurzen Moment erwog er, Tom über den Fall Allan Mcnish zu erzählen. Doch er verwarf den Gedanken. Tom würde nicht verstehen, dass Dwain seine Informationen für sich behalten und nicht an die State Police weitergegeben hatte.

Nach knapp zweistündiger Fahrt parkte er seinen Maverick im Schatten einer riesigen Pappel auf dem Parkplatz des Gerichtsmedizinischen Instituts im Osten der Stadt.

»Ich bin Sheriff Hamilton aus Socorro und würde gern mit Dr. Deringer von der Rechtsmedizin sprechen«, meldete sich Dwain beim Pförtner.

Der Alte, der sich offenbar in der Lektüre einer Zeitschrift gestört sah, verzog mürrisch das Gesicht und wies auf den Fahrstuhl. »Im Keller, Raum 4«, sagte er.

Raum 4 lag am Ende eines grünlich gekachelten Flurs. Neonlichter an der Decke tauchten den Gang in kaltes, unnatürliches Licht. In kurzen Abständen hingen Fotografien von heimischen Bäumen und Sträuchern im Posterformat an den sonst schmucklosen Wänden. Es roch nach Desinfektionsmittel. Dwain fasste sich an die Nase. Die Schiebetür war geschlossen. Gerade als er klopfen wollte, wurde die Tür schwungvoll geöffnet. Beinahe wäre er mit Dr. Deringer zusammengeprallt. Überrascht schaute sie auf. Sie war fast zwei Köpfe kleiner als er und hatte ihre wallenden Haare hochgesteckt. Sie trug die grüne Krankenhauskleidung der chirurgischen Abteilung.

»Holla, der Cowboy aus Socorro!«, rief sie. »Was führt Sie so früh in unsere Stadt?«

»Ist Jack Silverwolfes Leiche schon seziert worden?«, fragte er.

»Gerade bin ich fertig geworden.«

»Was haben Sie herausgefunden?«

Die Pathologin lächelte. »Sie fallen wohl immer mit der Tür ins Haus? Kommen Sie, ich habe gerade Kaffeepause.«

Dwain hatte es eilig, wollte aber nicht unhöflich sein, also folgte er zusammen mit Tom der Ärztin in die Kantine. Als sie an einem Tisch in der Ecke Platz genommen hatten, räusperte sich Dwain. »Also, Doktor, was haben Sie herausgefunden? Wurde er ermordet?«

»Na ja, das herauszufinden ist dann doch Ihre Sache. Sicher ist, dass er nicht einfach so verbrannt ist. Der Karbonisierungsgrad war zwar weit fortgeschritten, aber das Skelett ist bis auf die Beinmuskulatur noch gut erhalten. Meine vorläufige Beobachtung hat sich bestätigt, sein Genick ist unterhalb des Epistropheus gebrochen. Das muss zu einer Verletzung des Rückenmarks geführt haben. Er war tot, als das Feuer ausbrach. Zumindest haben wir einen normalen CO-HB-Wert in den einigermaßen unversehrten Gliedmaßen festgestellt. Er hat keinen Rauch eingeatmet. Ich denke, eine eingehende Gewebeuntersuchung wird meinen Befund bestätigen.«

»Gibt es Spuren von Gewalteinwirkung?«

»Das lässt sich leider nicht mehr feststellen«, sagte Dr. Deringer.

»Dann wäre es auch denkbar, dass es ein Unfall gewesen ist«, mischte sich Tom Winterstein ein.

»Wie ich sagte, war er jedenfalls tot, als ihn das Feuer erfasste«, erwiderte Dr. Deringer. »Natürlich kann er sich die Verletzung auch bei einem unglücklichen Sturz aus einer gewissen Höhe oder auf eine Tischkante zugezogen haben. Das müssen Sie schon selbst herausfinden.«

»Gibt es Hinweise auf die Todeszeit?«

»Bei einer Brandleiche dürfte das eher schwierig sein«, erwiderte die blonde Frau. »Wir haben einen toxikologischen Befund aus dem Labor angefordert und die DNA-Analyse durchgeführt, aber ob wir Aufschluss über die Todeszeit erhalten, ist eher fraglich.«

»Gibt es sonst noch etwas von Interesse?«

Die zierliche Pathologin nahm einen Schluck Kaffee. »Alles, was die Obduktion bisher ergeben hat, habe ich Ihnen gesagt. Also, Unfall oder Mord. Das ist hier die Frage.«

Dwain zog die Stirn kraus »Jack lebte schon lange dort draußen. Ich kann mir nicht vorstellen, dass er auf einmal in seiner gewohnten Umgebung verunglückt.«

Montego Bay, Jamaika

Das kleine blaue Haus auf dem Hügel jenseits des Strandes auf der Nordseite der Insel lag im strahlenden Glanz der untergehenden Sonne. Der heiße und sonnige Tag verabschiedete sich und nahm die Schwüle mit sich. Der Wind hatte aufgefrischt und blies aus nordöstlicher Richtung. Der Strand hatte sich geleert, die Menschen zogen sich in die Bars und Cafés in den Straßen zurück und überließen das Meer sich selbst. Stille senkte sich über Montego Bay.

Der Seismograf, der in dem kleinen blauen Haus in einer gemauerten Nische stand, gehörte dem Institute of Seismological Research, das wiederum eng mit der NOAA in Boulder zusammenarbeitete. Kurz nachdem die Sonne hinter dem Horizont verschwunden war, setzte sich der ruhende Schreibstift aus Metall in Bewegung. Immer hektischer wurden die Bewegungen, immer größer die Ausschläge. In kurzen Intervallen raste der Schreibstift auf der Rolle aus Papier hin und her und hinterließ ein dunkel gezacktes Muster.

Die Menschen in der Stadt stürmten hinaus auf die Straße. Ein dumpfes Brummen war zu hören, das selbst die spitzen Schreie der Frauen überlagerte. Ganze zweiundfünfzig Sekunden dauerte der Spuk. Dann kehrte die Ruhe zurück nach Montego Bay. Doch die Angst blieb.

Luzon-Straße, Südchinesisches Meer

Das Tiefdruckgebiet vor den Philippinen war im Laufe des Tages nach Nordwesten weitergewandert. Den ganzen Tag lang hatte das warme Wasser der Meeresoberfläche in der Luzon-Straße die Luft aufgeheizt, die mit rasanter Geschwindigkeit aufgestiegen war und den Wasserdampf in die höheren Regionen der Atmosphäre transportiert hatte. Die Corioliskraft hatte das Gemisch aus Wasser und Luft in eine spiralförmige Drehung versetzt und einen riesigen Wolkenschirm aus dichten Gewitterwolken ausgebildet. Nachdem der Luftdruck durch die Verlagerung des Tiefs über den Philippinen im Auge des Sturms stark abgefallen war, hatte sich die Rotationsgeschwindigkeit der Winde auf über 220 Kilometer pro Stunde gesteigert. Immer weiter krümmte sich der Wolkenschild an der Tropopause, bis er einen Durchmesser von knapp dreihundert Kilometern erreichte. Der anhaltende Südostwind trieb den entstandenen Sturm immer weiter in Richtung der chinesischen Küste voran.

Noch bevor sich die Nacht über die Stadt Swatou in der Provinz Kwangtung senkte, bereitete das chinesische Militär die Evakuierung der Küstenbevölkerung vor und traf notwendige Vorkehrungen zum Schutz gegen den Taifun. Sollte der Sturm seine augenblickliche Zuggeschwindigkeit beibehalten, würde er in weniger als 72 Stunden die Küste erreichen. *Ambo*, der erste Taifun dieses Jahres in der Region, war ein tropischer Zyklon der Stärke 4. Die Regierung erwartete eine Flutwelle von bis zu fünf Metern Höhe. Der Wind würde starke Schäden an der Landschaft und den Gebäuden hinterlassen. Doch die Warnung war früh genug erfolgt, um die Menschen aus dem betroffenen Gebiet zu evakuieren.

7

Kennedy Space Center, Florida

Die haushohe und abgeschirmte Halle war in ein schummriges, dumpfes Licht getaucht. Das Brummen der Generatoren steigerte sich. Zwischen den zwei riesigen Spulen war das exakte Modell einer Shuttle-Steuereinheit angeordnet. Versuch Nummer 24 stand für diesen Tag auf dem Programm. Die Luft im künstlich geschaffenen Blitzkanal innerhalb des Hochspannungslabors schien zu vibrieren. Professor Haarmann schaute gespannt durch die beinahe zehn Zentimeter dicke Scheibe aus getöntem Sicherheitsglas, die den Versuchsraum vom Regieraum trennte.

»Erhöhen Sie die Intensität noch einmal um drei Strich«, ordnete Haarmann an uns setzte sich seine Schutzbrille auf.

»Setzen Sie sich bitte alle die Brille auf«, bat der Ingenieur am Schaltpult, bevor er den Drehschalter betätigte.

»Ist bei Ihnen alles klar, Lisa?«, fragte Haarmann.

Lisa White Eagle überwachte die Daten auf dem Computermonitor. »Von mir aus können wir es krachen lassen«, antwortete sie und hob den Daumen in die Höhe.

»Ich bin gespannt, welche Ergebnisse wir diesmal erhalten«, warf Wayne Chang ein.

Das elektrische Brummen verstärkte sich, als die magnetischen Spulen mit höherer Leistung angesteuert wurden. Es wurde zu einem Rauschen, und plötzlich gab es einen lauten Knall. Ein greller Blitz schoss aus einer Spule hervor und suchte sich in Bruchteilen von Sekunden seinen Weg zur gegenüberliegenden Spule, doch zuvor traf er die Versuchsanordnung und hüllte sie in ein bläuliches Licht. Ein lautes Donnern folgte, als die Luft innerhalb von Nanosekunden auf knapp 20 000 Grad erhitzt wurde. Im Hochspannungslabor wurde es wieder dunkel. Das elektrische Brummen verstummte.

»Wir haben eine Verschiebung!«, schrie Lisa White Eagle laut auf. »Ihr werdet es nicht glauben, aber wir sind asynchron. Eine Abweichung von 0,224.«

Die Gesichter der Anwesenden richteten sich auf den Computerbildschirm.

»Das darf doch nicht wahr sein«, sagte Stone und fixierte den Monitor. »Wir haben die Cäsiumeinheit damals wegen ihrer Resistenz äußerer Einflüsse gegenüber eingebaut und sie zusätzlich noch abgeschirmt. Ich kann das nicht glauben.«

»Nach diesem Versuch geht es aber nicht mehr um Glauben«, erwiderte Professor Haarmann. »Ich denke, damit ist bewiesen, dass eine Abweichung bei einer kurzfristigen Überspannung möglich ist. Jetzt müssen wir noch genau herausfinden, wie die physikalischen Zusammenhänge sind.«

»Ein Flächenblitz innerhalb eines Wolkenschirms kann sogar das dreifache Energievolumen entfalten«, erklärte Wayne Chang.

»Gehen wir noch einmal den Versuch durch«, beschloss Professor Haarmann.

Lisa White Eagle aktivierte das Computerprogramm. Zuerst flimmerte noch einmal in Zeitlupe die visuelle Aufzeichnung des Versuchs über den Monitor. Anschließend wurden die aufgezeichneten Daten der verschiedenen Sensoren aufgelistet. Als sie auf die Enter-Taste drückte, setzte sich lautstark der Drucker in Bewegung.

Professor Haarmann wartete, bis der Drucker seine Arbeit beendet hatte, und griff dann nach den Blättern. Insgesamt vierzehn Seiten mit Tabellen, Daten und Zahlen. Er blätterte sie durch. »Wie wär's, wenn ich mich mit Professor Chang den Daten widme, während Sie, Dr. Stone, zusammen mit Lisa die Analyse unseres Modells da draußen durchführen? Damit kommen wir vielleicht ein wenig schneller voran.«

Stone stimmte zu. Der Strom im Hochspannungslabor war abgeschaltet, eine grüne Lampe signalisierte, dass die riesige Halle betreten werden konnte. Zusammen mit Lisa verließ er den kleinen Regieraum.

Haarmann setzte sich an den Computer. »Dann nehmen wir uns die Einzelteile vor«, seufzte er und schaute auf die Uhr. »Ich bin froh, dass wir heute ein gutes Stück vorangekommen sind. Ich hatte schon die Befürchtung, dass wir uns noch wochenlang mit diesen Versuchen beschäftigen müssen.«

Kennedy Space Center Hospital, Florida

Seit vier Tagen verbrachten Suzannah und Brian jede mögliche Stunde in der Nähe ihres Patienten. Die Medikamente waren vollständig abgesetzt worden, und Zieglers Reaktionen auf Suzannahs Anwesenheit waren ausgesprochen ermutigend. Er wirkte ruhig und gelassen. Zweifellos hatte sich Suzannah mit ihrer ruhigen Stimme einen Zugang zu ihm erschlossen. Brian blieb im Kontrollraum und überwachte die Aufzeichnungen, hatte aber stets ein wachsames Auge auf sie, um einzugreifen, sollte Ziegler einen Rückfall erleiden.

Auch die Schlafphasen der letzten Nächte waren ruhig verlaufen. Es schien beinahe, als ob der Albtraum in der Tiefe seines Unbewussten abgetaucht wäre.

Nur mitteilen konnte sich Ziegler immer noch nicht. Sein Sprachvermögen war nach wie vor gestört, und mehr als ein paar gutturale Laute oder ein zufriedenes Brummen waren bislang im Wachzustand noch nicht über seine Lippen gekommen.

Seit dem vergangenen Tag war die Fixierung des Astronauten gelöst. Dennoch lag er nahezu bewegungslos auf seinem Bett. Nur hin und wieder drehte er sich ein Stück zur Seite. Mit wachen Augen musterte er Suzannah, die sich in einem bequemen Sessel neben seinem Bett niedergelassen hatte und aus einem Buch Geschichten vorlas. Im Grunde genommen war es egal, was sie zu ihm sagte. Wichtig war, dass ihre Stimme weich und gelöst klang und ihn nicht aufregte oder ängstigte. Jetzt war es von zentraler Bedeutung, dass er Vertrauen zu ihr fasste.

Zweimal war es Suzannah bereits gelungen, Ziegler in eine leichte Somnolenz zu versetzen, die erste Stufe der Hypnose. Zuerst hatte er weder auf ihre Hand noch auf ein Pendel reagiert. Als sie es mit einem Licht versuchte, folgten seine Augen dem sanften Auf und Ab der Lampe. Seine Muskeln entspannten sich für einige Sekunden, bis er wieder unruhig wurde.

Brian saß hinter der Glasscheibe im Nebenzimmer und beobachtete Suzannah, die das Buch weglegte und die kleine Handleuchte aktivierte. In beruhigenden Worten sprach sie zu Ziegler. Brian schaute auf die Kontrollgeräte, die Zieglers Körperfunktionen überwachten. Nach einiger Zeit verlangsamte sich seine

Pulsfrequenz. Sein Atem wurde flacher, und seine Muskeln entspannten sich. Als Suzannah ihm einen Blick zuwarf, reckte Brian den Daumen nach oben. Vielleicht würde es ihr diesmal gelingen, ein weiteres Stadium der Trance zu erreichen.

Befriedigt registrierte Brian, wie sich Zieglers Körperfunktionen zusehends verlangsamten und sich seine Entspannung vertiefte. Ein Lächeln lief über Brians Lippen. Suzannah war wirklich gut. Sie verstand es, einfühlsam und geduldig mit dem Astronauten umzugehen. Ihre Stimme war wie Engelsgesang. Die leise Sphärenmusik im Hintergrund verstärkte diesen Eindruck. Er warf erneut einen Blick auf die Monitore. Plötzlich wurde aus der sanften Linie der Atemfrequenz ein gezacktes Muster. Auch das Elektrokardiogramm zeichnete erhöhte Werte auf. Immer höher stiegen die Zacken, und ein Warnton erfüllte den kleinen Raum. Brian blickte alarmiert in das Zimmer nebenan. Noch immer lag Ziegler auf dem Bett. Aber seine Muskeln waren nicht mehr entspannt. Unkontrollierte Zuckungen liefen durch seinen Körper. Brian aktivierte das Mikrofon.

»Da stimmt etwas nicht!«, rief er. »Pass auf!«

Noch bevor seine Worte verklungen waren, richtete sich Ziegler ruckartig auf. Wie ein Roboter mit Fehlfunktion schossen seine Hände hervor. Suzannah spürte, wie sich der eiserne Griff des Astronauten um ihre Arme legte. Sie schrie auf. Brian drückte auf den Alarmknopf, um die Pfleger herbeizurufen, bevor er in das Krankenzimmer stürmte. Ziegler zog die Frau zu sich heran. Suzannah wehrte sich und stemmte sich gegen ihn, doch ihre Kräfte reichten nicht aus. Unterdessen stürzte sich Brian auf den Astronauten und ergriff ihn am Hals. Er versuchte, ihn wieder zurück auf die Liege zu drücken, doch Zieglers Kräfte waren nicht zu bändigen. Nur mühsam gelang es Brian, den Mann aus dem Gleichgewicht zu bringen. Schließlich lockerte Ziegler seinen Griff, und Suzannah schaffte es, sich loszureißen. Sie stürzte zu Boden und sah gerade noch, wie der Astronaut unter dem Druck von Brian wieder zurück auf die Liege sank.

Ein Pfleger stürmte durch die Tür und eilte Brian zu Hilfe. Mit vereinten Kräften hielten sie den Mann auf dem Bett fest. Weitere Pfleger und Krankenschwestern kamen hinzu.

»Tranxillium!«, schrie eine der Schwestern ihrer Kollegin zu. »Zwanzig Milligramm, schnell!«

Suzannah erhob sich. Ihre Seite schmerzte. »Keine Medikamente!«, rief sie.

Mittlerweile waren vier Pfleger zusammen mit Brian damit beschäftigt, Ziegler auf das Bett niederzudrücken. Zieglers Gegenwehr erlahmte.

»Lasst ihn, lasst ihn los!«, schrie Suzannah erneut.

Brian hielt noch immer Zieglers Kopf umklammert und schaute sie ungläubig an. Hatte sie noch nicht genug? Dieser Mann entwickelte, auch wenn er nicht bei Sinnen war, unbändige Kräfte und war durchaus in der Lage, jemanden ernsthaft zu verletzen.

»Lasst ihn doch endlich los!«, kreischte Suzannah wieder. Die Pfleger schauten auf. Die Schwester kam mit einer aufgezogenen Spritze zurück ins Zimmer. Bevor sie das Bett erreichte, verstellte ihr Suzannah den Weg. Im Raum kehrte Stille ein.

»Brian, lass ihn los, er ist wieder ruhig, glaub mir«, sagte Suzannah mit flehentlicher Stimme.

Langsam löste Brian den Griff. Auch die Pfleger lockerten ihre Umklammerung. Einer nach dem anderen trat beiseite. Ziegler lag mit zitterndem Körper auf dem Bett. Alle starrten auf ihn.

Zögerlich richtete er den Oberkörper auf. Tränen liefen ihm über die Wangen.

»… was … was ist … was ist … geschehen?«, fragte er. Seine Stimme klang brüchig.

Suzannah ging auf ihn zu und ergriff seine Hand. Zärtlich streichelte sie über den Handrücken. Ziegler blickte in ihre Augen, dann ergriff er ihre Hand und zog sie zu seiner Stirn.

»Wo … wo bin ich hier?«, fragte er.

Nachdem Suzannah und Brian an diesem Abend das Krankenhaus verlassen hatten, standen sie noch eine Weile vor der Tür und schauten in den Sternenhimmel.

»Wie konntest du dir so sicher sein, dass wir ihn loslassen können?«, fragte Brian nach einer Weile.

Suzannah lächelte. »Ich sah, dass er weinte. Er hatte die Augen voller Tränen. Ich glaube, er wollte mir nichts tun. Ich glaube, er wollte mich nur berühren. Verstehst du?«

Brian schaute sie nachdenklich an. »Ich verstehe, was du meinst«, antwortete er.

»Wir haben heute einen riesigen Fortschritt gemacht«, sagte Suzannah. »Danke, dass du mich so wunderbar unterstützt.«

Sie legte ihre Hand in Brians Nacken, zog ihn zu sich heran und küsste ihn auf den Mund. »Jetzt lass uns schlafen gehen. Wir haben morgen viel vor. Sagen wir um acht zum Frühstück?«

»Ich hole dich pünktlich ab«, erwiderte Brian leise.

Socorro County, New Mexico

Über dem schwarzen Asphalt der Straße, die durch Black Range nach Dusty führte, flirrte die Luft. Es war heiß geworden in New Mexico. Das Thermometer war über die 35-Grad-Marke geklettert, und Dwain hatte die Klimaanlage in seinem Wagen auf höchster Stufe laufen. Dennoch brannten die Sonnenstrahlen auf der Haut, die durch die getönten Scheiben ins Innere des Wagens fielen.

Obwohl Dwain dienstlich unterwegs war, trug er keine Uniform. Wann musste Jack Silverwolfe sterben? Diese Frage beherrschte zurzeit seine Gedanken.

»Es ist uns leider nicht möglich, den Todeszeitpunkt genauer zu definieren«, hatte Dr. Deringer am Telefon gesagt. »Es muss im Laufe der letzten Woche passiert sein, sonst wären die Spuren des Zerfalls ausgeprägter, aber bei Brandleichen ist eine nähere Bestimmung leider nicht möglich, da die Zersetzungsprozesse im Körper und den Körperflüssigkeiten schlagartig durch die Hitze in Gang kommen.«

Diese Auskunft nutzte Dwain recht wenig. An die Unfalltheorie, die Tom Winterstein vertrat, wollte er nicht glauben. Er zweifelte nicht daran, dass es einen Zusammenhang mit dem Tod von Allan Mcnish gab. Irgendwie fühlte sich Dwain verantwortlich für den Tod des Alten, denn er war der Einzige, dem der alte Jack von dem jungen Mann erzählt hatte. Andererseits hatte Dwain niemanden außer seinen Neffen Dave Lazard eingeweiht, und der hatte bestimmt zu keinem anderen ein Wort gesagt. Oder hatte jemand anders Gründe, den alten Indianer zu töten? Hatte Jack vielleicht etwas erfahren, das er nicht wissen durfte? Steckten etwa die Geheimdienste hinter dem Anschlag, weil sie vertuschen wollten, dass sich im Cibola Forest ein Internierungslager für Staatsfeinde und Terroristen befand, in dem Menschenrechte missachtet wurden? Oder war es doch ein Unfall gewesen – war Jack Silverwolfe vielleicht im betrunkenen Zustand auf die Tischplatte gestürzt und hatte sich den Hals gebrochen, so wie Tom mutmaßte? Die Obduktion hatte Spuren von Alkohol in der breiigen dunkelbraunen Masse erbracht, zu der das Blut und das Gewebe des Verbrannten reduziert worden waren.

Dwain beschleunigte und überholte einen kleinen Truck, der mit mäßiger Geschwindigkeit vor ihm herfuhr. Vielleicht konnte ihm ja die alte Tante Gippy sagen, wann Jack gestorben war. Zumindest würde er von ihr erfahren, wann der Alte zum letzten Mal bei ihr gewesen war.

Zwei Kilometer weiter trat Dwain auf die Bremse und bog nach links in einen Feldweg ab, der in einem nahen Wäldchen verschwand. Unmittelbar vor der Baumgrenze stand das altersschwache Holzhaus der Kräuterfrau, die jeder landauf, landab als Tante Gippy kannte.

Sie unterhielt einen Kräuterladen für Stammesbrüder und Anhänger der Naturmedizin. Gippy, ebenfalls Angehörige des Navajo-Stammes, kannte sich zweifellos hervorragend darin aus, welche Kräuter und Wurzeln bei entsprechenden Beschwerden halfen. Von ihren Stammesbrüdern wurde sie gern aufgesucht wegen ihrer Mixturen, die sie nicht nur aus medizinischen Gründen braute. Vor allem der Mescal, ein Schnaps aus den gleichnamigen Kakteen, hatte es in sich. Dwain erinnerte sich noch gut an die letzte Stammesfeier im Alamo-Navajo-Indian-Reservat, zu der er eingeladen worden war. Noch Tage später spürte er die Auswirkung des Getränks.

Als Dwain aus seinem Wagen ausstieg, traf ihn die Hitze des Tages mit voller Wucht. Er öffnete den Knopf seines karierten Hemds und betrat die hölzernen Stufen des kleinen Hauses. Überall an den Balken und Geländern hingen getrocknete Sträuße verschiedener Kräuter und Blumen. Ein strenger Geruch stieg Dwain in die Nase. Er betrat den düsteren Raum und sah sich um. Links neben dem Eingang saßen zwei alte Indianer mit langen silbernen Haaren an einem runden Tisch und rauchten genüsslich Pfeife. Hinter dem grob gezimmerten Ladentisch saß, eingehüllt in bunte Decken, Tante Gippy und blickte auf, als sich Dwain ihr näherte.

»Was führt dich zu mir, großer weißer Mann?« Die alte Indianerin blickte ihm erwartungsvoll entgegen.

»Ich bin Dwain Hamilton, der Sheriff im Socorro County«, stellte sich Dwain vor.

»Ich weiß, wer du bist, großer weißer Mann«, antwortete sie. »Dein Ruf eilt dir voraus. Ein Hüne mit der Kraft von zehn Büffeln. Ich habe hier ein Pulver, das dir deine Kraft erhält. In allen Belangen, wenn du verstehst«, sagte sie anzüglich.

»Danke, Tante Gippy. Aber ich bin aus einem anderen Grund hier. Ich muss dich etwas über Jack Silverwolfe fragen. Du weißt ja, dass er gestorben ist?«

Die alte Frau lächelte. »Nachrichten sind wie die Samen der Bäume, sie fliegen mit dem Wind.«

»Wann war er das letzte Mal bei dir?«

Die Frau überlegte. »Er war hier, als der Mond voll war. Seither habe ich ihn nicht mehr gesehen. Aber er hat mir von Männern erzählt. Von weißen Männern, die den heiligen Boden betraten. Er hatte Angst, dass sie wiederkommen.«

Dwain horchte auf. Vor neun Tagen war Vollmond gewesen. Zwei Tage nachdem der alte Jack von Dwain aufgegriffen worden war. »Männer?«, fragte er eindringlich. »Was für Männer? Hat er gesagt, woher sie kamen?«

Gippy zuckte die Schulter. »Weiße Männer, viele Männer. Alle gleichen sich.«

»Was heißt das?«

»Er sagte, sie sind wie Brüder. Ein Gesicht für alle …«

»Soldaten?«

»Keine Uniformen. Mohawe hat keine Soldaten gemeint.«

Die alte Frau wedelte wegwerfend mit den Händen, als gälte es, einen bösen Gedanken zu vertreiben. Was konnte sie damit meinen, ein Gesicht für alle? Trugen sie Masken, hatten sie ihre Gesichter verhüllt? Dwain überlegte, doch ihm blieb der Sinn des Bildes unklar.

»Hat er mit ihnen gesprochen?«

Die Frau schüttelte den Kopf. »Er hat sich ihnen nicht gezeigt, sondern sich im Wald versteckt. Er hatte Angst vor ihnen. Schreckliche Angst. Dann sind sie wieder weggegangen.«

In Dwains Gehirn arbeitete es. Waren es womöglich IRA-Sympathisanten? Er erinnerte sich an ein Plakat, das er vor etwa zehn Jahren an den Wänden des New York Police Departments gesehen hatte und das einen IRA-Kämpfer mit Maschinenpistole in Belfast zeigte. Sein Gesicht war durch eine schwarze Gesichtsmaske verdeckt. Nur die Augen waren zu sehen. Das Plakat, herausgegeben vom FBI, warnte vor der Unterstützung der Terrororganisation. Besonders in Gebieten, in denen sich verstärkt irische Auswanderer niedergelassen hatten, versuchten Anhänger der Bewegung Gelder für den Kampf zu sammeln. Und dabei gingen sie nicht zimperlich mit Unwilligen um. Erpressung,

Körperverletzung bis hin zu Totschlag oder Mord gehörten zu ihrem Repertoire. Aber das wäre in diesem Fall wohl doch ein bisschen weit hergeholt.

»Haben diese Männer seinen Geist genommen, großer weißer Mann?«, fragte Tante Gippy in die Stille.

Diesmal war es an Dwain, mit der Schulter zu zucken.

»Wenn es so war, wirst du sie suchen?«

»Ich suche bereits nach ihnen, Tante Gippy«, sagte Dwain und wandte sich dem Ausgang zu.

Kennedy Space Center, Florida

Es war sechs Uhr am Samstagabend, als sich das Expertenteam zur Besprechung um den großen Tisch im Konferenzraum versammelte. Professor Paul sah müde und abgespannt aus, als er die Kollegen begrüßte. Fast so, als ob ihn etwas bedrückte. Dabei gab es überhaupt keinen Grund dafür, wie Brian fand, schließlich hatte das Physiker-Team in dieser Woche große Fortschritte erzielt, wie er von Wayne Chang wusste, und auch Zieglers Zustand hatte sich drastisch verbessert. Der österreichische Astronaut hatte seine Sprache wiedergefunden und befand sich auf einem guten Weg.

»Unsere Ergebnisse sind eindeutig auf eine Überspannung des Systems zurückzuführen«, berichtete Professor Haarmann. »Durch den Blitzeinschlag gab es einen kurzzeitigen elektromagnetischen Störimpuls, der für die Abweichung verantwortlich ist. Wir wissen nur noch nicht, wo genau es zu dieser Störung kam. Ich gehe nicht davon aus, dass eine tatsächliche elektromagnetische Beeinflussung des atomaren Resonanzsignals erfolgte. Ergo liegt der Fehler außerhalb der Resonanzapparatur. Störungen im Bereich des Synchrondetektors, des Modulators oder des Integratorsystems sind denkbar. Der Transmitter, der nach dem Quarzoszillator angebracht ist, wurde von uns untersucht. Er weist wie alle anderen Teile keine nachhaltigen Schädigungen auf. Also war es nur eine vorübergehende Störung.«

»Wie wenn man einen Stein ins Wasser wirft«, warf Brian ein. »Ein paar Sekunden lang entstehen Wellen, doch wenn sich die Oberfläche wieder beruhigt hat, ist es so, als wäre nichts geschehen.«

Haarmann lächelte. »Ein schönes, zutreffendes Bild. Und genau deswegen ist es schwierig, den genauen Ursprung der Anomalie zu lokalisieren. Wir haben in zwei Versuchen im Hochspannungslabor Abweichungen erzielt. Die Auswertung der aufgezeichneten Daten wird aber noch einige Tage dauern.«

»Noch haben wir etwas Zeit«, sagte Professor Paul. »Ihre Ergebnisse sind sehr wertvoll für uns. Jedenfalls dürfen wir es nicht wagen, unsere Jungs mit anfälligen Raumshuttles ins All zu schicken. Sie riskieren ihr Leben, dafür sind wir ihnen Sicherheit schuldig.« Zustimmendes Gemurmel erfüllte den Raum.

»Wie geht es Helmut Ziegler?«, wandte sich Paul an Suzannah Shane.

»Ich bin sehr zufrieden. Nachdem die Blockade seines Sprachzentrums überwunden ist, verbessert sich sein Zustand Tag für Tag. Allerdings weiß er nicht, was geschehen ist. Er hat auch keine Erklärung für die schrecklichen Bilder seiner anfänglichen Albträume. Tief in seinem Unbewussten schlummert etwas, an das wir bislang nicht herangekommen sind. Ich habe ihn zweimal in eine Hypotaxie, also eine Hypnose mittleren Levels, versetzt, aber noch keinen Zugang gefunden.«

Professor Thomas Brandon saß ihr gegenüber am Tisch und zeichnete mit einem Füller Kreise auf den Block Papier, der vor ihm auf der Tischplatte lag. Er wirkte desinteressiert und schaute immer wieder aus dem Fenster. Brian beobachtete ihn, während Suzannah von ihren Fortschritten berichtete. Die Frustration und die Missgunst ob des Erfolgs der jungen Psychologin spiegelten sich in Brandons Gesicht. Als sie mit ihrem Bericht endete, meldete sich Brian zu Wort.

»Es ist nicht gesagt, dass wir in seinem Unbewussten belegbare Hintergründe für Erlebtes oder unverarbeitete Wahrnehmungen finden werden. Nicht immer sind es Erinnerungen, die uns in Angst und Schrecken versetzen. Manchmal sind es visionäre Beobachtungen, die noch gar nicht stattgefunden haben.«

Brandon hatte seinen Füller beiseitegelegt und wandte sich mit einem Lächeln an die Anwesenden. »Hört, hört!«, sagte er in sarkastischem Ton. »Unser Fantast will uns wieder in seine metaphysischen Ebenen entführen. Das ist doch purer Blödsinn.«

»In Ihren Augen vielleicht«, sagte Brian ruhig. »Und dennoch gibt es genügend belegbare Beweise für das zweite Gesicht.«

»Zweites Gesicht, dritte Ebene oder Hellseherei«, sagte Brandon abfällig. »Aberglaube und Humbug. Wir stellen unsere Untersuchungen auf eine rein wissenschaftliche Basis. Für die seriöse Psychologie ist die Metaphysik keine ernst zu nehmende Wissenschaft. Wir wissen doch alle, welche Scharlatane sich in diesem Sammelsurium aus Sterndeutern, Astrologen und Parapsychologen tummeln. Magazine wie Ihres, Saint-Claire, zielen doch nur darauf ab, mit Halbwissen und Lügen den schnellen Dollar zu machen. Haben Sie sich schon einmal Ihre Leserschaft angesehen? Lauter jämmerliche Existenzen, die sich an Ihre Halbwahrheiten klammern wie Ertrinkende an einen Rettungsring.«

Professor James Paul räusperte sich. »Meine Herren! Nicht schon wieder eine solche Diskussion. Das führt zu nichts. Wir haben uns hier am Tisch versammelt, weil hier jeder seinen Beitrag zur Lösung unserer Problemfälle beitragen soll, dazu gehört es auch, respektvoll mit der Meinung anderer umzugehen. Mich würde Ihre Theorie interessieren, Dr. Saint-Claire, bitte fahren Sie fort.«

Brandon, offenbar verschnupft wegen Pauls mahnender Worte, blickte wieder geflissentlich aus dem Fenster.

Brians Miene blieb unbeeindruckt. Innerlich jedoch triumphierte er. »Wir haben lange Zeit unser Gehirn als eine Denkmaschine betrachtet, deren Funktionsweise aus Erbgut, Erziehung und Erfahrung sowie automatischen Steuerungsfunktionen gespeist wird«, erklärte er. »Mittlerweile wissen wir, und das ist durch jahrelange empirische Forschungsarbeit von ›Fantasten‹ belegt worden, dass unser Gehirn ein hochkomplexes System ist, das mehr kann als nur denken und steuern. Viele Fähigkeiten gingen uns bereits im Rahmen der Evolution verloren oder rutschten in eine nur wenig ausgeprägte Region, in manchen Bereichen werden wir schlauer, andere Bereiche verkümmern, weil wir sie nicht mehr benötigen. Das war einmal anders. Noch heute registrieren wir bei manchen Naturvölkern die Fähigkeit, ein Gespür für Gefahr zu entwickeln. Ich meine damit nicht das Wissen, dass die Berührung einer heißen Herdplatte zu Schmerzen und Verbrennungen führt, sondern ich rede von dem, was manche salopp den siebten Sinn nennen.«

»Und was hat das mit unseren Patienten zu tun?«, fragte Professor Buchhorn, der neben Brandon saß und Brian interessiert musterte.

»Ich will es kurz erklären«, erwiderte Brian. »Die Astronauten schliefen, während sie durch den Sturm flogen. Sie schliefen während der Beinahekatastrophe, und sie schliefen auch noch danach, bis sie schließlich fünf Tage später gemeinsam erwachten. Wir alle wissen aus den medizinischen Gutachten, dass ihr komaähnlicher Schlaf kein typisches Koma war. Es war ein Tiefschlaf, aus dem es ein verspätetes Erwachen gab und für den es keine Erklärung gibt. Ebenso wenig wie für die nächtlichen Albträume und die Übereinstimmungen der Trauminhalte, die sie eindrücklich und unabhängig voneinander im Schlaf schilderten. Auch der Verlust des Sprachvermögens im Wachzustand ist unerklärlich, wenngleich es für ein solches Verhalten im Bereich der schweren Traumata gewisse Analogien gibt. Mittlerweile wissen wir, dass es im Schlaf Phasen gibt, in denen unser Körper quasi abgeschaltet, aber unser Geist hellwach und überaus empfänglich für äußere Wahrnehmungen ist. Außerdem wissen wir, dass wir Bereiche unseres Gehirns durch extrem lange Wellen intuitiv stimulieren können. Ich glaube, in diesen Stürmen gab es solche Wellen und dass genau deshalb die Astronauten die gleichen Visionen quälen. Wir werden vergeblich in den Erinnerungen suchen.«

»Sie meinen, es waren Visionen, also Hellseherei: dass das, was die beiden gesehen haben, erst noch passieren wird?«, fragte Buchhorn skeptisch.

»Ich weiß nicht, ob es passieren wird, aber ich denke, die Bilder, die zu ihrer Traumatisierung führten, haben denselben Ursprung.«

Brandon lachte laut auf. »Professor Paul, liebe Kolleginnen und Kollegen, ich denke, es reicht jetzt«, sagte er. »Mich würde nicht wundern, wenn er uns gleich mit kleinen grünen Männchen in fliegenden Untertassen kommt. Ich kann dieses Gefasel wirklich nicht mehr länger ertragen. Meine Zeit ist zu kostbar, als dass ich sie mit solchen Spinnereien vertun kann.«

Professor Paul hob beschwichtigend die Hände. »Wir haben ja einen Meteorologen unter uns«, wandte er sich Wayne Chang zu. »Ist es vorstellbar, dass es tatsächlich zu einer Beeinflussung durch extrem langwellige Strahlung innerhalb eines Sturms kommen kann?«

Wayne schaute den Anwesenden ins Gesicht und straffte den Oberkörper. »Grundsätzlich kommt innerhalb eines Sturms eine hohe Bandbreite von weicher und auch harter Strahlung vor. Bisher sind mir jedoch keine Beeinflussungen bekannt, wie sie Dr. Saint-Claire soeben beschrieb. Aber ich wüsste auch nicht, dass jemals intensiv eine Strahlungs- und Frequenzanalyse eines Hurrikans durchgeführt wurde. Solange keine radioaktive Gammastrahlung vorkommt, sind die Auswirkungen des Sturms selbst viel drastischer. Da mir aber Dr. Saint-Claire die gleiche Frage vor ein paar Tagen stellte, habe ich an die NOAA eine Anfrage gerichtet. Bislang habe ich noch kein Ergebnis.«

»Also, wusste ich es doch, Außerirdische reiten auf dem Wolkenteppich«, bemerkte Brandon scherzend. »Wahrscheinlich sind sie sogar für die Wirbelstürme verantwortlich.«

»Schon gut«, übernahm Professor Paul wieder das Wort. »Ich denke, wir warten einfach das Ergebnis der NOAA ab. Wie kommen Sie eigentlich mit Sanders voran?«

Paul hatte die Frage an Professor Buchhorn gerichtet, doch ehe er antworten konnte, ergriff Brandon die Initiative.

»Bei ihm scheint die Traumatisierung tiefer zu sitzen als bei Ziegler«, sagte er. »Sein Zustand ist unverändert. Wir kommen nicht an ihn heran. Er spricht weder auf die Präparate noch auf unsere Gegenwart an. Meine Kollegin hat offensichtlich mit Ziegler einfach nur Glück gehabt.«

Brian schluckte eine ironische Bemerkung hinunter. Es machte keinen Sinn, mit Brandon erneut eine Diskussion anzufangen.

»Vielleicht sollten Sie einmal den klassischen Weg verlassen und eine unkonventionellere Methode in Erwägung ziehen«, wandte Suzannah ein. Ihre Wangen waren eine Spur gerötet – Zornesröte, wie Brian amüsiert feststellte.

»Werte Kollegin«, erwiderte Brandon, »nicht alle Fälle sind gleich, und die Patienten reagieren nicht gleich auf ein und dieselbe Methodik. Ich sagte doch, es war Glück, dass Ihr Weg bei Ziegler offenbar Erfolg verspricht. Meine Liebe, mit Glück meine ich natürlich nicht Zufall. Ich will keinesfalls Ihr Verdienst schmälern. Aber Sie wissen auch, dass die äußeren Umstände eine erhebliche Rolle spielen.«

Professor Paul erhob die Hand. Er hatte offenbar genug von dieser Art der Diskussion. An Brandon gewandt fragte er: »Und wie gedenken Sie fortzufahren?«

Brandon faltete die Hände und lehnte sich zurück. »Sollte sich im Laufe der Woche keine Änderung einstellen, kommen wir nach meiner Einschätzung nicht um einen Eingriff herum.«

»Lobotomie?«, fragte Suzannah.

»Es ist heutzutage kein großer Eingriff mehr, aber nach wie vor eine unbestrittene Methode.«

»Es ist eine Operation, und es ist gefährlich«, widersprach Brian, der diesmal nicht schweigen konnte.

»Es ist eine Chance«, entgegnete Professor Buchhorn, der sich in den Sitzungen neuerdings wie Brandons Pressesprecher gebärdete.

Professor Paul schaute auf die Uhr. »Ich denke, wir lassen es für heute dabei bewenden«, schloss er die Versammlung. »Wir werden uns am Montag wieder zusammenfinden. Vielleicht wissen wir bis dahin mehr.«

Very Large Array, New Mexico

Westlich von Magdalena am Highway 60 standen in einem umzäunten Areal 29 Radioantennen in Reih und Glied. Zusammen mit ähnlichen Anlagen in Green Bank, West Virginia, und Charlotteville, Virgina, bildeten sie ein gewaltiges System, das das Universum nach Radiowellen und Signalen absuchte. Mittlerweile waren sie zu einem Besuchermagneten im heißen New Mexico geworden. Touristen aus aller Welt wurden in Bussen zu dem Gelände gekarrt, wo das Besucherzentrum bereits um 8 Uhr 30 öffnete. Gerade im Frühsommer zog es viele Besucher hier hinaus, um einen weiten Blick in das endlose Universum zu erhaschen. Die *Wächter des Universums* waren aber nicht nur für die Betreiber der Anlage zu einer lukrativen Einnahmequelle geworden. Direkt neben dem Parkplatz hatten sich Hütten und Buden angesiedelt, wo vor allem Indianer aus den nahen Reservaten ein kleines Stückchen ihrer Kultur feilboten, damit es auf irgendeinem Fenstersims in Detroit, Berlin oder Tokio seinen Platz fand.

Auch Jack Silverwolfe hatte erkannt, dass es hier eine gute Verdienstmöglichkeit gab. So verkaufte er in den Sommermonaten an einem kleinen Stand abseits des Parkplatzes Decken, indianischen Schmuck und Schnitzereien.

Dwain wusste, wo er nach dem Stand des alten Silverwolfe

suchen musste. Nachdem er seinen Maverick auf dem Parkplatz neben dem Highway abgestellt hatte, ging er zu Fuß über das staubige Feld. Vielleicht würde er hier noch ein paar Dinge erfahren, die bei seinen Ermittlungen von Bedeutung waren. Der Tag neigte sich langsam dem Ende zu, und bald würde das Besucherzentrum seine Pforten schließen. Entlang des Zauns schlenderte er auf die Buden zu. Vereinzelt standen Touristen vor den Auslagen und verhandelten mit den Händlern. Dwain ging wortlos vorüber.

Ein primitiver Stand mit einem Gestell aus aneinandergebundenen Stangen und darübergeworfenen Teppichen als Sonnenschutz stand im Schatten eines dürren Baums. Ein alter Mann saß daneben auf einem Fass und rauchte Pfeife. Geschnitzte Pfeifen und Indianerschmuck waren auf der Theke ausgelegt.

Der Indianer grinste freundlich, als Dwain stehen blieb. Jacks Bude war nur wenige Schritte entfernt.

Dwain deutete auf den benachbarten Stand. »Ist Silverwolfe letzte Woche hier gewesen?«

Der Mann überlegte, ob er antworten sollte. Dwain kannte die Mentalität der Indianer. Fremden gegenüber waren sie eher verschlossen. Es war besser, mit offenen Karten zu spielen.

»Der alte Jack ist tot«, fügte er hinzu. »Ich bin der Sheriff vom Socorro County, und ich glaube, dass Jack ermordet wurde. Ich bin hier, weil ich seinen Mörder suche.«

Mit weit ausholender Geste wies der alte Indianer über den Parkplatz. »Hier gibt es keine Mörder«, antwortete er. »Wir sitzen hier und verkaufen unsere Waren an Touristen, damit wir unsere Familien durch den Winter bringen. Das Leben ist hart geworden.«

Dwain nickte. »Ich weiß. Aber mich interessiert, ob Silverwolfe letzte Woche hier war. Man hat ihn als verkohlte Leiche gefunden, und daher können wir nicht feststellen, wann er starb.«

»Ist das Leben eines alten Indianers wirklich so wichtig, Sheriff?«

Dwain wusste, dass diese Frage eine Prüfung darstellte. Noch immer klaffte eine Kluft zwischen dem roten und dem weißen Mann in Amerika. »Der Große Geist hat jedes Leben erschaffen«, sagte er in den blumigen Bildern der indianischen Sprache. »Er liebt den roten und den weißen Mann. Niemand darf dem Großen Geist ein Leben stehlen.«

Der Indianer schmunzelte. Dwain hatte die Prüfung bestanden. »Jack war hier«, sagte er. »Jeden Tag saßen wir hier, wir haben geraucht, gesprochen und zusammen geschwiegen. Dann ist er nicht mehr gekommen. Es war am letzten Donnerstag.«

»Mittwoch war er also noch hier?«

Der Indianer nickte. »Bis die Sonne unterging. Es war ein guter Tag. Viele Menschen, gute Geschäfte.«

»War irgendetwas anders als sonst? Ist dir etwas aufgefallen? Männer, die hier herumlungerten, oder hat Jack etwas erzählt? Vielleicht, dass er Angst hat?«

»Nein, es war ein Tag wie jeder andere unter der heißen Sonne.«

Dwain nickte enttäuscht. Er hatte sich mehr von diesem Besuch versprochen. Als er am Abend über Magdalena zurück nach Socorro fuhr, kreisten seine Gedanken um den alten Jack Silverwolfe. Wer konnte ein Interesse am Tod des indianischen Einsiedlers gehabt haben?

Als er an der Abzweigung zum Rio Salado vorüberfuhr, dem Weg, der zu Jacks Hütte führte, fiel sein Blick auf den grünen Metallcontainer neben der Straße. Überall an Haltebuchten und Parkplätzen hatte die Bezirksverwaltung diese Müllcontainer aufstellen lassen. Seither waren die Straßenränder beinahe frei von Unrat, den die vielen Touristen einfach aus den Wagenfenstern geworfen hatten. Dwain lenkte seinen Maverick in die Haltebucht und stieg aus. Er hob den Deckel des grünen Metallcontainers an. Der Container war etwa ein Viertel mit Abfall angefüllt. Er musste vor Kurzem erst geleert worden sein.

8

Kennedy Space Center Hospital, Florida

Brian hatte Kopfschmerzen. Nach der gestrigen Konferenz und dem Streitgespräch mit Thomas Brandon hatten sich Wayne, Suzannah und er noch in seinem Apartment zusammengesetzt und eine Flasche kalifornischen Rotwein getrunken. Brian hatte Wayne erzählt, woher die Feindschaft zwischen ihm und Brandon rührte, dass er durch Brandon seinen Job als frischgebackener Dozent in Chicago verloren hatte.

»Dann werdet ihr wohl in diesem Leben keine Freunde mehr«, hatte Wayne geantwortet, doch Brian schüttelte nur den Kopf.

»Im Nachhinein betrachtet, bin ich froh, dass Brandon meine akademische Laufbahn so früh beendet hat. In irgendeinem Lehrsaal zu verkümmern und naseweise Studenten zu unterrichten war nie das Ziel meiner Träume. Im Grunde genommen hat er meinen Ausbruch aus der Monotonie erst ermöglicht.«

Suzannah saß ruhig am Tisch und nippte an ihrem Weinglas. Keine Miene verriet den Schmerz, den sie empfand. Hatte Brandon auch ihre Trennung beschleunigt, oder wäre ihre Beziehung ohnehin an Brians Freiheitsdrang zerbrochen?

»Dinge sind, wie sie sind«, meinte Wayne. »Sie schönzureden macht keinen Sinn. Wir müssen versuchen, das Beste daraus zu machen.«

Ein paar Minuten später war er aufgebrochen. Er hatte Jennifer versprochen, sie nach Redaktionsschluss anzurufen.

Suzannah trank ihr Glas leer, ehe auch sie sich erhob. Brian wünschte sich, dass sie bliebe, doch er hatte nicht den Mut, sie darum zu bitten. Er wollte keine vernarbten Wunden aufreißen.

Nachdem die Tür ins Schloss gefallen war, schenkte er aus der halb vollen Flasche nach. Er leerte sie und zahlte am nächsten Morgen seinen Tribut. Sein Kopf brummte.

Als Suzannah und er nach einem gemeinsamen Frühstück ins

Krankenzimmer blickten, lag Helmut Ziegler auf seinem Bett und lauschte der beruhigenden Musik, die aus den Lautsprechern sickerte. Während Brian im Überwachungsraum blieb, setzte sich Suzannah zu ihm ans Bett.

»Wie geht es Ihnen heute?«, fragte sie.

Ziegler lächelte.

»Ist die Nacht ruhig verlaufen?«

»Danke, ich habe gut geschlafen«, antwortete der Astronaut.

»Welcher Tag ist heute?«

Suzannah blätterte in den Diagrammen des EEG. »Heute ist Sonntag.«

Die Aufzeichnungen zeugten abermals von einer Nacht ohne Zwischenfälle. Die dritte ruhige Nacht in Folge, es war langsam an der Zeit, mit der eigentlichen Konfrontationstherapie zu beginnen.

»Wir wollen dort weitermachen, wo wir gestern aufgehört haben«, sagte Suzannah. »Machen Sie es sich so gemütlich wie möglich. Die Musik lassen wir laufen. Sie wissen, ich bin in Ihrer Nähe. Es wird Ihnen nichts passieren.«

Routiniert begann Suzannah damit, die Hypnose einzuleiten. Stück um Stück tastete sie sich vor. Zieglers Atmung verlangsamte sich, seine Muskulatur entspannte sich zunehmend. Brian verfolgte die Aufzeichnungen der Überwachungsgeräte. Es dauerte nicht lange, bis die wohlklingende Monotonie von Suzannahs Worten Wirkung zeigte. Zieglers Körper erschlaffte. Die Entspannung vertiefte sich, und das Wachbewusstsein war kaum noch aktiv.

Suzannah fuhr fort. Bislang hatte sie noch nicht gewagt, so weit zu gehen. Sie wusste nicht, ob es ihr gelang, die absolute Tiefe in Zieglers Geist zu erreichen. Wie würde er reagieren, wenn er an seine Albträume erinnert wurde? Es war durchaus möglich, dass sie eine Blockade in ihm auslöste, einen Rückfall, schwere Halluzinationen oder Panikreaktionen. Suzannah wagte den Übergang von der Hypotaxie in die Somnambulanz, die Stufe der tiefsten Trance, die vollkommene Hingabe und Selbstaufgabe.

Brian starrte erwartungsvoll durch die Glasscheibe. Seine Muskeln waren gespannt. In dieser Situation musste man mit allem rechnen. Unberechenbare Reaktionen waren zwar nicht häufig, aber in dem Zustand, in dem sich die beiden unglückseligen Astronauten befanden, keineswegs auszuschließen.

Über zehn Minuten hielt Suzannah ihren Patienten in der tiefen Trance, bevor sie ihn langsam wieder aufweckte. Zehn Minuten hatte sie mit ihm gesprochen, ihm Fragen gestellt, war in sein Innerstes vorgedrungen, in seine Kindheit und in die Zeit der Sturm-und-Drang-Phase als pubertierender Jugendlicher. Tunlichst hatte sie es vermieden, ihn nach den Albträumen zu befragen. Dafür war es noch zu früh.

»Wie fühlen Sie sich?«, fragte sie, als er wieder zu sich gekommen war.

Ziegler schaute sich forschend im Zimmer um. Dann zeigte er auf die abgedunkelte Glasscheibe in der Wand. »Sie sind nicht allein«, antwortete er. »Wer sitzt dahinter?«

Suzannah überraschte die Frage. Einen Augenblick lang war sie perplex und wusste nicht, was sie sagen sollte. Wie kam er nur darauf? »Es ist … dort ist ein Kollege von mir«, entgegnete sie schließlich mit brüchiger Stimme.

Ziegler lächelte und hielt die gelösten Lederbänder in seinen Händen. »Bin ich gefährlich?«, fragte er.

Suzannah Shane schüttelte den Kopf. »Sie sollten sich jetzt ausruhen. Sie brauchen eine Pause. Wir machen heute Mittag weiter.«

»Bringen Sie Ihren Kollegen ruhig mit«, rief Ziegler ihr nach, als sie das Zimmer verließ.

»Verstehst du das?«, fragte sie nachdenklich.

Brian hatte sich erhoben. »Ich habe mit solchen Reaktionen gerechnet«, sagte er.

Suzannah kräuselte die Stirn. »Also, jetzt reicht es mir!«, sagte sie energisch. »Ich will endlich wissen, worauf du hinauswillst! Und weiche mir nicht schon wieder aus, so wie gestern Abend. Wieso fragst du nach Frequenzen in Stürmen? Du redest von Visionen, von Hellseherei und vom zweiten Gesicht. Und jetzt tust du, als ob dich Zieglers Frage nicht überrascht, im Gegenteil, du sagst, du hast damit gerechnet. Was ist los, was verbirgst du vor mir?«

Brian hob beschwichtigend die Hände. »Ich kann es dir jetzt noch nicht erklären. Vertraue mir. Ich brauche erst noch ein paar Details. Bisher ist es nur eine vage Theorie.«

»Dann erzähle mir davon!«

»Ich habe gestern erlebt, welche Reaktionen meine These bei unseren werten Kollegen hervorgerufen hat. Ich habe euren Gesichtern angesehen, was ihr dachtet. Auch in dein Gesicht habe ich gesehen. Die Zeit ist noch nicht reif dafür.«

»Mein Gott, ich ...«

»Ich weiß, dass es schwer ist, aber ich habe dir schon damals erklärt, es gibt Dinge auf dieser Welt, die über unseren Verstand hinausgehen. Für die wir keine Erklärung haben und die wir nicht sehen wollen, weil sie nicht in unser von Logik und Berechenbarkeit geprägtes Schema passen. Aber sie sind deswegen nicht weniger präsent als dieser unglückselige Mann in seinem Krankenbett.«

»Ich hasse es, wenn du damit anfängst«, erwiderte Suzannah niedergeschlagen. »Ich habe es schon damals gehasst, als du dich davongemacht hast. Schon als du vor Jahren davon geredet hast, empfand ich eine tiefe Abscheu. Ich hasse eine Welt, in der ich mich nicht zurechtfinden kann, weil es keine Gesetzmäßigkeiten gibt. Ich brauche Erklärungen, die ich begreifen kann, verstehst du?«

Brian nickte. »Der Geisterjäger ist wieder zurückgekehrt. Er steht vor dir, und er weiß, dass du dich noch immer fürchtest, diese Grenze zu überschreiten.«

»Um Himmels willen, Brian!«

Brian schlang seine Arme um Suzannah und drückte sie an sich. »Ich jage keine Geister«, flüsterte er ihr ins Ohr. »Vertrau mir. Gib mir nur etwas Zeit, damit ich meine Thesen auch beweisen kann. Gib mir diese Chance, so wie jeder erst mit sich selbst ins Reine kommen muss. Mehr verlange ich überhaupt nicht. Und ich verspreche dir, es kommen keine schaurigen Gespenstergeschichten dabei heraus, sondern eine logische Kette, wie du sie liebst.«

Suzannah löste sich und schaute Brian tief in die Augen. »Na gut, ich vertraue dir«, hauchte sie.

National Aeronautics and Space Administration Center, Headquarters, Washington D.C.

Es war außergewöhnlich warm in dem großräumigen Büro im Regierungsviertel von Washington. Seit Stunden war die Klimaanlage ausgefallen, und die Techniker bemühten sich bislang vergeblich, den Fehler zu finden und die Anlage wieder in Betrieb zu setzen.

Bruce T. Traverston, der Direktor der NASA, saß in einem bequemen Ledersessel. Sein Jackett lag locker über einem Stuhl. Auch Donald Ringwood, der Traverston gegenüber auf der Couch saß, hatte sich der Hitze wegen seiner Jacke entledigt. Dennoch liefen ihm Schweißperlen über die Stirn. Der kleine, untersetzte Mann kam schnell ins Schwitzen. Donald Ringwood, Verwaltungschef und Professor Pauls Stellvertreter im Shuttle-Mission-Programm, hatte vor einer Woche bereits um das Gespräch ersucht, doch erst heute hatte Traverston dafür Zeit gefunden.

»Das ist in der Tat interessant, Don, und natürlich haben Sie recht«, antwortete Traverston, nachdem Ringwood seinen Rapport beendet hatte. »Ich stimme Ihnen zu, dass James in dieser Sache eigenmächtig und ohne meine Zustimmung gehandelt hat. Auch wenn ich ihm eine Untersuchung des Vorfalls zugestand, so war damit nicht automatisch die Bildung einer außerplanmäßigen Expertenkommission verbunden. Vor allem nicht, wenn es um sensible Daten geht und ausländische Wissenschaftler an den Untersuchungen teilnehmen.«

»Und die immensen Gelder, die das Projekt verschlingt«, gab Ringwood zu bedenken. »Wir haben vor zwei Wochen ein höchst komplexes und modernes Hochspannungslabor eingerichtet. Dazu kommen Ausgaben für Modelle und Shuttle-Teile. Abgesehen von den Honoraren für die Wissenschaftler, haben wir bereits 234 000 $ ausgegeben. Und das scheint nicht alles zu sein. Erst gestern ist eine von Professor Paul genehmigte Beschaffungsanweisung über einen Hochleistungsgenerator über meinen Tisch gegangen. Das Gerät alleine kostet 24 000 $. Ich meine, so kann das nicht weitergehen angesichts unserer angespannten Finanzlage.«

»Und was haben Sie getan?«, fragte Traverston.

Ringwood wischte sich mit einem Taschentuch über die Stirn. »Ich habe die Anweisung natürlich weitergereicht, schließlich ist Professor Paul autorisiert, derlei Anschaffungen zu tätigen. Es steht mir nicht zu, seine Anweisungen nicht zu befolgen. Aber ich habe mit ihm geredet und ihn gebeten, die Ausgaben zu begrenzen.«

»Und was hat James geantwortet?«

Ringwood schaute verlegen. »Er sagte, ich solle mir meine Dollars in den Hintern schieben.«

Traverston lachte laut auf. »Das sieht dem alten Haudegen ähnlich.«

Ringwood musterte den Direktor unsicher. »Was werden Sie unternehmen?«, fragte er vorsichtig.

Traverston erhob sich und ging um den Sessel herum. Er legte Ringwood die Hand auf die Schulter. »Es war richtig, dass Sie mich informiert haben, Donald«, sagte er mit väterlicher Stimme. »Ich kümmere mich um die Sache und werde mit James reden. Wenn es zwischenzeitlich wieder einen hohen Scheck zu unterschreiben gilt, dann lassen Sie mir die Anweisung zukommen. Und nun entschuldigen Sie mich. Ich habe noch einen Termin beim Präsidenten.«

Nachdem Ringwood das Zimmer verlassen hatte, setzte sich Bruce T. Traverston hinter seinen Schreibtisch und griff zum Telefon. Er hatte noch ein wichtiges Gespräch zu führen, das keinen Aufschub duldete.

Kennedy Space Center Hospital, Florida

Es war um die Mittagszeit. Am Ende des langen Flurs befand sich das Krankenzimmer, in dem der Astronaut Sanders untergebracht war. Auch hier konnte man aus dem benachbarten Wachzimmer den Patienten durch eine getönte Glasscheibe beobachten, ohne dass dieser etwas davon bemerkte. Sanders lag auf dem weiß bezogenen Krankenbett. Professor Buchhorn stand mit einem Pfleger davor, während Professor Thomas Brandon im Wachzimmer verblieben war und die Überwachungsgeräte im Auge behielt.

Sanders war wach. Seine Augen flogen unruhig hin und her. Noch immer konnte er im wachen Zustand nicht sprechen. Aus seinem Mund drangen nur gutturale Laute. Sein Puls war erhöht, und sein Herz flatterte. Seit dem gestrigen Tage hatte Brandon in Absprache mit Buchhorn stetig die Menge an verabreichten Beruhigungsmitteln reduziert. Die Fortschritte, die Suzannah und Brian bei Ziegler vorweisen konnten, hatten die beiden Wissenschaftler schwer erschüttert. Als sie sich damals zusammengetan hatten, waren sie sich sicher, dass allein ihr Weg zum Erfolg führte. Und nun, knapp eine Woche später, mussten sie erkennen, dass Suzannah und ihr Geisterjäger ihnen mehr als eine Nasenlänge voraus waren, sollten sich nicht doch noch erhebliche Fortschritte einstellen.

Plötzlich schrie Sanders laut auf. Der Pfleger hatte die Fixierung am linken Arm gelöst, damit Buchhorn die Spritze besser setzen konnte. Sanders bäumte sich auf. Immer wieder lief ein heftiges Zucken durch seinen Körper. Der Pfleger, ein großer, kräftiger Mann, konnte den Astronauten kaum noch im Zaum halten.

»So eine blöde Idee«, schimpfte Buchhorn vor sich hin. »Ich wusste gleich, dass es schiefgeht.«

Es war ihm egal, dass Brandon seine Worte durch das Mikrofon mithören konnte. Buchhorn hatte eine heilige Wut im Bauch. Brandon hatte keine Ahnung von der Behandlung psychotischer und traumatisierter Patienten. Er kannte nur die graue Theorie.

»Ich kann ihn bald nicht mehr halten«, stöhnte der Pfleger.

Buchhorn versuchte vergeblich, die lange Nadel in die Vene von Sanders' Arm zu platzieren. Der Astronaut versuchte sich aufzubäumen, geriet immer mehr in Rage. Noch bevor Buchhorn den Arm seines Patienten ergreifen konnte, riss die Fixierungsschlaufe an dessen rechtem Arm. Sofort begann der Astronaut auf den Pfleger einzuschlagen. Ein Hieb traf den weiß gekleideten Mann in der Magengegend, und ehe er sich versah, folgte ein zweiter Schlag gegen seine Stirn. Der heftige Schwinger ließ ihn zurücktaumeln. Er stürzte über den kleinen Beistelltisch und riss ihn um, bevor er hart auf dem Boden aufschlug und die Besinnung verlor.

Ungläubig folgten Buchhorns Augen dem zu Boden gegangenen Pfleger. Noch bevor er zur Seite springen konnte, wurde er von Sanders am Hals gepackt. Die Spritze fiel ihm aus der Hand, als Sanders ihn hart zu sich herunterzog. Ein stechender Schmerz zuckte durch seinen Kopf. Dann blieb ihm die Luft weg. Die starken Hände des Astronauten hatten sich um seinen Hals gelegt und drückten zu. Ein Gefühl der Panik stieg in dem Psychiater auf. Das Blut rauschte ihm in den Ohren. Die schrille Alarmsirene überlagerte die lauten Schreie des Tobenden. Langsam schwanden Buchhorn die Sinne. Er rang nach Atem, aber gegen die Enge in seinem Hals kam er nicht an. Es dauerte eine Ewigkeit, bis endlich mehrere Pfleger und Krankenschwestern herbeistürmten und sich auf Sanders warfen.

Das Ringen schien kein Ende nehmen zu wollen. Buchhorns Atemzüge verhallten wie Schreie in einer tiefen Schlucht. Endlich gelang es den Helfern, den Psychiater aus der eisernen Umklammerung des Rasenden zu befreien. Buchhorn stürzte zu Boden.

»Wo ist die Spritze?«, hörte er eine Schwester rufen. Er schaute auf, versuchte seine Augen zu öffnen, doch sie gehorchten ihm nicht. Er fiel in eine tiefe Dunkelheit.

Fünf Männer und zwei Krankenschwestern hielten den tobenden Sanders auf dem Bett fest, während es einer weiteren Schwester gelang, eine neue Spritze anzusetzen und das Beruhigungsmittel zu injizieren. Es dauerte eine Weile, bis Sanders zur Ruhe kam. Erst nachdem der Astronaut wieder zurück auf die Liege sank, seine Muskeln erschlafften und seine Hände erneut fixiert werden konnten, betrat Professor Brandon das Zimmer.

Er kniete sich zu Buchhorn hinab und drehte ihn auf die Seite. Das blanke Entsetzen packte ihn. »Holen Sie Doktor Brown!«, schrie er einer Schwester zu. Aus dem linken geschlossenen Augenlid Buchhorns ragte die verloren gegangene Spritze.

9

Provinz Kwangtung, China

Am Sonntagabend traf der Taifun *Ambo* südlich der Stadt Swatou auf die chinesische Küste. Der Wirbelsturm hatte sich im Laufe des Tages abgeschwächt und war auf die Stufe 1 der Saffir-Simpson-Skala zurückgestuft worden. Die ursprünglich erwartete Springflut, die der Zyklon vor sich herschob, streifte knapp die Drei-Meter-Marke, und die Windgeschwindigkeit war auf

150 Kilometer in der Stunde gefallen. Einige Fischerhütten wurden von der Flutwelle mitgerissen, der Wind peitschte das Wasser gegen das Ufer und entwurzelte ein paar Bäume, die nahe am Ufer wuchsen. Der Himmel hatte sich verdunkelt, und schwarze Wolken bedeckten das Firmament.

Regen fiel in Strömen aus den dicken Wolken, und bald bildeten sich Rinnsale, die zu kleinen Bächen anwuchsen. Doch der Sturm traf auf ein menschenleeres Gebiet, sodass es keine Tote und Verletzte gab. Die Evakuierungsmaßnahmen der chinesischen Regierung hatten Schlimmeres verhindert. Die Region atmete auf.

Mit knapp zwanzig Stundenkilometern tastete sich *Ambo* ins Landesinnere vor. Der breit gefächerte Wolkenschirm bedeckte den Himmel über der Hafenstadt Swatou, doch außer ein paar losen Dächern und abgerissenen Stromkabeln gab es keine nennenswerten Schäden. *Ambo* schien ein Einsehen mit den Menschen an der chinesischen Küste zu haben. Die kühlen Landmassen verlangsamten die Rotationsgeschwindigkeit, und noch bevor der Zyklon gegen Mitternacht die südlichen Ausläufer des Wujischan-Gebirges erreichte und sich dort verfing, verlor er seinen Schrecken. Als Orkan zog er nach Süden weiter und regnete sich am Bergmassiv aus. Ein paar unbedeutende Erdrutsche und überflutete Wiesen waren die Folge.

Ambo lag im Sterben, doch niemand trauerte um ihn. Noch bevor der Morgen graute, war aus dem gefürchteten Taifun ein mittlerer Gewittersturm geworden. Schon am nächsten Tag kehrten die Menschen in das Gebiet südlich von Swatou zurück, um die Schäden des Taifuns zu beseitigen.

Kennedy Space Center Hospital, Florida

Suzannah Shane schüttelte fassungslos den Kopf, während Brian Saint-Claire betroffen auf den Boden starrte.

Professor Robert Buchhorn, der Psychiater mit dem seltsamen

Dialekt, lag in einer Spezialklinik für Augenverletzungen in Orlando und rang um sein Augenlicht.

»Die Kanüle ist vier Zentimeter weit in das Auge eingedrungen«, erklärte Professor Paul. »Hornhaut, Pupille, Netzhaut und die Sehnervscheide sind verletzt. Zusätzlich hat das Beruhigungsmittel, das in das Augeninnere eindrang, schwere Entzündungen verursacht. Wir können froh sein, dass es nicht in das Frontalhirn gelangte.«

»Wird er seine Sehkraft verlieren?«, fragte Brian.

Professor Paul zuckte die Schultern. »Die Ärzte meinen, es ist noch zu früh, um etwas sagen zu können. Sie hoffen, dass die Entzündung schnell abheilt und keine weiteren Nervenzellen absterben. Er wird auf alle Fälle eine bleibende Schädigung davontragen.«

Brian nickte. »Und der Pfleger?«

»Oberschenkelfraktur und ein paar Blessuren am Kopf«, antwortete Paul.

»Verdammt, wie konnte das nur passieren!«, sagte Suzannah Shane.

Paul fuhr sich mit der Hand über die Stirn. »Sanders war offenbar den ganzen Tag über unruhig gewesen. Ich habe mit Brandon gesprochen, aber der steht unter Schock und hat sich auf die Krankenstation begeben. Als die Pfleger ins Zimmer stürmten, hielt Sanders den armen Buchhorn im Würgegriff. Der war schon blau angelaufen. Und dabei wussten sie doch, dass sie vorsichtig sein mussten.«

»Sie wussten es, wir wissen es, aber niemand glaubt ernsthaft daran«, antwortete Suzannah. »Wir spielen jeden Tag mit dem Feuer …«

»… und irgendwann verbrennt sich jemand daran«, vervollständigte Brian Suzannahs Gedanken.

»Es steht Ihnen frei, die Behandlung abzubrechen«, erwiderte Paul. »Ich kann von Ihnen unter diesen Umständen nicht verlangen, dass Sie sich weiterhin in Gefahr begeben.«

Brian warf Suzannah einen Blick zu. In ihren Augen konnte er ihre Antwort ablesen. »Wir werden bleiben!«, sagte er. »Wir sind schon ziemlich weit gekommen. Ziegler ist auf einem sehr guten Weg. Natürlich bilden wir uns nicht ein, ihn in den wenigen Wochen heilen zu können, aber wenn die Therapie fortgeführt wird, stehen seine Chancen auf eine vollständige Genesung nicht schlecht.«

Das Telefon auf Pauls Schreibtisch klingelte. Er warf den beiden einen entschuldigenden Blick zu, bevor er abnahm.

»Ein Anruf für Sie, Suzannah«, sagte er und reichte den Hörer an sie weiter.

»Peggy, du?«, sagte Suzannah, nachdem sie sich gemeldet hatte. »Aber wie bist du denn hier gelandet?« Suzannah dämpfte die Stimme und zog sich in eine Ecke des Büros zurück.

»Und was genau fehlt Brandon?« Brian wandte sich wieder Professor Paul zu.

»Weiche Knie, würde ich sagen.«

Brian lächelte. »Ich bin sicher, er wird sich schnell erholen.«

Paul warf einen kurzen Blick auf Suzannah. »Ich habe gehört, dass Brandon einmal Ihr Mentor war. Damals in Chicago, während Ihres Studiums?«

»Stimmt.«

»Sie haben einen hervorragenden Abschluss gemacht und waren sogar als Dozent unter Brandon tätig?«

»Auch das ist richtig.«

Paul schüttelte den Kopf. »Dann verstehe ich ehrlich gesagt nicht, warum diese gegenseitige Abneigung zwischen Ihnen vorhanden ist.«

Brian blickte zu Boden.

»Sie wollen nicht darüber reden?«

Brian seufzte. »Es ist eine lange Geschichte, aber in Kurzform berichtet, hat es ihm missfallen, dass ich mit einer Hand voll Studenten eine Grenze überschritten habe. Es durfte einfach nicht sein, dass sich am konservativen Bradley seriöse Wissenschaftler mit parapsychischen Phänomenen beschäftigen. Ich glaube, er war der Ansicht, dass ich ihn verraten habe.«

»Und wie sehen Sie es?«

»Ich finde, dass es bei einer Wissenschaft, die wirklich frei ist, nur eine Grenze geben darf, nämlich Moral und Ethik, ansonsten sind wir mit unserem Latein bald am Ende. Es wird keine Fortschritte mehr geben. Ich möchte nicht vermessen klingen, aber wenn sich Galilei, Newton oder Freud an die ihnen auferlegten Grenzen gehalten hätten, dann säßen wir noch immer in unseren Hütten und schnitzten Heiligenfiguren. Auch wenn sich manche Wege später als Irrwege erweisen, so werden wir dies erst wissen, wenn wir den Weg gegangen und an die unüberwindliche Mauer gestoßen sind. Den Spinnern und Fantasten verdanken wir den Fortschritt.«

Professor Paul nickte zustimmend. »Ich verstehe, was Sie meinen.«

Suzannah kam wieder zurück zum Schreibtisch und reichte Paul das Telefon.

»Es ist doch hoffentlich nichts passiert?«, fragte er besorgt.

Suzannah schüttelte ihre Locken und lächelte.

»Im Gegenteil. Meine Schwester war am Apparat. Ihr Mann ist gerade in Mobile zu Aufräumungsarbeiten im Einsatz. Offenbar wird er noch eine ganze Weile dort verbringen. Er ist bei der Army. Nun hat seine Familie, also meine Schwester und ihre Kinder, vom Group Commander einen zweiwöchigen Urlaub als Entschädigung bekommen.«

»Das ist ein feiner Zug«, sagte James Paul.

»Meine Schwester wollte mir mitteilen, dass sie zusammen mit meiner Mutter und den Kindern für zwei Wochen auf eine Karibikkreuzfahrt gehen.«

Socorro, New Mexico

»Wo fährst du denn noch hin?«, fragte Tom Winterstein, als Dwain den Wachraum durchquerte und nach seinem Hut griff.

»Ich will mich noch einmal in den Gallinas umschauen«, antwortete Dwain.

Tom verzog das Gesicht. »Wozu denn? Wir waren dreimal am Fluss und haben alles abgesucht, sogar die Bluthunde haben keine Spuren gefunden. Du hast gehört, was die Gerichtsmedizinerin gesagt hat, es kann genauso gut ein Unfall gewesen sein. Jack war oft genug betrunken. Bestimmt ist er im Suff gestolpert und auf die Tischkante gefallen. Und danach brach das Feuer aus.«

»Das ist eine Möglichkeit«, antwortete Dwain. »Aber genauso wahrscheinlich ist es, dass jemand nachgeholfen hat.«

»Wer sollte das gewesen sein, und vor allem warum?«

Dwain zuckte mit den Schultern, bevor er Tom stehen ließ und durch die Tür hinaus in die warme Sonne trat.

Er setzte sich in seinen Maverick und fuhr auf der Interstate 25 nach Süden. An jedem Parkplatz, an dem er vorüberfuhr, hielt er Ausschau nach Crows kleinem gelbem Lastwagen, mit dem er die Mülleimer entlang der Straße leerte. Kurz vor dem Bosque del Apache wurde Dwain fündig. Er hielt an. Crow stand neben seinem Laster und bediente den Kranausleger, an dem gerade einer der Müllcontainer hing.

Es stank nach vermoderten Lebensmitteln und Unrat. Dwain rümpfte die Nase.

»Hallo, Crow«, begrüßte er den Indianer. »Harter Job, was?«

Crow arbeitete unbeeindruckt weiter und ließ den Kranausleger auf und nieder wippen, damit sich der Müllcontainer vollständig entleerte.

»Howdy, Sheriff«, sagte er. »Man gewöhnt sich schnell an den Gestank.«

Er setzte den Müllcontainer wieder auf dem Boden ab und

schob ihn zurück an seinen Stellplatz neben einer kleinen Holzbank. Dwain folgte ihm.

»Du hast gehört, was mit dem alten Jack passiert ist?«

Crow nickte und befestigte die Bremse des Rollcontainers.

»Du entleerst auch die Mülleimer entlang der 60?«

Crow nickte wieder.

»Wann hast du zuletzt die Tour hinüber nach Magdalena gemacht?«

Crow überlegte. »Letzte Woche«, antwortete er knapp.

»An welchem Tag?«

Crow druckste herum. Das Gespräch war ihm sichtlich unangenehm. Doch Dwain ließ nicht locker. Sein fordernder Blick hielt den Indianer gefangen.

»Hören Sie, Sheriff«, antwortete Crow schließlich. »Ich möchte keinen Ärger.«

»Wieso solltest du Ärger bekommen?«

»Das letzte Mal, als ich dich zum Coward Trail gerufen habe, da habe ich Ärger bekommen. Einen ganzen Tag haben sie mich in Albuquerque festgehalten. Sie wollten wissen, was ich weiß. Ich habe es ihnen erzählt, aber sie sagten, ich würde ihnen etwas verschweigen. Einen ganzen Tag habe ich deswegen verloren.«

Dwain wusste, was Crow meinte. Captain Howard von der State Police war wohl nicht zimperlich mit dem Müllmann umgegangen.

»Hör zu, ich will nur wissen, ob du etwas Ungewöhnliches gesehen hast. Der alte Jack starb wohl in der Nacht von Mittwoch auf Donnerstag letzter Woche. Ich glaube, dass er ermordet wurde. Wann hast du die Mülleimer bei Magdalena geleert?«

Crow schaute in den Himmel, sekundenlanges Schweigen folgte.

Dwain wartete geduldig, bis der Indianer mit sich ins Reine gekommen war.

»Es war letzten Mittwoch«, berichtete Crow nach einer Weile. »Vor Magdalena, am Trail zum Rio Salado steht ein Mülleimer, den ich geleert hab. Ein Wagen stand dort. Ein schwarzer Jeep.«

Dwain wurde hellhörig. »Ein schwarzer Jeep, ein Wagen aus der Gegend?«

»Es war ein Cherokee, das Metall blitzte. Die Scheiben waren getönt. Es war niemand im Wagen. Er war verschlossen.«

»Und wann war das?«

Crow kratzte sich am Kopf. »Ich glaube, es war nach fünf. Es war gegen Ende meiner Tour.«

»Hast du irgendwelche Personen in der Gegend gesehen?«

Crow schüttelte den Kopf.

»Und was ist mit Jack, wann hast du mit ihm zuletzt gesprochen?«

»Das war vor einer Woche«, antwortete Crow wie aus der Pistole geschossen. »Er erzählte mir, dass jemand aus den Wolken zu ihm gesprochen hat. Sie würden kommen, um ihn zu holen. Er war wieder einmal betrunken.«

»Sonst hast du nichts bemerkt?«, hakte Dwain nach.

Crow zuckte die Schultern.

»Ich danke dir«, sagte Dwain und wandte sich um.

»Ähm, Sheriff!«, rief ihm Crow nach. »Der Wagen war nicht aus der Gegend. Das Kennzeichen stammte aus Kalifornien.«

Dwain fuhr herum. »Hast du dir das Kennzeichen gemerkt?«

»3452 REI«, entgegnete Crow.

Westküste, USA

8 Uhr 22 am Abend. Es war ein heißer tropischer Tag gewesen. Die Temperaturen hatten die Dreißig-Grad-Marke deutlich überschritten. Über den Landmassen des Kontinents lagen drei Hochdruckgebiete, die tropische Luft aus dem Süden in das Landesinnere schaufelten.

Der Pazifische Ozean war so warm wie noch nie. In der mäßigen Dünung dümpelten die Segler, die an der diesjährigen Monterey Regatta teilnahmen, vor der Westküste der USA. Die Windgeschwindigkeiten lagen unter Windstärke 3.

Die Dämmerung brach langsam über das Land herein, als der Seismograf auf dem kleinen vor Santa Barbara gelegenen Archipel dünne Zacken auf das Millimeterpapier zeichnete. Noch verliefen die Bögen in flachen Ausschlägen, doch bald wurden die Zacken immer schroffer. Teile der Kokos-Platte im Südpazifik waren in leichte Schwingungen geraten. Nur wenige Menschen registrierten die Bewegungen des Seebodens. Blasen stiegen an die Oberfläche, verwandelten einzelne Regionen in einen brodelnden See. Es stank entsetzlich.

Eine knappe Minute dauerte der Spuk, bis die Erde wieder zur Ruhe kam. Unterdessen zogen einhundert Kilometer nördlich Schlepper die Segelyachten mit ihren schlaffen Segeln in den Hafen von San Francisco. Die Skipper waren genervt. Sie hofften für den morgigen Tag auf ausreichende Winde.

NOAA, Boulder, Colorado

Cliff Sebastian schüttelte gedankenverloren den Kopf. Vor ihm auf dem Schreibtisch lag ein aktueller Ausdruck der Wetterkarte des 15. Juni, die vor knapp zehn Minuten vom Zentralcomputer erstellt worden war. Alle erhobenen Messdaten der Bodenstationen, der Radiosonden und der beiden Wettersatelliten waren darin eingeflossen. Die Karte erstreckte sich über den gesamten nördlichen Kontinent, über den Golf von Mexiko und Teile des Atlantiks, des Pazifiks und des Nordpolarmeers.

Sonnenstrahlen drangen durch die Lamellen der Jalousie in das Büro im dritten Stock der NOAA-Zentrale in Boulder. Cliff Sebastian blickte grüblerisch auf die Uhr. Es war kurz nach neun Uhr am Vormittag. Erneut überflog er die bunt gefärbte Karte. Der ganze nordamerikanische Kontinent glich einem Pulverfass.

Drei Hochdruckgebiete bestimmten das Wetter über der

Landmasse und bescherten den Menschen trockene, sonnige und heiße Tage. Eines lag im Westen mit dem Zentrum über Nevada, ein weiteres über Iowa, und das dritte schob sich von den großen Seen nach Süden voran. Der Luftdruck lag bei 1020 Hektopascal, und mäßige Winde zwischen zwanzig und dreißig Stundenkilometer trieben die Luftmassen in südwestliche Richtung voran.

All diese Werte waren für einen Sommermonat in den mittleren Breiten der USA nichts Ungewöhnliches, und doch hatte Cliff Sebastian ein mulmiges Gefühl. Der Grund dafür waren die drei Tiefdruckgebiete, die sich nahe dem Äquator gebildet hatten. Eines der Tiefs befand sich unterhalb des Nördlichen Wendekreises vor der Westküste Mexikos, die beiden anderen hatten sich in Höhe der Kleinen Antillen und westlich der Inseln über dem Winde, wie sie auch genannt wurden, gebildet.

Die oberflächlichen Wassertemperaturen im Karibischen Meer lagen am Vormittag bereits knapp über 26 Grad Celsius, und die Tendenz war steigend. Cliff Sebastian atmete tief ein. Es war, als würde eine neue Katastrophe Anlauf nehmen, um in Bälde mit voller Wucht loszubrechen.

Das National Hurricane Center in Miami schätzte die Wahrscheinlichkeit für die erneute Bildung von Wirbelstürmen auf über 85 Prozent. Und angesichts der Werte, die in den Tiefdruckgebieten gemessen wurden, war diese Einschätzung sehr realistisch.

In Tallahassee waren die von *Cäsar* angerichteten Schäden noch nicht einmal annähernd beseitigt, und rund um Mobile, wo der Hurrikan *Amy* vor knapp acht Wochen den Mississippi-Sound gestreift hatte, arbeiteten die Menschen noch immer am Wiederaufbau der zerstörten Häuser und Farmen. Schon seit der Katastrophe in Galveston am 8. September 1900 war es Jahr für Jahr das gleiche Spiel an der Golfküste Amerikas. Die Stürme kamen, verletzten und töteten Menschen, zerstörten Häuser und Farmen, und anschließend bauten die Bewohner der Küste alles wieder auf. Eine Spirale, aus der es kein Entkommen zu geben schien. Aber in diesem Jahr war es weitaus schlimmer. Die Stürme waren so früh gekommen wie noch nie, und sie waren unberechenbarer denn je. Wo würde das enden?

Cliff Sebastian griff zum Telefon und wählte die Nummer des NHC in Miami. Er musste nicht lange warten, bis sich Allan Clark meldete.

»Ich habe gerade die neueste Wetterkarte vor mir liegen«, sagte er. »Das sieht überhaupt nicht rosig aus. Wie weit seid ihr mit eurer Prognose?«

Einen Augenblick lang herrschte Schweigen.

»Bist du noch dran?«, fragte Sebastian.

»Ja. Nach der derzeitigen Lage rechnen wir in den nächsten Tagen mit der Bildung einer Superzelle südlich von Puerto Rico. Das Wasser ist deutlich zu warm für diese Jahreszeit.«

»Gibt es eine Erklärung dafür?«

»Wir haben die *Solaris* zu den Kleinen Antillen geschickt. Aber bislang haben wir noch keine Erklärung für den Temperaturanstieg des Wassers gefunden. Der Austausch mit den tieferen Schichten findet zurzeit so gut wie überhaupt nicht statt, offenbar eine Art El-Niño-Phänomen.«

»Gib mir bitte sofort Bescheid, wenn sich dort draußen etwas tut!«

»Darauf kannst du Gift nehmen«, erwiderte Allan Clark. »Ich denke, es wird nicht mehr lange dauern, bis ich dich anrufe.«

Kennedy Space Center Hospital, Florida

Der Raum war in ein schummeriges Licht getaucht, leise Musik drang aus dem Lautsprecher. Suzannah Shane saß entspannt auf ihrem Stuhl. Ihre Stimme klang weich und angenehm. Helmut Zieglers Augen waren geschlossen. Der Astronaut lag gelöst auf seinem Bett. Brian beobachtete die Szenerie durch die verspiegelte Scheibe im Nebenzimmer. Die Aufzeichnungsgeräte registrierten eine Abnahme der Alphawellenpräsenz im Gehirnwellenmuster. Der Blutdruck sank.

Suzannah hatte den Astronauten in eine tiefe Trance versetzt. Er hatte alle Gefühle für Raum und Zeit verloren. Brian starrte fasziniert auf das Elektroenzephalogramm. Mit jeder Minute verringerte sich die Präsenz von Alphawellen, die Frequenzen sanken in den Thetawellenbereich. Die aufgezeichneten Frequenzen lagen unter sieben Hertz. Noch nie hatte Suzannah ihren Patienten in eine so tiefe Trance, in dieses Stadium des erweiterten Bewusstseins versetzt.

Dann wagte sie den letzten und entscheidenden Schritt. »Das Shuttle dringt in die Atmosphäre ein, das Rütteln wird stärker«, sagte sie.

Brian beobachtete angespannt die Monitore, bereit, jederzeit eingreifen zu können, sollte es zu ähnlichen Reaktionen wie bei Sanders kommen. Doch der Ausschlag der gezackten Linien auf dem Monitor blieb niedrig. Nichts deutete auf eine Panikreaktion Zieglers hin.

Suzannah hob den Kopf und blickte zum Spiegel. Brian reckte unwillkürlich den Daumen nach oben. Er dachte nicht daran, dass sie ihn nicht sehen konnte.

»Das Shuttle taucht in den Wolkenschirm ein. Alles verläuft nach Plan. Es gibt keine Komplikationen. Sie schlafen tief und fest. Nur das leichte Vibrieren ist zu spüren.«

Das Zackenmuster auf der unteren Linie des Monitors verstärkte sich für einen kurzen Moment. Brian erhob sich. Ziegler lag noch immer unbeweglich auf dem Bett, den Körper nach wie vor entspannt, dennoch blieb Brian stehen, um schnell eingreifen zu können, sollte es notwendig werden. Seine Hand umfasste die Türklinke.

»Das Shuttle taucht in die Wolken ein. Flauschige weiße Wolken. Wie eine Schneelandschaft in den Bergen liegt das Weiß vor dem Schiff. Das Vibrieren wird heftiger, ein Rauschen erfüllt die Luft.«

Das Zackenmuster auf dem Monitor schwächte sich wieder ab. Nur leicht schwangen die Spitzen über die gelbe Nulllinie.

Brian atmete tief durch. Er löste seinen Griff um die Klinke.

»Sonnenstrahlen dringen ins Innere«, fuhr Suzannah fort. »Die Wolken lösen sich langsam auf. Nur noch einzelne Schwaden versperren die Sicht. Unter dem Shuttle breitet sich der blaue Ozean aus. Blau und schön und ruhig liegt er dort. Am Horizont schiebt sich die Küste immer näher. Das Shuttle liegt stabil, und das Vibrieren erlahmt.«

Brian blickte auf die kleine Digitaluhr neben dem Bildschirm. Er hatte den Startknopf gedrückt, als Suzannah den Raum betreten und mit der Vorbereitung zur Hypnose begonnen hatte. Ziegler hatte auf ihren Besuch gewartet. Er hatte sie mit einem Lächeln auf den Lippen begrüßt. Brian dachte an den Augenblick, als er Ziegler das erste Mal gesehen hatte. Wie ein ängstliches, waidwundes Tier hatte der Mann in der Ecke gesessen und mit weit aufgerissenen und glasigen Augen ins Leere gestarrt. Nur zwei Wochen brauchte Suzannah, um aus diesem am Boden kauernden, verängstigten Wesen wieder einen Menschen mit einem breiten Spektrum an Gefühlen zu machen. Natürlich war Brian klar, dass es noch vieler weiterer Sitzungen bedurfte, um die Nachwirkungen der Traumatisierung vollständig auszuschalten, doch das, was Suzannah in diesen wenigen Tagen erreicht hatte, war mehr, als Brian zu Beginn der Behandlung zu träumen wagte. Und wenn er auch nur einen kleinen Teil zum Gelingen der Therapie beitrug, so war er durchaus stolz auf das bislang Geleistete. Und was im Gegensatz hatte Brandon mit seiner schulmedizinischen Heilbehandlung, die im Grunde genommen auf der Verabreichung von Medikamenten beruhte, bei Sanders erreicht?

Sein Partner lag mit einer schweren Augenverletzung in einer Spezialklinik. Bislang war Brandon noch nicht wieder aufgetaucht. Er igelte sich in seinem Apartment ein. Auch zu der kurzen Besprechung am Abend zuvor war er nicht erschienen. Er stehe noch immer unter Schock, hatte Professor Paul erklärt.

Brian überlegte sich, ob er nicht ein wenig Genugtuung über das Versagen seines ehemaligen Mentors an der Bradley University und mittlerweile schärfsten Widersachers empfand, doch er suchte vergeblich nach diesem Gefühl. Er empfand keine Befriedigung, keine Schadenfreude und keine Häme. Im Gegenteil, schließlich war das Schicksal zweier Menschen mit dem Scheitern Brandons untrennbar verbunden. Er hoffte hingegen darauf, dass es für Sanders als auch für Buchhorn ein gutes Ende nehmen würde.

Früher vielleicht, früher hätte er sich Brandon geschnappt und ihm klargemacht, wer an diesem Desaster die Schuld trug und wer hier der Versager war. Doch über die Jahre hatte er hinzugelernt. Niemand hatte einen Nutzen davon, weder Sanders noch Buchhorn.

»Die Landebahn kommt in Sicht. Ein graues Band, das sich im Dreiecksfenster abzeichnet und immer größer wird. Das Schiff liegt ruhig. Es sinkt langsam und stetig dem Boden entgegen.«

Suzannahs Worte rissen ihn aus den Gedanken. Erschrocken blickte er auf den Monitor. Er fluchte. Für einen kurzen Augenblick hatte er seinen Gedanken nachgehangen und Suzannah allein gelassen.

Er durfte sich keine Unaufmerksamkeit erlauben, sondern musste seine Konzentration auf die Reaktionen des Patienten nebenan richten.

»Die Räder berühren den Boden«, fuhr Suzannah fort. »Ein Rütteln läuft durch das Schiff. Die Bremsraketen heulen auf. Sie werden in den Sitz gepresst. Nur einen Augenblick lang. Das Shuttle rollt aus, und Sie spüren, wie die Bremswirkung in Ihren Magen fährt. Die Räder haben Bodenkontakt. Das Shuttle wird langsamer und langsamer. Immer weiter reduziert sich die Geschwindigkeit. Dann ist es so weit, das Schiff steht. Es steht unbeweglich und fest auf dem Boden. Sie sind gelandet. Sie werden langsam wach. Sie schlagen Ihre Augen auf.«

In Brians Gesicht wuchs die Anspannung. Das Zackenmuster

vergrößerte sich. Immer höher wurden die Ausschläge. Die Frequenzen verstärkten sich.

»Sie schlagen die Augen auf!«, wiederholte Suzannah.

Zieglers Blutdruck kletterte langsam auf ein normales Niveau. Erste Muskelaktivitäten waren zu verzeichnen, und langsam stieg die Hirnwellenaktivität über zwölf Hertz. Betawellenaktivität.

»Sie sind gelandet und schlagen die Augen auf!«

Die Worte aus Suzannahs Mund klangen wie ein Befehl. Tatsächlich kam Regung in den Astronauten. Langsam streckte und dehnte er sich. Die Betawellen verstärkten sich. Ziegler schlug die Augen auf und blickte sich fragend um.

»Wie geht es Ihnen?«, fragte Suzannah und erfasste das Handgelenk ihres Patienten. Der Puls beschleunigte sich zunehmend.

»Wo bin ich?«, fragte Ziegler schläfrig.

»Sie sind sicher gelandet«, sagte Suzannah. »Jetzt schlafen Sie sich erst einmal richtig aus. Wir sehen uns heute Nachmittag wieder.« Sie erhob sich und ging zur Tür.

»Ich wusste gar nicht, dass du ein Shuttle so gut landen kannst«, empfing Brian sie mit einem Lächeln.

Kokett zog Suzannah die Augenbrauen hoch. »Ich habe fast die ganze Nacht geübt. Und, wie war ich?«

»Fantastisch!« Brian hauchte ihr einen Kuss auf die Wange.

»Dann habe ich mir jetzt ein saftiges Steak verdient«, sagte Suzannah. »Ich habe Hunger wie ein Wolf.«

»Du hast ja auch Schwerstarbeit geleistet.« Brian öffnete die Zwischentür, die in einen langen und nüchternen Gang führte.

NOAA-Forschungsschiff Solaris, Karibisches Meer

Seit sieben Tagen kreuzte das Forschungsschiff *Solaris* vor den Kleinen Antillen und sammelte Daten und Erkenntnisse über das Wetter und die Strömungsverhältnisse des Gewässers. Die *Solaris* war das modernste und schnellste Schiff der NOAA-Flotte und gehörte zur geophysikalischen Abteilung der Organisation. Das Schiff war in der modernen SWATH-Bauweise konstruiert. Der Auftrieb des Schiffes wurde durch zwei komplett unter Wasser liegende Schwimmkörper erreicht, die an schlanken Streben miteinander verankert waren. Dieser Technik verdankte das Schiff ein außergewöhnlich ruhiges Bewegungsverhalten und machte es auch bei starkem Wind und schwerer See leicht manövrierfähig.

Die Antriebsanlage bestand aus vier kräftigen Aggregaten, die nach neuesten Erkenntnissen der Wissenschaft mit biometrisch geformten Schrauben ausgestattet waren, die zusammen an die 6000 Kilowatt erzeugten. Mit einer Maximalgeschwindigkeit von 22 Knoten lag es beinahe schon im Bereich leichter Kreuzer. Insgesamt 45 Mann Besatzung beherbergte die *Solaris*, darunter die 25 Wissenschaftler und wissenschaftlichen Mitarbeiter des geophysikalischen Instituts.

Auch das mitgeführte Tauchboot *Doreen* verfügte über die modernste Technik. Mit seinem aus einer speziellen Legierung bestehenden schlanken Körper konnte es bis zu einer Tiefe von 5000 Meter tauchen. Ein Pilot und zwei Beobachter fanden in dem knapp acht Meter langen, drei Meter breiten und vier Meter hohen U-Boot Platz. Die *Doreen* war auf dem Heck der *Solaris* an einem Kranausleger festgemacht und jederzeit einsatzbereit.

Vor knapp zwei Stunden hatte der Tauchgang nahe der Sankt-Vincent-Inseln geendet, und der schlanke gelbfarbene Schiffskörper lag auf seiner Plattform, als wollte er neue Kraft für den nächsten Tag tanken. Ein zweiter Tauchgang war notwendig geworden, um die ermittelten Daten des Tages zu verifizieren. Zu absonderlich waren die ermittelten Werte. Sollten die Messdaten stimmen, so hatten sich vor allem die Strömungsverhältnisse in den oberen und mittleren Wasserschichten regelrecht umgekehrt, sodass die Strömung nicht mehr vom Atlantik in den Golf verlief, sondern in Richtung der südamerikanischen Nordküste.

Würde es auch bald einen El-Niño-Effekt im Atlantik geben? Schwächte sich der Nordäquatoriale Strom immer mehr ab?

Jedenfalls hatten die Untersuchung der karibischen Strömung in eintausend Meter Tiefe sowie die Temperaturdaten ratlose Gesichter unter den Wissenschaftlern im Kontrollraum der *Solaris* hinterlassen. Das Horrorszenario vom Ende der Welt, das sogar anerkannte Klimatologen für die nächsten fünfhundert Jahre in Aussicht stellten, schien sich rasend schnell zu verwirklichen. Wie viel Zeit blieb dieser Welt noch?

Der Kapitän der *Solaris* schaute mit seinem Fernglas durch die dicke Glasscheibe des Ruderhauses hinaus in die mondlose Nacht. Sie hielten Kurs Nord-Nordwest, die Maschinen liefen auf viertel Fahrt. Am morgigen Tag sollte die *Doreen* knapp fünfhundert Kilometer westlich von Jamaika in Höhe der Schwan-Inseln auf Tauchfahrt gehen, um einen beständigeren Teil der karibischen Strömung zu erforschen. Der Steuermann stand hinter dem Ruder und kaute auf dem Daumennagel. Auf dem Monitor, der vor ihm im Kontrollpult flimmerte, war die aktuelle Wetterkarte des befahrenen Gebietes abgebildet. Über dem morgigen Einsatzgebiet lag ein kräftiges Tiefdruckgebiet, das möglicherweise für eine schwere See sorgen würde.

»Hoffentlich sind diesmal alle seetauglich«, sagte der Kapitän lächelnd. »Sonst werden wir wieder das Deck schrubben müssen.«

Der Steuermann lachte. »Es sind Wissenschaftler, keine Seefahrer.«

Es war kurz vor Mitternacht, als der Himmel im Westen aufglühte.

»Was ist das?«, fragte der Steuermann verwundert.

Der Kapitän richtete sein Fernglas auf das strahlende Lichtband, das in allen Spektralfarben den westlichen Horizont erhellte. »Hm«, sagte er nach einer Weile. »Wenn ich unsere Position nicht kennen würde, dann würde ich sagen, vor uns liegt eine herrliche Aurora borealis.«

»Ein Polarlicht?«

»Genau, aber nicht hier im Karibischen Meer. Es müssen Lichtreflexe oder so etwas Ähnliches sein.«

Der Steuermann runzelte die Stirn. »Und woher sollten die Reflexe kommen?«

Der Kapitän zuckte mit den Schultern.

Im Unterdeck der *Solaris* befand sich ein geräumiger Kontrollraum, vollgestopft mit Elektronik und allerlei Computersystemen. Drei Wissenschaftler versahen dort hinter Monitoren ihren Dienst. Sie überwachten und sondierten die gelieferten Messdaten, die von den zahlreichen Messsonden, Fühlern, Antennen und Sensoren auf dem Schiff an den Zentralcomputer übermittelt wurden.

Einer der Mitarbeiter griff zu seiner dampfenden Kaffeetasse und hätte sich beinahe verschluckt, als er einen schnarrenden Warnton vernahm. Er stellte die Tasse zurück auf den Tisch und blickte auf den Monitor. Seine Finger flogen über die Tastatur. Sein ratloser Gesichtsausdruck erregte die Aufmerksamkeit der anderen.

»Was ist los?«, fragte sein bärtiger Kollege am Nachbarterminal.

»Ich kriege hier Messdaten von Polarlichtaktivitäten ganz in unserer Nähe herein«, antwortete er. »Das gemessene Level liegt bei vier. Aber die Satelliten sagen mir, dass wir keinerlei Sonnenwindaktivität haben.«

»Ich sehe es jetzt auch auf dem Schirm«, sagte sein Kollege. »Die Strahlungsintensität weicht deutlich von der Norm ab. Haben wir noch einen aktuellen Link auf ACE?«

»Gib mir mal eine Übersicht.«

Der Angesprochene tippte auf die Tastatur. »Wir sind online, ich habe die Anzeige auf fünfzehn Grad Ost, achtzig Grad nördliche Breite. Das ist ganz in unserer Nähe.«

»Wie nah?«

Der Bärtige drückte eine weitere Tastenkombination. »Hundert Kilometer westlich. Aber wie kann es sein, dass es mitten in der Nacht zu langweiligen Reflexionen kommt? Die Sonne ist längst auf der anderen Seite der Erde angekommen.«
»Keine Ahnung.«
»Und was machen wir jetzt?«
»Den Chief informieren.«

10

Socorro, New Mexico

Sheriff Dwain Hamilton war ungehalten. Wie ein nervöses Raubtier wanderte er in seinem Büro auf und ab. Noch am Abend zuvor hatte er das Kennzeichen des verdächtigen Fahrzeuges, das Crow gesehen hatte, mit den Datenbanken der Verkehrsämter abgeglichen. Doch die Auskunft war ernüchternd. Ein Wagen mit einer solchen Buchstaben- und Ziffernfolge war nicht registriert. Hatte sich Crow vielleicht geirrt, hatte er einen Buchstaben oder eine Zahl vertauscht? Alles war möglich.

Bis spät in die Nacht hatte er alle möglichen Ziffernfolgen durchprobiert, doch nirgends war ein schwarzer Jeep Cherokee mit einer ähnlichen Kombination verzeichnet. Ihm war nichts anders übrig geblieben, als bis zum nächsten Morgen zu warten, bis er die zentrale Verkehrsbehörde von Los Angeles anrufen und nachfragen konnte. Vielleicht war das Fahrzeug erst vor Kurzem zugelassen worden und überhaupt noch nicht im EDV-System erfasst. Er hatte im Büro geschlafen, weil sich die Fahrt nach Hause nicht mehr lohnte. Außerdem wartete dort sowieso niemand auf ihn. Und nun versuchte er seit einer geschlagenen Stunde, eine zuverlässige Auskunft bei der Verkehrsbehörde zu bekommen, jedoch vergeblich. Entweder kam er nicht durch, wurde falsch verbunden, oder der zuständige Sachbearbeiter war nicht da. Sein Geduldsfaden war kurz vorm Reißen, und er wurde laut, stieß Drohungen aus, bis er schließlich mit dem verantwortlichen Abteilungsleiter der Verkehrsbehörde namens Berkley verbunden war. Dwain atmete auf.

»Sie haben den Wagen gefunden?«, fragte er.

Ein kurzes Stöhnen erklang. »Nein, nicht direkt«, antwortete der Beamte zögerlich.

»Was heißt das, nicht direkt?«, fragte Dwain.

»Das heißt, dass wir keine Registrierung eines solchen Fahrzeuges bei uns in den Akten haben«, erwiderte der Beamte.

»Dann fährt der Jeep also mit einem gefälschten Kennzeichen Ihrer Behörde in unserem County herum«, folgerte Dwain nachdenklich. Enttäuschung machte sich bei ihm breit.

»Nicht direkt«, sagte Berkley.

»Nicht direkt? Was soll das denn heißen?«

»Es ist schon möglich, dass es ein solches Kennzeichen gibt, aber es ist bei uns nicht hinterlegt.«

Dwain wurde ungehalten. »Mann, jetzt spannen Sie mich nicht auf die Folter. Erklären Sie mir endlich, was es mit diesem Kennzeichen auf sich hat!«

»Dazu bin ich nicht autorisiert«, antwortete Berkley.

Dwain schlug mit der flachen Hand auf den Schreibtisch. »Jetzt machen Sie mal einen Punkt. Ich bin Sheriff und ermittle in einem Mordfall, also, was soll das Ganze? Sagen Sie mir endlich, wem das Kennzeichen gehört!«

»Es ... es handelt sich um ein gesperrtes Kennzeichen«, versuchte sich Berkley herauszuwinden. »Ich bin nur befugt, auf richterliche Anordnung und schriftlich Auskunft zu erteilen.«

»Hören Sie, in meinem County wurde ein alter Mann umgebracht. Ein Indianer. Er wurde verbrannt. Und dieser Wagen steht damit in Verbindung. Was soll also dieser Humbug? Ist es der Wagen des Präsidenten höchstpersönlich?«

»Ich kann Ihnen nur raten, sich an den Ermittlungsrichter zu wenden und eine schriftliche Anfrage einzureichen. Tut mir leid, ich kann Ihnen nicht weiterhelfen.«

Das Knacken in der Leitung signalisierte Dwain, dass Berkley aufgelegt hatte.

»So ein verdammter Mist«, fluchte er und schlug erneut mit der Hand auf die Schreibtischplatte.

Das Klopfen an der Tür ging in Dwains Wutanfall unter. Erst als Donna den Kopf durch die Tür steckte, beruhigte sich der Sheriff.

»Was ist los?«, fuhr er Donna unwirsch an.

»Ich habe geklopft, aber du hörst ja nicht, wenn du hier herumtobst wie ein Wilder!«, sagte Donna beleidigt.

Dwain hob beschwichtigend die Hände. »Entschuldige, aber ich hatte gerade ein unerfreuliches Telefonat.«

»Draußen warten zwei Herren auf dich, einer scheint ein hohes Tier bei der Navy zu sein. Sie wollen mit dir reden.«

»Und worüber?«

Donna drehte sich im Türspalt herum. »Frag sie selbst«, antwortete sie und verschwand. Die Tür blieb geöffnet.

Dwain strich sein Hemd glatt, bevor er hinaus in den Wachraum ging.

Die beiden Männer saßen auf der Bank gegenüber dem Eingang. Einer war groß und schlank, dunkelhaarig und sah aus wie ein Schauspieler aus einem alten Hollywoodfilm. Er steckte in einer blauen Navy-Uniform, die, so vermutete Dwain, nach Maß angefertigt worden war. Die Rangabzeichen und die goldenen Ärmelstreifen wiesen ihn als Commander aus. Der Kontrast zwischen ihm und dem älteren glatzköpfigen Mann neben ihm hätte nicht größer sein können. Er war klein und dick, trug einen sackartigen Anzug, und der Schweiß stand ihm auf der Stirn. Außerdem wirkte er nervös und angespannt, während der Offizier einen sicheren Eindruck machte.

Dwain ging auf die beiden Männer zu. Er räusperte sich und sagte: »Ich bin Sheriff Hamilton, Sie wollen zu mir?«

Der Offizier schoss zackig in die Höhe und streckte seine Hand aus. »Ich bin Commander Nicolas Leach, und das ist Dr. Bruce

Allistar« antwortete der Navy-Offizier. »Sie haben dem Doktor eine Vorladung zugestellt. Es geht um den Unfall in Socorro vor zwei Wochen.«

Dwain musterte den kleinen dicken Mann abschätzig. »Ich weiß, worum es geht! So schnell wieder genesen?«, sagte er und blickte dem älteren Mann durchdringend ins Gesicht. Der Untersetzte sah beschämt zu Boden.

Dwain wandte sich um. »Kommen Sie bitte mit in mein Büro!«

»Also, um was geht es noch, ich dachte der Distriktanwalt hat die Klage verworfen?«, fragte Leach, nachdem er und Dr. Allistar gegenüber Dwain vor dessen Schreibtisch Platz genommen hatten.

Dwain gefiel der Tonfall des Offiziers nicht. »Es gibt noch diverse Formalitäten zu regeln. Schließlich wurde bei dem Unfall ein Mensch getötet, und mehrere Kinder wurden schwer verletzt. Die kleine Gina liegt immer noch im Krankenhaus. Es ist fraglich, ob sie jemals wieder richtig laufen kann. Ich denke, das rechtfertigt meine Vorladung, meinen Sie nicht?«

»Es tut … es tut mir so unendlich leid«, stammelte Dr. Allistar. »Ich weiß nicht …«

Der Offizier legte seine Hand auf den Arm des Arztes und fiel ihm ins Wort. »Wir berufen uns auf das Aussageverweigerungsrecht und werden keine Angaben machen. Ihnen ist schriftlich ein Gutachten über den Gesundheitszustand von Dr. Allistar zum Zeitpunkt des Unfalls zugegangen. Wir haben den Schaden geregelt und uns mit den Angehörigen und Verletzten geeinigt. Das Verfahren, wenn man es überhaupt so nennen kann, ist damit abgeschlossen.«

Dwain schüttelte den Kopf. »Nichts ist abgeschlossen«, sagte er und griff in seine Schublade. Er warf eine braune Akte auf den Schreibtisch. »Bislang ist nur ein Vorbericht an den Distriktanwalt ergangen. Die endgültige Ermittlungsakte kann ich erst vorlegen, wenn ich alle notwendigen Daten habe.«

»Ich sagte schon, wir machen keine Aussage und berufen uns auf unser …«

»Es geht hier nicht um eine Aussage«, beendete Dwain schroff die Erklärung des Offiziers. »Beginnen wir mit dem Führerschein. Haben Sie eine gültige Fahrerlaubnis, Doktor?«

Allistar blickte den Offizier fragend an. Ein kurzes Nicken signalisierte dem Doktor, dass er antworten durfte.

»Ich habe den Führerschein hier«, beeilte sich Allistar zu versichern und griff in seine Jackentasche. Er holte seine Brieftasche hervor und reichte dem Sheriff die kleine Scheckkarte.

»Aha, ein Führerschein der Army«, murmelte Dwain und legte ihn vor sich auf den Tisch. Umständlich griff er nach einem Kugelschreiber und notierte die Daten auf einem Bogen Papier.

»Sie sind sechzig Jahre alt?«

»Es steht alles auf dem Dokument«, sagte der Offizier.

»Und Sie wohnen im Militärcamp?«

Der Arzt schüttelte den Kopf. »Ich wohne in Magdalena, in der …«

Wieder fiel ihm der Offizier ins Wort. »Dr. Allistar ist über die General-Willston-Kaserne zu erreichen.«

»Ich brauche eine Adresse, wo ich ihn auch erreichen kann, falls es noch Fragen gibt. Die Kaserne ist Sperrgebiet, oder?«

Der Offizier richtete sich auf. »Sie kennen die derzeitige Lage unserer Nation. Wir führen einen Krieg. Amerika wurde angegriffen, und wir müssen uns verteidigen. Dr. Allistar leistet einen beträchtlichen Beitrag zur Sicherheit unseres Landes. Im Interesse der Vereinigten Staaten ersuche ich Sie, die Adresse nicht in die Akten einzufügen.«

Dwain runzelte die Stirn. »Wenn er so wichtig ist, weswegen wohnt er dann privat und nicht in der Kaserne?«

»Ich kann es nicht ertragen, wenn ich mich eingesperrt fühle. Ich könnte niemals hinter einem Zaun leben«, erklärte der Arzt.

»Ihre Adresse wird niemand außer dem Staatsanwalt, möglicherweise dem Richter und meiner Person erfahren. Und wir sind es nicht, die Amerika angegriffen haben. Ich glaube sogar, wir gehören zu den Guten.«

»Wir können uns auf Ihre Verschwiegenheit verlassen?«, fragte Commander Leach spitz.

»Ich bin gesetzlich dazu verpflichtet«, entgegnete Dwain Hamilton. »Auch ich habe meine Vorschriften. Oder trauen Sie unserer Justiz etwa nicht?«

Der Offizier überlegte. Allistar schaute ihn fragend an.

»Dr. Allistar wohnt am Rande von Magdalena, in der Chestnut Street Nummer 10. Aber ich verlasse mich darauf, dass diese Information vertraulich behandelt wird.«

»Ich sagte bereits, auch ich habe meine Vorschriften«, sagte Dwain und notierte die Adresse. »Falls es von Interesse ist, die kleine Gina Wailor liegt auf Station 3 im Socorro General Hospital. Ihre Eltern wohnen am Rande der Stadt. Vielleicht wollen Sie sich persönlich bei ihr entschuldigen«, fügte Dwain hinzu und schob das Blatt Papier in die Unfallakte.

»Ich glaube nicht, dass Dr. Allistar Zeit dazu finden wird«, erwiderte Commander Leach. »Wir haben den Eltern ein Entschuldigungsschreiben gesandt und eine Entschädigung angeboten. Damit ist alles erledigt, gibt es sonst noch Fragen?«

Dwain schüttelte den Kopf.

Der Offizier erhob sich. Unsicher tat es ihm sein Begleiter nach.

»Guten Tag, Sheriff«, verabschiedete sich Commander Leach und ging mit raschen Schritten auf die Tür zu.

»Ach, eine Frage hätte ich noch«, sagte der Sheriff. »Was treiben Sie eigentlich da draußen im Cibola Forest?«

Leach wandte sich um. »Sie wissen doch, im Interesse der nationalen Sicherheit kann ich Ihnen diese Frage nicht beantworten. Vorschrift, Sie verstehen.«

»Ich verstehe«, antwortete Dwain. »Da ist noch etwas. Sagt Ihnen der Name Allan Mcnish etwas?«

Commander Leachs Gesichtsausdruck blieb unverändert, jedoch meinte Dwain im Ausdruck des Arztes einen Anflug von Verunsicherung auszumachen.

»Tut mir leid«, antwortete der Offizier, ohne eine Miene zu verziehen. »Sollte ich den Mann kennen?«

»War nur so eine Frage«, sagte Dwain und erhob sich.

Der Offizier verließ das Büro. Dr. Allistar folgte ihm wie ein treuer Hund. Bevor er die Tür schloss, wandte er sich noch einmal dem Sheriff zu. »Es tut mir alles so entsetzlich leid. Ich wünschte, ich könnte diesen Tag ungeschehen machen. Aber ...«

Betreten blickte er zu Boden.

»Kommen Sie, Dr. Allistar!«, hörte Dwain den Offizier rufen. Allistar nickte Dwain noch einmal zu, dann schloss er die Tür. Dwain kam es so vor, als stünden dem Mann Tränen in den Augen. Mit einem Seufzer ließ er sich wieder auf den Stuhl fallen. Er fühlte einen schalen Geschmack im Mund. Er öffnete das Seitenfach seines Schreibtisches, holte ein Glas und die Whiskeyflasche hervor, schenkte sich ein und nahm einen kräftigen Schluck.

Kennedy Space Center, Florida

In dem großen Konferenzzimmer im zweiten Stock des Verwaltungsgebäudes herrschte Schweigen. Zwei Stühle waren auch diesmal leer geblieben.

Professor James Paul hatte an der Stirnseite Platz genommen und seine Unterlagen auf den Tisch gelegt. Die schweigenden Blicke der Anwesenden lagen auf ihm. Nachdem er sich gesetzt hatte, räusperte er sich und blickte auf.

»Meine Damen, meine Herren, ich habe Nachricht aus Orlando«, sagte er. »In einer zweistündigen Operation ist es den Chirurgen gelungen, Dr. Buchhorns Augenlicht zu erhalten.«

Freudiges Gemurmel machte sich breit. Professor Paul hob beschwichtigend die Hände.

»Natürlich muss Kollege Buchhorn noch eine ganze Weile im

Hospital verbringen. Und Professor Brandon hat mich informiert, dass er uns verlassen will. Das heißt, wir haben niemanden mehr, der sich um Sanders kümmert. Außerdem erreichte mich ein Fax aus unserer Zentrale in Washington. Man verlangt dort eine Erklärung über den Vorfall.«

»Das sieht Brandon ähnlich«, flüsterte Brian Suzannah zu. »Zuerst verbockt er die Sache, und jetzt stiehlt er sich davon. Das ist typisch für ihn.«

»Ich muss wegen Sanders zu einer Entscheidung kommen«, fuhr Professor Paul fort. »Wir können ihn nicht dauerhaft mit Medikamenten ruhig halten und ihn seinem Schicksal überlassen.«

Suzannah meldete sich zu Wort. »Wir haben morgen im Simulator eine Vertiefung unserer Therapiemaßnahmen geplant. Ziegler kommt nun schon ein paar Tage ohne Medikation aus. Wenn sich die Entwicklung fortsetzt, dann, denke ich, können wir bis zum Wochenende in die Rückführung übergehen. Das heißt, dann könnten wir uns auch Sanders' annehmen. Ich bin fest davon überzeugt, dass er auf die gleiche Therapie ebenso ansprechen wird wie Ziegler.«

Brian warf Suzannah einen entgeisterten Blick zu.

»Ich kann das nicht von Ihnen verlangen, Miss Shane«, entgegnete Professor Paul. »Für einen weiteren Zwischenfall kann ich keine Verantwortung übernehmen.«

Suzannah lächelte. »Es gibt keine Alternative, es sei denn, Sie entscheiden sich dafür, Sanders in eine geschlossene Anstalt einweisen zu lassen. Ich glaube aber nicht, dass er dort die Hilfe erhalten wird, die er benötigt.«

Paul nickte. »Ich lasse mir Ihren Vorschlag durch den Kopf gehen.«

»Wir können nicht die ganze Welt retten«, flüsterte Brian Suzannah zu. »Sanders ist unberechenbar.«

»Das war Ziegler auch, erinnerst du dich?«

Professor Paul hatte sich unterdessen Professor Haarmann zugewandt. »Ich habe Ihren Bericht gelesen«, sagte er. »Das sind überraschende Erkenntnisse. Sie glauben wirklich, die neue Schaltanordnung des Transmitters schließt einen weiteren Vorfall dieser Art aus?«

Haarmann nickte heftig. »So haben es unsere Versuche ergeben. Wenn wir die Übermittlungseinheit unmittelbar nach dem Synchrondetektor platzieren, gehen wir allen Widrigkeiten aus dem Weg. Zwar erhält der Shuttlepilot eine abweichende Angabe, diese jedoch lässt sich durch das Anbringen einer Schnittstelle am Modulator wieder korrigieren. Zusätzlich erhöhen wir die elektromagnetische Abschirmung der Resonanzapparatur. Damit dürften gravierende Störungen bei gleichen Witterungsverhältnissen mit an Sicherheit grenzender Wahrscheinlichkeit ausgeschlossen sein. Wir haben eine weitere Versuchsreihe durchlaufen. Zusammen mit Professor Chang sind wir zu dem Ergebnis gekommen, dass selbst bei höchster Energieentladung und direkter Einwirkung eine erneute zeitliche Verschiebung auszuschließen ist ...«

Brian hatte sich auf dem Stuhl zurückgelegt und schaute zum Fenster hinaus. Von dem Fachchinesisch der Physiker verstand er sowieso nicht viel. Er hoffte, dass die Unterredung bald zu Ende ginge, damit er ein ernstes Wort mit Suzannah wechseln konnte.

Was war bloß in sie gefahren, sich jetzt auch noch auf Sanders einzulassen? Sie wusste doch, was Professor Buchhorn widerfahren war.

»Dann führte eigentlich nur ein Funkübertragungsfehler zu der Zeitanomalie zwischen der Steuerungseinheit der Bodenstation und dem Empfänger des Shuttles«, rekapitulierte Professor Paul.

»Grob gesagt, ja«, erwiderte Professor Haarmann.

»Gut, dann schlage ich vor, Sie kümmern sich mit Ihrem Team um den Umbau der Steuerelemente.« Professor Paul wandte sich Suzannah zu. »Und wir beide unterhalten uns noch einmal über

Sanders, sobald Sie in Bezug auf Ziegler eine definitive Aussage treffen können. Ich danke Ihnen.«

Brian atmete auf, als sich die Anwesenden erhoben. Als auch Suzannah aufstehen wollte, legte er seine Hand auf ihren Arm.

»Bleib noch, wir müssen reden«, sagte er zu ihr.

»Und worüber?«

»Das weißt du genau.«

Vor der Clipperton-Insel, Südpazifik

Dunkle Wolken lagen über dem südlichen Pazifischen Ozean. Die *Timbury* ankerte an diesem Abend knapp zwanzig Kilometer westlich der Clipperton-Insel im Südpazifik. Vor Einbruch der Dunkelheit hatte die Besatzung einen Tauchroboter in das Wasser gelassen. Der Roboter vom Typ TRAV 7 war in der Lage, selbst in Tiefen von 500 Metern Messungen der Strömungsverhältnisse, der Temperatur und des Wasserdrucks vorzunehmen. Mittlerweile hatte das Forschungsschiff über 24 neuralgische Messpunkte im Südpazifik angesteuert und mit Streamern, dem TRAV 7 und weiteren Messgeräten eine Vielzahl von Daten erhoben, die immer das gleiche Ergebnis zutage förderten: El Niño war allgegenwärtig.

Aber an diesem Tag hatte es eine Überraschung gegeben. Das Oberflächengewässer um die kleine Pazifikinsel, knappe 1400 Kilometer vom Festland entfernt, war mit 25,7 Grad Celsius im Vergleich zu den küstennahen Werten beinahe kühl.

Der leitende Wissenschaftler arbeitete mit seiner Crew auf dem Vorschiff. Starke Scheinwerfer erhellten die Nacht, während alle ihrer Arbeit nachgingen. Der Tauchroboter war bereits auf 300 Meter abgesunken, als es Probleme mit der Seilwinde gab. Irgendetwas hatte sich an dem Halteseil verhakt.

»Schau dir das mal an!«, sagte der bärtige Mann zu seinem dunkelhäutigen Kollegen an der Winde und wies in den südöstlichen Nachthimmel.

Der Dunkelhäutige schaute auf. »Was ist das, brennt dort etwas?«

Der Nachthimmel im Südosten hatte sich rötlich verfärbt. Wie ein rot schimmernder Schleier, der die Sterne verhüllte.

Inzwischen hatten alle Anwesenden ihre Arbeit eingestellt und sahen neugierig nach Südosten.

»Was ist das?«, fragte eine Meeresbiologin.

»Es sieht fast aus wie ein Polarlicht, aber das kann nicht sein«, sagte ein Kollege.

Hektik kam auf, als der Sonarbeobachter aus dem Unterdeck auf das Vorschiff stürzte. »Ihr werdet es nicht glauben«, rief er. »Unter uns ziehen Tausende von Fischen vorbei. Schwärme, so weit unser Sonar reicht. Sie schwimmen nach Norden. So etwas habe ich noch nicht erlebt.«

Erst als der Sonarbeobachter bemerkte, wie seine Kolleginnen und Kollegen noch immer regungslos nach Südosten starrten, blickte er ebenfalls in den Nachthimmel.

»Polarlicht, in unserer Region?«, murmelte er. »Ich werde verrückt, das gibt's doch gar nicht.«

11

Socorro County, New Mexico

Da Dwain auf offiziellem Weg nicht weiterkam, musste er eben auf seine Kontakte zurückgreifen. Wozu hatte er einen Onkel, der Senator war, sagte er sich. Noch am selben Abend hatte er Betty, die Chefsekretärin, Haushälterin und gute Seele seines Onkels, angerufen.

»Hallo, du alter Haudegen«, hatte ihn Betty begrüßt. »Meldest du dich auch wieder einmal? Das letzte Mal, dass ich von dir gehört habe, ist mindestens drei Monate her. Du sitzt ganz schön in der Klemme, wie ich gehört hab?«

Betty war um die sechzig und besaß noch immer den Schwung

und den Elan eines jungen Mädchens. Er mochte die Frau mit dem breiten texanischen Slang. Damals, als er noch auf der Cave Pearls Ranch des Senators als Verwalter gearbeitet hatte, waren sie sich beinahe jeden Tag begegnet, hatten miteinander gescherzt und hier und da auch mal etwas getrunken. Betty vertrug mehr Whiskey als eine Horde Viehtreiber. Doch seit Dwain den Job des Sheriffs in Socorro angetreten hatte, sahen sie sich kaum noch.

»Warum bleibst du nicht in unserem Team? Wir machen noch ein paar Jährchen und ziehen uns dann auf die Ranch zurück. Dort ist genug Platz für uns alle«, hatte sie damals zu ihm gesagt, als Dwain ihr eröffnete, dass er sich zur Wahl als Sheriff hatte aufstellen lassen. Er wollte endlich auf eigenen Füßen, außerhalb des Dunstkreises von Senator Joseph Christopher Hamilton stehen.

Am nächsten Morgen setzte sich Dwain in seinen Maverick und fuhr nach Osten, dem Llano Estacado entgegen. Gegen Mittag traf er auf dem weitläufigen Areal der Cave Pearls Ranch ein. Er parkte seinen Wagen vor dem ausladenden Herrenhaus im spanischen Kolonialstil.

Joseph C. Hamilton saß auf der Veranda in einem Schaukelstuhl und schaute auf, als Dwain über die Treppe heraufkam.

»Da bist du ja endlich«, empfing er ihn. »Dann können wir ja endlich das Essen auftragen. Ich habe Betty angewiesen, ein paar T-Bone-Steaks in die Pfanne zu hauen, damit unser Kleiner endlich mal wieder richtig satt wird.«

Dwain lächelte, ging auf seinen Onkel zu und umarmte den großen und kräftigen Mann.

Joseph Hamilton war eine imposante Erscheinung. In der Familie der Hamiltons schien die männliche Nachkommenschaft durchgehend zu Riesen zu mutieren. Ganze zwei Meter maß der Senator und war damit ebenso groß wie der Sheriff selbst. Die 130 Kilo Lebendgewicht verteilten sich ziemlich gleichmäßig auf die gesamte Länge, und trotz seines Alters und der grauen, aber immer noch recht vollen Haare wirkte Joseph C. Hamilton wie ein Ringkämpfer in den besten Jahren. Man sah ihm die siebzig Jahre, die er auf dem Buckel hatte, nicht an. Vielleicht lag es daran, dass er einen Großteil seiner Freizeit im Freien, am liebsten im Sattel verbrachte.

»Lass uns gleich essen und dabei reden«, sagte der Senator und ging seinem Neffen voraus ins kühle Haus.

Der alte Swany, der farbige Diener, trug die Speisen auf. Er freute sich, Dwain wieder zu Gesicht zu bekommen. Swany war nur unwesentlich jünger als der Senator und hatte schon auf der Ranch gearbeitet, als Dwain noch ein kleiner Junge war.

»Hast du wieder etwas von Margo und den Kindern gehört?«, fragte der Senator.

Dwain schüttelte den Kopf. »Das letzte Mal vor vier Wochen. Sie will die Scheidung.«

»Sie hätte nicht gehen dürfen. Eine Hamilton tut so etwas nicht. Ich hätte sie am nächsten Tag zurückgeholt und ihr den Hintern versohlt. Elly war auch oft unglücklich, aber sie wäre nie weggegangen. Sie wusste, wo ihr Platz im Leben war.«

Der Blick des Senators wanderte zu dem großen Porträt seiner Frau, das über dem Kamin hing. Elly war vor ein paar Jahren gestorben. Die Ehe war kinderlos geblieben.

»Eines Tages wirst du dies alles hier erben«, fuhr er fort. »Du brauchst eine Frau an deiner Seite.«

»Die Zeiten haben sich geändert, Onkel Joe«, entgegnete Dwain.

»Heutzutage ist alles anders.« Der Senator nickte. »Aber nicht besser.«

Nach dem Essen setzten sich die beiden auf die Veranda, tranken Limonade und rauchten Zigarre.

»Also, Kleiner, weswegen bist du gekommen?« Der Senator zündete sich eine dicke Havanna an.

Dwain räusperte sich. »Es ist eine verdammte Geschichte, und ehrlich gesagt, habe ich keinen Schimmer, wie ich weitermachen soll. Es ist, als wäre ich gegen eine Wand gelaufen.«

»Geht es noch immer um den Toten an der Interstate?«, fragte der Senator. »Hast du etwas von diesem alten Indianer erfahren?«

Dwain nickte. Dann berichtete er ausführlich von den Vorfällen im Socorro County, von der Frau im Morgenrock mitten in der Wildnis, von der Leiche am Coward Trail, von dem Tod des alten Jack Silverwolfe. Schließlich vertraute er dem Senator auch an, welch schrecklichen Verdacht er hegte. Joseph Hamilton lauschte aufmerksam den Worten seines Neffen.

»Du hast dich weit aus dem Fenster gelehnt«, sagte der Senator. »Ich habe dich bereits gewarnt. Diese Sache kann dich nicht nur deinen Job kosten. Wenn Howard erfährt, dass du ihm wichtige Erkenntnisse verschwiegen hast, wird er nicht eher ruhen, bis du wegen Behinderung der Justiz und Strafvereitelung in den Knast wanderst. Das ist dir doch hoffentlich klar?«

»Howard ist ein Idiot«, erwiderte Dwain. »Er würde einen Mörder nicht erkennen, wenn er mit Blut besudelt vor ihm steht und die Tatwaffe noch in den Händen hält.«

»Unser Präsident hat den heiligen Krieg gegen den Terror ausgerufen, und wir alle haben ihn dabei unterstützt. Aber die Army wird nicht so blöde sein und ein Internierungslager mitten in New Mexico einrichten. Das glaube ich nicht. Wir haben so viele Militärstützpunkte in der Pazifikregion, wo niemand Fragen stellt.«

»Aber der junge Tote, dieser Allan Mcnish, war ein Terrorist, zumindest in Irland.«

»Dieser Krieg hat uns noch nie sonderlich interessiert. Das ist Sache zwischen den Iren und den Rotröcken. Es leben viele Iren in unserem Land. Katholiken und Protestanten. Und zwar friedlich. Kleiner, ich glaube, du bist auf dem Irrweg.«

Dwain schüttelte den Kopf. »Warum schotten sich die Marines in der Willston-Kaserne ab, als wäre es eine geheime Atomraketenbasis? Ein Trainingscamp für Auslandseinsätze. Mein Gott, es ist einfacher, in Fort Knox einen Kaffee zu trinken, als einen Blick in das Camp zu erhaschen. Da stimmt doch etwas nicht.«

Der Senator klopfte die Asche seiner Zigarre ab. »Die Zeiten haben sich geändert. Nach dem 11. September ist nichts mehr so, wie es einmal war. Terrorbekämpfung ist eine gefährliche Sache, und sie bedarf Methoden, die nicht jeder freiheitliche Staat dieser Erde toleriert. Sogar die Krauts sind uns in den Rücken gefallen, obwohl wir sie damals von den Nazis und Hitler befreiten. Vietnam war ein Desaster, weil die Presse den Krieg verurteilte, und Desert Storm war nur ein Teilerfolg, weil die Augen der Welt auf uns gerichtet waren und die Kommunisten mit aller Macht gegen eine Eroberung des Iraks opponierten. Kriege gewinnt man nicht mehr durch offene Auseinandersetzungen. Verdeckte Aktionen führen zum Ziel, Kleiner. Kleine Nadelstiche durch Spezialeinheiten. Da ist es doch verständlich, dass sich niemand gern in die Karten schauen lässt.«

»Und ungewollte Mitwisser wie Mcnish oder der alte Silverwolfe werden einfach eliminiert?«

»Wer weiß, wenn du sagst, dieser Mcnish war ein irischer Terrorist, dann war er vielleicht überhaupt kein Gefangener, wie du vermutest, sondern wurde von seinen eigenen Kameraden umgelegt.«

Dwain überlegte. Natürlich, auch das war möglich. Vieles war möglich, aber sein Verdacht blieb.

»Ich kenne jemanden mit einem heißen Draht zum FBI«, fuhr der Senator fort. »Ich werde sehen, was ich über das Kennzeichen und über Mcnish herausfinden kann. Aber ich warne dich. Du spielst mit dem Feuer, Kleiner.«

»Ich bin der Sheriff im Socorro County, und ich will wissen, was in meinem Zuständigkeitsbereich vor sich geht«, entgegnete Dwain. »Ich mag es nicht leiden, wenn das Militär aus meinem County einen rechtsfreien Raum machen will. Und ich mag es nicht leiden, wenn irgendwelche Killerkommandos über die Bürger herfallen, die mich gewählt haben, um sie zu beschützen.«

Der Senator drückte die Zigarre im Aschenbecher aus. »Ich werde sehen, was ich für dich tun kann.«

Südlich von Puerto Rico, Karibisches Meer

Der Tag wurde heiß, und die Luftfeuchtigkeit stieg auf über neunzig Prozent. Südlich von Puerto Rico türmte sich ein riesiges Wolkengebilde auf. Wie im Sog eines Staubsaugers wurde die warme und feuchte Luft in die Höhenregionen gesaugt. An der Tropopause stießen die Wolken an ihre natürliche Grenze, und ein dichter Schirm breitete sich aus. Der Luftdruck war mittlerweile auf ein historisches Tief im Bereich des Wolkenwirbels gefallen, und die Konfektionsströme wurden von heftigen Winden erfasst, welche die Säule aus Luft und Wasser in eine immer stärker werdende Drehbewegung versetzten. Der Sog im Warmluftturm verstärkte sich, und immer mehr warmes Wasser wurde in die Höhe gerissen, um sich hoch oben zu weiten Wolkenfeldern zusammenzuschließen. Von Minute zu Minute wuchs die tropische Depression und bildete sich zu einem mächtigen Zyklon aus, der in nördliche Richtung wanderte und dort auf das warme Oberflächenwasser südlich von Puerto Rico traf. Es war, als würde man Benzin in ein Feuer gießen.

Kurz nach ein Uhr mittags klingelte das Telefon auf dem Schreibtisch von Cliff Sebastian. Allan Clark vom National Hurricane Center in Miami war am Apparat.

»Hast du die Daten der Region unterhalb von Puerto Rico schon erhalten?«, fragte er ohne Umschweife. Seine Stimme klang besorgt.

»Ich war heute früh damit beschäftigt, den Jahresbericht für das Klimasymposium in San Francisco vorzubereiten. Was ist los?«

»Das wird das Gewaltigste, was bislang den Golf entlang nach Norden gewandert ist«, fuhr Allan Clark fort. »Wir haben Daten von einem Wetterflugzeug erhalten. Das ist keine Konvektionsströmung mehr, das Wasser wird förmlich in die Luft gepumpt. Wenn das in den nächsten Stunden so weitergeht, dann rollt ein Monster auf uns zu, das wir bislang nicht für möglich hielten.«

»Welches Ausmaß?«

»Vorsichtig geschätzt haben wir Windgeschwindigkeiten von beinahe 400 Kilometer im Inneren zu erwarten. Der Ozean ist zu einer brodelnden Suppe geworden. Unterströmungen durch die Verwirbelungen verändern ständig die Strömungsrichtungen. Wenn uns das trifft, dann gnade uns Gott.«

»Und wie sieht es im Westen aus?«

»Dort scheint sich ein ähnlicher Sturm zusammenzubrauen. Es sind offenbar wieder Drillinge, denn auch in der Labrador-See braut sich etwas Gewaltiges zusammen.«

»Langsam glaube ich nicht mehr an Zufall«, erwiderte Cliff.

»Von der *Solaris* und der *Timbury* haben wir sonderbare Meldungen erhalten. Sie haben Polarlichtaktivitäten festgestellt. Der ganze Himmel über der Clipperton-Insel und vor der Ostküste Mexikos glühte rot.«

Cliff Sebastian runzelte die Stirn. »Wir haben keine außergewöhnlichen Sonnenaktivitäten registriert«, sagte er nachdenklich.

»Dann muss es eine andere Himmelserscheinung gewesen sein«, meinte Allan. »Auf jeden Fall behalten wir erst einmal *Fjodor* im Auge und schauen, was sich daraus entwickelt. Vielleicht haben wir Glück.«

»*Fjodor*, ist das sein Name?«

»Da wir alle auf derselben Erde wohnen, können wir ruhig auch ein paar exotische Namen verwenden.«

Cliff verzog das Gesicht. »Ich hoffe nur, dass *Fjodor* nicht an die Zeiten des Kalten Krieges erinnern wird.«

Pazifikküste, Mexiko

Während sich unweit von Puerto Rico aus einer tropischen Depression ein noch nie da gewesener Megasturm entwickelte, türmten sich im Laufe des Tages auch auf der anderen Seite des südamerikanischen Kontinents vor der Westküste Mexikos dunkle Wolken auf und schraubten sich immer höher in den Himmel.

Am Abend des 17. Juni, einem Donnerstag, wurde *George* geboren. Er nährte sich von Wasserdampf und warmer Luft, er wuchs und gedieh. Von Weitem wirkte er wie der Explosionspilz einer Atombombendetonation. Immer weiter und dichter drängten sich die Wolken unterhalb der Tropopause. Der Wind hatte die Luftsäule in eine Rotation versetzt, die stetig an Geschwindigkeit zunahm.

Dr. Allan Clark vom National Hurricane Center in Miami rief an diesem Donnerstag zum zweiten Mal bei Cliff Sebastian in der NOAA-Zentrale in Boulder, Colorado, an und teilte ihm mit, dass ein weiterer Hurrikan vor den Küsten der Vereinigten Staaten entstanden war. Bislang wurde *George* in die Kategorie 4 eingestuft, doch wenn er weiterhin so rasant anwuchs, dann würde auch er, ebenso wie *Fjodor,* bald die höchste Stufe der Skala erreicht haben.

Kennedy Space Center, Florida

Es war alles vorbereitet. In der Simulationskammer herrschte Stille. Nur das Summen der technischen Geräte erfüllte den Raum. Astronaut Ziegler saß festgeschnallt und in einen Raumanzug gezwängt auf dem Stuhl des Copiloten. Gibson war eigens zu dem Versuch angereist. Den Part von Sanders übernahm ein weiterer Mitarbeiter der NASA

Suzannah Shane hatte Ziegler in tiefe Trance versetzt und den Raum verlassen.

»Starten wir das Programm«, sagte sie zu dem Ingenieur, der hinter dem Kontrollpult Platz genommen hatte.

Sie warf Brian einen Blick zu und lächelte. »Dann wollen wir einmal sehen, ob wir seine Visionen vollends aus seinem Gehirn verbannen können. Er ist bereit.«

Die Kontrollgeräte übertrugen Puls, Herzfrequenz und Gehirnströme. Alle Daten bewegten sich im grünen Bereich.

»Wir sind online«, meldete der Ingenieur. »Standardlandeprozedur läuft.«

»Dann bringen Sie den Vogel herunter, Mr Gibson«, sagte Brian in das Mikrofon. Nur Gibson konnte die Anweisungen über seinen Kopfhörer empfangen.

Das Summen in der Simulationskammer wurde von einem Brausen überlagert, das die Antriebsdüsen und den Luftstrom simulierte. Ein leichtes Vibrieren lief durch die Simulatorkapsel.

»Gehen Sie auf 327!«, wies die Stimme der Bodenkontrolle den Piloten an. Diesmal konnten alle das Gespräch mithören.

»Wir treten in den Orbit ein«, meldete Gibson.

Brian verfolgte die Simulation mit Spannung. Seine Augen flogen zwischen den Bildschirmen hin und her. Nur Ziegler war mit Kontrollsensoren an den Lifecontrol-Computer angeschlossen, doch seine Werte blieben nach wie vor im grünen Bereich. Er schlief gemütlich, während die simulierte Fähre durch die künstliche Atmosphäre flog. Das Schütteln des Shuttles beim Eindringen in tiefere Luftschichten, die Zunahme der Außengeräusche. Die Simulation war perfekt.

»Ich hoffe, dass dieser Versuch uns wirklich weiterbringt«, murmelte Brian.

»Vertrau mir, ich weiß, was ich tue«, sagte Suzannah.

Das Programm dauerte zwei Stunden, bis schließlich das Shuttle auf der Landebahn im Space Center aufsetzte und ausrollte.

»Und was machen wir jetzt?«, fragte Brian.

»Jetzt schieben wir ihn rüber in die Klinik und wecken ihn

auf«, antwortete Suzannah. »Wir gönnen ihm den Rest des Tages Ruhe, und morgen wiederholen wir die Show, bis die positiven Erinnerungen die schrecklichen Bilder überlagern. Nach der nächsten Landung werden wir ihn aus dem Shuttle aussteigen lassen. Wenn alles gut geht, dann wird seine rationale Seite die abscheulichen Visionen in das Reich der Traumwelt schieben, und er wird annehmen, dass er an einem normalen Raumflug teilgenommen hat.«

»Wird ihm nicht auffallen, dass Sanders nicht dabei ist?«

»Nicht, wenn wir dafür eine gute und rationale Erklärung finden.«

Eine Stunde später lag Ziegler wach in seinem Zimmer und las ein Comicheft. Er konnte sich nicht daran erinnern, was er am Vormittag getan hatte. Langsam verschwammen die Grenzen zwischen der Realität und der Fiktion. Die Bilder des Todes hatten sich in den endlosen Weiten seines Geistes verloren. Doch noch waren sie nicht gelöscht, noch immer war ein Rückfall möglich.

»Und was fangen wir mit dem Rest des Tages an?«, fragte Brian und lächelte Suzannah an.

»Hast du dir schon einmal die Delfine in Orlando angesehen?«

»Delfine? Nein.«

»Dann sagen wir, in einer Stunde?«

»Das klingt gut.«

Suzannah war gerade unter der Dusche, als das Telefon klingelte. Zuerst wollte sie es ignorieren, doch das Klingeln nahm kein Ende. Sie griff nach einem Handtuch, trocknete sich notdürftig ab und schlang es sich um den Körper. Ein weiteres wickelte sie um die dunklen Haare, dann huschte sie zum Telefon.

»Shane«, meldete sie sich kurz angebunden.

»Warum so unfreundlich?«, hörte sie Peggys Stimme.

Suzannah ließ sich auf der Bettkante nieder und entspannte sich. »Von wo aus rufst du an?«

»Wir laufen gerade in den Hafen von Havanna ein. Du hättest mitkommen sollen. Es ist überwältigend.«

»Seid ihr gut untergebracht?«

»Die Kabine ist spitze. Ich dachte zuerst, wir müssten unter Deck, direkt in den Bauch des Schiffes, aber wir wohnen im Mittelschiff. Das Schiff ist der reine Luxus. Für dich als Karrierefrau wäre das ja nichts Neues, aber für eine Hausfrau und Mutter aus Philadelphia ist es ein einziger Traum.«

»Ach was, ich habe noch nie eine Kreuzfahrt gemacht, für mich wäre das ebenso spektakulär wie für dich.«

»Du versäumst wirklich etwas«, sagte Peggy. »Du glaubst gar nicht, was für tolle Jungs hier an Bord herumlaufen. Da wäre bestimmt auch etwas für dich dabei.«

Suzannah lächelte. »Sei nicht so ordinär.«

»Lieber ordinär als einsam«, konterte Peggy. »Ich mache jetzt Schluss, der Hafen ist in Sicht, und ich will zuschauen, wenn wir jetzt anlegen. Ich melde mich wieder.«

»Passt auf euch auf, und grüß Mummy und die Kinder von mir«, beeilte sich Suzannah zu sagen, ehe das Gespräch abbrach.

Sie stellte den Apparat zurück und ging ins Badezimmer. Sie genoss das warme Wasser auf ihrer Haut.

Forschungsschiff Timbury, Westküste von Mexiko

»Die Ausdehnung ist gigantisch«, sagte der wissenschaftliche Assistent, der am Bildschirm des Dopplerradars saß und auf den Monitor blickte. »*George* scheint sich tatsächlich zu einem Jahrhundertsturm zu entwickeln.«

»Mir scheint, dir gefällt das Szenario auch noch«, antwortete sein älterer Kollege.

»Rein ökologisch gesehen, ist ein Hurrikan dieser Größe

wirklich eines der größten Wunder unserer Natur. Die gewaltige Kraft, die enorme Energie. Wusstest du, dass wir, wenn es uns gelänge, die Energie darin zu isolieren, eine Stadt wie New York ein halbes Jahr lang versorgen könnten? Das ist doch faszinierend, oder?«

Der ältere Kollege schwieg.

»Ich meine damit nicht nur die Zerstörungskraft, die in ihm steckt«, fuhr der wissenschaftliche Assistent fort. »Natürlich hat es schreckliche Auswirkungen, wenn ein Hurrikan auf das Festland trifft. Doch bei allem Schrecken zeigt es nur wieder, wie ausgeklügelt unser Ökosystem ist. Eine riesige Klimaanlage, die warme Luft und Wasser in die kälteren Gefilde transportiert und damit für ausreichende Belüftung sorgt. Im Prinzip nehmen die Hurrikans fast immer den gleichen Weg. Im Grunde genommen sind sie keine Bedrohung für die Menschheit, wir haben nur inzwischen Gebiete besiedelt, die eigentlich der Natur vorbehalten sind. In den Küstengebieten kam es schon immer zu Überschwemmungen und Zerstörungen durch Hurrikans. Wie ein roter Faden ziehen sich diese sogenannten Katastrophen durch die Geschichte der Menschheit. Trotzdem siedeln wir noch immer in den betroffenen Regionen. Wir können uns nicht beschweren, wenn wir dafür unseren Preis bezahlen müssen. Oder was meinst du?«

»Jetzt halt aber mal die Luft an«, schimpfte der ältere Kollege. »Dein Gelaber macht mich noch ganz verrückt. Ich brauche jetzt Ruhe, ich habe hier etwas auf meinem Bildschirm, mit dem ich nichts anzufangen weiß.«

Der junge Assistent erhob sich und stellte sich neben seinen Kollegen.

»Hier, siehst du! Es werden extrem langwellige Reflexionswellen angezeigt, die genau in die Region um den Hurrikan einstrahlen.«

»Und was ist ungewöhnlich daran?«

Der andere wies auf die Uhr. »Die Sonne ist längst untergegangen. Ich wüsste nicht, woher sonst langwellige Reflexionen kommen könnten.«

»Dann sollten wir Dr. Singh informieren!«, beschloss der junge Assistent. Der ältere Kollege erhob sich, um zum Schott zu gehen. Bevor er den Raum verließ, schnappte er sich das Fernglas, das auf dem kleinen Aktenschrank stand. Durch den engen Aufgang eilte er an Deck. Sein Partner folgte ihm. Auf dem Heck des Schiffes blieb er stehen und richtete seinen Blick in den Himmel. Schließlich nahm er das Fernglas zu Hilfe.

»Siehst du, was ich sehe?«, fragte er nach einer Weile.

Der Kollege schüttelte den Kopf.

»Da ist ein leichter rötlicher Schimmer in den Wolken. So ähnlich wie das Polarlicht vorgestern Abend. Siehst du nicht?« Er reichte seinem jungen Kollegen das Fernglas und wies auf die entsprechende Stelle.

»Tatsächlich«, sagte der junge Mann aufgeregt. »So wie das Glimmen eines Lagerfeuers, das in den letzten Zügen liegt. Was kann das nur sein?«

»Ich weiß es nicht, ich hole den Boss.«

Wenige Minuten später hatte sich auch Dr. Singh, der diensthabende Wissenschaftler, zu ihnen gesellt. Forschend fixierte der Meteorologe durch das Fernglas den Himmel. Auch er nahm das rote Schimmern oberhalb des immer breiter werdenden Wolkenschirms von *George* wahr.

»Was kann das sein?«, fragte der junge Assistent erneut.

»Luftspiegelungen in den Wolken oder so etwas Ähnliches...« Dr. Singh bemühte sich um eine rationale Erklärung, auch wenn er ebenso ratlos war wie seine Mitarbeiter. »Richten Sie sofort zwei Kameras aus«, befahl er schließlich. »Sofort alle Aufzeichnungen direkt nach Boulder. Die sollen sich darum kümmern. Und sorgen Sie für eine Verbindung zu Dr. Sebastian. Er soll umgehend erfahren, was hier draußen vor sich geht!«

NOAA, Boulder, Colorado

Cliff Sebastian hatte dunkle Ringe unter den Augen, als er sich gegen vier Uhr mitten in der Nacht an seinen Computer setzte und eine Mail an Wayne Chang schrieb.

Die Neuigkeiten von der *Timbury* waren zu aufregend gewesen, als dass er nach dem Anruf kurz nach Mitternacht noch einmal zu Bett gehen konnte. Er war aufgestanden und in sein Büro gefahren. Auf seinen Laptop hatte er sich sämtliche Daten heruntergeladen, die von der *Timbury* übermittelt worden waren. Über drei Stunden war er mit den Aufzeichnungen beschäftigt. Bilder, Zahlenkolonnen und Farbspektrogramme, Balkencodes, Wärmebildaufnahmen und Dopplerradarbilder. Die ganze Anatomie des Sturms auf einen Blick. Und doch war es nur eine Momentaufnahme, denn nichts war unbeständiger als ein Hurrikan. Von Stunde zu Stunde änderten sich die Parameter. Zu viele Faktoren nahmen Einfluss. Was Cliff Sebastian am meisten verwirrte, war die spektroskopische Auswertung der Reflexionsstrahlung. In Verbindung mit dem roten Leuchten am Himmel hinterließ es eine tiefe Ratlosigkeit bei ihm.

Reflexionsstrahlung war nichts Ungewöhnliches. Jeden Tag war diese extrem langwellige Strahlung auf der Erde feststellbar. Sonnenstrahlen, die durch die Erdoberfläche ins All zurückgeworfen wurden und schließlich, an der Ionosphäre reflektiert, wieder den Rückweg zur Erde antraten. Doch bei der Strahlung, die auf der *Timbury* aufgezeichnet worden war, fehlte ein wesentliches Element. Die Sonne war längst hinter dem Horizont verschwunden.

Der Einzige, der vielleicht Licht ins Dunkel bringen konnte, war Professor Wayne Chang, schließlich hatte er die Messungen angeregt. Vielleicht hatte Wayne eine Idee. Also beschloss er, ihm eine E-Mail zu schreiben, denn seinen E-Mail-Account würde er zweifellos checken, egal, wo er gerade war. Er benutzte dafür seine private E-Mail-Adresse, die er unter dem Pseudonym »Karimali« angelegt hatte, damit er zu Hause von lästigen Werbemails und Produktangeboten verschiedenster Firmen verschont blieb, wie er sie laufend aus seinem offiziellen Postkorb der NOAA löschen musste.

Kennedy Space Center, Florida

Professor Wayne Chang war früh aufgestanden und hatte sich mit seiner Morgentoilette beeilt, um rechtzeitig im Versuchslabor zu sein.

Der heutige Tag würde die Entscheidung bringen, ob die neu konstruierte Steuereinheit den Belastungen starker Energieeinstrahlung gewachsen war. Das Hochspannungslabor war vorbereitet. Chang war zufrieden. Zwar hatte er bei der Konstruktion selbst nur wenig beitragen können, doch seine Meinung als Spezialist für Geophysik und Meteorologie war von unschätzbarem Wert für das Team gewesen.

Manchmal war es schon verwunderlich, welche Ursachen eine vermeintlich kleine Betriebsstörung nach sich ziehen konnte, und Raumflug war nun einmal eine Sache, in der es auf Nanosekunden ankam. Ohne absolute Präzision war jeder Start ins All ein einziges Abenteuer. Präzisionsarbeit war schon immer das Ziel der Experten gewesen, die im Umfeld der NASA dafür sorgten, dass alles reibungslos verlief. Sicherlich, Unfälle hatte es immer schon gegeben und würden wohl auch nie wirklich ausgeschlossen werden können, doch hatte man bislang immer aus den Vorfällen gelernt und die Systeme einer weiteren Optimierung unterzogen. Vielleicht gab es auch deshalb in der amerikanischen Raumfahrtgeschichte weitaus weniger Unfälle als bei den Russen oder dem europäischen Ariane-Programm.

Bevor Wayne sein Apartment verließ, schaltete er gewohnheitsmäßig seinen Laptop an und checkte seine eingegangenen Mails. Neben einer E-Mail von Jennifer, in der sie ihm mitteilte, dass sie beruflich einen Abstecher nach Salt Lake City machen müsse und für drei Tage nur über ihr Handy zu erreichen sei, befanden sich zwei weitere Mails in seinem Postkorb. Die Mail von *Karimali* öffnete er als Zweites. Er wusste genau, von wem sie war. Als sich Cliff Sebastian vor ein paar Monaten diesen exotischen Namen ausgesucht hatte, beklagte er sich, dass mittlerweile auch sein privater Postkorb ständig von Spamnachrichten und Werbemails überquoll. Jeder versuchte ihm etwas zu verkaufen. »Einem Mann mit einem solchen Namen schickt in der heutigen Zeit bestimmt niemand Angebote über Zeitschaltuhren, Interferometer oder Spektralanalysegeräte«, hatte er gescherzt.

Als Wayne die kurze Nachricht überflog, zuckte er zusammen. Bislang hatten die Medien noch nicht über zwei neue Hurrikans berichtet. Der Anhang an dieser Mail war riesig und umfasste beinahe 25 Megabyte. Selbst mit seinem schnellen Mailsurfer würde es einige Minuten dauern, bis er ihn heruntergeladen hätte. Wayne schaute auf die Uhr. Es wurde Zeit. Er würde sich gleich heute Abend um die Mail kümmern.

Zur gleichen Zeit saßen Brian und Suzannah im Kasino und nahmen ein ausgiebiges Frühstück zu sich. Für heute hatten sie eine erneute Simulation mit Ziegler geplant. Der Höhepunkt von Suzannahs Therapie war jedoch für den morgigen Samstag vorgesehen, das Echtzeitszenario. Mit Professor Paul war alles besprochen. Auf dem Rollfeld würden ein Shuttle und eine Bergungscrew bereitstehen. Professor Paul hatte es den Mitarbeitern als Übung unter realistischen Bedingungen verkauft. Übungen waren in diesem Zusammenhang nichts Ungewöhnliches. Sogar echte Flugsequenzen an Bord einer Globemaster umfasste die Planung. Eine Realityshow erster Güte würden sie Ziegler bieten, hatte Paul schmunzelnd gemeint. Dazu musste er jedoch beinahe drei Stunden in tiefster Trance verbringen. Suzannah wusste, dass dies ohne den Einsatz von Medikamenten nicht zu bewerkstelligen war, doch sie hatte alles arrangiert. Dr. Brown würde den Gesundheitszustand des Patienten aus medizinischer

Sicht überwachen. Wenn alles zur Zufriedenheit verlief, würde Ziegler am morgigen Abend erwachen und denken, er habe an einer erfolgreich verlaufenen Shuttlemission teilgenommen.

»Das Einzige, was mich an dieser Sache stört«, sagte Brian, »ist der Umstand, dass wir dann niemals klären können, woher diese Schreckensvisionen kamen.«

Suzannah setzte ihre Kaffeetasse ab und griff nach einem Brötchen. »Für mich ist es viel wichtiger, dass Ziegler wieder ein normales Leben führen kann. Ein paar Monate in einem guten Sanatorium, unter psychiatrischer Aufsicht, versteht sich, und alles ist ausgestanden.«

»Und was ist mit einem Rückfall?«

Suzannah lächelte. »Wenn man die Konfrontationstherapie richtig anwendet, dann liegt die Rückfallquote bei 12,7 Prozent. Sicherlich wird er irgendwann wieder Albträume haben, vielleicht tauchen sogar diese Bilder wieder auf. Aber er wird sie als das nehmen, was sie sind – nichts anderes als einen bösen Traum.«

Brian nickte.

»Du bist der Überzeugung, diese Visionen waren ein Blick in die Zukunft, oder?«

Brian schüttelte den Kopf. »Ich bin mir nicht sicher, aber alle, die in diese Wolken geflogen sind, empfanden Todesangst und Panik. Der Copilot dieser Wettermaschine, Gibson sowie Ziegler und Sanders. Die beiden Astronauten hat es nur deshalb in dieser Art getroffen, weil sie sich in einer bewusstseinserweiterten Phase befanden. Sie hatten diesem Albdruck nichts entgegenzusetzen, während sich Gibson um das Shuttle kümmern musste. Was mit dem Copiloten der Wettermaschine vor sich ging, werden wir leider nicht erfahren.«

Suzannah seufzte. »Ich will deine Thesen nicht völlig ausschließen. Aber woher stammen diese Visionen?«

»Ich habe keinen blassen Schimmer«, antwortete Brian. »Versteh mich nicht falsch. Ich glaube nicht an grüne Männchen, die dort herumgeflogen sind und die Männer erschreckten. Ich glaube auch nicht an eine übersinnliche Erscheinung, dazu haben sich Sanders und Ziegler in ihren unbewussten Äußerungen zu sehr entsprochen. Ich glaube aber an einen logisch erklärbaren Zusammenhang, der uns bislang verborgen blieb.«

»Hast du deswegen Professor Chang um eine Analyse des Sturms gebeten?«

»Leider habe ich noch keine Antwort bekommen, aber so etwas in der Art. Ich denke, dass sich innerhalb der Wolken Wellenstrukturen befinden, die unser Gehirn stimulieren. Auf diesem Weg sind diese Bilder im Gehirn unserer schlafenden Astronauten entstanden. Wellenlängen, unter deren Einfluss Ziegler und Sanders standen, als sie unmittelbar mit der bevorstehenden möglichen Katastrophe konfrontiert waren.«

»Ich verstehe nicht, was du meinst.«

»Unsere Gehirnwellen bewegen sich in einem bestimmten Wellenspektrum, deswegen ist es auch für entsprechende Frequenzen von außerhalb empfänglich.«

Suzannah runzelte die Stirn. »Ich weiß, ich bin schließlich auch Wissenschaftlerin. Ich meine, auf welche Art sollte so etwas funktionieren?«

»Es ist so wie bei einem Schalter mit mehreren Positionen«, erklärte Brian. »Legt man den Schalter auf die Position 1, so wird alles ans Tageslicht gefördert, was unter dieser Position im Hirn gespeichert ist. Auf Position 2 kommen alle Erinnerungen hervor, die unter 2 abgelegt sind. Und so weiter. Was also, wenn durch die Frequenzen innerhalb des Sturms, durch den die *Discovery* bei ihrem Landeanflug flog, der falsche Schalter umgelegt wurde?«

Suzannah lächelte.

»Du machst dir das ganz schön einfach.«

»Viele Dinge sind einfach, nur ist das Komplizierte daran, sie zu durchschauen.«

NSA–Dechiffrierzentrale im Pentagon, Arlington, Virginia

Der Dechiffrierbeamte betrat das Zimmer des Bereitschaftsoffiziers und legte einen Schwung Papierausdrucke auf den Schreibtisch.

»Ist etwas Aufregendes darunter?«, fragte er den jungen Computerspezialisten mit den feuerroten Haaren.

»Nichts Besonderes, der übliche Kram. Bis auf eine Mail. Könnte vielleicht was dahinterstecken.«

Der Rothaarige kramte in den Papieren und suchte nach der aufgefangenen Mitteilung. Seit einigen Jahren bereits scannten Computerspezialisten der NSA in der Zentrale in Washington das Internet und den Mailverkehr innerhalb des World Wide Web nach Nachrichten und Mitteilungen, die verfängliche Wortlaute enthielten und möglicherweise einen terroristischen oder geheimdienstlichen Hintergrund hatten. Mit einer Bibliothek aus beinahe 17000 Worten und Satzverbindungen ausgestattet, verglich ein Großrechner den eingehenden Mailverkehr und warf ohne Rücksicht auf die Vertraulichkeit jede Mail aus, die dem Suchmuster entsprach. Vor allem Mails mit arabischen Absendern oder Empfängern, in denen die Worte *Tod, USA, sterben, Bombe, Anschlag* oder *Katastrophe* vorkamen, wurden ausgewählt und zu Prüfzwecken ausgedruckt. Niemand außerhalb dieser Behörde wusste davon, und niemand würde davon etwas erfahren.

»Das kam in der Nacht direkt über den Mailserver der NASA in Cape Canaveral rein«, sagte der Rothaarige und reichte den Papierbogen an seinen Vorgesetzten weiter.

From *KARIMALI@INTERCOM.ORG*
To waynechang@Q-group.net
frid. 2004-06-17, 00.34 h. a.m.

hallo wayne
den anhang solltest du dir unbedingt ansehen. das riecht nach

einer handfesten KATASTROPHE. wenn die USA davon getroffen wird, dann bedeutet das DEN TOD von vielen menschen. das ist schlimmer als die BOMBE von hiroshima
schau es dir an.
ich denke, du weißt, was das bedeutet.
mfg cliff

»Habt ihr den Anhang schon überprüft?«, fragte der Offizier.

Der Rothaarige nickte. »Wir werden nicht schlau daraus. Es sind ausschließlich Wetterdaten und Bilder von einem Hurrikan.«

»Habt ihr die Daten in den Dechiffriercomputer eingegeben?«

»Ja. Keine Auffälligkeiten.«

»Und die Personen?«, fragte der Offizier.

Der Rothaarige griff nach dem Bogen Papier und wendete ihn.

»*Karimali* ist uns noch nicht bekannt, daran arbeiten wir noch. Aber Wayne Chang haben wir dreimal gefunden. Ein Fernfahrer in Detroit, ein Professor für Geophysik und Meteorologie in Camp Springs und ein Restaurantbesitzer in Oakland.«

»Dann tippe ich auf den Wetterfrosch«, sagte der Offizier. »Überprüft den Mann und schaut beim Provider, wer hinter dem arabischen Absender steckt. Wahrscheinlich ist es nur ein Pseudonym. Gebt die Info aber auf alle Fälle an die Abteilungen weiter. Vielleicht kann irgendjemand etwas damit anfangen.«

Der Rothaarige nickte und wandte sich zum Gehen.

»Ach, und noch etwas«, rief ihm sein Vorgesetzter nach. »Informiert die Außendiensteinheiten darüber. Wir wollen doch niemanden vergessen.«

12

Kennedy Space Center Hospital, Florida

Wayne hatte es nicht erwarten können. Ein kleiner Defekt in der Hochspannungsanlage, dessen Beseitigung wohl eine Stunde in Anspruch nehmen würde, hatte ihm zu einer unerwarteten Pause verholfen. Diese Zeit nutzte er und eilte über den großen freien Platz vor dem Hangar zurück zu seinem Apartment. Seine Augen wurden groß, als er die Daten und Werte des Sturms im Karibischen Meer überflog. Am meisten stutzte er über die gesichteten Polarlichterscheinungen, von denen in dem beigefügten Bericht die Rede war.

Die Messgeräte hatten tatsächlich Längswellen innerhalb des Gebietes registriert. Ihm war sofort klar, dass dort vor den Toren des Mexikanischen Golfs etwas Gewaltiges im Entstehen war. Werte und Windgeschwindigkeiten, die noch nie zuvor registriert worden waren.

Er geriet ins Schwitzen, als er von seinem Apartment hinüber zu dem kleinen Krankenhaus lief.

Nachdem er sich durchgefragt hatte, stieß er im zweiten Stock auf Brian, der in dem kleinen Überwachungszimmer vor den Bildschirmen saß, während hinter der Glasscheibe Suzannah Shane mit Ziegler beschäftigt war.

»Störe ich?«, flüsterte Wayne leise.

Brian wandte sich um. »Kommen Sie herein, Wayne«, erwiderte er. »Wir sind noch in den Vorbereitungen.«

Keuchend ließ sich Wayne auf den Stuhl neben der Tür sinken. Er wischte sich den Schweiß von der Stirn.

»Ich habe eine E-Mail von der NOAA aus Boulder erhalten. Offenbar braut sich draußen im Golf ein schwerer Hurrikan zusammen. Ich fürchte, ich muss meine Zelte hier abbrechen. Ich werde in Boulder gebraucht. Wir dürften heute ohnehin unsere Mission abschließen.«

»Ein Hurrikan, wird es schlimm werden?«

»Schlimm ist gar kein Ausdruck«, entgegnete Wayne. »Wenn die Aufzeichnungen der Realität entsprechen, dann haben wir es mit einem Jahrtausendsturm zu tun. Aber deswegen wollte ich nicht mit Ihnen sprechen.«

Brian zog die Stirn in Falten.

»Sie haben mich unlängst auf Längstwellen angesprochen«, fuhr Wayne fort. »In diesem Sturm scheint es davon zu wimmeln. Es wurde sogar von Polarlicht berichtet. Was das bedeutet, müssen wir erst noch herausfinden.«

»Polarlicht, gibt es das nicht nur am Nordpol?«

Wayne schüttelte den Kopf. »Polarlicht selbst ist eine Reaktion unserer hohen Atmosphäre auf Sonnenteilchen. Dafür sind Flares verantwortlich, Sonneneruptionen, bei denen Strahlung emittiert wird. Die ausgestoßenen Teilchen erreichen mit dem Sonnenwind zwei bis drei Tage später unsere Atmosphäre und bringen die Luftmoleküle zum Leuchten. Polarlichter können übrigens überall in der nördlichen Hemisphäre vorkommen. Das südliche Gegenstück nennt sich Aurora borealis.«

»Und was für Teilchen sind das?«

»Meist sind es Elektronen, aber es können auch Protonen, Alphateilchen oder schwere Ionen sein. Aber bevor die Teilchen unsere Atmosphäre erreichen, registrieren unsere Satelliten ein paar Minuten nach der Eruption bereits die Strahlung, und eine Warnung erfolgt.«

Brian schaute auf. »Und diesmal ist keine Warnung erfolgt?«

»Der Wert lag bei Kp< 4. Das bedeutet ›Quiet‹, also keine Aktivität«, antwortete Wayne.

»Dann stammt die Strahlung also nicht von der Sonne?«, fragte Brian.

»Ohne Datenanalyse bin ich mir nicht so sicher. Im Weltall schwirren noch mehr Teilchen herum, die nicht von der Sonne stammen. Denken Sie an Kometen oder Meteoriten. Vielleicht gab es irgendwo in der Nähe einen Meteoritenschauer. Auch das kann zu Himmelserscheinungen führen. Normalerweise ist auch kein Einfluss auf das Wetter festzustellen. Aber dennoch ist es ungewöhnlich, dass das Polarlicht ausgerechnet in der Nähe des Hurrikans gesichtet wurde. Leider fehlen mir hier die Möglichkeiten, weitere Details zu prüfen.«

Brian nickte. »Ich verstehe«, sagte er.

»Ich wollte nur noch mal mit Ihnen darüber sprechen, bevor ich abreise«, sagte Wayne. »Gibt es eigentlich einen Grund, warum Sie mich nach der Wellenstruktur eines tropischen Wirbelsturms gefragt haben?«

»Es gibt eine Studie über Längstwellen im Bereich von drei bis dreißig Hertz«, antwortete Brian. »Noch sind die Ergebnisse nicht gesichert. Brandon würde sagen, eine neue Story aus meiner Fabelwelt. Fakt ist, dass sich solcherlei Wellen im gleichen Spektrum bewegen, in dem unser Gehirn arbeitet. Möglicherweise können sie je nach Wellenlänge verschiedene Bereiche eines menschlichen Gehirns stimulieren.«

»Gedankenmuster verändern oder manipulieren?«

»Wie gesagt, es ist eine Theorie, die noch nicht ausreichend verifiziert wurde. Aber ich halte es sehr wohl für möglich.«

Wayne schaute Brian gedankenverloren an. »Sobald ich mehr weiß, werde ich mich bei Ihnen melden. Haben Sie eine Karte?«

Brian kramte in seiner Hosentasche und zog eine Visitenkarte hervor. Er reichte sie Wayne. »Nehmen Sie sich am besten auch den Sturm vor, in den unsere Astronauten geraten sind. Ich glaube, auch darin werden Sie ein solches Wellenspektrum vorfinden.«

»Ich melde mich bei Ihnen«, bekräftigte Wayne und warf einen Blick auf seine Armbanduhr. »Oh, es ist Zeit für mich, zurück in den Hangar zu gehen. Ich hoffe, die Techniker haben den Fehler am Spannungsgenerator mittlerweile beseitigt.«

Er warf einen Blick in das Krankenzimmer, in dem Suzannah Shane noch immer mit Ziegler redete.

»Kriegen Sie ihn wieder hin?«

Brian lächelte. »Suzannah schafft das schon. Er ist bald wieder okay.«

Wayne nickte und erhob sich. Anerkennend schlug er Brian auf die Schulter, bevor er den Kontrollraum verließ.

»Sie hören von mir, darauf können Sie sich verlassen«, sagte er noch einmal, bevor er die Türe hinter sich schloss.

National Hurricane Center, Miami

Im Kontrollzentrum waren die Blicke der Mitarbeiter wie gebannt auf die Monitore geheftet. Nur das Brummen der Klimaanlage war zu vernehmen. Dr. Allan Clark verfolgte die Zahlenkolonne, die über den Bildschirm wanderte. Die Lage war bedenklich. *Fjodor* hatte vor ein paar Minuten seinen Kurs geändert und war auf eine in Richtung Nordwesten verlaufende Bahn eingeschwenkt. Mit knappen dreißig Kilometern pro Stunde schob er sich über das Meer.

»Neues Zielgebiet errechnet«, meldete der Assistent, nachdem die Zahlenreihe zum Stillstand gekommen war. »Bei jetziger Wandergeschwindigkeit und dem neuen Kurs trifft er in 106 Stunden in Südflorida auf unsere Küste.«

»Geben Sie mir noch einmal die Werte!«, forderte Allan Clark.

Der Assistent rief ein neues Programm auf. Es dauerte eine Weile, bis sich der Bildschirm grünlich einfärbte.

»Gemessene Rotationsgeschwindigkeit bei 116,38 Meter pro Sekunde, Ausdehnung gesamt 782 Kilometer, Wandergeschwindigkeit bei 8,34 Meter pro Sekunde. Wellenhöhe bislang gemessen bei 24 Meter über null im Mittel. Derzeitiger Kurs Nordwest«, sagte der Assistent.

Clark überflog nachdenklich die angezeigten Werte. »Das ist das mächtigste Monstrum, das sich bislang vom Golf auf unsere Küste zubewegt. Geben Sie sofort Alarm für die Küstengebiete, der Schiffsverkehr und Flugverkehr müssen eingestellt werden. Solange sich *Fjodor* da draußen herumtreibt, haben wie keine andere Wahl, als zu Hause zu bleiben und abzuwarten.«

Ein Warnton erklang. Die Frauen und Männer im Kontrollzentrum blickten auf die Großbildleinwand. Ein aktuelles Schaubild von *Fjodor,* von einem der Wettersatelliten aufgenommen, war zu sehen.

Gemurmel erhob sich im Raum. Der Sturm war gewaltig. Das Bild wurde in Echtzeit übertragen. Seine Rotationsgeschwindigkeit war enorm.

»Wer dort hineingerät, der wird zermalmt wie ein Korn zwischen den Mühlsteinen«, sagte einer der Wissenschaftler.

»Dr. Clark!«, rief eine Doktorandin.

»Jenny, was ist?«

»Nachricht aus Camp Springs«, rief die junge Frau. »Die Großwetterlage sieht nicht gut aus. Auch *George* hat jetzt in Richtung Küste eingeschwenkt. Er hat Stärke 5 erreicht, und über der Hudsonbai treibt ein Orkan mit Windstärke 12. Schwere Regenfälle in Nordspanien und Frankreich und eine Inversionslage über dem afrikanischen Kontinent.«

Clark seufzte. »Das Ganze klingt wie ein böser Albtraum, der kein Ende nehmen will.«

Die Doktorandin nickte zustimmend. »Leider gibt es zurzeit keine guten Nachrichten.«

»Hat sich Professor Sebastian schon gemeldet?«

»Bislang noch nicht, aber wenn er sich meldet, werde ich Sie umgehend ausrufen lassen.«

»Verdammt!«, fluchte Clark. »Was treibt der Kerl nur? Ich habe ihm heute Morgen auf das Band gesprochen. Er müsste längst in seinem Büro sein.«

Hudsonbai, Kanada

Dunkle Wolken türmten sich am östlichen Himmel. Der böige Wind peitschte die Wellen auf. Die *Norway Carrier* war ein Containerschiff der norwegischen Ulevsen-Reederei und von Bergen in Richtung Churchill unterwegs. Knapp 120 Meter und 8190 Bruttoregistertonnen maß der Frachter, der mit 12 Knoten in Richtung der kanadischen Küstenstadt steuerte. Vor drei Stunden hatte das Radar die Sturmzelle erstmals angezeigt. Die Hudsonstraße lag nur noch wenige Seemeilen entfernt, und der Kapitän hatte sich entschlossen, auf volle Fahrt zu gehen, um die Sturmfront zu durchqueren. Er hatte gehofft, im Schutz der Baffininsel auf ruhigere Gefilde zu stoßen, doch seine Hoffnung blieb vergebens. Der Wind nahm zu, und die Wellen schossen bereits über den Bug des Frachters und ließen ihn auf und ab schwingen wie ein hilfloses Stück Holz. Der Koloss stampfte durch die schwere See, und der Regen ergoss sich wie aus Eimern aus den tief hängenden Wolken und nahm dem Steuermann die Sicht. Plötzlich rollte eine riesige Welle von Steuerbord heran.

»Beidrehen!«, rief der Kapitän. »Um Gottes willen, beidrehen!«

Die *Norway Carrier* wurde mit voller Wucht von der Welle getroffen. Bedrohlich neigte sich der Ozeanriese nach Backbord. Die aufgestapelten Container wankten, doch noch hielten sie in ihrer Verankerung.

Das Schiff richtete sich wieder auf. Eine neue Welle rollte an und traf das Vorschiff des Frachters. Die Kurskorrektur zeigte keine Wirkung, das Schiff war zu einem Spielball der schweren See geworden. Mit vereinten Kräften kurbelten der Navigator und der Steuermann am Ruder, doch nichts geschah. Noch immer lief die *Norway Carrier* in westliche Richtung aus.

Durch die Scheiben des Ruderhauses waren nur noch weiße Gischt und Regen zu erkennen. Die Scheibenwischer liefen auf höchster Stufe, doch sie verloren ihren Kampf gegen die Wassermassen. Von allen Seiten spritzte die Gischt gegen das Sicherheitsglas. Plötzlich lief ein Zittern durch das Schiff. Der Riese richtete sich im hohen Wellengang auf, bevor er mit voller Wucht in die Tiefe stürzte. Der Kapitän klammerte sich am Kontrollpult fest, doch die Wucht des Aufpralls warf ihn nach vorn. Er wurde gegen das Sicherheitsglas geworfen und zog sich eine blutende Platzwunde zu. Als er sich umwandte, war der Steuermann verschwunden. Suchend blickte sich der Kapitän um. Er war benommen. Blut sickerte aus seiner Platzwunde und lief ihm über das Auge hinab zum Kinn. Der Navigator raffte sich vom Boden auf. Mit schmerzverzerrtem Gesicht hielt er den rechten Arm umklammert. Dann erspähte der Kapitän seinen Steuermann. Er lag mit seltsam verkrümmtem Körper unterhalb des Kontrollpults. Kein Lebenszeichen ging mehr von ihm aus. Ein weiteres Zittern lief durch den Leib des Schiffes. Das Bersten von Metall war zu hören.

»Verdammt! Die Halterungen brechen!«, rief der Kapitän mit krächzender Stimme. Gegen den Lärm kam er nicht an.

Das Ruder drehte sich hektisch, und das Schiff lief querab zu der gewaltigen Dünung. Eine neue Welle traf die Breitseite der *Norway Carrier* und warf sie nach Backbord. Ein lautes Knirschen riss den Kapitän aus seiner Versteinerung. Er klammerte sich an einer Halterung fest. Plötzlich flog die Tür auf, und ein Schwall kalten und schäumenden Wassers ergoss sich in den Brückenraum. Die Kräfte des Kapitäns erlahmten. Für einen kurzen Moment lockerte er seinen Griff. Seine Sinne schwanden, als er in das Wasser stürzte.

Socorro, New Mexico

»Wir hätten alle tot sein können«, sagte die bleiche Frau und hielt das kleine Mädchen auf ihren Knien fest umklammert.

»Ein schwarzer Cherokee, sagen Sie?«, fragte Deputy Martinez. Dwain stand hinter ihr und hörte aufmerksam zu.

»Ja, ein schwarzer Cherokee«, bestätigte die Frau. »Ich habe nur die Buchstaben REI gelesen, den Rest konnte ich nicht erkennen. Ich war damit beschäftigt, meinen Wagen auf der Straße zu halten. Gar nicht auszudenken, wenn wir in den Wald gerast wären.« Tränen liefen der Frau über die Wange. Sie blinzelte.

Dwain legte der Frau die Hand auf die Schulter. »Wir werden nach dem Wagen suchen«, versprach er. An Deputy Martinez gewandt sagte er: »Gib eine Fahndung nach dem Cherokee heraus. Alle verfügbaren Streifenwagen sollen die Straße von hier bis Magdalena überprüfen.«

»Er hätte uns beinahe umgebracht. Viel hat nicht gefehlt. Er muss uns doch gesehen haben. Wieso hat er den LKW noch überholt? Bestimmt ist der Fahrer betrunken.« Die Frau rang um Fassung. Dwain gab Lene Martinez ein Zeichen, sie möge sich der verängstigten Frau annehmen. Die Polizistin nickte, stellte sich neben die Frau und streichelte ihre Hand.

Dwain wandte sich ab und ging in sein Büro. Er setzte sich hinter seinen Schreibtisch und holte die Akte *Jack Silverwolfe* aus der Schublade. Er schlug sie auf und suchte nach dem Kennzeichen, das Crow ihm genannt hatte. Ein schwarzer Cherokee, so viele Wagen dieser Marke würde es hier in dieser Gegend nicht geben. Es handelte sich mit Sicherheit um denselben Wagen, der von Crow in der Nähe von Jack Silverwolfes Hütte beobachtet worden war. Noch immer trieben sich die Mörder im Socorro County herum. Dwain glaubte zu wissen, wohin der Wagen unterwegs war. Doch folgen konnte er ihm dorthin nicht. Dennoch, irgendwann würde das Auto wieder auftauchen. Es war ratsam, in den nächsten Tagen einen Zivilwagen in der Nähe der Abzweigung zu den San Mateo Mountains zu platzieren. Dwain schüttelte den Kopf und verwarf den Gedanken. Er griff nach seinem Hut. Er selbst würde sich in der heutigen Nacht in der Nähe der Kreuzung postieren.

»Jetzt fühlst du dich wohl sicher in deinem Bau«, murmelte er. »Aber diesmal hast du dich zu weit aus dem Fenster gelehnt.«

Tichonow, Russisches U-Boot der Gepard-Klasse, Sargassosee

An Bord herrschte Schweigen. Nur das Zischen der zerborstenen Dampfleitung erfüllte die Stille. Dampfschwaden zogen durch den Maschinenraum. Das Bordlicht war auf Rot geschaltet, ein rotierendes Gelblicht an der Decke signalisierte, dass höchste Kampfbereitschaft an Bord der *Tichonow* herrschte. Aber weit und breit war kein Gegner auszumachen. Dennoch herrschte an Bord der *Tichonow* fassungslose Hektik. Zwei Leichen lagen vor dem Zugang zum Maschinenraum. Blutende Löcher in Brust und Kopf, von großkalibrigen Projektilen gerissen, die das Leben der Matrosen ausgelöscht hatten.

Die *Tichonow* war ein U-Boot der russischen Marine. Ein Mehrzweck-Atom-U-Boot der neuesten Generation. Beinahe 35 Knoten betrug die Unterwassergeschwindigkeit, und die Tauchtiefe belief sich auf stolze 600 Meter. 24 Trägerraketen für atomare Sprengköpfe mit einer Reichweite von 3000 Kilometern befanden sich an Bord und machten das Unterwasserfahrzeug zu einer beachtlichen Erstschlagwaffe. Mit 63 Besatzungsmitgliedern hatte sie ihr Einsatzgebiet, die Ostküste der Vereinigten Staaten von Amerika, vor drei Tagen erreicht und kreuzte zwischen den Bahamas und der Sargassosee, um verdeckte Aufklärung von Truppenbewegungen amerikanischer Zerstörerverbände vor der Ostküste zu betreiben. Doch vor knapp einer Stunde war der Brückenmaat plötzlich durchgedreht, hatte ein automatisches Sturmgewehr, eine Tokarev 9mm, und ausreichend Munition aus dem Waffenschrank entnommen und wild um sich geschossen. Auf der Brücke hatte er den diensthabenden Ersten Offizier, den Steuermann, den Funker und den Navigator getötet, anschließend war er in die Aufenthaltsräume mittschiffs gestürzt und hatte planlos das Feuer auf die anwesenden und schlafenden Besatzungsmitglieder eröffnet. Noch bevor er überwältigt werden konnte, schoss er sich den Weg frei, tötete den Kapitän und den Sonaroffizier und flüchtete in den Maschinenraum. Auch dort richtete er ein Blutbad an. Niemand wusste, was in Alexej gefahren war. Nichts hatte darauf hingedeutet, dass der Mann in einer solchen Weise ausrasten würde. Im Gegenteil. Alexej galt als zurückhaltender und hilfsbereiter Seemann mit einer ausgezeichneten Qualifikation. Er hatte schon auf mehreren U-Booten gedient, bis er vor einem halben Jahr auf eigenen Wunsch auf die *Tichonow* versetzt worden war. Nun hatte sich Alexej mit dem Sturmgewehr, der Pistole und noch immer ausreichend Munition im Maschinenraum verschanzt und schoss auf jeden, der sich ihm näherte.

Am Tag zuvor hatte das Unheil seinen Lauf genommen. Wie aus heiterem Himmel schlug die gute Stimmung an Bord um. Die Matrosen wurden scheinbar grundlos missmutig und gereizt. Harmlose Gespräche endeten in hitzigen Streitereien, die Befehle des Kapitäns wurden ignoriert, und drei Matrosen steigerten sich wegen der Essensration dermaßen in Rage, dass sie den anwesenden Offizier angriffen, woraufhin sie in Gewahrsam genommen und in den Heckraum gesperrt wurden. Angesichts dieser Disziplinlosigkeit bewaffnete der Kapitän die Offiziere, um der Lage wieder Herr zu werden. Gegen Abend erlangten sie wieder die Kontrolle über die Matrosen, doch im Laufe dieses Tages geriet die Lage vollkommen aus dem Lot, als der Brückenmaat Amok zu laufen begann.

»Wenn er weiter so um sich ballert, dann wird er noch ein Loch in die Wandung schießen, und wir werden alle jämmerlich ersaufen«, sagte ein Matrose zu Leutnant Karmow, dem ranghöchsten einsatzfähigen Offizier an Bord. Die Männer hatten sich hinter dem Durchgang zum Maschinenraum verschanzt und zielten mit ihren Waffen auf das Schott.

Ein weiterer Soldat hetzte auf Karmow zu. »Die Navigationssysteme, die Luftzufuhr, die Steuerung und das Sonar ...«, flüsterte der Seemann atemlos. »Alles ist im Eimer. Wir können uns nicht länger in dieser Tiefe halten.«

»Wie ist die augenblickliche Tiefe?«, fragte Karmow.

»Wir sind auf 350 Meter«, erklärte der Matrose. »Wenn es ihm gelingt, ein Loch in unsere Außenhülle zu schießen, dann wird uns der Druck zerquetschen.«

»Können wir auftauchen?«, fragte Karmow.

Der atemlose Matrose zuckte mit den Schultern.

»Also gut«, beschloss der Leutnant. »Wir werden auftauchen. Egal, wie unsere Befehle lauten. Ihr beide bewacht diesen Zugang. Sobald er sich zeigt, erschießt ihr ihn. Dort drinnen gibt es hochexplosive Akkumulatoren. Keinesfalls ungezielt in den Maschinenraum feuern, verstanden?«

Die beiden Marinesoldaten nickten.

Karmow erhob sich und schlich im Schutz der kleinen Zwischenwand auf das nächste Schott zu. Seine Waffe hatte er einem der Soldaten übergeben. Am nächsten Schott angelangt, kniete er sich zu Boden und schlich sich in die Mitte des Zugangs. Plötzlich peitschte eine Salve auf. Ein lauter Schrei ertönte. Neben Karmow schlugen die Projektile in die Wand. Einige Querschläger surrten in alle Richtungen davon. Karmow spürte einen Schlag gegen seine Schulter. Schmerzen zuckten durch seinen Körper. Er ignorierte den Schmerz und rollte sich blitzschnell zur Seite. Als sein Blick auf die gegenüberliegende Querwand fiel, sah er den Soldaten, dem er seine Pistole gegeben hatte, leblos auf dem Boden liegen. Der andere hatte sich auf den Boden gekauert, den Rücken gegen den kalten Stahl gepresst. Seine Hände umklammerten das Gewehr, und die Knöchel traten weiß hervor. Unbändige Angst beherrschte den jungen Matrosen. Eine neue Salve peitschte auf. Wieder heulten die Querschläger durch den engen Leib des Bootes.

Karmow robbte zu dem jungen Soldaten zurück. Noch bevor er ihn erreichte, sah er, wie ein Ruck durch dessen Körper ging. Plötzlich schnellte der junge Mann in die Höhe. Mit einem lauten Schrei sprang er auf das Schott zu, einen Schuss nach dem anderen abfeuernd, so als ob er die Kontrolle über das Sturmgewehr in seiner Hand verloren hätte.

»Nicht!«, brüllte Karmow. »Nicht schießen, in Deckung. Das ist Wahnsinn!«

Der junge Mann hörte nicht. Das ganze Magazin feuerte er in den Maschinenraum. Plötzlich lief ein Zittern durch das Boot. Karmow warf sich zu Boden und hob schützend die Hände über seinen Kopf. Eine Feuerwalze rollte über ihn hinweg. Schreie hallten durch den schlanken Bootskörper. Das Licht fiel aus.

Als Karmow nach Sekunden die Augen öffnete, spürte er das Brennen auf seinen Händen. Ein Geräusch ließ ihn herumfahren. Kurz darauf erschien Alexej im Durchgang. Seine Kleider brannten lichterloh. Noch immer hielt er eine Pistole in der Hand. Er rannte an Karmow vorbei, beachtete ihn überhaupt nicht. Schüsse ertönten, dann wurde es dunkel. Karmow fiel in eine tiefe Ohnmacht.

Flug AV 4644, Air Avianca, Karibisches Meer

Die Sturmwarnung war am späten Nachmittag wiederholt und auf die gesamte Golfregion um Kuba und den Küstengebieten von Quintana Roo und Yucatan ausgeweitet worden. Einen Hurrikan der Stufe 5 hatte der Wetterdienst vermeldet, und allmählich fragten sich die Meteorologen, ob es nicht an der Zeit sei, über eine Neueinteilung der Kategorien nachzudenken.

Trotz der Sturmwarnung hatte die Tristar der kolumbianischen Fluglinie Air Avianca kurz nach sechs Uhr in Cali abgehoben, um die rund zweihundert Passagiere nach Havanna zu bringen. Kolumbianische Geschäftsleute und kubanische Techniker befanden sich an Bord der beinahe dreißig Jahre alten Maschine.

Der Flugkapitän und sein Team hatten eine Route gewählt, die zwar einen kleinen Umweg bedeutete, jedoch laut der aktuellen Wetterkarten gute zwanzig Kilometer östlich der Ausläufer von *Fjodor* nach Kuba führte. Knapp 2400 Kilometer lagen vor den Passagieren des Fluges AV 4644. Mit einer durchschnittlichen

Reisegeschwindigkeit von 600 Kilometern auf einer Höhe von 10 000 Metern würden viereinhalb Stunden vergehen, bis die Tristar auf dem Flughafen in Havanna aufsetzen sollte. Kurz nach dem Überqueren des 15. Breitengrades hatte die Flugkontrolle in Kingston den Flug übernommen und ihm eine neue Flughöhe auf 12 000 Meter sowie eine etwa zehn Kilometer weiter östlich verlaufende Flugroute zugewiesen, denn die Ausläufer von *Fjodor* hatten sich in der letzten Stunde relativ zügig nach Osten verlagert.

Kurz nachdem sie den Ostteil von Jamaika überquert hatte, geriet die Maschine in heftige Turbulenzen. Der Kapitän meldete die Störungen umgehend an die Flugkontrolle und wies die Passagiere an, die Sicherheitsgurte anzulegen. Über zehn Meter sackte die Maschine innerhalb eines Bruchteils einer Sekunde ab. Zum wiederholten Mal versuchte der Pilot mit der Bodenstation in Kontakt zu treten, doch Jamaika blieb stumm. Die Turbulenzen wurden stärker, und der Pilot hielt das Steuerruder fest umklammert. Der Höhenmesser war auf 11 500 Meter gefallen. Erste Wolkenfetzen flogen am Fenster vorbei.

Der Pilot riss am Steuer und drehte nach Backbord ab, doch die Wolken wurden immer dichter. Im Passagierraum brach heftige Unruhe aus. Draußen wurde es immer düsterer. Vergeblich bemühten sich die Stewardessen, die Passagiere zu beruhigen. Erneut lief ein Zittern durch die Maschine. Dann folgte ein lauter Knall.

»Eis!«, schrie der Pilot. »Verdammt, Eis!«

Wie Kanonendonner dröhnten die Einschläge durch das Cockpit. Plötzlich wurde die Maschine von einer seitlichen Böe erfasst. Der Pilot versuchte auszugleichen, aber die Turbulenzen waren zu stark.

»Da ist etwas in den Wolken!«, schrie der Copilot laut auf.

Wieder erklang ein Donnerhall. Der Pilot spürte, dass er die Kontrolle über die Maschine verlor. Die Triebwerkskontrolle heulte auf.

»Feuer! Ein Triebwerk brennt!«, schrie der Pilot.

Der künstliche Horizont wirbelte über die Anzeige, und über den Höhenmesser rollten die Zahlen. Viel zu schnell für die Augen des Piloten. Mittlerweile war das Flugzeug von einer dichten Wolkendecke umgeben. Ein erneuter Warnton mischte sich unter das Heulen der Triebwerksanzeige. Mit zusammengekniffenen Augen spähte der Pilot durch das Cockpitfenster. Nichts als graue Endlosigkeit umgab die Maschine. Er hatte vollkommen die Orientierung verloren. Als sein Blick den Höhenmesser erfasste, fluchte er laut. Panisches Entsetzen erfasste ihn. Unaufhaltsam rollten die Zahlen gegen null. Die Maschine befand sich in einem steilen Sturzflug. Mit beinahe 600 Stundenkilometern raste sie dem Ozean entgegen. Der Pilot zerrte am Steuer, doch es nutzte nichts. Die Nase der Tristar ließ sich nicht mehr aufrichten. 23 Sekunden später schlug die Maschine der Air Avianca in einem Winkel von 67 Grad auf die Wasseroberfläche auf und zerbrach in drei große Teile, die langsam dem Meeresboden entgegensanken. Zweihundert Passagiere und elf Besatzungsmitglieder fanden nördlich von Jamaika ihr kühles Grab. Flug AV 4644 verschwand für immer im Karibischen Meer.

Straße von Yucatan, Golf von Mexiko

Der neue Tag brach an. Über der Straße von Yucatan lag ein dichter blaugrauer Wolkenschirm. *Fjodor* war auf seinem Weg in Richtung Küste der Vereinigten Staaten von Amerika weitergewandert und hatte erneut seine Richtung geändert. Über dem westlichen Teil Kubas, um die Stadt Pinar del Rio, tobte seit den frühen Morgenstunden ein kräftiges Gewitter. Dort verwandelten sich die staubigen Pisten und trockenen Wiesen in eine Landschaft aus Morast und kleinen Seen. Winde stieben durch die Ebenen, Hütten wurden fortgerissen, Bäume knickten um, und die Menschen, die den Warnungen zum Trotz in der Stadt und deren Umgebung geblieben waren, kämpften um ihr nacktes Überleben. Bei der augenblicklichen Wandergeschwindigkeit und der eingeschlagenen Richtung würde *Fjodor* in weniger als zwei Tagen die Südwestküste Floridas erreichen. In der ganzen Region herrschte mittlerweile Warnstufe 1. Menschen flohen mit dem wenigen, was sie in ihre Wagen packen konnten, ins Inselinnere. Häuser und Gehöfte wurden verbarrikadiert, Fensterscheiben gesichert, und alles, was dem Sturm nicht standhalten würde, wurde abgebaut und eingelagert.

Auf den Highways standen seit Stunden die Wagen dicht an dicht. Eine Blechschlange wälzte sich im Schneckentempo in Richtung Norden. Die Polizei und die Sicherheitskräfte waren überfordert und wurden der Flut von Fahrzeugen nicht mehr Herr. Die Staus verdichteten sich, schließlich kam der Verkehr vollends zum Erliegen. Glücklicher waren diejenigen, die sich mit den bereitgestellten Sonderzügen in Sicherheit bringen konnten.

Bald jedoch platzten auch die Bahnhöfe der Städte und Ortschaften aus den Nähten, und der Zugverkehr musste mangels verfügbarer Züge eingestellt werden.

Die Privilegierten, die Yachten und Boote besaßen, nutzten den Wasserweg und liefen in Scharen aus, um sich in den entfernten Küstenstädten im Nordosten Amerikas in Sicherheit zu bringen.

Doch trotz der frühen Warnung des National Weather Service in Camp Springs harrten viele Bewohner der Küstenregion in Hallen und Kirchen aus, da sie über keine Transportmittel verfügten, um dem drohenden Inferno zu entgehen. Vielerorts wurde gebetet, und alle hegten die stille, aber trügerische Hoffnung, der Sturm werde sie verschonen.

Unter den Menschen in Südwestflorida herrschte Angst angesichts der bevorstehenden Gefahr. *Fjodor* schob einen breiten Schirm mit prall gefüllten Regenwolken auf das Festland zu. Die Windgeschwindigkeiten innerhalb des Sturms lagen noch immer über 400 Kilometer pro Stunde.

Noch nie hatte die Welt ein solch mächtiges Gebilde gesehen, noch nie hatten es die Menschen in der Küstenregion mit einem solch gefährlichen Raubtier zu tun. *Fjodor* würde alles mit sich reißen, was sich ihm in den Weg stellte. Die Gebete der Menschen wurden lauter.

Tichonow, Sargassosee, Atlantik

Wie ein Pfeil schoss der schlanke, stählerne Leib durch das tiefe, dunkle Wasser. Immer schneller strebte er der Wasseroberfläche entgegen. Der Druck der Pressluft in den Tauchkammern riss die *Tichonow* aus der Tiefe des Ozeans empor, bis der Bug die Grenze zwischen den Elementen durchbrach und das U-Boot wie ein Fisch auf Jagd nach Beute aus dem Wasser sprang. Geräuschvoll fiel es zurück in das Wellental. Ein paar Sekunden schlingerte der Bootsleib und neigte sich nach allen Seiten, bis die Dünung das Schiff erfasste und im Gleichklang der Wellen über das grünlich schimmernde Wasser trug.

Die *Tichonow* trieb mit den Wellen dem Festland entgegen, und äußerlich wies nichts darauf hin, welche Tragödie im Inneren stattgefunden hatte. Lediglich sieben Seeleute hatten das Blutbad unverletzt überstanden. 19 zum Teil schwer verletzte Matrosen rangen mit dem Tod, 37 hatten nicht überlebt.

Das Steuerpult auf der Brücke war zerstört, der Antrieb, die Pumpen, das Sonar sowie der Funk waren ausgefallen. Die Explosion im Maschinenraum hatte einen Brand ausgelöst, der zwar mit vereinten Kräften wieder gelöscht werden konnte, dennoch quoll noch immer schwarzer und beißender Rauch aus einigen Rohren. Das Schott zum Maschinenraum war mittlerweile geschlossen. Wasser drang durch feine Haarrisse in das Schiff ein.

»Was sollen wir tun?«, fragte der Schiffskoch, der überlebte, weil er sich rechtzeitig im Vorratsraum verborgen hatte.

»Wo genau sind wir?«, fragte Karmow.

Der Koch zuckte mit der Schulter. »Irgendwo vor den Bahamas. Ich bin Koch und kein Navigator.«

»Haben wir noch Signalmunition?«, fragte Karmow.

Der Leutnant sah mitgenommen aus. An Händen und Gesicht Verbrennungen, lag er im Zwischengang auf einer Bahre. Glücklicherweise hatte ihm die Gasexplosion nur oberflächliche Verletzungen zugefügt, und er war wieder aus seiner Ohnmacht erwacht. Andere Besatzungsmitglieder hatte es weitaus schlimmer erwischt. Ärztliche Hilfe war dringend erforderlich. Von der medizinischen Abteilung hatte lediglich ein einziger Sanitäter überlebt, den die Situation vollkommen überforderte.

Der Koch eilte davon, um die Signalpistole zu holen. Kaum eine Minute später tauchte er wieder auf, einen Patronengurt mit zwölf Kartuschen in der Hand. »Das ist alles«, sagte er schnaufend.

»Dann feuern Sie alle zehn Minuten eine Leuchtrakete ab und beten Sie, dass uns jemand entdeckt, bevor wir alle absaufen.«

»Aber wir haben strikte Order, auf keinen Fall …«

»Ich kenne die Order!«, schnitt Karmow dem Koch das Wort ab. »Aber wollen Sie vielleicht lieber sterben? Noch immer brennt es unter den Abdeckungen im Maschinenraum. Im Unterdeck dringt Wasser ein. Es ist nur noch eine Frage der Zeit, bis wir sinken oder in die Luft fliegen. Außerdem haben wir Verletzte an Bord, die dringend ärztliche Hilfe brauchen. Russland ist weit, und auf Hilfe von dort brauchen wir nicht zu warten. Oder haben Sie damit ein Problem?«

Der Koch zuckte mit den Schultern. »Sie sind der ranghöchste Offizier. Es ist Ihre Entscheidung.«

»Dann ballern Sie endlich diese Dinger in die Luft, damit wir wenigstens noch eine kleine Chance haben!«

13

Caribbean Queen, Golf von Mexiko

Fjodor war an Santiago de Cuba vorübergezogen und hatte außer heftigem Wind und viel Regen keine größeren Spuren hinterlassen. Die *Caribbean Queen* hatte im Schutz des Hafens gelegen, um bei Sonnenaufgang ihre Reise zu den schönsten Stränden der Karibik fortzusetzen. Peggy, ihre Mutter und die beiden Kinder standen an der Reling und bewunderten den Sonnenaufgang. Es war ein einzigartiges Schauspiel, wie sich die blutrote Sonne aus dem Ozean erhob und langsam in den Himmel schob. Die Luft vibrierte. Sie genossen die morgendliche Frische in vollen Zügen. Der Hurrikan hatte den dunklen und trüben Dunst des gestrigen Tages weggewischt. Nach dem unplanmäßigen Stopp wegen *Fjodor* im Hafen von Santiago wollte der Kapitän etwas Zeit gutmachen. Mit voller Kraft lief die *Caribbean Queen* auf Südkurs durch die stille Karibische See.

Der kleine Tom hatte sich in der stürmischen Nacht im Hafen an die Mutter geschmiegt und sie nicht mehr loslassen wollen. Auch jetzt war seine Angst noch nicht verflogen. Peggy hielt ihn auf den Armen, doch allmählich wurde er ihr zu schwer.

»So, kleiner Mann, es ist wieder Zeit, auf eigenen Beinen zu stehen«, sagte sie liebevoll und stellte ihn auf den Boden.

»Kommt der Sturm heute wieder?«, fragte der Junge ängstlich.

»Tommy ist ein Angsthase, Tommy ist ein Angsthase!«, rief seine größere Schwester und strahlte über alle Backen.

»Sei still, Sarah!«, ermahnte Peggy ihre Tochter. »Es ist nicht schlimm, wenn man Angst hat. Du weißt, die Angst beschützt uns auch davor, dumme Dinge zu tun.« Peggy wandte sich ihrer Mutter zu. »Also, ich wäre jetzt reif für ein Frühstück«, sagte sie.

Dorothee Shane wandte ihren Blick nicht von der roten Scheibe ab, die sich nun deutlich vom Wasser des Ozeans abgesetzt hatte und in der Luft schwebte. »Lass dich durch mich nicht davon abhalten. Ich würde gern noch ein wenig hier stehen und mir den Sonnenaufgang ansehen. Bei uns in Baltimore ist die Sonne nur zu sehen, wenn sie schon ziemlich hoch steht. Außerdem habe ich den Eindruck, sie ist hier viel größer als bei uns zu Hause.«

Peggy lächelte. »Ich dachte schon, du hättest Heimweh.«

»Ach was«, widersprach ihre Mutter. »Nach dem gestrigen Geschaukel und der trüben Luft bin ich froh, dass man endlich wieder den blauen Himmel sehen kann. Ich bekomme davon überhaupt nicht genug. Für mich hat die Reise jetzt erst begonnen.«

Peggy lächelte zufrieden. »Das sollten wir jedes Jahr einmal zusammen machen. Vielleicht hat Suzannah im nächsten Jahr auch Zeit dafür.«

»Suzannah hat nie Zeit«, entgegnete Dorothee. »Du weißt, dass sie seit Vaters Tod nicht mehr allzu viel Familiensinn hat. Manchmal glaube ich sogar, sie ist ein wenig eigenbrötlerisch geworden. Wenn sie nur endlich mal einen Mann finden würde, der zu ihr passt.«

»Sie liebt nun mal ihren Beruf.«

»Ja, und sie sieht auch schon aus wie eine dieser weißen, mageren Laborratten.«

»Mutter! Du tust ihr unrecht. Weißt du, es ist für sie nicht einfach, wenn sie uns besucht. Ich glaube, sie liebt uns, aber sie hätte selbst gern eine Familie und Kinder.«

»Dann sollte sie endlich damit anfangen.«

Peggy verzog das Gesicht. Sie wusste, dass sie ihre Mutter in Bezug auf Suzannahs Lebensweise nicht umstimmen konnte. Im Grunde genommen hatte sie ja recht. Manchmal glaubte selbst Peggy, dass es Suzannah irgendwie gefiel, sich in ihr Schneckenhaus zurückzuziehen.

»Also dann, ich gehe mit den Kindern zum Frühstücken. Ich halte dir einen Platz frei.«

Dorothee wandte kurz den Kopf von der Sonne ab und lächelte ihrer Tochter zu.

Tief sog sie die salzige Luft ein. Zu Beginn der Reise war sie skeptisch gewesen, ob sie überhaupt das Angebot annehmen und mit Peggy die Kreuzfahrt machen sollte. Früher, als John noch lebte, waren sie jedes Jahr zwei- bis dreimal verreist. Im Sommer nach Florida oder Kalifornien, manchmal auch nach Europa. Wien, Mailand, Berlin und London. All diese Städte hatte sie mit John besucht, der so plötzlich verstorben war. Vier Jahre waren bereits vergangen, doch der Verlust schmerzte noch immer so, als wäre es gestern gewesen.

Ach ja, wenn nur John noch leben würde. Dann wären sie und Suzannah einander vielleicht noch ein wenig näher, und es wäre nie zu diesem unsäglichen Streit gekommen.

Sie hob den Kopf und schaute erneut durch ihre Sonnenbrille auf den großen roten Ball, der mittlerweile eine leicht gelbliche Färbung angenommen hatte. Neben ihr und auf den verschiedenen Decks gab es einige Menschen, die es ihr gleichtaten. Von mittschiffs wehte der mäßige Wind leise Entspannungsmusik zu ihr herüber. Offenbar hatte das morgendliche Animationsprogramm bereits begonnen. Sie wollte gerade gehen, als sich plötzlich lautes Geschrei erhob und die Sphärenklänge vom Pool überlagerte. Zunächst waren es Schreie der grenzenlosen Verwunderung, doch jetzt gingen sie in Panik über. Dorothee wurde nervös. Sie kamen von der anderen Seite des Schiffes.

Dorothee löste sich von der Reling und umrundete den Treppenaufgang. Was war nur geschehen?

»... Welle ... riesig ... weg hier!«

Nur Fragmente drangen an ihr Ohr. Sie stieg den Niedergang hinauf, bis sie auf die andere Seite schauen konnte. Überall rannten Menschen mit panisch verzerrten Gesichtern auf die Schotts und Türen zu. Ein lauter Warnton drang aus den Lautsprechern. Sie spürte, dass sich das Schiff nach Backbord neigte. Dann erfassten ihre Augen die ganze Katastrophe. Auf der Westseite rollte eine weiße Wand auf die *Caribbean Queen* zu. Dorothee wollte schreien, doch noch ehe ein Laut über ihre Lippen kam, erzitterte das Schiff. Ein Schwall aus Gischt und Wasser ergoss sich über das Deck. Das Schiff wankte. Metall knirschte, Glas splitterte. Dorothee verlor den Halt und stürzte, doch sie schlug nicht auf dem blanken Schiffsboden auf. Die Welle erfasste sie und riss sie mit sich, hinaus in den Ozean, der Sonne entgegen.

National Hurricane Center, Miami, Florida

Fjodor hatte die Straße von Yucatan passiert, um kurz darauf vom Höhenwind in Richtung Westen, auf Mexiko zugetrieben zu werden. In Miami herrschte Erleichterung. Auch der Zwillingsbruder *George* vor der Westküste Amerikas hatte inzwischen seinen Kurs geändert. *George* war zu einem Sturm der Kategorie 5 angewachsen. Doch er schien keine Gefahr mehr für die Küstengebiete darzustellen. Wenn er weiterhin seinem Kurs folgte, trieb es ihn hinaus auf den Pazifik, wo er irgendwo nördlich des 25. Breitengrades verebben würde.

»Ich hoffe, er hält seinen Kurs nach Westen bei«, seufzte Allan Clark und starrte auf den Monitor.

Kennedy Space Center, Florida

Suzannah war nervös. Kaum war sie aufgestanden, rief sie beim leitenden Sicherheitsbeamten an, ob auch wirklich alle Vorbereitungen bis zum Mittag planmäßig abgeschlossen sein würden. Der Beamte spürte ihre Nervosität und beruhigte sie. Die *Globemaster* stand bereit, das Shuttle war auf Position, und die Vorbereitungen verliefen planmäßig. Die Männer von der Bodencrew würden Ziegler eine perfekte Show bieten. Er würde nicht das Geringste bemerken und denken, er wäre gerade eben aus dem All zurückgekehrt. Um zwölf Uhr konnte das Schauspiel beginnen.

Suzannah legte den Hörer auf und blätterte noch einmal das Gutachten und die weiteren Therapieanweisungen durch, die sie am Tag zuvor als Kopie Professor Paul gegeben hatte. Kurz nach zehn Uhr klingelte es an ihrer Tür. Sie öffnete und blickte in Brians lächelndes Gesicht. Er wirkte locker und gut gelaunt.

»Du scheinst gut geschlafen zu haben«, bemerkte Suzannah. In ihrer Stimme schwang ein missbilligender Unterton.

»Und du?«

Suzannah drehte sich um und gab die Tür frei. »Er darf uns auf keinen Fall aus den Händen gleiten«, sagte sie.

Brian spürte ihre Angespanntheit.

»Wir werden ihn ständig in Trance halten müssen. Wenn er aufwacht, war alles umsonst.«

»Du schaffst das schon«, versuchte Brian sie zu beruhigen. Doch er bewirkte damit nur das Gegenteil.

»Das sagst du so einfach«, sagte sie barsch. »Es ist nicht leicht für mich, ihn über zwei Stunden in diesem Zustand zu halten. Du sitzt nur an den Kontrollgeräten, aber ich muss ständig dosiert eingreifen, damit er mir nicht entgleitet.«

Brian atmete tief ein. »Suzannah, vertraue deinen Fähigkeiten. Es ist jetzt nicht die Zeit für Selbstzweifel. Es ist normal, dass man etwas angespannt ist, wenn eine solche Aktion bevorsteht ...«

Suzannah wirbelte herum. »Vertrauen soll ich!«, zischte sie. »Ich hatte einmal viel Vertrauen, zu viel vielleicht. Ich dachte, ich könnte mich auf jemanden verlassen, und habe mich dabei beinahe selbst aufgegeben. Vertrauen blieb dabei nicht viel übrig.«

Brian ließ sich in den Sessel fallen. Er wusste, worauf sie anspielte. »Und ich dachte, das wäre vorbei.«

»Vorbei! Wie kann das vorbei sein? Weißt du nicht mehr, wie sehr ...« Sie bremste ihren Redeschwall. »So etwas geht nie vorbei. So etwas steckt für immer in einem drin.«

Brian lächelte. »Vielleicht solltest du einmal zu einem Psychologen gehen.«

Wie ein Blitz schoss Suzannah an ihm vorbei. Sie rannte ins Badezimmer und warf die Tür hinter sich zu.

Brian machte eine betretene Miene. Seine unbedachte Äußerung war dumm gewesen, aber seine Reue kam zu spät. Suzannah hatte in gewisser Weise recht. Tiefe Enttäuschungen hinterließen ihre unauslöschlichen Spuren. Brian erhob sich. Er hörte das Schluchzen hinter der Tür und klopfte sacht an.

»Tut mir leid, ehrlich«, sagte er sanft. »Ich rede manchmal einen Blödsinn.«

Das Schluchzen verstummte für einen Augenblick.

»Suzannah, ich vertraue dir. Was du bisher geschafft hast, war einzigartig. Du hast Ziegler innerhalb von zwei Wochen aus seiner dunklen Höhle befreit. Jetzt ist es an der Zeit, die Sache endgültig abzuschließen. Bitte mach die Tür auf. Verzeih mir, ich habe wirklich Stuss geredet, aber jetzt lass uns die Sache zum Abschluss bringen.«

Das Schluchzen war verstummt. Die Tür wurde geöffnet. Langsam schob sich Suzannah aus dem Badezimmer. Brian breitete die Arme aus. Unter ihren Augen waren Spuren von Tränen zu erkennen.

»Jeder macht Fehler im Leben. Und manchmal ist es einem gar nicht bewusst, wie weh man dem anderen tut. Ich habe aus meinen Fehlern gelernt, aber ich kann nichts ungeschehen machen.«

Suzannah nickte unmerklich. Sie schmiegte sich an seine Brust. Brian drückte sie an sich.

Beschämt blickte Suzannah zu Boden. »Es tut mir leid«, sagte sie. »Ich habe überreagiert.«

Brian hauchte ihr einen Kuss auf die Wange. »Wir schaffen es. In ein paar Monaten schlendert Ziegler wieder über den Stephansplatz in Wien. Und das ist allein dein Verdienst. Und jetzt lass uns etwas essen gehen und dabei noch einmal alles in Ruhe durchsprechen.«

Zwei Stunden später saßen Suzannah und Brian mit ihrem Patienten an Bord der *Globemaster*. Eine spezielle Kabine war in das Flugzeug eingebaut worden, damit Ziegler bei einer kurzen Phase des Erwachens nicht bemerken würde, dass er sich nicht in einem Shuttle befand. Ziegler steckte in einem Raumanzug und war auf einem Stuhl in halb liegender Position festgeschnallt. Er war in Trance. Über die Lautsprecher wurden die aufgezeichneten Funkgespräche zwischen dem Shuttle und der Bodenkontrolle übertragen. Die Simulation wirkte tatsächlich äußerst authentisch, und hätte Brian nicht gewusst, dass er sich an Bord einer Militärmaschine befand, hätte er sich in einem Shuttle auf dem Weg zum Mond gewähnt. Aufmerksam kontrollierte er die Anzeigeinstrumente seines Lifeguard-Computers. Ziegler zeigte zwar in manchen Bereichen erhöhte Werte, aber das sprach nur dafür, dass er die Simulation im Unbewussten ebenfalls als authentisch wahrnahm. Suzannah hielt sich im Hintergrund, kontrollierte aber ständig den Zustand ihres Patienten. Alles verlief planmäßig, und nach einer halben Stunde setzte die *Globemaster* zur Landung an.

Phase zwei konnte beginnen.

Als zwei Sanitäter den hypnotisierten Astronauten zum Wagen brachten, wich Suzannah nicht von dessen Seite. Brian, den Laptop in der Hand, musste sich beeilen, um Schritt mit ihr zu halten. Ein Transmitter übertrug die Daten der Sensoren per Funk an den Empfänger. Das Lifeguard-Programm war auf Standby geschaltet. Schnaufend erreichte Brian den Krankenwagen und sank auf den Beifahrersitz. Suzannah trat neben ihn.

»Wie sieht es aus?«, flüsterte sie.

Brian aktivierte das Programm. Es dauerte eine Weile, bis der Monitor hochfuhr. »Was hast du da in der Hand?«, fragte Brian, als er das rote Täschchen in Suzannahs Hand sah.

Suzannah legte den Finger an die Lippen. »Das sind kleine Cocktails, falls er zu früh auftaut.«

Sie zog den Reißverschluss der Tasche auf. Zwanzig gefüllte

Einwegspritzen befanden sich darin. Jeweils fünf waren mit einem gleichfarbenen Aufkleber versehen.

»Was ist da drin?«

»Rot, er schläft wie ein Baby. Gelb, er wird wach, Blau für ein bisschen Bewusstseinserweiterung, es nennt sich MDMA, und Grün ist ein Geheimrezept. Ich glaube, die CIA würde mir sofort die Lizenz abkaufen und mich reich entlohnen. Hat ein Bekannter von mir gemixt.«

»Drogen!«, sagte Brian mit gespielter Entrüstung.

Suzannah nickte schuldbewusst. »Mescalin, ein wenig Natrium-Thiopental und Psilocybin. Löst beinahe jede Bewusstseinsblockade. Hinterher bist du drei Tage lang benommen und hast einen dicken Kopf. Aber es ist nur für den Notfall.«

»Zehn Jahre Knast stehen darauf, lass dich bloß nicht erwischen«, witzelte Brian.

»In Texas wird man dafür gehenkt«, erwiderte Suzannah mit einem Lächeln. »Wie sieht es aus?«

»Wie, was?«

»Ziegler?«

»Ach so, das meinst du.« Brain aktivierte die einzelnen Programmsequenzen. »Herzfrequenz und Blutdruck im Normalbereich. Leichte Alphawellen – und mittlere Thetawellen-Aktivität. Vollkommene Entspannung.«

»Thetawellen, das ist gut. Er muss sein Unbewusstes vollständig öffnen, wenn wir mit unseren suggerierten Musterunterbrechungen und den aktiven Interventionen Erfolg haben wollen.«

»Dann lass uns ihn endlich ins Shuttle bringen, *the show must go on.*«

Suzannah nickte und wartete, bis die Sanitäter die Krankentrage ordentlich verankert hatten. Dann stieg sie in den hinteren Teil des Krankenwagens zu ihrem Patienten, der ruhig atmend, mit geschlossenen Augen und enspannten Muskeln auf der Trage lag.

Zwei Stunden später befand er sich im gleichen Zustand auf seinem Krankenbett des Kennedy Space Center Hospitals. Alles war planmäßig verlaufen. Ziegler schlief. Irgendwann würde er aufwachen, dann musste sich beweisen, ob die Hypnosetherapie erfolgreich verlaufen war.

Socorro County, New Mexico

Das Telefon riss Dwain Hamilton aus seinem unruhigen Schlaf. Sein Kopf schmerzte, als würde eine Büffelherde von einem Ohr zum anderen stürmen. Bis spät in die Nacht hatte er auf den Cherokee an der Kreuzung nach Magdalena gewartet. Umsonst. Der Wagen war nicht mehr aufgetaucht. Um zwei Uhr nachts hatte er die Überwachung abgebrochen und war nach Hause gefahren. Dort hatte er eine Zeit lang das Bild von Margo und den Kindern angestarrt, bevor er sich eine Whiskeyflasche aus dem Küchenschrank holte und sie zu zwei Dritteln leerte.

Stöhnend erhob er sich und griff zum Hörer. »Hallo«, krächzte er.

»Und ich dachte, ein Sheriff wäre rund um die Uhr im Dienst«, ertönte die sonore Stimme des Senators. »Aber so wie du dich anhörst, bist du gerade erst aufgestanden, mein Junge. Schau mal nach draußen, die Sonne scheint, der Himmel ist blau, und keine Wolke trübt den Tag.«

»Hallo, Onkel Joe«, versuchte Dwain nochmals eine anständige Begrüßung, doch seine Stimme kippte erneut.

»Ich habe mich etwas umgehört«, sagte Senator Joseph Hamilton. »Das General Willston Camp gehört zu einer geheimen Ausbildungsstelle für Marinesoldaten, die sich auf einen Einsatz im Nahen Osten vorbereiten. Sie nutzen die Umgebung für ein Gebirgstraining.«

Dwain fuhr sich durch die zersausten Haare. »Und ich dachte, der Nahe Osten besteht zu neunzig Prozent aus Wüste, und der Rest ist Öl.«

»Vergiss unsere Truppen in Afghanistan nicht. Noch immer treiben sich al-Qaida-Kämpfer im Hindukusch herum. Osama Bin Laden soll sich dort verschanzt haben und mit den Taliban gemeinsame Sache machen.«

»Hast du sonst noch etwas erfahren, etwas über Mcnish?«

»Du musst mir noch etwas Zeit geben«, sagte der Senator. »Das FBI ist eine riesige Behörde. Aber wenn es etwas Wissenswertes über den Mann gibt, dann wird es mein Kontaktmann in Erfahrung bringen.«

»Wer ist es?«, scherzte Dwain. »Der Präsident?«

»Ich werde den Teufel tun und dir meine Quelle nennen. Sagen wir, es ist jemand, der mir einen Gefallen schuldet. Mehr brauchst du nicht zu wissen. Ich melde mich, sobald ich weitere Informationen habe, und wir beide haben nie über die Angelegenheit gesprochen, klar?«

»Klar doch.« Dwain lächelte. Natürlich war es ihm klar, dass er die Kontakte seines Onkels nicht als Quelle nutzen konnte. Die politische Lage in den Staaten war nicht einfacher geworden. Nach dem 11. September hatte sich sehr viel verändert. Die Angst der Menschen vor neuen Anschlägen saß tief. Und wenn Allan Mcnish tatsächlich als Terrorist in einem Militärcamp eingesessen hatte, dann würde die breite Öffentlichkeit trotz aller Menschenrechte, die verfassungsrechtlich garantiert waren, dem Mann keine Träne nachweinen. Dwain wusste, dass er sich im Fall des Toten vom Coward Trail auf sehr dünnem Eis bewegte.

»Was das Kennzeichen betrifft, so muss ich passen«, fuhr Onkel Joe fort. »Ich habe alles versucht. Wir müssen davon ausgehen, dass es sich um eine Fälschung handelt oder dass dein Informant nicht richtig abgelesen hat.«

»Da kann man nichts machen«, sagte Dwain. »Trotzdem danke ich dir.«

Der Sheriff erhob sich seufzend und ging ins Badezimmer. Das kalte Wasser auf der Haut brachte seine Lebensgeister allmählich zurück.

14

Weißes Haus, Washington D.C.

Wayne fühlte sich unwohl im schwarzen Anzug. Er hatte das Gefühl, als schnürten ihm die Krawatte und das bis oben hin geschlossene weiße Hemd die Luft ab. Zusammen mit Cliff Sebastian und Allan Clark saß er an einem riesigen ovalen Tisch aus dunklem Tropenholz. Großformatige Gemälde – meist Schlachtenszenen aus dem Bürgerkrieg – zierten die holzvertäfelten Wände. Roter Teppichboden und ein riesiger silberfarbener Kronleuchter komplettierten das schwermütige Interieur des Konferenzraums.

Am Tisch hatten mehrere hochrangige Militäroffiziere und ein paar Zivilisten Platz genommen, doch bislang waren die Gäste einander noch nicht vorgestellt worden. Am gestrigen Abend war der Anruf erfolgt, der die drei Wissenschaftler hierher nach Washington geführt hatte.

»Weißt du, was wir hier sollen?«, fragte Wayne Chang seinen Kollegen vom National Hurricane Center. Im Foyer hatten sie keine Zeit für eine Unterhaltung gehabt. Eine dunkelhäutige Frau mit strengem Gesicht war erschienen und hatte die Männer in das Konferenzzimmer im Westflügel des ehrwürdigen Gebäudes geführt, nachdem sie die Sicherheitsinspektion hinter sich gebracht hatten. Die Frau hieß Fiona Applegate und war die persönliche Referentin des Innenministers Oliver Summerville.

»Ich bin mir sicher, es geht um den Sturm im Golf«, antwortete Clark.

Noch bevor sie weiterreden konnten, wurde die Tür an der Stirnseite aufgerissen. Innenminister Oliver Summerville schob seinen massigen Leib durch die Tür. In seinem Schlepptau folgten die kühle dunkelhäutige Referentin und ein junger Mann in einem legeren grauen Anzug, der aussah wie einer der jungen Investmentbanker von der Wall Street.

»Meine Herren, unser Land steht vor einer der größten Herausforderungen seit dem heimtückischen Anschlag auf die Twin-Towers«, begrüßte der Innenminister die Anwesenden und ließ sich mit einem lauten Seufzer auf dem Stuhl an der Stirnseite des Tisches nieder. »Auf unsere Küste rollt ein gewaltiger Wirbelsturm zu, der eine enorme Zerstörungskraft besitzt. Ihren Berechnungen nach wird das Ausmaß der Zerstörung alles bisher Dagewesene übersteigen. Der Präsident will, dass wir Notfallmaßnahmen einleiten und die Verluste von Menschen und Material so gering wie möglich halten. Wie lauten Ihre Vorschläge, meine Herren?«

»Gibt es keine Möglichkeiten, die Intensität des Sturms zu minimieren?«, fragte ein Offizier in der braunen Uniform der Nationalgarde.

»Mr Clark?«, leitete Summerville die Frage weiter.

Clark schaute Cliff Sebastian verwundert an und richtete sich auf.

»*Fjodor,* wie der tropische Zyklon benannt wurde, befindet sich derzeit an der Schwelle zum Golf«, antwortete Clark mit brüchiger Stimme. »Es wurden Windgeschwindigkeiten von bis zu 410 Kilometer pro Stunde in seinem Inneren gemessen. Er führt ungeheure Wassermassen mit sich und wandert mit knapp zwanzig Stundenkilometern in Richtung Nord-Nordost. Er hat mittlerweile seine Wandergeschwindigkeit etwas verlangsamt. Derzeit liegt ein nordöstlicher Ausläufer über Kuba. Dort richtet er zur Stunde ein Inferno an. Der Wind zerstört Gebäude und Wälder, aber die Wassermassen sind noch viel verheerender ...«

»Das war nicht die Frage, Mr Clark«, meldete sich der Yuppie im grauen Anzug zu Wort. »Aus Ihrer Akte entnahm ich, dass Sie lange Jahre beim Militärischen Sicherheitsdienst tätig waren, bevor Sie zur NHC wechselten. Wir können also auf Floskeln verzichten. Unsere Frage ist, ob wir aktiv etwas gegen den Sturm unternehmen können.«

»Was wollen Sie tun?«, meldete sich Wayne zu Wort. »*Fjodor* erschießen?«

Der junge Mann grinste affektiert. »Sie sind Professor Chang, nicht?«

»Stimmt.«

»Sie arbeiten schon sehr lange in der meteorologischen Forschung. Sind Professor für Geophysik, Doktor der Meteorologie und der Geodäsie, wenn ich mich nicht irre.«

»Auch das ist korrekt.«

»Dann sind Sie also ein Spezialist, oder?«

Die Feststellung des jungen Mannes klang eher provokativ als erklärend.

»Könnte man sagen.«

»Was tun Sie eigentlich den ganzen Tag in Ihrem Labor?«

Wayne stutzte. Welche Funktion hatte dieser Kerl und was zum Teufel bildete er sich ein?

»Im letzten halben Jahr arbeiteten wir an der Verdichtung von Wetterstationen in unserem Land, um die Voraussagen effizienter und treffender gestalten zu können. Es ist also nicht so, dass wir den ganzen Tag Zeitung lesen und Kaffee trinken.«

»Und dennoch ist es Ihnen bislang nicht gelungen, geeignete Mittel gegen diese Naturgewalt zu entwickeln.«

»Dann geben Sie mir eine Waffe, und ich werde hinausgehen und den Sturm erlegen«, antwortete Wayne zynisch.

»Meine Herren, das bringt uns nicht weiter«, mischte sich der Innenminister ein. »Richard, das geht zu weit. Es nutzt nichts, wenn wir uns gegenseitiges Versagen vorwerfen.«

»Sie sind Richard Wagner?«, fragte Cliff Sebastian.

Der junge Mann nickte.

»Wir hatten vor Kurzem das Vergnügen«, sagte Cliff. »Ich will es Ihnen einmal an einem Beispiel erklären. Vergleichen wir *Fjodor* mit einer Krankheit, dann ist der Sturm nur das Symptom, die Ursache oder der Erreger besser gesagt liegt in der steten Zunahme an Schadstoffen in der Luft. An dem Feinstaubniederschlag an den Polkappen und an den chemischen Ozonkillern in der Atmosphäre. Lesen Sie Charles Keelings Untersuchungen über den Treibhauseffekt. Wir Menschen tragen für diese Dinge die volle Verantwortung.«

»Wird das nun eine Grundsatzdiskussion?«, fragte Wagner.

»Nein, das nicht. Es ist nur so, dass wir einem Sturm wie *Fjodor* ausgeliefert sind. Auch wenn wir das 21. Jahrhundert schreiben und Raketen bauen, die zum Mars fliegen.«

Ein Offizier in der blauen Uniform der Luftwaffe meldete sich zu Wort. »Ich bin vom militärischen Wetterdienst. Es gibt schon einige Möglichkeiten zur Beeinflussung eines Wirbelsturms.«

»Da bin ich aber gespannt«, flüsterte Wayne Cliff zu.

»Vor zwei Jahren lief ein Forschungsprojekt der Airforce an«, fuhr der Offizier fort. »Mithilfe von Mikrowellenstrahlung gelang es uns, einen Hurrikan aus seiner Bahn zu werfen. Der Sturm schlug eine andere Richtung ein, da er dem warmen Wasser folgte.«

»Ich kenne diese Studie«, warf Wayne ein. »*Estrella* hieß der Hurrikan und wurde auf der Skala als Wirbelsturm der Stufe 1 eingeordnet. Später erfolgte sogar eine weitere Rückstufung, und er galt nur noch als tropischer Sturm. Die Abweichung betrug damals knapp zwölf Kilometer auf einer Strecke von tausend Kilometern. Das wird uns bei *Fjodor* nicht weiterhelfen.«

»Und was ist mit Silberjodid?«, fragte einer der anwesenden Zivilisten, nachdem er sich als Chemiker vorgestellt hatte.

»Damit könnte man allenfalls seine Rotationsgeschwindigkeit um ein paar Meter in der Sekunde verlangsamen, aber wir bräuchten das Zeug in Massen, damit sich überhaupt etwas tut«, antwortete Allan Clark.

»Die Rotationsgeschwindigkeit zu verlangsamen klingt vernünftig, das ist doch schon etwas«, ergriff Wagner wieder das Wort. »Sagen Sie, was wir dazu brauchen, und in einer Stunde steht es bereit.«

»Grob gerechnet fünfzig Güterzüge und etwa dreihundert

Großflugzeuge«, warf Wayne ein. »Damit könnten wir *Fjodor* vielleicht zu einem lauen Lüftchen machen, mal abgesehen davon, welche Folgen die Ausbringung einer solchen Menge Chemikalien für die Umwelt in diesem Gebiet hätte.«

»Haben Sie einen besseren Vorschlag?«, fragte Wagner.

»*Fjodor* ist kein normaler Hurrikan«, sagte Cliff Sebastian. »Ein Sturm dieser Intensität ist noch nie da gewesen. Außerdem hat er bereits zweimal seine Richtung gewechselt. Augenblicklich hält er wieder Kurs auf Südwestflorida. Es ist aber nicht auszuschließen, dass er noch einmal seine Richtung wechselt und nach Westen abdreht.«

»Außerdem hat er einen Bruder im Südpazifik«, fügte Wayne hinzu.

»Ich dachte, dieser Wirbelsturm läuft auf das Meer hinaus?«, meldete sich Summerville zu Wort.

»Das ist noch nicht gesagt«, erwiderte Allan Clark. »Momentan ist das so, aber *George* kann noch immer nach Osten einschwenken. Wir haben derzeit sehr instabile Verhältnisse in der Troposphäre. Die Hochdruckgebiete, die über dem amerikanischen Festland liegen, verhindern den Luftaustausch mit den höheren Luftmassen. Die Höhenwinde ziehen auf elliptischen Bahnen um diese Warmluftsäulen herum. Wenn *George* von einem solchen Höhenstrom erfasst wird, ist es möglich, dass er seine Zugbahn abermals verändert.«

Der Innenminister räusperte sich. »Das heißt, wir können nichts zur Abschwächung der Gefahr unternehmen?«

»Ich fürchte, nein«, bestätigte Cliff Sebastian.

»Dann werden wir auf alle Fälle einen Notfallplan ausarbeiten. Wir werden diesen Saal nicht verlassen, bevor wir keinen Maßnahmenkatalog zusammengestellt haben, der die Menschen in der betroffenen Region ausreichend schützt. Wie viel Zeit bleibt uns noch?«

»Etwa zwei Tage, wenn er seine Wandergeschwindigkeit beibehält«, antwortete Allan Clark.

Es klopfte an der Tür.

»Herein!«, rief Summerville.

Ein Marinesoldat betrat das Zimmer. In seiner Hand lag eine Aktenmappe. Er ging auf den Innenminister zu, legte die Mappe vor dem schwergewichtigen Mann auf den Tisch und flüsterte ihm etwas ins Ohr.

Summerville nickte kurz, woraufhin der Soldat wieder verschwand. Der Innenminister schlug die Akte auf und las. Für eine Weile herrschte Stille, dann hob er den Kopf. »Meine Herren, es gibt schlechte Nachrichten«, sagte er. »Wir haben die ersten amerikanischen Todesopfer zu beklagen. Es wird von einer riesigen Welle berichtet, die vor der Südküste Kubas mehrere Schiffe getroffen hat. Einige sind gesunken, andere havariert. Ein Kreuzfahrtschiff mit vorwiegend amerikanischen Bürgern an Bord wurde schwer beschädigt. Es wird von dreißig Toten und Vermissten und von etwa zweihundert zum Teil schwer verletzten Passagieren berichtet. Noch wissen wir nichts Näheres. Die Welle hat bei Santiago die kubanische Küste getroffen und schwere Zerstörungen verursacht. Dort unten herrscht das pure Chaos.«

National Hurricane Center, Miami, Florida

»Ich werde noch verrückt«, sagte der bärtige Meteorologe zu seinem Kollegen im Beobachtungszentrum des National Hurricane Center in Miami. Über seinen Computerbildschirm huschte eine Computeranimation des Wirbelsturms *Fjodor,* die der Zentralcomputer nach neuesten Berechnungen mit den aktualisierten Messdaten erstellt hatte.

»Was ist los?«, fragte sein Kollege am Kontrollpult.

»Ich habe nach neuesten Messungen einen Druckabfall auf 857 Hektopascal.«

Der andere erhob sich von seinem Kontrollterminal und schaute seinem bärtigen Kollegen über die Schulter. »Du spinnst, da stimmt etwas mit den Daten nicht. Solche Tiefdruckverhältnisse kann es nicht geben.«

»Wenn ich es dir sage. Ich habe es mittlerweile zum dritten Mal abgelesen, 857 Hektopascal.«

»Ich hole Erik. Das muss er sich ansehen.«

Der Bärtige nickte. »Du kannst ihm gleich sagen, dass *Fjodor* seinen Kurs ändern wird. Er schwenkt nach Westen ein.«

»Ich hole Erik«, beschloss der Barhäuptige und wandte sich um.

San Antonio, Socorro County, New Mexico

Die Dunkelheit hatte sich zwischen den Tälern festgesetzt und lag wie ein samtenes Tuch über den Los Pinos Mountains. Es war kurz nach Mitternacht, als der olivfarbene GMC-Truck über den Highway 380 von Bingham in Richtung San Antonio donnerte. Die Scheinwerfer fraßen sich durch die mondlose Nacht. Sergeant Harris fuhr sich mit der Hand über die müden Augen. Seit über sieben Stunden saß er hinter dem Steuer des Wagens. In Fort Worth war er gestartet. Bald würde er am Ziel seiner Reise sein. Der Cibola National Forest lag nur noch wenige Kilometer entfernt. Nicht zum ersten Mal fuhr er auf dieser Tour. Wie immer war der Wagen bereits beladen gewesen, als er ihn übernommen hatte. Zwei Plomben sicherten den Verschluss der Ladetür.

Harris durfte nicht wissen, was er transportierte, es war geheim, und er stellte auch keine Fragen. Er hatte einen klaren Auftrag. »Bringen Sie die Ladung sicher und unversehrt an den Bestimmungsort!«, hatte der Disponent, ein Major, in Fort Worth zu ihm gesagt und ihm einen blauen Transportschein ausgehändigt. Der blaue Transportschein war wichtig. Er signalisierte jedem, auch den zivilen Behörden, dass sich eine Ladung an Bord des Sechzehntonners befand, die unter keinen Umständen geöffnet und überprüft werden durfte.

Vor sechs Jahren hatte Harris beim Federal Supply Service der Streitkräfte einen Job angeboten bekommen. Davor war er mit Leib und Seele Marinesoldat gewesen, doch nach einem missglückten Fallschirmabsprung, bei dem er sich einen komplizierten Trümmerbruch zugezogen hatte, blieb ihm keine andere Wahl. Seine Laufbahn als aktiver Soldat war zu Ende. Erneut fuhr sich Sergeant Harris über die müden Augen. Er hatte einen schweren Tag hinter sich. Normalerweise legte er sich am Mittag schlafen, wenn er eine Nachttour vor sich hatte, doch an diesem Tag war das nicht möglich gewesen. Gegen Mittag hatte ihn sein Vater angerufen und über Schmerzen in der Brust geklagt. Er war sofort zu ihm in das knapp zwanzig Kilometer von Fort Worth entfernte Crowley gefahren, um nach ihm zu sehen. Als er das Haus betrat, lag sein Vater auf dem Sofa im Wohnzimmer. Sein Atem ging flach, er war bleich wie eine Wand und bereits nicht mehr bei klarem Verstand. Harris hatte ihn in seinen Wagen getragen und in das nächste Krankenhaus gefahren. Seine Sorge war berechtigt gewesen.

»Wenn Sie nicht sofort gehandelt hätten, dann wäre Ihr Vater ein toter Mann«, hatte der Arzt zu ihm gesagt, nachdem er den alten Mann untersucht hatte. Sein Vater hatte bereits zwei Herzanfälle hinter sich. Beinahe hätte der dritte ihn das Leben gekostet. Es war ein Glück gewesen, dass er noch die Geistesgegenwart besessen hatte, zum Telefon zu greifen.

Ein Wagen überholte und rauschte am Truck vorbei. Harris blinzelte. Vielleicht sollte er den nächsten Parkplatz aufsuchen und eine kurze Pause machen, auch wenn es gegen die Vorschrift verstieß. Transporte dieser Art durften ohne Begleitung nur innerhalb von Militärbasen und nur unter Aufsicht anhalten. Doch Begleiter gab es diesmal nicht. Offenbar war die Ladung doch nicht so brisant wie das letzte Mal, als ein Jeep mit schwer bewaffneten Soldaten voraus- und ein weiterer hinterhergefahren war.

Um diese Zeit war es auf den Straßen in New Mexico einsam

und still. Abseits der gut ausgebauten Interstate-Linien herrschte nur wenig Verkehr. Harris hatte eine vorgeschriebene Fahrtstreckenroute zu befahren, und diese führte diesmal nicht von El Paso nach Socorro, sondern über Carlsbad, Artesia und Roswell in das Socorro County. Die wechselnden Fahrtrouten waren ein weiterer Sicherheitsaspekt bei derlei Transporten. Harris fluchte, nachdem er den Streckenplan in Empfang genommen hatte. Der Umweg kostete ihn beinahe eine Stunde. Ausgerechnet heute.

Die Geschwindigkeit des GMC lag bei 90 Stundenkilometern. Viel zu schnell nach den geltenden Verkehrsregeln. Harris hoffte, dass die Beamten der Highway-Police tief und fest in ihren Wagen schliefen. Er sehnte sich nach einem Bett, weichen Kissen und einer Mütze voll Schlaf. Erneut tasteten sich Scheinwerfer am Lastwagen vorbei. Harris warf einen Blick in den Außenspiegel. Er konzentrierte sich auf seinen Weg, aber das gleichförmige Brummen des Dieselmotors verstärkte seine Müdigkeit. Für einen kurzen Moment schloss er die Augen. Ein lautes Hupen überlagerte das Motorengeräusch. Harris riss die Augen auf. Der Wagen war unmittelbar neben ihm. Für einen kurzen Augenblick konnte er die schreckgeweiteten Augen der Beifahrerin in dem Wagen neben ihm erkennen, bevor er das Steuer herumriss. Der Truck schwenkte nach rechts und schlingerte. Ein lautes Klackern war zu hören, die Reifen jammerten und quietschten. Harris lenkte gegen, doch es war zu spät. Das Holpern verstärkte sich, die Bäume am Straßenrand rasten auf ihn zu. Im letzten Moment riss er schützend die Hände vor die Augen. Plötzlich krachte es fürchterlich. Blech und Stahl knirschten, Glas splitterte. Harris wurde aus seinem Sitz gehoben. Eine Woge des Schmerzes raste durch seinen Körper, bevor er die Besinnung verlor.

Kennedy Space Center, Florida

Gegen sieben Uhr am Abend verließen Suzannah und Brian das Krankenhaus und schlenderten über den großen Platz hinüber zu den Apartments. Der Abend war angenehm frisch. Ein leichter Wind hatte die Schwüle des Tages hinweggeweht. Die Luft roch salzig.

Inmitten des Platzes stand ein riesiger Obelisk aus hellem Marmor, an dessen Spitze eine runde blaue Kugel die Erde symbolisierte. Auf einem goldenen Schild prangte das Symbol der NASA – der moderne Schriftzug mit den goldenen Sternen. Nebenan plätscherte das Wasser durch die drei kreisrunden Becken des Brunnens. Suzannah setzte sich auf eine Bank und schaute in den Himmel. Brian blieb neben ihr stehen. »Bist du zufrieden?«, fragte er.

Suzannah lächelte. »Ich denke, es ist heute sehr gut gelaufen.«

»Ich meine nicht den heutigen Tag.« Brian setzte sich neben Suzannah auf die Bank. »Ich meine, überhaupt?«

Suzannah schaute versonnen auf das Wasser, das sich in schäumenden Kaskaden von einem Becken in das andere ergoss. »Wer ist schon zufrieden mit seinem Leben?«

Brian schwieg.

»Es waren gute Tage«, fuhr sie fort. »Ich glaube, wir wären ein gutes Team.«

»Wir sind ein gutes Team«, sagte Brian. »Wir waren es hier bei unserer Aufgabe, und wir waren es damals. Manchmal wünschte ich, wir könnten durch die Zeit reisen und das Rad einige Jahre zurückdrehen.«

»Der Mensch ist nicht dafür geboren, durch die Zeit zu reisen. Denke an Einstein. Jeder Mensch hat seine Zeit auf Erden, und die gilt es zu nutzen. Wir sind selbst schuld, wenn wir sie vergeuden.«

Brian nickte. »Da hast du wohl recht.«

Suzannah blickte auf. »Manchmal frage ich mich, warum so viele Menschen unglücklich sind und nahe daran zu verzweifeln. Dabei sind es oft nur die kleinen Dinge, die aus einem schlechten Tag einen guten machen. Das Leben ist nur eine Aneinanderreihung von Augenblicken. Zufrieden ist man, wenn die glücklichen Augenblicke überwiegen.«

»Viele Menschen verzweifeln, weil sie versuchen, für ihre Existenz einen tieferen Sinn zu finden, und dabei gibt es in der Natur nur einen grundlegend wichtigen Sinn, der hinter jeder biologischen Existenz steht: die Erhaltung ihrer Art.«

Suzannah lächelte. »Ist das nicht ein bisschen wenig, um den Sinn der menschlichen Existenz zu begründen?« Sie erhob sich. »Wie wäre es mit einem Abendessen?«

»Genau, bei aller Philosophie. Auch die banale Versorgung unseres Organismus mit Nährstoffen gehört zu unserem Dasein und schafft bisweilen ein kleines Stück Zufriedenheit.«

»Ich hätte heute Lust, in einem Lokal außerhalb des Centers essen zu gehen.«

Brian nickte. »Wir treffen uns in einer Stunde.«

Nachdem er geduscht hatte, blickte Brian auf die Uhr. Noch eine halbe Stunde bis zu seiner Verabredung mit Suzannah. Er schaltete den kleinen Fernseher an. Im Nachrichtenkanal wurde ein Bericht über den neu heranziehenden Hurrikan namens *Fjodor* gezeigt. Brian setzte sich auf die Kante des Sessels und verfolgte aufmerksam die Reportage.

Der gewaltigste Wirbelsturm, der je registriert worden war, hielt auf die amerikanische Golfküste zu. Noch war nicht klar, wo genau er auf die Küste treffen würde, doch die Menschen in Südflorida trafen bereits Vorbereitungen, um dem Sturm zu trotzen oder das gefährdete Gebiet zu verlassen. Brian dachte an Wayne Chang. Professor Paul hatte Suzannah und ihn informiert, dass nunmehr sie als einziges Expertenteam verblieben waren. Das Physiker- und Meteorologenteam hatte seine Mission beendet und war abgereist. Bislang hatte sich der Meteorologe noch nicht bei Brian gemeldet. Aber er hatte im Augenblick wohl anderes zu tun.

Brian erhob sich und ging in die Küche. Er schenkte sich ein Glas Wasser ein und leerte es in einem Zug. Als er in das Wohnzimmer zurückkam, flimmerten Bilder eines U-Bootes, aufgenommen von einem Hubschrauber, über den Bildschirm.

... eine Tragödie an Bord abgespielt. Aus bislang unbekanntem Grund drehte einer der Matrosen durch, bemächtigte sich einer Schusswaffe und richtete unter der Besatzung ein Blutbad an. Er tötete insgesamt 37 Kameraden und verletzte 19 von ihnen schwer. Durch einen Schusswechsel wurde eine Explosion an Bord ausgelöst, bei der er schließlich selbst zu Tode kam. Das U-Boot mit dem Namen Tichonow *trieb manövrierunfähig in der südlichen Sargassosee, als es von einem Flugzeug des Küstenschutzes ausgemacht wurde. Inzwischen ist ein Schlepper der US-Marine von Portsmouth ausgelaufen, um die Verletzten und die sieben Überlebenden zu bergen. Der Präsident hat bereits in einer Note die russische Regierung über den Vorfall in Kenntnis gesetzt. Bislang schweigt der Kreml ...*

Brian ging zum Fernsehapparat und schaltete ihn ab. Es wurde Zeit, sich um einen Wagen bei der Fahrbereitschaft zu kümmern. Eine Viertelstunde später holte er Suzannah in ihrem Apartment ab.

In ihrem Wildlederrock, der weißen Bluse, den halbhohen Stiefeln und mit den hochgesteckten Haaren sah sie hinreißend aus. Dennoch lag ein Schatten auf ihrem Gesicht.

»Was ist los?«, fragte Brian, dem ihre besorgte Miene nicht verborgen blieb.

»Ach nichts weiter. Ich habe nur versucht, meine Schwester zu erreichen. Aber die Leitung ist tot.«

»Bestimmt hat sie ihr Telefon abgeschaltet oder befindet sich in einem Funkloch.«

Suzannah nickte. »Vermutlich hast du recht.«

Drittes Buch

Geheimnisse

Sommer 2004

1

Socorro County, New Mexico

Die Scheinwerfer der Feuerwehr erhellten die Szenerie und machten das Ausmaß des schweren Unfalls auf dem Highway 380, wenige Kilometer vor San Antonio, offenbar. Der Militärlastwagen war mit hoher Geschwindigkeit von der Fahrbahn abgekommen, hatte im angrenzenden Wald einige Bäume entwurzelt und war schließlich umgestürzt. Die beiden Insassen des PKW, der sich zum Unfallzeitpunkt auf der Überholspur befunden hatte, waren unversehrt geblieben. Doch sie standen unter Schock. Sergeant Harris, der Fahrer des Lastwagens, lebte nicht mehr. Er war aus seinem LKW geschleudert und von ihm erdrückt worden. Die Ladewand des Lastwagens hatte der Wucht des Aufpralls nicht standgehalten und war aufgeplatzt. Auf einer Strecke von fünfzig Metern hatte sich die Ladung verteilt. Zwischen den Bäumen lagen Pakete und Papierfetzen sowie Stahlcontainer und Metallboxen herum, die herausgeschleudert worden waren.

Die Unfallstelle war weiträumig abgesperrt. Das laute Brummen der Generatoren erfüllte die Luft. Ein Rettungswagen und mehrere Fahrzeuge der Feuerwehr aus San Antonio waren eingetroffen. Dwain Hamilton hatte die Einsatzleitung vor Ort übernommen. Noch war der tote Fahrer nicht geborgen. Der Sheriff hatte einen großen Kranwagen aus Albuquerque angefordert, um den Lastwagen anheben zu können.

»Es dauert noch eine Stunde, bis der Kranwagen ankommt«, meldete Deputy Rogers am Funkgerät.

Dwain nickte und wandte sich wieder Sarah Moonlight zu,

seiner indianischen Kollegin, die Fotos von der Unfallstelle machte. »Mach noch eine Aufnahme von der anderen Seite!«, rief er ihr zu. Sarah hob den Daumen und signalisierte, dass sie verstanden habe.

Deputy Martinez kam herbeigeeilt. »Wir haben die Spuren vermessen«, sagte er. »Der muss einen ganz schönen Zahn draufgehabt haben.«

Noch bevor Dwain antworten konnte, näherten sich mehrere Scheinwerfer aus Richtung San Antonio. »Ich dachte, die Straße ist abgesperrt«, murmelte Dwain.

Martinez tippte Dwain auf die Schulter und zeigte nach oben. Ein Hubschrauber kreiste über der Unfallstelle. Der grelle Suchscheinwerfer strich über den verunglückten LKW.

»Was ist jetzt los?«, fragte Dwain. Martinez zuckte mit den Schultern. Die Scheinwerfer kamen näher. Dwain erkannte zwei Jeeps und einen Militärlaster.

Das laute Rufen von Deputy Hollow riss ihn aus seiner Starre. Hollow stand am Straßenrand und gestikulierte wild. Dwain lief zu ihm hinüber.

»Was ist?«, rief er ihm zu.

Hollow wies auf eine stählerne Box, die aus dem Lastwagen geschleudert worden war und neben dem Straßenrand lag.

»Schau dir das an«, sagte der Deputy.

Dwain musterte den Container. Das gelbe Dreieck mit dem Piktogramm stach ihm ins Auge: das Warnsymbol für Radioaktivität.

»Lässt sich feststellen, was der Wagen geladen hat?«, rief Dwain seinem Kollegen zu.

»Ich klettere in den Truck, dort wird doch so etwas wie ein Frachtpapier zu finden sein«, sagte Hollow.

Dwain nickte. Er wandte sich um, als direkt neben ihm ein Wagen bremste. Es war ein schwarzer Jeep Cherokee mit getönten Scheiben. Dwain wurde heiß und kalt.

Die Türen wurden aufgerissen, und ein dunkelhäutiger Mann

und eine Frau mit kurzen roten Haaren stiegen aus. Der Mann trug einen dunklen Anzug und kam auf Dwain zu, der einen Schritt zur Seite getreten war, damit er das Kennzeichen des Wagens ablesen konnte. Seine Aufregung legte sich wieder, denn der Wagen hatte eine offizielle Regierungszulassung.

»Sind Sie der Einsatzleiter hier?«, fragte der Dunkelhäutige und hielt Dwain einen Ausweis vor die Nase.

Dwain nickte.

»Ich bin Agent Cline, und das ist meine Kollegin Cisco«, stellte sich der Dunkelhäutige vor. »Packen Sie hier zusammen, wir übernehmen.«

Dwain schaute sich um. Inzwischen waren auch einige Militärfahrzeuge eingetroffen. Soldaten mit Sturmgewehren stiegen aus. Zwei Männer im gelben Strahlenanzug gingen auf den LKW zu. In ihrer Hand trugen sie ein Strahlungsmessgerät.

»Ich will wissen, was da drinnen ist«, erwiderte Dwain und wies auf den Stahlcontainer mit dem gelben Aufkleber.

»An diesem Unfall ist ein Transportfahrzeug des Militärs mit Alphapriorität beteiligt. Ich bin nicht autorisiert, Ihnen weitere Auskünfte zu geben. Aber ich kann Sie beruhigen. Solange die Container dicht sind, kann nichts passieren.«

Die rothaarige Frau musterte Dwain mit einem freundlichen Lächeln. »Selbst wenn einer einen Riss bekommen hätte, was eigentlich nicht passieren darf, ist es nicht gefährlich. Es handelt sich nur um schwach radioaktives Material für Messgeräte, keine Sorge, großer Mann.«

»Ich nehme an, Sie sind berechtigt, diese Unfallstelle zu übernehmen?«, fragte Dwain.

»Wir haben eine Autorisation vom Weißen Haus«, erwiderte die Frau.

Deputy Moonlight eilte herbei. »Sheriff, die wollen, dass wir abziehen«, sagte sie verblüfft.

Dwain überlegte einen kurzen Moment. Dann antwortete er: »Packt alles ein, wir verschwinden!«

»Ich weiß, dass wir damit Ihre Kompetenzen beschneiden«, sagte die NSA-Agentin und zeigte auf den Lastwagen. »Es ist schließlich Ihr Bezirk. Aber wir tun alle nur unsere Arbeit. Und weiß Gott, darauf hätten wir gern verzichtet.«

»Es ist Ihr Fall«, entgegnete Dwain. »Ich nehme an, wir müssen uns auch nicht um die Absperrung und um die Bergung des Lasters kümmern?«

Agent Cline schüttelte den Kopf. »Das ist ab jetzt unsere Sache.«

Dwain wies auf die Straße. »Also gut, Ihre Show«, sagte er und ließ die beiden NSA-Agenten stehen. Er stapfte zurück zu seinem Streifenwagen, in dem bereits Deputy Hollow saß, und ließ sich auf den Fahrersitz fallen.

Hollow warf ihm einen ungläubigen Blick zu. »Dürfen die das überhaupt?«, fragte er.

»Ich denke schon.« Dwain startete den Motor.

Kennedy Space Center, Florida

Suzannah lag nackt in ihrem zerwühlten Bett. Sie erwachte, als die ersten Sonnenstrahlen durch den Rollladen ins Schlafzimmer fielen und in ihrer Nase kitzelten. Ihr Kopf schmerzte. Das letzte Glas Wein in dem bezaubernden Restaurant in Cocoa Beach war wohl zu viel gewesen. Benommen blickte sie sich um. Warum zum Teufel war sie nackt? Sie schlief nie nackt, es sei denn ...

Die leisen und gleichmäßigen Atemzüge, die neben ihr erklangen, ließen sie zusammenzucken. Sie wandte den Kopf, und ihr Blick erfasste den nackten Oberkörper von Brian, der friedlich schlummerte.

Verdammt, was war nur geschehen? Sie versuchte, sich zu erinnern. Sie waren essen gewesen, hatten geplaudert, Wein getrunken und sich amüsiert.

Anschließend, das war das Letzte, an das sie sich erinnern

konnte, waren sie barfuß über einen Sandstrand gelaufen. Ab diesem Zeitpunkt fehlte ihr jegliche Erinnerung. Und dabei war sie davon überzeugt, niemals ihre Selbstbeherrschung zu verlieren, egal in welcher Situation auch immer. Das war offenbar ein Irrtum gewesen. Wie zum Teufel kam Brian in ihr Bett und was um Gottes willen war geschehen?

Brian drehte sich schlafend um. Seine Hand fuhr suchend herum und streifte ihre Schenkel. Plötzlich richtete er sich auf. Erschrocken schaute er Suzannah ins Gesicht.

»Was ist passiert?«, fragte er entgeistert.

Suzannah erhob sich. Ein Laken lag auf dem Boden. Sie hob es auf und hüllte sich darin ein. Beinahe wäre sie über die leere Weinflasche gestolpert, die neben ihrem Bett auf dem Boden lag. »Was machst du in meinem Bett?«, antwortete sie mit einer Gegenfrage.

Brian grinste. »Ich habe keine Ahnung.«

»Haben wir ... ich meine, du weißt schon ...«

Brian schüttelte den Kopf. »Ich weiß nur noch, dass wir uns gut amüsiert haben. Dann sind wir zurückgefahren, und du hast mich auf ein Glas Wein eingeladen.«

»Ach so, jetzt war ich es.«

»Du oder ich, was spielt das für eine Rolle? Jedenfalls warst du ziemlich angeheitert.«

»Angeheitert, aha«, erwiderte Suzannah spitz.

»Haben wir miteinander geschlafen?«

»Wieso fragst du mich, du musst es doch wissen. Ich war ja schließlich angeheitert. Und du warst noch nüchtern, oder?«

Brian ahnte, was Suzannah damit andeuten wollte. »Du glaubst doch nicht, dass ich die Situation ausgenutzt habe«, sagte er erbost und stand ebenfalls auf.

Suzannah kicherte. »Du bist nackt.«

Brian strich sich durch die Haare. »Dann schau einfach woanders hin.«

»Es ist mein Zimmer, da schau ich hin, wohin ich will.«

Eilig raffte Brian ein paar der verstreuten Kleider auf und zog sich seine Hose über. »Wie spät ist es?«

»Ich habe Kopfschmerzen«, sagte Suzannah.

»Du hättest nicht so viel trinken sollen.«

»Du hast mich abgefüllt ...«

»Nein, hab ich nicht. Also, wie spät ist es?«

Suzannah schaute auf den Wecker. »Es ist kurz vor zehn.«

»Verdammt, ich ...«

»Ich gehe duschen.«

»Treffen wir uns zum Frühstück?«

»Schon wieder essen, ich werde allmählich zu fett«, antwortete Suzannah.

Brians Blick glitt an ihrem nur von einem dünnen Laken bedeckten Körper auf und ab. »Das finde ich nicht. Für meinen Geschmack bist du genau richtig.«

Suzannah ließ sich in den Sessel fallen. »Wir benehmen uns wie Teenager, die sich zum ersten Mal nackt gesehen haben.«

»Ich habe dich zum ersten Mal nackt gesehen«, sagte Brian.

»Und was ist mit damals?«

»Das war ein anderer Brian, ein Brian, den es längst nicht mehr gibt.«

»Soso, neuer Brian. Dann räumst du jetzt deine restlichen Sachen zusammen, und ich gehe unter die Dusche.« Suzannah erhob sich vom Sessel und warf Brian das Laken zu. Splitternackt stand sie vor ihm. Ihre dunkle Haut glänzte im Sonnenlicht.

»Wenn ich es mir recht überlege, sollten wir nicht lieber noch einmal zusammen ins Bett ... wach diesmal«, fügte er schmunzelnd hinzu.

Suzannah war bereits auf dem Weg ins Badezimmer. »Kommt gar nicht in Frage«, entgegnete sie scharf.

»Hast *du mich* etwa abgefüllt und meine hilflose Lage schamlos ausgenutzt? War ich wenigstens gut?«

»Einschläfernd«, antwortete Suzannah, ehe sie die Badezimmertür schloss.

Brian suchte seine restlichen Kleidungsstücke zusammen. Unter Suzannahs schickem Wildlederrock kam eine zweite Weinflasche zum Vorschein. Ein kalifornischer Rotwein der Spitzenklasse, wie Brian registrierte.

»Dann hat es sich wenigstens gelohnt«, murmelte er, als er sie in der kleinen Küchenzelle abstellte. Er trat an das Badezimmer. Das Rauschen des Wassers erklang.

»Ich geh dann mal rüber zu mir und dusche ebenfalls«, rief er durch die geschlossene Tür. »Wir treffen uns im Casino. Sagen wir in einer halben Stunde.«

»Geh schon einmal vor«, erwiderte Suzannah. »Ich schaue zuerst noch bei unserem Patienten vorbei.«

Nachdenklich machte sich Brian auf den Weg zu seiner Wohnung auf der anderen Seite des Gebäudekomplexes. Hatte er mit Suzannah geschlafen? Er grübelte noch immer, als er unter der Dusche stand, doch offenbar waren zwei Flaschen Wein auch zu viel für sein Erinnerungsvermögen. Einerseits war ihm die Situation peinlich, andererseits wünschte er, es wäre so gewesen. Aber wahrscheinlich waren sie einfach nur benommen nebeneinander in einen Tiefschlaf gefallen. Zu ändern war nichts mehr, passiert ist nun mal passiert. Er duschte, streifte seine Jeans und ein weißes T-Shirt über und machte sich auf den Weg ins Casino. Er bestellte sich ein opulentes Frühstück, denn er hatte einen mächtigen Hunger. Er fing schon mal an, schaute von Zeit zu Zeit auf die Uhr. Als Suzannah nach einer Stunde immer noch nicht erschienen war, legte er die Serviette beiseite und erhob sich. Gerade als er auf den Ausgang zuging, sah er sie die Treppe heraufkommen. Ihr Gesicht wirkte wie versteinert.

»Was ist los, wo warst du so lange?«, fragte Brian.

»Ziegler ist verschwunden!«, sagte sie atemlos.

Brian war perplex. »Was heißt verschwunden, ist er abgehauen?«

»Nein, er wurde irgendwie verlegt, wurde mir gesagt.«

»Wohin?«

Suzannah schüttelte den Kopf. »Niemand scheint das genau zu wissen. Der Arzt ist nicht zuständig für diese Abteilung, und die Schwestern haben keinen blassen Schimmer.«

»Aber es muss doch jemanden geben, der Bescheid weiß.«

Suzannah zuckte mit den Schultern. »Es ist Sonntag, wurde mir erklärt, und der verantwortliche Arzt ist nicht da. Auch Sanders wurde verlegt.«

Brian zog die Stirne kraus. »Da stimmt doch etwas nicht.«

»Wir müssen bis heute Abend warten«, erklärte Suzannah, »bis Professor Paul wieder da ist. Zurzeit ist niemand erreichbar, der uns weiterhelfen könnte.«

»Schöner Schlamassel«, antwortete Brian.

National Weather Service, Camp Springs, Maryland

Wayne hatte bis kurz nach zehn geschlafen. Sein Hals schmerzte, weil er die halbe Nacht vor dem Computer verbracht hatte. Er massierte sich das Genick. Das Summen des Computers erfüllte den Raum. Nur wenig Sonnenlicht fiel durch die schmalen Schlitze der Jalousien. Wayne erhob sich und öffnete das Fenster. Er brauchte frische Luft. Draußen über den Häusern zogen weiße Wolken am Himmel nach Osten. Wayne streckte und dehnte sich. Als ein lauter Gong erklang, fuhr er herum. Der Bildschirm des Computers hatte sich aktiviert. Sein Analyseprogramm war abgeschlossen. Die Maske auf dem Bildschirm meldete, dass fünf Stunden, 24 Minuten und elf Sekunden seit dem Programmstart vergangen waren.

Erwartungsvoll setzte sich Wayne an den Computer und öffnete die Datei. Stück um Stück blätterte er in der ausgeworfenen Analysedatei. Seine Augen wurden immer größer.

Insgesamt hatte es bislang vierzehn größere Stürme im Umfeld des nordamerikanischen Kontinents gegeben, darunter einen Hurrikan der Stufe 1. *Elias* war über der Karibik entstanden und über Costa Rica verebbt. Ansonsten waren Orkane und heftige Gewitterstürme in dieser Saison aufgetreten. Doch die Gemeinsamkeiten von *Amy*, *Cäsar* und *Fjodor* in der Karibik und von *Bert*, *Dave* und *George* im Pazifik vor Mexiko waren nicht von der Hand zu weisen. Sie wurden jeweils von Orkanen in der Baffinbai begleitet. Drillinge, die zusammen auftraten. Die Sichtungspunkte waren jeweils identisch und lagen in einem Gebiet, das nicht viel größer war als Puerto Rico. Noch ungewöhnlicher war, dass sich der Zeitpunkt der Sichtung in einem Zeitfenster von einer Stunde bewegte, beinahe so, als hätten sich die Stürme abgesprochen. Legte man die Sichtungspunkte der Drillinge übereinander und zeichnete sie in eine Karte ein, so ergab sich ein fast gleichschenkliges Dreieck, wenn man die Punkte mit Linien verband. Ein Dreieck der Stürme.

Wayne erinnerte sich an die Worte seines Kollegen Schneider, der von einem Angriff der Stürme auf die Vereinigten Staaten gesprochen hatte. In einer Zangenbewegung. Einer im Südosten, einer im Südwesten und ein weiterer im Nordosten.

Schlug die Natur zurück, wurden die Sturmszenarien bereits zur Normalität eines sich wandelnden Klimas? Konnte irgendeine Macht diese Stürme auslösen? Außerirdische vielleicht? Oder gar eine fremde Macht? Islamische Terroristen?

Quatsch. Er wischte diese Gedanken mit einer Handbewegung hinweg. Es war die pure Gewalt der Natur. Keine Staatsmacht verfügte über eine Technologie, die derartige Stürme produzieren konnte.

Allen Sturmfronten war gemeinsam, dass eine Vielzahl längstwelliger Frequenzen gemessen werden konnte. Sogar von Polarlichterscheinungen in der Nähe der Entstehungspunkte war die Rede. Doch das war vollkommen aus der Luft gegriffen. Weder waren entsprechende Sonnenaktivitäten noch ein vorbeifliegender Komet registriert worden. Wayne konnte sich keinen Reim darauf machen. Keine Frage, dies waren die ungewöhnlichsten Stürme, mit denen er es bislang zu tun hatte. Ihre Kraft war schier grenzenlos und brach so manche über die Jahre errechnete Regel, ihre Zugbahn war unbestimmt und gekennzeichnet durch eine stete Änderung des Wanderweges, und ihre Ausdehnung war für die Jahreszeit gigantisch. Welches Ausmaß würden die weiteren Stürme in diesem Jahr haben, wenn erst einmal die Hauptsaison anbrach? Irgendetwas stimmte hier nicht, nur was, das wusste er nicht zu sagen. Er aktivierte das Mailprogramm und zog die Visitenkarte von Brian Saint-Claire aus seiner Hosentasche.

Kennedy Space Center, Florida

Brian hatte nicht bis zum Abend warten wollen und sich mit Suzannah nochmals auf den Weg ins Hospital gemacht. Nur um von der jungen Dame am Empfang mit der gleichen Antwort abgefertigt zu werden wie Suzannah: »Ich habe Ihnen doch bereits gesagt, dass ich keine Ahnung habe, wohin die beiden Astronauten gebracht worden sind. Bei mir im Computer steht lediglich, dass sie entlassen wurden. Und in der Verwaltung ist am Sonntag niemand zu erreichen.«

»Was machen wir jetzt?«, fragte er Suzannah.

»Ich muss noch einmal versuchen, Peggy zu erreichen. Sie meldet sich einfach nicht, und ich komme nicht zu ihr durch.«

»Sie wird die Kreuzfahrt in vollen Zügen genießen«, versuchte Brian Suzannah aufzumuntern, doch er sah, wie besorgt sie war.

»Ich bin bestimmt nicht überängstlich, aber in den Nachrichten wird von einem ungeheuer mächtigen Hurrikan berichtet, der gerade über Kuba tobt. Ich habe keine Ruhe, bis ich mit Peggy gesprochen habe und weiß, dass ihnen nichts passiert ist.«

Brian legte den Arm um ihre Schultern. »Schiffe haben Radar, und wenn ein Hurrikan in der Nähe sein Unwesen treibt, dann steuern sie den nächsten Hafen an.«

»Trotzdem lässt es mir keine Ruhe«, sagte Suzannah.

Gemeinsam schlenderten sie zurück zu den Apartments.

Bis zum Abend versuchte Suzannah beinahe stündlich ihre Schwester zu erreichen, doch das Telefon blieb tot. Über den Bildschirm verfolgten sie gemeinsam auf CNN die Nachrichten, in deren Mittelpunkt *Fjodor* stand. Doch nirgends wurde von einer Schiffskatastrophe berichtet. Lediglich ein Flugzeug der kolumbianischen Fluglinie wurde vermisst. Vermutlich war es irgendwo vor Kuba in den Sturm geraten und abgestürzt.

»Ich rufe mal bei CNN an und frage nach, ob es Meldungen über Schiffsunglücke in der Karibik gibt«, sagte Brian, da Suzannah gegen Abend zunehmend nervöser wurde.

Nach einer Viertelstunde kehrte Brian zurück, doch er war genauso schlau wie vorher. Offenbar herrschte nicht nur ein Wetterchaos, auch die Meldungen aus den betroffenen Regionen widersprachen sich, und die Informationen flossen spärlich, weil der Sturm weite Teile der Stromversorgung lahmgelegt hatte und Funkübertragungen erheblich einschränkte.

Gegen acht Uhr am Abend begaben sich Suzannah und Brian in das Verwaltungsgebäude, um mit Professor Paul zu sprechen. Er hatte ihnen gesagt, dass er Sonntagabend wieder zurück sein wollte. Sie warteten bis kurz vor elf, jedoch vergebens. Professor Paul erschien nicht. Niemand wusste, wo er sich aufhielt.

Socorro, New Mexico

Deputy Lazard saß hinter seinem Schreibtisch und hatte das eingegipste Bein auf einen Stuhl gelegt. »Die National Security Agency direkt vor unserer Haustür«, sagte er erstaunt. »Ich dachte, die Geheimdienste kümmern sich nur um wichtige Sachen. Jetzt nehmen sie schon Unfälle auf. Kein Wunder, dass es mit unserer Sicherheit immer weiter bergab geht, wenn sich die Spezialisten um solch banale Dinge kümmern.«

»Irgendwie habe ich den Eindruck, dass die Regierung mein County für ihre Spielchen ausgesucht hat«, murmelte Dwain.

»Das ist jetzt das dritte Mal, dass mir jemand ins Handwerk pfuscht. Langsam frage ich mich wirklich, was ich hier als Sheriff überhaupt soll.«

»Als brave Staatsbürger müssen wir uns der Hierarchie beugen«, erwiderte Lazard. »Und die NSA untersteht direkt dem Präsidenten.«

»Mein Gott, wenn sie schon die Welt retten müssen, dann sollen sie es irgendwo anders tun, aber nicht in meinem County. Und dann scheinen sie auch noch alle dunkle Cherokees zu fahren. Ich dachte schon, ich hätte den Wagen vor mir, der in der Nähe von Jacks Hütte gesehen wurde. Aber ihr Wagen hatte eine Regierungszulassung.«

»Nummernschilder kann man tauschen.«

»Ich weiß, und ich bin auch nach wie vor davon überzeugt, dass die Army oder vielleicht sogar die Knaben von der NSA mit dem Tod des alten Indianers etwas zu tun haben. Nur weiß ich nicht, wie ich es beweisen soll. Ich kann noch nicht einmal offiziell behaupten, dass es sich bei dem Toten am Coward Trail um Allan Mcnish, einem gesuchten Terroristen der IRA, handelt, der vermutlich in einem getarnten Marine-Camp ganz in unserer Nähe interniert wurde.«

»Aber ich dachte, Onkel Joe hätte in Erfahrung gebracht, dass ...«

»Sie werden ihm wohl kaum die Wahrheit erzählen, wenn er nur oberflächliche Fragen stellt«, schnitt Dwain seinem Deputy das Wort ab. »Ich hatte gehofft, dass er mehr ... wie soll ich sagen ... mehr Energie in die Sache steckt. Früher hätte er mit allen Mitteln versucht, die Fakten aufzudecken, wenn es um irgendwelche Alleingänge von Regierungsinstitutionen ging. Du kennst seine Liebe zu unserer Verfassung.«

Lazard nickte. »Manchmal könnte man meinen, er selbst hat sie geschrieben.«

»Sie steht bei ihm sogar über der Bibel.«

Deputy Moonlight betrat den Wachraum. In ihrer Hand

hielt sie einen Umschlag. Sie legte ihn vor dem Sheriff auf den Schreibtisch.

»Was sollen wir jetzt damit machen?«, fragte sie.

»Womit?«

Moonlight deutete auf den Umschlag. »Bilder vom Unfall, ich habe sie gleich entwickelt, nachdem wir zurückgekommen sind.«

Lazard griff nach dem Umschlag und holte die Aufnahmen heraus. Er betrachtete sie. »Das hat aber ganz schön gekracht«, sagte er.

Das Telefon klingelte. Dave Lazard nahm den Hörer ab.

»Aha, wenn man vom Teufel spricht«, sagte er in die Muschel. Dwain schaute ihn fragend an.

»Onkel Joe für dich«, erklärte er. »Willst du hier reden, oder soll ich ihn in dein Büro legen?«

»Ins Büro!«, entschied sich Dwain.

Dwain verschwand in seinem Büro und nahm das Gespräch entgegen. »Hallo, Onkel Joe«, grüßte er den Senator.

»Hallo, mein Junge«, sagte Joseph Hamilton. »Ich hörte, es gab heute Nacht einen schweren Verkehrsunfall bei euch?«

Dwain grinste säuerlich. »Nicht unsere Sache, hat die NSA übernommen.«

»Die NSA kümmert sich um Unfälle?«

»Es war ein Militärtransporter mit geheimer Ladung an Bord«, erklärte Dwain. »Auf einigen der geladenen Container klebte das Logo für Radioaktivität.«

»Na ja, die werden schon wissen, was sie tun«, tönte es aus dem Lautsprecher. »Weswegen ich dich anrufe: Ich hatte gestern ein langes Gespräch mit besagtem Mann beim FBI. Es war hochinteressant. Dein irischer Freund Allan Mcnish ist tot.«

Der Senator machte eine rhetorische Pause und ließ seine Worte wirken.

»Davon gehe ich aus«, antwortete Dwain.

»Aber nicht so, wie du meinst«, fuhr der Senator fort.

Dwain trommelte mit den Fingern auf dem Schreibtisch. »Spann mich nicht auf die Folter.«

»Der IRA-Terrorist Allan Mcnish wurde am 23. Dezember letzten Jahres bei einer Operation des englischen Secret Service in Zusammenarbeit mit der CIA in Moville, das liegt im Norden Irlands auf der Halbinsel Malin Head, zusammen mit zwei weiteren IRA-Aktivisten erschossen.«

»Das ist nicht dein Ernst«, entfuhr es Dwain.

»Das ist mein vollster Ernst, und meine Quelle ist zu einhundert Prozent zuverlässig.«

»Woher will deine Quelle das so genau wissen?«

»Weil mein Kontaktmann bei dem Einsatz federführend beteiligt war.«

Dwain runzelte die Stirn. »Von einer solchen Aktion habe ich nie etwas gehört noch etwas gelesen, außerdem steht er noch immer auf der Fahndungsliste des FBI ...«

»... und da wird er stehen bleiben bis zum Jüngsten Tag«, fiel ihm der Senator ins Wort. »Der Einsatz war nämlich äußerst heikel, um nicht zu sagen illegal, und hätte schwere Verwicklungen nach sich ziehen können. Deswegen wird die Aktion totgeschwiegen, und die Leichen wurden nördlich der Hebriden in zugenähten Säcken mit Eisenschrott versenkt. Der Atlantik ist dort beinahe 2000 Meter tief.«

»Den Zusammenhang verstehe ich nicht«, antwortete Dwain.

»Es ist ganz einfach«, erklärte der Senator. »Die Iren waren nicht in die Aktion eingeweiht. Sie hätten es wohl als schwerwiegende Verletzung der Souveränität ihres Landes empfunden, wenn sie davon erfahren hätten. Die britische Regierung hat bereits genug Probleme am Hals, sie kann auf weitere Schwierigkeiten verzichten.«

»Aber wie kann so etwas passieren?«

»Es gab gesicherte Informationen, dass sich Mcnish mit seinen Komplizen in Londonderry mit einem Kontaktmann treffen wollte, der eine Aktion in Belfast vorbereitet hatte. Irgendwie roch Mcnish den Braten. Sie verließen die Fähre und verschanzten sich bei Moville in einer Hütte. Die CIA hatte einen Agenten an Bord, der sie nicht aus den Augen ließ. Mcnish wurde für mehrere Anschläge in Belfast und in Londonderry sowie für Morde an IRA-Aussteigern in Vermont und Nevada verantwortlich gemacht. Zehn Tote gehen auf sein Konto. Seit vier Jahren fahndeten der Secret Service und das FBI nach dem Mann. Sie konnten ihn nicht mehr entkommen lassen.«

Dwain nickte. Die Story klang plausibel. »Aber wie sicher ist es, dass es sich wirklich um Mcnish handelt und nicht um einen anderen?«

»Die sind nicht blöd«, antwortete Joseph Hamilton. »Es gab zuvor eine komplette Analyse. Ein Irrtum ist ausgeschlossen.«

»Jedenfalls danke ich dir für die Informationen«, entgegnete Dwain konfus.

»Tut mir leid, Junge. Damit geht deine Verschwörungstheorie wohl den Bach runter. Ich sagte doch, das Marine-Camp im Cibola Forest ist ein Ausbildungslager für Auslandseinsätze unserer Jungs. Es kann schon sein, dass es dort etwas zu verheimlichen gibt, schließlich ist die Marineinfanterie kein Mädchenpensionat. Aber ein Gefangenenlager für Terroristen kannst du mit Sicherheit ausschließen. Ich denke, mein Junge, bevor du dich vollends in die Sache verrennst, solltest du einfach einmal ausspannen. Vergiss Mcnish und den alten Indianer einfach. Vielleicht war der Junge wirklich nur ein dahergelaufener Junkie, der nicht mehr richtig bei Sinnen war. Und deine Kollegen sagen selbst, dass der alte Indianer ein Säufer und Fantast war. Ich würde die Sache auf sich beruhen lassen. Du bist schließlich der Sheriff und hast einen Ruf zu verlieren.«

Dwain schaute nachdenklich den Hörer an. »Du hast wohl recht, also, nochmals vielen Dank für deine Mühe«, sagte er mit tonloser Stimme.

»Klar doch, Junge. Komm einfach vorbei, wenn ich dir helfen kann. Vielleicht am Sonntag nächster Woche. Da ist Rodeo in Lubbock, und abends bereitet Betty ihre berühmte Gänsekeule zu.«

»Ich werde es mir überlegen«, antwortete Dwain in Gedanken versunken. In seinem Kopf arbeitete es fieberhaft. Seine Theorie war durch die neuen Fakten haltlos geworden. Er legte den Hörer zurück auf die Gabel und ließ sich im Stuhl zurücksinken. Schließlich schlug er die Hände vor die Augen. Es klopfte.

Dwain richtete sich auf. »Herein!«

Deputy Lazard humpelte in das Büro und warf den Umschlag mit den Unfallbildern auf den Schreibtisch. »Und, was wusste der alte Haudegen?«

»Allan Mcnish ist tot«, antwortete Dwain niedergeschlagen.

»Das wissen wir«, entgegnete Lazard. »Ich meine, was gibt es Neues?«

»Mcnish starb vor über einem Jahr bei einer Aktion der Briten in Zusammenarbeit mit dem CIA«, stellte Dwain klar.

»Das ist doch Blödsinn.«

»Dachte ich zuerst auch, aber Onkel Joe ist davon überzeugt und verbürgt sich für die Richtigkeit der Information. Es muss etwas anderes hinter dem Militärcamp stecken.«

»Was?«

Dwains Miene wurde grimmig. »Egal was, wir werden es herausfinden.«

2

Golf von Mexiko

Fjodor war wieder auf Westkurs eingeschwenkt und wanderte in einer Entfernung von 900 Kilometern parallel zu der amerikanischen Küste am Nördlichen Wendekreis entlang und auf die mexikanische Ostküste zu. Seine Wandergeschwindigkeit hatte sich derart verlangsamt, dass es fast den Anschein hatte, der

Wirbelsturm würde erst einmal abwarten, ehe er sich für einen Weg entschied. Mit knapp sieben Kilometer pro Stunde kroch er voran.

Diese langsame Geschwindigkeit barg eine neue Gefahr. Im Laufe des Tages hatte sich seine Rotationsgeschwindigkeit auf knappe 320 Kilometer verlangsamt. Der Zwischenstopp über der Westhälfte von Kuba hatte Kraft gekostet. Nun füllte *Fjodor* im warmen Wasser des Golfs seine Ressourcen wieder auf. Am Abend lag die gemessene Rotation bereits wieder bei 380 Kilometern, Tendenz steigend. Der Wirbelsturm war auf ein unerschöpfliches Reservoir an Energie gestoßen. Die heißen Tage, bestimmt durch die Hochdruckgebiete über dem Festland, hatten den Golf aufgeheizt. Die Wassertemperatur lag über 27 Grad. Es war, als wollte *Fjodor* warten, bis er stark genug war, um die Erde erzittern zu lassen.

Unterdessen hatte sich *George* weiter von der kalifornischen Küste entfernt und war ebenfalls auf Westkurs gegangen. Von ihm würde keine Gefahr mehr ausgehen. Die Coriolisdrift führte ihn immer weiter von der Küste fort in kältere Gebiete, wo er sein Leben aushauchen würde.

Kennedy Space Center, Florida

»Es tut uns allen schrecklich leid, aber er ist spurlos verschwunden«, sagte Donald Ringwood und wies mit einladender Geste auf die beiden Sessel in der Ecke seines Büros.

»So etwas gibt es doch gar nicht«, antwortete Brian Saint-Claire. »Niemand verschwindet so einfach, vor allem nicht ein Mann in seiner Position. Da muss doch etwas passiert sein.«

Ringwood zog seinen Drehstuhl heran und platzierte sich schräg gegenüber von Brian und Suzannah. »Sie können mir glauben, es wurde alles versucht. Wir haben in seiner Wohnung nachgesehen, mit seinen Verwandten und Bekannten gesprochen, seine engsten Freunde abgefragt und sogar mit den Krankenhäusern, den Notfallkliniken und sämtlichen Leichenschauhäusern in Florida Kontakt aufgenommen. Niemand hat Professor James Paul gesehen, niemand weiß, wo er sich derzeit aufhält, und niemand kann uns etwas über seinen Verbleib berichten. Er ist wie vom Erdboden verschluckt. Bereits seit vorgestern übrigens, als ein äußerst wichtiges Meeting mit Vertretern anderer beteiligter Nationen in Washington auf dem Programm stand, bei dem es um Budgetfragen für die ISS-Mission ging und er eine wichtige Stellungnahme für die NASA abgeben sollte. Direktor Traverston hat mich nach seinem Fernbleiben sofort verständigt. Wir hatten drei Stunden Verzögerung. Es war Glück, dass ich an dem Vortrag von James maßgeblich mitgearbeitet hatte und ihn dann halten konnte.«

»Vielleicht hatte er einen Unfall und keine Papiere bei sich«, mutmaßte Suzannah.

Ringwood nickte zustimmend. »Das ist die einzig mögliche und einleuchtende Erklärung. Sein Wagen ist ebenfalls verschollen, und den gebuchten Flug ab Orlando hat er am Freitag nicht genutzt.«

»Abgesehen von dem Verbleib von Professor Paul ...«, meldete sich Brian zu Wort, »wo sind die beiden Astronauten?«

Ringwood fuhr sich über die schweißnasse Stirn. »Wissen Sie, Mr Saint-Claire«, sagte er kehlig. »Es war an der Zeit, eine Entscheidung zu treffen. Wir sind kein Sanatorium und für Fälle dieser Art nicht ausgestattet.«

Brian wollte etwas erwidern, doch Ringwood hob abwehrend die Hände. »Ich will Ihre Bemühungen keinesfalls schmälern«, fuhr er fort. Er fühlte sich sichtlich unwohl. »Aber Direktor Traverston übertrug mir kommissarisch die Leitung des Shuttle-Programms. Wir stehen unter Druck wegen der bevorstehenden ISS-Mission, deswegen haben Direktor Traverston und ich am gestrigen Morgen eine Entscheidung getroffen. Die beiden Astronauten sind in ein Sanatorium auf Nantucket Island verlegt worden. Es musste schnell gehen, weil die Plätze dort gerade frei wurden, deshalb war es nicht möglich, Sie frühzeitig zu informieren. Es war sozusagen eine Nacht-und-Nebel-Aktion. Aber es geschah zu ihrem und unser aller Wohl.«

Empört schaute Suzannah auf. »Ziegler war auf dem besten Weg ...«

»Miss Shane, das wissen wir«, fiel ihr Ringwood ins Wort. »Wir erkennen Ihre Leistungen durchaus an, und Ihr Gutachten und Ihre Therapieempfehlung wurden umgehend an die Klinik weitergeleitet. Aber wir müssen nach vorn schauen. Es wurde schon sehr viel Zeit verloren.«

»Und Sanders?«, fragte Suzannah. »Wir wollten nach Absprache mit Professor Paul in dieser Woche mit der Therapie von Sanders beginnen.«

Ringwood nickte. »Ich weiß. Aber weder Direktor Traverston noch meine Wenigkeit können diese Idee gutheißen.«

»Zweifeln Sie an unseren Fähigkeiten?«, fragte Suzannah empört.

Ringwood schüttelte vehement den Kopf. »Um Gottes willen, nein«, antwortete er. »Keinesfalls. Aber das Risiko ist viel zu hoch. Denken Sie an den Zwischenfall mit Professor Buchhorn, der noch immer in der Augenklinik behandelt werden muss.«

»Das kann doch nicht Ihr Ernst sein!«, warf Brian ein.

»Ich muss nicht nur diesen Punkt in Betracht ziehen«, sagte Donald Ringwood, vom Thema ablenkend. »Ich muss als Verantwortlicher auch an unser schmales Budget denken. Selbstverständlich werden Sie ebenso wie Ihre Kollegen für Ihre wertvollen Dienste entlohnt. Aber weitere Mittel stehen uns nicht mehr zur Verfügung. Ich habe als Leiter der Verwaltung den Zweck dieser Expertenkommission immer kritisch betrachtet. Verstehen Sie mich nicht falsch, ich will Ihnen beiden keinesfalls Ihre Qualifikation absprechen, aber es gibt spezielle Einrichtungen für solcherlei Erkrankungen, die weitaus günstiger arbeiten.«

Brian schmunzelte. »Ich verstehe. Wir sind also Opfer des freien Marktes.«

Suzannah schäumte über vor Wut. »Ich glaube eher, jetzt, da wir unsere Schuldigkeit getan haben, bekommen wir dafür einen Tritt in den Hintern.«

Ringwood hob beschwichtigend die Hände. »Sie missverstehen meine Motivation, die mich letztlich zu dieser Entscheidung kommen ließ.«

Brian erhob sich. »Komm, Suzannah! Wir räumen hier besser das Feld.«

Grußlos verließen sie Ringwoods Büro im obersten Stock des Verwaltungsgebäudes.

»Wir haben in Ihren Apartments für den morgigen Tag je ein Ticket hinterlegt!«, rief Ringwood den beiden nach.

Suzannah fegte durch die Gänge, als wäre der Teufel hinter ihr her. Brian hatte Mühe, ihr zu folgen.

»Dieser Idiot. Wir hätten Sanders helfen können, und der Kerl da drinnen denkt nur ans Budget.«

»Ringwood ist ein Speichellecker. Er denkt nur in Zahlen, das hast du doch gehört«, antwortete Brian.

»Ich bleibe keinen Tag länger hier«, erwiderte Suzannah und hastete die Treppe hinunter. »Wenn sich Peggy nur endlich melden würde.«

Den gesamten gestrigen Nachmittag hatte Suzannah vergeblich versucht, ihre Schwester zu erreichen. Auch bei der Reederei in Miami hatte sie angerufen, doch dort meldete sich nur der Anrufbeantworter. Bei den offiziellen Stellen, der Küstenwache, dem National Hurricane Center und dem Küstenschutz in Puerto Rico wusste zurzeit niemand etwas über den Verbleib der *Caribbean Queen*. Es herrschte ein einziges Chaos.

In der letzten Nacht hatten Suzannah und Brian kein Auge zugetan. Die Berichte über den Hurrikan, die beinahe ununterbrochen über die Nachrichtenkanäle flimmerten, hatten Suzannah in tiefe Sorge versetzt. Von einer Flutwelle war dort die Rede. Eine Monsterwelle von gewaltigem Ausmaß hatte die Südostküste von Kuba heimgesucht und in Santiago de Cuba schwere

Schäden angerichtet. Die halbe Stadt stand unter Wasser. Von zahlreichen Toten und Verletzten war die Rede und von Schiffen, die in den Gewässern vor Kuba von der Monsterwelle getroffen und beschädigt wurden. Einige davon so schwer, dass sie sanken.

Brian hatte bei ihr gesessen und sie zu beruhigen versucht, doch Suzannahs Sorge steigerte sich zusehends. Als er gehen wollte, bat sie ihn zu bleiben, was er selbstverständlich tat.

»Ich fahre nach Miami«, sagte Suzannah fest entschlossen, als die beiden vor ihrem Apartment ankamen. »Ich lasse mich am Telefon nicht weiter abspeisen, auch wenn sich die Leute auf das Chaos berufen, das der Hurrikan angerichtet hat. Ich will wissen, was mit Peggy, den Kindern und Mutter geschehen ist.«

Brian nickte. »Ich packe meine Sachen zusammen. In einer halben Stunde bin ich bei dir.«

Suzannah schaute Brian dankbar an.

Socorro, New Mexico

Dwain blätterte in dem gelben Aktenordner. Die gefaxten Dokumente trugen das Dienstsiegel der Royal Mountain Police aus Fort Simpson am Rande der Nordwest-Territorien Kanadas.

Es handelte sich um die Vermisstenanzeige von Robert Allan Mcnish, geboren am 16. Januar 1975 in Battleford, Kanada. Vermisst seit dem 17. Oktober 1998 aus einem Camp der Inuit bei Innuvik an der Mündung des Mackenzie-Flusses. Ein amerikanischer Staatsbürger mit dem Namen Fred Jankers aus Seattle hatte ihn als vermisst gemeldet. Angeblich war Mcnish bei einer Exkursion auf dem Mackenzie in die Fluten gestürzt und nicht mehr aufgetaucht. Da seine Leiche nicht gefunden wurde, galt er noch immer als vermisst. Jedoch stand in dicken Lettern »Unfalltod wird vermutet!« unter dem Bericht.

»Das ist weit hergeholt«, sagte Dave Lazard und blickte aus dem Fenster. »Ein Kanadier, der in Alaska in einen Fluss fällt und dann fünf Jahre später tot auf einem Parkplatz im Socorro County auftaucht. Ziemlich weit hergeholt, meinst du nicht?«

»Aber es ist alles, was wir haben«, antwortete Dwain. »Wer weiß, ob nicht doch ein Zusammenhang besteht. Vielleicht ein Betrug an einer Lebensversicherung oder eine Flucht aus seinem früheren Leben.«

Lazard wandte sich um. »Das heißt, du hast ernsthaft vor, der Sache nachzugehen, auch wenn es noch so abwegig ist?«

»In meinem County ist vor einem Monat ein Mann gestorben, der noch immer keinen Namen auf seinem Grab stehen hat. Niemand scheint es zu stören. Howard von der State Police nicht, den Staatsanwalt nicht und die Friedhofsverwaltung von Albuquerque erst recht nicht. Der einzige Mann, der wollte, dass der Tote in geweihte Erde kommt, damit er den Weg zu seinem Gott findet, war ein alter schrulliger Indianer, der in einer Hütte draußen im Wald hauste. Und zwei Wochen später kommt eben dieser Indianer in seiner Hütte bei einem mysteriösen Brand um. Ein schwarzer Jeep Cherokee war in der Nähe, als es passierte. Ein rätselhafter Militärstützpunkt schottet sich gegen ungebetene Besucher ab, als wäre der Goldschatz unseres Landes dort draußen deponiert, und die NSA treibt sich in meinem County herum und macht, was ihr gefällt. Das stinkt zum Himmel. Ich nehme meinen Urlaub und werde sehen, wie weit ich komme. Vielleicht reicht es bis nach Alaska. Da wollte ich schon immer einmal hin.«

»Dann würde ich zuerst nach Seattle fahren«, entgegnete Dave Lazard. »Jankers führt dort eine kleine Anwaltskanzlei.«

»Woher weißt du das?«

»Ich habe im Computer nachgesehen.«

Dwain lächelte. »Woher hast du gewusst, dass ich fahren werde?«

Lazard schlug mit der flachen Hand auf sein Gipsbein. »Wenn ich den nicht hätte, dann würde ich dich begleiten.«

»Nein, du bleibst hier und passt auf Tom auf. Ich glaube, der Kerl zieht sich langsam auf sein Altenteil zurück.«

»Ich werde ein Auge auf ihn werfen«, antwortete Lazard lächelnd.

National Hurricane Center, Miami

Die ganze Nacht über hatten im Kontrollzentrum des National Hurricane Center die Telefone nicht stillgestanden. Regierungsstellen, die Katastrophenschutzabteilungen in den Countys an der Südküste, die Presse, Küstenwache und Militär – alle Institutionen wollten wissen, welchen Kurs *Fjodor* eingeschlagen hatte. Die Mitarbeiter des NHC fuhren Sonderschichten, um die Flut von Anfragen bewältigen zu können.

Noch immer verharrte der Sturm in der Golfregion und lud sich weiter auf. Mit vier Kilometer pro Stunde wanderte *Fjodor* nach Nordwesten. Der Abstand zur Küste war nahezu gleich geblieben, doch seine Energie nahm stetig zu. Windgeschwindigkeiten im Inneren von beinahe 420 Stundenkilometern wurden gemessen, und der Luftdruck war weiter abgefallen. 857 Hektopascal wurden registriert. *Fjodor* war zu einer reißenden Bestie geworden, der noch immer unentschlossen die amerikanische Küste belauerte. Wo würde er zuschlagen, welche Bahn würde er in den nächsten Stunden einschlagen?

Die Höhenwinde hatten sich weiter nach Norden verlagert. Mittlerweile war sich die Mehrheit der Meteorologen und Wissenschaftler einig, dass der gigantische Wirbelsturm nach Norden einschwenken und getragen von den Höhenwinden irgendwo zwischen Mobile und Tallahassee auf die Küste treffen würde. Warnstufe 2 galt an der gesamten Südküste. Die errechnete Bahn, die sich auf das einhundert Kilometer breite Auge des Hurrikans bezog, würde in etwa in Höhe von Pensacola auf das Festland treffen. Das Ausmaß des Sturms würde auch in Mobile und möglicherweise sogar in New Orleans für Überschwemmungen sorgen. Besonders New Orleans, das niedriger lag als der Meeresspiegel, bedurfte besonderer Sicherungsmaßnahmen.

Seit dem frühen Morgen waren Bagger damit beschäftigt, die Dämme des Mississippi, des Lake Salvador und des Lake Pontchartrain zu verstärken.

»Er nimmt Fahrt auf!«, schrie der Meteorologe am Kontrollpult. »Er beschleunigt! Sieben Kilometer, Tendenz steigend. Kurs Nordnordwest. Er läuft auf der Linie bei 87 Grad nach Norden aus.«

Hektik erfüllte den Kontrollraum. Die Männer starrten auf die Bildschirme. Der Offizier vom Dienst griff zum roten Telefon. Es war an der Zeit, Warnstufe 1 für das betroffene Gebiet auszugeben.

Fjodor war so gewaltig wie noch kein Hurrikan zuvor, der die amerikanische Südküste getroffen hatte. Der Offizier vom Dienst empfahl die komplette Evakuierung des Küstenstreifens bis zu dreißig Kilometer ins Inland. Doch selbst im nahen Hinterland würde es keine absolute Sicherheit geben.

Militärischer Sicherheitsdienst, Washington D.C.

»Sie waren der ranghöchste Offizier, Sie trugen die Verantwortung, wie konnte so etwas passieren?«, schrie der blonde Vernehmungsoffizier des Militärischen Sicherheitsdienstes den verhärmten Mann mit dem blau-weiß gestreiften Unterhemd an.

Schweigend saß der alte Mann im grauen Anzug in der Ecke und sah dem Treiben zu.

Anatol Karmow starrte verunsichert auf den Boden.

»Jetzt reden Sie schon, Mann!«, fauchte der Blonde.

»Mein Name ist Anatol Karmow, ich bin Leutnant zur See, stationiert auf dem U-Boot *Tichonow,* meine Kennung lautet 34554186324-4576C.«

Karmows Worte klangen hohl und unwirklich.

Der weiß gekachelte Vernehmungsraum im Keller des Dienstgebäudes strahlte eine Kälte ab, sodass sich Karmows Arme mit einer Gänsehaut überzogen. Ein kleiner Tisch, zwei Stühle und in der Ecke eine Bank, auf der der alte Mann im grauen Anzug Platz genommen hatte. Daneben ein Waschbecken.

»Was wollten Sie in der Sargassosee?«

»Mein Name ist Anatol Karmow, ich bin Leutnant zur See, stationiert auf dem U-Boot *Tichonow*, meine Kennung lautet 34554186324-4576C.«

Die Worte waren auswendig gelernt. Mehr durfte er als Offizier der russischen Streitkräfte nicht sagen, obwohl er das erlebte Trauma am liebsten laut hinausgeschrien hätte.

»Ich schlag dir deine Fresse zu Brei, du Schwein!«, herrschte ihn der Blonde an.

»Mein Name ist Anatol Karmow, ich bin Leutnant zur See, stationiert auf dem U-Boot *Tichonow*, meine Kennung lautet 34554186324-4576C. Ich berufe mich auf die Genfer Konvention.«

»Ich schlag dir deine Genfer Konvention um die Ohren, du Hund!«

Der Blonde baute sich vor Karmow auf und holte zum Schlag aus. Karmow sank in sich zusammen.

»Bob. Lass gut sein!«, erklang die mahnende Stimme des Alten. »Lass uns allein!«

»Aber ...«

»Ich will mit dem Mann unter vier Augen sprechen«, erklärte der Alte.

»Ich habe hier das Kommando!«, erwiderte Bob.

»Ich bitte dich, siehst du nicht, dass der Mann vollkommen fertig ist?«

Bob überlegte. »Zehn Minuten, keine Sekunde mehr.« Damit verschwand er durch die kleine Stahltür. Mit einem lauten Krachen fiel sie ins Schloss.

Der Alte erhob sich, ging zum Waschbecken und füllte einen Pappbecher mit Wasser. Er schlenderte zu Karmow und reichte ihm den Becher. Dankbar blickte der Offizier auf. In einem Zug leerte er ihn.

»Noch immer durstig?«, fragte der Alte in beruhigendem Ton.

Karmow nickte.

Erneut schenkte der Alte Wasser nach. »Ich hasse diesen Job. Noch drei Monate, dann ist für mich alles vorüber. Dann werde ich nach Newark ziehen und Tomaten züchten. Ich bin froh, dass der Kalte Krieg vorbei ist.«

Karmow leerte den zweiten Becher.

»Diese jungen wilden Kerle wie Bob meinen, man kommt nur weiter, wenn man gewalttätig wird. Die Welt wird immer schlechter.«

Karmow beobachtete den alten Mann. Eine Sanftmütigkeit umspielte die schmalen Lippen, die Augen waren blau und ehrlich, und das graue, spärliche Haar schmiegte sich wie ein Kranz um seinen Kopf.

»Junge, ich weiß, was du durchgemacht hast. Es muss schrecklich gewesen sein. Willst du reden?«

Karmow regte sich nicht.

»Ich will nichts über deine Mission oder das Schiff wissen, mich interessiert nur, wie zum Teufel konnte das passieren?«, fuhr der Alte mit sanfter Stimme fort.

Karmow schaute zur Seite, als ihn der Blick des Alten traf.

»Junge, rede es dir von der Seele. Es sind keine Geheimnisse, die du erzählst. Einige aus der Mannschaft haben bereits geplaudert. Wir haben die Leichen gesehen. Mich interessiert nur das Warum. Warum bringt ein Matrose seine Kameraden um?«

»Er hatte eine Waffe gestohlen«, antwortete Karmow leise. Sein Englisch war gut, auch wenn er einen starken Akzent hatte.

»Aber warum?«

Karmow zögerte.

»Gab es Streit unter der Besatzung?«

»Es lag ein Fluch über dem Schiff«, sagte Karmow. »Nachdem wir in die Sargassosee eingedrungen waren, spielten alle verrückt. Es kam ganz plötzlich. Manche waren aggressiv, andere schwiegen, hatten schreckliche Angst. Ich kann es nicht erklären.«

»Es gibt Leute in den Staaten, die behaupten, Außerirdische würden ihr Unwesen in der Sargassosee treiben«, erwiderte der Alte. »Das ist natürlich kompletter Blödsinn. Aber diese Gerüchte kursieren tatsächlich.«

Karmow schaute auf. »Einige Kameraden glaubten, da draußen ist etwas in der See, etwas Unheimliches, das uns belauert.«

Der Alte runzelte die Stirn. »Was meinst du damit?«

»Ich kann es nicht erklären, aber es schnürt einem die Kehle zu und lässt das Herz rasen. Alexej hat es auch gespürt. Mehr als alle anderen. Er hat geschwiegen, sich die Waffe verschafft und dann um sich geschossen. Es war ein einziger Albtraum.«

»Wollte er, dass ihr auftaucht?«

»Er hat nichts gewollt, er hat nicht einmal mit uns gesprochen. Er hat die Waffe genommen, durchgeladen und abgedrückt. Ich hatte das Gefühl, er war nicht er selbst. Er war wie ausgewechselt.«

Der Alte hob die Schultern. »Wie ferngesteuert?«

Karmow nickte. »Wie ferngesteuert«, wiederholte er nachdenklich.

3

National Weather Service, Camp Springs, Maryland

Wayne Chang war so sehr in seine Forschungsarbeit vertieft, dass er die Welt um sich vergaß. Er vergaß seinen Hunger, er spürte keine Müdigkeit, und beinahe hätte er sogar vergessen, Jennifer anzurufen, um sie für das nächste Wochenende zu sich nach Washington einzuladen. Sie hatten nur kurz miteinander gesprochen. Auch Jennifer hatte wenig Zeit. Sie befand sich gerade auf dem Weg an die Küste, wo langsam die Menschen wieder zu ihren Häusern und Wohnungen zurückkehrten, die sich vor dem Wirbelsturm im Golf in Sicherheit gebracht hatten. Überall herrsche Chaos, hatte sie berichtet. Die Straßen waren verstopft, und es würde noch eine ganze Weile dauern, bis die Normalität wieder an die Südwestküste Floridas zurückkehrte. Als sie Wayne fragte, ob er zuverlässig sagen könne, wann und wo *Fjodor* auf die Küste der Vereinigten Staaten treffen würde, musste er passen.

»Und ich dachte, jedermann beim Wetterdienst hat jetzt nur noch Augen für den Monstersturm«, sagte sie, als er ihr gestand, seit dem gestrigen Tag derart in seiner Arbeit vertieft gewesen zu sein, dass er *Fjodor* vollkommen aus den Augen verloren habe. Kurz umriss er, auf welche sonderbaren Erkenntnisse er bei seinen Nachforschungen hinsichtlich des unerklärlichen Polarlichtphänomens gestoßen war, von dem aus der Karibischen See berichtet wurde: Offensichtlich gab es erhöhte Strahlungsaktivität innerhalb der Ionosphäre. Elektronen, Protonen und Alphateilchen hatten die Luftmoleküle in Schwingung versetzt. Doch warum es zu derartigen Anomalien in den mittleren Schichten der Atmosphäre kam, konnte er nicht erklären.

»Na ja, reden wir am Samstag darüber«, sagte Jennifer, bevor sie das Gespräch beendete.

Nach dem Telefonat wandte sich Wayne wieder seiner Arbeit zu. Noch immer hatte er keine Erklärung für die ungewöhnlichen Strahlungswerte innerhalb der Atmosphäre gefunden, doch wenn man den Aufzeichnungen trauen konnte, dann braute sich knapp achtzig Kilometer über der Erdoberfläche ein weiteres Desaster zusammen, wodurch der Strahlungshaushalt und damit die Wärmestrahlung, die Absorptionseigenschaften der Atmosphäre und der natürliche Treibhauseffekt nachteilig verändert wurden. Der Anteil kurzwelliger Strahlung im ultravioletten, im sichtbaren und im nahen infraroten Bereich lag an den Rändern der Entstehungsgebiete der Stürme außerhalb des üblichen Niveaus. Fast so, als ließe die Troposphäre ausgerechnet an den Ecken des stürmischen Dreiecks besonders hohe Dosen von Wärmeeinstrahlung zu.

Aber ausgerechnet jetzt standen die Daten der vier ESA-Satelliten nicht zur Verfügung, mit denen am 14. Januar 2001 über der Arktis die Ursachen für die »Schwarze Aurora« bei Polarlichtaktivitäten enträtselt werden konnten und die für eine nähere Spezifizierung der festgestellten Abweichung notwendig gewesen wären. Und das nur, weil im Rechenzentrum der ESA in Darmstadt ein Server seinen Dienst aufgegeben hatte und das Analyseprogramm angelaufen war.

Fluchend warf Wayne seinen Kugelschreiber auf die Schreibtischplatte. Er hasste es, wenn technische Probleme für Stillstand sorgten, vor allem wenn er gerade vom Jagdfieber gepackt worden war. Es machte ihn wütend und verdarb ihm die Laune. Das war der Preis für die vernetzte Welt der Bits und Bytes.

Wayne erhob sich, ging zum Fenster, schob die Jalousie zur Seite und warf einen Blick nach draußen. Es dämmerte bereits. Erst jetzt keimte ein Hungergefühl in ihm auf. Seit zwölf Stunden saß er in seinem kleinen Büro vor dem Bildschirm und seinen Aufzeichnungen und hatte außer einem Donut, starkem Kaffee und Wasser nichts zu sich genommen. Sein Kopf schmerzte, und seine Augen brannten.

Er griff zum Telefon und wählte Schneiders Nummer. Vielleicht war er zufällig im Haus und würde mit Wayne eine Kleinigkeit essen gehen. Nebenan war ein kleines Restaurant, das sich auf die stets ungeduldigen und gestressten Männer vom Wetterdienst eingestellt hatte und Schnellgerichte anbot, die den Magen füllten und überdies sogar schmackhaft waren.

Es dauerte eine Weile, bis sich jemand am anderen Ende der Leitung mit einem lang gezogenen »Ja?« meldete.

»Vargas, bist du das?«, fragte Wayne.

»Wer sonst!«, bekam er zur Antwort.

»Ist Schneider heute hier?«

»Schneider? Nein, Schneider ist hinunter nach Baton Rouge

geflogen. Gestern schon. Er will sich *Fjodor* aus der Nähe ansehen.«

»Nach Baton Rouge, sagst du?«, antwortete Wayne nachdenklich. »Wann kommt er wieder?«

»Norman begleitet ihn. Ich weiß nicht, wann sie zurückkommen. Die Flieger sind rund um die Uhr im Einsatz. Es geht bald los. Der Sturm kommt auf die Küste zu.«

»*Fjodor*?«

»Er hat Fahrt aufgenommen. Bis Mittwoch ist er da. Vermutlich trifft er bei Pensacola die Küste. Alarmstufe 1, verstehst du. Checkst du keine E-Mails mehr? Seit Stunden berichten sämtliche Nachrichtensender von nichts anderem mehr.«

Wayne zerbiss einen Fluch auf den Lippen. Natürlich, der Wirbelsturm, beinahe hätte er ihn vergessen.

Stone Travel Service, Miami, Florida

Suzannah und Brian hatten kurzerhand einen Flug für den nächsten Tag gebucht. Am Tag zuvor hatte Suzannah immer wieder versucht, ihre Schwester Peggy auf dem Handy anzurufen, doch ohne Erfolg. Ebenso wenig hatte sie bei den Behörden und dem Reiseveranstalter Stone Travel Service in Downtown Miami ausrichten können. Sie hatte nur vage Informationen von den Mitarbeitern erhalten. Die Flüge am Montag waren bereits ausgebucht gewesen. Der Avrojet war am Dienstag pünktlich um neun Uhr in Orlando gestartet, doch über dem Miami International Airport hatte es eine Verzögerung von beinahe einer Stunde gegeben, bis dem Flieger endlich eine Landebahn zugewiesen werden konnte. Im Flugzeug selbst waren noch Plätze frei, doch auf dem Flughafen in Miami herrschte Chaos. Menschenmassen bevölkerten die Hallen. Noch immer kehrten Flüchtlinge aus dem Inland an die Küste zurück, die in Erwartung des Hurrikans geflohen waren.

Es war beinahe unmöglich, ein Taxi zu bekommen. Brian und

Suzannah nutzten die Wartezeit und nahmen ein zweites Frühstück im Flughafenrestaurant ein, ehe sich Brian wieder auf die Jagd nach einem Beförderungsmittel machte. Es war beinahe Mittag, als seine Versuche von Erfolg gekrönt wurden. Mit dem Taxi fuhren sie hinunter nach South Miami in die 3rd Street, wo sich in einem lang gestreckten Glaspalast der Stone Travel Service im siebten Stockwerk eingemietet hatte. Diesmal kamen sie überraschend schnell voran.

Mit dem Fahrstuhl fuhren sie hinauf in das siebte Stockwerk, wo sie hinter einer Glastür von einer dunkelhaarigen, grell geschminkten Frau in einem roten Kostüm empfangen wurden, auf dem das Wappen der Firma mit dem Slogan »All over the world, we are number one« prangte.

»Guten Tag, womit kann ich Ihnen dienen?«, fragte die Angestellte mit einem warmen Timbre in ihrer Stimme.

»Mein Name ist Suzannah Shane. Ich versuche schon seit Tagen meine Schwester zu erreichen. Sie hat eine Kreuzfahrt auf der *Caribbean Queen* bei Ihnen gebucht.«

Das Lächeln der Empfangsdame erstarb. »Tut mir leid, aber wir haben zurzeit keine genauen Informationen vorliegen«, antwortete sie.

»Und wer kann mir da weiterhelfen?«

»Aufgrund des Hurrikans ist die Kommunikation mit Kuba und den östlichen Karibikinseln gestört. Dort gab es riesige Überschwemmungen. Der Strom ist seit Tagen ausgefallen, und alle Telefone sind tot.«

»Und was ist mit Funk?«, mischte sich Brian ein.

Die Frau überlegte.

»Hören Sie«, fuhr Brian fort. »Wir haben einen langen Weg hinter uns. Wenn wir hier anrufen, dann meldet sich der Anrufbeantworter. Und wenn doch einmal jemand aus Zufall abhebt, dann bekommen wir eine ausweichende Antwort. Wir lassen uns nicht mehr abspeisen. Wir wissen von dem Hurrikan und dem Umstand, dass einige Schiffe von einer riesigen Welle beschädigt wurden. Manche sind sogar gesunken. Was ist mit der *Caribbean Queen* geschehen?«

Die Frau wurde zunehmend unsicher.

»Wir gehen hier nicht weg, bevor uns jemand gesagt hat, was mit dem Schiff geschehen ist«, fügte Suzannah hinzu.

»Einen Moment bitte!« Die Frau griff zum Telefonhörer. Zehn Minuten später saßen Suzannah und Brian im Büro des stellvertretenden Geschäftsführers. Das Namensschild auf seinem Schreibtisch wies ihn als Samuel L. Oppermann aus. Er war von der Situation sichtlich überfordert.

»Einen Kaffee, Tee oder Mineralwasser?«, versuchte er seine Unsicherheit zu überspielen.

»Antworten würden uns genügen«, erwiderte Brian.

»Wir stehen vor einem Problem«, gestand Oppermann ein. »Uns fehlen detaillierte Informationen. Der Hurrikan hat ein Chaos angerichtet.«

»Aber Sie wissen doch sicher, was mit dem von Ihnen gebuchten Schiff geschehen ist?«

Suzannah pochte das Herz bis zum Hals. Offensichtlich tappte selbst der Veranstalter im Dunkeln, und sie befürchtete das Schlimmste.

»Wir wissen nicht viel«, sagte Oppermann. »Vor allem wissen wir nichts über unsere Passagiere. Es befinden sich immerhin sechshundert Menschen an Bord. Die Besatzung nicht mitgerechnet.«

»Dann erzählen Sie uns einfach, was Sie wissen, und spannen Sie uns nicht länger auf die Folter.«

Oppermann wischte sich den Schweiß von der Stirn. Ein leichtes Nicken war zu erkennen. »Am letzten Samstag wurde die *Caribbean Queen* von einer etwa dreißig Meter hohen Flutwelle getroffen«, erklärte er mit unsicherer Stimme. »Das Schiff wurde beschädigt. Es wurden Menschen verletzt, einige schwer. Außerdem gibt es Vermisste. Die *Caribbean Queen* ist in den Hafen von Santiago de Cuba eingelaufen. Seither haben wir keine

Informationen mehr erhalten. Wir sind bemüht, aber die Welle hat in Santiago schwere Zerstörungen angerichtet und die Kommunikationssysteme lahmgelegt.«

Suzannah schlug die Hände vor die Augen.

Brian legte ihr die Hand auf die Schulter. »Ich gehe davon aus, dass sich jemand von Ihrer Firma nach Santiago aufgemacht hat, um festzustellen, was passiert ist?«

Oppermann nickte. »Wir haben ein Team hinuntergeschickt, aber der Flug wurde nach Havanna umgeleitet. Unser Team sitzt derzeit in Holguin fest. Ihr Fahrzeug ist defekt. Das dortige Militär hat alles abgeriegelt. Noch nicht einmal Journalisten dringen nach Santiago vor. Es ist zu gefährlich, wird behauptet.«

»Sie sind tot«, schluchzte Suzannah.

Brian zog sie zu sich heran und nahm sie in den Arm. »Das weißt du doch noch gar nicht. Ebenso gut können sie noch am Leben sein«, sagte er.

»Du hörst doch, es gibt Vermisste«, sagte Suzannah. »Deswegen kann ich sie nicht erreichen. Sie sind tot.«

Brian schaute Oppermann grimmig an. »Wenn Sie uns etwas verschweigen, dann werden Sie etwas erleben.«

Oppermann hob abwehrend die Hand. »Ich habe alles gesagt, was ich weiß. Selbst die Regierung ist machtlos. Fidel Castro hat das Ausnahmerecht über die Region um Santiago verhängt. Wir halten diese Information zurück, weil sich unsere Geschäftsleitung einstimmig dazu entschlossen hat, keine Details zu veröffentlichen, solange wir nicht die Namen der Betroffenen kennen.«

Brian erhob sich. »Komm, Suzannah!«, sagte er entschlossen. »Wir haben noch einen weiten Weg vor uns.«

»Aber wie wollen Sie die Absperrungen umgehen?«, fragte Oppermann verdutzt.

»Da wird mir schon etwas einfallen«, entgegnete Brian.

National Weather Service, Camp Springs, Maryland

Zum dritten Mal lief das Analyseprogramm über den Bildschirm, und zum dritten Mal wurden die Aufzeichnungen bestätigt. Wayne Chang schaute erwartungsvoll auf die ausgeworfenen Daten. Er hatte eine thermische Anomalie innerhalb sämtlicher Schichten der Ionosphäre an drei Punkten festgestellt. Nicht sofort augenfällig und wahrscheinlich nicht problematisch, schließlich war die Ionosphäre kein statisches Gebilde, sondern eine inkonstante Schicht, die ihr Gesicht stetig veränderte. Sie war ein Gürtel aus ungeladenen Atomen, die durch die Sonneneinstrahlung Ionen und Elektronen bildeten und die in der Nacht wieder in sich zusammenfielen, sobald die Sonne untergegangen war. Man sprach von fünf Kernschichten mit unterschiedlichen Eigenschaften. Eine dieser Schichten, die so genannte F-Schicht, war ständig vorhanden und stabil. Diese Schicht schützte die Erdoberfläche vor der Sonne, indem sie einen Teil der Strahlung ins All zurückwarf. Und eben diese Eigenschaft machte die Ionosphäre für unseren Planeten so immens wichtig. In der letzten Zeit hatten französische Forscher sogar herausgefunden, dass elektromagnetische Turbulenzen innerhalb der Ionosphäre auf tektonische Aktivitäten und Erdbeben schließen ließen. Noch war diese Erkenntnis umstritten, aber in Bälde würde ein Satellit der französischen Weltraumorganisation dem Phänomen auf den Grund gehen.

So dramatisch waren Waynes Entdeckungen nicht, die er nunmehr zum dritten Mal verifiziert hatte. Es war schlicht und einfach die Erkenntnis, dass sich an den Eckpunkten seines entdeckten »Dreiecks der Stürme« thermische Abweichungen von drei bis sechs Prozent im Vergleich zu den über die letzten Jahre statistisch aufgezeichneten Werten ergaben.

»Die Abweichung pflanzt sich durch alle Schichten fort, aber beginnend bei der D-Schicht wird sie nach oben hin größer«, murmelte er, als er die Satellitendaten miteinander verglich. »Fast so, als ob sie von der Oberfläche aufgeheizt wird.«

Er aktivierte den Drucker und wartete geduldig, bis der lange Papierstreifen endlich wieder zur Ruhe kam. Beinahe zwei Meter lang war der Ausdruck auf dem Endlospapier. Der Inhalt bestand vorwiegend aus Positionsangaben, Frequenzströmen und Temperaturberechnungen. Für Außenstehende eine unüberschaubare Aneinanderreihung von Zahlenkolonnen. Doch Wayne Chang wusste genau, welche Bedeutung jede einzelne Zahlenreihe hatte. Er rief die Datei mit den Aufzeichnungen des Vorjahres auf und druckte sie ebenfalls aus. Der Strang aus Papier war nur unwesentlich kürzer. Dann setzte er sich an seinen Schreibtisch, nahm einen Markierungsstift in die Hand und ging Stück um Stück die einzelnen Zahlenreihen durch. Überall, wo er einen ungewöhnlichen Wert feststellte, markierte er diesen mit seinem Stift. Eine wahre Sisyphosarbeit lag vor ihm. Ab und zu fuhr er sich über die Augen. Doch es half nichts. Die Stunden verrannen. Als er fertig war, verglich er die grün markierten Felder mit den Aufzeichnungen der aufgetretenen Stürme. Er runzelte die Stirn. Auf was war er da nur gestoßen?

»Das darf doch nicht wahr sein«, murmelte er entgeistert, nachdem er die Aufzeichnungen zum zweiten Mal durchgesehen hatte. Er aktivierte das E-Mail-Programm. Brian Saint-Claire musste unbedingt erfahren, welchen Stein er mit seiner These ins Rollen gebracht hatte. Schade nur, dass sich Schneider in Baton Rouge aufhielt und Cliff Sebastian noch immer in Washington weilte.

Seattle, Washington

Im Schatten des Washington State Convention and Trade Center stand ein Bürohochhaus, dessen Glasscheiben in der Nachmittagssonne rötlich glänzten. Auf einer der goldenen Hinweistafeln am Portal stand geschrieben: *Young, Melhours and Jankers, Attorneys at Law.*

Dwain hatte gefunden, wonach er schon seit einer Stunde

suchte. Er ging zurück zum Taxi und bezahlte den Fahrer, der sich über das üppige Trinkgeld freute und dann mit quietschenden Reifen davonfuhr.

Das Anwaltsbüro befand sich im neunten Stock, wie Dwain dem Plan entnehmen konnte, der neben dem Fahrstuhl an der Wand hing. Das Ambiente in diesem Haus war sehr ansprechend. Wände und Fußboden aus Marmor, langflorige Teppiche in der Lobby und in den Fluren, an den Wänden moderne Gemälde und in den Ecken Skulpturen. Lazard musste sich geirrt haben, dies hier war keine kleine Anwaltskanzlei. Wer sich eine Kanzlei in einem solchen Umfeld leisten konnte, der hatte es geschafft. Dwain drückte auf den Fahrstuhlknopf. Eine Frau in einem roten Kostüm stand neben ihm und musterte ihn abfällig. Dwain trug Jeans, Stiefel und ein dunkel kariertes Kurzarmhemd. Der schwarze Oklahoma-Hut auf seinem Kopf ließ ihn wie einen verirrten Westernhelden aus längst vergangenen Tagen erscheinen. Irgendwie schien der Frau Dwains Erscheinung derart suspekt, dass sie es vorzog, auf den nächsten Fahrstuhl zu warten. Soll sie nur, dachte Dwain. Insgeheim hoffte er, dass die weiteren fünf Aufzüge irgendwo in den oberen Stockwerken steckten und sich ihre Wartezeit ins Unendliche ausdehnte.

Im neunten Stockwerk angekommen, stand Dwain vor einer Glastür, die ins Innere der Anwaltskanzlei führte. Eine junge, hübsche Empfangsdame mit blonden Locken empfing ihn. Er nannte seinen Namen. Die Frau blickte auf die Uhr.

»Sie sind der Sheriff aus New Mexico«, sagte sie. »Mr Jankers erwartet Sie bereits.«

»Ich habe mich etwas verspätet, tut mir leid.« Dwain folgte der Frau in ein Büro. Der Anwalt führte im Nebenzimmer ein Telefonat. Die Frau bat Dwain zu warten.

Vom gediegenen und äußerst geräumigen Büro aus konnte man den nahen Pazifik sehen. Dwain stellte sich ans Fenster und schaute den Segelbooten zu, die sich vom Wind über das Wasser treiben ließen.

»Heute ist College-Regatta«, ertönte eine Stimme hinter ihm.

Dwain fuhr herum. Er hatte überhört, dass jemand das Büro betreten hatte.

»Fred Jankers«, sagte der Mann und streckte seine Hand aus. »Was um Gottes willen will ein Sheriff aus New Mexico von mir?«

Er bot Dwain einen Platz vor seinem Schreibtisch an und setzte sich dahinter.

Dwain stutzte, er hatte sich Fred Jankers erheblich jünger vorgestellt. Doch vor ihm saß ein Mittfünfziger in einem edlen Anzug, der bestimmt nicht von der Stange stammte. »Es geht um eine sehr alte Geschichte«, sagte Dwain zögernd.

»Das dachte ich mir schon, als Ihr Deputy von einer Ermittlungssache sprach, aber was habe ich mit New Mexico zu tun?« Der Anwalt lächelte.

»Sagt Ihnen der Name Robert Allan Mcnish etwas?«

Das Lächeln gefror. »Diese alte Geschichte. Eine wirklich traurige Angelegenheit.«

Dwain fasste in die Tasche seines Hemdes und zog ein Foto heraus. Er reichte es dem Anwalt.

Fred Jankers betrachtete das Bild eine ganze Weile, dann legte er es vor sich auf den Schreibtisch. »Es war vor sechs Jahren. Ich war damals noch ein kleiner Anwalt und vertrat eine Interessengemeinschaft, die gegen die Alaska Oil Company klagte. Eine Pipeline dieser Gesellschaft führte durch das Gebiet eines Eskimostammes. Die Pipeline war undicht, aber die Firma unternahm nichts dagegen. Bei einem Vorortermin geschah dann das Unglück. Mcnish stürzte in einer Stromschnelle aus dem Kanu und versank in den kalten Fluten. Wir, das heißt ein paar Eskimos aus dem Dorf und der Dorfälteste, suchten stundenlang nach ihm, doch als es Abend wurde, brachen wir die Suche ab. Ich verständigte die zuständige Polizei. Aber soweit ich weiß, ist der Mann niemals mehr aufgetaucht.«

»Wissen Sie, was Mcnish in der Gegend machte?«

Jankers winkte ab. »Ich habe den jungen Mann nur kurz gesehen. Er war, wie soll ich es sagen, er war ein Spinner. Er machte auf mich den Eindruck eines Aussteigers. Er lebte bei den Eskimos im Dorf. Um seinen Hals hingen unzählige Amulette und Tierknochen. Angeblich konnte er, das hat er mir mehrmals versichert, mit den Göttern sprechen. Ich habe mich in den zwei Tagen so gut es ging von ihm ferngehalten. Mir war er nicht geheuer. Außerdem war er, so glaube ich, ein Junkie.«

Dwain zeigte auf das Bild. »Erkennen Sie den Mann wieder?«

»Jetzt wollen Sie mich hochnehmen, oder? Der Mann muss seit langem tot sein. Wir haben den ganzen Nachmittag nach ihm gesucht. Der Fluss hatte noch nicht einmal zehn Grad.«

»Könnte er es sein?«, beharrte Dwain.

Jankers nahm das Bild in die Hand. »Die Augen stimmen, auch die Form des Gesichts. Aber Mcnish war schmächtiger, seine Wangenknochen traten ein wenig hervor. Es ist schon lange her, doch wenn ich recht überlege, könnte er es sein. Aber ich sagte doch schon, dass er an dem Tag ertrunken ist.«

Dwain nickte. »Sie wissen nichts weiter über ihn? Wo er zuvor lebte, ob er Familie hatte usw.?«

»Ich sagte doch, ich war froh, wenn er nicht in der Nähe war. Der Job war schon schwierig genug. Die Alaska Oil ist ein Riese, den verklagt man nicht so leicht. Da braucht man keinen Besserwisser wie ihn.«

»Was meinen Sie damit?«

»Am ersten Tag, als ich ankam, begleitete er den Dorfältesten zu unserem Gesprächstermin. Er sprach von der Unberührtheit der Natur, vom Einklang mit den Kreaturen, von seinen Visionen und all dem Zeugs. Er kam mir wie einer dieser Gurus oder selbst ernannten Schamanen vor. Ich war froh, als er nach einer Stunde ging. Ich bin mir nicht sicher, aber ich glaube, der Kerl war den ganzen Tag high.«

Dwain griff nach dem Bild und steckte es wieder in seine Hemdtasche.

»Warum wollen Sie das eigentlich alles wissen?«, fragte Jankers.

»Der Mann auf dem Bild ist tot«, antwortete Dwain. »Er starb vor einem Monat im Socorro County. Es gibt nur einen vagen Hinweis, aber sein Name soll Allan Mcnish sein. Wir sind dabei, es zu überprüfen.«

»Vor einem Monat, sagen Sie?« Jankers runzelte die Stirn. »Dann scheidet Robert Allan Mcnish aus. Ich lege meine Hand dafür ins Feuer, dass der Mann, den ich als Robert Allan Mcnish kennenlernte, in den Fluten des Mackenzie umgekommen ist. Und zwar im Jahr 1998. Aber vielleicht ist der Kerl auf dem Bild ja ein Bruder von ihm.«

Dwain nickte. Er war am Ende mit seinem Latein. Eine Fahrt nach Kanada würde ihm wohl nicht erspart bleiben.

Lake Mary Jane, Orange County, Florida

Der silberne Mercedes SLK, der am Haken des Krans hing, glänzte im Sonnenlicht. Trübes braunes Wasser floss in Strömen aus dem Inneren des Wagens und ergoss sich in den Lake Mary Jane. Der Wagen schwang am Zugseil hin und her.

Ein Taucher, der einen Übungstauchgang im See unternahm, hatte den Mercedes neben der Straße von Kissimmee nach Orlando entdeckt. Er hatte sofort die Polizei verständigt. Auf schrottreife und ausgeschlachtete Wagen bei einem Tauchgang zu stoßen war nichts Ungewöhnliches, aber einen solch teuren und – soweit er das in dem trüben Wasser erkennen konnte – nahezu unbeschädigten Wagen im See zu finden war seltsam. Immer noch gab es Unverbesserliche, die heimlich nachts ihren Schrott in den Flüssen oder Seen versenkten, um so die Gebühren für eine Entsorgung zu sparen. Aber diese europäische Nobelkarosse sah nicht danach aus, als sei sie entsorgt worden.

Vielleicht war der Fahrer von der Straße abgekommen. Die Road No. 15 führte direkt am See entlang nach Orlando. Das Innere des Wagens hatte sich mit Schlamm gefüllt.

»Der Wagen ist auf einen gewissen James Paul aus Merritt Island zugelassen«, sagte der junge Polizist zu seinem rothaarigen Kollegen und legte den Funkhörer zur Seite.

Nachdem das Wasser aus dem Wagen ausgelaufen war, setzte sich der Ausleger des Kranwagens in Bewegung. Vorsichtig stellte der Kranführer den Wagen auf einer Wiese am Ufer ab. Augenscheinlich war der Wagen, abgesehen von leichten Blessuren des Vorderbaus und des linken Kotflügels, tatsächlich unbeschädigt. Die beiden Polizisten gingen auf den Wagen zu. Gebannte Blicke folgten dem Mitarbeiter der Abschleppfirma, als dieser die Fahrertür des Mercedes öffnete. Eine letzte Flut aus Wasser und Schlamm ergoss sich in das feuchte Gras.

»Verdammt!«, entfuhr es dem rothaarigen Polizisten, als sein Blick auf den leblosen Körper im Wagen fiel, der unterhalb des Armaturenbretts quer im Fußraum lag. »Ruf die Spurensicherung und einen Arzt!«

Sein junger Kollege schaute ihn fragend an. »Der Arzt wird dem auch nicht mehr helfen können. So wie es aussieht, liegt er schon eine ganze Weile im See.«

4

Weißes Haus, Washington D.C.

Cliff Sebastian warf den Telefonhörer zurück auf die Gabel und schlug die Hände vors Gesicht.

»Das Schlimmste, was passieren kann, ist gerade eingetreten«, sagte er in die Stille des Raums.

Innenminister Summerville, Richard Wagner und die Männer des Krisenstabes hatten während des Telefonats schweigend auf Cliff Sebastian gestarrt.

»Erzählen Sie schon, was ist los?«, sagte der Innenminister.

»*Fjodor* hat erneut seine Richtung gewechselt«, berichtete Sebastian. »Er hat ordentlich Fahrt aufgenommen, stärker als zuvor, und rast entlang des neunzigsten Längengrades auf die Küste zu. Die Vorläufer der Wolkenfront haben die Küste erreicht. Es regnet bereits, und ein starker Wind weht.«

»Das war doch zu erwarten«, meinte Wagner bissig.

»Was war zu erwarten?«, fragte Cliff Sebastian.

»Solche Stürme gehen doch immer mit Regen und Wind einher.«

»Sie kleiner Klugscheißer«, entfuhr es Cliff. »Sie wissen wohl nicht, welche Stadt auf dem neunzigsten Längengrad liegt. Der Sturm rast auf New Orleans zu und treibt eine Flutwelle von beinahe zwölf Metern vor sich her. Kennen Sie die Verhältnisse in New Orleans?«

»Meine Herren, zügeln Sie sich!«, rief Summerville die Streithähne zur Ordnung. »Das ist nicht die Zeit für Zank und Streit. Was schlagen Sie vor, Mr Sebastian?«

»Die komplette Evakuierung von Mann und Maus.«

»Wie viel Zeit haben wir?«

Cliff schaute auf die Uhr, die über der Tür hing. »Bei der augenblicklichen Geschwindigkeit bleiben uns noch knapp sechzehn Stunden, bis das Zentrum des Hurrikans New Orleans erreicht.«

»New Orleans evakuieren, in sechzehn Stunden, Sie haben wohl einen Vogel«, meldete sich Wagner erneut zu Wort. »Das ist unmöglich.«

»Wir könnten Truppen einsetzen, Hubschrauber, Busse«, warf der Offizier der Army ein.

»Seit Tagen herrscht Alarmzustand an der Küste, die Menschen wissen, was sie erwartet«, resümierte der Innenminister. »Egal, was wir unternehmen, wir werden nicht alle erreichen, und nicht alle werden freiwillig ihre Häuser verlassen. Wir werden den Menschen empfehlen, sich in Sicherheit zu bringen. Wir werden sturmsichere Gebäude, Bunker und Stadien öffnen und den Menschen raten, sich dorthin zurückzuziehen. Wir können die Zeit noch nutzen, um die Deiche rund um die Stadt zu verstärken, aber für weitere Maßnahmen ist die Zeit zu knapp. Ein Großteil unserer Einheiten befindet sich noch immer im Südwesten Floridas. Ich kann doch nicht das gesamte Militär einsetzen.«

»Dann geben Sie die Menschen von New Orleans dem Untergang preis«, sagte Cliff Sebastian.

»Das ist wieder typisch für unsere Wissenschaftler«, meinte Wagner. »Wissen Sie, welchen Aufwand wir betreiben müssen, um weitere Einheiten nach New Orleans zu verlagern, und was so ein Einsatz kostet? Das käme einer Mobilmachung gleich, und am Ende dreht der verfluchte Sturm ab, und wir machen uns alle lächerlich.«

Summerville fuhr sich nachdenklich über das Gesicht. »Wir warten ab, bis sich die Zugbahn des Hurrikans bestätigt«, entschied er nach einer Weile. Zustimmendes Gemurmel erhob sich unter den Repräsentanten der Army.

Cliff Sebastian schluckte. Wenn nur Allan Clark noch hier wäre. Er war gestern zurück nach Miami geflogen, um die Einsätze vor Ort zu koordinieren, jetzt fühlte sich Cliff auf verlorenem Posten. Die Vertreter des Militärs waren reine Befehlsempfänger, eine eigene Meinung war ihnen offenbar nicht gestattet, und dieser windige Berater des Präsidenten, der den Namen eines großen deutschen Komponisten trug, funkelte Cliff feindselig an.

»Sie machen einen großen Fehler«, sagte Cliff trocken. »Gegen diesen Sturm war der Hurrikan, der über Tallahassee zog, nur ein laues Lüftchen.«

»Wenn Sie Ihre Arbeit ordentlich gemacht hätten, dann gäbe es dieses Durcheinander überhaupt nicht«, konterte Richard Wagner. »Ihre Prognosen und Einschätzungen lagen so oft daneben wie meine Tipps beim Pferderennen. Diese Welt ist noch immer die gleiche, die Sonne scheint noch immer, und auch das Klima hat sich nicht wesentlich geändert. Wenn ich meinen Schirm zu Hause lasse, dann regnet es bestimmt. Obwohl unsere Meteorologen strahlenden Sonnenschein gemeldet haben.« Gelächter erhob sich im Raum.

Cliff schäumte über vor Wut. »Wer hat dieses Kind nur aus seinem Laufstall gelassen! Seit Jahren fordern die Klimaforscher und die Meteorologen aller Welt, endlich Maßnahmen gegen die zunehmende Umweltverschmutzung zu ergreifen. Aber nichts tut sich. Noch nicht einmal Geld für weitere Forschungsprojekte ist vorhanden.«

»Nicht schon wieder dieses Lied«, fiel Wagner dem Wissenschaftler ins Wort. »Nicht schon wieder diese Untergangsmelodie.«

Cliff erhob sich und griff nach seinem Jackett. »Das Klima wird sich ändern«, sagte er trocken. »Und zwar in einem Ausmaß, das Ihren Horizont überschreitet. Diese Wirbelstürme sind erst der Anfang. Die Katastrophen werden sich häufen. In zweihundert Jahren wird niemand mehr an der Küste wohnen, sie wird unbewohnbar werden. Und jetzt entschuldigen Sie mich, meine Herren. Wenn Sie einen Spezialisten brauchen, dann wenden Sie sich einfach an ihn.« Cliff deutete auf Richard Wagner und strebte zur Tür.

»Wenn Sie diesen Raum verlassen, dann können Sie Ihren Job vergessen«, sagte Wagner grinsend. »Das hier ist eine Lagebesprechung im Weißen Haus und nicht irgendeine Bridgepartie. Ich werde ...«

»Richard, jetzt halten Sie endlich die Luft an«, wies der Innenminister den jungen Mann in die Schranken. »Sie tun Mr Sebastian unrecht. Er kann nichts für die Unbeständigkeit dieses Hurrikans.«

Richard Wagner verzog das Gesicht.

»Mr Sebastian, bitte setzen Sie sich wieder«, bat Summerville. »Wir sind alle etwas gereizt, aber wir brauchen Sie hier.«

Cliff zögerte.

»Glauben Sie mir, sechzehn Stunden sind für eine umfassende Evakuierungsmaßnahme nicht ausreichend. Für den Einsatz des Militärs fehlt mir die Autorisierung, das kann nur der Präsident entscheiden.«

Cliff ging zurück zu seinem Platz. »Dann rufen Sie ihn an!«, sagte er.

Innenminister Summerville lächelte. »Wie hoch schätzen Sie die Schäden ein, die ein Hurrikan wie *Fjodor* in einer Stadt wie New Orleans anrichtet?«

Cliff hängte sein Jackett über die Stuhllehne und setzte sich. »Wenn die innere Sturmzelle über die Stadt hinwegzieht, dann wird es New Orleans nicht mehr geben. Die Dämme werden der Flut nicht standhalten. Sie werden brechen und die Stadt überfluten. Ich brauche nicht zu erwähnen, dass die Stadt einige Meter unter dem Meeresspiegel liegt und durch einen Ring aus Deichen, Kanälen und künstlichen Rückhaltebecken geschützt wird. Die Flutwelle, die der Sturm vor sich hertreibt, wird das Wasser den Mississippi hinauftreiben. Und alles, was dem Wasser standgehalten hat, wird von den irrsinnigen Winden mit sich gerissen. Ich denke, dass die meisten der durch die Wassermassen angeschlagenen Gebäude einstürzen werden. Die Hälfte der Einwohner wird dieses Desaster nicht überleben.«

»250 000 Tote?«

»Wahrscheinlich sogar noch mehr.«

Der Innenminister erhob sich. »Bitte entschuldigen Sie mich, ich muss dringend telefonieren. Ich werde den Präsidenten über die Lage informieren und eine Entscheidung fordern.«

Cliff Sebastian atmete auf, doch äußerlich ließ er sich nichts von seiner Genugtuung anmerken. Er schaute auf die Uhr. Hoffentlich würde die Zeit für eine umfassende Evakuierungsmaßnahme noch ausreichen.

Rosslyn Heights, Arlington, Virginia

Wayne Chang drehte den Duschhahn zu und trocknete sich ab. Nachdem er die letzten drei Tage im Büro in Camp Springs übernachtet hatte, war er endlich wieder einmal in seine Wohnung am Washington Memorial Park zurückgekehrt, um zu duschen und eine Mütze voll Schlaf zu bekommen.

Brian Saint-Claire hatte sich bislang noch nicht bei ihm gemeldet. Allmählich wunderte sich Wayne. Nachdem er das Badezimmer verlassen hatte, setzte er sich erneut vor den Bildschirm und aktivierte das E-Mail-Programm. Erneut rief er die Adresse von Brian auf und bat ihn, sich bei ihm zu melden. Bevor er die E-Mail abschickte, versah er sie noch mit dem Zusatz »Dringend«.

Es klingelte. Überrascht schaute er zur Tür. Wer mochte ihn ausgerechnet jetzt stören?

Er ging zur Sprechanlage und meldete sich.

»Hallo, Mr Chang, wir müssen dringend mit Ihnen reden«, tönte es aus dem Lautsprecher.

»Und wer sind Sie bitte?«

»Es geht um die Hurrikans«, erhielt er zur Antwort.

Wayne warf sich einen Bademantel über. Er drückte den Türöffner und öffnete die Wohnungstür. Zwei unbekannte Männer kamen die Treppe herauf.

»Wer sind Sie?«, fragte Wayne, als sie vor ihm standen. Die beiden Männer musterten ihn stumm, eine Antwort erhielt er nicht.

Montego Bay, Jamaika

Mit einer kleinmotorigen Beech waren Suzannah und Brian über Nacht von Miami nach Kingston auf Jamaika geflogen. Die Kingdom Aircraft Company war eine Fluggesellschaft, die in erster Linie Geschäftsleute und Reporter nach Südamerika oder auf die karibischen Inseln brachte und sich diesen Service gut bezahlen ließ. Brian hatte die Kingdom Air bereits bei vergangenen Exkursionen benutzt, weil die kleine Chartergesellschaft bei entsprechendem Salär sämtliche Krisenregionen in Süd- und Mittelamerika ansteuerte. Doch diesmal war der Flug nach Kingston kein besonders großes Abenteuer. Der Hurrikan war nach Nordwesten abgewandert, und nur noch wenige Wolken beeinträchtigten die östliche Route über die Bahamas und den Osten Kubas. Dennoch war der Flug in der kleinen, engen Maschine zeitweilig recht holperig. Immer wieder fasste Suzannah Brian an der Hand und klammerte sich an ihm fest.

Brian beruhigte sie. Er hatte schon weitaus schlimmere Flüge hinter sich gebracht. Denn auf eines konnte er sich bei Kingdom verlassen: Die Maschinen waren immer gut in Schuss und ordentlich gewartet.

»Und wie kommen wir nun nach Kuba?«, fragte Suzannah, nachdem sie in Kingston ausgestiegen waren.

»Mach dir keine Sorgen.« Brian wies auf einen grünen Landrover, der vor dem kleinen Abfertigungsgebäude wartete. »Es gibt hier jemanden, der mir einen Gefallen schuldig ist.«

»Was hast du gemacht, Rauschgift für ihn geschmuggelt?«, murmelte Suzannah, als sie den Mann mit den langen Rastalocken neben dem Wagen entdeckte.

»Das ist nur einer seiner Mitarbeiter«, entgegnete Brian. »Johnny Blue wohnt in Montego Bay. Ich habe ihn vor ein paar Monaten von seinen Geistern befreit. Er ist auf der Insel ein berühmter Reggae-Musiker und besitzt mehrere hundert Millionen Dollar.«

»Und zu ihm werden wir jetzt fahren?«

»Nicht fahren, wir werden fliegen«, antwortete Brian.

Die Bell wartete zwei Kilometer von der Stadt entfernt auf einer Wiese, auf der eine Herde Schafe graste. Der Hubschrauber trug einen olivgrünen Tarnanstrich und die blauweißen Hoheitszeichen Kubas mit dem roten Stern in der Mitte.

»Und ich dachte, wir sind auf Jamaika?«, sagte Suzannah. »Wo kommt auf einmal diese Maschine her?«

»Das Militär hat den Ostteil Kubas abgeriegelt«, erklärte Brian. »Ich habe Johnny erklärt, dass wir dort rübermüssen. Wie ich sagte, ist Johnny ein wahres Talent, wenn es ums Improvisieren geht.«

»Wenn sie uns erwischen, dann werden sie uns abknallen«, gab Suzannah zu bedenken.

»Ich denke, du willst dort rüber und nach deiner Schwester suchen«, entgegnete Brian. »Das ist nun mal mit einem Risiko verbunden. Was ist, steigst du ein?«

Suzannah nickte und stieg ein.

Brian folgte ihr. Ein Grinsen lag auf seinen Lippen. Früher wäre Suzannah niemals ein Risiko eingegangen. Immer auf der geraden Spur bleiben, den Blick nicht nach rechts und links, sondern stets geradeaus. Sie hatte sich verändert. Doch diese Veränderung gefiel ihm sehr.

New Orleans, Mississippi-Sound

Dunkle Gewitterwolken hatten kurz nach Mitternacht den Mississippi-Sound erreicht. Heftige Regenschauer ergossen sich über das Schwemmland, in das die knapp 500 000 Einwohner zählende Stadt im Süden des Bundesstaats Louisiana eingebettet lag, und verwandelten die Landschaft in Schlamm und Morast. Es herrschte höchste Alarmstufe.

Der Präsident hatte nach langer Überlegung entschieden, alle Einwohner der Stadt zum Verlassen ihrer Häuser aufzufordern. Eine Zwangsevakuierung und den Einsatz des Militärs hatte er abgelehnt. Fünf Stunden waren unverrichteter Dinge ins Land gezogen. Stunden, die am Ende fehlen sollten. Die Behörden stellten sämtliche Transportmittel bereit, die sie in der Kürze der Zeit zu beschaffen in der Lage waren. Lastwagen, Boote, Sonderzüge, Hubschrauber und Transportmaschinen wurden nach

New Orleans beordert. Große Gebäude wie das Rathaus, Stadien, Kirchen und sturmsichere Verwaltungsgebäude wurden geöffnet, damit die Zurückgebliebenen eine einigermaßen sichere Unterkunft finden würden. In aller Eile ergänzte der Katastrophenschutz die vorliegenden Einsatzpläne. Es war jedoch fraglich, ob die zusätzlichen Maßnahmen innerhalb der verbleibenden zehn Stunden ausreichend umgesetzt werden konnten. Zumal sich viele Menschen weigerten, ihre Häuser und Besitztümer aufzugeben und die Stadt zu verlassen.

Die eingesetzten Truppen der Nationalgarde, der Katastrophenschutz und die Feuerwehren bauten Sandsackbarrieren und schütteten die Deiche auf, um den erwarteten Sturmfluten Paroli bieten zu können. Doch alle Maßnahmen waren angesichts des Monstersturms nur eine hilflose Betriebsamkeit, um die Angst und die aufkommende Panik zu bekämpfen. *Fjodor* raste mit 34 Kilometer pro Stunde auf die Stadt am Mississippi zu.

Schließlich willigte der Präsident auf Anraten des Krisenstabes doch noch ein, das Militär zu unterstützenden Maßnahmen abzukommandieren. Eine halbe Stunde später waren die Luftwaffe, die Army und einige Pioniereinheiten im Einsatz, doch gegen drei Uhr in der Nacht herrschte mehr oder weniger Stillstand. Die Straßen waren verstopft, die Sonderzüge warteten vergeblich auf ein Abfahrtsignal, und die Abflugzonen waren überfüllt. Heftige Windböen zerrten an den Maschinen auf den Flugfeldern, und bald würde eine Evakuierung auf dem Luftweg unmöglich werden. Menschen wanderten ziellos durch die Straßen, auf der Suche nach einer Möglichkeit, dem Inferno zu entkommen. Etwa um die gleiche Zeit brach südlich der Stadt der Deich des Waggaman Pond und setzte die Interstate 90 unter Wasser.

Tony Schneider, Wayne Changs langjähriger Kollege und Freund, hatte sich noch am Abend von Baton Rouge mit einem Hubschrauber nach New Orleans begeben, um dort die ersten Auswirkungen des Hurrikans aufzuzeichnen. Seine Kollegen von der Flugbereitschaft des Wetterdienstes hatten ihn gewarnt, doch Schneider hatte sich den Entschluss nicht mehr ausreden lassen.

»Dieser Monstersturm ist einmalig, wenn ich schon hier in der Nähe bin, dann will ich wirklich wissen, was wir da vor uns haben«, hatte er geantwortet und war mit einem Helikopter nach New Orleans geflogen. Schließlich war er selbst lange Zeit bei den Wetterfliegern gewesen und hatte noch immer sämtliche Pilotenscheine. Begleiten wollte ihn verständlicherweise niemand.

Die Regenschauer nahmen stetig an Intensität zu, und der Wind blies immer heftiger aus südlicher Richtung. Die Böen erreichten bald über 120 Stundenkilometer. Noch immer war der Kern des Wirbelsturms über 200 Kilometer von der Küste entfernt, aber die Vorzeichen waren derart heftig, dass sich jeder, der noch in der Stadt weilte, ausrechnen konnte, welches Desaster in Kürze zu erwarten war. Beunruhigung machte sich breit. Ströme von Menschen, Männern, Frauen und Kindern, schoben sich auf die eingerichteten Evakuierungspunkte in den einzelnen Bezirken der Städte zu. Vor der City Hall hatte sich eine lange Schlange gebildet. Das Stadion war überfüllt. Über zehntausend Menschen bevölkerten Ränge und Rasen, und noch immer strömten viele herbei, um sich in die Sicherheit des *Dome* zurückzuziehen. Die Niederschlagsmenge überschritt die Marke der gesamten letzten Monate, und der Luftdruck fiel ins Bodenlose. Gegen Morgen betrug die Windgeschwindigkeit mehr als 140 Stundenkilometer. Erste Bäume knickten unter der Belastung ein, einfache Abdeckungen und Plexiglasdächer flogen durch die Luft.

»Wenn wir noch von hier wegkommen wollen, dann müssen wir zum Hubschrauber!«, rief Schneider gegen den brausenden Wind dem jungen Feuerwehrmann zu, auf den er vor dem New Orleans Theatre of Performing Arts getroffen war. Der rote Helikopter vom Typ Hughes 500 C stand am westlichen Ende des Louis Armstrong Parks im Zentrum von New Orleans. Schneider hatte seine Messgeräte zusammengerafft und stemmte sich gegen den heftigen Wind.

Der junge Mann in der blauen Jacke mit den reflektierenden gelben Streifen der Feuerwehr ließ seinen Hammer fallen und reckte zum Zeichen, dass er verstanden habe, den Daumen in die Luft. Zusammen mit zwei Kollegen war er dazu eingeteilt worden, eine Pavillonkonstruktion aus Plastik und leichtem Stahl im Park gegen die Windböen abzusichern. Nachdem die immer stärker werdenden Winde einen Teil des Bauwerks mit sich gerissen hatten, ließen ihn seine Kameraden kurzerhand im Stich, und der junge und pflichtbewusste Mann blieb allein zurück. Gemeinsam kämpften sich Schneider und der Feuerwehrmann durch Wind und Regen. Sie umrundeten das Theater, um entsetzt festzustellen, dass der Helikopter von einem entwurzelten Baum getroffen worden und vollkommen eingedrückt war.

»Verdammt!«, schrie Schneider und betrachtete die gekrümmten Rotorenblätter. »Damit fliegen wir keinen Meter mehr.«

»Hier entlang!«, rief der Feuerwehrmann und deutete auf den Nebeneingang des Theaterbaus. »Dort drinnen sind wir einigermaßen sicher.«

Ein mittelgroßer Ast flog nur wenige Meter an den beiden vorüber. Schneider nickte und folgte dem jungen Mann.

Unterdessen hielt eine beinahe 15 Meter hohe Flutwelle auf den Mississippi-Sound zu, die *Fjodor* vor sich hergeschoben hatte. Bei Grand Isle traf sie auf den Mississippi und drückte das Wasser in den Flussarm zurück.

Santiago de Cuba

Der Hubschrauber hatte seine Passagiere etwa zwei Kilometer nördlich der Stadt auf einer Wiese abgesetzt, ohne dass jemand etwas bemerkt hätte, obwohl sich unzählige Militärfahrzeuge vor und in der Stadt befanden und hier und da ein Hubschrauber der kubanischen Streitkräfte über das Sperrgebiet flog.

»Ab hier seid ihr auf euch selbst gestellt«, hatte der Pilot gesagt, bevor er den Helikopter wieder in den dunkelblauen Himmel steuerte. Noch ehe die Sonne aufging, erreichten Suzannah und Brian den Stadtkern. Das Wasser war zwar wieder abgelaufen, aber überall lagen noch Unrat und Schwemmgut herum, das die Fluten mitgebracht hatten. Die pastellfarbenen Fassaden der kleinen Stadthäuser trugen einen feuchten Schatten, der bis zu zwei Meter über das Fundament reichte.

Der beginnende Morgen spülte die Menschen auf die Straßen. Mit Schaufeln und Pickeln arbeiteten sie daran, die Schäden der Monsterwelle zu beseitigen. Manche Fassaden hatten große Risse abbekommen. Langsam erhob sich die schwüle Hitze über der Stadt, und der Gestank von abgestandenem Wasser, verdorrendem Schlick und Verwesung füllte die Luft. Das Atmen fiel immer schwerer. Brian lotste Suzannah durch enge Gassen und Wege. Die Menschen beäugten sie neugierig, doch niemand sprach sie an. Brian sah die Leere in ihren Augen. Sie alle hatten den Tod gesehen.

»Wohin gehen wir eigentlich?«, fragte Suzannah atemlos.

»Zum Hafen«, antwortete Brian. »Um zu sehen, ob sich das Schiff hier befindet.«

»Und woher weißt du, wo sich der Hafen befindet?«

Brian zeigte auf die Sonne und wich einer großen Pfütze aus. Als sie auf einen freien Platz vor einer Kirche stießen, wandten sie sich nach Süden. Ein Jeep, besetzt mit uniformierten Soldaten, fuhr die Straße entlang und hielt neben ihnen.

»*Alto! Adónde queréis?*«, rief der Beifahrer, wohl ein Offizier, seinen Schulterklappen nach zu urteilen.

»Wir haben uns verlaufen«, antwortete Brian in schlechtem Spanisch.

»Sind Sie Amerikaner?«, antwortete der Offizier auf Englisch.

Brian schüttelte den Kopf. »Kanadier.« Er zückte seinen Reisepass. Suzannah blieb still. Ein unbändiger Durst quälte sie.

An alles hatten sie gedacht, an Kleidung, an festes Schuhwerk, an ihre Papiere. Nur nicht daran, einen Vorrat an Wasser mitzunehmen.

»Woher kommt ihr?«, fragte der Offizier.

»Wir sind von dem Schiff im Hafen«, antwortete Brian. »Es wurde von der Welle getroffen. Wir suchen die Verletzten.«

Der Offizier schien sich mit der Antwort zufriedenzugeben. »Hier seid ihr falsch, ihr müsst zurück!«, erwiderte er und zeigte mit der Hand eine Gasse hinunter.

»Wissen Sie, wohin die Verletzten gebracht wurden?«, fragte Brian.

»Sie sind im Hospital San Jorge«, antwortete der Offizier.

»Und wo ist das?«

»Zehn Minuten von hier, in der Nähe des Hafens.«

Brian bedankte sich, und der Offizier gab seinem Fahrer ein Zeichen. Der Motor heulte auf, als sich der Jeep in Bewegung setzte. Nachdem das Fahrzeug um die Ecke verschwunden war, atmete Suzannah auf.

»Ich hatte eine solche Angst«, stöhnte sie.

»Die Kubaner sind freundliche Menschen«, sagte Brian.

Je weiter sie der Gasse in der angegebenen Richtung folgten, umso größer wurden die Wasserlachen und die Beschädigungen an den Häusern. Doch der Gestank wich langsam einer salzigen, frischeren Luft. Die Schwüle mischte sich mit der Meeresbrise. Auf einem Straßenschild stand geschrieben: *Casa Natal de Mayor General Antonia Mateo*.

»Ich glaube, wir sind richtig«, sagte Brian und zeigte auf das Schild. Nach weiteren zehn Minuten gelangten sie erneut auf einen Platz, der von hohen Stadthäusern im typisch spanischen Stil umgeben war. Vor einem Gebäude flatterte eine Fahne des Roten Kreuzes. Über dem Portal stand in verblasster und teilweise abgeblätterter Schrift *Hospital de San Jorge*.

»Sollen wir zuerst hier nachschauen?«, fragte Brian.

Er bemerkte Suzannahs ängstlichen Blick. Ihre großen Augen schauten auf die Fahne. Unmerklich nickte sie. Brian spürte, dass ihr das Herz bis zum Hals pochte. In ungeduldiger, aber zugleich banger Erwartung gingen sie die breite Treppe hinauf. Als sie die riesige Holztür öffneten und in das Gebäude eintraten, empfing sie eine angenehme Kühle. Der hohe und düstere Gang war menschenleer, es war still. Die Spuren des eingedrungenen Wassers waren noch deutlich zu erkennen. Die Wände und das Holz waren feucht.

»Hier ist überhaupt niemand«, stieß Suzannah hervor. Ihre Worte hallten durch den Gang. Brian blieb stehen und horchte in die Stille. Schließlich deutete er nach oben. Sie gingen die Treppe hinauf und betraten durch die Schwingtür das erste Stockwerk. Der Gang wimmelte von Menschen. Sie lagen auf Betten, die sich an den Wänden reihten, oder kauerten am Boden. Verbände um ihre Gliedmaßen zeugten davon, dass sie Opfer der riesigen Welle geworden waren. Brian ging weiter und zog Suzannah mit sich.

Ein Mann mit weißem Haar und einer goldenen Brille in einem ehemals weißen Kittel näherte sich.

»*Perdone, estamos buscando a los sobrevivientes de* Caribbean Queen?«, fragte Brian.

»Sorry, ich verstehe Sie nicht, ich bin Amerikaner«, erhielt er auf Englisch zur Antwort.

»Wir ebenfalls«, entgegnete Brian. »Wir suchen nach Passagieren der *Caribbean Queen*.«

Der Arzt deutete den Gang hinunter. Brian wandte sich zu Suzannah um. Schon wollte er weitergehen, als er ihr erstarrtes Gesicht bemerkte. Wie angewurzelt stand sie da und starrte auf eine Frau, die in einiger Entfernung auf dem Boden kauerte. Ein kleines Mädchen saß daneben. Neben der Frau stand ein kleines weißes Bett, ein Kinderbett, in dem ein schmächtiger Körper lag.

»Suzannah, was ist?«, fragte Brian.

»Peggy«, murmelte Suzannah leise. »Peggy!«, sagte sie nochmals, lauter diesmal, bis ein greller Schrei über ihre Lippen kam.

Die Frau am Boden blickte auf. Rot geweinte Augen starrten Brian entgegen. Das Gesicht war blass und müde, als hätte sie seit Tagen keinen Schlaf mehr gefunden. Plötzlich sprang sie auf.

»Suzannah?«, fragte sie ungläubig. Das Mädchen an ihrer Seite erhob sich. »Suzannah, bist du es wirklich?«

Sie fiel ihrer Schwester schluchzend in die Arme. »Suzannah, es ist schrecklich, so schrecklich«, sagte sie immer und immer wieder. Das kleine Mädchen an ihrer Seite weinte.

New Orleans, Louisiana

Fjodor wütete wie ein Berserker. Die Flussläufe und Kanäle wurden den Wassermassen nicht mehr Herr. Noch vor Sonnenaufgang lief das Wasser über die Deichkronen und ergoss sich in die Straßen und über die Plätze. Der Wind nahm stetig zu und zerrte an den einfachen Holzhäusern im Süden der Stadt. Von Terrytown bis hinüber nach Westwego wurden die Straßen überflutet.

»Wir müssen versuchen uns nach Westen durchzuschlagen«, sagte der junge Feuerwehrmann hysterisch. Er hieß Bill und war gerade mal neunzehn Jahre alt. »In der City Hall befindet sich die Koordinierungsstelle des Katastrophenschutzes.«

Schneider schaute zum Fenster hinaus in das trübe und schier undurchdringliche Grau. Der scharfe Wind strich um die Häuser und trug allerlei Unrat mit sich. Abfalleimer, Plastikteile, Äste, sogar kleinere Bäume rasten vorbei. »Das wird kein Kinderspiel.« Er zeigte nach draußen. »Das Zentrum des Hurrikans ist bereits sehr nah. Vielleicht noch einhundert Kilometer vor der Küste. Der Wind nimmt zu. Das sind Böen von über 170 Stundenkilometern. Dafür wird der Regen in Kürze etwas nachlassen.«

»Hier können wir nicht bleiben«, sagte Bill. Die Angst stand ihm in den Augen. »Wir werden hier verrecken.«

»Der Platz hier ist genauso gut wie jeder andere in der Stadt«, erwiderte Schneider. »Wenn wir die nächsten vier Stunden überstehen, haben wir eine Chance. Der Wind wird abnehmen, und es wird still. Dann liegt das Auge des Hurrikans über uns. Uns bleiben drei Stunden Ruhe, bevor das Inferno weitergeht. Bis dahin müssen wir uns gedulden. Ich bin vom Wetterdienst und weiß, wovon ich rede.«

Eine Windböe zischte fauchend um die Hausecke und erfasste den Helikopter. Wie ein Spielzeug wurde der Hughes hochgehoben, bevor er kurz darauf auf die Seite kippte und unsanft auf der Wiese aufschlug. Zurück blieben nur ein nutzloser Haufen Schrott, verbogener Stahl und zerborstenes Glas. Der Junge zitterte am ganzen Leib. Schneider trat an seine Seite und legte ihm den Arm um die Schultern.

»Wir werden es schaffen«, sagte er. »Wir bleiben einfach hier. Hier sind wir vorerst in Sicherheit.«

Der Körper des jungen Mannes entspannte sich. Plötzlich krachte es laut. Glas splitterte. Bill schrie laut auf und krallte sich an Schneider fest. Eine Baumwurzel ragte unweit von ihnen durch die Glasfront. Splitter lagen überall verstreut.

»Ich sagte doch, der Wind wird heftiger«, murmelte Schneider.

»Sollten wir nicht lieber in den Keller?«, fragte Bill kleinlaut.

Schneider schüttelte den Kopf. »Wenn die Dämme rund um die Stadt brechen, werden wir dort unten jämmerlich ersaufen.«

»O Gott«, erwiderte der Feuerwehrmann.

»Was ist?«

»Wir haben alle Leute, denen wir begegnet sind, in die Keller geschickt«, erzählte Bill aufgeregt.

»Ihr habt was?«, brauste Schneider auf.

»So hieß der Befehl unseres Einsatzleiters«, sagte der Feuerwehrmann entschuldigend. »Wir sollten die Leute auffordern, ihre Keller aufzusuchen. Der Commander hat es uns sogar ausdrücklich eingebläut.«

Schneider schaute hinaus in das schmutzig braune Wasser, das sich mittlerweile im Park zu einem kleinen See angesammelt hatte.

»Es war ein Fehler, oder?«

Schneider seufzte. »Ihr könnt nichts dafür. In dieser Stadt dürfte es überhaupt keine Menschen mehr geben. Es hätten alle evakuiert werden müssen. Niemand macht sich eine Vorstellung davon, was der Sturm anrichten wird. So einen Hurrikan hat es noch nie gegeben. Die Wirbelstürme der letzten Jahre hatten bereits einen Teil ihrer Kraft eingebüßt, als sie auf Land trafen. Dieser Wirbelsturm ist anders. Er hat all seine Kraft aufgehoben, um sich über Land auszutoben.«

Erneut krachte und donnerte es. Ein roter Wagen flog durch das Fenster und machte die Garderobe auf der anderen Seite des Theaterfoyers dem Erdboden gleich.

»Nach oben!«, schrie Schneider durch das Tosen und Brausen dem jungen Feuerwehrmann zu, der schreckensbleich auf den Wagen starrte.

5

National Weather Service, Camp Springs, Maryland

Vargas klopfte vorsichtig an die Tür. Seit Tagen hatte sich Wayne Chang in das kleine Büro im zweiten Stock zurückgezogen. »*Bitte nicht stören!*«, stand auf dem roten Schild, das an der Klinke hing.

An diesem Tag würde *Fjodor* auf die Küste treffen. Die ersten Ausläufer hatten das Festland erreicht. Eine Katastrophe drohte, und weder Schneider noch Chang schien es zu kümmern. Schneider war nach Baton Rouge geflogen, um sich den Sturm aus der Nähe zu betrachten, und Wayne hatte sich seit Sonntag in sein Büro zurückgezogen und sich seither nicht mehr blicken lassen. Er müsse unbedingt etwas überprüfen, hatte Wayne gesagt. Es sei wichtig, und er dürfe nicht gestört werden. Dabei benötigte der stellvertretende Direktor Norman Grey ausgerechnet jetzt eine komplette Übersicht über das Netz aller Wetterstationen von New Orleans bis hinauf nach Minneapolis. Die erste Bewährungsprobe für das Projekt *Weatherboard II* stand bevor, und niemand außer ihm war zu erreichen. Wie würde sich das Wetter angesichts des Hurrikans in den gemäßigten Breitengraden des Landes in den nächsten Tagen entwickeln? Bis wohin würde sich die Schlechtwetterfront erstrecken, und wie viel Niederschlag wurde erwartet? Norman Grey wollte Antworten auf diese Fragen. Wayne meldete sich nicht, hatte sogar das Telefon auf einen Nebenapparat umgestellt. Seit einer Stunde versuchte ihn Vargas vergeblich zu erreichen. Nun blieb alles an ihm hängen. Holen Sie dies, machen Sie das. Vielleicht sollte auch er einfach sein Telefon abstellen.

Vargas fluchte leise und legte sein Ohr gegen das Türblatt. Im Zimmer war es ruhig. Kein Geräusch drang nach draußen. Er überlegte. Was sollte er tun? Wieder gehen, so wie am gestrigen Abend, und weiter im eigenen Saft schmoren? Nein, diesmal nicht. Egal, was Wayne da drinnen trieb, die Auflistung für Grey war eigentlich dessen Sache. Schließlich verdiente Wayne ebenfalls sein Geld in diesem Haus. Vorsichtig drückte er die Klinke herunter. Er rechnete damit, dass die Tür verschlossen war, doch als er leicht dagegendrückte, schwang sie auf. Die kleine Schreibtischlampe brannte, der Computer summte, und überall lagen Bücher, Skripte und Notizen herum. Auf dem Schreibtisch stand der Laptop, und auf dem Computermonitor tanzten bunte Spiralen ihren Reigen. Doch von Wayne fehlte jede Spur. Die Jalousien waren geschlossen. Langsam trat Vargas an den Schreibtisch. Wo war Wayne Chang nur abgeblieben?

Vargas aktivierte den Bildschirm. Das Defragmentierungsprogramm lief. Offensichtlich hatte Wayne seine Festplatte neu eingerichtet. Das Programm war bereits seit einer Stunde aktiv, wie er dem Programmreport entnehmen konnte. Vielleicht war Wayne gerade zur Toilette gegangen oder holte sich in der Kantine etwas zu essen. Verstohlen beäugte Vargas die herumliegenden Dokumente. Er hätte nur zu gern gewusst, woran Wayne arbeitete. Sein Kollege hatte sehr geheimnisvoll und wichtig getan, bevor er sich in das kleine Zimmer im zweiten Stock zurückgezogen hatte. Einen Augenblick überlegte Vargas, dann seufzte er und drückte die Entertaste. Der Bildschirm hellte sich auf. Gespannt schaute Vargas auf den Monitor. Dann zuckte er erschrocken zusammen. Ein rotes Dreieck blinkte im Rhythmus auf. »*Programmstop, Virus detected, DSO Bloodhound*«, stand darin geschrieben. Vargas wandte sich um und hastete aus dem Büro. Er lief den Gang hinunter. Jeden, dem er begegnete, fragte er nach Wayne, doch niemand hatte den Meteorologen gesehen. Er riss die Türen zu den Büros auf, doch auch dort wusste niemand, wo sich Wayne Chang aufhielt. Als er an der Pforte ankam, war er völlig außer Atem.

»Haben Sie Professor Chang gesehen?«, fragte er den Pförtner, nachdem er wieder Luft geschöpft hatte.

Der Mann überlegte. »Heute früh noch nicht«, antwortete der Pförtner. »Gestern ist er gegen Nachmittag nach Hause gegangen. Seither war er nicht mehr hier.«

»Sind Sie sicher?«, fragte Vargas und überschlug, wie lange das Defragmentierungsprogramm auf dem Laptop wohl lief.

»Ja.«

»Waren Sie die ganze Zeit über hier?«

»Vor einer Stunde kam eine Frau vom Serviceteam«, antwortete der Pförtner. »Ich habe sie zu den Fahrstühlen gebracht. Da war ich wohl zehn Minuten im Haus unterwegs.«

Vargas nickte. »Aha, dann sind die Aufzüge wieder einmal kaputt«, sagte er erleichtert.

»Nein, sie war von Copper & Sundance und wegen der Computeranlage hier«, erwiderte der Pförtner. »Sie zeigte mir einen bestätigten Auftrag, weil sie in den Serverraum musste.«

Vargas wurde hellhörig. »Ist sie noch hier?«

Der Pförtner schüttelte den Kopf. »Muss eine Routinesache gewesen sein, eine halbe Stunde später war sie schon wieder weg.«

Vargas fluchte. Wayne hatte sich einen Virus auf seinen PC heruntergeladen, und ausgerechnet dieser Computer hing auch noch am Netzwerk. Wayne war unauffindbar und diese Servicefrau längst wieder gegangen. Er musste unbedingt Grey informieren, bevor der Virus auf den Server übersprang. Die Festplatte seines Laptops hatte Wayne offenbar schon selbst gereinigt. Da behaupteten die Computerspezialisten immer, die Anlage sei sicher und die Firewall würde alle Angriffe aus dem Netz abwehren. Nichts auf dieser Welt war mehr sicher. Nicht einmal das Wetter hielt sich in letzter Zeit an irgendwelche Regeln.

Meota, Saskatchewan, Kanada

Von Seattle aus war Dwain schnurstracks nach Battleford in Kanada gefahren, um vor Ort nach Menschen zu suchen, die etwas von Mcnish wussten. Von dem Polizeiposten hatte er erfahren, dass die Mcnishs früher einmal in einem kleinen Ort etwa zwanzig Kilometer nördlich gewohnt hatten. So war er zu einem Frisör gelangt, der Allan Mcnishs Mutter gut gekannt und bei sich aufgenommen hatte, als sie ihre Farm verlor. Alisha Macnish musste eine Art Heilerin gewesen sein, jedenfalls hatte sie die Frau des Frisörs von Krebs geheilt. Auch Allan, ihr Sohn, habe diese übersinnliche Gabe gehabt, Dinge gesehen, die anderen Menschen verborgen blieben, berichtete der alte Mann. Doch dann sei er eines Tages weggegangen, und seither hatte der Frisör nichts mehr von dem jungen Mcnish gehört. Seine Mutter sei inzwischen gestorben. Dwain, der sich bereits wieder in einer Sackgasse wähnte, atmete auf, als der Frisör ihm eine weitere Spur wies. Und die führte ihn zu dem alten Grease am Lake Jackfish bei Meota.

Die kleine Straße war nicht einfach zu finden, und beinahe

hätte Dwain die Abzweigung übersehen. Der alte Grease wohnte außerhalb der Kleinstadt in einer Fischerhütte direkt am südwestlichen Ufer des Sees. Als Dwain aus dem Wagen stieg und auf die Hütte zuging, saß der alte Mann auf der überdachten Veranda und reparierte Fischernetze. Ein großer brauner Hund lag zu seinen Füßen und döste im Sonnenschein. Der Alte sowie der Hund hoben noch nicht einmal die Köpfe, als Dwain vor die Veranda trat.

»Hallo!«, grüßte er den Alten. »Sind Sie Mr Grease?«

Der Mann hatte langes schlohweißes Haar und ein rosiges Gesicht und mochte wohl an die siebzig Jahre alt sein. Er trug ein blauweiß kariertes Hemd sowie eine etwas zu große Jeans, die von breiten Hosenträgern gehalten wurde.

»Grease, nicht Mr Grease«, sagte der Alte gleichmütig. »Und wer sind Sie?«

Dwain trat näher und holte seinen Dienstausweis und die Sheriffmarke hervor. »Ich bin Sheriff Dwain Hamilton aus dem Socorro County, das liegt in New Mexico.«

»Und was treibt ein Sheriff aus dem Süden hier oben am Lake Jackfish?«

»Robert Allan Mcnish«, antwortete Dwain und schaute sich um. Ein Boot lag vertäut an einem grob gezimmerten Holzsteg. Auf einem Holzgestell neben der Hütte hingen mehrere ausgenommene Fische zum Trocknen.

»Ich kenne keinen Robert Allan Mcnish«, antwortete Grease mürrisch und abweisend.

»Wakefield hat mich hierhergeschickt«, antwortete Dwain und holte das Foto aus seiner Hemdtasche. Er streckte es dem alten Mann hin. Der Hund hob den Kopf und bellte.

»Still!«, befahl Grease.

Offenbar war der Hund dankbar für diesen Befehl und ließ den Kopf wieder auf den Boden sinken. Seine Pflicht hatte er zumindest erfüllt. Der Alte griff nach dem Foto. Beinahe eine Minute starrte er darauf, ehe er es Dwain wieder reichte.

»Woher haben Sie das?«, fragte er.

»Das ist das Bild eines Toten, der in meinem County gefunden wurde«, sagte Dwain mit brüchiger Stimme. »Der Tote hatte keine Papiere bei sich. Nur ein Namensschild einer Firma oder Institution mit eben diesem Namen: Allan Mcnish.«

»Wie ist der Mann gestorben?«

»Er starb an einer Überdosis eines Drogencocktails«, erwiderte Dwain. »Hören Sie, ich weiß, dass Robert Allan Mcnish seit sechs Jahren als vermisst gilt und vermutlich in den Fluten des Mackenzie ertrunken ist. Aber in Albuquerque gibt es ein Grab mit einem Kreuz, auf dem kein Name steht.«

Der alte Mann schwieg und wies mit der Hand auf einen Stuhl.

Dwain kam der Aufforderung nach und setzte sich. »Ich kenne die näheren Umstände nicht, unter denen der Tote in meinem County gestorben ist«, fuhr er fort. »Es sieht nicht so aus, als ob er umgebracht wurde. Aber ich will wissen, um wen es sich handelt, welcher Mensch sich hinter diesem Namen verbirgt.«

Grease erhob sich. Wortlos verschwand er in seiner Hütte. Dwain blickte ihm nach. Kurz darauf kam er mit einer Ansichtskarte in seiner Hand zurück. Er reichte sie Dwain. Die Karte stammte aus Alamogordo in New Mexico, die Abbildung zeigte das White Sands National Monument. Der Stempel trug das Datum des 20. März 2002. Dwain wendete die Karte und las die Nachricht.

Hi, Grease,
Mom würde es nicht verstehen, sage ihr bitte nichts,
aber mir geht es gut. Ich habe endlich eine Aufgabe
gefunden, für die es sich zu leben lohnt.
Vielen Dank für alles,
Rob.

»Ist die Karte von Robert?«

Der alte Mann nickte.

»Dann ist er also nicht im Mackenzie ertrunken?«

»Seine Mutter konnte ihn nie loslassen«, begann Grease zögernd zu erzählen. »Sie hat ihn umklammert wie einen Rettungsring. Rob brauchte Freiheit. Er suchte sich selbst. Er suchte nach einem Sinn.«

»Sie haben die ganze Zeit über gewusst, dass er nicht tot war?«

Der alte Mann nickte. »Rob war anders als die Jungs in seinem Alter. Er war etwas Besonderes. Er hatte besondere Gaben, die den meisten Menschen heutzutage abhandengekommen sind. Deswegen war er ein Außenseiter, in der Schule, in der Stadt, egal, wo er war. Er war für die anderen Jungen ein Spinner, dabei konnte er nur tiefer blicken als andere Menschen. Seine Sinne waren wach. Er liebte die Natur.«

»Er war in seiner Kindheit oft hier draußen?«

»Er lebte bei mir, weil er hier Ruhe vor diesen üblen Burschen hatte«, sagte Grease. »Er war auf der Suche, aber er konnte hier nicht finden, was er brauchte.«

»Ist er der junge Mann auf dem Foto?«

Der Alte nickte.

»Wissen Sie, was er in Amerika wollte?«

Diesmal schüttelte Grease den Kopf. »Nach dem Vorfall auf dem Mackenzie hat er mich mitten in der Nacht aufgesucht. Er hat mir gesagt, dass er verschwinden wird und dass es besser ist, wenn seine Mutter nichts davon weiß.«

»Und Sie haben geschwiegen?«

»Er konnte sogar die Gegenwart von Fischen spüren«, lenkte der alte Mann ab. »Wenn er mit mir hinausfuhr, lotste er mich an Stellen, an denen ich selbst niemals meine Netze ausgeworfen hätte. Immer wenn ich die Netze einzog, waren sie prall gefüllt. Der Junge hatte das zweite Gesicht.«

»Ihre Aussage wird mir nicht viel nutzen, um zu beweisen,

dass der Tote aus dem Socorro County Robert Allan Mcnish ist«, murmelte Dwain.

»Er soll ein Grab mit seinem Namen haben«, entgegnete der alte Mann und erhob sich. Als er zurückkehrte, trug er ein Schächtelchen bei sich. Er öffnete es und reichte es Dwain. In dem kleinen Kästchen lag ein halb verfaulter Zahn.

»Es war sein letzter Milchzahn«, erklärte Grease. »Ich habe ihm den Zahn selbst gezogen. Er sagte: ›Behalte ihn, du hast ihn dir verdient.‹«

Dwain atmete tief ein. »Damit wäre es möglich, sein DNA-Muster zu überprüfen.«

»Ich möchte, dass Sie dafür sorgen, dass Rob neben seiner Mutter liegt«, sagte der alte Mann. »Nehmen Sie den Zahn, wenn er Ihnen dabei nützlich ist.«

Dwain versprach, dass er für die Überführung des Leichnams sorgen werde, sollte sich herausstellen, dass es sich um Robert Allan Mcnish handelte.

6

New Orleans, Louisiana

Je näher das Auge des Hurrikans der Stadt kam, umso tiefer ertrank New Orleans im sintflutartigen Regen. Beinahe zweihunderttausend Menschen befanden sich noch in der Metropole, aber bereits um die Mittagszeit waren mehr als die Hälfte *Fjodor* zum Opfer gefallen, und das Leben der übrigen hing an einem seidenen Faden.

»Wir kommen hier nie mehr lebendig heraus!«, schrie der junge Feuerwehrmann, als er vom zweiten Stock hinunter in die Sturmfluten blickte, die den Theaterbau umströmten. Aus dem Erdgeschoss drangen das Rauschen und Fauchen der Wassermassen heraus, die durch die zerborstenen Scheiben in das Gebäude strömten.

»Gibt es so etwas wie einen Anbau hier, aus dickem Stahlbeton vielleicht?«, schrie Schneider ihm zu.

»Wir ersaufen wie die Ratten.«

Schneider trat an seine Seite und schüttelte ihn. »Einen Anbau, gibt es einen sicheren Anbau in diesem Gebäude? Etwas aus Stahlbeton mit dicken Wänden? Mann, überlegen Sie schon!«

Der Gesichtsausdruck des jungen Feuerwehrmannes entspannte sich. Es war, als würde er aus tiefer Trance erwachen. »Dort ... dort hinten ... der Fahrstuhlschacht«, stotterte er und zeigte den Gang entlang.

»Dann nichts wie los!«, schrie Schneider. »Die Decke wird nicht mehr lange halten.«

Santiago de Cuba, Südküste von Kuba

Suzannah verbarg ihre tränengeröteten Augen hinter ihren Händen. Fassungslos saß sie auf der kleinen Holzbank. Sie zitterte am ganzen Leib.

Peggy wischte sich die Tränen aus den Augen. »Plötzlich war sie weg. Einfach so. Vom Wasser verschluckt.«

Brian stand hilflos neben Suzannah und legte ihr die Hand auf die Schulter.

»Was sollen wir tun ... was sollen wir nur tun?«, stammelte sie unentwegt. »Wir können sie doch nicht einfach dort draußen lassen.«

Peggy schaute auf. »Sie ist tot«, antwortete sie. »Sie ist gestorben. Mutter lebt nicht mehr. Wir müssen es akzeptieren.«

Suzannah schüttelte den Kopf. »Wir müssen nach ihr suchen, wir können doch nicht so einfach von hier weggehen. Vielleicht lebt sie noch, vielleicht wurde sie irgendwo an Land gespült und ist verletzt.«

»Suzannah, komm zu dir«, erwiderte Brian. »Niemand überlebt diese Welle. Das Meer hat sie mit sich genommen. Du musst es endlich begreifen.«

Suzannahs Kopfschütteln wurde heftiger. »Nein!«, schrie sie und erhob sich. »Nein! Ich muss mit ihr reden, ich muss sie um Verzeihung bitten. Sie muss mir diese Chance geben. Sie kann nicht einfach so verschwinden! Nein!«

Suzannah wurde immer hysterischer. Brian zog sie in seine Arme und drückte sie fest an sich. Immer wieder sagte sie: »Nein, nein«, bis die Worte schwächer wurden und in ihren Tränen ertranken.

Ein Weinkrampf schüttelte sie. Brian hielt sie eng umschlungen und streichelte ihr sanft über den Rücken. Allmählich wurde sie ruhiger.

»Ich hätte ihr noch gern gesagt, dass es mir leidtut«, sagte Suzannah, nachdem sie ihre Fassung wiedergefunden hatte. »Wie ... wie geht es Tom?«, fragte sie mit brüchiger Stimme.

Peggy trat an das Bett ihres kleinen Sohnes. »Es ist kein komplizierter Beinbruch, er wird wieder.«

Der Lärm mehrerer Helikopter drang in das Innere des behelfsmäßig eingerichteten Krankenhauses. Bald darauf hallte ein lautes Rufen in Spanisch durch die Gänge. Ein kubanischer Offizier in Begleitung zweier bewaffneter Soldaten eilte den Gang entlang. Immer wieder rief er den Patienten ein paar Worte zu. Der Arzt im weißen Kittel, es handelte sich um den Schiffsarzt der *Caribbean Queen*, kam aus einem der Zimmer und trat dem Offizier in den Weg.

»Was sagt er?«, fragte Peggy.

»Transportfähige Patienten sollen sich für den Abtransport bereithalten«, übersetzte Brian. »In Havanna wartet eine Maschine auf dem Flugplatz, die nach Miami fliegt. Sie wollen evakuieren.«

»Endlich«, stöhnte Peggy. »Wenn ich nicht bald hier herauskomme, werde ich noch verrückt.«

Der Offizier ging in Begleitung des amerikanischen Schiffsarztes den Gang entlang. Vor den leichter verletzten Patienten blieb er stehen und wechselte ein paar Worte in gebrochenem

Englisch mit ihnen. Auch vor dem Bett von Tom machten Arzt und Offizier halt.

»Sie werden mit Ihrem Sohn nach Havanna gebracht«, sagte der Schiffsarzt zu Peggy. »Ihr Junge war tapfer. Er wird den Unfall unbeschadet überstehen. Der Knochenbruch wird wieder verheilen.«

Der Offizier zeigte auf Suzannah und Brian.

»Sie gehören zu mir«, beeilte sich Peggy zu antworten.

»Wir werden den Jungen auf einer Tragbahre transportieren«, sagte der Arzt. »Die Hubschrauber stehen draußen bereit. Machen Sie sich bitte fertig!«

New Orleans, Louisiana

Im nördlichen Gebäudetrakt, jenseits des Fahrstuhlschachts, durchzogen dicke Träger aus Stahlbeton die Deckenkonstruktion. Der Wind zerrte und riss an der Fassade. Fensterscheiben aus Sicherheitsglas zerbarsten unter der Wucht der Böen. Schließlich gaben die Träger auf der Westseite des Gebäudes nach und knickten ein. Krachend und tosend stürzte die Decke hinab in die Tiefe. Schneider und der junge Feuerwehrmann hatten es geschafft, rechtzeitig dem Inferno zu entkommen und sich zwischen dem Fahrstuhlschacht und dem angrenzenden Anbau in Sicherheit zu bringen. Ihnen blieb nur die Hoffnung, dass die Konstruktion des Fahrstuhlschachts fest und dicht genug war, sodass das Wasser nicht allzu tief in die Poren eindringen konnte, um den Beton aufzuweichen. Unmittelbar über dem Fahrstuhlschacht lag ein Raum, der die Technik und Steuerungsgeräte für den geräumigen Bühnenaufzug beherbergte.

Schneider öffnete die Stahltür und schaute sich darin um. Es war düster im Raum. Nur ein kleiner Lichtschacht im oberen Bereich der Außenwand ließ das fahle Tageslicht ins Innere. Das Licht funktionierte nicht. In der gesamten Stadt war der Strom ausgefallen, nachdem das Umspannwerk im Süden in den braunen Fluten verschwunden war.

»Hier hinein!«, rief Schneider gegen das Tosen des Sturms an. Bill musterte seinen Begleiter mit großen Augen. »Hier drinnen sind wir sicher«, beruhigte Schneider den jungen Mann und klopfte gegen die Wand. »Stahlbeton, mindestens vierzig Zentimeter dick. Das müsste reichen, um dem Wind standzuhalten.«

Bill nickte und folgte ihm. Sie schlossen die Tür. Plötzlich wurde es still. Das Tosen, Brausen und Lärmen erstarb. Lautlosigkeit breitete sich aus. Bill schaute Schneider fragend an.

»Es ist nicht wegen der geschlossenen Tür«, belehrte Schneider seinen jungen Begleiter und blickte auf seine Armbanduhr. »Das Auge ist über uns. Es heißt, die Ausdehnung des Auges beträgt hundert Kilometer. Das bedeutet, die nächsten drei Stunden bleibt es still.«

»Dann könnten wir doch ...«

Schneider schüttelte den Kopf. »Wir bleiben hier. Das Hochwasser ist bestimmt schon über drei Meter hoch angestiegen. Selbst wenn wir ein anderes Gebäude erreichen, ändert sich nichts an der Situation. Wir bleiben hier und warten ab.«

»Ich muss wissen, was da draußen vor sich geht«, erwiderte der Feuerwehrmann. »Vielleicht braucht jemand unsere Hilfe.«

»Junger Freund«, sagte Schneider beschwichtigend. »Jetzt ist nicht die Zeit, über Hilfe für andere nachzudenken. Wir können uns nicht einmal selbst helfen. Wenn wir dort hinausgehen, dann ist unser Leben keinen Pfifferling mehr wert. In den braunen Fluten herrschen Unterströmungen, denen wir nichts entgegenzusetzen haben.«

Der junge Feuerwehrmann setzte sich auf den Boden und lehnte den Rücken gegen die kalte, feuchte Wand. Grübelnd starrte er auf den engen Lichtschacht. »Wenn ich nur wüsste, wie es in der Stadt aussieht.«

»Hast du Familienangehörige in der Stadt?«

Bill schüttelte den Kopf. »Mein Vater wohnt in Houston, und

meine Mutter wohnt mit ihrem neuen Ehemann und meiner kleinen Schwester in Hammond. Ich bin als Einziger hier in der Stadt geblieben. Aber meine Freundin Hazel ist noch in unserem Apartment in der Canal Street.«

»Sie hat die Stadt nicht verlassen?«

»Sie wollte bei mir bleiben.«

Schneider blickte zu Boden. Er wich dem fragenden Blick von Bill aus, weil er nicht wusste, was er sagen sollte. Bestimmt war die Lage weiter im Norden der Stadt, dort, wo die großen Dämme lagen, vor allem in der Nähe des Lake Pontchartrain, noch prekärer als in Central New Orleans, wo sich vor allem das Wasser des Mississippi über den Straßen und Plätzen ausbreitete. Plötzlich richtete sich der Junge auf, zog einen Holzstuhl, der in der Ecke stand, an den Lichtschacht heran und kletterte hinauf. Er musste sich strecken, um durch die Lamellen des Schachts nach draußen blicken zu können.

»Ich sehe einen blauen Himmel«, murmelte er ungläubig. »Zum Teufel, da draußen ist ein blauer Himmel. Keine Wolke, nichts. Nur Blau. Und wir hocken hier in diesem Loch.«

»Das Auge des Hurrikans«, erklärte Schneider. »Es ist wie ein Schacht. Luft steigt an den Rändern hinauf und sinkt im Inneren wieder ab. Abgekühlte Luft. Solange wir uns im Auge befinden, sind wir vor dem Wind sicher.«

»Haben wir es überstanden?«

Schneider schüttelte unmerklich den Kopf. »Wenn das Auge über uns hinweggezogen ist, setzen Wind und Regen aufs Neue ein. Manchmal heftiger als zuvor.«

Bill wandte den Kopf und warf einen weiteren Blick nach draußen. Mit einem Seufzer stieg er vom Stuhl. Neben einem kleinen Regalschrank blieb er stehen. Er fummelte an einem schwarzen Kasten mit Schaltern und Knöpfen herum. Plötzlich knackte und rauschte es.

»Ich werde verrückt«, sagte Bill. »Ein Radio mit Batteriebetrieb.«

»Ich glaube, es ist besser, du schaltest wieder aus«, meinte Schneider. »Wir brauchen es vielleicht dringender, wenn der Sturm vorüber ist. Du weißt nicht, wie lange die Batterien noch halten.«

Der Junge ließ sich nicht beirren. Er betätigte den Sendersuchlauf, bis er endlich auf einen Sender stieß.

... die Stadt. Überall steigt die Sturmflut an. Die Deiche sämtlicher großer Seen sind weitflächig überspült. Ein Großteil der Dämme ist eingebrochen. Der Superdome ist vor ein paar Minuten in sich zusammengebrochen. Bevor der Hurrikan die Küste erreichte, hatten vierzigtausend Menschen darin Zuflucht gesucht, und eine riesige Schlange wartete noch bis kurz nach neun Uhr am Haupteingang.

»Wir rechnen mit dem Schlimmsten«, so James Tisser, der leitende Offizier des Katastrophenschutzteams in New Orleans.

Die kleinen schmucken Einfamilienhäuser in den Randbezirken sind nicht mehr zu erkennen. Vor einer halben Stunde sind sie in den Fluten versunken. Historische Bauten wie die Markthallen am French Market oder das Convention Center sind teilweise eingestürzt. Es herrscht Chaos. Leichen treiben im Wasser. In zwei Stunden wird das Spiel von Neuem beginnen. Die Hölle ist über den Einwohnern der Stadt hereingebrochen.

... so weit von unserem Reporter Ernest Willford aus New Orleans für Radio Seven-Four-Nine, Louisiana.

»Wir werden sterben«, murmelte Bill.

»Lass den Kopf nicht hängen. Es gibt nichts zu gewinnen, wenn wir uns aufgeben. Aber wir können ums Überleben kämpfen.«

»Ich habe Angst.«

»Ich auch, lieber Freund, ich auch, glaub mir«, antwortete Schneider.

Socorro, New Mexico

Sheriff Dwain Hamilton war mit der Abendmaschine von Saskatoon nach Albuquerque zurückgekehrt. Müde betrat er am Donnerstagmorgen das Büro.

Donna, Dave Lazard und die anderen Deputys starrten gebannt auf den Fernseher, wo Bilder des Nachrichtenkanals über den Bildschirm flimmerten.

Von einer unheilvollen und noch nie da gewesenen Katastrophe war die Rede angesichts der Verwüstungen, die der Hurrikan *Fjodor* in New Orleans und der dortigen Umgebung angerichtet hatte. Unzählige Gebäude waren eingestürzt. Sogar der Superdome hatte dem Wind und den gewaltigen Wassermassen nicht standgehalten. Von weit über hunderttausend Toten war die Rede.

»Hast du davon schon gehört?«, fragte Dave Lazard, als er Dwain erblickte.

Dwain schüttelte den Kopf. »Auf dem Flug hörte ich im Radio einen kurzen Bericht«, erklärte er. »Aber Näheres wusste ich noch nicht.«

»New Orleans ist von Wasser und Schlamm überspült worden. Fast siebzig Prozent aller Gebäude sind zerstört oder schwer beschädigt. Das ist eine einzige Katastrophe.«

Dwain nickte. »Ich verstehe nicht, warum nicht rechtzeitig evakuiert wurde.« Er bedeutete Lazard, näher zu kommen. Verschwörerisch beugte er sich vor. »Der Tote ist der Vermisste aus Kanada, das ist ziemlich sicher.«

»Woher weißt du das?«

Dwain bat ihn, ihm in sein Büro zu folgen. Als die Tür geschlossen war, holte Dwain das Schächtelchen mit dem Zahn von Robert Allan Mcnish hervor.

»Ich brauche eine DNA-Analyse davon«, sagte er. »Ich zweifle zwar nicht mehr daran, aber ich möchte trotzdem absolute Sicherheit haben.«

»Robert Allan Mcnish aus Kanada«, murmelte Lazard. »Was hat er hier unten gesucht?«

Dwain erzählte ihm, was er in Kanada erfahren hatte. Lazard hörte nachdenklich zu.

Als Dwain geendet hatte, sog Lazard tief die Luft ein.

»Ein Hellseher, einer dieser Wolkenschieber«, folgerte er. »Damit ist deine Theorie über das Marinecamp wohl endgültig erledigt.«

»Kein Hellseher«, sagte Dwain. »Ein Medium. Dieser alte Mann, Grease, hat von übersinnlichen Fähigkeiten gesprochen. Von einer metaphysischen Begabung, wie man sie nur bei Naturvölkern antrifft, oder so ähnlich.«

»Wenn du mich fragst, dann war er ein Spinner, einer dieser Freaks. Und ein Junkie. Also vergiss ihn einfach. Wenn du wegen eines solchen Fantasten unsere glorreiche Armee in Misskredit bringst, dann hält dich wirklich jeder für verrückt. Damit wärst du erledigt.«

Dwain schaute auf das Schächtelchen, das vor ihm auf dem Schreibtisch lag. Schließlich nahm er es in die Hand und reichte es Lazard.

»Möglicherweise hast du recht«, sagte er. »Vielleicht war der Junge wirklich drogensüchtig und ein Freak. Aber trotzdem will ich Gewissheit. Nur für mich, versteht sich. Erst dann kann ich den Fall auf Eis legen.«

Lazard ergriff das Schächtelchen. »Ich werde sehen, was ich für dich tun kann.«

Orlando International Airport, Florida

Die Boeing 737-200 der American Airlines landete planmäßig um 14.22 Uhr auf dem Orlando International Airport im Süden der Stadt. Der kleine Tom wurde von einem Krankenwagen direkt am Terminal abgeholt und in das Flughafenhospital gebracht.

In der Ankunftshalle wartete Robert, Peggys Ehemann, bereits auf sie. Er schloss Peggy und Sarah in die Arme, so als ob er sie nie wieder loslassen wollte.

»Woher hast du gewusst, dass wir hier ankommen?«, fragte Peggy erstaunt. Tränen liefen ihr über die Wangen. Seit Stunden versuchte sie vergeblich, Robert zu erreichen.

»Der Colonel hat es mir gesagt. Ich weiß, was geschehen ist, auch die Sache mit Mutter ...« Er hauchte Peggy einen Kuss auf die Stirn. »Unsere Einheit wurde verlegt. Gestern tobte ein Wirbelsturm über New Orleans. Achtzig Prozent der Stadt sind zerstört. Der Sturm ist weitergewandert und richtet auf seiner Spur schwere Zerstörungen an. Nachdem ich erfuhr, dass ihr heute zurückgeflogen werdet, habe ich den Colonel gebeten, mir für diesen Tag freizugeben. Tom ist wohl schon im Krankenhaus?«

Peggy nickte und trocknete sich die Tränen ab. »Es ist ein Beinbruch. Der Arzt meint, in ein paar Wochen wird er wieder ganz normal gehen können. Ich will gleich zu ihm.«

Robert gab Suzannah die Hand und deutete eine Umarmung an. »Es tut mir leid, was mit Mutter passiert ist«, sagte er.

Suzannah nickte. »Das ist Brian, er begleitet mich.«

Robert nickte Brian zu. »Ich habe ein Zimmer im Motel nebenan angemietet. Ich denke, ihr seid müde. Mal sehen, vielleicht ist ja noch ein Zimmer frei.«

»Schon gut, wir werden bestimmt zurechtkommen.«

Gemeinsam verließen sie die Ankunftshalle. Neben dem riesigen Flughafenareal befand sich das Days Inn Motel. Sie hatten Glück, es war noch ein Zimmer frei, allerdings nur ein Doppelzimmer.

»Ich brauch jetzt erst einmal eine Dusche«, sagte Suzannah, nachdem sie ihr Zimmer bezogen hatten. Brian nickte und setzte sich auf das Bett. Eine harte und schlaflose Nacht lag hinter ihnen. Mit einem Hubschrauber waren sie von Santiago de Cuba nach Havanna geflogen worden, wo sie in der Abflughalle eine kurze und ungemütliche Nacht verbrachten, bis sie, zusammen mit weiteren hundert Evakuierten, das bereitstehende Flugzeug besteigen konnten.

Brian blätterte in der Zeitung, die er an der Rezeption mitgenommen hatte. Das Rauschen des Wassers drang aus dem Badezimmer. Plötzlich erhob sich Brian vom Bett, ging an die Badezimmertür und klopfte.

»Was ist los?«, dröhnte Suzannahs Stimme dumpf durch die geschlossene Tür.

»Sie haben Professor Paul gefunden.«

»Wo war er nur?«

»Professor Paul ist tot«, sagte Brian. »Sie haben ihn samt seinem Wagen aus einem See gezogen.«

»Wie kommst du darauf?«

»Es steht hier in der Zeitung. Ich muss sofort Wayne Chang anrufen.«

Er nahm sein Notizbuch heraus und wählte dessen Nummer, doch niemand meldete sich am anderen Ende. Er versuchte es ein weiteres Mal. Vergeblich.

7

National Aeronautics and Space Administration, Headquarters, Washington D.C.

Direktor Bruce T. Traverston schob den Zeitungsbericht zur Seite und warf seine Lesebrille auf den Schreibtisch.

»Wir werden nie erfahren, was ihn dazu getrieben hat«, sagte Donald Ringwood und steckte den Zeitungsbericht in seine Aktentasche. »Wenn ich darüber nachdenke, dann hat er sich in letzter Zeit immer mehr zurückgezogen. Als ich mit ihm über die Kosten seines Expertenteams sprach und ihm mitteilte, dass die Sonderausgaben auf Kosten unseres Jahresbudgets gehen, machte er einen sehr angespannten Eindruck.«

Traverston schüttelte den Kopf. »Ich glaube nicht, dass der

Tod von James etwas mit seiner Arbeit zu tun hat. Er hat für die NASA gelebt und wusste, dass er jederzeit meine Rückendeckung gehabt hätte. Es muss etwas anderes dahinterstecken. Etwas Persönliches vielleicht. Aber jetzt ist es zu spät, wir werden es wohl nie mehr erfahren. Alle Spekulationen führen nur in eine Sackgasse.«

Ringwood nickte.

Traverston erhob sich und trat ans Fenster. »Ich habe James Paul stets geschätzt. Seine fachliche Qualifikation und sein Improvisationstalent in außergewöhnlichen Lagen waren einzigartig. Ich erinnere mich noch daran, wie wir zusammen angefangen haben, damals beim Apollo-Programm. Er hat der Raumfahrt seine Seele verschrieben. Sein Verlust wird für uns unersetzbar sein.«

»Da stimme ich Ihnen in vollem Umfang zu«, sagte Ringwood.

»Sie werden die Leitung der Abteilung so lange übernehmen, bis wir einen geeigneten Nachfolger für James gefunden haben.«

Das Lächeln in Ringwoods Gesicht erstarb. Seine Augen funkelten nervös. »Aber ich dachte ...«

»Sie sind ein ausgezeichneter Verwaltungsbeamter, Donald«, unterbrach Traverston ihn. »Ich schätze Ihre Dienste sehr. Aber ein Shuttleprogramm braucht einen wissenschaftlichen Leiter. Damit möchte ich nicht sagen, dass ich Ihnen die Sache nicht zutrauen würde, aber Ihr Platz ist hinter den Kulissen. Ich verlasse mich auf Ihre Loyalität der NASA gegenüber. Wir brauchen jeden Mann am richtigen Platz, gerade jetzt, wo wir mit weiteren finanziellen Einschränkungen im kommenden Jahr rechnen müssen.«

Donald Ringwood schaute betroffen zu Boden. Innerlich bebte er, doch nach außen versuchte er ruhig und gefasst zu wirken, was ihm nicht gänzlich gelang. »Ich dachte, jetzt, nachdem Professor Paul sich das Leben genommen hat, wäre gerade Kontinuität in der Führung des Shuttleprojekts ein Garant für den Erfolg der geplanten ISS-Mission«, unternahm Ringwood einen erneuten Vorstoß.

»Das ist auch meine Meinung. Gerade deshalb denke ich an eine leitende Wissenschaftlerin, die Paul sehr nahe war und die letzten Jahre über als seine rechte Hand fungierte.«

»Sie meinen Lisa White Eagle?«, entfuhr es Ringwood. »Das kann doch nicht Ihr Ernst sein!«

»Sie haben, nachdem ich Ihnen die vorübergehende Leitung übertrug, weil James unauffindbar war, die beiden Astronauten in ein Sanatorium überführt und die Wissenschaftler nach Hause geschickt.«

Ringwood blickte Traverston unsicher an.

»Das war unklug«, fuhr Traverston fort. »Wir sorgen für unsere Leute und schieben sie nicht ab. Und wir stoßen vor allem keine Wissenschaftler vor den Kopf, die zu den Koryphäen unseres Landes gehören. Wenn sich so etwas herumspricht, dann werden wir unseren guten Ruf verlieren, und gerade in diesen schwierigen Zeiten können wir es uns nicht leisten, Gegenstand einer öffentlichen Diskussion zu werden.«

»Ich wollte doch nur die Kosten minimieren«, sagte Ringwood kleinlaut. »Das Team kostete uns jeden Tag mehrere tausend Dollar.«

»Sehen Sie, es gehört eben mehr dazu, als nur die nackten Zahlen zu bilanzieren. Deswegen ist meine Entscheidung unumstößlich. Jeder gehört an seinen Platz, und Ihrer, lieber Donald, war schon immer hinter einer Rechenmaschine. Und jetzt entschuldigen Sie mich, ich habe noch einen dringenden Termin.«

Als Donald Ringwood durch die langen Gänge dem Treppenhaus zustrebte, drangen die unterschiedlichsten Gefühle auf ihn ein. Aus der Niedergeschlagenheit wurde schließlich Trotz und aus der Enttäuschung blanke Wut. Das hatte er nicht verdient, jetzt war er an der Reihe.

New Orleans, Louisiana

Fjodor hatte New Orleans hinter sich gelassen. Oder das, was von New Orleans noch übrig geblieben war. Der Hurrikan hatte sich deutlich abgeschwächt, aber dennoch wanderte er mit einer Rotationsgeschwindigkeit von beinahe 200 Stundenkilometern in Richtung Nordwesten weiter. Baton Rouge lag auf seiner Route. Aus dem grauen Himmel zuckten Blitze dem Erdboden entgegen, und noch immer richtete er beträchtliche Schäden an Gebäuden und der Bebauung an. Die Pforten des Himmels waren immer noch geöffnet, und die Regenmassen füllten den See, der sich in der Stadt gebildet hatte.

Nur zögerlich liefen die Rettungsarbeiten in der überschwemmten und zerstörten Stadt am Mississippi an. Viele bereitgestellte Gerätschaften und Transportmittel waren zusammen mit der Stadt untergegangen. Aufgrund der heftigen Winde waren Hubschrauberflüge zu riskant. Funk- und Telefonverbindungen waren ausgefallen, das Straßennetz war für eine lange Zeit unbrauchbar.

Erst wenn die Wassermassen in ein paar Tagen oder Wochen den Erdboden wieder freigaben, würde sich das wahre Ausmaß der Zerstörung zeigen. Die Landebahnen der Flugplätze im Norden und im Westen der Stadt waren beschädigt, und die gesamte Infrastruktur war zusammengebrochen.

Der Golf von Mexiko würde für die nächste Zeit der einzige Weg sein, um sich der Stadt und den Orten entlang der Küste zu nähern. Aber auch hier barg das Hochwasser vielerlei Gefahren. Für eine Weile blieben die Überlebenden der Katastrophe von New Orleans noch ihrem Schicksal überlassen. Noch war ungewiss, wie viele das Inferno überlebt hatten und wie viele der Hurrikan in den Tod gerissen hatte.

Die Antwort auf diese Frage schnürte Cliff Sebastian im Weißen Haus in Washington die Kehle zu.

»Wir müssen mit etwa zweihunderttausend Opfern rechnen«,

sagte der junge Berater des Präsidenten und malte eine Zahl mit einem roten Stift auf den Block, der vor ihm lag.

»Wie wird es weitergehen?«, fragte der Innenminister an Cliff Sebastian gewandt. »Ich meine, womit müssen wir bei diesem Wirbelsturm noch rechnen?«

Cliff Sebastian schluckte den bitteren Geschmack hinunter. »So wie es jetzt aussieht, wird sich der Sturm in nordwestliche Richtung weiterbewegen. Er hat sich im Verlauf der letzten vier Stunden deutlich abgeschwächt. Der Wind wird weiter abnehmen. Allerdings sind die Wolken noch immer voller Wasser, und es wird noch einige Stunden, vielleicht sogar Tage weiterregnen. Erst morgen werden wir mehr darüber sagen können.«

»Wenn Sie sich diesmal nicht wieder irren«, fügte Wagner bissig hinzu.

Cliff kniff die Augen zusammen. »Ich habe Ihre Sticheleien satt. Dieser Sturm war unberechenbar. Er hat stetig seine Richtung und seine Zuggeschwindigkeit verändert. So etwas habe ich noch nie erlebt. Er war genauso unberechenbar wie ein Raubtier, das aus seinem Käfig ausbricht. Er hat alle Regeln, die wir bislang für Hurrikans aufstellen konnten, über den Haufen geworfen.«

»Kann sich so etwas wiederholen?«, fragte der Offizier in der blauen Uniform der Airforce.

»Tallahassee war ein kleines Vorspiel, New Orleans der erste Akt«, erwiderte Cliff. »Ich fürchte, es wird in den nächsten Jahren kein Einzelfall bleiben.«

»Das ist Spekulation«, meinte Wagner. »Wichtig ist jetzt, dass wir schnell handeln. Wir brauchen eine Flotte von Rettungsbooten, die in die Stadt vorstoßen. Bestimmt gibt es Überlebende. Ich möchte, dass die Maßnahmen sofort anlaufen. Der Präsident wird in einer Stunde von Camp David abfliegen. Er selbst will sich vor Ort ein Bild machen.«

»Dann hoffe ich, dass auch die Pressefotografen rechtzeitig in New Orleans sind«, bemerkte Cliff bissig.

»Die Hubschrauber sind einsatzklar«, sagte der Offizier der

Army. »Wir werden in Biloxi eine Basis einrichten und die Rettungsarbeiten von dort aus koordinieren. Vorrangig werden Notunterkünfte und Sanitätspersonal benötigt.«

»Wir fliegen ebenfalls nach Biloxi«, entschied der Innenminister. »Bereiten Sie alles vor.«

Wagner erhob sich. »Ach ja, Mr Sebastian hat uns wertvolle Dienste geleistet, ich denke aber, bei der nun folgenden Evakuierung müssen wir nicht länger seine Hilfe in Anspruch nehmen.«

»Dann danke ich Ihnen für Ihre Mitarbeit«, erwiderte Innenminister Summerville.

Bevor Wagner den Raum verließ, wandte er sich noch einmal um. »Ach, Sebastian, bevor ich es vergesse«, sagte er. »Alles, was in diesem Raum gesprochen wurde, unterliegt der strikten Geheimhaltung. Haben Sie mich verstanden?«

»Sie können mich mal«, entfuhr es Sebastian.

»Ich will es Ihnen nur gesagt haben, falls Ihnen wieder einmal nach einem Gespräch mit einem Journalisten ist.«

Days Inn Motel, Orlando, Florida

Noch etliche Male an diesem Tag hatte Brian versucht, Wayne Chang anzurufen. Doch weder zu Hause noch im Büro noch über Handy war er zu erreichen. In Camp Springs hatte er mit einem Mann namens Vargas gesprochen, der ihm mitteilte, dass Wayne am letzten Dienstag noch im Büro gewesen sei, dann jedoch überstürzt, ohne eine Nachricht zu hinterlassen, die Dienststelle verlassen habe. Auch Vargas habe mehrfach versucht, Wayne zu kontaktieren. Es habe Probleme mit dem Computersystem gegeben, doch Wayne sei offenbar auch nicht in seiner Wohnung. Vielleicht halte er sich bei seiner Freundin auf, doch die Adresse sei ihm nicht bekannt.

Enttäuscht legte Brian auf und rief in Cape Canaveral an, um Näheres über den Tod von Professor Paul zu erfahren. Doch die

Dame am Telefon verwies ihn auf die offizielle Verlautbarung der NASA.

Suzannah war inzwischen vor Erschöpfung eingeschlafen. Brian, müde von der aufreibenden Nacht, legte sich aufs Sofa und schlief ebenfalls ein. Kurz nach acht Uhr am Abend erwachte er. Suzannah schlief noch immer. Ihr Atem ging ruhig und gleichmäßig. Wieder wählte Brian Wayne Changs Nummer, doch wiederum blieb sein Anruf unbeantwortet. Auch über Handy war Chang nicht zu erreichen.

Missmutig machte sich Brian auf den Weg in die Empfangshalle.

»Gibt es einen PC mit Internetanschluss?«, fragte er den Nachtportier.

Der Portier wies auf einen Computerplatz in der Ecke. »Kostet einen Dollar die halbe Stunde«, erklärte er.

Brian setzte sich hinter den Bildschirm. Wenn er Wayne schon nicht telefonisch erreichte, dann konnte er ihm zumindest eine E-Mail schreiben. Er rief seinen E-Mail-Account auf. Unter der Flut von E-Mails, die während seiner kurzen Abwesenheit eingegangen waren, stieß er auch auf drei Nachrichten von Wayne Chang. Er öffnete die erste Mail und überflog sie hastig. Wayne hatte sein Versprechen eingehalten und sich tatsächlich mit der Analyse der Wirbelstürme beschäftigt. In der zweiten Mail bestätigte er Brians Thesen, und scheinbar gab es einige bemerkenswerte Details, die Wayne Kopfzerbrechen bereiteten. Brian öffnete die dritte Mail, die am letzten Dienstag abgeschickt worden war.

Hallo, Brian,
wir müssen uns dringend sehen. Ich bin auf etwas gestoßen, auf das ich mir keinen Reim machen kann.
Melden Sie sich bitte umgehend.
Wayne Chang

Drei kleine Sätze, doch sie genügten, um Brian zu beunruhigen. Als er zurück aufs Zimmer ging, lag Suzannah wach im Bett.

»Ich dachte schon, du wärst weggegangen«, sagte sie.

»Ich habe meine E-Mails gelesen«, erwiderte Brian. »Wayne Chang hat mir mehrere Mails geschickt. Er muss unbedingt mit mir sprechen, aber ich erreiche ihn nicht. Irgendwas stimmt da nicht. Ich fliege morgen zu ihm.«

»Ich werde dich begleiten«, sagte Suzannah spontan.

Beaumont, Texas

Jennifer Oldham verließ das Redaktionsbüro nach 22 Uhr. Sie hatte ein schlechtes Gewissen. Seit vier Tagen hatte sie sich nicht mehr bei Wayne gemeldet. Und schuld daran war nur die Arbeit. *Fjodor* war das beherrschende Thema der vergangenen Tage, und in den Redaktionen ging es rund. Ein Artikel jagte den anderen, und auch das *South Coast Magazine* war von dem Wirbel nicht ausgenommen.

Sie fuhr mit dem Aufzug in die Tiefgarage des Mediencenters in der Laurel Avenue. Nur noch wenige Wagen parkten auf den Stellplätzen. Jennifers roter Chrysler Le Baron stand unweit des Aufzugschachts. Keine Menschenseele war um diese Zeit mehr in der Tiefgarage unterwegs. Zielstrebig ging sie auf ihren Wagen zu und drückte auf den Knopf an ihrem Autoschlüssel. Mit einem lauten Klacken entriegelte sich die Fahrertür. Bevor sie einstieg, spürte sie die Anwesenheit einer Person ganz in ihrer Nähe. Ihre Nackenhärchen stellten sich auf, und ein eisiger Schauer jagte ihr über den Rücken. Sie fuhr herum und blickte in eine schwarze Maske. Noch bevor sie schreien konnte, drückte ihr der kräftige Kerl seine Hand auf den Mund. Ein gezielter Schlag traf sie am Hals, und sie stürzte zu Boden. Ehe sie sich versah, lag der massige Körper auf ihr und hielt ihr mit einer Hand den Mund zu. Mit der anderen riss er ihre Bluse auf, zerrte ihr den Büstenhalter vom Leib und wickelte ihn ihr um den Hals. Sosehr sich

Jennifer auch wehrte, gegen einen Mann dieser Statur hatte sie keine Chance. Schließlich nahm der Mann seine Hand von ihrem Mund und griff nach dem anderen Ende des Büstenhalters. Sie wollte schreien, doch mehr als ein erstickter Seufzer kam nicht über ihre Lippen. Mit ganzer Kraft zog der Mann zu und schnürte ihr die Luft ab. Ihre Gegenwehr erlahmte. Erst als sich der Kerl davon überzeugt hatte, dass Jennifer tot war, schob er ihr den Rock in die Höhe und entfernte mit einem Ruck ihren Slip und stopfte ihn ihr in den Mund. Bevor er sich erhob, schob er die Leiche mitsamt der zerrissenen Kleidung unter den Wagen. Dann wandte er sich um und verschwand in der Dunkelheit.

New Orleans, Louisiana

Der Himmel über der Stadt war wolkenverhangen. Ein graues Tuch hatte sich über New Orleans ausgebreitet, und es schien, als wollte es für immer den Blick auf die Sonne verwehren. Der Regen hatte nachgelassen, nur noch vereinzelte Tropfen fielen in das braune und stinkende Wasser, das die Straßenzüge in New Orleans anfüllte. Nur die hohen Peitschenampeln an der Ecke Rampart Street/Orleans Avenue ragten aus den Fluten. Der Louis Armstrong Park hatte sich in einen einzigen großen See verwandelt, aus dem hier und da Baumkronen hervorschauten. Das Theatre of Perfoming Arts war teilweise eingestürzt und überflutet. Nur der Anbau über der Bühne hatte dem Wasser und dem Wind getrotzt. Wie der Turm einer trutzigen Burgruine reckte sich der graue Betonklotz in die Höhe. Zerbrochene Stahlträger ragten hervor. Darunter Wasser, braunes, schlammiges und stinkendes Wasser.

Zwei Nächte hatten Schneider und der junge Feuerwehrmann in der Sicherheit des Technikraums ausgeharrt. Ein quälendes Hungergefühl beherrschte ihre Eingeweide. Vorsichtig tastete sich Schneider aus dem Raum. Der Boden im ersten Stock war brüchig und teils mit großen Löchern durchzogen. Zehn Meter weiter endete der Weg abrupt, der Rest des Gebäudes war weggebrochen. Das, was die Skyline der Stadt gewesen war, lag vor ihm, denn von den meisten Gebäuden ragten nur noch die Dachkonstruktionen aus den braunen Fluten. Ziegel oder Dachabdeckungen fehlten. Der Wind hatte sie weggerissen.

»Ist da draußen jemand?«, fragte der junge Feuerwehrmann, dessen ganze Lebensgeschichte Schneider mittlerweile kannte.

Schneider schaute sich um, doch weit und breit war niemand zu sehen. Die Stille über der Stadt, in der sich sonst Bewohner und Touristen dicht an dicht durch die Straßen schoben, wirkte gespenstisch. Kein Straßenlärm, keine Stimmen, noch nicht einmal das Zwitschern von Vögeln war zu hören. Nur das Wasser unter ihm plätscherte und gluckste. Die Strömung war stark, und hier und da schwamm ein entwurzelter Baum oder die abgerissene Lattenkonstruktion einer Häuserfassade vorbei.

»Ich kann niemanden sehen«, antwortete Schneider und stützte sich an der Mauer ab.

Der Feuerwehrmann verließ ebenfalls den Technikraum und balancierte auf einem Stahlträger auf die andere Seite des Gebäudes, von wo aus sich ihm der Blick in Richtung Norden erschloss.

»Sei bloß vorsichtig!«, mahnte Schneider den jungen Mann. »Das ist alles einsturzgefährdet hier.«

Der junge Mann nickte und tastete sich weiter voran. Schritt um Schritt. Schneider wandte sich um, aus dem Augenwinkel nahm er eine Bewegung wahr, ehe mit lautem Donnern ein weiterer Teil des Bodens einbrach. Bill stieß einen lauten Schrei aus. Schreckensbleich fuhr Schneider herum und sah, wie Bill mit den Armen ruderte und eine Stahlarmierung zu fassen bekam. Der Junge krallte sich an ihr fest. Nur noch Kopf und Arme ragten aus dem Loch im Boden, der Rest seines Körpers schwebte über dem Abgrund.

»Hilfe!«, rief Bill angestrengt. »Hilf mir!« Schneider eilte auf die andere Seite des Gebäudetraktes. »Halte durch, ich komme!«

Beinahe wäre er über ein freiliegendes Anschlusseisen gestolpert, konnte aber im letzten Moment noch ausweichen. Der Schweiß rann ihm über die Stirn. Bills Kopf war hochrot vor Anstrengung, die Knöchel an seinen Händen traten weiß hervor. »Halt durch, ich bin gleich bei dir«, stiess Schneider atemlos hervor und warf sich auf den Boden. Mit beiden Händen ergriff er die Handgelenke des jungen Mannes.

Bill spürte die Entlastung. Seine Hände waren inzwischen blutig, der scharfe Armierungsstahl schnitt in seine Handflächen.

Sosehr Schneider zog und zerrte, der Körper des jungen Mannes schien festzustecken. »Halte dich fest!«, wiederholte Schneider. »Ich muss mich über dich stellen, sonst bekomme ich dich nicht frei.«

Bill ließ ein schwaches Nicken erkennen. Die Schmerzen in den Händen raubten ihm fast den Atem.

Schneider richtete sich vorsichtig auf. Prüfend beäugte er die Umgebung um das Loch im Boden. Wenn die Belastung zu groß werden würde, dann bestand die Gefahr, dass die gesamte Fläche einbrach. Die Stahlträger, an denen die Decke zum ersten Stock aufgehängt worden war, verliefen offenbar einen ganzen Meter entfernt auf der linken Seite.

»Ich kann nicht mehr, die Schmerzen«, stöhnte der junge Feuerwehrmann. Tränen rannen ihm die Wange hinab.

Schneider blickte sich suchend um. Wenn er nur einen Balken oder eine lange Latte finden würde, um den entstehenden Druck, wenn er sich aufrichtete, auf einer breiten Fläche verteilen zu können. Doch seine Suche blieb vergeblich.

»Ich stürze ab, mein Gott«, stammelte Bill. Seine Kräfte erlahmten.

Blitzschnell griff Schneider zu. Beim Versuch, den jungen Mann aus dem Durchbruch zu ziehen, knirschte es verdächtig. Bill hatte das Armierungseisen losgelassen. Es schien fast, als ob er kurz vor einer Ohnmacht stand. Erneut zog Schneider an dem langsam erschlaffenden Körper. Ein Krachen war zu hören. Wie in Zeitlupe taten sich Risse in den Fliesen auf. Es war, als wenn dünnes Eis unter Belastung langsam einbricht. Der Riss wurde zusehends größer. Ein lautes Donnern erklang, dann löste sich die Bodenplatte vom Träger und stürzte samt Schneider und dem Feuerwehrmann hinab in die kalten Fluten. Im Fallen ließ Schneider Bills Arme los. Beinahe senkrecht tauchte er in das Wasser ein, doch noch bevor er wieder die Oberfläche erreichte, traf ihn ein Stahlteil am Kopf. Es wurde schwarz um ihn. Schneider versank in den trüben Fluten. Er folgte dem jungen Feuerwehrmann auf seinem Weg hinab zum schlammigen Grund.

Keine zehn Sekunden später erfüllte das Knattern eines Militärhubschraubers die Luft. Eine Bell näherte sich Central New Orleans von Norden, doch für Schneider und den jungen Feuerwehrmann aus der Canal Street kam jede Hilfe zu spät.

Camp Springs, Maryland

Gleich in der Frühe am nächsten Morgen hatten sich Suzannah und Brian zum Flughafengebäude begeben und einen Intercontinentalflug nach Washington gebucht. Mit einem Mietwagen fuhren sie nach Camp Springs. Als sie sich am Empfang des Wetterdienstes nach Wayne Chang erkundigten, erhielten sie die Auskunft, dass er nicht erreichbar sei.

»Kann ich mit einem Mann namens Vargas sprechen?«, fragte Brian. Der Pförtner nickte und griff zum Telefon.

Wenig später trat ein untersetzter Mann in kurzem blauem Hawaiihemd und mit dichten schwarzen Locken aus dem Fahrstuhl in der Empfangslobby.

»Sind Sie Vargas?«, fragte Brian den Mann ungeduldig.

Vargas nickte und schaute Brian fragend an.

Brian streckte ihm die Hand entgegen. »Ich bin Brian Saint-Claire, und das ist Suzannah Shane, wir sind Freunde von Wayne Chang. Seit gestern versuchen wir ihn zu erreichen. Wir hatten schon am Telefon das Vergnügen.«

Vargas überlegte. »Ja, ich erinnere mich«, sagte er. »Wir hatten Probleme mit unserem Computernetzwerk. Eine Virusgeschichte, verstehen Sie. Da hat man ganz schön was um die Ohren. Wir müssen unsere kompletten Serverprogramme überprüfen.«

Brian lächelte verständig. »Ich bin noch immer auf der Suche nach Wayne Chang. Ist er heute ins Büro gekommen?«

Vargas warf dem Pförtner einen Blick zu. »Ich habe ihn nicht gesehen. In dieser Abteilung geht gerade alles drunter und drüber. Zuerst der Hurrikan und dann auch noch ein Computervirus, und das, obwohl das bei unseren Sicherheitsmaßnahmen gar nicht passieren dürfte. Muss bestimmt intern auf die Festplatte geraten sein. Wahrscheinlich hat wieder jemand ein kleines Spiel zur Entspannung installiert. Aber hören Sie, Wayne wohnt ganz hier in der Nähe. Drüben in Rosslyn Heights. Vielleicht ist er mittlerweile zu Hause, hier ist er jedenfalls nicht.«

»Auch zu Hause habe ich vergeblich angerufen«, erwiderte Brian.

»Und bei seiner Freundin?«

»Ich weiß leider nicht, wie sie heißt und wo sie wohnt«, sagte Brian.

Vargas war ein wenig irritiert.

»Wir haben uns bei der NASA kennengelernt«, beeilte sich Brian zu erklären. »Er wollte etwas für mich erledigen. Wissen Sie, woran er gearbeitet hat?«

Vargas seufzte. »In den letzten Tagen hat sich Wayne in sein Büro zurückgezogen. Er faselte irgendetwas von einem Analyseprogramm. Muss wohl mit den Hurrikans zu tun haben, die in der letzten Zeit über unser Land hinwegfegten. Aber genau weiß ich es nicht. Fahren Sie doch einfach bei ihm vorbei. Er wohnt in Arlington – das sind nur ein paar Kilometer von hier – am Washington Memorial Park. Die genaue Adresse lautet 1404 Quinn Street, Apartment 34b, Rosslyn Heights.«

»Und falls er nicht dort sein sollte, wo finde ich seine Freundin?«

Vargas musterte Brian von oben bis unten. Er überlegte, ob er diese sehr persönliche Information einfach so preisgeben durfte. Schließlich gab er sich einen Ruck. »Ich weiß nur, dass sie Jennifer heißt und beim *South Coast Magazine* in Beaumont in der wissenschaftlichen Redaktion arbeitet.«

»Ich danke Ihnen«, antwortete Brian und reichte Vargas eine Visitenkarte. »Falls Wayne inzwischen hier eintrifft, soll er mich umgehend auf meinem Handy anrufen.«

Vargas nickte. »Ich werde es ihm ausrichten.«

Die Fahrt von Camp Springs hinüber nach Rosslyn Heights dauerte beinahe zwei Stunden. Die Straßen und Highways waren verstopft, und ausgerechnet auf der Theodore Roosevelt Memorial Bridge hatte es einen Unfall gegeben.

Die Quinn Street zweigte vom Wilson Boulevard ab und führte in eine Gegend, in der sich Angehörige der gehobenen Mittelschicht niedergelassen hatten. Grün bestimmte das Bild. Ausladende Rasenflächen, Bäume, parkähnliche Anlagen mit anmutig arrangierten Sitzgelegenheiten. Wayne wohnte in einem neuen Apartmentkomplex, dessen verklinkerte und mit hellem Marmor abgesetzte Fassade sich harmonisch in die Umgebung einfügte. Suzannah und Brian überquerten die Straße und betraten das Mehrfamilienhaus. Die Aufzüge befanden sich gegenüber dem Eingang, doch bevor sie sich am Lageplan zwischen den beiden Aufzugstüren orientieren konnten, ertönte eine sonore Stimme in ihrem Rücken.

»Kann ich Ihnen helfen?«

Suzannah und Brian fuhren herum. Ein dunkelhäutiger, groß gewachsener und mit kräftigen Oberarmen ausgestatteter Mann in der blauen Uniform eines Sicherheitsbeamten musterte die beiden misstrauisch.

»Wir wollen zu Professor Wayne Chang. Er wohnt in Apartment 34b«, sagte Brian.

»Ihr Name?«

»Ich bin Brian Saint-Claire, ein Freund des Professors.«

Der Sicherheitsbeamte nickte. »Warten Sie hier, ich werde Sie anmelden!« Der Uniformierte verschwand hinter dem Empfangstresen links vom Eingang. Brian hatte ihn glatt übersehen, als er zielstrebig zu den Fahrstühlen gegangen war. Zwei Monitore waren hinter dem Tresen angebracht. Auf einem Bildschirm wechselte das Panorama der Außenansicht im Takt von wenigen Sekunden. Der zweite Bildschirm zeigte den Bereich der Tiefgarage. Offenbar wurde Sicherheit hier großgeschrieben.

»Es tut mir leid«, ertönte die Stimme des Uniformierten. »Möglicherweise ist Professor Chang außer Haus.«

Brian warf Suzannah einen fragenden Blick zu. »Das ist aber ungewöhnlich, schließlich hat er uns hierherbestellt.«

Der Mann zuckte mit den Schultern. »Ich kann es noch einmal versuchen, aber ... Moment, bitte.« Er drückte einen Schalter auf einem Kontrollpaneel, das in den Tresen eingelassen war. Das Bild auf dem zweiten Monitor änderte sich, bis ein silberfarbener Mercedes der S-Klasse erschien. »Sein Wagen steht auf dem Stellplatz«, murmelte der Sicherheitsmann nachdenklich. »Ich habe den Professor aber seit Tagen nicht mehr gesehen. Er hat mir auch nichts von einem Besuch erzählt, den er erwartet. Normalerweise ruft er mich an, wenn er jemanden empfängt. Allerdings ist er viel unterwegs.«

Brian nickte. »Ich weiß. Könnten Sie es nochmals bei ihm versuchen?«

Der Sicherheitsmann nickte und griff abermals zum Telefon. Er wartete eine Minute und schüttelte dann den Kopf. »Er ist nicht zu Hause, tut mir leid.«

»Dann lassen Sie uns nach oben, wir werden einfach mal an der Tür klopfen«, schlug Suzannah vor.

Der Uniformierte schüttelte vehement den Kopf. »Das kann ich leider nicht zulassen.«

»Dann machen Sie doch einfach mal eine Ausnahme«, setzte Brian nach. »Der Professor und ich sind quasi Kollegen.«

Der dunkelhäutige Mann lächelte. »Tut mir leid, aber ich bin hier, damit nicht jeder so einfach durch das Haus spazieren kann. Die Bewohner legen sehr großen Wert auf ihre Sicherheit. Das ist mein Job, verstehen Sie.«

Brian nickte.

Suzannah lächelte entwaffnend. »Sehen wir etwa wie Einbrecher aus?«

»Keine Chance, Lady«, wehrte der Sicherheitsmann den erneuten Vorstoß ab. »Ich habe fünf Kinder, und das hier ist ein guter Job. Und der besteht darin, nicht jeden in diese Fahrstühle da drüben steigen zu lassen.«

Suzannah atmete tief ein, doch Brian legte ihr die Hand auf die Schulter. »Dann werden wir es später noch einmal versuchen«, sagte er und schob Suzannah nach draußen.

8

New Orleans, Louisiana

Als die ersten Hubschrauber der US-Army von Osten die Stadt am Mississippi überflogen, offenbarte sich das gesamte Ausmaß der Katastrophe. New Orleans war nicht mehr da. Ein riesiger See aus braunem, stinkendem Wasser durchzog die Häuserzeilen. Vereinzelt ragten Ruinen oder Teile von Dächern daraus hervor. Vergeblich suchten die Piloten nach Überlebenden, die sich auf die Dächer geflüchtet hatten. Sie waren in einem Mahlstrom des Grauens gestorben. Ertrunken in den tieferen Etagen der Häuser oder den atomsicheren Kellern der großen Gebäude, weil die Entlüftungsschächte nicht gegen Hochwasser geschützt waren. Zermalmt von den eingestürzten Stockwerken der Hochhauskonstruktionen, deren Träger wie Streichhölzer unter dem Reißen und Zerren des apokalyptischen Wirbelsturms eingeknickt waren. Hinweggefegt jene, die sich vor dem Wasser auf die Dächer gerettet hatten und von den Böen erfasst worden waren, denen kein menschliches Wesen gewachsen war. In dieser Stadt offenbarte sich, wie schutzlos der Mensch den Naturgewalten ausgeliefert war, die er im Laufe der letzten Jahrzehnte selbst entfesselt hatte.

Knapp eine halbe Million Einwohner, die umliegenden Kleinstädte, Dörfer und Farmen nicht mit gerechnet, beherbergte einst diese Stadt. Ein Stück Kultur im Süden der USA. Einfach ausgelöscht. Das French Quarter komplett zerstört, der City Park in einer braunen Flut versunken. In dieser Stadt war über Jahre hinweg kein normales Leben mehr möglich. Sicherlich würden manche zurückkehren, sicherlich würde diese Stadt – wie vom Bürgermeister in den Medien verkündet – eines Tages in neuem Glanz erstrahlen, dennoch würde die Angst zurückbleiben. Ein Requiem aus Wind und Regen hatte die letzten Stunden von New Orleans begleitet.

Der Pilot schwenkte nach Süden und flog eine Steilkurve. Etwa zweihunderttausend Menschen hatten es geschafft, noch rechtzeitig die Stadt zu verlassen und sichere Zuflucht im Landesinneren zu suchen. Die andere Hälfte, darüber machte sich der Pilot der US-Army keine Illusionen, hatte das Desaster nicht überlebt.

Als einer der Piloten über dem Louisiana Superdome kreiste, traten ihm Tränen in die Augen. Von dem Stadion war nicht mehr viel übrig. Vor einem Jahr hatten seine Rangers den Superbowl verteidigt. Doch das war jetzt Geschichte, Geschichte, so wie diese Stadt, die in den Fluten versunken war.

Er flog weiter zum Lake Pontchartrain, und plötzlich sah er, dass Menschen ihm zuwinkten. Menschen, die sich auf einem hölzernen Teilstück einer Hausfront befanden, das sie als Floß umfunktioniert hatten, und die verzweifelt mit den Händen wedelten.

Der Pilot rief die Zentrale. Boote waren auf dem Weg hierher. In wenigen Minuten würden sie eintreffen. Als er die Meldung bestätigte, stockte ihm der Atem. Der Damm brach ein – wie eine Sandburg am Strand wurde die Deichkrone von schlammigen Wasserfluten hinweggerissen. Das Floß begann heftig zu schwanken. Die Menschen – darunter Frauen und Kinder – krallten sich daran fest. Ohnmächtig schaute der Pilot aus der Höhe zu, wie das Floß umschlug, als es der Sog des einströmenden Wassers erfasste.

»Schnell, ein paar Boote zum Yachthafen!«, rief er in sein Funkgerät. Als er die Positionsmeldungen der kleinen Rettungsflotte registrierte, wusste er, dass die Zeit nicht ausreichen würde, um die Menschen dort unten zu retten.

Rosslyn Heights, Arlington

»Ich kenne ihn zwar noch nicht lange, aber das sieht ihm nicht ähnlich«, sagte Brian. »Er verschwindet nicht so einfach von der Bildfläche, ohne eine Nachricht zu hinterlassen. Er hat bei seinen Forschungsarbeiten etwas entdeckt, das so ungewöhnlich ist, dass er mich unbedingt sprechen wollte. Er sprach von thermischen Anomalien. Was hat er damit gemeint?«

»Ich bin Psychologin, keine Physikerin«, antwortete Suzannah.

Brian wandte sich um und blickte auf die Fassade. »Außerdem nannte er die Stürme *Drillinge*, so als gehörten sie zusammen.«

»Was denkst du?«, fragte Suzannah, Brians Blick folgend. »Mach bloß keinen Blödsinn.«

Brian schüttelte den Kopf. »Wayne bestellt uns hierher, zuvor entdeckt er eine sonderbare Verbindung zwischen den Stürmen, etwas, das ihn sehr beunruhigt, dann verlässt er seinen Arbeitsplatz und bleibt spurlos verschwunden. Sein Wagen steht in der Tiefgarage, aber er ist nicht in seiner Wohnung. Da stimmt etwas nicht.«

»Er kann mit dem Taxi zum Flughafen gefahren sein.«

»Außerdem sprach dieser Vegas ...«

»Vargas«, korrigierte Suzannah.

»Vargas, meinetwegen. Also dieser Vargas sagte etwas von einem Computervirus. Ich meine, bei einer Institution wie dem Wetterdienst arbeiten sie doch bestimmt mit absolut autarken Systemen.«

»Was willst du damit sagen?«, fragte Suzannah.

»Ich will damit sagen, dass ich jetzt auf diesen Baum dort klettere, durch das offene Fenster in den Flur steige und schaue, ob ich in Waynes Wohnung gelange.«

»Du spinnst, das kannst du nicht tun!«

Brian hob beschwichtigend die Hände. »Mein Gefühl sagt mir, dass hier etwas zum Himmel stinkt. Vielleicht hat Wayne etwas entdeckt, was er nicht entdecken sollte.«

»Was sollte das sein, ein Sturm ist ein Sturm?«, widersprach Suzannah. »Noch ist die Natur nicht steuerbar.«

Brian lächelte. »Vielleicht ist er auf Versäumnisse innerhalb seiner Behörde gestoßen, die jemanden den Job kosten können. Verdammt, ich weiß auch nicht, was es sein könnte, aber ich habe ein ungutes Gefühl, und bislang konnte ich mich auf meine Gefühle immer verlassen.«

»Und wenn du dich täuschst und Wayne friedlich im Bett schlummert oder bei seiner Freundin im Süden ist?«

»Umso besser. Jedenfalls brauche ich deine Unterstützung.«

Suzannah zögerte. Sie beäugte misstrauisch das Haus und die davorstehende groß gewachsene Pappel.

»Du kommst dort wirklich hinauf?«

»Wenn ich es dir sage.«

»Und was soll ich tun?«

Brian schmunzelte. »Den Wachmann ablenken. Er muss von seinem Tresen aufstehen, damit er nicht auf seine Monitore schaut. Erzähl ihm irgendeine Geschichte.«

Suzannah atmete tief durch. »Also gut, ich hätte nie im Traum geglaubt, die Komplizin eines Einbrechers zu werden.«

»Stell dir einfach vor, wir sind Bonnie und Clyde.«

Suzannah machte sich auf den Weg zum Hauseingang. »Erinnere dich, Bonnie und Clyde wurden erschossen, sie hatten kein rühmliches Ende.«

Das Einzimmerapartment lag etwas zurückgesetzt am Ende des Westflügels eines Wohnkomplexes, der erst vor einem Jahr fertig gestellt worden war. Noch waren nicht alle Apartments vermietet, was womöglich an dem stolzen Quadratmeterpreis liegen mochte, der im Herzen von Arlington, unweit des Potomac River, gefordert wurde.

Die Jalousien des Fensters waren halb geschlossen. Eine Kamera mit einem lichtstarken Zoomobjektiv stand vor dem Fenster und war direkt auf den Eingang des gegenüberliegenden Klinkergebäudes in der Quinn Street gerichtet. Auf einem Tisch standen drei Monitore. Einer der Monitore zeigte den Eingangsbereich, der zweite übertrug die Geschehnisse im dritten Stock des Hauses gegenüber, und ein dritter Bildschirm übertrug ein Bild aus einer Wohnung.

»Sie kommt zurück!«, sagte die dunkelhaarige Frau hinter dem Schreibtisch.

»Ich wusste es«, antwortete der Mann mit der Sonnenbrille. »Und wo ist ihr blonder Dandy?«

Die Frau erhob sich und ging hinüber zur Kamera. Mit einem langsamen Schwenk suchte sie den Platz vor dem Haus ab. Plötzlich hielt sie inne und winkte den Mann herbei. Sie trat einen Schritt zur Seite und wies auf das Okular. Der Mann bückte sich und schaute durch die Kamera.

»Mach ein paar schöne Bilder von ihm und lass ihn nicht aus dem Auge«, befahl der Mann. »Es wird Zeit, das Team zu alarmieren.«

»Und wenn er sich nur in die Büsche schlagen will, um zu pinkeln?«

»Ich weiß, was der dort will«, antwortete der Mann entschlossen. »Ich würde dasselbe tun, wenn ich an seiner Stelle wäre.«

Brian wartete, bis Suzannah im Eingang verschwunden war,

dann betrat er den Rasen und schlenderte auf die große Pappel zu, die vor dem Anwesen stand. Achtsam musterte er die Umgebung. Er zählte die verstrichenen Sekunden. Wenn es Suzannah bis jetzt nicht geschafft hatte, den Sicherheitsmann in ein Gespräch zu verwickeln, dann wäre sie schon wieder herausgekommen. Beinahe zwei Minuten wartete er im Schatten der Pappel. Dann schwang er sich behände auf den unteren Ast des Baums. Gekonnt kletterte er dem Baumgipfel entgegen, bis er mit den Füßen Halt auf dem kleinen Balkonvorsprung fand, den er sich von unten als Ziel auserkoren hatte. Mit einem letzten Kraftakt, der ihm den Schweiß aus den Poren trieb, schwang er sich über das Geländer. Rasch tauchte er hinter der Balkonumrandung ab. Vorsichtig spähte er durch die Glastür in die Wohnung.

Das Zimmer war leer, keine Bewegung war zu erkennen. Wenn er zuvor den Plan bei den Aufzügen richtig entschlüsselt hatte, dann musste er sich auf dem Balkon befinden, der zu Waynes Wohnung gehörte. Er drückte gegen die Tür, doch sie gab nicht nach. Er wandte sich dem Fenster zu. Es war ein Schiebefenster mit einer einfachen Verriegelung. Mit einem Griff in die Hosentasche holte er sein Taschenmesser hervor. Dann schob er die Klinge unter dem Fenster hindurch; zweimal verfehlte er den Sicherungsriegel, doch beim dritten Mal klappte der metallene Bolzen zurück und gab das Fenster frei. Brian richtete sich auf und schob den Fensterrahmen in die Höhe. Abgestandene Luft, durchzogen von einem süßlichen Aroma, schlug ihm entgegen, als er sich über das Sims ins Innere des Raums stemmte. Brian sog noch einmal frische Luft ein, ehe er weiterging. Das geschmackvoll eingerichtete Wohnzimmer war in einem unordentlichen Zustand. Papiere lagen auf dem Boden, und am Schrank waren einige Schubläden geöffnet. Sie waren offenbar durchwühlt worden. Brian betrat den Flur. Je weiter er in die Wohnung eindrang, desto aufdringlicher wurde der Geruch. Brian hielt sich die Nase zu, warf einen Blick ins Schlafzimmer.

Dort traf er auf die gleiche Unordnung wie im Wohnzimmer. Was war hier geschehen? Hatte ein Einbrecher die Wohnung heimgesucht?

Als er sich dem Badezimmer näherte, stockte ihm der Atem. Eine Hand war in der halb geöffneten Tür zu erkennen. Der Gestank steigerte sich ins Unerträgliche. Brian stürzte zur Tür und schob sie auf. Vor ihm lag der Körper eines Mannes. Brian schluckte. Angewidert wandte er den Blick ab. Doch dann riss er sich zusammen, zwang sich, in das Gesicht des Mannes zu blicken, an dem bereits deutliche Spuren der beginnenden Verwesung zu erkennen waren.

»Wayne!«, stieß Brian hervor und strich sich mit der Hand über das Gesicht. »Um Gottes willen!«

»Und wenn wir über die Delaware Avenue fahren?«, fragte Suzannah und warf einen nervösen Blick auf ihre Armbanduhr.

»Miss, Sie können auch über die Delaware fahren, aber die 120 bringt Sie direkt hinüber nach Brookmont, und von dort aus ist es nur noch ein Katzensprung bis nach Rockville.«

»Ich habe aber gehört, dass es um diese Zeit dort viel Verkehr geben soll?« Suzannah gingen allmählich die Fragen aus, und der massige Kerl vor ihr wurde zunehmend ungeduldiger.

»Wo gibt es in dieser Stadt keinen Verkehr«, antwortete der uniformierte Sicherheitsmann seufzend.

»Also gut«, sagte Suzannah. »Die 120 bis nach Brokmount und dann nach Nordosten abbiegen.«

»Der Ort heißt Brookmont, und jetzt entschuldigen Sie mich bitte, ich habe noch zu tun«, erwiderte der Sicherheitsmann grimmig. Er wandte sich um, doch Suzannah hielt ihn am Ärmel fest. »Was denn noch?«

»Und wie fahren wir am besten von hier aus nach Camp Springs?«

Der Wachmann riss sich los. »Mit dem Bus.« Er wandte sich um.

Suzannah biss sich auf die Lippen. Sieben Minuten waren vergangen, sie hoffte, dass die Zeit für Brian ausreichend war.

»Danke vielmals!«, rief Suzannah dem bulligen Mann nach. »Und entschuldigen Sie meine penetrante Art, aber ich habe einen miserablen Orientierungssinn und kann mir Wegbeschreibungen einfach schlecht merken. Da frage ich lieber noch mal nach.«

»Schon gut, Missie«, knurrte der Uniformierte und nahm hinter dem Empfangstresen Platz. Im nächsten Moment fuhr er auf. »Verdammtes Pack!«, fluchte er.

Suzannah machte auf dem Absatz kehrt und schoss wie ein Pfeil durch die Tür nach draußen. Das laute Fluchen des Wachmannes folgte ihr hinaus in den Sonnenschein.

National Hurricane Center, Miami

Cliff Sebastian war nach seiner Verabschiedung aus dem Krisenstab des Innenministeriums nicht zurück nach Boulder geflogen, sondern hatte die Maschine nach Miami bestiegen. Er wollte sich vor Ort überzeugen, wie groß das Ausmaß der Zerstörung in New Orleans war.

»Die Nationalgarde hat zwei Einheiten nach Biloxi verlagert«, sagte Allan Clark und schlürfte an seinem dampfenden Tee. »Erst wenn das Wasser abgeflossen ist, werden wir das gesamte Ausmaß sehen, das *Fjodor* angerichtet hat.«

»Die Zahl der Getöteten liegt bei mindestens zweihunderttausend«, meinte Cliff Sebastian. »Allein der Einsturz des Superdomes hat dreißigtausend Menschen das Leben gekostet. Betroffen sind vor allem Frauen und Kinder. Sie hatten keine Chance.«

Allan Clark setzte die Tasse ab. »Die Evakuierung erfolgte einfach zu spät. Der Sturm hat uns an der Nase herumgeführt und schließlich an unserem wundesten Punkt zugeschlagen. New Orleans ist schon seit Jahren auf der roten Liste.«

»Wir waren machtlos gegen diesen Sturm«, sagte Sebastian.

»Und wenn dieser Wagner Köpfe rollen sehen will, dann soll er mit seinem eigenen anfangen. Die Maßnahmen wurden viel zu behäbig und zu schleppend eingeleitet. Und wenn es nach ihm gegangen wäre, dann hätte überhaupt keine Evakuierung stattgefunden. Er hätte einfach alle absaufen lassen.«

Allan Clark nahm das Fax vom Schreibtisch und überflog die Zeilen. Auf dem Briefkopf prangte der Adler, das Wappentier der Vereinigten Staaten. »Sie zitieren mich zu einer Unterredung ins Weiße Haus«, sagte er ungläubig. »Das ist ein Befehl. Na ja, wenn es hart auf hart kommt, dann hänge ich eben den Job an den Nagel. Ich werde irgendwo an einem der Seen in Saskatchewan meinen Lebensabend verbringen. Angeln, wandern und einfach nur den Tag genießen.«

»Hast du noch ein Zimmer frei?«

Allan Clark nickte schmunzelnd. »Bestimmt liegt auch auf deinem Schreibtisch ein nettes Schreiben aus Washington.«

»Weswegen, glaubst du, rufe ich nicht in Boulder an?«

Rosslyn Heights, Arlington

Brian rannte zurück ins Wohnzimmer. Die Panik saß ihm im Nacken. Aberwitzige Gedanken fuhren ihm durch den Kopf. Er kletterte aus dem Fenster auf den Balkon und setzte sich für einige Sekunden auf den Boden. Sein Herz raste. Wayne war einem Einbrecher in die Hände gefallen, der ihn ermordet hatte. Die Würgemale am Hals der Leiche sprachen eine eindeutige Sprache.

Er sprang auf und stieg über die Brüstung des Balkons. Sich mit einer Hand an der Brüstung festhaltend, setzte er den Fuß auf den nächstgelegenen Ast, verlor beinahe das Gleichgewicht, konnte sich aber gerade noch an einem anderen Ast festklammern. Eilends kletterte er ein Stück weit den Baum hinunter. Plötzlich rutschte er ab und stürzte dem Boden entgegen. Mit den Armen rudernd, bekam er einen weiteren Ast zu fassen. Kurz fand er Halt, ehe der Ast brach und er mit ihm zu Boden stürzte. Hart schlug er auf dem Rasen auf. Die Luft entwich aus seiner Lunge, und ein beißender Schmerz fuhr ihm durch den Leib. Benommen blieb er für einen Moment liegen.

»Weg hier!«, riss ihn Suzannahs Stimme aus seiner Betäubung. Er richtete sich auf und sah Suzannah, die über die Wiese hetzte.

»Wir müssen weg hier!«, rief sie erneut. »Der Kerl hat etwas bemerkt.«

Reifen quietschten auf der Straße. Brian erhob sich. Seine Lunge schmerzte noch immer, doch er biss die Zähne zusammen. Er dankte dem Schöpfer, dass seine Glieder unversehrt geblieben waren.

»Wayne ist tot!«, rief er Suzannah zu. »Ermordet!«

Für Sekunden zögerte sie.

»Komm, weiter!«, befahl Brian. »Wenn wir erwischt werden, hält man uns womöglich für die Mörder.«

Suzannah nickte unmerklich. »Lass uns zu unserem Wagen gehen …«

»Vergiss den Wagen«, zischte Brian und griff nach Suzannahs Hand. Aus dem Augenwinkel sah er zwei dunkel gekleidete Gestalten am Eingang auftauchen. »Schnell, weg hier!«

Er zog Suzannah hinter sich her und durchquerte den kleinen Park.

»Stehen bleiben!«, ertönte es hinter ihnen. »Stehen bleiben! Polizei!«

Brian und Suzannah hetzten weiter. Die Gestalten nahmen die Verfolgung auf.

»Bleiben Sie stehen!«, rief einer der Verfolger erneut.

Suzannah nahm all ihre Kräfte zusammen. Jetzt zahlte sich ihr langjähriges Lauftraining aus, und sie schafften es, den Abstand zu den Verfolgern zu vergrößern. Sie rannten auf das nächstgelegene Gebäude zu. Plötzlich peitschte ein Schuss auf. Eine Kugel sirrte nur knapp an den Flüchtenden vorbei. Brian zog den

Kopf ein. Das Heulen von Sirenen erfüllte das Viertel. Von überall schien sich das Auf- und Abschwellen der Polizeisirenen zu nähern. Brian und Suzannah kämpften gegen die Erschöpfung, doch Panik und Angst trieben sie weiter.

Sie erreichten das Gebäude am Ende des Parks und umrundeten es. Vor ihnen lag eine breite Straße. Kurz verharrten sie. Dann erspähte Brian den silberfarbenen Bus, der mit offener Tür gegenüber an einer Haltestelle stand.

»Dort hinüber!«, rief er atemlos.

Sie nahmen ihre letzten Kräfte zusammen. Sie erreichten den Omnibus, kurz bevor der Fahrer die Tür verriegelte. Auf der gegenüberliegenden Straßenseite raste ein Streifenwagen mit eingeschaltetem Rotlicht vorbei. Brian und Suzannah ließen sich auf zwei leere Sitze fallen. Nur wenige Menschen befanden sich im Inneren. Sie beachteten die beiden Fahrgäste nicht weiter, die in allerletzter Sekunde den Bus erwischt hatten. Brian atmete auf, als sich der Bus endlich in Bewegung setzte. Langsam kam er zur Ruhe. Suzannah kauerte neben ihm im Sitz. Sie rang nach Atem.

»Wayne liegt im Badezimmer«, flüsterte Brian. »Die Schränke und das Schlafzimmer sind durchwühlt. Es sieht aus, als ob dort jemand eingebrochen ist. Wayne wurde erwürgt.«

Fassungslos schaute Suzannah Brian ins Gesicht. »Du meinst, er wurde von einem Einbrecher überrascht? Das … das ist furchtbar«, stammelte Suzannah.

Der Bus bog in die Straße nach Georgetown ab und überquerte die Theodore-Roosevelt-Brücke.

»Wieso waren die Bullen so schnell vor Waynes Wohnung, und woher wussten sie, dass darin eine Leiche liegt, und, verdammt, weshalb waren sie uns so schnell auf den Fersen?«, murmelte Brian nach einer Weile des Schweigens.

Suzannah schaute ihn fragend an. »Wie kommst du darauf?«, fragte sie.

»Einer der Bullen hat auf uns geschossen«, erklärte Brian. »Sie schießen nicht auf Einbrecher. Auf Mörder vielleicht, aber nicht auf Einbrecher.«

»Ich habe versucht den Wachmann abzulenken, aber er hat sich nicht darauf eingelassen. Er ist zu den Monitoren zurückgegangen und muss dich gesehen haben. Vielleicht hat er in Waynes Wohnung nachgeschaut.«

»Aber nicht in der Kürze der Zeit«, sagte Brian. »Er war doch noch unten in der Lobby, als du herausgekommen bist?«

Suzannah bejahte. »Und du meinst ...«

»Ich meine, es ist etwas oberfaul an der Sache. Überleg selbst. Wayne hat die Stürme analysiert und ist auf etwas gestoßen, das ihm im höchsten Maß sonderbar erschien. Jetzt liegt er tot in seinem Apartment.«

»Professor Paul ist ebenfalls tot«, gab Suzannah zu bedenken. »Vielleicht hängt es mit der NASA zusammen.«

Brian überlegte. »Wenn wir nur wüssten, was Wayne herausgefunden hat.«

»Vielleicht hat er mit seiner Freundin darüber gesprochen«, sagte Suzannah. »Es wäre zumindest möglich.«

Brian schnippte mit den Fingern. »Dann lass uns mit ihr reden. Sie arbeitet für das *South Coast Magazine* in Beaumont.«

Socorro, New Mexico

Dwain Hamilton hatte einen schweren Tag hinter sich. Die Auswirkungen des Hurrikans waren auch im Socorro County spürbar gewesen. Es hatte heftig geregnet, und eine Vielzahl von Unfällen hatte sich ereignet, da sich die Spurrillen in den Straßen schnell mit Wasser füllten. Zum Glück war es meist ohne größere Blessuren abgegangen.

Dwain schaute auf die Uhr in seinem Büro. Es war kurz nach acht Uhr abends. In einer Stunde würde die Footballübertragung aus El Paso beginnen, und er wollte den Abend vor dem Fernseher verbringen. Er öffnete die Schreibtischschublade und stöberte darin. Er suchte nach einer Schachtel Zigarillos, die er vor einiger Zeit dort hineingetan hatte. Heute Nacht, so hatte er sich vorgenommen, würde er sich vor dem Fernseher eine Flasche guten Bourbon und eben diese Packung Zigarillos vornehmen. Um dann am kommenden Tag möglichst lange im Bett zu bleiben, damit nicht mehr allzu viel von seinem freien Sonntag übrig blieb. Früher hatten er und Margo sonntags mit den Kindern immer etwas unternommen. Doch seit Margo und die Kinder fort waren, wurden ihm die Sonntage immer mehr zur Qual. Zwar hatte ihn Onkel Joseph zum Mittagessen eingeladen, aber das konnte er auch noch absagen.

Er schob einen Packen Papier zur Seite. Ein Kuvert fiel aus der Schreibtischschublade, und der Inhalt, mehrere Hochglanzfotos, ergoss sich über den Boden. Ein lauter Fluch kam über seine Lippen. Er bückte sich und sammelte die Fotos wieder ein. Es waren die Aufnahmen von dem Unfall mit dem Militärlaster auf der 380, die Deputy Moonlight aufgenommen hatte. Er raffte sie achtlos zusammen und schob sie zurück in das Kuvert. Eines der Fotos hatte sich hartnäckig und verkehrt herum unter dem Bein des Schreibtisches verkeilt. Er versuchte es hervorzuziehen, doch es misslang. Er kniete sich auf den Boden, zog das Foto mit einem Ruck hervor und betrachtete es. Es zeigte eine gelbe Kiste, auf der sich das Symbol für Radioaktivität befand.

»Was die heutzutage für eine Scheiße über unsere Straßen transportieren«, murmelte er. Plötzlich wurde er stutzig. Er richtete sich auf, schaltete die Schreibtischlampe ein und hielt das Foto darunter.

»4NRC-C08«, las er laut den Code, der auf dem Paket aufgeklebt war.

Er legte das Bild auf den Schreibtisch und begann hektisch in der Schublade zu wühlen. Achtlos warf er die Gegenstände und Unterlagen auf den Boden. Auch die Schachtel Zigarillos war darunter, doch die interessierte ihn im Moment nicht mehr.

Endlich fand er die ID-Karte des Toten vom Coward Trail, die ihm Jack Silverwolfe gegeben hatte. Auf der Vorderseite stand der Name *Allan Mcnish*.

Er drehte die Karte um und betrachtete die Codierung auf der Rückseite.

»4NRC-C08«, murmelte er leise. »Also hatte ich doch recht.«

Beaumont, Texas

Suzannah trug eine dunkle Sonnenbrille und hatte die Haare im Nacken zusammengebunden. Brian hatte sich eine schwarze Baseballmütze aufgesetzt und trug ebenfalls eine Sonnenbrille.

Als sie sich am Tag zuvor in die trügerische Sicherheit der Union Station im Zentrum von Washington zurückgezogen hatten, war ihnen siedend heiß eingefallen, dass womöglich Filmaufnahmen von ihnen existierten, die eine Fahndung der Polizei wesentlich vereinfachen. Schließlich war das Haus, in dem Wayne ermordet wurde, zur Genüge mit Überwachungselektronik ausgestattet. Eine weitere Möglichkeit, ihre Identität zu entschlüsseln, wäre die Kreditkarte, über die Suzannah den Leihwagen angemietet hatte. Für sie als Amerikanerin war die Ausleihprozedur weniger bürokratisch als für einen Kanadier.

»Es ist unverfänglicher, wenn du allein gehst und nach ihr fragst«, sagte Brian. »Ich warte hier im Park auf dich.«

Als Suzannah das Gebäude aus Glas und grauem Stein betrat, war ihr mulmig zumute. Ängstlich schaute sie sich um, doch das Foyer war an diesem Samstagmorgen leer. Mit dem Fahrstuhl fuhr sie in das Stockwerk, in dem sich die Redaktion der Zeitschrift befand. Zwei weibliche Angestellte kreuzten ihren Weg. Sie musterten Suzannah argwöhnisch. Eine von ihnen blieb stehen.

»Suchen Sie jemanden?«

Suzannah nickte. »Ich suche Jennifer Oldham, die Leiterin der Wissenschaftsredaktion.«

Das Mädchen war noch im Teeniealter. Sie mochte wohl kaum Wayne Changs Freundin sein. Erstaunen machte sich auf dem

Gesicht des Mädchen breit, und plötzlich wirkte sie unsicher. »Jennifer«, wiederholte sie und zog dabei die Vokale in die Länge.

»Ja, Jennifer Oldham. Ich bin hier doch richtig in der Redaktion des Magazins?«

Das Mädchen nickte.

»Miss Oldham wollte mich wegen eines Artikels interviewen. Ich bin Psychologin, Schlafforscherin.«

Wiederum nickte die junge Frau. Dennoch schien sie von einer sonderbaren Starre befallen zu sein.

»Sie arbeitet doch hier, oder?«

Die Starre löste sich. »Bitte warten Sie einen Moment.«

Ohne ein weiteres Wort ließ das Mädchen Suzannah stehen und verschwand hinter einer Bürotür.

Suzannahs Unsicherheit kehrte zurück. Dabei war sie froh, dass ihr die Geschichte mit dem Interview eingefallen war, denn das klang durchaus plausibel. Einen Augenblick lang dachte Suzannah daran, sich einfach umzudrehen und zu verschwinden, doch noch bevor sie die möglichen Gründe für das sonderbare Verhalten der jungen Frau durchgespielt hatte, wurde die Tür geöffnet und ein kleiner untersetzter Mann mit dicker Brille tauchte auf.

Mit ernster Miene reichte er ihr die Hand. »Linus Carlyle. Chefredakteur.« Er sah sie fragend an, in Erwartung, dass auch sie sich vorstellte.

»M… Miller«, sagte Suzannah. »Christine Miller.«

Carlyle wies auf die Sitzgruppe in der Ecke. »Ich wusste nicht, dass Miss Oldham heute einen Termin hatte.«

»Wir hatten keinen genauen Termin ausgemacht, aber ich war gerade in der Gegend und dachte mir, ich schaue einfach einmal vorbei. Auch auf die Gefahr hin, dass sie an einem Samstag überhaupt nicht hier ist. Doch angesichts der Ereignisse nahm ich an, dass die Redakteure auch am Samstag alle Hände voll zu tun haben.«

»Es tut mir leid«, entgegnete Carlyle. »Miss Oldham ist leider von uns gegangen.«

Suzannah traute ihren Ohren nicht. »Zu einem anderen Magazin?«

Carlyle schüttelte den Kopf. »Miss Oldham ist tot.«

»Aber das kann nicht sein ...«, entfuhr es Suzannah.

»Leider ist es so, das Schicksal hat erbarmungslos zugeschlagen. Miss Oldham wurde ermordet.«

»Das ... das ist ... das ist ja schrecklich«, stammelte Suzannah.

»Sie kannten Miss Oldham persönlich?«

»Wann ist es passiert?«, sagte Suzannah, ohne auf Carlyles Frage einzugehen.

Der Mann seufzte. »Am Donnerstag. In der Tiefgarage, hier in unserem Gebäude. Sie wurde überfallen und umgebracht. Am Freitagmorgen wurde sie vom Reinigungspersonal gefunden. Wir stehen hier alle noch unter Schock.«

Suzannah atmete tief ein. »Wurde der Mörder gefasst?«

Carlyle schüttelte den Kopf. »Es gibt offenbar keine Hinweise. Die Polizei geht davon aus, dass es ein Triebtäter war. Das arme Mädchen. Wenn ich nur daran denke, was sie durchmachen musste, bevor sie ... entschuldigen Sie, aber die Welt ist grausam.«

Suzannah erhob sich. »Das ist schrecklich«, sagte sie.

»Lassen Sie doch einfach Ihre Karte zurück. Wir melden uns, sobald wir ein wenig Abstand gewonnen haben.«

Suzannah schüttelte den Kopf. »Ach nein, lassen Sie mal. Ich wollte ja persönlich mit ihr sprechen ...« Ihr einziger Gedanke war, diesem Gebäude zu entkommen. Sie brauchte frische Luft.

Carlyle schaute ihr gedankenverloren nach, als sie mit raschen Schritten die Redaktion verließ.

Brian hatte sich auf einer Bank am Rand des Central Park niedergelassen und beobachtete achtsam die Umgebung. Auf der

Laurel Avenue herrschte nur wenig Verkehr. Das Wochenende machte sich bemerkbar. Dennoch war ihm sofort der weiße Lincoln aufgefallen, der auf der gegenüberliegenden Straßenseite ein paar Meter neben dem Eingang des Mediencenters parkte. Rauchwölkchen kringelten sich in die Luft. Der Insasse des Wagens rauchte wohl. Doch sosehr Brian sich auch bemühte, einen Blick ins Innere zu erhaschen, die getönten Scheiben verwehrten ihm die Sicht. Also ließ er sich auf einer Bank nieder, die durch einen Busch teilweise verdeckt wurde, und beobachtete den Wagen aus der Ferne.

Als Suzannah zwanzig Minuten später aus dem Gebäude kam, blieb sie stehen und schaute sich suchend um. Einen Augenblick dachte Brian daran, sich Suzannah zu zeigen, doch er verwarf den Gedanken. Am Tag zuvor hatte sie ein Bus vor der Festnahme gerettet, so viel Glück hatte man nicht jeden Tag. Er verbarg sich hinter dem Busch. Suzannah schüttelte missmutig den Kopf und überquerte die Straße. Noch bevor sie die andere Seite erreicht hatte, stieg ein schlanker Mann in dunklem Anzug aus dem Lincoln, warf seine Zigarette auf die Straße und folgte Suzannah in Richtung des Parks.

Brian überlegte fieberhaft. Wie konnten die Bullen – und das war zweifellos einer – wissen, was sie als Nächstes vorhatten, nachdem sie ihnen in Rosslyn Heights entwischt waren? Ein zweiter Mann, ebenfalls im Anzug, kletterte aus dem Lincoln, doch er blieb auf der anderen Straßenseite stehen und widmete sich seiner Zeitung.

Suzannah bog in den kleinen Fußweg ein, der in den Central Park führte. Sie hatte ihren Verfolger noch gar nicht bemerkt. Brian hörte, wie der schmächtige Beamte Suzannah ansprach und sie aufforderte, ihren Ausweis zu zeigen. Suzannah blickte sich hilflos um. Brian drückte sich tiefer in das Gebüsch.

»Ich habe keinen Ausweis bei mir«, sagte sie verlegen.

»Dann müssen Sie mir leider auf das nächste Präsidium folgen, es sei denn, Sie sagen mir Ihren Namen.«

»Miller, Christine Miller«, kam es wie aus der Pistole geschossen.

»Das kann jeder behaupten«, entgegnete der Polizist. »Ich muss Sie leider bitten, mir zu folgen.«

Brian reichte es. Unauffällig schlich er aus dem Gebüsch.

»Hallo, Christine«, sagte er. »Belästigt dich der Kerl?«

Der Polizist fuhr herum. »Wer sind Sie?«

»Das ist meine Freundin, und ich hole sie von der Arbeit ab«, antwortete Brian. »Oder ist das etwa verboten?«

Der Detective lächelte breit. »Ich bin Polizeibeamter. Haben Sie einen Ausweis bei sich?«

Brian nickte und zog mit der linken Hand ein Dokument aus der Tasche.

Zögernd kam der Polizist näher. Seine rechte Hand war in der Jacke verschwunden. Mit der linken griff er nach dem Stück Papier. »Das soll wohl ein Witz sein«, sagte er. Seine rechte Hand ruckte hervor. Sie hielt eine Pistole. Noch bevor er sie in Anschlag bringen konnte, schlug Brian mit dem Ast zu, mit dem er sich sicherheitshalber bewaffnet hatte. Zwei harte Schläge trafen den Polizisten an der Schläfe, dann sank er mit einem gurgelnden Laut zu Boden.

Suzannah beobachtete die Szene mit offenem Mund.

Brian kniete sich nieder und durchsuchte die Jacke des Polizisten. Ein Dienstausweismäppchen kam zum Vorschein.

»Komm, verschwinden wir!«, rief Brian und steckte die Ausweismappe und die Pistole ein.

»Ist ... ist er ... ist er tot?«, stammelte Suzannah.

»Nein, er schläft nur. Und jetzt komm, bevor sein Kollege dort drüben etwas bemerkt!«

Brian ergriff Suzannahs Hand und rannte los.

»Jennifer Oldham ist vorgestern ermordet worden«, sagte sie keuchend.

9

Police Department, Arlington, Virginia

Polizeidetective Hernandez musterte misstrauisch den Mann im dunklen Anzug, der auf dem Stuhl gegenüber dem Polizeichef Platz genommen hatte und gelangweilt aus dem Fenster starrte.

»Agent Coburn hat alle Vollmachten«, sagte der Polizeichef. »Händigen Sie ihm bitte alle Unterlagen aus.«

»Das heißt, der Fall liegt nicht mehr in unserer Zuständigkeit?«

Coburn richtete sich auf. »Da liegen Sie richtig«, sagte er in breitem texanischem Tonfall. »Ab sofort übernimmt das FBI.«

»Ich verstehe das nicht«, wandte sich Hernandez an seinen Vorgesetzten. »Was ist an einem Raubmord in Rosslyn Heights so interessant, dass die Bundespolizei auf den Plan gerufen wird?«

»Wir glauben nicht an einen Raubmord«, mischte sich Coburn ein. »Professor Chang war unmittelbar vor seinem Tod an einem NASA-Projekt beteiligt. Möglicherweise hatten es die Täter auf etwas ganz anderes abgesehen. Gibt es denn überhaupt Hinweise, dass etwas aus der Wohnung des Professors fehlt?«

Der Polizeichef blickte seinen Mitarbeiter an.

Hernandez schüttelte den Kopf. »Wir gehen davon aus, dass der oder die Täter gestört wurden und ohne Beute flüchteten. Allerdings waren sämtliche Schränke durchwühlt.«

Coburn überging die Einlassung des Polizisten. »Wir haben den männlichen Verdächtigen inzwischen identifiziert. Es handelt sich um einen gewissen Brian Saint-Claire. Ein absonderlicher Psychologe, der sich mit Zauberei und Geisterbeschwörungen beschäftigt. Der Mann ist Kanadier und hat in Chicago studiert. Wir haben mit seinem ehemaligen Professor gesprochen. Ein sehr integrer Mann. Er hält Saint-Claire für einen windigen Charakter, also ist ihm ein Mord durchaus zuzutrauen.«

»Und das Motiv?«, fragte Hernandez.

»Die NASA verfügt über eine hoch entwickelte Technologie, die für ausländische Mächte von erheblichem Interesse ist«, antwortete Agent Glenn Coburn. »Wir gehen davon aus, dass es sich bei dem Motiv um Spionage handelt. Und für dieses Verbrechen ist das FBI zuständig. Deshalb ersuche ich Sie, uns Ihre Ermittlungsergebnisse zu überlassen.«

Der Polizeichef nickte zustimmend. »Selbstverständlich.«

»Mich würde nur noch interessieren, warum die Verdächtigen ein paar Tage nach dem Mord noch einmal an den Tatort zurückgekehrt sind«, sagte Hernandez nachdenklich. »Schließlich mussten sie davon ausgehen, dass die Leiche von Chang längst entdeckt wurde und das Haus überwacht wird.«

»Ich werde die beiden fragen, wenn wir sie verhaftet haben«, bemerkte Coburn lakonisch.

Detroit, Michigan

Brian saß in einem kleinen Café am Grand Circus Park und beobachtete argwöhnisch die vorbeischlendernden Passanten. Vor ihm lag ein Stoß Tageszeitungen. In keiner der aktuellen Sonntagsausgaben wurde der Mord an Wayne Chang erwähnt. Auch in den Radiosendern, die Brian in den vergangenen Stunden aufmerksam verfolgt hatte, herrschte Schweigen über die Bluttat. Was war der Grund? Brian dachte an die Kameras in Rosslyn Heights. Egal, Beaumont lag hinter ihnen, sie waren entkommen. Fürs Erste. Mit dem Zug waren sie von Beaumont nach Dallas gefahren, um dann mit dem Inlandsflug am nächsten Morgen nach Detroit zu fliegen. Brian hatte einen Direktflug nach Kanada vermieden, weil die Kontrollen bei Auslandsflügen weitaus schärfer waren als bei Flügen innerhalb der Staaten.

Brian hatte im Mäppchen des Polizisten aus dem Park einen FBI-Dienstausweis und einen entsprechenden Führerschein gefunden. Also hatte sich das Federal Bureau of Investigation bereits des Falles angenommen. Fieberhaft hatten Suzannah und Brian überlegt, wie sie diesem Teufelskreis entkommen könnten, doch ihnen war keine Lösung eingefallen. Im Nachhinein war es idiotisch gewesen, in Waynes Wohnung einzudringen. Brians Fingerabdrücke befanden sich nun überall am Tatort. Der Umstand, dass Wayne längst tot gewesen war, als er in das Apartment eindrang, würde nicht zwingend entlastend für ihn sein. Den Täter zog es bekanntlich zum Tatort zurück. Aber wie passte der Mord an Jennifer Oldham in diese Geschichte? Schließlich waren Suzannah und er zu dem Schluss gekommen, dass sie Opfer eines ausgetüftelten Komplotts geworden waren. Doch wer steckte dahinter, und, vor allem, was war der Grund für die beiden Morde? Zufall sicherlich nicht.

Wayne hatte bezüglich der ungewöhnlichen Wirbelstürme Nachforschungen angestellt und war auf etwas Sonderbares gestoßen. Doch welcher Art diese Erkenntnisse waren, die Wayne dazu veranlassten, Brian zu verständigen und um ein umgehendes Treffen zu bitten, das hatte er in der E-Mail nicht mitgeteilt.

Sosehr sich Suzannah und Brian den Kopf zermarterten, es blieb nicht viel mehr als Spekulation. Nicht einmal der Hauch eines logischen Ansatzpunktes war zu erkennen. Wie nur sollten sie Licht in das Dunkel bringen und gleichzeitig den Kopf aus der Schlinge ziehen?

Suzannah betrat das kleine Café und setzte sich zu Brian an den Tisch. Beinahe hätte er sie nicht erkannt. Statt der langen dunklen Haare hatte sie nun einen frechen Kurzhaarschnitt mit blonden Strähnchen. Die Jeans und das helle Blouson, die sie in Beaumont trug, hatte sie mit einem cremefarbenen Kostüm getauscht. Sie erschien etwas älter und femininer als zuvor.

Brian schaute sie mit großen Augen an. »Wer sind Sie, Miss?«, fragte er lächelnd.

Suzannahs Augen flogen nervös hin und her. »Ich fühle mich nicht wohl in meiner Haut. Bei jedem Mann, der mir begegnet, habe ich Angst, dass er im nächsten Augenblick eine Waffe unter der Jacke hervorholt und mich verhaftet. Es ist ein einziger Albtraum. Ich will die ganze Zeit über aufwachen, aber es gelingt mir nicht.«

»Es ist kein Traum, es ist Realität«, entgegnete Brian.

Suzannah zeigte auf die Zeitungen.

»Kein Wort über den Mord, keine Fahndung. Ich glaube nicht, dass sie unsere Identität schon kennen.«

»Sollten wir uns nicht doch besser stellen?«

»Bist du verrückt?«

»Bestimmt wird sich alles aufklären. Wir sind doch keine Mörder.« Suzannahs Stimme klang flehend.

»Damit wir enden wie Wayne und Jennifer?«

Suzannah schlug die Hände vor die Augen. »Das wird alles zu viel für mich. Zuerst Mutter und jetzt …«

Brian griff nach ihrer Hand und drückte sie fest. »Wir werden es schaffen. Wir werden herausfinden, was hinter den Morden steckt.«

»Wie denn?« Sie hatte unwillkürlich die Stimme erhoben, sodass die Gäste an den übrigen Tischen aufschauten.

Brian beruhigte sie und streichelte ihr die Hand. »Ich weiß es noch nicht, aber zunächst einmal bringe ich dich in Sicherheit. Mir wird schon etwas einfallen.«

»Und wenn wir zu mir nach Hause gehen?«

»Spätestens wenn sie uns identifiziert haben, werden sie uns genau dort suchen«, meinte Brian. »Wir gehen nach Kanada. Dort sind wir erst einmal sicher.«

Plötzlich herrschte Aufruhr draußen auf der Straße. Reifen quietschten. Menschen rannten über den Gehweg, und lautes Rufen war zu hören.

»Was ist dort draußen los?«, fragte Suzannah.

Brian zuckte mit den Schultern. An den Tischen erhoben sich die Gäste und traten an die Fenster.

»Warte hier«, sagte Brian und schloss sich den Menschen an.

Unmittelbar vor dem breiten Glasfenster blieb er stehen und schaute hinaus auf die Straße. Gegenüber standen Streifenwagen mit eingeschaltetem Rotlicht. Polizisten mit gezogenen Waffen hasteten auf eine kleine Boutique auf der gegenüberliegenden Straßenseite zu.

Brian wandte sich um und ging zurück zu seinem Platz.

»Wo hast du das Kostüm gekauft?«, flüsterte er.

Suzannah schaute ihn fragend an. »Gegenüber in einem Laden.«

»Und wie hast du bezahlt?«

Suzannah griff in ihre Jackentasche und zeigte ihre Kreditkarte.

»Komm!«

Brian zog Suzannah hinter sich her ins Treppenhaus und auf den Notausgang zu.

»Was ist los?«, stieß Suzannah hervor.

»Sie haben uns schon längst identifiziert ...« Er stieß die Tür auf. »Gerade stürmen die Bullen den Laden, in dem du eingekauft hast.«

Suzannah erschrak. »Aber wie können sie nur ...«

»Die Kreditkarte, verstehst du!«

City of Monroe, Lake Erie, Michigan

Die Sonnenstrahlen brachen sich auf dem blauen Wasser des Sees. Suzannah saß am Ufer und sog die frische Luft ein. Brian war in einem kleinen Bootshaus jenseits des Landungsstegs verschwunden und redete mit dem Besitzer des Bootsverleihs, einem Bekannten von ihm.

Sie waren durch den Notausgang aus dem Café am Grand Circus Park geflohen und hatten sich drei Blocks weiter ein Taxi genommen, das sie hier hinaus nach Detroit Beach brachte. Kanada lag nur unweit entfernt auf der anderen Seite des Eriesees. Brian hoffte, dass sie vielleicht jenseits der Grenze einen Platz zum Durchatmen finden würden, denn bislang schien es keine offizielle Fahndung nach ihnen zu geben. Weder im Fernsehen noch in der Tagespresse wurde über den Mord an Wayne Chang berichtet oder wurden Bilder von den vermeintlichen Tatverdächtigen gezeigt. Unbehelligt waren sie hierhergekommen.

»Das weiße Boot dort drüben«, sagte eine Stimme hinter ihr. »Sam macht es für uns fertig. In einer Stunde können wir los. Willst du etwas essen?«

Suzannah fuhr herum. Brian stand hinter ihr und zeigte auf die kleine weiße Kabinenyacht, die im Rhythmus der Wellen auf und ab schaukelte.

Suzannah erhob sich und ließ sich in Brians Arme fallen. Tränen kullerten ihr über die Wangen. »Ich möchte, dass es endlich aufhört«, schluchzte sie. »Ich möchte mein Leben wieder zurück.«

Brian drückte sie fest an sich. »Wir werden es schaffen«, sagte er und wusste, dass dies nur eine Floskel bleiben würde, wenn es ihnen nicht gelänge, den Hintergrund des Mordes an Wayne Chang aufzudecken. Doch wie sollte er es anstellen? Er hatte keinen blassen Schimmer.

NOAA, Boulder, Colorado

Cliff Sebastian hatte schlecht geschlafen. Heftige Kopfschmerzen plagten ihn, als er gegen acht Uhr am Montagmorgen sein Büro im NOAA-Center in Boulder betrat. Seit er am Tag zuvor nach Colorado zurückgeflogen war, verfolgten ihn die Bilder, die vom National Hurricane Center aus New Orleans eingetroffen waren. Unzählige Leichen schwammen durch die überfluteten Straßen der Stadt. Das Bild einer Frau, die schützend die Arme um ihr Kleinkind geschlungen hielt, ehe beide in den Fluten des Mississippi ertranken, hatte sich in sein Gehirn eingebrannt und ließ ihn nicht wieder los.

Cliff setzte sich hinter seinen Schreibtisch und fuhr sich mit den Händen über die Haare. Im Posteingangskorb stapelten sich die Briefe. Er griff nach den Kuverts, überflog die Absender und warf sie zurück in den Postkorb. Draußen zogen dunkle Wolken über Boulder hinweg. *Fjodor* hatte die andauernde Schönwetterperiode über dem Kontinent abgelöst. Die ersten Regentropfen klopften gegen das Fenster im zweiten Stock des Gebäudes. Cliff erhob sich und schaute zum Fenster hinaus. Der Parkplatz füllte sich langsam.

Er setzte sich wieder hinter seinen Schreibtisch und startete den Computer. Während die Startsequenz lief, blickte Cliff gedankenverloren auf die Tastatur. Ein kleines rotes Kabelfragment hatte sich zwischen den Buchstaben festgeklemmt. Cliff versuchte mit seinen Fingern danach zu fischen, doch der Zwischenraum zwischen den Tasten war zu eng. Immer wieder rutschte das kleine Stück Kabel zurück. Er griff nach einem Kugelschreiber und fuhr in den Zwischenraum. Nach dem dritten Versuch gelang es ihm, es hervorzuholen. Verdutzt betrachtete er das kleine Stück Kabel, das nicht größer war als ein Streichholzkopf. Mikrokabel, so wie es in Telefonen oder auch in Computern Verwendung fand. Er legte es neben der Tastatur auf den Schreibtisch und schaute auf den blau gefärbten Monitor.

In einem silbernen Icon in der Mitte des Bildes prangten rote Buchstaben.

No signal
Boot Sector Error
Attention!

Cliff drückte die Eingabetaste, doch das Bild blieb unverändert. Noch nie hatte der Computer diese Meldung angezeigt. Was bedeutete diese Warnung?

Er versuchte es mit einem Warmstart. Der Bildschirm verdunkelte sich für einen kurzen Augenblick, ehe er sich neu aufbaute. Das Surren der Kühler verstärkte sich, die Laufwerke klickten metallisch, doch als der PC zur Ruhe kam, zeigte er wiederum nur die vorherige Meldung an.

Cliff fluchte. Er schaute auf die Uhr. Es war zwanzig vor neun. Die Computerspezialisten waren bestimmt längst im Haus. Er griff zum Telefonhörer und wählte die Nummer der Netzwerk-Spezialisten. Es dauerte eine Weile, ehe sich jemand meldete, doch als Cliff Sebastian das Problem schilderte, sicherte der Techniker sein sofortiges Erscheinen zu. Zuvor bat er Cliff, den Computer sicherheitshalber wieder abzuschalten.

Cliff tat wie ihm geheißen, und kaum zwei Minuten später klopfte ein Spezialist der EDV-Abteilung an die Tür. Auf dem Namensschild an seiner Brust stand *Ted*.

»Na, dann nehmen wir uns das Baby mal vor«, sagte Ted entschlossen und kniete sich vor das Computergehäuse. Nachdem er den Computer gestartet hatte, dauerte es genau zwei Minuten, bis erneut die Warnmeldung auf dem Monitor erschien.

»Haben Sie eine externe Datenquelle eingelegt?«, fragte Ted und starrte auf den Bildschirm.

Cliff schüttelte den Kopf. »Ich bin eine ganze Weile nicht mehr hier gewesen. Als ich das Ding das letzte Mal benutzte, arbeitete es noch einwandfrei.«

Ted nickte und schaute nachdenklich auf das graue Gehäuse, das in einem Schubfach unter dem Schreibtisch untergebracht war. »Da stimmt etwas nicht«, murmelte Ted.

»Darauf bin ich auch schon gekommen.«

Teds Finger flogen hektisch über die Tastatur. Kurz darauf veränderte sich das Bild auf dem Monitor. Ein zweites Icon öffnete sich. Diesmal blinkte eine rote Schrift in dem silbernen Fenster.

Virus detected!

Eine Reihe weiterer Daten lief über den Monitor. Ted fluchte laut. »Ich muss dringend telefonieren«, sagte er und griff nach dem Hörer.

Cliff schaute den jungen Mann fragend an.

»Wir haben eine Virusinfektion auf 37«, sagte er hektisch in den Telefonhörer, nachdem sich jemand am anderen Ende gemeldet hatte. »Ihr müsst sofort den Server isolieren. Lasst das Analyseprogramm laufen. Es sind mehrere Reihen.« Ted warf den Hörer zurück auf die Gabel.

»Ist es schlimm?«, fragte Cliff.

Ted nickte zustimmend. »Wenn wir die Viren auf unserem Server haben, dann ist es sehr schlimm«, bestätigte er. »Ich fürchte, ich muss die Festplatte komplett neu installieren.«

»Und woher kommen diese Viren?«

Ted zuckte die Schultern. »Eigentlich ist es unmöglich, wir haben mehrere Filter in unserer Firewall. Von außen können keine Viren kommen.«

»Woher denn sonst?«

Cliff zeigte auf das Laufwerk. »Es muss eine interne Infektion sein. Das stammt von irgendeinem externen Datenträger, der infiziert war. Ich muss sofort runter in den Serverraum. Ich rufe Sie später an.«

Ehe er verschwand, schaltete Ted den Computer ab.

Cliff betrachtete still das kleine Kabelfragment, das er zwischen den Buchstaben seiner Tastatur gefunden hatte. Er erhob sich und öffnete die Tür zum Vorzimmer. Marsha, die Sekretärin, saß hinter dem Schreibtisch und öffnete die Post.

»War eigentlich jemand während meiner Abwesenheit in meinem Büro?«, fragte er.

Marsha nickte. »Letzten Freitag war ein Techniker von General Systems hier. Es gab offenbar eine Störung in der Telefonanlage.«

Cliff horchte auf. Marsha bemerkte seinen fragenden Blick.

»Er hatte einen Wartungsauftrag von der technischen Abteilung«, fügte sie hinzu. »Eine Viertelstunde später war er wieder verschwunden.«

»Wissen Sie, wie der Mann hieß?«

Marsha schüttelte den Kopf. »Er hatte doch den Wartungsauftrag. Wieso, stimmt etwas nicht?«

Cliff schüttelte den Kopf. »Nein, nein. Alles in Ordnung.«

Socorro, New Mexico

Sheriff Dwain Hamilton war mit dem Verlauf des vergangenen Tages zufrieden. Er war doch zu seinem Onkel auf die Ranch gefahren, um mit ihm den Sonntag zu verbringen, freilich nicht ohne Nebengedanken. Der Senator verfügte über genügend Kontakte, um in Erfahrung bringen zu können, was es mit dem Code auf dem Ausweis von Allan Mcnish und den Fässern mit dem radioaktiven Material auf sich hatte. Außerdem war der Truthahn wie immer vorzüglich gewesen. Betty war eine wunderbare Köchin und hervorragende Haushälterin. Wenn es sich Dwain recht überlegte, war das Leben als Verwalter auf der Cave Pearls Ranch nahe Carlsbad nicht der schlechteste Abschnitt in seinem Leben gewesen.

Auf eigenen Beinen hatte er stehen wollen, raus aus dem Dunstkreis seines mächtigen Onkels. Doch nun, da Margo ihn mit den Kindern verlassen hatte, schien sein Projekt »Eigenständigkeit« komplett in die Hose gegangen zu sein.

Vielleicht lagen ihm auch deshalb der Fall Allan Mcnish und alles, was damit zusammenhing, so am Herzen. Offiziell gab es ja überhaupt keinen Fall. Auch die Ermittlungen im Todesfall Jack Silverwolfe waren vom Distriktstaatsanwalt mittlerweile eingestellt worden. Ein tragischer Unfall hatte dem alten Indianer das Leben gekostet. Was hinderte ihn also noch daran, sich wieder den alltäglichen Aufgaben eines Sheriffs – den betrunkenen Autofahrern, den prügelnden Ehemännern und den Diebstählen – zu widmen und einfach für ein bisschen Sicherheit und Ordnung in seinem County zu sorgen? Eine Ahnung ganz tief in seinem Inneren, dieser unausgeräumte Verdacht, dass etwas an der ganzen Sache oberfaul war.

Das Klopfen an der Tür riss Dwain aus seinen Gedanken. Lazard betrat schwungvoll das Büro. Ein Grinsen lag auf seinen Lippen.

»Hast dir gestern bei Onkel Joe wieder den Bauch vollgeschlagen, hm?«, sagte er.

»Du hättest ja mitkommen können.«

Lazard schüttelte den Kopf. »Ich hatte schon eine Verabredung.« Er wedelte mit einem Fax.

»Was ist das?«

Lazard warf das Papier auf Dwains Schreibtisch. »Nur die Bestätigung von dem, was wir längst wissen. Antwort aus Albuquerque. Robert Allan Mcnish aus Kanada ist tatsächlich unsere Leiche vom Coward Trail. Das DNA-Muster stimmt überein.«

Dwain nickte.

»Das bringt uns nicht viel weiter, was?«, fragte Lazard.

»Aber es gibt dem Grab eines unbekannten Toten endlich seinen Namen. Und das andere wird man sehen.«

»Du gibst wohl nie auf?«

»Erst wenn ich weiß, was hinter der Sache steckt.«

Long Point Bay, Lake Erie, Ontario, Kanada

Die kleine weiße Yacht dümpelte unweit der Long Point Bay in den sanften Wellen des heraufdämmernden Tages. An Bord saß Brian und beobachtete mit dem Fernglas die kleine Halbinsel, die der Kleinstadt Port Rowan vorgelagert war. Nebelschwaden waberten über das Wasser, und unweit schwammen ein paar Schwäne im flachen Wasser vorbei. Ab und zu tauchte einer auf der Suche nach Nahrung den Kopf ins Wasser. Die Sonne stand noch tief im Osten und versteckte sich zeitweise hinter ein paar grauen Wolken, die von Süden heraufzogen.

Nachdem Suzannah und Brian am gestrigen Nachmittag in Monroe aufgebrochen waren, hatten sie die Nacht in einer kleinen und vor Blicken geschützten Bucht an der Inner Bay zugebracht, ehe Brian das Boot nach Sonnenaufgang wieder hinaus auf den See lenkte. Lediglich ein Zollboot war ihnen bei ihrer Überfahrt begegnet. Die Grenze zwischen Kanada und den Vereinigten Staaten war durchlässig, doch an den Landungspunkten gab es noch immer genügend Kontrollstationen, an denen vor allem der Zoll Dienst verrichtete. Und polizeilich arbeitete Ontario mit den angrenzenden US-Bundesstaaten eng zusammen.

In der gewohnten Umgebung seiner Heimat hatte Brian seit langer Zeit wieder einmal gut geschlafen. Nur Suzannahs Seufzen und Stöhnen hatte ihn von Zeit zu Zeit aus seinen Träumen gerissen. Nun beobachtete er argwöhnisch die Landzunge, auf der sein kleines Haus in der Nähe des Seeufers stand. Bislang hatte er nichts Verdächtiges entdeckt. Keine Menschen, keine Wagen, noch nicht einmal Boote in der Nähe der Landzunge. Dennoch traute er dem Frieden nicht. Nachdem klar war, dass die Polizei Suzannahs Identität ermittelt hatte, war auch damit zu rechnen, dass sein Name und sein Wohnort den Ermittlern längst bekannt waren. Die Polizei hatte am Tag zuvor nicht einmal fünf Minuten benötigt, um festzustellen, dass Suzannah mit ihrer Kreditkarte eingekauft hatte. Weitere fünf Minuten später war die Boutique am Grand Circus Park umstellt gewesen. Eine reife Leistung und ein eindeutiges Zeichen, dass es die amerikanischen Behörden ernst meinten.

Suzannah krabbelte den Niedergang herauf und streckte sich. Sie hatte eine Decke um den Körper geschlungen und kniff die Augen zu schmalen Schlitzen zusammen.

»Gut geschlafen?«, fragte Brian.

Suzannah schüttelte den Kopf. »Ich habe schlecht geträumt. Ich habe Mutter im Wasser treiben sehen, und sie war tot. Allein schaffte ich es nicht, Mutter aus dem Wasser zu ziehen. Deshalb habe ich nach dir gerufen, aber du bist nicht gekommen. Auch Peggy und die Kinder waren verschwunden. Jemand hat dich und die anderen von mir ferngehalten.«

»Und was sagt uns dieser Traum?«

»Ich glaube, ich brauche erst einmal einen starken Kaffee«, seufzte Suzannah.

»In der Kombüse steht eine ganze Kanne davon. Es wäre nett, wenn du mir auch eine Tasse bringen könntest.«

Suzannah verschwand im Niedergang.

Motorlärm drang zu ihm herüber. Brian hob das Fernglas an die Augen und suchte den Horizont ab. Kurz darauf tauchte ein kleines Fischerboot hinter der Halbinsel auf und nahm Kurs auf die Südseite des Sees.

Suzannah kam zurück. Sie reichte Brian eine Tasse. »Ist etwas zu sehen?«

Brian schüttelte den Kopf. »Alles in Ordnung. Das ist nur ein kleines Fischerboot. Wenn ich mich nicht täusche, dann müsste es Red sein, der rüber nach Ripley schippert. Dort gibt es die größten Forellen.«

»Was tun wir jetzt?« Suzannah setzte sich neben Brian auf die Bank.

»Wir warten ab«, entschied Brian. »Ich bin mir noch nicht ganz sicher, ob die Luft rein ist.«

»Hast du etwas Ungewöhnliches entdeckt?«

Brian schüttelte den Kopf. »Es ist ein Gefühl. Die Polizei aus Brantford arbeitet eng mit den amerikanischen Behörden zusammen. Mich würde es nicht wundern, wenn im Laufe des Tages eine Streife auftaucht.«

»Und wenn du einen Freund anrufst, der einfach mal nachsieht?«, schlug Suzannah vor.

»Auf diese Idee bin ich auch schon gekommen«, antwortete Brian. »Aber leider hat mein Handy den Geist aufgegeben.«

Suzannah fluchte. »Und bei meinem ist der Akku schon seit Tagen leer.«

»Es hilft nichts. Wir warten hier eine Weile, dann werden wir an Land gehen. Aber nicht hier, sondern hinter Long Point in der Nähe von Normandale. Homer hat dort einen kleinen Hof.

Er ist ein sehr guter Freund. Bei ihm können wir eine Weile untertauchen.«

Drei weitere Stunden warteten sie ab und beobachteten argwöhnisch die Umgebung. Es schien, als hätte die Polizei Brians Adresse am Long Point View noch nicht in Erfahrung gebracht. Außer den Fähren, die in einiger Entfernung von Buffalo über Erie nach Windsor und Detroit an ihnen vorüberzogen, ein paar kleineren Fischerbooten und zwei Segelyachten war nichts zu sehen. Kurz vor Mittag fiel leichter Nieselregen aus den grauen Wolken, die inzwischen den Himmel bedeckten.

Schließlich startete Brian den Motor, schipperte langsam auf die Landzunge zu und umrundete die Halbinsel. Bei Normandale gingen sie in einem kleinen, von Schilf bewachsenen Sund vor Anker. Mit dem Schlauchboot, das zum Zubehör der Yacht gehörte, ruderten sie an Land.

Homers Farm lag unweit des Turkey Point mitten in einem kleinen Wäldchen. Eine schlammige Straße führte zu dem Gehöft. Im Schatten der Bäume hielten Suzannah und Brian auf das lang gestreckte Gebäude zu.

Der Regen hatte zugenommen. Sie hatten sich gelbe Ölmäntel übergestreift und die Kapuze tief in das Gesicht gezogen. Kühe grasten friedlich auf der Weide, und einige Schafe hoben die Köpfe, als die beiden an den Gattern vorbeischlichen.

Sie hatten das Haus noch nicht erreicht, als sich ihnen ein in ein dunkles Regencape gehüllter Mann in den Weg stellte. In seiner Hand lag ein schussbereites Gewehr.

»Was treibt ihr euch hier auf meinem Anwesen herum?«, sagte der Mann scharf.

Ein Hund rannte herbei. Ein schwarzer Labrador, der lauthals bellte und wie verrückt mit dem Schwanz wedelte. Er hetzte auf Brian zu und sprang an ihm hoch.

»Ruhig, Maxwell!«, sagte Brian und streichelte dem Labrador über den Rücken.

»Brian?«, fragte der Mann überrascht.

Brian schob seine Kapuze zurück und lächelte. »Hallo, Homer, ich brauche deine Hilfe.«

Der Mann nahm die Waffe herunter und ging auf Brian zu. Erfreut klopfte er ihm auf den Rücken. »Warum hast du nicht angerufen?«

Brian zuckte mit den Schultern. »Erzähl ich dir später. Das ist übrigens Suzannah«, erwiderte er. »Ich hoffe, wir können ein paar Tage bei dir bleiben.«

10

Redaktion ESO-Terra, Cleveland, Ohio

Porky stand unter Druck. Die Redaktionskonferenz war überhaupt nicht nach seinem Geschmack verlaufen. Seit Verlagschef Harbon diesen jungen Schnösel als Berater in der Firma platziert hatte, lief überhaupt nichts mehr nach Plan.

»Er hat in Management, Publizistik und modernem Marketing den besten Abschluss gemacht«, hatte Harbons Assistent geschwärmt. »Es ist Ihnen doch klar, dass er mit weitreichenden Vollmachten ausgestattet ist. Er wird sich künftig um das Personalmanagement und um den Vertrieb kümmern. Damit können Sie sich in vollem Umfang dem redaktionellen Bereich widmen.«

Porky wusste, was das für ihn bedeutete. Es war eine Demontage seiner Position. Schon am zweiten Tag kam Myers mit einer hirnrissigen Idee in Porkys Büro geschneit. Der Verkauf von esoterischem Krimskrams wie magischen Steinen oder Amuletten gegen das Böse sowie anderem Zubehör jeglicher Art würde dem Verlag zusätzliche Einnahmen bescheren und die Kasse klingeln lassen.

Porky hatte sich vehement gegen diesen Plan gestellt. »Unsere Leser sind keine hirnlosen Spinner«, sagte er. »Es sind Grenzgänger, die einen Blick über die empirischen Barrieren werfen wollen. Sie wollen auf der Basis der Wissenschaft informiert und aufgeklärt werden.«

Myers lächelte. »Sie verkennen diese Menschen dort draußen«, sagte er mit piepsiger Stimme. »Es sind Suchende, die den konventionellen Glauben längst verloren und sich deshalb auf die Jagd nach dem Licht begeben haben, verstehen Sie? Mit anderen Worten, es sind Spinner, die ihr Geld für leere Phrasen und warmen Wind ausgeben. Warum sollten sie keine Kettchen mit Amuletten tragen, die sie gegen die Geister beschützen, die nachts aus dem Dunkel in ihre Köpfe kriechen?«

Porky schüttelte nur den Kopf.

»Verkaufen ist keine Frage der Moral, sondern der Nachfrage«, fuhr Myers mit seinen Universitätssprüchen fort. »Allein der Profit macht eine Sache gut oder schlecht.«

Schließlich hatte Porky die Segel gestrichen. Die erste Schlacht war geschlagen, und der Verlierer trollte sich und zog sich zurück in die enge und trügerische Sicherheit seines Büros.

Als an diesem Morgen Porkys Sekretärin die Druckfahne der Juliausgabe auf seinen Schreibtisch legte, besah er sich, was nicht mehr zu verhindern war. Zwei Anzeigenseiten im Hochglanzformat mit allerlei Tand und Schnickschnack. Ein Silberkreuz gegen die Macht des Teufels für 49 Dollar, eine Packung Tarotkarten mit handgemalten Symbolen für 19 Dollar, vergoldete keltische Schlangenamulette als Ohrringe für 99 Dollar und ein langer silberner Dolch auf einem verzierten Holzbrett für 290 Dollar. Porky zog eine Grimasse. Das war der Untergang des Magazins, dessen war er sich sicher. Ausgerechnet jetzt, wo das Magazin an Verkaufszahlen zugelegt hatte, setzte ihm Harbon diesen verzogenen Yuppiebengel vor die Nase, damit er Stück um Stück die Philosophie zerstören konnte, die sich *ESO-Terra* einst auf die Fahnen geschrieben hatte.

Gerade weil sich das Magazin über Jahre hinweg einen seriösen Ruf erarbeitet hatte, war es nicht von der Bildfläche verschwunden wie all die anderen Zeitschriften, die sich auf dem

Gebiet des Übersinnlichen tummelten. Porky erhob sich und schleuderte die Druckfahne in die Ecke. Es war an der Zeit, sich nach einem neuen Job umzusehen.

Er wandte sich um und setzte sich wieder an seinen Schreibtisch. Erst jetzt sah er das dicke Kuvert, das seine Sekretärin zusammen mit der Druckfahne hereingebracht hatte. Auf dem Adressfeld stand:

Mr Brian Saint-Claire
Persönlich
Redaktion ESO-Terra
OH-9734 Cleveland

Vergeblich suchte Porky nach dem Absender. Er griff zum Telefon und wählte Brians Handynummer. Vielleicht würde er ihn heute erreichen, oft genug hatte er es bereits vergeblich versucht. Bestimmt war er längst aus Florida zurückgekehrt. Ihm war nach ein, zwei Bier und nach Reden zumute, und Brian war schon immer ein guter Zuhörer gewesen. Er würde sagen, such dir einen anderen Job. Womit er recht hätte.

Wieder war Brian nicht erreichbar. Porky warf den Hörer auf die Gabel, erhob sich und schnappte seine Jacke. Ein paar Whiskeys nebenan in Joeys Bar würden ebenfalls ihren Zweck erfüllen.

New Orleans, Louisiana

Die Sonne brannte heiß über der Stadt. Die Wolken hatten sich verzogen, und ein tiefes Blau füllte den Horizont. *Fjodor* war im Hinterland verendet, und während er in seinen letzten Zügen lag, hatte er die Städte im Mittleren Westen bis hinauf nach Kanada in ein graues Regenband getaucht. Nun tastete sich ein Hochdruckgebiet langsam über den Golf auf die versunkene Stadt an der Mündung des Mississippi voran.

Die Rettungskräfte arbeiteten fieberhaft, in den Schutzräumen stapelten sich die Leichen. Pioniere der Army arbeiteten Hand in Hand mit den Abteilungen des Katastrophenschutzes und versuchten die gebrochenen Dämme wieder aufzuschütten und das Wasser aus der Stadt hinauszupumpen. Immer wieder kam es zu Rückschlägen. Die geflickten Teilstücke stürzten wieder ein, oder der aufgeweichte und brüchige Deich des Lake Pontchartrain brach an anderen Stellen auf. Ein paar Tage Sonnenschein wären diesbezüglich hilfreich, erhöhten jedoch auf der anderen Seite die Gefahr von Seuchen.

Ein modriger und faulig-süßer Gestank lastete auf der Stadt, und die Luft schien zu keiner Bewegung mehr fähig. Über einhunderttausend Tote waren bereits geborgen, und ebenso viele wurden noch vermisst. Rechtsmediziner, Pathologen und Ärzte aus allen Teilen der USA waren in Mobile zusammengezogen worden, um bei der Identifizierung der Leichen zu helfen.

Zwei Tage hatte der Präsident im Krisengebiet zugebracht, hatte sich den Presseteams gezeigt und Ansprachen gehalten. Zusammen mit Bauarbeitern an einem Deich, mit Nationalgardisten in den abgetrockneten Straßen im Südwesten oder mit dem Gouverneur bei der Beisetzung von Flutopfern auf dem Friedhof in Laplace hatte er sich ablichten lassen. Wagner war zufrieden. In einer Ansprache sagte er den Geschädigten des Wirbelsturms finanzielle Hilfe zu und verteufelte öffentlich die zögerlichen Warnmeldungen der Wetterdienste und die viel zu spät eingeleiteten Evakuierungsmaßnahmen in der Stadt. Er persönlich werde die Untersuchung in dieser Sache leiten und jeden zur Verantwortung ziehen, der diese Katastrophe mit zu verantworten hatte. Markige Worte und große Gesten. Wagner freute sich über die Entschlossenheit, die der Präsident bei seinen öffentlichen Auftritten an den Tag legte. Mit diesen Auftritten wäre der Prestigeverlust, der sich zuletzt in den Umfragen gezeigt hatte, bestimmt auszugleichen, wenn nicht sogar in das Gegenteil zu verkehren.

Doch egal, wo der Präsident auftrat, egal, wie er sich darstellte und mit wem er sich präsentierte, *The Big Easy* blieb für die nächsten Monate eine tote Stadt. Eine Stadt, die sich zu nahe an das Wasser gewagt hatte. Und die Menschen hatten ihren Preis dafür bezahlt. Über die Hälfte der Bewohner hatte ihr Leben eingebüßt.

Normandale, Ontario, Kanada

Homer hatte die Hände vor die Augen geschlagen und saß stumm auf seinem Stuhl in der Küche. Eine solch haarsträubende Geschichte, wie sie ihm Brian gerade aufgetischt hatte, war ihm noch nie untergekommen.

»Jetzt weißt du alles«, sagte Brian. »Wenn du mir nicht glaubst, dann werden wir einfach wieder verschwinden. Gib uns eine Viertelstunde, dann ruf die Polizei. Das ist alles, was ich von dir verlange.«

Homer nahm die Hände herab, erhob sich und ging zum Fenster. Er schaute hinaus. Hinter den grünen Wiesen glitzerte das Wasser des Eriesees. »Ich glaube dir«, sagte er. »Ihr könnt oben schlafen. Aber früher oder später werden sie auch zu mir kommen und nach euch suchen.«

Brian seufzte. »Ich weiß.«

»Was habt ihr vor?«

Brian zuckte mit den Schultern. »Ich habe keinen blassen Schimmer. Aber wir haben nur eine Chance, wenn wir den wahren Mörder finden.«

»Und wie willst du das anstellen?«

»Wayne Chang muss bei seinen Nachforschungen etwas entdeckt haben, das jemandem so gefährlich werden könnte, dass er ihn dafür töten würde.«

Homer wandte sich um. »Aber wie konnte derjenige von Changs Entdeckung etwas wissen?«

»Er muss es von Wayne selbst erfahren haben«, antwortete Brian. »Oder …«

»Oder?«

»Oder er hat Wayne längst schon überwacht.«

Homer setzte sich wieder auf seinen Stuhl. »Ich bin zwar nur ein altmodischer Farmer, der sich mit Viehzucht über Wasser hält, aber mittlerweile geht es auch in unserem Gewerbe nicht mehr ganz ohne Technik. Ich habe einen Computer mit Internetanschluss und trage ständig ein Mobiltelefon mit mir herum. Die Viehmärkte sind weit entfernt, und die Schlachtviehauktion findet auch nicht mehr jeden Monat in Brantford statt. Mittlerweile verkaufen wir über Internet, deswegen musste auch ich dazulernen. Ich habe in der Anfangsphase mein Lehrgeld gezahlt, das kannst du mir glauben. Es ist offenbar nicht besonders schwer, jemanden auszuspähen. Das tun inzwischen sogar die Kids in der Grundschule. Vielleicht ist sein System überwacht worden?«

Brian starrte auf den Küchenboden und überlegte.

Suzannah betrat die Küche und lächelte Homer unsicher an.

»Ich hoffe, das Kabel passt!«, meinte Homer.

»Es funktioniert, vielen Dank«, sagte Suzannah.

»Sie können natürlich auch gern mein Telefon benutzen, wenn Sie Ihre Schwester anrufen wollen.«

Brian schüttelte den Kopf. »Das ist nicht besonders klug. Erinnere dich an deine Kreditkarte. Wenn Peggys Telefon überwacht wird, dann dauert es keine Minute, bis sie diesen Anschluss geortet haben.«

Homer nickte. »Brian hat recht, war keine gute Idee.«

»Mal angenommen, Waynes Telefon und E-Mail-Account wurden überwacht, und sie haben die Mails an mich gelesen, warum sind die Kerle dann nicht auch bei mir aufgetaucht!«, überlegte Brian.

»Weil in seinen Nachrichten keine detaillierten Ergebnisse standen und sie wussten, dass du nicht viel damit anfangen kannst?«

Brian schüttelte den Kopf. »Das wäre eine Möglichkeit. Es wäre aber auch möglich, dass sie meine E-Mail-Adresse nicht sofort entschlüsseln konnten. Ich benutze nur Buchstabenkürzel und habe außerdem einen französischen Provider.«

Die beiden spekulierten noch lange, wer hinter dem Schlamassel steckte, in das Brian und Suzannah geraten waren. Als es dämmerte, setzte sich Homer in den Wagen. Er hatte versprochen, hinüber nach Long Point zu fahren, wo er ein paar Schafe grasen hatte, und nachzusehen, ob alles in Ordnung war.

»Wir können nicht ewig hierbleiben«, sagte Suzannah, nachdem Homer das Haus verlassen hatte.

»Ist mir schon klar. Ich muss versuchen Porky zu erreichen, aber vielleicht wird auch die Redaktion überwacht.«

»Und wenn du mein Handy benutzt?«

»Ich kenne Porkys Handynummer nicht auswendig. Sie ist auf meiner Karte gespeichert.«

»Dann lass uns einfach deine SIM-Karte in mein Handy einbauen. Hol mal dein Handy!«, sagte Suzannah.

Brian kramte in seiner Jacke. »Hier. Das kann ich sowieso gleich wegwerfen, es hat den Geist aufgegeben.«

Suzannah nahm es an sich und öffnete den Deckel auf der Rückseite. Sie entnahm die kleine SIM-Karte, öffnete die Rückwand ihres eigenen Handys und wechselte die Karten aus. Als sie das Handy einschaltete, piepste es laut. »Jetzt musst du deinen Code eintippen«, sagte sie.

Mit einem lauten Pfeifton meldete das Gerät, dass der Code angenommen wurde. Noch bevor Brian die Anruferliste aktivieren konnte, piepste das Gerät hektisch. Eine Reihe von SMS war eingegangen. Suzannah zeigte ihm, wie er sie abrufen konnte. Die ersten beiden stammten von Porky. Die anderen neun Nachrichten kamen aus Venezuela. Brian öffnete die letzte SMS und las.

»Es sind Nachrichten von Juan aus Venezuela«, sagte er. »Er will, dass ich mich sofort bei ihm melde. Die Medizinfrau der Warao-Indianer will mit mir sprechen.« Wortlos starrte er auf den Text. »Das gibt es nicht«, stieß er fassungslos hervor.

»Was ist los?«, fragte Suzannah.

»Juan schreibt, dass sie weiß, was hinter den Stürmen steckt.«

Suzannah entspannte sich. »Ich glaube, die Visionen einer indianischen Schamanin helfen uns jetzt nicht besonders weiter.«

»Sie hat unsere Verfolger gesehen«, antwortete Brian mit tonloser Stimme. »Sie weiß, in welchen Schwierigkeiten wir stecken, und wird uns helfen.«

»Du glaubst daran?«

»Ich bin davon überzeugt«, sagte Brian. »Wir sollten zu ihr fahren. Hier sind wir auf Dauer nicht sicher. In Venezuela könnten wir für die nächste Zeit untertauchen. Juan würde uns sicher helfen.«

Suzannah schüttelte den Kopf. »Das sind doch Hirngespinste.«

»Sie weiß, wie und wo deine Mutter gestorben ist«, fuhr Brian fort. »Ich soll dir sagen, dass sie auf der anderen Seite des Lichts angekommen ist und ihre Hände schützend über dich hält. Sie rief deinen Namen, als sie starb.«

Suzannah schaute Brian vorwurfsvoll an. »Das ist geschmacklos … Brian, wie kannst du nur …«

Brian reichte Suzannah das Handy. »Sieh selbst.«

Suzannah las die Nachricht. Fassungslosigkeit machte sich auf ihrem Gesicht breit. »Wie kann sie … ich meine … woher …?«

»Ich sagte dir doch, es gibt Dinge zwischen Himmel und Erde, die weit über unseren Horizont gehen.«

»Ich weiß nicht mehr, was ich glauben soll …«

Eine Stunde später, es war inzwischen dunkel geworden, kehrte Homer von seinem kleinen Ausflug nach Long Point zurück. Vergeblich hatte Brian inzwischen versucht, Porky zu erreichen. Bestimmt saß er wieder in irgendeiner Bar oder war bei einem Mädchen. Ungeduldig wartete er, bis Homer seinen Geländewagen geparkt hatte und das Haus betrat. Ehe er die Tür hinter sich zumachte, schaute sich der Farmer noch einmal um.

»Und?«, fragte Brian gespannt. »Hast du etwas entdeckt?«

Homer hob abwehrend die Hand. »Sie haben sich sehr viel Mühe gegeben, aber wer die Umgebung wie seine Westentasche kennt, den können sie nicht täuschen. Ein Caravan steht gegenüber der Inner Bay an der Zufahrtstraße, und draußen auf dem See kreuzt eine kleine weiße Yacht.«

»Kanadische Polizei?«

Homer schüttelte den Kopf. »Amerikaner. Kein Kanadier baut seinen Grill direkt neben dem Caravan auf, um den Rauch seines eigenen Grillfeuers einzuatmen.«

Brian schaute Suzannah an. »Warum keine kanadische Polizei?«

Suzannah zuckte mit den Schultern.

»Ich muss versuchen Porky zu erreichen. Er wird uns weiterhelfen. Hier sind wir nicht sicher.«

»Wenn sie dein Haus im Auge behalten, dann überwachen sie bestimmt auch die Redaktion«, gab Suzannah zu bedenken.

Brian überlegte. »Vermutlich hast du recht. Wir sollten uns etwas einfallen lassen. Außerdem müssen wir in Erfahrung bringen, warum keine kanadische Polizei an der Aktion beteiligt ist.«

»Soviel ich weiß, gibt es eine zwischenstaatliche Vereinbarung zur Zusammenarbeit«, warf Homer ein.

Brian lächelte. »Das stimmt, es gab damals sogar eine Abstimmung darüber. Soweit ich mich erinnern kann, betrifft das uneingeschränkte Recht zur Nacheile – wie das im Polizeijargon heißt – nur amerikanische Staatsbürger. Handelt es sich bei dem Gesuchten um einen kanadischen Staatsbürger, muss es zuerst ein offizielles Ersuchen geben, das von einem kanadischen Gericht bestätigt wird.«

»Ja und?«, fragte Suzannah.

Brian tippte auf seine Brust. »Noch bin ich Kanadier«, antwortete er.

Socorro, New Mexico

Dwain Hamilton wälzte sich in seinem Bett hin und her. Wie auch tags zuvor hatte es die Sonne vorgezogen, sich hinter einem dichten grauen Vorhang zu verstecken. Ein idealer Tag, um ihn im Bett zu verdösen. Dwain hatte sich an diesem Tag für die Nachtschicht eingetragen und die Nacht zuvor mit einer Whiskeyflasche zugebracht. Wenn er nicht aufpasste, war er auf dem besten Weg, um Alkoholiker zu werden. Wenn er nur bald eine sinnvolle Freizeitbeschäftigung fände. Zuerst hatte er es mit der Restauration seiner alten Harley versucht, dann ging er dazu über, das Haus zu renovieren, als Nächstes widmete er sich dem Garten, doch alles blieb nur Stückwerk. Nichts vermochte ihn seit dem Weggang seiner Frau und der Kinder aus seiner melancholischen Gedankenwelt herauszureißen. Es war nicht viel von seinem Leben übrig geblieben. Der Job und der Whiskey, um genau zu sein. Und in letzter Zeit wurde ihm sogar noch der letzte Halt, seine Arbeit, Stück um Stück genommen. Fall für Fall. Zum Zuschauen verdammt, Zaungast in seinem eigenen County. So hatte er sich den Job als Sheriff wahrlich nicht vorgestellt!

Er wälzte sich auf den Rücken und starrte an die Decke. Endlich wurde ihm bewusst, was diesen Morgen störte. Es war das beharrliche Klingeln des Telefons. Er schälte sich aus dem Bett und wickelte sich das Betttuch um die Hüften. Als er sich melden wollte, brachte er nur ein Krächzen hervor.

»Dwain?«, erklang eine weibliche Stimme.

Beinahe hätte sich Dwain auf die Zunge gebissen. Die Stimme gehörte einer Frau, mit der er seit Wochen nicht mehr gesprochen hatte.

»Margo?«, entfuhr es ihm.

»Ja, Margo. Ich bin es. Schön, dass du mich überhaupt noch erkennst.«

Hitzewellen durchfuhren Dwains Körper. »Ich … du … Salt

Lake City ist nicht ... nicht gerade um die Ecke, weißt du«, stammelte er. Seine Stimme klang wie ein eingerostetes Tor, das im Wind hin und her schwang.

»Es sind siebenhundert Kilometer. Das dürfte nicht zu weit sein, wenn man seine Kinder liebt.«

Dwain atmete tief ein.

»Sie fragen nach dir«, fuhr Margo fort. »Jeden Tag, es ist nicht mehr auszuhalten. Ich habe ihnen versprochen, dass ich mit dir reden werde.«

»Aber ...«

»Dir ist es noch nie leichtgefallen, auf jemanden zuzugehen. Aber es sind deine Kinder. Sie wollen, dass du dich um sie kümmerst.«

»Und was willst du?«, fragte Dwain. Eine Träne rann über seine Wange. Er wischte sie mit einer raschen Bewegung fort. Die Antwort blieb aus. »Was in Gottes Namen willst du?«, fragte er erneut. Seine Stimme vibrierte.

»Ich weiß es nicht. Verdammt, ich weiß es nicht. Es gibt Stunden, da wünschte ich, du wärst in meiner Nähe. Aber ich weiß überhaupt nicht mehr, was ich will. Ich wollte ein Leben mit dir verbringen. So, wie du damals warst, bevor du Sheriff geworden bist. Ich will nicht nur deine Wäsche waschen und nächtelang auf dich warten. Ich wollte das nie. Das hast du gewusst.«

Dwain nickte. »Ja, ich wusste es.«

»Ich bin für ein solches Leben nicht geschaffen«, fuhr Margo fort. »Ich wollte nie die Frau eines Mannes sein, den ich tagelang nicht mehr zu Gesicht bekomme und der ein paar gestohlene Schafe für wichtiger erachtet als seine Familie. Ich kann das nicht mehr.« Margos Stimme nahm einen weinerlichen Ton an.

»Ich liebe dich«, sagte Dwain unvermittelt.

Schweigen.

»Du fehlst mir«, sagte er.

Schweigen.

»Ich wünschte, es wäre so wie früher.«

Das Schweigen zerbrach. »Was ist nun mit den Kindern?« Margo hatte sich wieder gefasst.

»Ich komme am Samstag«, sagte Dwain.

Es knackte in der Leitung. Noch eine ganze Weile starrte er auf den Telefonhörer. Als er in das Schlafzimmer zurückkehrte, stolperte er über die leere Whiskeyflasche. Wütend hob er sie auf und warf sie mit voller Wucht durch das geschlossene Fenster. Splitter regneten auf den Teppichboden.

»Margo«, seufzte er, bevor er sich auf das Bett warf.

Cleveland, Ohio

»Das ist er«, sagte Agent Coburn. »Sind alle auf dem Posten?«

Der Kollege hinter dem Überwachungsmonitor reckte den Daumen in die Höhe.

»Haben wir ein Signal?«

Der Kollege schüttelte den Kopf und grinste abfällig. »Noch zu nah.«

Coburn saß im Fond des Überwachungsfahrzeugs und verzog verächtlich den Mundwinkel. Er hasste diese überheblichen und arroganten Mitarbeiter der technischen Abteilung, die sich aufführten, als hätten sie und niemand sonst die Weisheit aus Schöpflöffeln gefressen.

Sie saßen in einem Trojanischen Pferd – einem als Wagen der Stadtreinigung getarnten Kleintransporter mit, wie Coburn meinte, allerlei überflüssigem und piepsendem Schnickschnack – und beobachteten über die Kameras die Ausfahrt und die Straße.

Noch war Brian Saint-Claire weder zu Hause noch sonst an einem Ort in der Nachbarschaft aufgetaucht. Long Point und Port Rowan wurden von mehreren getarnten Posten überwacht. Coburn hatte Gerad Pokarev, den Chefredakteur des *ESO-Terra*-Magazins, als Köder auserkoren. Saint-Claire und Pokarev oder Porky, wie der schrullige Redakteur genannt wurde, waren

Freunde. Die Möglichkeit, dass Saint-Claire in der Redaktion oder an Pokarevs Privatadresse auftauchen würde, war nicht von der Hand zu weisen. Für Coburn, der sich gern mental in die Lage der Gehetzten versetzte, um ihre Schritte vorauszusehen zu können, war dieser Redakteur von zentraler Bedeutung. Deswegen war er mit dem Helikopter nach Cleveland geflogen, um die Überwachung Pokarevs persönlich zu leiten.

»Es geht los, die Zielperson ist gestartet, sie taucht in Kürze bei euch auf«, dröhnte es aus dem Funkgerät. Ein weißer Mercedes der S-Klasse bog aus der Tiefgarage in die Union Avenue ein. Zügig fuhr der Wagen in Richtung Shaker Heights davon. Pokarev hatte es offenbar eilig. Wen wollte er treffen? Brian Saint-Claire und seine kriminelle Freundin vielleicht?

Ein schriller Ton riss Agent Coburn aus seinen Gedanken.

»Ich habe ihn auf dem Schirm, wir sind auf Empfang«, sagte der Techniker. »Er fährt nach Süden.«

Coburn klopfte gegen die Trennscheibe zur Fahrgastzelle. »Wir bleiben dran!«, befahl er.

Coburn nahm auf der Sitzbank Platz und klammerte sich fest, als der Van losbrauste. Erneut erklang das schrille Signal.

»Er biegt nach Westen ab«, berichtete der Techniker.

»Einfach nur …«

»Verdammt, nein!«, sagte der Mann hinter dem Kontrollpult hektisch. »Er hat gewendet, er kommt uns entgegen.«

»Ruhig!«, antwortete Coburn. »Er weiß von nichts, er checkt nur die Lage. Bravo zwei, drei und vier in Position.«

»Okay, Boss«, antwortete der Kollege von der technischen Abteilung. »Kein Problem, die Ortung steht. Wir haben einen Radius von fünf Kilometern.«

Der Fahrer des Van nutzte die nächste Möglichkeit und wendete ebenfalls. Die Fahrt führte quer durch Cleveland. Von Garfield Heights über Parma und Brook Park hinaus nach North Olmsted. Von dort aus nach Westlake und in Bay Village auf die Interstate 90 in Richtung Westen.

»Was zum Teufel hat er vor?«, stieß Coburn ärgerlich hervor. »Er führt uns an der Nase herum.«

»Egal, wohin er fährt, solange er sich nicht weiter als fünf Kilometer von uns entfernt, orte ich ihn auf den Zentimeter genau.«

»Ihr Klugscheißer vertraut nur eurer Technik«, zischte Coburn. »Aber was ist, wenn er den Wagen gar nicht selbst fährt und bei Rot an einer Ampel einfach aussteigt?«

Der Techniker murmelte etwas Unverständliches.

Nach knapp einer Stunde Fahrt auf der Interstate 90 bog der Mercedes bei Sandusky in Richtung Hafen ab.

»Er nimmt die Fähre nach Detroit!«, rief Coburn. »Wagen zwei und drei in den Hafen. Sie sollen vorausfahren.«

Der Techniker übermittelte den Befehl per Funk an die Einsatzkräfte. Zwanzig Minuten später fuhr der weiße Mercedes über einen Landungssteg an Bord der Fähre nach Detroit. Der Kleintransporter hielt hinter der langen Fahrzeugschlange, die sich vor der Zufahrt zur Autofähre gebildet hatte.

»Soll ich ebenfalls an Bord?«, fragte der Fahrer des Kleintransporters über die Sprechanlage.

Coburn überlegte. »Sie sind noch immer in Detroit, ich fass es nicht«, murmelte er. »Ist Bravo zwei an Bord?«

Der Techniker funkte den Wagen Bravo zwei an.

»Zwei ist an Deck, und drei steht noch in der Schlange«, meldete er kurz darauf.

»Hat er irgendwo angehalten?«, fragte Coburn.

»Der Mercedes?«

»Hat der Wagen zuvor irgendwo angehalten?«, präzisierte Coburn seine Frage.

Der Techniker starrte Coburn verwirrt an.

Coburn riss dem Techniker das Sprechgeschirr vom Kopf und brüllte in das Mikrofon: »Bravo drei, sagen Sie mir, ob die Zielperson irgendwo angehalten hat, bevor sie an Bord gegangen ist.«

»Hier Bravo drei«, erhielt er zur Antwort. »Es gab einen kleinen Stau bei der Zufahrt auf die Fähre. Natürlich hat er dort zwischendurch angehalten.«

»Drei, hatten Sie Blickkontakt?«

Die Antwort ließ ein paar Sekunden auf sich warten. »Wir mussten ja ein Ticket kaufen.«

Coburn klatschte mit der flachen Hand gegen die Rückwand, dass es schepperte. »Diese verdammten Idioten! Sie sollen sofort nachsehen. Wir durchsuchen den Hafen. Wo ist der Hubschrauber?«

»In Cleveland«, antwortete der Techniker trocken.

»Das gibt es nicht, lauter hirnlose Dummköpfe um mich herum«, schrie Coburn und schlug erneut gegen die Rückwand des Wagens. Diesmal mit der Faust.

11

Pride of the Lake, Lake Erie

Die kleine weiße Yacht schipperte unbehelligt aus dem Hafen von Sandusky und umrundete Cedar Point, bevor sie nach Nordost abdrehte. Yachten, Motorboote und Segler kreuzten in den Gewässern vor Marblehead. Trotz des bedeckten Himmels war es ein warmer Tag.

»Und wozu das ganze Theater?«, fragte Porky, der auf der Rückbank Platz genommen hatte und ganz gegen seine sonstigen Gewohnheiten einen blauen Overall trug. Homer würde sich im weißen Anzug wohl ähnlich unwohl fühlen. Doch auf die Ausfahrt mit dem schnittigen Mercedes hatte sich der Farmer gefreut wie ein kleines Kind. Er würde sich mit dem Wagen einen schönen Tag in Detroit machen.

»Glaub mir, diese Inszenierung war notwendig«, erwiderte Brian. »Vor dir sitzen ein polizeilich gesuchter Mörder und seine Komplizin.«

Porky musterte Suzannah von der Seite. Er grinste breit. »Ehrlich gesagt, wie die Komplizin eines Mörders sehen Sie nicht gerade aus. Was wird hier gespielt?«

»Das wüssten wir selbst gern.« Brian kurbelte am Ruder, bevor er den Gashebel nach unten zog. Der Motor heulte auf, und die Yacht schoss an Kelleys Island vorbei.

Nachdem sie die Insel hinter sich gelassen hatten und der Schiffsverkehr deutlich abgenommen hatte, übergab er das Steuer an Suzannah und setzte sich neben Porky auf die Sitzbank. In allen Einzelheiten erzählte er ihm, was geschehen war. Porkys Augen wurden größer und größer. Als Brian am Ende seiner Erzählung anlangte, richtete sich Porky auf und pfiff durch die Zähne.

»Das ist eine gute Story für einen Groschenroman«, meinte er schmunzelnd. »Eine bessere Räuberpistole ist euch wohl nicht eingefallen.«

»Ich erzähle keine Märchen, sondern die Wahrheit«, sagte Brian trocken. »Ich weiß, dass es unglaublich klingt, aber du musst mir glauben. Jedes Wort ist wahr.«

»Du nimmst mich hoch, oder?«

»Wie lange kennen wir uns, fünfzehn Jahre, sechzehn?«, entgegnete Brian. »Die Geschichte ist wahr. Wir sind da hineingeschlittert und brauchen deine Hilfe. Wenn wir überhaupt noch eine Chance haben wollen, unsere Unschuld zu beweisen, dann musst du mir helfen. Ich bitte dich darum, bei unserer Freundschaft.«

Porky schaute nachdenklich in Brians ernstes Gesicht. »Mannomann, dann seid ihr in echten Schwierigkeiten«, sagte er nach einem Augenblick. »Was wollt ihr jetzt tun?«

Brian atmete tief ein. »Wir müssen hier verschwinden. Wir brauchen einen Flug nach Venezuela. Und dafür brauche ich deine Hilfe: Am besten du buchst ihn über die Redaktion, verstehst du. Außerdem muss ich wissen, ob die kanadischen Behörden ebenfalls nach uns suchen.«

»Venezuela? Warum ausgerechnet Venezuela?«

»Wir sind auf dem Kontinent nicht mehr sicher. Unsere Behörden arbeiten eng mit den Amerikanern zusammen. Auch wenn ich Kanadier bin, sie werden uns jagen, und früher oder später werden sie uns finden und einsperren. Mit Venezuela gibt es keinen Auslieferungsvertrag. Außerdem kenne ich dort jemanden, der uns vielleicht weiterhelfen kann.«

»Verstehe«, antwortete Porky. »Punkt zwei ist kein Problem, ich habe einen Bekannten in Toronto, den könnte ich kurz anrufen. Punkt eins ist ein großes Problem. Ich kann nicht mehr ohne Weiteres über ein Budget verfügen. Sie haben mir so einen jungen Schnösel vor die Nase gesetzt, der auf unserer Kasse hockt wie ein brütender Geier auf seinem Wurf.«

»Auf den Eiern«, berichtigte Brian.

»Was?«

»Schon gut«, erwiderte Brian. »Ich denke, das ist eine lösbare Aufgabe. Ich schreibe dir einen Scheck aus, den du überall bar einlösen kannst. Außerdem brauchen wir Bares. Sie überwachen bereits unsere Kreditkarten, und ich will nichts riskieren.«

Porky blies die Backen auf. »Dann ist bestimmt das FBI hinter euch her. Die haben heutzutage Möglichkeiten, die wir uns nicht einmal ausmalen können.«

»Ich weiß, es ist verdammt viel, was ich von dir verlange. Aber du bist unsere letzte Rettung.«

Porky nickte stumm. »Ach, bevor ich es vergesse«, sagte er und griff in seinen Overall. »Kam vorgestern für dich in der Redaktion an.«

Er reichte Brian ein prall gefülltes Kuvert. Brian beäugte es skeptisch. Der Brief war zu seinen persönlichen Händen an die Redaktion adressiert, einen Absender besaß er nicht. Abgestempelt war er in Washington.

Brian riss das Kuvert auf. Er nahm einige zusammengefaltete Blätter und Computerausdrucke mit Datenreihen heraus. Einige der Aufzeichnungen waren mit einem Markierungsstift gekennzeichnet. Brian faltete jedes einzelne der Blätter auseinander. Plötzlich fiel ihm ein handschriftlicher Notizzettel in die Hände.

Hallo, Brian,
ich verstehe, dass du nur wenig Zeit hast. Bestimmt steckst du noch mitten in eurem Projekt auf Cape Canaveral. Aber wenn du Zeit findest, dann schau dir das mal an. Ein eindeutiges Zeichen, dass die Drillinge künstlichen Ursprungs sind. Ich habe die Daten an Cliff Sebastian nach Boulder übermittelt. Cliff ist Spezialist, er leitet die meteorologische Abteilung der NOAA. Ich bin sicher, er wird zum gleichen Ergebnis kommen.
Ich habe den Brief an die Redaktion des Magazins geschickt, weil auf deiner Karte keine Privatadresse stand. Falls du diesen Brief erhältst, bevor ich dich erreiche (was ich bereits mehrfach vergeblich versuchte), ruf mich bitte sofort an.
Gruß
Wayne

Brian pfiff durch die Zähne. Noch einmal überflog er die Zeilen, dann reichte er den Zettel an Porky weiter.

Porky las und zuckte mit den Schultern. »Was bedeutet das?«

»Wenn ich mich nicht täusche, dann ist das die Chance, auf die ich gewartet habe. Wir müssen mit diesem Cliff Sebastian reden. Vielleicht kann er uns durch dieses Chaos aus Zahlen manövrieren.«

»Wir sollten uns mit ihm treffen«, schlug Porky vor.

»Und wie kommen wir an ihn ran?«

»Ruf ihn doch einfach an. Die Nummer der NOAA findest du in jedem Telefonbuch.«

»Eine gute Idee«, erwiderte Brian. »Du telefonierst mit ihm und machst ein Treffen aus.«

Brian steuerte die Yacht an das nahe Ufer von Port Stanley.

»Zeit zum Telefonieren«, sagte Brian. »Wir warten in der kleinen Gaststätte dort drüben auf dich.« Er deutete auf ein Gebäude im Hafen.

»Aber ich habe doch überhaupt keine Gummistiefel«, protestierte Porky entrüstet, nachdem Brian den Anker westlich von Port Stanley im flachen Wasser versenkte.

»Es ist warm, und du kannst dir ja die Schuhe ausziehen«, antwortete Brian.

Porky befolgte seinen Rat und stieg vorsichtig die Leiter hinab. Das Wasser reichte bis zu den Knien. Brian hielt ihm den Brief von Wayne vor die Nase.

»Was soll ich damit?«, fragte Porky.

»Mach ein paar Kopien. Schick zwei Durchschläge ab. Einen an mein Postfach in Port Rowan und den anderen an die Redaktion. Für den Fall, dass uns das Dokument abhandenkommt. Am besten, du mietest ein Wertfach an und deponierst das Original dort.«

Porky nickte. »Eine gute Idee.« Er griff nach dem Kuvert und machte sich daran, ans Ufer zu waten.

NOAA, Boulder, Colorado

Es war wie verhext, die gesamten Daten waren verloren. Nichts konnte mehr gerettet werden. Sogar die E-Mails und Internetprogramme hatten sich durch den Virus in Luft aufgelöst. Zum Glück hatte die Firewall des Servers der Attacke standgehalten. Im Zeitalter der Vernetzung hätte die Vireninfektion zu einem Supergau führen können. Die Wiederherstellung der Systeme hätte die Datenbank der NOAA um Wochen zurückgeworfen. Cliff Sebastian fluchte, als der Techniker kopfschüttelnd den Befehl zur Formatierung der Festplatte eingab.

»So, das wird jetzt ein paar Stunden dauern, und später ziehe ich dann die Dienstprogramme wieder auf. Was an Dateien verloren ist, geistert jetzt bereits unwiederbringlich im Cyberspacenirwana herum. Ich frage mich nur, wie der Virus auf die Festplatte kam. Es muss jemand eine verseuchte externe Datenquelle benutzt haben. Eine andere Erklärung gibt es nicht.«

»Weiß man schon, ob das Netzwerk in letzter Zeit von einem Servicemitarbeiter gewartet wurde?«, fragte Cliff.

Der Techniker zuckte mit den Schultern. »Es sind ständig irgendwelche Serviceleute im Haus. Seit wir im letzten Jahr das große Outsourcing-Programm hatten, läuft alles über Fremdfirmen. Das haben wir nun davon. Vielleicht hat einer der Kerle eine infizierte CD benutzt und weiß es gar nicht. Könnte ja sein. Diese sogenannten Spezialisten sind manchmal sehr nachlässig.«

»Schon möglich«, antwortete Cliff und schaute das Stück Kabel an, das noch immer in der Bleistiftbox auf seinem Schreibtisch lag. Mit den Fingernägeln griff er danach und legte es auf die Schreibtischunterlage.

Der Techniker packte seinen Servicekoffer zusammen und ging zur Tür.

»Moment«, rief Cliff ihm nach und zeigte auf das Kabelfragment. »Stammt das Kabel aus dem Computer?«

Der Techniker kam näher und beugte sich vor. Er griff in seine Hemdtasche und holte eine kleine Zange hervor.

»Sieht mir eher wie ein Telefonkabel aus«, murmelte er. »Könnte natürlich auch aus dem PC sein.«

Er stellte seinen Koffer ab und bückte sich. Als er wieder auftauchte, lag ein Vergrößerungsglas in seiner Hand.

»Nein, eindeutig Telefon«, sagte er, nachdem er das Kabelstückchen inspiziert hatte.

Cliff wartete, bis die Tür hinter dem Techniker zufiel. Nachdenklich starrte er auf das kleine Kabelteil. Sein Blick wanderte zum Telefonapparat. Bedächtig hob er den Hörer hoch und schraubte die Abdeckung des Mikrofons auf. Er untersuchte die Kabel und das Innenleben, doch er konnte nichts Verdächtiges feststellen. Nachdem er die Abdeckung wieder aufgeschraubt hatte, öffnete er den Hörer auf der anderen Seite. Der Lautsprecher lag in einer leichten Schräge zwischen den Kontakten. Mit spitzen Fingern hob er das metallen schimmernde Teil an. Er staunte nicht schlecht, als er den kleinen schwarzen Knopf hinter dem Lautsprecher entdeckte. Zwei Kabel liefen wie Tentakel in verschlungenen Windungen die Rundung entlang. Cliff wusste genau, was er vor sich hatte. Es klopfte an der Tür. Eilends baute er den Hörer wieder zusammen. Es klopfte erneut.

»Herein!«, rief er laut.

Seine Sekretärin erschien in der Tür. Ihr Gesicht war blass wie eine gekalkte Wand.

»Was ist denn passiert?«, fragte Cliff Sebastian.

Die Frau atmete tief ein. »Professor Chang ist tot. Bereits seit letzter Woche. Vargas aus Camp Springs hat angerufen. Der Professor fiel einem Raubmord zum Opfer.«

Cliff Sebastian stockte der Atem. »Das ... das ist doch nicht möglich«, stammelte er.

12

Port Colborne, Ontario, Kanada

Suzannah stand in einer der roten Telefonzellen am Hafen von Port Colborne und wählte mit fahrigen Fingern Peggys Nummer.

»Sprich maximal eine Minute und sag ihr nicht, wo wir sind und was wir vorhaben!«, hatte Brian zu ihr gesagt. »Wir müssen damit rechnen, dass Peggys Telefon abgehört wird und sie feststellen können, von wo aus du anrufst.«

Das Freizeichen erklang, und Suzannah wartete eine ganze Weile. Es war später Nachmittag geworden, und der Regen prasselte gegen die Scheiben der kleinen Telefonzelle. Sie fühlte sich müde, abgespannt und am Ende ihrer Kräfte. Irgendwie war die Situation, in der Brian und sie sich befanden, so unfassbar, dass sie sich in einem bösen Traum wähnte. Sosehr sie sich bemühte, es gab kein Erwachen. Zuerst war ihre Mutter von einer gigantischen Welle ins Meer gespült worden und in den Tiefen des Karibischen Meeres ertrunken, und nun stand sie im Verdacht, jemanden getötet zu haben, und befand sich auf einer Flucht, von der sie nicht wusste, wo sie enden würde.

»Lambert«, erklang Peggys Stimme.

»Hallo, Peggy, Suzannah hier«, sprudelte es aus ihr heraus.

»Suzi?«, fragte Peggy überrascht. »Suzi, was ist los mit dir? Vor ein paar Tagen waren zwei Polizisten bei mir und haben sich nach dir erkundigt. Sie sagten, sie suchen nach dir und Brian. Was ist denn passiert?«

Peggy klang besorgt.

»Alles in Ordnung, ich bin nur in eine dumme Geschichte geraten, aber es wird sich bestimmt alles bald aufklären«, versuchte Suzannah ihre Schwester zu beruhigen.

»Sie sagten, Brian steht unter Mordverdacht«, erwiderte Peggy.

»Das ist Blödsinn!«

»Wo seid ihr?«

Suzannah fuhr sich über die Haare. »Ich kann jetzt nicht sprechen. Ich wollte nur ein Lebenszeichen von mir geben und mich erkundigen, ob es Tom wieder gut geht und ob Sarah den Schock überwunden hat.«

»Hält er dich fest?«

Suzannah schüttelte den Kopf. »Nein«, sagte sie. Sie war den Tränen nahe.

»Aber warum bist du nicht zu Hause? Ich habe unzählige Male versucht, dich zu erreichen. Also, Sarah und Tom geht es gut, er hat bereits einen Gehgips. Jetzt sag schon, was ist los mit dir?«

»Ich melde mich wieder. Mach dir keine Sorgen.«

Suzannah legte den Hörer zurück auf die Gabel und wischte sich die Tränen von den Wangen. Eine Weile blieb sie regungslos in der Telefonzelle stehen. Als es an der Scheibe klopfte, fuhr sie erschrocken zusammen. Brian stand davor und schaute sie fragend an.

»Alles okay?«, fragte er, nachdem sie die Tür geöffnet hatte.

Sie nickte stumm. »Was machen wir jetzt?«

Brian schaute auf seine Armbanduhr. »Porky müsste schon längst wieder zurück sein.«

»Und wenn er geschnappt wurde, zusammen mit Waynes Dokument?«

»Wir brauchen unbedingt die Kopien. Wenn ihnen das Original in die Hände gelangt, dann lassen sie es für immer verschwinden, und Wayne wäre umsonst gestorben.« Brian fuhr sich durch die nassen Haare. »Wir warten noch eine Stunde, dann fahren wir«, entschied er und schaute hinüber zu der kleinen Spelunke, die auf der gegenüberliegenden Straßenseite lag. Große Regenlachen breiteten sich auf der Straße aus. Der Regen nahm zu.

St. Thomas, Ontario, Kanada

»Eine Kontaktaufnahme zur Schwester ist erfolgt«, berichtete der technische Mitarbeiter aus der Spezialabteilung.

Agent Coburn trommelte mit den Fingern auf den kleinen Beistelltisch vor seinem Sessel. »Wann und wo?«

»Die Gesprächszeit war nur kurz und enthielt keinerlei Hinweise«, entgegnete der Techniker zögernd. »Das Telefonat kam aus dem kanadischen Teil am Eriesee. Wir haben es bis zum Knotenpunkt in Buffalo verfolgen können. Ab dort sind die Leitungen noch analog, für eine genauere Ortung war die Zeit einfach nicht ausreichend. Der Anruf erfolgte vor zehn Minuten.«

Coburn runzelte die Stirn. »Was heißt das genau?«

»Die Frau befindet sich im Umkreis von sechzig Kilometern um Buffalo im kanadischen Teil der Region. Eine engere Lokalisierung war nicht möglich.«

»Gut, ich habe verstanden«, sagte Coburn. »Gibt es schon Neuigkeiten aus Ottawa?«

»Bislang haben wir noch kein grünes Licht erhalten.«

»Danke.« Coburn beendete das Gespräch. Wie viel Zeit brauchten die Kanadier noch? Was war so schwer daran, eine Akte zu studieren und zu dem einzig richtigen Ergebnis zu kommen? Für Coburn war das nichts Neues. Immer wenn kanadische Staatsbürger im Mittelpunkt amerikanischer Ermittlungen standen, spielten die Behörden in Ottawa auf Zeit.

Der NSA-Agent überlegte. Zuerst das Debakel im Hafen und jetzt ein Anruf der Frau aus der Gegend um Buffalo. Die Gesuchten waren anscheinend äußerst beweglich. Coburn glaubte nicht, dass sie sich dabei auf öffentliche Verkehrsmittel verließen. Schließlich wussten sie, dass nach ihnen gefahndet wurde. Weiterhin mussten sie damit rechnen, dass sich auch die kanadische Polizei längst an der Suche beteiligte. Saint-Claire verfügte offenbar über andere Möglichkeiten. Und da sie sich im Gebiet des Eriesees aufhielten, führte die schnellste Verbindung zum anderen Ufer direkt über das Wasser.

»Lassen Sie feststellen, ob auf diesen Saint-Claire ein Boot registriert ist«, befahl Coburn seinem Begleiter.

Langsam wuchs in ihm die Ungeduld. Er hatte es nicht gern, wenn ihn die Gesuchten an der Nase herumführten. Einen zweiten Vorfall wie den im Hafen von Sandusky würde es nicht mehr geben. Dieser kanadische Bauer, der das nette Verwechslungsspiel mitgemacht hatte, war längst wieder auf freiem Fuß, und der Chefredakteur des Clevelander Geisterjägermagazins war noch immer verschwunden. Coburn musste höllisch aufpassen, dass ihm die Fäden nicht vollends entglitten.

Erneut klingelte das Telefon. Coburn meldete sich mit einem kurzen »Ja!«.

»Eine weitere Kontaktaufnahme wurde registriert. Sie kam ebenfalls aus der Gegend um Buffalo«, meldete der Techniker.

»Und wer wurde angerufen?«

»Der Mann von der NOAA in Boulder. Es dauerte kaum zwanzig Sekunden, dann wurde das Gespräch an einen anderen Apparat vermittelt. Der Anrufer gab sich als Journalist aus. Das weitere Gespräch konnte nicht aufgezeichnet werden.«

Coburn pfiff durch die Zähne. Er beendete das Telefonat ohne weiteren Kommentar und wählte die Nummer der Zentrale in Washington.

Port Colborne, Ontario, Kanada

Porky tauchte gegen 16 Uhr am vereinbarten Treffpunkt auf. Er stieg aus einem Taxi und rannte durch den Regen. Als er die kleine Gaststätte am Hafen betreten hatte, schüttelte er sich wie ein Hund die Nässe aus den Haaren.

Brian und Suzannah saßen ungeduldig am Tisch und blickten auf, als die Tür aufschwang. Die übrigen Plätze in dem einfachen Gasthof waren leer. Lediglich der bärbeißige Wirt stand hinter dem Tresen und beäugte den neuen Gast misstrauisch.

»Kann ich bitte einen Tee bekommen?«, brummelte Porky.

»Zitrone, Pfefferminz oder schwarz?«, fragte der Wirt.

»Schwarz bitte.«

Der Wirt nickte und verschwand in der Küche. Porky entledigte sich seiner Jacke und setzte sich zu den beiden an den Tisch.

»Noch seid ihr beiden sauber«, sagte er mit einem breiten Grinsen. »Unschuldig wie junge Kinder.«

Brian atmete auf. »Und weiter?«, fragte er ungeduldig.

»Zwei Kopien habe ich verschickt, das Original ist im Postamt hinterlegt. Ich habe drei Kopien bei mir, für alle Fälle.«

Brian nickte zustimmend. »Und Venezuela?«, fragte er.

»Morgen am Nachmittag, um fünf ab Toronto«, antwortete Porky. »Es ist ein Learjet, gechartert vom Verlag. Aber es war nicht billig.«

»Egal«, entgegnete Brian.

Porky fasste in die Jackentasche und holte zwei Kuverts und ein Bündel Geldscheine hervor. Zwei Flugtickets waren ebenfalls darunter.

»Es ist ein Segen, wenn man reich ist«, seufzte er und reichte das Geld an Brian weiter.

»Wie viel ist das?«

»Knapp neuntausend. Es hat alles wunderbar geklappt, niemand hat Fragen gestellt. Sie haben wohl deinen Kontostand gesehen und die Summe für Peanuts gehalten.«

»Dann lass uns so schnell wie möglich verschwinden«, schlug Suzannah vor.

»Da ist noch etwas«, bemerkte Porky.

Suzannah und Brian warfen Porky einen fragenden Blick zu.

»Cliff Sebastian«, sagte er. »Ich habe mit ihm gesprochen. Zuerst war er skeptisch, doch ich konnte ihn von einem Treffen überzeugen. Er tat sehr geheimnisvoll und legte den Anruf sofort auf einen anderen Apparat um.«

»Weiß er von Wayne?«, fragte Brian.

»Er weiß vom Tod des Professors, aber er hat keine Nachricht von ihm erhalten. Sein Computersystem ist abgestürzt. Er hat sich einen Virus eingefangen. Der Mann klang anfänglich sehr misstrauisch. Erst als ich ihm zwei Seiten vom Dokument des Professors zugefaxt habe und mich erneut bei ihm meldete, ließ er sich auf das Treffen ein. Er kommt nach Toronto. Wir treffen uns heute um 21 Uhr auf dem Island Airport.«

»Wir müssen vorsichtig sein, er könnte mit der Polizei zusammenarbeiten«, warf Suzannah ein.

»Wir sind vorsichtig«, antwortete Brian entschlossen.

»Und wie kommen wir jetzt von hier weg?«, fragte Suzannah.

»Wir werden uns einen Wagen zulegen«, beschloss Brian. »Wenn unsere Verfolger eins und eins zusammenzählen, dann kommt unter dem Strich unser nettes kleines Boot heraus. Porky soll einen mieten.«

»Dann muss ich noch meine Sachen an Bord holen«, protestierte Suzannah.

»In Venezuela wirst du nichts von deinen Kleidern brauchen

können«, antwortete Brian. »Wir haben in Toronto noch genügend Zeit dafür, um dir etwas Passendes zu besorgen. Und jetzt lass uns gehen. Bis Toronto brauchen wir noch ein paar Stunden.«

Der Wirt kam durch die Küchentür in die Gaststube zurück und stellte eine dampfende Tasse Tee vor Porky auf den Tisch.

»Hat sich soeben erledigt«, bemerkte der und warf dem Wirt einen Dollar zu. Als sie zusammen die kleine Kneipe verließen und hinaus in den Regen gingen, schaute ihnen der Wirt mürrisch nach und schüttelte verständnislos den Kopf.

NOAA; Boulder, Colorado

Cliff Sebastian saß nachdenklich an seinem Schreibtisch und malte mit dem Stift Kringel auf einen Notizzettel. Der Anruf dieses Journalisten aus Toronto ging ihm nicht mehr aus dem Kopf.

Die Faxnachricht, die Pokarev, wie er sich nannte, an ihn übermittelt hatte, stammte eindeutig aus einem Analyseprogramm des Wetterdienstes. Die Daten ließen tatsächlich ungewöhnliche Zusammenhänge bei der Entstehung der Hurrikans nördlich des Äquators erkennen. Leider war das Material unvollständig und teilweise nicht lesbar. Er erinnerte sich an Waynes Anruf und dessen Bitte, die Frequenzspektren innerhalb verschiedener Ebenen der riesigen Wolkenknäuel zu erheben. In Washington hatte Wayne nur kurz darüber gesprochen und sich für die übermittelten Daten bedankt. Bevor sie sich trennten, erwähnte Wayne noch, dass er ein Analyseprogramm bezüglich der bisherigen Hurrikans durchführen wolle. Seither hatte er nichts mehr von ihm gehört.

Und jetzt war Wayne Chang tot. Ermordet von einem Einbrecher, den er offenbar auf frischer Tat ertappt hatte, wenn er dem Bericht von Vargas Glauben schenken konnte. Noch war Waynes Leiche nicht zur Bestattung freigegeben, und es wurde nach einem Pärchen gefahndet, das im Verdacht stand, den Einbruch verübt zu haben. Weiter hatte Vargas erzählt, dass die Polizei nur deshalb auf das Pärchen aufmerksam geworden sei, weil es Tage nach dem Einbruch noch einmal an den Tatort zurückgekehrt war. Vermutlich hatten es die Täter auf eine ganz bestimmte Beute abgesehen und beim ersten Mal überhastet die Wohnung verlassen. Für Cliff klang die Geschichte äußerst kurios. Möglicherweise brachte das Treffen mit dem Journalisten neue Hinweise auf die Ursachen der außergewöhnlichen Stürme, aber warum hatte Wayne die Daten an die Presse übermittelt und nicht ihm zugesandt? Hatte Wayne kein Vertrauen zu ihm gehabt?

Cliff blickte zum Computer. Dieses verdammte Ding. Noch nicht einmal die E-Mails konnten wiederhergestellt werden. Er stutzte. Hatte Wayne sich vielleicht per E-Mail gemeldet und die Daten als Anhang übersandt?

Der Meteorologe nickte. Das war die einzig logische Erklärung, denn er selbst saß zu dieser Zeit im Krisenstab des Weißen Hauses und schlug sich mit diesem Schnösel herum, der vor Arroganz und Größenwahn nur so strotzte. Hatte Wayne sich an die Presse gewandt, weil er keine Antwort auf seine Mail erhielt? Oder steckte etwas derart Haarsträubendes dahinter, dass er keinen anderen Ausweg sah, als an die Öffentlichkeit zu gehen? Fühlte Wayne sich vielleicht in die Enge getrieben? Verfolgt, belauscht. So wie er.

Cliff Sebastian starrte auf das Telefon. Von der Wanze hatte er bislang noch keinem erzählt. Anfänglich nahm er an, dass Wagner hinter der Aktion stand und wissen wollte, ob sich Cliff wegen der verpatzten Evakuierung von New Orleans an die Presse wandte. Aber wenn er es sich recht überlegte, was hatte Wagner von so einer Aktion? Ein Gespräch mit der Presse würde er durch eine Abhöraktion nicht verhindern können.

Er legte den Kopf in die Hände und schloss die Augen. Ein unglaublicher Verdacht keimte in ihm auf. Er warf erneut einen Blick auf das zweiseitige Dokument, das ihm der Journalist zugefaxt hatte. Wirklich schade, dass die Seiten nicht vollständig waren. Hatte dieses Dokument vielleicht etwas mit dem Tod Waynes zu tun? Wurde er ermordet, weil er bei der Analyse der Wirbelstürme eine Entdeckung gemacht hatte, die er nie hätte machen dürfen? Gab es einen Zusammenhang?

Wieder schaute Cliff auf seinen Computer. Der eigene PC durch eine Vireninfektion unbrauchbar und im Telefon eine Wanze. Welches teuflische Spiel wurde hier gespielt?

Er erhob sich und verließ das Büro. Er wanderte durch die neondurchfluteten Gänge, bis er ein freies Zimmer fand, das mit einem Computer ausgestattet war. Er setzte sich hinter den Schreibtisch und meldete sich mit seinem Kennwort an. Nachdem sich der Bildschirm aufgebaut hatte, rief er seinen E-Mail-Account auf. Wenn die Mails noch nicht abgerufen waren, standen sie noch eine geraume Zeit auf dem Server des Providers zur Verfügung. Wieder gab er seinen Benutzernamen und das Kennwort seines Accounts ein. Eine Maske öffnete sich. Das Eingangspostfach war leer. Er aktivierte die weiteren Ordner. Gelöschte Mails, gesendete Mails, Entwürfe – alle Ordner waren ebenfalls leer.

Cliff atmete tief ein. Einen Augenblick starrte er auf den Bildschirm. Schließlich griff er zum Telefon und wählte die Nummer der Außendienstbereitschaft.

»Bereitschaftsdienst, Hale am Apparat«, tönte es aus der Muschel.

»Hale, hier Sebastian. Lassen Sie die Maschine klarmachen, ich muss heute noch nach Toronto. Und melden Sie den Flug bei der Luftüberwachung an. Verstanden?«

»Ja, Sir«, erhielt er zur Antwort. »Wird sofort gemacht.«

Mit zitternden Händen lenkte er seinen Lincoln aus der Tiefgarage. Die Maschine wartete auf ihn auf dem Stapleton International Airport in Denver. Er bog nach Osten in Richtung Lafayette in die Straße ein. Je mehr er über die Sache nachdachte, umso verwirrender wurde sie. Jemand war auf seinem E-Mail-Account gewesen und hatte all seine Mails gelöscht. Das konnte mit dem Virus auf seinem Computer nicht im Zusammenhang stehen, denn der Server war ein autarkes und mehrfach abgesichertes System des Providers. Mit einem Mal betrachtete er die Wanze im Telefon und den Tod von Wayne aus einem ganz anderen Blickwinkel. Er fuhr aus der Stadt hinaus und bog auf die Interstate 36 nach Denver ein. Ab und zu warf er einen prüfenden Blick in den Rückspiegel, doch er hatte nicht den Eindruck, dass ihm jemand folgte.

Als er die Ausfahrt Broomfield passierte, spürte er ein Ruckeln an seinem Wagen. Es war, als ob der Motor für einen kurzen Moment aussetzte. Er nahm den Fuß vom Gas und horchte angestrengt auf das Motorengeräusch. Plötzlich erhöhte sich die Drehzahl wie von selbst. Obwohl er den Fuß vom Gas genommen hatte, beschleunigte der Wagen und wurde schneller und schneller. Er presste den Fuß auf die Bremse, doch nach einem kurzen pneumatischen Zischen fiel das Pedal durch. Panik keimte in ihm auf. Er versuchte den Automatikschaltknüppel auf »Neutral« zu ziehen, doch seine Versuche waren vergebens. Er benutzte die linke Spur und flog an den anderen Fahrzeugen vorbei. Die Tachonadel stand bei 120 Kilometer und kletterte immer weiter in die Höhe. Kurz vor ihm scherte ein langsam fahrender Wagen auf die linke Spur aus. Cliff hupte, und der Wagen vor ihm zog blitzschnell nach rechts herüber. Der Fahrer hob die Faust in die Höhe, als Cliff mit beinahe 150 Sachen vorbeischoss. Ihm quoll der Schweiß aus den Poren. Immer wieder betätigte er das Bremspedal, doch die Bremswirkung blieb aus. Mit einem Mal war ein Lastwagen direkt vor ihm. Cliffs Augen weiteten sich, er zog nach rechts und riss die Arme vor das Gesicht. Sein Schrei erstarb im Knirschen von Blech und im Splittern von Glas.

13

Socorro, New Mexico

Dwain Hamilton war noch immer verwirrt wegen des Anrufs seiner Frau. Einerseits freute er sich auf das kommende Wochenende, wenn er zu Margo und den Kindern nach Salt Lake City fahren würde, doch irgendwie hatte er auch Angst davor. Er befürchtete, dass er alles falsch machen und auch noch den letzten Faden zerreißen würde. Falls man überhaupt noch von einem Faden sprechen konnte, der ihn und Margo verband. Als sie vor ein paar Wochen anrief, hatte sie noch verkündet, dass sie die Scheidung einreichen wolle, und er hatte ohne Widerspruch zugestimmt. Zum einen, weil er wusste, dass Margo tat, was sie sagte. Zum anderen, weil er sich nicht sicher war, ob ihm noch etwas an der Ehe mit Margo lag. Nach der Trennung hatte er noch gedacht, dass er ein neues Leben ohne Margo und die Kinder beginnen könnte, doch heute, ein paar Wochen später, spürte er, wie die Leere in ihm Tag für Tag zunahm. Seit er neulich Margos Stimme am Telefon vernommen hatte, wusste er, dass das Feuer noch nicht verloschen war. Eher das Gegenteil war der Fall. Doch schon morgen konnten all seine Hoffnungen zunichtegemacht werden, wenn Margo, wie er fürchtete, das aufkeimende Feuer wieder erstickte.

Es klopfte an der Tür. »Ja«, rief er.

Die Tür wurde aufgestoßen, und Deputy Hollow betrat das Büro.

»Wir haben den alten Dell draußen im Cibola beim Holzdiebstahl erwischt«, berichtete der Deputy. »Sein Kleinlaster war voller Baumstämme. Gestapelt bis über das Dach. Er sagt, er habe sie nicht gefällt, sondern gefunden. Sie lägen schon seit Wochen dort.«

»Gefunden?«

»Ja, unterhalb des Mount Withington auf der Nordostseite.

Jemand hätte sie dort abgelegt, und niemand würde sich dafür interessieren. Bevor sie verrotten, so sagt er, hat er sie aufgeladen.«

Dwain erhob sich und trat an die Übersichtskarte heran, die an der Wand hing. »Das liegt mitten im Sperrgebiet«, sagte er.

Hollow trat an seine Seite und schaute dem Sheriff über die Schulter.

»Wer zum Teufel schlägt dort draußen Bäume?«

Hollow zuckte mit den Schultern.

»Dann finde es heraus«, sagte Hamilton kurz angebunden. »Versuche, jemanden von der Forstbehörde zu erreichen. Die wissen bestimmt Bescheid, wer die Bäume abgeholzt hat.«

Hollow nickte und machte auf dem Absatz kehrt. Kaum hatte er die Tür zugeschlagen, klingelte das Telefon. Dwain eilte zum Schreibtisch und nahm den Hörer ab.

»Hallo, mein Kleiner«, ertönte die sonore Stimme von Onkel Joseph. »Hast du Bettys Essen genossen?«

Dwain lächelte. »Senator Joseph Hamilton persönlich. Was verschafft mir an einem so trüben Tag wie heute das Vergnügen?«

»Du wolltest, dass ich etwas für dich herausfinde, erinnerst du dich?«

Dwain war ganz Ohr.

»Ich kann dir nur so viel sagen, dass das verlorene Paket wohl der Navy gehört. Was den Rest des Codes anbelangt, der auf dem Paket ist, so ist wahrscheinlich die Einheit daraus abzuleiten. Aber welche es ist, konnte ich nicht in Erfahrung bringen.«

Dwain überlegte. »Hier gibt es nur den Stützpunkt der Marines am Mount Withington. Glaubst du, der Code könnte zum General Willston Trainingscamp gehören?«

»Ich denke nicht, die Marineinfanteristen sind zwar Bestandteil der Navy, aber ihre Administration ist eigenständig«, sagte der Senator. »Soweit ich mich erinnern kann, beginnt der Code ihrer Stützpunkte mit MC.«

»Und wo gibt es einen Navy-Stützpunkt in unserer Gegend?«

Ein langer Seufzer erklang. »Mein Kleiner, das musst du selbst herausfinden. Vielleicht kann dir das Büro des Oberkommandos der Navy weiterhelfen. Und das hat seinen Sitz in Washington.«

»Darauf wäre ich allein nicht gekommen«, sagte Dwain scherzend.

»Wahrscheinlich war der Lastwagen mit dem Paket nur auf der Durchreise«, fuhr der Senator fort. »Es gibt genügend Stützpunkte der Navy an der Westküste.«

Nachdem er aufgelegt hatte, saß Dwain noch eine Weile stumm hinter seinem Schreibtisch und grübelte. Schließlich griff er nach dem Behördentelefonbuch, suchte die Nummer des Pentagon heraus und langte erneut zum Telefon.

»Guten Tag, Sir, das US-Pentagon, Miss Fuller spricht. Was kann ich für Sie tun?«, fragte die Dame in der Zentrale.

»Verbinden Sie mich bitte mit dem Büro des kommandierenden Admirals der Navy«, forderte Dwain.

»Wer spricht und in welcher Angelegenheit rufen Sie an?«

»Mein Name ist Dwain Hamilton. Ich bin Sheriff in Socorro, das liegt in New Mexico. Bei einem Unfall eines Militärfahrzeugs ging ein Paket verloren, das der Navy gehört. Der Inhalt muss radioaktiv sein, zumindest ist ein entsprechender Aufkleber darauf. Ich würde es gern loswerden.«

Es dauerte kaum eine Minute, bis Dwain mit einem verantwortlichen Offizier sprach. Dwain berichtete ihm von dem Unfall des Army-Lastwagens bei San Antonio und von dem Umstand, dass ein Straßenwärter das Paket ein paar Tage danach in der Nähe der Unfallstelle fand und zum Büro des Sheriffs brachte. Das war zwar gelogen, aber wenn es der Wahrheitsfindung diente …, dachte Dwain bei sich.

»Scheint sich um die Kennung des Naval Research Center zu handeln«, sagte der Navy-Offizier nachdenklich. »Halten Sie das

Paket auf alle Fälle unter Verschluss. Wenn es unbeschädigt ist, besteht keine Gefahr.«

»Ich habe es in einem Stahlschrank deponiert«, antwortete Dwain. »Es sieht ganz schön ramponiert aus.«

»Wir werden uns umgehend darum kümmern«, sicherte der Offizier zu, ehe er sich Dwains Anschrift und die Telefonnummer notierte.

Dwain lächelte verschmitzt, als er auflegte.

Flug CA 2356, SCA-Charterline, Toronto

»Juan holt euch direkt am Flughafen in Caracas ab«, rief Porky und versuchte den Lärm der Triebwerke des Learjets zu übertönen.

Brian warf einen Blick auf seine Armbanduhr. Es wurde Zeit für den Abflug.

»Ich verstehe nicht, warum er nicht gekommen ist«, sagte Brian.

»Sebastian?«, fragte Porky.

»Wer sonst?«

»Ich war mir sicher, dass er angebissen hat«, meinte Porky.

»Offenbar nicht«, erwiderte Brian. »Du musst mit ihm Kontakt aufnehmen. Am besten persönlich. Wir müssen wissen, was Wayne herausgefunden hat.«

»Du kannst dich auf mich verlassen«, sagte Porky. »Du denkst an mich, wenn eine gute Story dabei herausspringt?«

»Für das Magazin?«, fragte Brian.

»Scheiß auf das Magazin«, antwortete Porky. »Die können mich. Soll Harbon doch mit seinem brillanten Marketingmanager die Redaktion übernehmen, dann wird er sehen, was der Kerl taugt. Mit einer knackigen Story komme ich sogar bei der *Post* oder bei der *Times* unter.«

Gemeinsam gingen sie auf den schwarzen Jet zu, der gegen über dem Hangar stand. Nieselregen perlte von der metallenen

Oberfläche ab. Suzannah hatte die Kapuze ihrer Windjacke über den Kopf gezogen. Tags zuvor hatten sie sich mit geeigneter Kleidung und Medikamenten für ihren Aufenthalt in den Tropen ausgestattet. Anschließend hatten sie auf dem Flughafen von Toronto vergeblich auf Cliff Sebastian gewartet. Er hatte wohl kalte Füße bekommen.

»Ich danke dir für alles«, sagte Brian, als sie vor der ausgeklappten Einstiegsleiter angekommen waren. »Pass auf dich auf.« Er nahm Porky in den Arm und drückte ihn.

»Schon gut, und kommt heil zurück«, erwiderte Porky. »Ich hoffe, dass sich in der Zwischenzeit alles aufklärt. Und wenn ihr etwas braucht, die beiden Handys sind sauber. Ich habe sie auf die Redaktion registrieren lassen. Meine neue Nummer ist ebenfalls eingespeichert.«

Suzannah umarmte Porky zum Abschied und hauchte ihm einen Kuss auf die Wange. Dann bestiegen sie den Learjet.

Ciudad Guayana, Venezuela

Es war gnadenlos heiß. Die Luft vibrierte vor Hitze, und die Hemden klebten ihnen am Körper. Suzannah saß im Fond des Landrovers und fächerte sich mit der zusammengefalteten Landkarte Luft zu. Aber es nutzte nichts, nicht einmal der Fahrtwind sorgte für Kühlung. Die stetig wachsende Stadt am Orinoco lag weit hinter ihnen. Roter Staub wirbelte von der Straße auf. Brian umklammerte krampfhaft die Halteschlaufe über der Beifahrertür. Die Piste glich einem Schweizer Käse, dennoch fuhr Juan schnell – die Tachonadel zeigte fast achtzig Stundenkilometer. Die durch Rodung geschaffene Graslandschaft wechselte ihr Gesicht, und abseits der staubigen Piste säumten Büsche und Bäume ihren Weg.

»Du fährst verdammt schnell«, sagte Brian.

Juan schnalzte mit der Zunge. »Gringo, du wolltest schnell zur Medizinfrau, also fahre ich schnell.«

»Die Straße ist schlecht«, entgegnete Brian. »Wir werden uns noch den Hals brechen, wenn du so weiterrast.«

»Ich kenne jede Spurrille und jedes Loch auf dieser Strecke, Gringo. Dieses Land bringt nur diejenigen um, die es nicht achten.«

Brian schwieg. Juan grinste und wandte den Blick wieder auf die Straße.

Mit einer altersschwachen Cessna waren sie am frühen Morgen in Caracas gestartet und nach Ciudad Guayana geflogen. Sie kamen kurz vor Mittag an. Juan schlug vor, die Hitze des Tages abzuwarten und erst gegen Abend in den Dschungel aufzubrechen, aber Brian hatte abgelehnt. Er wollte so schnell wie möglich in das Dorf am Orinoco gelangen. Schließlich hatte Juan zugestimmt, den Wagen beladen, und sie waren bei größter Hitze aus der Stadt herausgefahren.

»Was passiert bei euch in den Staaten?«, fragte Juan nach einer Weile des Schweigens. »Städte versinken in den Fluten, Stürme zerstören die Küste.«

Brian nickte. »Es ist ein schlimmes Jahr. Allein in New Orleans rechnet man mit einer viertel Million Todesopfer. Die Natur ist außer Rand und Band geraten. Die Meteorologen nennen es Klimaanomalie.«

Bäume rauschten vorbei, ihre dunklen Schatten senkten sich über den Wagen, doch die Hitze blieb. Sie fuhren mitten durch die grüne Wildnis.

»Zuerst trifft es die Sündigen, heißt es«, sagte Juan in die Stille.

»Was sagst du?«, fragte Brian.

»Es heißt, dass es zuerst die Sündigen trifft. Sind es nicht die Amerikaner, die von den Armen der Welt die Lizenz erkaufen, den Rest der Erde mit ihrer schlechten Luft vergiften zu können? Alles, was dieser Planet hervorgebracht hat, wird von den Menschen mit Füßen getreten. Jetzt setzt sich die Natur zur Wehr. Die Stürme werden zunehmen. Es gibt nur zwei Dinge, die wir wirklich fürchten müssen. Eines sind die Bomben, die ihr gebaut habt, um eure Feinde zu vernichten, und das andere ist die Natur. Unsere Mutter, die ihre Kinder verstoßen wird, wenn sie nicht aufhören, sie Tag um Tag zu drangsalieren.«

Brian nickte. »Interessante Thesen, die du mitten im Urwald aufstellst. Wird nicht hier auf diesem Kontinent jeden Tag so viel Land gerodet, dass ganz New York sich darin verlieren könnte?«

»Ja, und auch das haben wir dem weißen Mann zu verdanken.«

»Der Punkt geht an dich«, sagte Brian scherzend.

Durch die Bäume fiel Sonnenlicht, schimmernde Streifen durchbrachen das gleichförmige Grün. Brian wandte sich um. Suzannah war vor Erschöpfung eingeschlafen.

»Weck deine Freundin, Gringo!«, sagte Juan. »Wir sind da.«

Nach der nächsten Biegung lag der Orinoco vor ihnen. Juan hielt an. Die Hütte des Fischers stand im Schatten der Bäume. Ein Indianer in weißem T-Shirt saß vor der Hütte und knüpfte an einem Netz.

Brian stieg aus und ging zum Heck des Landrovers. Er nahm eine silbrig glänzende Dose aus seinem Rucksack.

»Was ist das?«, fragte Juan, der neben ihn getreten war.

Brian schraubte den Deckel ab und hielt ihm die Dose unter die Nase.

Juan zuckte zurück. »Gringo, ich sehe, du hast nicht alles vergessen.«

Redaktion ESO-Terra, Cleveland, Ohio

»Sie wissen, dass wir Sie wegen Beihilfe zur Flucht von zwei polizeilich gesuchten Mördern festnehmen können«, sagte Agent Coburn eindringlich. »Also sagen Sie uns, wohin die beiden geflogen sind und was sie vorhaben!«

Porky schaute gelangweilt aus dem Fenster. Er roch das billige

Männerparfüm des FBI-Agenten, der direkt hinter ihm stand. Porky wandte den Kopf.

»Dann nehmen Sie mich fest«, erwiderte er. »Ein Anruf bei meinem Anwalt, und in zwei Stunden bin ich wieder draußen. Also, worauf warten Sie?«

»Ich warne Sie, Pokarev. Sie decken einen Mörder und seine Komplizin. Das bringt Ihnen ein paar Jahre Knast ein. Wissen Sie, wie es im Knast zugeht?«

»Ich habe erst neulich wieder *Jailhouse Rock* gesehen«, antwortete Porky.

Agent Coburn schlug mit der flachen Hand auf den Tisch.

»Worauf warten Sie noch, nehmen Sie mich fest oder verschwinden Sie!«, sagte Porky mit fester Stimme. »Sie sind auf der falschen Fährte. Brian Saint-Claire hat niemanden umgebracht. Ich kenne ihn seit Jahren. Wir sind Freunde. Er ist ein friedliebender Mensch. Wissen Sie, dass er Psychologe ist? Er kann Konflikte auf andere Arten lösen als mit Gewalt.«

»Er hat es getan, seine Fingerabdrücke waren in der ganzen Wohnung verteilt. Auf der Leiche befanden sich Spuren mit seiner DNA. Er ist geflohen, als wir mit ihm reden wollten, und als wir sein Flittchen verhaften wollten, hat er einen Kollegen niedergeschlagen. Alles spricht gegen ihn. Er war es, und ich werde ihn kriegen. Mit oder ohne Ihre Hilfe. Und Sie werden mit ihm im Knast schmoren. Ich werde höchstpersönlich dafür sorgen, dass Sie die Gastfreundschaft eines Staatsgefängnisses genießen. Bücken Sie sich dort nie nach einer Seife, wenn Sie duschen, denn Sie wissen nicht, wer hinter Ihnen steht, Sportsfreund.«

»Ähm, Agent ... wie war noch mal Ihr Name?«

»Coburn, mein Name ist Coburn. Merken Sie sich ihn gut, denn ich kriege Sie dran, das verspreche ich Ihnen.«

»Worauf warten Sie noch?«, fragte Porky, die Arme vor der Brust verschränkt. »Das nächste Mal bringen Sie einen Haftbefehl mit, falls Sie mich erneut mit Ihrem Besuch beehren wollen.«

Agent Coburn stürmte aus Porkys Büro und schlug die Tür zu, dass es krachte.

St. Anthony Hospital, Denver, Colorado

Er schlug die Augen auf. Sein getrübter Blick traf auf eine weiße Decke. Sein Mund war ausgetrocknet. Cliff Sebastian stöhnte leise. Verschwommen nahm er ein Gesicht über sich wahr.

»Willkommen zurück im Leben«, sagte die Schwester. »Sie hatten ganz schön Glück, Mister Sebastian. Haben Sie Schmerzen?«

Cliff Sebastian versuchte die Arme zu bewegen, doch er war zu schwach dazu. »Was ... was ist passiert?«, stammelte er mit brüchiger Stimme.

»Sie hatten einen Unfall«, erklärte die Schwester. »Sie hätten tot sein können, aber bis auf eine schwere Gehirnerschütterung, ein paar gebrochene Rippen und eine Unterschenkelfraktur sind Sie noch einmal davongekommen.«

Langsam dämmerte Cliff wieder, was passiert war. Irgendwie hatte er die Kontrolle über seinen Wagen verloren, dann hatte es furchtbar gekracht, und von diesem Zeitpunkt ab klaffte ein Loch in seiner Erinnerung.

Caraguela, Orinoco-Delta, Venezuela

Eine schwüle Lautlosigkeit schwebte über dem Fluss, nur der Ruderschlag unterbrach die Stille. Die Hitze des Spätnachmittags legte sich lähmend auf das Leben an den Ufern des gigantischen Stroms. Die Tiere des Tages warteten auf die Kühle des Abends, und die Tiere der Nacht verschliefen die Hitze in ihren Höhlen und Lagern. Vor Stunden waren sie aufgebrochen und hatten sich auf den Weg in die grüne Hölle begeben, zu einer Frau, die vor kaum einem Vierteljahr dem Tod näher gewesen war als dem Leben. Der Bootsführer hatte den Außenborder abgestellt und eingeholt. Grüner Tang schwamm in langen Fäden auf dem Seitenarm des Orinoco, der sie nach Caraguela führen sollte. Der Bootsführer wollte verhindern, dass sich die langen Fäden um die Schraube des Außenborders wickelten.

»Diese Hitze«, stöhnte Suzannah. »Wie weit ist es noch?«

Sie hatte sich ein feuchtes Tuch um den Kopf geschlungen. Im Boot roch es nach Essig und Diesel, dem Mückenschutzmittel, das Brian nach Juans Spezialrezept gemischt hatte.

Juan blickte sich um. »Wir sind bald da«, antwortete er. »Nach der nächsten Biegung.«

Brian stieß das Ruder kraftvoll ins Wasser. »Ich wundere mich immer wieder. Für mich sieht hier alles gleich aus. Wie kannst du nur wissen, wo wir sind?«

Juan zeigte auf seine Augen. »Gringo, das ist einfach. Ich kann sehen.«

Brian zog eine Grimasse. Typisch Juan.

Sie umrundeten die nächste Biegung und hielten auf das westliche Ufer zu.

»Seht dort!«, rief Suzannah aufgeregt.

Brians Blick folgte ihrem ausgestreckten Finger. Kinder rannten am Fluss entlang. Sie winkten. Ihre nackten Oberkörper glänzten im Sonnenlicht, und ihre freudigen Schreie drangen wie durch Watte zum Boot herüber.

Der hölzerne Bootssteg kam in Sicht. Das Schreien und Rufen der Kinder hatte die Dorfbewohner alarmiert. Die Indios versammelten sich um das Flussufer. Männer mit Lendenschurz bekleidet, Frauen, die nicht mehr als ein Baby auf ihren Armen trugen, und Kinder, die jubelnd und freudig winkend die Fremden im Boot begrüßten.

»Sie sind nackt«, flüsterte Suzannah.

»Sie sind ursprünglich«, sagte Brian.

»Ich meine ja nur wegen der Fliegen«, erwiderte Suzannah beleidigt. »Diese Blutsauger saugen einen aus bis auf den letzten Blutstropfen.«

Juan grinste. »Es sind Warao, und das hier ist ihr Land. Sie werden mit wilden Tieren und auch mit den Mücken fertig, Miss.«

Kaum war das Boot vertäut, traten die Warao zur Seite und gaben eine Gasse in ihrer Mitte frei. Zwei Krieger in weißer Bemalung, mit Axt und Speer bewaffnet, bahnten sich ihren Weg. Vor dem Steg blieben sie stehen. Schließlich kam eine Frau in Sicht. Um ihren Körper hatte sie ein weißes Tuch geschlungen, auch ihr Kopf war von einem gleichfarbenen Turban umhüllt. An der Kette um ihren Hals hingen neben Raubtierzähnen mehrere glitzernde Steine.

»Das ist Ka-Yanoui«, flüsterte Juan. »Deine fliegende Frau ist wieder von den Geistern zurückgekehrt.«

Brian musterte die Frau, doch sie hatte keine Ähnlichkeit mit dem Bild, das sich in seinem Kopf eingebrannt hatte.

»Sie ist so groß und so ... lebendig«, stammelte er.

Die Frau betrat den Steg und machte vor dem Boot halt.

»Sag ihr, wer wir sind«, flüsterte Brian seinem venezolanischen Begleiter zu.

»Ich weiß, wer ihr seid«, antwortete Ka-Yanoui. »Ich habe euch schon tausend Mal gesehen und wusste, dass ihr kommt. Ihr habt an meinem Lager gewacht.«

Ihr Englisch klang ein wenig unbeholfen, dennoch waren ihre Worte klar zu vernehmen.

Suzannah lief ein kalter Schauer über den Rücken. »Woher kennt sie dich, du sagtest doch, sie lag im Koma?«

Brian zuckte mit den Schultern.

»Es ist gut, dass ihr euren Häschern entkommen seid«, fuhr die Schamanin fort. »Allein in eurer Macht liegt es, den Gott des Meeres und der Winde wieder zu besänftigen. Es ist eine schwere Aufgabe, die vor euch liegt.«

»Woher kann sie so gut Englisch?«, fragte Brian an Juan gewandt. Er flüsterte, dennoch huschte ein Lächeln über die Lippen der Warao-Frau.

»Sie hat einen Teil ihrer Kindheit in einer englischen Mission an der Grenze nach Guayana zugebracht.«

Ka-Yanoui musterte Suzannah. »Deine Mutter ist im Licht vergangen«, sagte sie einfühlsam. »Deine Suche hat hier ein Ende.«

Suzannah blickte die Frau mit großen Augen an. Eine Träne lief über ihre Wange.

Brian fasste ihre Hand.

»Folgt mir ins Dorf!«, sagte Ka-Yanoui und zeigte auf den Pfad, der in den Dschungel führte. »Ihr seid ihn schon einmal unverrichteter Dinge gegangen. Heute besteht kein Grund zur Sorge, sondern zur Freude, denn ihr seid gekommen, um die dritte Ebene zu erreichen, die mir versagt ist. Ihr seid die Gesandten.«

Suzannah wischte sich die Tränen ab.

»Kommt!«, fuhr Ka-Yanoui fort. »Bald wird es Nacht, und die verlorenen Seelen treiben den Fluss hinab. Folgt mir, ich habe lange auf euch gewartet.«

»Was meint sie damit?«, fragte Suzannah.

»Ich denke, wir werden es bald erfahren«, sagte Brian.

Sie folgten dem Tross ins Dorf, das verborgen hinter hohen Bäumen und Sträuchern abseits des Flusses lag. Einfache Hütten aus Palmwedeln standen in einem weitläufigen Rund um eine große Hütte in der Mitte des Platzes. Das Dorfhaus war wieder repariert worden.

»Wo ist der Häuptling?«, flüsterte Brian Juan zu und blickte sich suchend unter den Menschen um.

Juan zeigte in den Himmel. »Er ist zu den Geistern gegangen.«

»Ka-Yanoui führt nun diese Menschen. Sie vertrauen ihr, denn sie ist weise. Sie war bei den Göttern und wurde wieder zu den Menschen in das Dorf gesandt, um sie zu beschützen.«

Ka-Yanoui sprach mit einigen der Männer, und schon wurden vor dem Haupthaus Feuerstellen errichtet und Kokosmatten ausgelegt.

»Zuerst wollen wir essen, dann werden wir reden«, sagte Ka-Yanoui entschlossen. Ihre Worte duldeten keine Widerrede.

Im Schneidersitz ließen sich alle um die Feuerstellen nieder. Suzannah hatte neben Brian Platz genommen, Ka-Yanoui saß gegenüber. Es gab einen Eintopf aus Wurzelgemüse und Fleisch. Schweigend aßen sie mit den Händen aus großen Holzschüsseln. Diesmal vermied Brian die Frage, welche Zutaten sich in der großen dampfenden Schüssel befanden. Als Suzannah ihn anstupste, legte Brian den Zeigefinger an die Lippen.

Nachdem die Schüsseln geleert waren, ließ sich Ka-Yanoui zurücksinken und schaute in den wolkenlosen Himmel. Die Sterne blinkten am Firmament, und über die Gesichter der Anwesenden tanzten die Schatten der Feuer. Die Schamanin richtete sich wieder auf.

»Als der Große Geist die Erde schuf«, erzählte sie, »war es ein kalter und verlorener Stein in der Weite der Finsternis, das war die erste Ebene seines Handelns. Er schuf das Feuer, damit Licht und Wärme die Erde erfülle und jeden Winkel erreiche. Das war die zweite Ebene. Anschließend schuf er die beiden unzertrennlichen Brüder, den Wind und das Wasser, damit das Leben auf dem Stein gedeihe. Das war die dritte Ebene. Schließlich beseelte er alle Ebenen durch seine Aura und blies ihnen den Hauch der Ewigkeit ein. Und aus dem Schoß der Erde wuchs die Natur. Er bestimmte Geister, die über seine Schöpfung wachten, und sein Atem verband alle Elemente zu einem Strom des Seins. Selbst der Stein, der nutzlos am Boden liegt, ist mit seinem Odem durchsetzt. Nichts geschieht, ohne dass es sein Wille ist, und nichts vergeht ohne Grund. Am Ende dieses Tages schuf er die Warao, damit sie wuchsen und gediehen und ihm ein ehernes Andenken bewahrten. Das ist die Geschichte unseres Volkes, das sich einmal über den großen Strom bis hinunter in die hohen Berge erstreckte.«

Die anwesenden Indios murmelten ein paar Worte im Gleichklang, wie Formeln eines Gebets.

»Auch andere Menschen gebar Mutter Natur unter Schmerzen, doch ihre Kinder waren undankbar, sie entfernten sich von ihr und verschmähten sie. Die Menschen verleugneten ihren Ursprung. Sie wollten selbst wie der Große Geist sein. Sie beobachteten und studierten, aber nicht um zu verstehen, sondern um zu verändern. Der Wächter der Ebenen schaute tatenlos zu. Und so fanden die Abtrünnigen den Weg zum Feuer. Sie fanden es in den kleinen Steinen des Lichts, die sie in fliegende Hüllen steckten. Doch die Steine dienten ihnen nicht, um sich daran zu wärmen, sondern um zu töten. Das erzürnte den Großen Geist, und er verstieß den Wächter und die bösen Menschen mit ihm. Er nahm ihnen die Augen, um seine wahre Größe nicht mehr zu sehen, er nahm ihnen die Ohren, damit sie seine Stimme nicht mehr länger hören könnten, und er nahm ihnen ihre Seelen, damit sie von nun an nichts mehr als körperliche Hüllen wären, die nach ihrem Tod sinnlos vergingen, ohne in sein großes Reich schauen zu dürfen. Den schlafenden Wächter aber verstieß er hinab in den Mittelpunkt der Erde, wo er von flüssigem Feuer umgeben für alle Ewigkeit leiden soll. Der Hunger dieser unseligen Kreaturen aber ist unstillbar. Sie wollen auch die dritte Ebene für sich besitzen, doch der Wächter des Wassers und der Winde ist auf der Hut. Der Große Geist hat ihn ermahnt. Und so zürnt der Wächter den Ungläubigen und straft sie mit seinem todbringenden Atem.«

»Das ist ja nett anzuhören«, flüsterte Suzannah, »aber diese mystische Schöpfungsgeschichte bringt uns nicht viel weiter.«

»Warte ab«, sagte Brian.

»Ich habe die Ungläubigen gesehen«, fuhr die Schamanin fort. »Sie tragen alle gleiche Kleider, manche haben weiße Mäntel darüber. Sie wohnen in einem Berg, aus dessen Spitze stählerne Stacheln ragen, die das Böse in den Himmel schicken. Nur ihr könnt sie stoppen. Ein Riese wird euch dabei helfen.«

Suzannah schaute Brian fragend an. »Was meint sie damit?«

»Sie leben unter dem Berg und zeigen sich nicht. Sie leben im

Geheimen. Doch die Schreie der Menschen, die sie quälen, bleiben mir nicht verborgen.«

»Und wo ist dieser Ort?«, fragte Suzannah, die ihre Ungeduld nicht mehr im Zaum halten konnte.

»Weiße Ebenen, weiß wie die Unschuld. Hitze, es ist das Land des Feuers«, sagte die Schamanin und zeigte in den Himmel.

Brian griff nach seinem Rucksack und holte die Kopie einer Landkarte hervor. Die Karte zeigte den nordamerikanischen Kontinent sowie die Nordküste Südamerikas. Wayne hatte darauf das Dreieck der Stürme eingezeichnet.

»Der Berg ist bewaldet«, fuhr die Schamanin fort. »Es ist der Mittelpunkt. Sie bringen Angst über die Erde und fordern damit den Wächter heraus. Ihr müsst sie aufhalten. Ihr seid dazu bestimmt. Das Wasser und der Wind besitzen ebenso viel Macht wie das Feuer.«

Brian schaute auf die Karte.

»Männer mit gleicher Kleidung«, murmelte er. »Das könnten Soldaten oder so etwas sein.«

Suzannah blickte grübelnd in das Feuer. »Ich kenne eine Gegend, wo es eine weiße Wüste gibt. In New Mexico.«

»White Sands«, stieß Brian hervor. »Dort haben die Militärs Versuche mit Atomraketen unternommen.«

»Das Feuer«, stimmte Suzannah zu. »Die Steine des Lichts, die in Hüllen gesteckt wurden. Du könntest recht haben. Sie meint bestimmt Atomraketen.«

Brian wurde von einer hektischen Ungeduld erfasst. Er suchte in seinem Rucksack nach einem Stift.

»Außerdem stehen ganz in der Nähe die riesigen Radioantennen der NROA. Ich war als Jugendliche mit meinen Eltern einmal dort.«

Brian fuhr mit dem Stift über die Karte. Als Lineal benutzte er ein Stück Holz. Er ritzte kleine Markierungen in das Holz und zeichnete mit dem Stift Linien durch die Eckpunkte der Dreiecke.

»White Sands«, murmelte er. »Du könntest recht haben. Der Mittelpunkt dieses Dreiecks liegt oberhalb von El Paso.«

»Der Mittelpunkt«, echote Suzannah mit großen Augen.

»Ihr müsst sie aufhalten, der nächste Sturm ist bereits auf dem Weg«, rief die Schamanin, und ihre Stimme hallte durch den nächtlichen Urwald.

»Wir müssen zurück nach Amerika«, sagte Brian an Juan gewandt. »So schnell es geht. Wir brauchen falsche Papiere.«

Juan schaute auf. »Falsche Pässe sind kein Problem«, sagte er. »Ich kenne da jemanden in Caracas, der mir noch einen Gefallen schuldet.«

Als sich Juan, Suzannah und Brian in einer Hütte zum Schlafen niederlegten, griff Suzannah noch einmal zu der Landkarte. »Alles klingt so ... so unglaublich für mich«, sagte sie. »Ich kann es noch immer nicht fassen.«

Brian nickte.

»Ich glaube ihr jedes Wort«, erwiderte er. »Sie ist vom Großen Geist erfüllt. Sie hat längst eine andere Ebene des Daseins erreicht.« Er machte eine nachdenkliche Pause, ehe er fortfuhr: »Erinnere dich nur an Waynes Nachricht. Wahrscheinlich hat er genau das festgestellt, was uns Ka-Yanoui gerade erzählte. Nur konnte er seine Entdeckung nicht einschätzen.«

»Wurde er deshalb ermordet?«

»Wenn das zutrifft, was ich befürchte, dann steckt eine mächtige Organisation dahinter.«

»Und das jagt mir eine Heidenangst ein«, sagte Suzannah.

Juan drehte sich auf seinem Lager herum. »Sie wird bei euch sein und euch beschützen. Vergesst nicht, sie ist eins mit der Mutter, und der Große Geist ist in ihr. Und jetzt schlaft, wir werden morgen in aller Frühe aufbrechen.«

Brian schaute Suzannah an. »Ich werde gehen. Bleib du hier.«

»Nein, wenn das stimmt, was die Schamanin behauptet, dann

haben diese Kerle meine Mutter auf dem Gewissen. Ich will ihnen in die Augen sehen.«

Sie hüllten sich in ihre Decken. »Mich würde interessieren, wer dieser geheimnisvolle Riese ist, der uns zu Hilfe kommen soll?«, fragte Suzannah in die Stille.

Brian war bereits im Halbschlaf. »Juan wohl nicht«, antwortete er müde. »Er ist kaum größer als ich.«

Viertes Buch

Abgründe

Sommer 2004

1

Socorro County, New Mexico

Das dunkle Wolkengebirge schob sich von Süden auf das Socorro County zu. Über die weiße Wüste und die Lava-Felder des Jornada Del Muerto trieb der auffrischende Abendwind das gewaltige Wolkenfeld entlang des Rio Grande in das breite Tal zwischen den San-Mateo- und den Ladron-Bergen. Über den Wäldern des Cibola an der Ostseite der San-Mateo-Berge lehnte sich die Wolkenfront aus schweren Cumulonimben an. Die Dunkelheit legte sich an diesem Samstag eine Stunde zu früh über das Land. Als der erste Donnerschlag erklang, schaute Dwain skeptisch in den Himmel. Er hatte gerade seine Reisetasche und die Geschenke für die Kinder in den Wagen geladen, um nach Salt Lake City aufzubrechen.

Ein ungutes Gefühl beschlich ihn, denn er hatte einen ungünstigen Termin für seine Reise nach Utah ausgewählt: Der Nationalfeiertag stand vor der Tür, und allenthalben hatten die örtlichen Vereine Umzüge und Veranstaltungen für den morgigen Tag angekündigt. Eine ganze Menge Arbeit für sein Sheriff-Department stand auf dem Programm. Er hatte Tom Winterstein als dienstältesten Polizisten des County gebeten, die Einsatzleitung am morgigen Tag zu übernehmen. Jedenfalls überwog die Sehsucht nach den Kindern und nach Margo sein sonst so ausgeprägtes Pflichtgefühl. Er sehnte sich nach Margos Gesicht, den langen blonden Haaren, den Grübchen in ihren Wangen, wenn sie lächelte, und ihrer weichen Stimme.

Ein Blitz zuckte in der Ferne durch die Dunkelheit. Ein krachender Donnerschlag folgte. Er brauchte noch ein paar ordentliche Schuhe, schließlich wollte er bei Margo eine gute Figur abgeben. Er erreichte die Veranda, als die Wolken zerbrachen und sich der Regen in Strömen über das Land ergoss. Dwain blieb auf der Veranda stehen und wandte sich um. Innerhalb kürzester Zeit verwandelte sich die staubige Auffahrt in einen schlammigen See. Der Wind riss an seiner Jacke und an dem Haus. Ein Teil des Vordachs löste sich und flatterte in hohem Bogen davon. Erneut fuhr ein Blitz, begleitet von krachendem Donner, der Erde entgegen. Dwain zog sich in den Schutz seines Hauses zurück. Gegenüber seinem Grundstück auf der anderen Seite der Straße neigte sich eine Birke unter dem heftigen Zerren und Ziehen des Windes, bis schließlich die Krone abbrach und zu Boden stürzte.

»Verdammtes Unwetter!«, fluchte Dwain. Es brachte seinen ganzen schönen Plan durcheinander. Erneut blitzte und donnerte es. Das Gewitter war ganz nah. Das schrille Klingeln des Telefons übertönte das Rauschen des Windes und das Prasseln des Regens.

»Hamilton«, rief Dwain gegen den Lärm an, nachdem er den Hörer abgehoben hatte.

»Ich bin es, Donna«, erhielt er zur Antwort. »In der Stadt ist der Teufel los. Dächer fliegen davon. In Guthries Farm hat der Blitz eingeschlagen, die Scheune brennt. Die Feuerwehr ist auf dem Weg dorthin. Ununterbrochen klingelt das Telefon. Auch in San Antonio und in Bingham wütet das Unwetter. Bäume liegen quer über der Straße, und auf der 25 hat es schon mehrere Unfälle gegeben. Der Verkehr steht dort, und die State Police hat um Unterstützung ersucht. Du musst ...«

Ein erneuter Blitzschlag zuckte aus den Wolken. Das Krachen übertönte das Rauschen des Windes. Dwain schloss geblendet die Augen.

»Donna?«, rief er in das Telefon. »Donna, melde dich. Was ist los, zum Teufel?«

Schweigen, die Leitung war tot. Der Sheriff entledigte sich seiner leichten Regenjacke und griff zum Anorak mit dem Wappen des Socorro County auf dem Ärmel.

»Hat sich alles gegen mich verschworen?«, murmelte er und rannte hinaus in den Regen.

Redaktion ESO-Terra, Cleveland, Ohio

Porky saß in seinem Büro und starrte auf den Computerbildschirm. Doch er nahm die Zeilen des aufgerufenen Dokumentes nicht wahr. Sein Blick durchdrang die Materie und endete in der endlosen Leere.

»Harbon ist stocksauer«, mäkelte Myers. »Was haben Sie sich dabei gedacht, für zwei flüchtige Straftäter auf den Namen unseres Magazins einen Learjet zu chartern und ihnen so die Flucht zu ermöglichen. Sie sind wohl nicht ganz bei Trost. Stellen Sie sich die Schlagzeilen in der Tagespresse vor.«

Porky schürzte die Lippen. »Ich kenne Brian Saint-Claire seit vielen Jahren. Die Anschuldigungen sind völlig aus der Luft gegriffen.«

Myers schüttelte den Kopf. »Mann, Sie haben wohl den Verstand verloren. Sie haben sich strafbar gemacht und unsere Zeitschrift mit in den Abgrund gerissen. Sie können von Glück reden, dass Harbon ein guter Mensch ist und Sie noch nicht gefeuert hat.«

»Bei Ihnen säße ich wohl längst auf der Straße, hm?«

»Darauf können Sie Gift nehmen. Ab sofort werden Sie sich nur noch um den redaktionellen Kram kümmern. Und sobald sich dieser Saint-Claire bei Ihnen meldet, werden Sie Agent Coburn benachrichtigen.«

Myers bemühte sich, eine autoritäre Miene zu machen, doch sein allzu jungenhaftes Aussehen ließ ihn in Porkys Augen umso lächerlicher erscheinen. Er warf eine Visitenkarte auf den Schreibtisch.

»Wir können von Glück reden, dass der Agent kein Verfahren einleitet. Vielleicht ist noch etwas zu retten. Er hat mir diese Karte für Sie gegeben. Rufen Sie ihn an und sagen Sie, was die beiden Flüchtigen vorhaben. Er weiß längst, dass sie mit einer Chartermaschine nach Südamerika geflogen sind.«

Porky musste lachen.

»Warum grinsen Sie so blöde?«, fragte Myers.

»Ich hatte mal einen Hund«, sagte Porky. »Einen Boxerwelpen. War kaum acht Wochen alt. Immer wenn ich ihm sein Spielzeug weggenommen habe, schaute er mich genauso an wie Sie.«

»Was soll das, Pokarev? Machen Sie sich über mich lustig?«

»Es ist keine lustige Geschichte. Der Hund war kaum ein halbes Jahr alt, da lief er direkt unter einen Lastwagen. Und wissen Sie, was das Perfide an der Geschichte ist?«

Myers schäumte vor Wut.

»Der Laster war von der örtlichen Tierfutterhandlung. Er ist quasi von seinem Futter überrollt worden, verstehen Sie?«

Myers schüttelte fassungslos den Kopf. »Soll das eine Drohung sein?«

Porky zuckte mit den Schultern. »Es ist nicht mehr als eine gottverdammte Geschichte, eine mehr aus diesem beschissenen Leben.«

»Sie wandeln an einem Abgrund.«

»Bewegen Sie endlich Ihren Arsch aus meinem Büro, bevor ich Ihnen die Zähne einschlage«, sagte Porky scharf.

Myers machte auf dem Absatz kehrt. »Sie sind jetzt absolut zu weit gegangen«, zischte er, bevor er das Büro verließ. Die Tür fiel krachend ins Schloss.

Porky fuhr sich mit den Händen durch die Haare. Er wusste, dass es höchste Zeit wurde, sich nach einem anderen Job umzusehen. Aber nicht ohne einen Trumpf in seinem Ärmel zu haben. Er zog die Schreibtischschublade auf und nahm das Kuvert heraus, in dem sich Wayne Changs Aufzeichnungen befanden. Einen Augenblick überlegte er, griff dann zum Telefon und legte den Hörer wieder auf die Gabel zurück. Die Worte des FBI-Agenten gingen ihm durch den Kopf.

»Ich kriege Sie«, hatte er gesagt.

Der Redakteur erhob sich und nahm seine Jacke. Es regnete. Er verließ das Redaktionsgebäude zu Fuß und blickte sich um. Bestimmt hatte der FBI-Agent ein, zwei Bewacher auf ihn angesetzt. Er überquerte die Straße und verschwand in Salis Bar. Am Tresen bestellte er einen Drink, und während der alte Charly einschenkte, ging Porky durch die Schwingtür und verschwand im Gang, der zur Toilette führte. Dort hing ein altersschwacher Telefonapparat. Er fischte einen Quarter aus der Jackentasche und wählte die Nummer der NOAA in Boulder.

Es dauerte eine Weile, bis sich jemand am anderen Ende meldete.

»Mein Name ist Smith«, sagte Porky. »Ich hatte gestern einen Termin mit Mr Sebastian, aber er ist nicht gekommen. Könnte ich ihn bitte sprechen?«

Einen Augenblick lang herrschte Schweigen. Es knackte in der Leitung. Porky wollte schon auflegen, da meldete sich die Stimme einer Frau.

»Mr Smith?«

»Ja.«

»In welcher Angelegenheit wollten Sie mit Mr Sebastian sprechen?«, fragte die Frau.

Porky überlegte. Was sollte er sagen?

»Mr Smith?«

»Ähm, ja. Mr Sebastian hat einen Wagen bei mir bestellt. Ich bin Autohändler, müssen Sie wissen. Wir wollten gestern eine Probefahrt machen.«

»Das tut mir leid«, antwortete die Frau. »Mr Sebastian hatte einen Autounfall und liegt im Krankenhaus. Er ist schwer verletzt.«

Porky runzelte die Stirn. »Lebensgefahr?«

»Wie war Ihr Name?«

»Smith«, antwortete Porky. »Ich frage nur, weil Mr Sebastian den Wagen schon anbezahlt hat.«

Wiederum kehrte für ein paar Sekunden Stille ein.

»Er ist schwer verletzt, aber es besteht keine Lebensgefahr«, antwortete die Frau mit einem Seufzer. »Sie werden sich eine Weile gedulden müssen.«

»In welchem Krankenhaus liegt er denn?«

»Also das geht jetzt zu weit, Sie müssen verstehen, dass ich Ihnen am Telefon nicht …«

»Klar«, antwortete Porky. »Es ist nur so, dass ich mehrere Interessenten für den Cadillac habe. Es ist ein Unikat, wissen Sie.«

»In Denver«, antwortete die Frau zögerlich. »Im St.-Anthony-Krankenhaus. Aber vor einer Woche werden Sie bestimmt nicht mit ihm sprechen können.«

»Gut, Madam«, sagte Porky. »Eine Woche ist okay, dann werde ich ihm den Wagen eben so lange aufheben.«

Während Porky in die Bar zurückging, schaute er sich um. Sein Drink stand auf dem Tresen. Nur wenige Gäste waren im Gastraum. Porky war oft hier, Salis Bar hatte sich zu einem Treffpunkt für Journalisten und Reporter entwickelt, die in diesem Bezirk bei verschiedenen Zeitungen und Magazinen arbeiteten. Drei der Gäste kannte er vom Sehen, nur die beiden Männer in den dunklen Anzügen, die an einem Tisch in der Ecke saßen und jeweils ein Wasser vor sich stehen hatten, waren ihm bislang noch nicht über den Weg gelaufen. Porky griff zum Glas. Cliff Sebastian hatte einen Autounfall und sich dabei schwer verletzt. So ein verdammter Zufall, dachte er, als er die Nummer von Brians Handy wählte.

Caracas, International Airport, Venezuela

»*Letzter Aufruf für Flug CA 4356 von Caracas nach Houston, Texas. Bitte begeben Sie sich zu Gate Nummer zwei*«, drang die angenehme Stimme der Sprecherin in flüssigem Englisch aus dem

Lautsprecher. Zuvor hatte sie den Flug bereits auf Spanisch und Französisch aufgerufen.

Brian reichte Juan die Hand und warf ihm einen dankbaren Blick zu.

»Mr und Mrs Jones, es war mir eine Ehre«, sagte Juan und lächelte.

»Ohne dich würden wir noch bis Montag hier festsitzen«, antwortete Brian. »Diese Kerle schrecken vor nichts zurück. Ich bin sicher, dass auch Sebastians Unfall auf ihr Konto geht. Porky ist der gleichen Meinung.«

»Aber wie konnten sie davon wissen, dass wir uns mit ihm treffen wollten?«, fragte Suzannah.

»Das Militär – sollte es dahinterstecken, wie ich vermute – verfügt über modernste Technik. Bestimmt hören sie die Telefone und die Büros ab. Ab jetzt zählt jede Minute. Juan, ich danke dir für die Pässe und für alles, was du für uns getan hast.«

»Gringo, du weißt, du kannst dich immer auf den alten Juan verlassen. Ich kenne genügend Leute hier. Wenn ihr eure Sache in den Staaten erledigt habt, dann könnt ihr mich besuchen. Ich zeige euch Plätze und Landschaften in meinem Land, in die sich die Zivilisation niemals vorwagen würde.«

»Ich melde mich bei dir«, versprach Brian.

»Wir müssen in den Transitraum«, sagte Suzannah und zog Brian am Ärmel mit. Sie gingen durch den engen Gang und kamen an einen Schalter, hinter dem ein Grenzpolizist saß.

»*Los pasaportes, por favor*«, sagte der Kontrollbeamte. Brian legte die beiden blauen Reisepässe in die Durchreiche.

»*Americano?*«, fragte der Grenzbeamte.

»*Sí*«, antwortete Brian.

»Mrs Jones, Mr Jones, ich hoffe, Sie hatten einen angenehmen Aufenthalt in Caracas«, sagte der Polizist mit schwerem Akzent und reichte die Pässe zurück. »Ich wünsche einen angenehmen Flug.«

»*Gracias, muchas gracias*«, antwortete Brian.

Die Tristar der Delta Air hob kurz nach elf Uhr morgens vom Flugfeld des Caracas International Airport ab. Etliche amerikanische Touristen saßen in der Economy-Class. Niemand kümmerte sich um Mr und Mrs Jones aus Los Angeles, die in einer der hinteren Reihen saßen.

In knapp sechs Stunden würde die Maschine in Houston landen und dann weiter nach Albuquerque fliegen. Der Anschluss war bereits gebucht.

Socorro County, New Mexico

Es herrschte Chaos im Socorro County. Teile des Rio Grande waren über die Ufer getreten und hatten einzelne Farmen oberhalb des Bosque del Apache überschwemmt. An drei Gebäuden im Distrikt waren Brände ausgebrochen, nachdem der Blitz eingeschlagen hatte. In San Antonio brannte ein Wohnhaus nieder, aus dem die Feuerwehr drei Kinderleichen barg. Im Stall der Guthries vor den Toren der Stadt waren unzählige Kühe verbrannt, und in einem Umspannwerk bei Magdalena schwelte noch immer ein Feuer. Feuerwehr, Polizei und Rettungsdienste waren pausenlos im Einsatz.

Seit Jahren hatte es kein solch heftiges Unwetter mehr in der Gegend gegeben. Erst allmählich ließen die heftigen Regenfälle nach. Der Wind blies noch immer mit beinahe 120 Kilometern pro Stunde durch die Straßen.

Dwain Hamilton lief der Schweiß den Rücken hinunter. Unablässig versuchte er aus dem einsturzgefährdeten Stall der Richmonds am Rande des Cibola Forest die Kühe hinauszutreiben, bevor das schief stehende Gerüst endgültig einstürzte. Die Tiere waren unruhig und störrisch. Sie wollten ihre scheinbar sichere Zuflucht nicht verlassen. Einen Arbeiter hatten sie bereits niedergetrampelt und schwer verletzt. Dwain wusste, auf welch gefährliches Unterfangen er sich eingelassen hatte, doch er ignorierte die Gefahr. Immer wieder drang er durch das offene Tor in den Stall ein und warf zielsicher das Lasso um den Hals einer trächtigen Kuh oder eines jungen Stieres. Das Gebälk knirschte bedrohlich. Dwain stürzte hinaus und übergab das Seil dem alten Richmond, der das Tier nach draußen zog. Gerade als sich Dwain ein neues Lasso geschnappt hatte und hinüber zum Tor rannte, knickte einer der Seitenträger ein. Krachend stürzte das Gebäude in sich zusammen. Dwain blieb stehen. Ein Brett wirbelte durch die Luft.

Das laute Rufen der Umstehenden verebbte im Lärm der einstürzenden Stallung. Ehe Dwain begriff, in welcher Gefahr er sich befand, traf ihn das Brett am Kopf. Der Sheriff fiel in den feuchten Schlamm. »Margo«, war das letzte Wort, das über seine Lippen kam, ehe er in tiefe Bewusstlosigkeit stürzte. Margo würde heute umsonst auf ihn warten, und niemand würde ihr sagen können, was ihm zugestoßen war und warum er es nicht rechtzeitig nach Salt Lake City geschafft hatte. Die Telefonverbindung war gestört, und Stromleitungen waren an mehreren Stellen unterbrochen.

2

Houston, Texas

»Was machen wir jetzt?«, fragte Suzannah, nachdem sie den Flughafen verlassen hatten.

Das amerikanische Touristenpaar hatte sowohl die Pass- als auch die Zollkontrolle unbehelligt passiert.

»Jetzt kaufen wir uns erst einmal ein paar passende Klamotten und eine Campingausrüstung.«

»Und wozu das alles?«

»Weil wir jetzt harmlose Rucksacktouristen sind, die sich die Rockies ein bisschen anschauen wollen, Mrs Jones.«

Suzannah fuhr sich mit der Hand über die Augen. »Ich komme mir vor wie in einem Teufelskreis. Wir bringen allen Menschen nur Unglück. Ich weiß nicht, ob wir jemals aus diesem Labyrinth wieder herausfinden.«

Brian legte ihr sanft den Arm um die Schultern und zog sie an sich. »Vertraue mir, wir werden es schaffen. Aber wir haben nur eine Chance, unsere Unschuld zu beweisen, wenn wir herausfinden, wer hinter dem Komplott steckt. Und genau das werden wir. Wir haben nichts mehr zu verlieren.«

Die Entschlossenheit in seiner Stimme verlieh ihr neue Kraft. »Vor zehn Tagen war ich noch eine anerkannte Wissenschaftlerin mit Aussicht auf einen Lehrstuhl in Chicago, und jetzt bin ich eine gesuchte Mörderin. Es ist unfassbar. Wie ein böser Traum, aus dem es kein Erwachen gibt. Ich warte jede Sekunde darauf, dass endlich der Wecker klingelt und ich zu mir komme.«

»Wir müssen selbst dafür sorgen, dass wir aus dem Albtraum erwachen, Suzannah«, erwiderte Brian. »Zuerst müssen wir diesen stacheligen Berg in New Mexico finden. Ich glaube, was immer wir dort entdecken, wir werden erfahren, wer für den Tod von Wayne verantwortlich ist. Es wird ein hartes Stück Arbeit, aber ich bin es gewohnt, gegen Widerstände anzukämpfen. Das bringt mein Job mit sich.«

Suzannah griff nach seiner Hand und drückte sie fest. »Worauf warten wir noch?«

Mit dem Taxi fuhren sie in die Innenstadt, wo sie ein Kaufhaus aufsuchten und neben geeigneter Kleidung und Rucksackausrüstung einen Fotoapparat und ein tragbares Navigationssystem erstanden. Zurück am Flughafen, ergatterten sie noch zwei Tickets für den Neun-Uhr-Flug nach Albuquerque. Ihr Transportmittel war diesmal eine kleine Turbo-Prop-Maschine, die bis zu vierzig Passagiere aufnehmen konnte. Nur die Hälfte der Plätze war besetzt. Für die beinahe 1200 Kilometer würde die Maschine beinahe drei Stunden brauchen. Nachdem das Flugzeug langsam an Höhe gewonnen hatte, beruhigte sich das Vibrieren.

Es dauerte nicht lange, und die beiden schliefen ein. Erst als die Maschine geräuschvoll zur Landung auf dem Albuquerque

International Airport ansetzte, erwachte Brian aus seinem tiefen und traumlosen Schlaf. Eine Weile betrachtete er Suzannahs Gesicht im schummrigen Licht der Bordbeleuchtung. Er hätte sie niemals verlassen dürfen, fuhr es ihm durch den Kopf.

Nachdem die Propeller zum Stillstand gekommen waren, weckte Brian seine schlafende Begleiterin.

»Wo ... wo sind wir?«, fragte sie schlaftrunken.

»Nicht mehr weit entfernt von der Höhle des Löwen. Die Stewardess hat mir gesagt, dass es in der Gegend gestern ein schweres Unwetter gegeben hat. Die Buslinien sind vorerst eingestellt worden.«

»Wie kommen wir dann nach White Sands?«

Brian zeigte aus dem runden Bullaugenfenster auf die Abfertigungshalle. »Wir besorgen uns einen Wagen.«

Suzannah schaute auf. »Dazu bräuchten wir auch einen Führerschein.«

»Da draußen wird es doch wohl einen Gebrauchtwagenhändler geben, der uns weiterhilft, wenn wir ihm ein paar Dollar mehr bieten.«

»Hast du noch genügend Geld?«

Brian fasste in die Tasche seiner Jeans und zog ein Bündel Geldscheine heraus. »Alles in allem dürften es so an die siebentausend Bucks sein.«

National Hurricane Center, Miami

»Die Rotationsgeschwindigkeit liegt bei 185 Kilometern, Tendenz zunehmend«, berichtete der Kontrollbeamte hinter seinem Bildschirm.

»Achtet auf den Abfall des Luftdrucks und schickt einen Flieger rauf«, antwortete Allan Clark. »Unsere Leute auf der *Solaris* sollen ihre Augen offen halten. Sobald sich etwas tut, will ich umgehend informiert werden. Ach, und noch eins, Will, fragen Sie diesmal im Rhythmus von zehn Minuten unsere Messstellen ab und tragen Sie die Werte in die Tabelle ein. Eine weitere Katastrophe wie bei *Fjodor* wird uns den Job kosten, fürchte ich.«

»Okay, Sir«, antwortete der Kontrollbeamte und griff zum roten Telefonhörer, der ihn direkt mit der Flugbereitschaft verband.

»Wir können von Glück sagen, dass es diesmal nach einem Einzelgänger aussieht.«

Allan Clark verließ den Kontrollraum und lief durch den langen Gang zu seinem Büro. *Hannah* – wie sie den über den Kleinen Antillen entstandenen Hurrikan genannt hatten – würde es den bisherigen Messdaten zufolge nicht bis zu einem Sturm der Kategorie 5 schaffen. Dazu lagen die Oberflächenwassertemperaturen im Golf auf dem bislang eingeschlagenen Weg des Hurrikans zu niedrig. Aber was, wenn *Hannah* den Kurs wechselte? Noch immer gab es Regionen im Ozean, die ungewöhnlich warm für die Jahreszeit waren. Viel zu warm sogar, und noch immer war unklar, welche Gründe für diese Erwärmung verantwortlich waren.

Namhafte Klimaforscher der Welt, wie Professor Don Reed von der Universität in Melbourne oder Dr. Jacques Pinot vom Institut für Klimaforschung in Paris, sahen in dem ungewöhnlichen Phänomen, das sich vor der Südküste der Vereinigten Staaten abspielte, deutliche Vorboten des Klimawandels. Sie stellten ein wahres Horrorszenario für die nächsten Jahre in Aussicht. Die Zunahme der Stürme und ihrer Zerstörungskraft war nur ein kleiner Ausschnitt davon.

Erfreulicherweise passte *Hannah* nicht in diese Kategorie. Insofern hatte *Fjodor* einen positiven Effekt gehabt, denn das Karibische Meer hatte sich insgesamt abgekühlt. Die riesigen Energieressourcen, die *Fjodor* in sich hineingesogen hatte, fehlten *Hannah,* damit auch sie zu einem Sturm der höchsten Stufe mutieren konnte.

Socorro, New Mexico

Der weiße Verband, der Dwain Hamiltons Kopf zierte, ließ ihn wie einen arabischen Beduinen erscheinen. Er lümmelte in seinem bequemen Sessel und hatte die Beine auf den Schreibtisch gelegt. Der Arzt im Krankenhaus wollte ihn noch dabehalten, doch Dwain hatte abgelehnt und war auf eigene Verantwortung zurück in sein Büro gefahren. Sein Kopf brummte noch immer, als würden Tausende von Fliegen darin ein Wettrennen veranstalten, doch das Schwindelgefühl hatte nachgelassen.

»Wie konntest du nur so unvernünftig sein«, rügte Lazard seinen Onkel. »Niemand ist so blöd und rennt wegen ein paar wahnsinniger Ochsen und Kühe in einen maroden und baufälligen Stall. Was hast du dir dabei nur gedacht?«

Der Anruf bei Margo war das Erste, was er am Morgen nach seiner Entlassung aus dem Krankenhaus erledigt hatte. Eigentlich hatte er Vorhaltungen von seiner Frau erwartet, doch sie hatte ihm nur gute Besserung gewünscht und ihn für das nächste Wochenende eingeladen.

»Tut es noch weh?«, fragte Lazard.

Dwain legte sich einen neuen Eisbeutel in den Nacken. »Der Schädel brummt mir noch immer, kein Wunder, das Brett habe ich glatt durchschlagen.«

»Du hast eben einen Eisenschädel«, antwortete Lazard.

Die Lage im County hatte sich beruhigt. Der Sturm war weitergezogen, nicht ohne sichtbare Spuren zu hinterlassen. »So einen Sturm habe ich in unserem County noch nie erlebt«, sagte Lazard.

»Im März 1969 gab es hier einen Blizzard, dagegen war der Sturm von gestern nur ein laues Lüftchen. Zehn Menschen kamen damals um, und die Stadt ertrank im Schnee. Eine Woche lang gab es keinen Strom, und die Menschen hockten in der Stadthalle eng zusammen, damit sie nicht erfroren.«

Lazards Mund stand offen. »Woher hast du diese Weisheit,

1969 warst du noch ein Kind und meilenweit von hier entfernt.«

Dwain lächelte. »Das hat mir Donnas Vater erzählt. Ich traf ihn im Krankenhaus. Er hat sich den Arm gebrochen.«

»Deshalb hat Donna so überstürzt das Büro verlassen. Ich hab mich noch gewundert.«

Es klopfte an der Tür.

»Herein!«, rief Dwain.

Deputy Moonlight streckte den Kopf herein. »Entschuldigen Sie, Sheriff«, sagte sie. »Aber dort draußen stehen zwei Offiziere der Army. Sie wollen etwas abholen. Sie sagten, der Sheriff wüsste Bescheid.«

Dwain nahm den Packen Eis von seinem Nacken und erhob sich. »Schicken Sie die Kerle zu mir!«, sagte er.

Lazard schaute überrascht zur Tür. Zwei Offiziere in brauner Uniform traten ein. Vor dem Sheriff blieben sie stehen und salutierten.

»Ich bin Captain Thomasson«, stellte sich der eine vor. »Sie ließen uns wissen, dass Sie im Besitz eines Paketes sind, das bei einem Transport abhandenkam?«

Dwain nickte. »Blieb wahrscheinlich bei dem Unfall des Militärlasters bei San Antonio an der Unfallstelle zurück. Ein Streckenkontrolleur fand es und brachte es mir.«

Dwain humpelte zum Wandschrank und schob eine Tür auf. Er holte ein Paket heraus, dessen Pappe schmutzig und teils eingerissen war. Er legte es auf den Schreibtisch.

»Hier steht noch die Buchstaben- und Zahlenfolge 4NRC-C08, was immer das bedeutet.«

Der Captain blickte besorgt auf das gelbe Zeichen für Radioaktivität.

»Keine Angst, es ist nicht radioaktiv«, beruhigte Dwain ihn. »Ich habe es gemessen. Wir haben uns ein Messgerät beschafft.«

»Und Sie sind sicher, dass es uns gehört?«, fragte der Captain.

»NRC heißt doch Naval Research Center«, entgegnete Dwain. »Deswegen kam ich auch sofort auf das Militär. Ich wollte es schon raus zum General Willston Camp bringen, aber mir wurde zugesichert, dass es zu einer anderen Einheit gehört und hier abgeholt wird.«

Der Captain nickte freundlich und gab seinem Begleiter, einem Unteroffizier, ein Zeichen. Der trat vor und legte das Paket in eine Metallbox.

»Vielen Dank, Sheriff. Sie haben absolut richtig gehandelt.«

Dwain lächelte. »Das habe ich doch gern gemacht. Schließlich sind wir hier Patrioten.«

Als sie gegangen waren, stand Lazard noch immer mit offenem Mund neben dem Schreibtisch. Ungläubig hatte er die Szenerie verfolgt.

»Du hast ein Paket der Army gefunden?«, fragte er. »Du hast mir gar nichts davon erzählt.«

Dwain lachte. »Ich bin zweimal darübergefahren und habe es in das größte Schlammloch geworfen, das ich finden konnte. War 'ne Menge Arbeit, bis es so aussah.«

»Du hast sie ausgetrickst.«

»Ich habe uns ein wenig auf die Sprünge geholfen. Jetzt wissen wir sicher, dass Mcnish in einem Militärcamp war.«

»Aber sie werden Fragen stellen, wenn sie ein leeres Paket öffnen«, entfuhr es Lazard.

»Es ist nicht leer«, erwiderte Dwain. »Ich habe die alte Platine eines unserer Funkgeräte und ein paar Teile meines alten Laserpointers hineingelegt, bevor ich darübergefahren bin. Soviel ich weiß, ist in einem Laserpointer ein schwach radioaktives Element.«

»Du hast ihnen einen Brocken hingeworfen, und sie haben danach geschnappt wie hungrige Straßenköter«, murmelte Lazard grinsend. »Du bist ganz schön durchtrieben.«

»Liegt wohl in der Familie«, entgegnete Dwain

Socorro County, New Mexico

Es war ein alter, verbeulter Wagen, aber er würde seinen Dienst tun. Sie hatten eine heruntergekommene Hinterhofgarage an einer Ausfallstraße von Albuquerque aufgesucht. Der indianische Verkäufer grinste, als er das Preisschild von der Windschutzscheibe entfernte. Er hatte ein sehr gutes Geschäft gemacht, und Brian war froh, dass er, ohne bürokratische Hürden überwinden zu müssen, einen Wagen ergattert hatte. Der rote Geländewagen hatte beinahe 200 000 Kilometer auf dem Tacho und war schon über acht Jahre alt. Aber die Bereifung war noch gut, und schließlich galten die japanischen Dieselmotoren als sehr zuverlässig.

Der Motor des alten Toyota Landcruiser schnurrte zufrieden und gleichmäßig, als Brian ihn eine halbe Stunde später über die Interstate 25 von Albuquerque in Richtung Socorro lenkte. Über den Wäldern trieben vereinzelte Nebelfetzen, und der Himmel war bedeckt. Die Landschaft wechselte zunehmend ihr Gesicht. Ausgedehnte Steppen, hoch aufragende Gebirge und staubige Öde entlang der Straße. Teils zeigten die Berge ihren nackten roten Fels, andere, weiter im Westen gelegen, waren bis in die Höhen mit dichten Wäldern bewachsen. Die Häuser trugen pastellfarbene Fassaden und waren kaum mehr als zwei Stockwerke hoch. Für die Städter aus dem Nordosten der Vereinigten Staaten ein ungewohntes Bild.

Vor einem Geschäft in Socorro, im typischen Stil eines Krämerladens des Wilden Westens erbaut, hielten sie an. Brian blickte sich argwöhnisch um, als er aus dem Wagen stieg. Das Sheriff-Office befand sich nur ein paar Häuser entfernt. Zwei blau-weiß gestreifte Limousinen und ein Geländewagen standen auf dem Parkplatz vor dem flachen Gebäude. Das Leben in dieser Kleinstadt schien seinen üblichen Gang zu gehen.

Sie betraten den Laden und kauften ein paar nützliche Dinge ein. Ein Jagdmesser, eine kleine handliche Säge, einen Bolzenschneider, ein Zangenset, einen Feldstecher und ausreichend

Wasser für die nächsten Tage und vor allem ausreichend Kartenmaterial der Gegend. Brian bezahlte mit Bargeld.

»Wünschen Sie sonst noch etwas?«, fragte der Ladenbesitzer und musterte Brian durch seine dicke Brille.

»Wir wollen in den Bergen wandern und ein wenig abschalten«, sagte Brian. »Gibt es hier in dieser Gegend gekennzeichnete Wanderwege?«

Der Ladenbesitzer nickte. »Fragen Sie doch einfach die Ranger in Magdalena, die können Ihnen sicher weiterhelfen.«

»Wir fahren zuerst rüber zu den Satellitenschüsseln«, beschloss Brian, nachdem er im Wagen einen Blick auf die Landkarte geworfen hatte. Es war elf Uhr am Vormittag. Der Tag war nur mäßig warm, und allenthalben zeigten sich die Spuren des vergangenen Orkans. Umgeknickte Bäume, abgerissene Äste und Schilder, viele der Dächer beschädigt.

Als ihnen eine Weile ein Streifenwagen folgte, warf Brian nervöse Blicke in den Rückspiegel. Kurz vor dem Stadtausgang bog der Polizeiwagen ab. Brian atmete auf.

Das Very Large Array, oder kurz VLA genannt, war eine Anordnung von 27 übergroßen Satellitenschüsseln mit einem Durchmesser von 25 Metern, die in Form eines »Y« mitten in einer kargen Landschaft westlich von Magdalena erbaut worden war, zu dem Zweck, ferne Gestirne zu beobachten. Brian hatte vorgeschlagen, sich zunächst auf dem häufig von Touristen und Schulklassen besuchten Areal umzusehen, um in Erfahrung zu bringen, ob sich nicht doch das Militär hier eingenistet hatte, obwohl die Schüsseln angeblich rein wissenschaftlichen Zwecken dienten. Zwei Busse und mehrere Autos standen auf dem freien und staubigen Platz. Suzannah und Brian nahmen an einer Führung durch die Anlage teil. Beinahe zwei Stunden, inklusive eines multimedialen Vortrags, dauerte die Besichtigung. Die Tour förderte nichts Verdächtiges zutage. Nichts deutete darauf hin, dass die Radioteleskope einem anderen Zweck dienten, als ihr Führer während der Tour erläutert hatte.

»Ich für meinen Teil habe genug«, sagte Brian, als sie wieder in ihrem Wagen saßen. »Ich habe einen riesigen Kohldampf. Lass uns nach Magdalena zurückfahren und schauen, ob wir dort etwas zu essen kriegen.«

Suzannah stimmte Brians Vorschlag zu.

City of Magdalena, New Mexico

»Hat es geschmeckt?«, sagte die Kellnerin, auf deren Namensschild Sally stand. Sie beugte sich über den Tisch und stellte die Teller zusammen.

»Es war ausgezeichnet«, erwiderte Brian und rieb sich den Bauch.

»Ein Steak für einen richtigen Mann«, meinte Sally und lachte. »Die Bohnen sind übrigens selbst gezüchtet. Sie wachsen in meinem Garten. Sie waren auch bei den Antennen?«

Brian nickte. »Wir haben Urlaub und wollen eine kleine Tour durch die Berge unternehmen«, sagte er. »Gibt es hier so etwas wie eine Wanderroute?«

Sally wies mit der Hand aus dem Fenster. »Es gibt am Ende des Orts eine Rangerstation. Dort bekommen Sie sicherlich Auskunft. Im Cibola Forest kann man übrigens hervorragend campen. Allerdings muss man mittlerweile vorsichtig sein. In den letzten Jahren sind einige Wildtiere wieder in die Berge zurückgekehrt.«

»Wir sind nicht ängstlich.« Brian packte die Gelegenheit beim Schopf. »Ich habe gehört, es gibt ein Army-Camp in der Umgebung von Magdalena?«

Sally überlegte. »Sie meinen sicherlich das General Willston Camp am Mount Withington«, sagte sie nach einer Weile. »Früher waren hier Marinesoldaten stationiert. Manchmal kamen sie sogar in die Stadt und haben bis in den Morgen gezecht. Aber das Camp wurde schon vor ein paar Jahren geschlossen, und die Einheiten wurden nach Fort Huachuca verlegt.«

»Das Camp ist geschlossen worden?«, fragte Brian, bemüht, seine Enttäuschung nicht zu zeigen.

Sally zuckte mit den Schultern. »Vor zwei oder drei Jahren kamen ein paar wenige Marinesoldaten zurück. Man munkelt, es sei ein Ausbildungslager für Spezialeinheiten. In der Stadt waren schon lange keine Soldaten mehr zu sehen.«

Brian warf Suzannah einen vielsagenden Blick zu. Ein Camp der Marines, das zuerst geschlossen und später wieder in Betrieb genommen wurde. Diesen Ort sollten sie auf alle Fälle unter die Lupe nehmen.

»Wünschen Sie noch etwas, einen Drink oder einen Nachtisch?«, fragte Sally.

Dankend lehnten Brian und Suzannah ab. Ein paar Minuten später verließen sie das Restaurant. Brian holte eine Landkarte aus dem Wagen und breitete sie auf der Motorhaube aus. Suchend fuhr er mit dem Finger darüber.

»Hier haben wir Magdalena«, erklärte er. »Dort unten ist die weiße Wüste. Bei Alamogordo ist die Holloman Airforce Base, ansonsten gibt es hier ... Moment ...« Brian nahm die Karte in die Hand und starrte auf einen kleinen Ausschnitt. »Schau hier!«

Suzannah beugte sich vor. »Was ist das?«, fragte sie.

»Das Gebiet ist schraffiert, und wenn ich mich nicht irre, sind hier Gebäude eingezeichnet. Sperrgebiet, steht hier.«

»Und in welcher Richtung liegt das?«

Brian schaute auf und wandte sich nach Süden. Er wies mit ausgestrecktem Finger auf ein bewaldetes Gebirge im Südwesten. »Dorthin müssen wir.«

Sie setzten sich in den Wagen und bogen am Ende von Magdalena nach Süden in Richtung der San-Mateo-Berge ab. Eine schmale Landstraße führte in einem leichten Anstieg auf das Gebirge zu. Das braune Gras am Straßenrand wich einem grünen Gürtel aus Büschen und niederen Bäumen. Schließlich wurde der Bewuchs immer dichter. Ein Weg zweigte in den Wald ab. Ein gelbes Schild stand am Rand des Weges. In einiger Entfernung folgte eine Schranke, die ihnen den Weg versperrte.

»*Road Closed, Restricted Area*«, stand darauf.

»Ich glaube, wir sind da«, sagte Brian und öffnete die Schranke.

Salis Bar, Cleveland, Ohio

Leon rührte mit dem Stiel des Schirmchens in seinem Cocktail, dann nahm er es heraus und leckte den Stiel ab, ehe er einen kräftigen Schluck aus dem Glas nahm.

»Wie lange kennen wir uns schon?«, fragte Porky den schlaksigen jungen Mann an seiner Seite, dem er vor einiger Zeit einen Job in der Redaktion verschafft hatte.

Leon zerkaute genüsslich die Kirsche seines Cocktails. Die Orange hatte er bereits bis auf die Schale abgenagt.

»Du weißt, wem du deinen Job zu verdanken hast«, fuhr Porky fort.

Leon nickte stumm.

»Jetzt ist es an dir, mir einen Gefallen zu tun. Ich brauche deine Hilfe, und zwar unter absoluter Diskretion.«

Porky blickte sich zu den zwei Männern in dunklen Anzügen um, die sich in einer Ecke an einem runden Tisch niedergelassen hatten. Die zwei schauten ab und zu scheinbar zufällig herüber.

»Um was geht es?«, fragte Leon.

Porky versuchte eine gleichgültige Miene aufzusetzen und lächelte. »Du musst für mich eine Botschaft überbringen. Aber so, dass es niemand bemerkt und keiner Verdacht schöpft. Nicht einmal die Leute aus der Redaktion dürfen etwas darüber wissen. Wenn alles klappt, wie ich mir das vorstelle, dann haben wir eine Riesenstory am Haken. Und du sollst dabei nicht leer ausgehen.«

»Und wem?«

Porky beobachtete aus dem Augenwinkel die beiden Männer in der Ecke. »Schau nicht hin, dort neben dem Eingang sitzen zwei FBI-Agenten. Sie kleben an meinen Sohlen, weil sie glauben, ich würde Brian Saint-Claire verstecken. Du hast doch gehört, dass sie nach ihm suchen?«

»Sicher«, antwortete Leon knapp und leerte sein Glas.

»Glaubst du, er könnte jemanden umbringen?«

Leon schüttelte den Kopf.

»Ich weiß, dass er es nicht war. Ich kann deshalb nicht weg von hier. Sobald ich mich in ein Flugzeug setze, werden die Kerle misstrauisch. Deswegen musst du gehen.«

»Gehen? Wohin?«

»In Denver im St. Anthony Hospital liegt ein Mann namens Cliff Sebastian«, erklärte Porky. »Du musst ihm unauffällig ein Kuvert überbringen. Lass dir etwas einfallen. Es kann sein, dass auch Sebastian überwacht wird. Er ist ein Wetterfrosch aus Boulder. Am besten, du gibst dich als Verwandter aus. Niemand darf etwas mitbekommen, verstehst du?«

»Okay, wenn du sagst, dass etwas dabei herausspringt.« Leon hob sein Glas in die Höhe, und der Barkeeper nickte ihm zu. »Die blöden Bullen kann ich sowieso nicht leiden«, meinte er grinsend.

3

Mount Withington, Magdalena Ranger District, New Mexico

Die Nacht war kalt gewesen, dennoch hatten Suzannah und Brian gut geschlafen. Der gestrige Anstieg auf der Ostseite des Mount Withington war beschwerlich gewesen. Brian hatte befürchtet, dass Suzannah nicht durchhalten würde, doch sie schlug sich ausgezeichnet. Suzannah war eine sportliche Frau, die über eine hervorragende Kondition verfügte, und Brian musste sich an strengen, um mithalten zu können. Nach einem steilen Anstieg in einem spärlich bewaldeten Gelände erreichten sie auf dreihundert Höhenmetern ein mit Gras und Büschen bewachsenes Hochplateau.

»Und was machen wir, wenn uns ein Silberlöwe über den Weg läuft?«, fragte Suzannah, während sie durch das hohe silbrig glänzende Gras stapften.

Brian fasste in die Tasche seiner ärmellosen Tarnjacke und zog eine kleine schwarze Sprühflasche hervor. »Ich hoffe, dass uns das Pfefferspray die Viecher vom Hals hält, zumindest bei Hunden funktioniert es hervorragend.«

Sie kamen an einen sanft ansteigenden Berghang, der von hohen Nadelbäumen bewachsen war. Je weiter sie in den Wald vordrangen, desto dichter wurde er. Das Gelände stieg steil an, und Brian rann der Schweiß über die Stirn. Trotz der dichten Wolken lagen die Temperaturen über 25 Grad Celsius. Beinahe 3100 Meter ragte der Gipfel des Mount Withington vor ihnen auf. Kurz bevor die Sonne unterging, erreichten sie eine nackte und steile Felswand.

»Und jetzt?«, fragte Suzannah.

Brian zog ein Seil und einen Pickel aus seinem Rucksack hervor. »Jetzt fängt die Tour erst richtig an«, sagte er und präsentierte seine Utensilien. »Bist du schon einmal geklettert?«

Suzannah ließ den Blick an dem Steilhang emporwandern. »Wie hoch schätzt du die Wand?«

Brian schaute nach oben. »Das dürften gut einhundert Meter sein.«

»Das habe ich befürchtet«, antwortete sie.

»Es ist noch gut zwei Stunden hell. Lass uns die Zeit nutzen.«

Erneut fasste er in den Rucksack und förderte einen Klettergürtel zutage. »Ich gehe voran. Leg dir das Ding hier an und überprüfe, ob er fest sitzt.«

»Hast du Erfahrung im Klettern?«, fragte Suzannah.

Brian nickte. Er trat vor die Wand und schlug mit dem Pickel ein Loch in den rötlichen Stein. Mit einem Eishammer, der seine Ausrüstung komplettierte, trieb er einen Ringhaken in die Wand. Anschließend fädelte er das Seil hindurch. Als er sich mit seinem Gewicht in das Seil fallen ließ, das er zuvor um einen Klettergürtel befestigt hatte, der seinen Körper umspannte, schaute er lächelnd auf. »Das hält besser, als ich dachte«, murmelte er. »Wenn ich oben bin, hängst du die Rucksäcke ein. Und zum Schluss bist du dran.«

Suzannah nickte, obwohl sie ein mulmiges Gefühl im Magen hatte.

Brian machte sich an den Aufstieg. Zielsicher ereichte er den Gipfel des Steilhangs. Eine halbe Stunde später klopfte er Suzannah auf die Schulter.

»Das war super, ich bin beeindruckt«, sagte er, bevor er sich keuchend ins Gras fallen ließ.

Suzannah schwieg und musterte die Umgebung. Noch war der Gipfel des Mount Withington weit entfernt. Langsam schob sich die Dunkelheit von Osten her über den Berg.

»Was soll dieser Zaun?«, fragte sie.

Ihr Blick lag auf dem Metallgitterzaun, der ihnen den weiteren Weg versperrte. »Militärischer Sicherheitsbereich«, erklärte Brian. »Ich denke, wer sich die Mühe macht, einen solchen Zaun hier über dem Steilhang zu platzieren, der hat einen sehr guten Grund, um Neugierige zurückzuhalten.«

Suzannah nickte zustimmend. »Bestimmt hast du auch an so etwas gedacht«, sagte sie.

Brian fasste erneut in seinen Rucksack und zog einen Seitenschneider hervor. Er schaute abschätzend in den Himmel.

»In einer halben Stunde ist es dunkel«, sagte er. »Das soll fürs Erste reichen. Dort hinten in der Senke ist ein idealer Platz zum Übernachten. Dort sind wir vor dem Wind geschützt und können auch nicht so leicht gesehen werden. Morgen früh machen wir uns auf den Weg zum Gipfel.«

Suzannah trank einen Schluck Wasser aus ihrer Feldflasche. »Du bist der Bergführer«, entgegnete sie.

Redaktion ESO-Terra, Cleveland, Ohio

Porky hatte einen schweren Kopf. Der gestrige Abend in der Bar war länger geworden als geplant. Nachdem Leon gegangen war, hatte sich Porky noch ein paar Drinks bestellt, ehe er sich von einem Taxi nach Hause fahren ließ. Die beiden Jungs in der Ecke hatten sich zwar irgendwann im Laufe des Abends verzogen, doch war ihm ein Auto bis zu seiner Wohnung gefolgt. Offenbar hatten sie im Wagen gewartet, bis er die Bar verließ. Die Kerle waren also immer noch hinter ihm her. Wut kochte in ihm auf und ließ ihn seine Kopfschmerzen vergessen. Langsam wurden sie lästig. Auf Schritt und Tritt folgten sie ihm.

Porky stand von der Couch auf, wo er angezogen eingeschlafen war, und suchte nach seiner Jacke. Sie lag auf dem Boden neben der Couch. Er suchte in den Taschen nach der Visitenkarte dieses FBI-Agenten namens Coburn.

»Verflucht!«, zischte er. Die Visitenkarte blieb verschollen. Bestimmt lag sie irgendwo in seinem Schreibtisch im Büro. Das Telefon stand neben der Schlafzimmertür. Er griff nach dem Hörer und wählte die Nummer der Telefonauskunft.

»Verbinden Sie mich bitte mit dem FBI«, sagte er zu der Telefonistin.

Es dauerte eine Weile, bis sich eine Frauenstimme meldete. »FBI, Cleveland Division, Sie wünschen?«

»Mein Name ist Gerad Pokarev. Ich möchte gern mit einem Ihrer Agenten sprechen. Sein Name ist Coburn.«

»Moment bitte.«

Porky trommelte ungeduldig auf seinen Oberschenkel.

»Sagten Sie Agent Coburn?«, fragte die Dame am anderen Ende der Leitung, nachdem eine Minute wortlos verstrichen war.

»Ja, Coburn«, bestätigte Porky. »Ich glaube, er heißt Glenn oder so ähnlich mit Vornamen.«

»Tut mir leid«, antwortete die Frau. »Es gibt bei uns niemanden mit diesem Namen.«

Porky überlegte. Konnte es sein, dass Coburn überhaupt nicht in Ohio arbeitete?

Vielleicht war er aus Washington. Schließlich war dieser Meteorologe in Arlington ermordet worden.

»Er ermittelt in einem Mordfall, der vor ein paar Tagen in Arlington verübt wurde, das Opfer ist ein Professor der Meteorologie gewesen«, erklärte er. »Ihr Agent war am letzten Samstag bei mir in meinem Büro. Ich muss ihn dringend sprechen.«

»Vielleicht ist Agent Coburn in der Zentrale in Washington beschäftigt«, mutmaßte die Telefonistin. »Bei uns ist er jedenfalls nicht. Ich könnte Sie nach Washington durchstellen, wenn Sie es wünschen.«

»Dann tun Sie es einfach, Ma'am«, entgegnete Porky.

Wiederum vergingen ein paar Minuten, ehe sich jemand meldete. Diesmal die Stimme eines Mannes. Doch auch in Washington war Agent Coburn nicht bekannt.

»Kann es sein, dass er sonst irgendwo arbeitet?«, fragte Porky. »Sie haben doch sicherlich auch noch Büros in anderen Städten.«

»Wenn ich sage, dass ein Agent mit dem Namen Coburn nicht für uns arbeitet, dann können Sie es mir ruhig glauben«, entgegnete der Beamte verschnupft. »Ich habe hier eine Übersicht über all unsere Mitarbeiter. Von Miami im Südosten bis nach Seattle im Nordwesten.«

Porky nahm den Hörer vom Ohr. Wortlos legte er auf.

»Was zum Teufel wird hier gespielt?«, murmelte er. Er griff nach seiner Jacke und erhob sich.

Mount Withington, Magdalena Ranger District, New Mexico

Die Nacht war ruhig verlaufen. Als die Stimmen der Nacht den Wald erfüllten, kuschelte sich Suzannah an ihn. Er küsste sie sanft auf die Wange und streichelte ihr über das Haar. Am liebsten hätte er sie richtig geküsst, aber er hatte Angst, abgewiesen zu werden. Zusehends fiel es ihm schwerer, die bloße Kameraderie zu ertragen, auf die sie sich stillschweigend geeinigt hatten. Er sehnte sich nach ihr, mit all seinen Sinnen, und wartete auf ein Zeichen, dass es ihr genauso erging. Doch Suzannah war noch zu sehr in der Trauer um ihre Mutter gefangen, wie ihm schien.

Am Morgen erhitzte Brian mit einem kleinen Gaskocher Wasser und bereitete einen Instant-Kaffee zu. Er schmeckte furchtbar, weckte aber ihre Lebensgeister. Anschließend gingen sie am Zaun entlang in Richtung Westen, bis sie eine geeignete Stelle fanden, um den Zaun zu überwinden. Sie versuchten erst gar nicht, über das Monstrum aus Draht zu klettern. Beinahe drei Meter ragte der Zaun auf, und oben war er mit einem nach außen gerichteten Kletterschutz und reichlich Stacheldraht versehen. Brian beschloss, den Zaun aufzuschneiden.

»Wenn sie das Loch bemerken, werden sie hier alles absuchen«, sagte Suzannah.

»Da müssen sie schon genau hinsehen«, erwiderte Brian und krabbelte durch das kleine Loch. Auf der anderen Seite des Zauns richtete er sich auf schaute Suzannah abwartend an. »Worauf wartest du noch?«

Suzannah stieß einen Seufzer aus und reichte Brian die Ausrüstung durch das Loch, ehe sie selbst hindurchkroch. Anschließend tarnte Brian die aufgeschnittene Stelle mit Gras und Ästen. Außerdem wickelte er zwei Kabelbinder um den Draht, damit er von Weitem unversehrt wirkte. Die dichten Bäume und das gedämpfte Tageslicht würden hoffentlich ihr Übriges tun, um zu verhindern, dass das Loch entdeckt wurde.

»Wohin jetzt?«, fragte Suzannah.

Brian schaute auf seine Wanderkarte und wies mit dem Finger die Steigung hinauf. »Beinahe fünfhundert Meter Höhenunterschied«, sagte er. »Dann erreichen wir den Kamm. Es wird anstrengend.«

»Dann lass uns gehen«, erwiderte Suzannah entschlossen.

Schweigend machten sie sich auf den Weg. Der Anstieg war beschwerlich. Der Waldboden war weich und stellenweise glitschig. Sie mussten aufpassen, dass sie nicht ausglitten und die Schräge hinabstürzten. Etwa in der Mitte des Anstiegs stießen sie auf einen ausgefahrenen Weg. Grobstollige Reifen hatten ihre unauslöschlichen Abdrücke im weichen Boden hinterlassen. Brian verharrte.

»Der Weg ist hier überhaupt nicht eingezeichnet«, sagte er, nachdem er die Karte ausgiebig gemustert hatte.

»Vielleicht sollten wir dem Weg folgen«, schlug Suzannah vor. »Ein Weg hat einen Anfang und auch ein Ende.«

Brian nickte und zeigte auf die Spuren. »Und es hat immer einen guten Grund, warum man ihn anlegt. Ich denke, wir arbeiten uns weiter durch den Wald zum Bergkamm vor. Hier fahren bestimmt Patrouillen vorbei.«

Sie ließen den Weg hinter sich und wanderten weiter den steilen Hang hinauf. Suzannahs Herz raste, aber sie gab nicht auf. Brian war unmittelbar hinter ihr, als ihr linker Fuß wegrutschte und sie zu Boden stürzte. Sie fiel zur Seite und kugelte Brian direkt vor die Füße. Er ließ sich auf die Knie sinken und fing sie auf.

Der Schreck stand ihr ins Gesicht geschrieben. Ihr ansonsten dunkler Teint war kalkweiß.

»Wir machen eine Pause«, schlug Brian vor.

»Halt mich bloß nicht für eine zartbesaitete Frau«, sagte Suzannah barsch. »Ich habe meine Mutter an das Meer verloren und werde als Mörderin gejagt. Jetzt bin ich mit dir in ein militärisches Sperrgebiet eingedrungen und laufe Gefahr, erschossen zu werden, wenn man uns erwischt. Wir können uns keine Pause leisten.«

Ihre Entschlossenheit ließ Brian zusammenzucken. Sie raffte sich auf und kletterte weiter. Eine halbe Stunde später erreichten sie den Bergkamm. Als sie aus dem Wald heraustraten, nahm Brian eine Bewegung in der Ferne wahr. Er riss Suzannah zu Boden und legte ihr seine Hand auf den Mund. Er zog sie in die Deckung eines Gebüschs. Brian hielt den Finger vor die Lippen. Langsam löste er seinen Griff.

»Bist du verrückt geworden?«, flüsterte sie.

Brian zeigte mit der Hand nach Norden. Ihr Blick folgte Brians Geste. Auf der grasbewachsenen Hochebene waren abgeholzte Bäume zu hohen Türmen aufgeschichtet. Es mussten Hunderte von Baumstämmen sein. In etwa fünfhundert Meter Entfernung wuchs ein kolossaler Strommast aus dem Boden. Sechs dicke Stromleitungen liefen auf das nördliche Waldstück zu. Dort stand ein weiterer Mast. Das Brummen eines Motors drang aus der Gegenrichtung zu ihnen herüber. Brians Kopf ruckte herum. Ein olivgrüner Militärlaster kam auf einer holperigen Strecke näher. Suzannah und Brian duckten sich tief in das Gras. Der Lastwagen hatte Holzstämme geladen. Ein Jeep folgte.

Brian gab Suzannah ein Zeichen. Im Schutz des Gebüschs robbten sie weiter in den Wald hinein. Erst als sie sich sicher waren, dass die Bäume ausreichend Deckung boten, richteten sie sich auf.

»Was treiben die Kerle dort drüben«, flüsterte Suzannah, als der Motorenlärm langsam verebbte. »Ich dachte, hier ist ein Naturschutzgebiet.«

»Die holzen die Wälder hier ab.«

»Das müssen mindestens tausend Bäume gewesen sein«, fuhr Suzannah fort. »Was machen die damit?«

»Wir werden es herausfinden.«

Suzannah holte ihre Wasserflasche hervor und nahm einen kräftigen Schluck.

»Wir umgehen die Hochfläche«, entschied Brian und holte den Fotoapparat aus dem Rucksack. »Aber zuerst mache ich noch ein paar Aufnahmen.«

Pentagon, Arlington, Virginia

Agent Coburn hatte sich in den Sessel gesetzt und locker die Beine übereinandergeschlagen. »Sie sind mit der Chartermaschine in Caracas gelandet und längst untergetaucht«, berichtete er. »Bestimmt verkriechen sie sich dort eine Weile, bis Gras über die Sache gewachsen ist.«

Chief Lincoln stand vor dem Fenster und schaute aus dem Fenster hinüber auf den Potomac River. »Das genügt mir nicht. Wir müssen uns sicher sein. Haben wir dort unten auch unseren ganzen Einfluss geltend gemacht?«

»Die sehen wir so schnell nicht wieder«, antwortete Coburn. »Der Kerl ist stinkreich. Er kommt über eine Bank in Kanada jederzeit an sein Konto heran. Die kanadischen Behörden halten die Beweise nicht für ausreichend und werden keine Genehmigung zur Überwachung erteilen.«

Der Chief schlug mit der Hand auf das Fenstersims. »Wir müssen aufpassen, dass uns die Sache nicht völlig aus dem Ruder läuft. Bleiben Sie am Ball. Halten Sie sich an den Journalisten. Irgendwann wird der Kanadier Kontakt mit ihm aufnehmen. Dann kriegen wir die beiden.«

Coburn nickte. »Er steht unter ständiger Beobachtung. Aber sich mit der Presse einzulassen ist heikel.«

»Sie müssen mehr Druck ausüben!«, forderte Chief Lincoln. »Egal wie, ich will die beiden haben. Habe ich mich klar ausgedrückt?«

Mount Withington, Magdalena Ranger District, New Mexico

Sie hatten einen halben Tag verloren, weil sie die Hochebene im Schutz des Waldes umgangen waren. Glücklicherweise stieg das Gelände nicht weiter an, im Gegenteil, nachdem sie die Hochebene umrundet hatten, folgte ein sanfter Abstieg. Am späten Nachmittag waren drei Militärposten in der Ferne vorbeigezogen. Suzannah und Brian hatten sich tief in das Unterholz verkrochen und abgewartet, bis die Soldaten außer Sicht waren. Sie gingen weiter und trafen erneut auf einen Strommasten, der mitten im Wald errichtet worden war. Sie folgten den Kabeln. Dann endete ihr Weg abrupt. Ein weiterer Zaun lag vor ihnen. Nicht ganz so hoch wie der erste, dennoch schrillten bei Brian alle Alarmsirenen. Suzannah wollte auf den Zaun zugehen, doch Brian hielt sie zurück.

»Was ist, du hast doch eine Zange dabei«, flüsterte sie.

Brian wies auf die dünnen Leitungen, die auf der anderen Seite des Maschendrahts entlangliefen. »Diesmal ist es nicht so einfach, wie es aussieht. Der Zaun ist mit Strom gesichert, und die feinen Fäden auf der anderen Seite sind mit Sicherheit Kontaktdrähte. Sobald wir einen berühren, lösen wir Alarm aus. Außerdem haben sie einen Sichtstreifen entlang des Zauns abgeholzt. Sicherlich stehen hier irgendwo Beobachtungsposten.«

Suzannah ließ sich auf dem Boden nieder. Tatsächlich lief ein knapp zwei Meter breiter, nur mit Gras und Wurzelwerk bedeckter Streifen auf beiden Seiten des Zauns entlang. »Aber das können die doch nicht machen, hier gibt es bestimmt Tiere.«

Brian überlegte. Suzannah hatte recht. Sicherlich gab es in dieser Gegend Rehe und Füchse, ja sogar Berglöwen. Abschätzend betrachtete er die Umzäunung. Die feinen Kabel befanden sich etwa in Brusthöhe und reichten hinauf bis zum Kranz aus Stacheldraht. Vorsichtig ging er an der Baumgrenze entlang. Suzannah blieb zurück und schaute ihm nach.

Suzannahs Argument hatte Hand und Fuß. Die Militärs konnten nicht jegliches Getier aus diesem Areal verbannt haben. Und das bedeutete, dass die Tiere jederzeit einen Fehlalarm oder einen Kurzschluss auslösen konnten, sollten sie mit dem Maschendraht in Berührung kommen. Er spähte in die Umgebung und näherte sich dem Zaun. Nirgends war ein Hochsitz oder ein Unterstand zu entdecken. Er kam an eine Stelle, an der das Buschwerk über die Schneise bis beinahe an den Zaun herangewuchert war. Auf allen vieren kroch er an den Zaun heran und horchte. Ein feines Summen war oberhalb des Buschwerks zu vernehmen. Brian legte sich flach auf den Boden, lauschte erneut. Wenn ihn seine Sinne nicht trogen, dann war im unteren Bereich das Summen nur dumpf zu hören. Entschlossen zog er den Bolzenschneider und eine Zange aus dem Rucksack.

Suzannah hatte sich genähert. »Was machst du da?«, flüsterte sie.

»Ein kleines Experiment«, erwiderte Brian. »Entweder wir müssen gleich von hier verschwinden, oder aber die unteren Drähte sind stromfrei.«

Er befestigte die Zange an einer Astspitze und streckte sie vorsichtig zum Zaun hin aus. All seine Sinne waren gespannt. Kurz bevor die Zange den Zaun berührte, hielt er den Atem an. Die Metallzange lag fest an dem Maschendraht an, doch nichts geschah. Suzannah schaute ihn mit großen Augen an.

»Dachte ich es mir doch«, murmelte Brian. »Sie haben nur den oberen Teil des Zauns unter Strom gesetzt. Unten ist er sicher.«

»Woher hast du das gewusst?«

Brian lächelte, während er behutsam ein Loch in den Zaun schnitt. Gerade mal so groß, dass sie selbst und die Rucksäcke hindurchpassten. »Du hast mich darauf gebracht«, erklärte er. »Dein Einwand mit den Tieren war gut.«

Nachdem sie das Hindernis hinter sich gelassen hatten, kamen sie relativ zügig voran. Sie hatten den Gipfel des Mount Withington erreicht und machten sich an der Nordseite an den Abstieg. Plötzlich hielten sie inne. Ein tiefer Abgrund tat sich vor ihnen auf. Brian und Suzannah legten sich auf den Bauch und robbten zum Rand des Abhangs.

Als sie über den Abgrund blickten, lag eine unbewaldete Hochebene vor ihren Füßen. Früher hatten auf der weiten Fläche etwa zweihundert Meter unter ihnen sicherlich auch Bäume gestanden, wie Brian vermutete, doch an ihre Stelle waren zirka zehn Meter hohe Antennenmasten gerückt. Ein Meer aus Antennen, schmalen, runden Masten mit kreuzartig hervorstehenden Tentakeln an der Spitze. Brian schätzte die Zahl der Metallmasten auf etwa sechzig. Der Abstand zwischen ihnen betrug knapp fünf Meter. Die gesamte Anlage bildete ein Dreieck, das sich über eine Seitenlänge von geschätzten zweihundert Metern erstreckte.

»Was ist das da unten?«, fragte Suzannah erstaunt.

Brian zuckte mit den Schultern. »Irgendeine Empfangsanlage. Vielleicht sind das Horchantennen, die den Satellitenfunkverkehr abhören können.« Er robbte zurück zu seinem Rucksack, zog das Fernglas und den Fotoapparat hervor und schlich erneut zum Rand des Abgrunds. Während Suzannah mit dem Fernglas die Gegend absuchte, fotografierte er die stählernen Masten. Schließlich tippte sie ihm auf die Schulter und wies nach Westen, wo die Stromkabel knapp einen Kilometer entfernt in der Tiefe verschwanden.

»Und dort hinten haben sie so etwas wie ein Kraftwerk hingebaut«, sagte sie.

Brian nahm ihr das Fernglas aus der Hand. »Ein Umspannwerk, würde ich sagen. Die scheinen hier ganz schön viel Strom zu brauchen.«

»Auf alle Fälle ist das dort unten eine geheime Anlage, von der niemand etwas wissen darf. Die Bäume wurden abgeholzt, wie man an den Wurzeln sieht. Vielleicht haben die Antennen etwas mit Waynes Tod zu tun.«

Brian schaute sie fragend an. »Wie meinst du das?«

»Na ja, vielleicht hat er auf den Satellitenbildern die Anlage entdeckt.«

Brian warf einen Blick über den Steilhang. »Das glaube ich zwar nicht, aber es ist zweifellos eine geheime Anlage. Solche Antennen habe ich noch nie gesehen.«

»Kann man das Wetter eigentlich mit irgendwelchen Strahlen beeinflussen?«, fragte Suzannah nach einer Weile.

Brian runzelte die Stirn. »Ich weiß nicht, aber möglich ist es schon, schließlich verändern auch die Sonneneruptionen unser Wetter. Und Sonneneruptionen äußern sich, soviel ich weiß, in Strahlung. Lass uns weiter nach drüben wandern. Mich würde interessieren, was hinter dem Umspannwerk liegt.«

Suzannah nickte. Sie robbten zurück in den Schutz des Waldes. Der Steilhang erstreckte sich einen weiteren Kilometer in westlicher Richtung. Als sie in Höhe der Stromkabel ankamen, legten sie die Rucksäcke ab und robbten auf dem Boden an die Kante des Abhangs heran. Das Umspannwerk lag direkt unter ihnen. Kabel verzweigten sich; einige führten weiter den Abhang hinunter, während andere auf ein kleines Gebäude zuliefen, das neben der Antennenanlage errichtet worden war. Brian machte mehrere Aufnahmen.

»Da unten sind Häuser«, sagte Suzannah und zeigte mit dem ausgestreckten Arm nach Westen.

Brian folgte ihm mit dem Fernglas. Vier lang gestreckte Gebäude in olivfarbenem Tarnanstrich standen unterhalb des Steilhangs.

»Aha, da ist also das Militärcamp, von dem die Frau im Restaurant sprach«, folgerte Suzannah.

»Ja, da unten stehen auch Militärfahrzeuge«, sagte Brian. »Wir müssen irgendwie da runter.«

»Und wie?«

Brians Augen wanderten nach Westen. Mit dem Fernglas suchte er die Umgebung ab. Dem Steilhang folgte eine sanft abfallende und dicht bewaldete Felsschulter. Sie bot eine Möglichkeit, im Schutz der Bäume das Militärcamp aus der Nähe in Augenschein zu nehmen. »Wir machen uns dort drüben an den

Abstieg«, sagte Brian und nickte mit dem Kopf in Richtung der Felsschulter.

»Dann lass uns keine Zeit verlieren. Mir ist ganz und gar nicht wohl bei der Sache«, sagte Suzannah.

Sie machten eine kurze Rast, aßen Cornedbeef und trockenes Brot und tranken Wasser aus der Feldflasche. Noch gute fünf Stunden würden sie das Tageslicht nutzen können. Porky würde schon herausfinden, welchen Zweck diese seltsame Antennenanlage hatte, überlegte Brian. Doch zuerst mussten sie die Aufnahmen heil aus dem Sperrgebiet bringen.

National Hurricane Center, Miami, Florida

Hannah lief wie an der Schnur gezogen nach Westen. Die vorherberechnete Bahn stimmte beinahe exakt. Der Wirbelsturm hatte auf seinem Weg durch das Karibische Meer an Energie eingebüßt und war zum Hurrikan der Stufe 1 zurückgestuft worden. Seine Windgeschwindigkeit lag noch bei knapp 140 Stundenkilometern. Sollte er seinen Weg und die berechnete Wandergeschwindigkeit beibehalten, dann würde er in zwei Tagen den Golf von Honduras erreichen und bei La Caiba auf das Festland treffen. Wahrscheinlich hatte er sich bis dahin zu einem tropischen Sturm abgeschwächt, denn auf seiner Zugbahn würde er kaum neue Kraft schöpfen können. Das Oberflächenwasser hatte sich abgekühlt.

»Ausgezeichnete Arbeit«, lobte Allan Clark sein Team. »Endlich haben wir wieder einmal ein positives Ergebnis vorzuweisen. Wenn man nur herausfände, was bei *Cäsar* und *Fjodor* der Grund für ihre Unberechenbarkeit war.«

»Die Verhältnisse im Golf haben sich wieder stabilisiert«, sagte einer seiner Mitarbeiter. »Wir haben fast ein normales Niveau an der Oberfläche und in den mittleren Strömungen erreicht. Auf die Frühjahrsüberraschung des Wettergotts hätten wir alle liebend gern verzichtet.«

»Wie wahr«, kommentierte Allan Clark. »Wenn doch alles nur ein böser Traum gewesen wäre! Übermitteln Sie die Ergebnisse schnellstmöglich nach Boulder und nach Tegucigalpa. Ich habe die beiden nächsten Tage freigenommen. Fred wird sich um das Weitere kümmern.«

»Dann genießen Sie Ihren Kurzurlaub. Geht es ein wenig zum Surfen?«

Allan Clark schüttelte den Kopf. »Nein, ein Krankenbesuch. Ein guter Freund von mir hatte einen Unfall.«

Der Mitarbeiter setzte eine bedauernde Miene auf. »Das tut mir leid«, sagte er und legte die Berechnungstabellen zusammen, die er auf dem Tisch ausgebreitet hatte.

»Gott sei Dank ist er wieder auf dem Weg der Besserung«, antwortete Allan Clark. »War wohl doch nicht ganz so schlimm wie zuerst befürchtet. Er ist mit dem Wagen verunglückt.«

Der Mitarbeiter nickte.

4

Mount Withington, Magdalena Ranger District, New Mexico

Als sie den Abstieg etwa zur Hälfte hinter sich gebracht hatten, öffnete sich ein kleiner Taleinschnitt, in dem das Militärcamp errichtet worden war. Aus etwa einem Kilometer Entfernung betrachtete Brian mit dem Fernglas das Gelände. Ein hoher Metallzaun umgab das Areal, in dem neben sechs identisch gestalteten und in Olivgrün gehaltenen Unterkunftsgebäuden drei weitere Hallen standen. Das imposanteste Gebäude befand sich im Westen und war direkt an die hohe Steilwand des Berges gebaut. Es wirkte fast, als ob es in den Berg hineinragte. Ein riesiges Tor, durch das ein Panzer passen würde, führte in das Gebäude hinein. Nur zwei kleine Fenster waren neben dem Tor in den Beton eingelassen. Alles in allem wirkte dieser Trakt wie ein quadratischer Bunker. Soldaten waren zwischen den Gebäuden zu erkennen. Eine Streife patrouillierte am Zaun. Sie führten einen Hund mit sich.

»Das sieht aus wie ein ganz normales Camp«, sagte Suzannah, nachdem sie einen Blick durch das Fernglas geworfen hatte.

»Bis auf diesen Bunker im Berg«, erwiderte Brian.

Motorenlärm erklang und kam näher. Brian richtete den Blick in den Himmel. Ein Hubschrauber flog über den Berggipfel und nahm Kurs auf das Camp. Der Pilot drehte noch eine Runde, bevor der Hubschrauber unmittelbar vor dem Bunker auf dem Boden aufsetzte. Brian verfolgte die Landung mit dem Fernglas. Aus dem Hubschrauber stiegen drei Personen. Zwei davon waren in blaue Militäruniformen gekleidet, während der kleine, untersetzte und glatzköpfige Zivilist einen dunkelbraunen Anzug trug. Brian wechselte in Windeseile das Objektiv seiner Kamera.

Er hoffte, dass das Zoomobjektiv auf die Entfernung ausreichen würde, und drückte ab. Bevor die drei Fluggäste hinter dem Hubschrauber verschwanden, hatte er beinahe zwanzig Aufnahmen gemacht.

»Vielleicht helfen uns die Fotos weiter«, sagte er und steckte die Kamera wieder in das Futteral. Er schaute auf die Uhr. Es war kurz nach 19 Uhr. Noch drei Stunden, dann würde es dunkel werden. »Wir müssen los!«, sagte er und schaute in den Himmel.

»Müssen wir jetzt den ganzen Weg zurück?«, fragte Suzannah. »Diese Route erscheint viel angenehmer als die, auf der wir gekommen sind.« Sie zeigte in östliche Richtung.

Brian studierte die Karte, doch der Abschnitt, in dem sie sich befanden, war durch Schraffierungen unkenntlich gemacht.

Er seufzte. Schließlich entschied er: »Wir gehen hier weiter und schlagen uns dann nach Osten durch, vielleicht können wir den Berg auf dieser Seite umgehen.«

Eine Stunde später wussten sie, weswegen der Abstieg über den Nordosten des Mount Withington nicht in die Karte eingezeichnet war. Sie standen vor einem steilen Abhang. Geröllbänder verliefen entlang der Felswand.

»Verdammt, wir hätten doch denselben Weg nehmen sollen, den wir hergekommen sind!«, sagte Suzannah. »Jetzt haben wir eine Menge Zeit verloren.«

Brian zeigte Suzannah die Karte und deutete auf eine Stelle. »Wir gehen hier runter. Gleich morgen früh. Wir müssten ungefähr an dieser Stelle sein. Die Straße nach Magdalena ist gerade mal fünf Kilometer entfernt. Und Klettern scheint ja kein Problem für dich zu sein. Jetzt legen wir uns erst einmal schlafen. Hier sind wir sicher für die Nacht.«

Die Anstrengungen des vergangenen Tages hatten Suzannah und Brian in einen tiefen, traumlosen Schlaf versinken lassen. Dennoch erwachte Brian, als die ersten Sonnenstrahlen den neuen Tag verkündeten. Er erhob sich, dehnte und streckte seine Glieder. Anschließend suchte er am Hang nach einer geeigneten Stelle für den Abstieg. Er hatte nur noch sieben Rundhaken zur Verfügung. Einige Meter von der Schlafstätte entfernt befanden sich kleine Vorsprünge und Nischen in der Steilwand. Hier würde das Seil für einen Abstieg reichen. Insgesamt waren beinahe zweihundert Höhenmeter zu überwinden. Suzannah war gut in Form. Er traute ihr durchaus diese Wegstrecke zu. Sie schlief noch, als Brian die ersten Vorbereitungen traf und einen Baum als erste Sicherung für das Seil aussuchte. Suzannah erwachte, als Brian seinen Rucksack auf das erste Sims abgeseilt hatte.

»Da sollen wir hinunter?«, fragte sie besorgt.

»Du wirst sehen, es ist einfacher, als es der Aufstieg war. Du musst nur deinen Klettergürtel anlegen und mir vertrauen.«

Suzannah nickte.

Brian ging voraus. Er seilte sich im Karabinersitz ab. Als er unten angekommen war, gab er Suzannah ein Zeichen. Sie klinkte ihren Karabinerhaken in das Seil ein und hangelte sich langsam zu Brian hinab.

»Du hast recht«, sagte sie. »Es ist wirklich leichter, als ich dachte.«

»Jetzt werde nicht übermütig. Der Rest der Strecke hat es in sich.«

Er klinkte das doppelt geführte Seil aus und zog an einem Ende. Surrend flog das Seil an ihnen vorbei, bis es sich im eingeschlagenen Ringhaken verfing. Als es zur Ruhe gekommen war, griff Brian danach und zog es zu sich herauf. Der zweite Abstieg war ungleich schwieriger, da sich nur ein kleiner Vorsprung etwa dreißig Meter unter ihnen befand. Doch auch den überwanden sie ohne Mühe. Als sie unterhalb der Steilstufe angekommen waren, seufzte Suzannah erleichtert.

»Du hast den Abstieg gemeistert, als hättest du schon etliche Bergtouren hinter dir«, sagte Brian anerkennend.

Suzannah verdrehte die Augen. »Du glaubst gar nicht, wie viel Angst ich hatte.«

»Wir müssen nach Osten, der Sonne entgegen.« Brian zeigte in die angegebene Richtung.

Plötzlich war Motorenlärm zu vernehmen. Sie nahmen eilends ihre Rucksäcke auf und flüchteten in ein nahes Wäldchen. Der Hubschrauber tauchte am Himmel auf und flog in Richtung Osten davon.

»Auf geht's, lass uns sehen, dass wir hier rauskommen«, sagte Brian und schulterte seinen Rucksack.

Der restliche Abstieg gestaltete sich problemlos. Das bewaldete Gelände fiel leicht ab. Gegen Mittag erreichten sie einen Zaun.

»Dahinter liegt die Freiheit«, sagte Brian.

Suzannah musterte die drei Meter hohe Umzäunung. »Steht der auch unter Strom?«, fragte sie.

Brian schüttelte den Kopf. »Er gleicht dem äußeren Absperrzaun. Wahrscheinlich haben sie sich den inneren Ring im Rücken des Camps wegen der Steilwand gespart.«

»Wie weit ist es noch bis zu unserem Wagen?«

Brian zog die Landkarte hervor und faltete sie auseinander.

»Wir müssen noch mindestens vier Kilometer in Richtung Osten. Aber der Höhenunterschied beträgt nur noch 350 Meter. Und es geht meist bergab.«

»Ach, wie schön«, meinte Suzannah.

An einer geeigneten Stelle schnitt Brian an der Unterseite ein Loch in den Zaun. Problemlos gelangten sie hindurch. Auch diesmal präparierte er das Loch so, dass es auf Anhieb nicht zu entdecken war. Sie wandten sich nach Osten. Nach einer kurzen Rast ließen sie die Waldgrenze hinter sich. Auf dem mit kniehohem Gras bewachsenen Plateau kamen sie zügig voran. Immer weiter entfernten sie sich vom Mount Withington.

»Das hat prima geklappt«, sagte Suzannah. »Aber was machen wir jetzt mit den Bildern?«

»Porky hat gute Verbindungen. Sobald wir herausgefunden haben, was hinter dieser Anlage steckt, wenden wir uns an die Presse. Wir haben keine andere Chance.«

»Ich weiß nicht«, antwortete Suzannah. »Wie sollen wir beweisen können, dass ein Zusammenhang zwischen Waynes Tod und dieser Anlage besteht? Wir nehmen es ja selbst nur an.«

»Zugegeben, noch ist die Geschichte etwas dünn, aber ich sehe keine andere Möglichkeit, um ein Ermittlungsverfahren in Gang zu bringen. Inzwischen müsste auch festgestellt sein, wann Wayne ermordet wurde. Vielleicht haben wir für diesen Zeitraum sogar ein Alibi.«

Wind kam auf und blies weiße Wolken von Osten auf den Berg zu. Das Gras wiegte sich in der Brise, und ein Rauschen erfüllte die Luft. Sie durchwanderten ein kleines Tal und bogen nach Südwesten ab. Eine weitere Ebene mit spärlichem Baumbewuchs lag vor ihnen. Inzwischen hatten sich die Wolken am Himmel verdichtet, und die weiße Färbung hatte sich in ein tiefes Grau gewandelt. Für den Abend sah es nach Regen aus. Brian und Suzannah hatten nur noch einen Gedanken: so schnell wie möglich ihren Wagen zu erreichen. Vielleicht hatte ihre Aufmerksamkeit auch deshalb nachgelassen. Den Jeep, der am Rand eines Weges unter einem Baum stand, erkannten sie erst im letzten Moment.

Brian zögerte einen Augenblick, doch dann sah er die beiden uniformierten Männer neben dem Wagen, die Brian und Suzannah mit einem Fernglas beobachteten.

»Was sollen wir tun?«, fragte Suzannah.

»Einfach weitergehen«, entschied Brian. »Wir sind harmlose Wanderer, denk daran.«

Einer der Soldaten löste sich aus dem Schatten des Baums und winkte Brian und Suzannah zu sich heran. Die beiden folgten dem stillen Befehl.

»Halt, Kontrolle!«, sagte der dunkelhäutige Soldat. »Sie befinden sich in einem militärischen Sicherheitsbereich.«

Brian schaute sich forschend um. »Militärischer Sicherheitsbereich?«, erwiderte er. »Aber wir haben gar kein Hinweisschild gesehen. Wir sind von Magdalena hierhergewandert.«

»Da sind Sie mindestens an vier oder fünf Warnschildern vorbeigekommen, Mister«, erwiderte der Soldat. »Woher kommen Sie, kann ich Ihren Ausweis sehen?«

Brian setzte den Rucksack ab und kramte in der Außentasche. »Meine Frau und ich machen Urlaub hier. Wir sind dort oben ein wenig vom Weg abgekommen, das stimmt, aber wir wollten ganz sicher nicht in einen militärischen Sicherheitsbereich eindringen. Wir wussten überhaupt nicht, dass es hier ein Übungsgelände oder ein Militärcamp gibt.«

Brian reichte dem Soldaten seinen Pass. Suzannah tat es ihm gleich. Der Soldat überprüfte die Passbilder.

»Mr und Mrs Jones aus Los Angeles?«

»So ist es«, antwortete Brian und lächelte.

»Einen Augenblick bitte«, sagte der Soldat und ging zurück zu seinem Jeep.

»Verdammt, was sollen wir tun?«, fragte Suzannah flüsternd.

»Nur mit der Ruhe«, sagte Brian. »Wir sind mit Sicherheit irgendwo an der äußeren Peripherie des Sperrgebietes, also kann unser Vergehen nicht so schlimm sein. Bestimmt überprüfen sie nur die Ausweise und lassen uns laufen.«

»Dein Wort in Gottes Ohr«, flüsterte Suzannah.

Es dauerte ein paar Minuten, bis der Soldat zurückkehrte. Der zweite Soldat begleitete ihn. »Ich muss Sie und Ihre Frau leider festnehmen und dem örtlichen Sheriff überstellen«, erklärte er. »Ihr Eindringen in das Sperrgebiet stellt einen Verstoß gegen das Gesetz dar. Der Sheriff wird entscheiden, ob Anklage erhoben wird.«

»Hören Sie, Officer«, sagte Brian. »Wir sind vom Weg abgekommen, wie ich Ihnen bereits sagte. Das ist doch kein Verbrechen. Also geben Sie uns unsere Ausweise zurück, und wir verschwinden von hier. Unser Wagen steht auf dem Parkplatz etwas weiter östlich.«

»Bedaure, Mister«, erwiderte der Soldat. »Ich habe Order von meinem Wachoffizier. Ich muss Sie dem Sheriff übergeben.«

Suzannah schaute Brian fragend an. Er nickte unmerklich.

Der Soldat forderte sie auf, ihm zum Jeep zu folgen.

»Entschuldigen Sie, aber ich habe meine Befehle«, sagte der dunkelhäutige Soldat, bevor er den Wagen startete.

»Ist schon okay, Sie tun auch nur Ihre Pflicht«, entgegnete Brian.

St. Anthony Hospital, Denver, Colorado

Cliff Sebastian dachte über seinen ungewöhnlichen Besucher nach. Zuerst war er misstrauisch gewesen, als der junge Journalist plötzlich in seinem Krankenzimmer auftauchte, und wollte schon nach einer Krankenschwester rufen. Doch als der junge Mann erwähnte, dass er wichtige Unterlagen von Wayne Chang habe, läuteten bei ihm sämtliche Alarmglocken.

Bereits zweimal war er die Aufzeichnungen durchgegangen, die ihm der Journalist übergeben hatte. Das Material enthielt Daten aus den Computern der Wetterdienste rund um die Welt.

Wayne Changs Handschrift war unverkennbar. Cliff zweifelte keine Sekunde daran, dass Wayne diese Zusammenstellung abgefasst hatte. Seine Eintragungen waren höchst interessant, ja, mehr noch, sie waren spektakulär. Strahlungsanomalien, abnormale Reflexionsstrahlung im Mikrowellenbereich, vermutlich künstlichen Ursprungs. Die in der Atmosphäre messbare Strahlungsanomalie trat kurz vor dem Entstehen der Drillingsstürme in den Ursprungsgebieten der Orkane und Hurrikans auf. Und noch etwas beunruhigte Cliff zutiefst: Der Ursprung der registrierten Mikrowellenstrahlung lag nicht außerhalb der Atmosphäre, sondern innerhalb. Die Strahlung musste durch ein extrem leistungsfähiges Magnetron erzeugt worden sein. Welche Ursache hatte die registrierte Strahlung?

Wayne hatte dazu eine Theorie aufgestellt. Seines Erachtens stammte sie nicht von Mobilfunk- und Radaranlagen. Diese Strahlungsintensität konnte nur in hochsensiblen Plasmaanlagen erzeugt werden.

Es klopfte an der Tür. Eilends faltete Cliff die Dokumente zusammen und versteckte sie unter der Bettdecke. »Ja, bitte!«, sagte er und blickte gespannt zur Tür. Ein Lächeln huschte über sein Gesicht, als Allan Clark das Krankenzimmer betrat.

»Wie geht es unserem Patienten?«, fragte Allan. »Du machst ja schöne Sachen.«

Cliff entspannte sich. »Nimm dir einen Stuhl, wir müssen unbedingt miteinander reden.«

Allan Clark sah seinen Freund neugierig an. Er zog sich einen Stuhl heran und setzte sich ans Bett, während Cliff das Kuvert unter seiner Bettdecke hervorzog.

»Wie geht es dir?«

»Wird schon wieder«, sagte Cliff.

»Wie konnte das nur passieren?«

Cliff zuckte mit den Schultern. »Bislang war mir schleierhaft, wie es zu dem Unfall kommen konnte, aber seit gestern ist mir so manches klar geworden. Auch wenn es verrückt klingen mag.«

Allan zog die Stirn in Falten.

Cliff reichte ihm das Kuvert. »Schau dir das einmal an«, sagte er. »Du wirst überrascht sein.«

Socorro, New Mexico

Die Militärpatrouille hatte die beiden Wanderer im Büro des Sheriffs abgeliefert. Der junge Deputy nahm nur kurz ihre Personalien auf und ließ Brian und Suzannah in zwei Einzelzellen abführen.

»Sie müssen sich leider noch ein wenig gedulden«, erklärte Dave Lazard. »Wir hatten gerade eine Schlägerei in einer Bar. Der Sheriff wird in Kürze zurückerwartet. So lange müssen Sie noch hierbleiben.«

Der Sheriff kehrte erst zwei Stunden später zurück. Dave Lazard erwartete ihn ungeduldig. Dwain schien abgespannt, doch sein Neffe folgte ihm in sein Büro.

»Sam, der Barkeeper, wird die Messerattacke nicht überleben, meint der Arzt«, berichtete Dwain niedergeschlagen. »Wir müssen von Totschlag ausgehen.«

Lazard nickte und wedelte mit dem Anzeigeformular. »Es sitzen gerade zwei komische Vögel bei uns in der Zelle«, sagte er. »Die Army hat sie uns überstellt, weil sie in den Sicherheitsbereich am Mount Withington eingedrungen sind. Ein Mann und seine Ehefrau. Sie geben an, sich bei einer Trekkingtour verlaufen zu haben. Sie wurden von einer Militärstreife erwischt und festgenommen.«

Dwain seufzte. »Wenn das alles ist. Lass sie laufen. Was gehen uns zwei harmlose Touristen an.«

»Das ist nicht so einfach. Sie haben zwar Pässe bei sich und wollen in Los Angeles wohnen, aber die Adresse, die sie angegeben haben, ist falsch.«

»Woher weißt du das?«

»Schließlich war Inglewood in Los Angeles vier Jahre lang

mein Revierbereich. Ich kenne die Gegend wie meine Westentasche. Noch dazu haben sie eine falsche Telefonnummer angegeben. Da ist etwas faul an der Sache. Ich lasse gerade ihre Pässe überprüfen.«

Lazard warf zwei Reisepässe auf den Schreibtisch.

»Haben sie sonst keine Dokumente bei sich?«

»Nur zwei riesige Rucksäcke mit einer hochprofessionellen Bergsteigerausrüstung. Dazu einen Fotoapparat, ein Fernglas und Einbruchswerkzeug. Ich sage doch, da ist etwas faul an der Sache.«

Dwain blätterte den Pass der Frau durch und erhob sich. »An was denkst du?«

»Spionage, Sabotage, was weiß ich«, antwortete Lazard.

Dwain überlegte. »Hol die Frau!«, entschied er schließlich. »Wir wollen hören, was sie uns zu sagen hat.«

Suzannah war nervös und fahrig, als sie auf dem Stuhl im Büro des Sheriffs Platz nahm. Der Riese von einem Sheriff schüchterte sie ein.

»Wie ich höre, waren Sie heute in den San-Mateo-Bergen im Cibola unterwegs?«, sagte Dwain und sah die junge Frau forschend an.

Suzannah bejahte die Frage.

»Wie sind Sie denn dorthin gekommen?«

»Wir sind gewandert«, antwortete Suzannah etwas zu hastig.

»Von Magdalena aus oder aus dem Süden?«

»Von Magdalena«, erwiderte Suzannah knapp.

Dwain machte eine Notiz auf seinem Block. »Haben Sie irgendwo einen Wagen stehen?«

»Hören Sie«, unternahm Suzannah einen Vorstoß. »Wir haben uns nur verlaufen. Das ist doch kein Verbrechen.«

Dwain lächelte. Er spürte, dass die Frau Angst hatte. »Falsche Papiere und die Angabe einer falschen Adresse«, sagte er. »Das ist ein Vergehen. Wir wissen, dass Ihr Pass eine Fälschung ist, und bald werden wir auch wissen, wer Sie wirklich sind. Sie könnten uns natürlich auch helfen, indem Sie uns reinen Wein einschenken. Also, wer sind Sie, wer ist Ihr Begleiter und was haben Sie in der Nähe des Militärcamps in den Bergen gesucht?«

Suzannah erschrak. Dwains Bluff erschütterte sie bis ins Mark. Sie wandte nervös den Blick ab und schaute aus dem Fenster. Auf der Straße fuhr ab und zu ein Wagen durch die Nacht. Was sollte sie nur tun?

»Kann ich mit Brian sprechen?«, fragte sie.

»Brian?«, antwortete der Sheriff. »Ich denke, Ihr Begleiter heißt John, zumindest steht es so in seinem Pass?«

Suzannah zitterte. Für einen Augenblick hatte sie die Konzentration verloren. Früher oder später hätte es der Sheriff sowieso herausgefunden, dachte sie. Schließlich wusste er bereits, dass die Pässe falsch waren. Wie war er nur dahintergekommen? Was hatte sie verraten? Suzannah überlegte fieberhaft, wie sie aus dieser Situation entkommen konnte, doch sie wusste keinen Rat.

Dwain musterte sie eine Weile. »Also gut«, sagte er schließlich. »Ich gebe Ihnen ein wenig Zeit, über die Sache nachzudenken«, sagte er, und an Lazard gewandt: »Bring sie in die Zelle.«

Kurz darauf saß Brian im Vernehmungsraum.

»Hören Sie, Mister, wer immer Sie auch sind«, sagte der Sheriff. »Wir wissen mittlerweile, dass Ihr Pass und der Ihrer Begleiterin ausgezeichnete Fälschungen sind. Sie wurden in einem militärischen Sperrgebiet festgenommen, hatten eine erstklassige Bergsteigerausrüstung und einen Fotoapparat dabei. Also erzählen Sie uns keine Märchen. Sie können mir glauben, wir verstehen unseren Job, auch wenn Sie uns für beschränkte Landeier halten.« Dwain Hamiltons Miene verfinsterte sich. Er warf ein paar Fotos auf den Schreibtisch. Es waren Aufnahmen vom Militärcamp am Mount Withington.

»Woher haben Sie die?«, fragte Brian. Sein Mund wurde trocken.

»Der Film war noch im Fotoapparat«, sagte der Sheriff. »Die

restlichen Filme befinden sich in unserem Labor. Ich bin gespannt, was wir darauf finden werden, aber ich kann mir denken, dass es keine Aufnahmen einer Geburtstagsparty sind.«

Brian starrte auf die Fotos. Das Bild mit dem Hubschrauber im Hintergrund war gestochen scharf geworden. Der ältere Mann und die beiden Soldaten waren gut zu erkennen.

»Kann ich Suzannah sehen?«, lenkte Brian schließlich ein.

»Suzannah?«

»Meine Begleiterin.«

»Erzählen Sie mir dann Ihre Geschichte?«

»Habe ich eine andere Wahl? Aber ich möchte mit Ihnen unter vier Augen reden.«

Dwain wandte sich an Lazard, der neben der Tür stand, und nickte ihm zu. Der Deputy verschwand aus dem Zimmer.

Brian legte seine Hand auf das Mikro. »Ich würde wirklich gern unter vier Augen mit Ihnen reden – das heißt auch ohne Mikro und ohne dass uns jemand hinter dem Spiegel beobachtet.«

Dwain überlegte einen Augenblick. Sein Gegenüber war zwar nicht gerade schmächtig und erschien durchaus sportlich und durchtrainiert, dennoch lag er mindestens eine Gewichtsklasse unter ihm.

Brian erkannte den Argwohn, der aus dem Gesicht des Sheriffs sprach. »Keine Angst, ich werde Ihnen nicht wehtun. Ich bin Wissenschaftler und kein Krimineller.«

Dwain grinste. »Soso, Wissenschaftler.«

»Psychologe, um genau zu sein.«

Dwains Grinsen wurde breiter. »Ein Seelenklempner also.«

»Richtig. Einer der ganz üblen Sorte.«

Die Tür wurde geöffnet. Sarah Moonlight, die indianische Deputy, führte Suzannah herein.

»Brian!«, rief sie und wollte auf ihn zustürmen, doch die Polizistin hielt sie zurück. Brian war aufgesprungen. Sein flehender Blick traf den Sheriff. Einen Augenblick lang schauten sich die beiden Männer tief in die Augen.

»Lass sie!«, befahl Dwain seiner Kollegin.

Sarah Moonlight ließ Suzannah los. Sie stürzte auf Brian zu und fiel ihm in die Arme. Er spürte ihr Zittern.

»Was sollen wir nur tun?«, flüsterte sie ihm ins Ohr.

Brian streichelte ihr über den Rücken. »Können wir ihm vertrauen?«, fragte er ebenfalls im Flüsterton.

Suzannah löste sich aus der Umarmung und wandte sich um. »Ist er es, von dem Ka-Yanoui sprach?«

»Wir werden sehen«, antwortete Brian. »Also, Sheriff, von mir aus kann es losgehen, unter den genannten Bedingungen.«

Dwain Hamilton blickte Sarah Moonlight an. Ein Seufzer kam über seine Lippen. »Lass uns allein«, ordnete er an, während er das Mikrofon ausschaltete. Zu Brian gewandt sagte er: »Wenn ich den Verdacht habe, dass dies ein Trick ist oder ihr nur Mist erzählt, dann rufe ich das FBI an und übergebe euch mitsamt den Fotos der Bundespolizei. Ich denke, das Material reicht für eine Anklage wegen Spionage. Das bedeutet 25 Jahre Haft in einem Staatsgefängnis. Verstanden?«

Brian schaute Suzannah an. Sie nickte unmerklich. Er zog ihr einen Stuhl heran, und sie setzte sich neben ihn. Der Sheriff stand, die Arme vor der Brust verschränkt, an die Wand gelehnt und wartete.

»Die volle Wahrheit«, sagte Brian schließlich, ehe er mit seinem Bericht begann. »Meine Begleiterin heißt Dr. Suzannah Shane, und mein Name ist Brian Saint-Claire. Vor drei Wochen waren wir noch angesehene Wissenschaftler und nahmen an einem speziellen Projekt zur Lösung eines Problemfalls für die NASA auf Cape Canaveral teil. Sie haben recht, wir haben uns nicht verlaufen, wir sind gezielt an den Mount Withington gefahren und haben Fotos von diesem zweifelhaften Militärcamp gemacht. Wir haben uns dicht an das Camp herangeschlichen, obwohl es gesichert ist wie Fort Knox. Wenn Sie unsere Namen in den Computer eingeben, werden Sie feststellen, dass das FBI nach uns sucht. Angeblich sollen wir einen Mann, ebenfalls einen Wissenschaftler namens Professor Wayne Chang, in Arlington ermordet haben. Aber das ist gelogen. Unsere Geschichte ist viel komplizierter, unglaublicher und haarsträubender als eine simple Spionagestory.«

Dwain horchte auf, mimte aber den Gelassenen, obwohl er innerlich gespannt war wie ein Bogen. Würde er endlich etwas Genaueres über das geheimnisvolle Militärcamp im Cibola Forest und die beiden ominösen Todesfälle in seinem County erfahren, die, so war er sich sicher, mit dem Camp im Zusammenhang standen? Gespannt lauschte er Brians Erzählung. Nach einer Weile ließ sich Dwain auf einem Stuhl auf der anderen Seite des Tisches nieder.

Brian berichtete von den beiden Astronauten im Kennedy Space Center und ihrer seltsamen Erkrankung. Dann erzählte er vom Mord an Wayne Chang und dessen Freundin, den Nachforschungen, die der Professor kurz vor seinem Tod angestellt hatte. Er berichtete von dem vereinbarten Treffen mit dem Meteorologen Cliff Sebastian aus Boulder, das durch einen mysteriösen Unfall vereitelt wurde, und ihrer anschließenden Flucht nach Venezuela. Auch die seltsamen Visionen der Schamanin am Orinoco ließ er nicht aus. Als Brian zum Ende seiner Geschichte kam, graute der Morgen.

Dwain war sprachlos. Er musste das Gehörte erst einmal verarbeiten. Er wusste, dass draußen im Cibola Forest etwas nicht stimmte, aber dass ein ermordeter Meteorologe aus Washington und die verheerenden Hurrikans vor der amerikanischen Küste mit dem Militärcamp in den San-Mateo-Bergen in Verbindung stehen sollten, überstieg seine Vorstellungskraft.

»Sie glauben uns nicht?«, fragte Suzannah, als sie in das Gesicht des Sheriffs blickte.

Dwain zuckte mit den Schultern. »Ich weiß nicht, was ich glauben soll.«

»Und wir wissen nicht, wie wir unsere Unschuld beweisen können«, sagte Brian. »Wenn Sie uns und die Bilder an das FBI übergeben, dann werden wir auf ewig hinter Gitter verschwinden, und der Wahnsinn wird weitergehen. Immer wieder wird es zu Wirbelstürmen kommen.«

»Weil es diese Medizinfrau am Orinoco vorausgesagt hat?«, fragte Dwain.

»Weil es die Wahrheit ist«, antwortete Suzannah.

Der Sheriff hatte Brian und Suzannah wieder in ihre Zellen bringen lassen und saß noch immer sprachlos im Vernehmungsraum, als Deputy Lazard sich neben ihn an den Tisch setzte und einen Packen Fotoaufnahmen auf den Tisch legte.

»Hat mir Moonlight für dich mitgegeben«, sagte Lazard. »Das sind jetzt alle vier Filme. Die anderen beiden sind leer.«

Dwain blätterte die Aufnahmen durch. Die Fotos zeigten abgeholzte Bäume, riesige Strommasten, ein Umspannwerk mitten im Wald und ein Meer seltsamer Antennen, die auf einem Hochplateau des Mount Withington errichtet worden waren. Eine Übersichtsaufnahme des Militärcamps. Ein Foto zeigte drei Personen vor dem Hintergrund eines Militärhubschraubers der Navy, mit einem starken Zoomobjektiv aufgenommen. Es handelte sich um einen alten Mann in Zivil und zwei hochrangige Offiziere in blauer Uniform. Sogar die Gesichter waren bei näherer Betrachtung zu erkennen.

»Du glaubst ihnen?«, fragte Lazard, nachdem ihm Dwain Brians Geschichte in Kurzform erzählt hatte.

»Es klingt abenteuerlich«, erwiderte Dwain. »Auf der einen Seite eine Schamanin aus dem Urwald, Visionen und Hurrikans. Auf der anderen Seite ein geheimnisvolles Camp direkt vor unserer Nase. Und sieh dir das hier an.« Er schob ein Foto über die Tischplatte.

Lazard besah es sich eingehend. Es war eine Übersichtsaufnahme des Camps. »Ich verstehe nicht?«

»Der schwarze Cherokee zwischen den Gebäuden«, erklärte Dwain und wies auf das Foto. »Schau auf das Kennzeichen.«

»3452 REI«, antwortete Lazard. »Der Jeep, nach dem du gesucht hast.«

»Genau, der Jeep, den Crow in der Nähe von Silverwolfes Hütte gesehen hat, kurz bevor sie abbrannte.«

»Kann ich den Rest der Aufnahmen sehen?«

Dwain nickte und reichte ihm den Stapel. Lazard schaute die Fotos durch. Als er die Nahaufnahme der drei Männer vor dem Hubschrauber betrachtete, pfiff er durch die Zähne.

»Was ist?«, fragte Dwain.

»Ich kenne den Mann im Anzug.«

»Den Alten?«

Lazard nickte. »Das ist Senator Thomas Lee aus Washington.«

Dwain griff nach dem Foto. »Senator Lee?«

»Ja, als er vor Jahren Los Angeles einen Besuch abstattete, war ich dem Personenschutz zugeteilt. Er ist ein einflussreicher Mann. NSA-Agenten umschwirrten ihn wie Fliegen einen Kuhfladen. Unter Präsident Burk arbeitete er im Pentagon. Er wurde als Verteidigungsminister gehandelt, aber als Burk die Wahl verlor, verschwand Lee in der Versenkung. Du müsstest dich erinnern, soviel ich weiß, war er auch ein paar Mal bei Onkel Joe auf der Ranch zu Gast. Damals, als Burk noch Präsident war.«

»Ich habe mich nie sonderlich für Politik interessiert«, sagte Dwain. »Ich will nur wissen, was ein Senator in einem Militärcamp mitten im Nirgendwo sucht?«

Zwei Stunden später konnte Lazard nach einem Anruf in Los Angeles ein erstes Ergebnis präsentieren. Brian Saint-Claire und Suzannah Shane wurden tatsächlich gesucht, doch nicht nur wegen Mordes. Die Anklage wog weitaus schwerer. Terroristische Verschwörung gegenüber den Vereinigten Staaten von Amerika, hieß es in der Fahndungsdatei. Nicht das FBI war hinter ihnen her, sondern die NSA.

»Ich möchte wissen, ob ein gewisser Professor Chang tatsächlich umgebracht worden ist«, sagte Dwain Hamilton. »Muss vor drei Wochen in Arlington gewesen sein. Ruf dort an und bringe alles in Erfahrung, was die Kollegen in den Akten haben. Ich kümmere mich unterdessen um diesen verunfallten Wetterfrosch aus Boulder.«

»Und wann willst du schlafen?«

»Später«, entgegnete Dwain Hamilton. »Sobald ich weiß, was hier gespielt wird.«

5

Pawnee Motel, Boulder, Colorado

Allan Clark hatte das Gefühl, eine Bombe in der Hand zu halten, die jeden Moment platzen konnte. Er hatte das Dossier von Professor Wayne Chang vor sich auf dem Tisch ausgebreitet. Cliff hatte ihm das Material mitgegeben und ihn gebeten, die Daten noch einmal zu überprüfen. Aber schon der erste Augenschein hatte Waynes Theorie bestätigt. Die Berechnungen waren eindeutig, und auch die Schlussfolgerungen waren stimmig.

In der Karibik war es zu unerklärlichen Polarlichterscheinungen gekommen, obwohl die Messdaten keinerlei Hinweise auf ungewöhnliche Sonnenaktivitäten aufwiesen. Was war der Ursprung dieser sonderbaren Lichterscheinung? Ein Versagen der Messtechnik, falsche Datenaufzeichnungen durch die Magnetometerstationen in Stockholm und Kiruna? Nein, so viele Systemfehler auf einmal konnte es gar nicht geben. Der Auslöser für die berichtete Aurora war nicht die Sonne, er lag nicht außerhalb, sondern innerhalb der Atmosphäre. Weiterhin hatte Wayne festgestellt, dass sich in der Ionosphäre eine großflächige thermische Blase aus Plasma gebildet hatte, die sich über New Mexico erstreckte und mehrere Quadratkilometer maß. Innerhalb dieses Gebietes waren zusätzlich extrem langwellige Strahlungswerte registriert worden.

Allan Clark blätterte die Seite um. Wayne Chang hatte die Intensität und das Reflexionsverhalten der Strahlung nach den geltenden Gesetzen des Physikers Snellius berechnet. Danach handelte es sich eindeutig um künstlich erzeugte Reflexionsfelder. Auch bei den Längstwellen handelte es sich um eine künstlich erzeugte Strahlungsanomalie, doch wo ihr Urspung lag, hatte Wayne nicht mehr in Erfahrung bringen können.

Als sich Allan Clark die letzte Seite der Aufzeichnungen vornahm, wurden seine Augen immer größer. In drei Regionen wirkten sich die Reflexionen der Mikrowellen besonders drastisch aus und heizten zusätzlich zu den Sonnenstrahlen die Erdoberfläche auf. Region Nummer eins lag zwischen der Baffin-Insel und Grönland in der Baffinbai, Region zwei wurde in der Nähe der Kokos-Insel im Pazifik festgestellt, und Region drei befand sich – Cliff hatte es sich beinahe gedacht – in einem Gebiet westlich der Kleinen Antillen, die auch Inseln über dem Winde genannt wurden. Und genau an diesen Orten waren beinahe gleichzeitig gewaltige Stürme entstanden, die unzähligen Menschen das Leben gekostet und große Zerstörungen angerichtet hatten.

Sollten Waynes Feststellungen tatsächlich zutreffen, dann hieß das nichts anderes, als dass die mittlerweile in Meteorologenkreisen als »Drillingsstürme« benannten frühsommerlichen Wirbelstürme gleichfalls künstlichen Ursprungs waren. Hatten Wettermanipulationen das Desaster von New Orleans und Tallahassee verursacht? Steckte möglicherweise ein terroristischer Anschlag dahinter? Welche Macht auf dieser Erde verfügte über eine Technologie, die Stürme entstehen und auf das Festland zutreiben lassen konnte? Hatte der Krieg gegen den Terror eine neue Dimension angenommen?

Allan Clark fand in dieser Nacht keinen Schlaf. Er würde das Ergebnis von einem Spezialisten überprüfen lassen. Einen Geophysiker, mit dem er vor ein paar Monaten zusammengearbeitet hatte und der an der Universität von New York lehrte. Allan blickte auf die Uhr. In New York wurde es bereits hell. Noch jemand würde sicherlich Interesse an den Erkenntnissen des ermordeten Wayne Chang haben. Schließlich hatte Allan Clark vor seiner Tätigkeit im Hurricane Center in Miami lange Jahre beim MIS, dem Militärischen Sicherheitsdienst, in Philadelphia gearbeitet. Allan griff zum Telefon.

Es dauerte eine Weile, bis sich eine verschlafene Stimme meldete.

»Guten Morgen, Bob«, sagte Allan. »Ich bin hier auf eine Sache gestoßen, die unglaublich klingt. Das solltest du dir besser einmal ansehen.«

Socorro, New Mexiko

Lazard hatte sich sofort an seinen Schreibtisch begeben und die Kollegen der Mordkommission in Arlington angerufen. Der Anruf hatte den Mord an Professor Wayne Chang, Geophysiker und Meteorologe, in Arlington bestätigt. Jedoch war den Kollegen der Mordkommission der Fall entzogen und von einer Spezialeinheit des FBI übernommen worden. Bislang, so wusste Detective Hernandez zu berichten, war der Mord noch immer ungeklärt. Allerdings gab es zwei Verdächtige, die sich noch immer auf der Flucht befanden. Einen Mann und eine Frau.

Als Lazard nach dem Grund fragte, warum der Fall nicht von den Kollegen aus Arlington weiterbearbeitet wurde, erklärte Detective Hernandez, dass es sich bei dem Motiv für das Verbrechen womöglich um Spionage oder Hochverrat handelte. Der ermordete Professor hatte zuletzt bei einem Projekt für die NASA mitgearbeitet. Mehr wusste der Kollege von der Mordkommission nicht zu berichten. Der zuständige Mann beim FBI sei ein gewisser Agent Coburn aus Washington. Lazard notierte die Angaben auf einem Notizblock.

Er überlegte. Schließlich fasste er sich ein Herz und rief bei der Zentrale des Federal Bureau of Investigation in Washington an, um mit Agent Coburn zu sprechen. Er hatte sich eine Geschichte ausgedacht, falls er mit Coburn verbunden werden sollte, umso überraschter war er, als der Telefonist aus der Zentrale mitteilte, dass es keinen Mitarbeiter mit dem Namen Coburn in Washington noch sonst irgendwo in den Vereinigten Staaten beim FBI gebe.

Als Dave Lazard im Anschluss Dwains Büro betrat, um dem Sheriff Bericht zu erstatten, lag dieser auf der Couch und schnarchte. Lazard wollte ihn nicht wecken und schloss leise die Tür. Er suchte die öffentliche Bücherei auf, um in den Tiefen des Internets nach Informationen über Senator Lee und seine frühere Tätigkeit im Pentagon zu recherchieren.

Kaum erwacht, kreisten Dwain Hamiltons Gedanken wieder um die sonderbaren Gefangenen in seiner Zelle. Er erhob sich und schaute aus dem Fenster seines Büros. Die Sonne stand hoch am Himmel, es musste früher Nachmittag sein. Im Raum war es heiß. Er ging hinüber zum Schreibtisch. Ein Notizzettel lag auf dem Schreibtisch. Er griff zum Telefon und wählte die Nummer der National Oceanic and Atmospheric Administration in Boulder, Colorado. Das Gespräch war kurz. Tatsächlich lag der Abteilungsleiter für Meteorologie und Wetterkunde, Dr. Cliff Sebastian, seit einigen Tagen in einem Krankenhaus in Denver, nachdem er einen schweren Autounfall gehabt hatte. Brian Saint-Claire hatte in dieser Beziehung offenbar die Wahrheit erzählt.

Dwains Magen meldete sich zu Wort. Er erhob sich und verließ das Büro. Deputy Martinez saß am Wachtisch und tippte einen Bericht an einer Schreibmaschine. Dwain schaute sich suchend um.

»Wo ist Dave?«, fragte er.

»Er ist in die Bibliothek gegangen«, antwortete Martinez und tippte den nächsten Buchstaben ein.

»Sind unsere Gäste wohlauf?«

Martinez blickte auf. »Es geht ihnen gut. Kein Wunder, bei dem Service, den wir ihnen bieten: Wir haben vor einer halben Stunde das Essen serviert. Danach haben sie ein Nickerchen gehalten.«

»Ich geh rüber zu Mary und esse eine Kleinigkeit. Falls Dave in der Zwischenzeit zurückkommt, soll er auf mich warten.«

Martinez nickte und widmete sich wieder seinem Bericht.

Dwain trat hinaus in die mittägliche Hitze. Einen Augenblick verharrte er, dann ging er auf den Ford zu und zog die Schlüssel aus der Hosentasche.

Noch bevor er eingestiegen war, hielt ein schwarzer Cherokee neben ihm. Ein dunkler Kleinbus bremste abrupt hinter dem Jeep. Ein Mann mit dunkler Sonnenbrille und dunklem Anzug stieg aus dem Bus. Dwain erkannte ihn auf Anhieb.

»Hallo, Sheriff«, grüßte Agent Coburn. »Sie kennen mich noch, oder?«

Dwain nickte. »Das ist eine Überraschung. Ich kann Sie beruhigen, das Verfahren gegen den Doc ist abgeschlossen. Der Distriktstaatsanwalt wird keine Anklage erheben.«

Coburn nahm die Brille ab. »Deswegen bin ich nicht hier«, antwortete er. »Ihnen wurden gestern zwei Gefangene von einer Militärstreife überstellt. Es handelt sich um einen Mann und eine Frau. Sie waren in das Sperrgebiet eingedrungen.«

Dwain atmete tief ein. »Und was wollen Sie von ihnen?«

»Sie haben ihre Personalien überprüft.« Coburns Worte waren keine Frage, sondern eine Feststellung.

»Warum fragen Sie?«, antwortete Dwain.

»Sie wissen doch bestimmt, dass die beiden gefälschte Papiere bei sich trugen?«

Was sollte er antworten? Dwain überlegte fieberhaft, während Coburn auf eine Antwort lauerte. »Das sind interne Ermittlungen, das geht Sie nichts an. Was wollen Sie von mir, Coburn?«

»Ich will die beiden haben!«

»Bedaure.«

»Was heißt das?«

»Ich kann sie Ihnen nicht übergeben.«

»Ich weiß, dass Sie die beiden inhaftiert haben. Mir wurde mitgeteilt, dass Sie eine Identitätsüberprüfung der Gesuchten veranlassten. Sie werden wegen Verbrechen gegen die Vereinigten Staaten von Amerika gesucht.«

Coburn trat einen Schritt vor und überreichte Dwain einen Haftbefehl, der vom Obersten Strafgericht der Vereinigten Staaten ausgestellt worden war. Dwain überflog die Zeilen. Coburn hatte recht, da stand es schwarz auf weiß.

»Also los, übergeben Sie mir die beiden Festgenommenen!«

Dwain seufzte. »Das kann ich nicht, ich habe sie laufen lassen.«

Coburn fiel der Kaugummi aus dem Mund. »Sie haben was?«

Dwain pokerte hoch. »Sie haben mir glaubhaft versichert, das Sperrgebiet irrtümlich betreten zu haben. Die Pässe waren augenscheinlich in Ordnung, und es gab auch keine offizielle Fahndung. Ich habe ihnen einhundert Dollar Strafe aufgebrummt, und sie haben bar bezahlt. Warum sollte ich sie festhalten?«

Coburn war außer sich. Er zeigte auf den Haftbefehl. »Sie haben mir die Gefangenen unverzüglich zu übergeben. Erzählen Sie mir keinen Quatsch, warum haben Sie dann die Anfrage an den Zentralcomputer veranlasst?«

»Ein übereifriger Deputy«, antwortete Dwain. Er bemühte sich, Gelassenheit zu demonstrieren.

»Sie verarschen mich!« Coburn ging auf das Revier zu.

»Wenn Sie die Tür anfassen, dann schlage ich Ihnen Ihren borniserten Schädel ein«, drohte Dwain trocken. »Die beiden sind nicht mehr hier, basta. Und jetzt verschwinden Sie samt Ihrer Truppe, gehen Sie mir aus den Augen!«

Coburn blieb stehen und wandte sich um. »Das wird Sie teuer zu stehen kommen«, zischte er. »Ich sorge dafür, dass Sie Ihren Kittel ausziehen. Sie können sich schon einmal einen neuen Job suchen.« Damit stürmte Coburn auf den Kleinbus zu. Mit quietschenden Reifen schoss der Wagen davon. Der Cherokee folgte.

»Was ist denn bloß in die gefahren?«, fragte eine Stimme in Dwains Rücken.

Dwain fuhr herum und schaute in das überraschte Gesicht von Dave Lazard. »Das waren NSA-Agenten, sie wollten unsere Gefangenen abholen«, erklärte Dwain. »Ich habe sie fortgejagt, aber sie kommen wieder, da kannst du Gift drauf nehmen.«

»Wir müssen unbedingt miteinander reden«, antwortete Lazard.

Socorro, New Mexico

»Was hast du vor?«, fragte Dave Lazard.

Dwain schaute aus dem Fenster. Die Straßenlaternen verbreiteten ein warmes gelbes Licht. Langsam verebbte das Leben in der Kleinstadt in der Nähe des Rio Grande. Am Nachmittag hatten sich Dwain und Dave Lazard erneut mit den Gefangenen unterhalten. Die Geschichte fügte sich zu einem schlüssigen Bild.

Alles, was Brian Saint-Claire in seiner Vernehmung angegeben hatte, hielt der Überprüfung stand. Andererseits war eine Reihe neuer Fragen aufgeworfen worden. Warum hatte sich Agent Coburn den Kollegen aus Arlington gegenüber als FBI-Agent ausgegeben und seine Zugehörigkeit zur NSA verheimlicht? Die NSA, eine Art politische Polizei, war mit weitreichenden Befugnissen ausgestattet und direkt dem Verteidigungsministerium unterstellt. Neben dem Schutz von Regierungsmitgliedern führte sie auch die Ermittlungen bei Verbrechen gegen die nationale Sicherheit der Vereinigten Staaten von Amerika.

Der Mord an Wayne Chang, der Unfall eines befreundeten Meteorologen, das geheimnisvolle Militärcamp, die beiden mysteriösen Toten im Socorro County. Dazu die Machenschaften eines altgedienten Senators, der sein Leben und Wirken dem

Kampf gegen die Feinde der Nation verschrieben hatte, wie Dave bei seinen Recherchen herausfand. Dr. Suzannah Shane, Psychologin und Spezialistin für Schlafforschung aus Chicago, als mögliche neue Professorin heiß gehandelt, und Dr. Brian Saint-Claire, Kanadier, ebenfalls Psychologe, der sich auf dem Gebiet der Grenzwissenschaften einen Namen gemacht und zuletzt als Journalist für ein esoterisches Magazin gearbeitet hatte. Dwains Nachforschungen hatten auch diese Angaben seiner beiden Gefangenen bestätigt. Nie, niemals, dachte er, sind diese Menschen Mörder oder gar Terroristen.

»Wir werden sie von hier wegbringen!«, sagte er entschlossen.

»Wenn das herauskommt, sind wir unseren Job los und wandern für ein paar Jahre in den Knast. Du weißt, was auf Behinderung der Justiz und Fluchthilfe steht.«

Dwain wandte sich um und blickte Dave Lazard an. »Ich werde die Verantwortung übernehmen. Aber ich schaffe es nicht allein. Ich brauche deine Hilfe.«

»Was soll ich tun?«

»Zuerst schickst du Moonlight und Hollow auf Streife. Ich will das Büro hier leer haben«, entschied Dwain. »Wir müssen damit rechnen, dass Coburn das Office beschatten lässt. Die beiden Gefangenen bringen wir durch den Tunnel hinüber in das Gerichtsgebäude. Stell einen Wagen hinter dem Gericht bereit. Alles andere überlässt du mir.«

»Und wohin willst du sie bringen?«

»Ich dachte an Tante Gippy«, überlegte Dwain. »Zumindest für kurze Zeit.«

Lazard nickte. »Und Martinez?«, fragte er. »Er weiß von den Gefangenen und von den Hintergründen.«

»Ich werde morgen mit ihm sprechen. Er ist loyal und wird den Mund halten.«

Lazard nickte. »Dann mache ich mich mal auf den Weg.«

»Denk daran, dieser Coburn ist mit allen Wassern gewaschen.

Sicherlich hält er das Gebäude von allen Seiten unter Beobachtung.«

»Ich bin kein Trottel.« Lazard zog sich seine Jacke über. »Ich stelle den Camaro auf dem Parkplatz hinter dem Gerichtsgebäude ab«, erklärte er und warf Dwain einen Autoschlüssel zu. »Ich nehme den Ersatzschlüssel. In zwanzig Minuten bin ich wieder zurück.«

Dwain wartete eine Weile, ehe er die Eingangstür verriegelte und den Zellentrakt betrat. In der Hand trug er den Packen mit den Fotos vom Militärcamp. Suzannah und Brian waren inzwischen in einer Gemeinschaftszelle untergebracht.

»Schnell«, sagte der Sheriff, »Sie müssen von hier weg. Möglicherweise wimmelt es in meinem Office bald von NSA-Agenten.« Er erklärte kurz, was er vorhatte, und half ihnen, ihre Ausrüstung einzupacken.

Sie waren zu siebt. Sie trugen dunkle Overalls und hatten dunkle Strumpfmasken über ihre Köpfe gezogen. In ihren Händen lagen automatische Waffen. Nachdem sie die Tür aufgestoßen hatten, stürmten sie in das Polizeirevier. Dave Lazard stand im Vorraum zum Zellentrakt. Als die Tür gegen die Bank krachte und Glas zersplitterte, fuhr er herum. Mit einem schnellen Griff zog er seine Waffe aus dem Halfter.

»Stehen bleiben, Waffe weg!«, schrie ihm einer der Maskierten zu und gab eine Salve in Richtung des Deputy ab. Lazard ging hinter einem Schreibtisch in Deckung und schoss eine Dublette auf den Angreifer, doch die Projektile verfehlten ihr Ziel und schlugen in den Tresen ein. Eine weitere Salve wurde abgefeuert. Lazard hechtete in Richtung der Stahltür, die zu den Zellen führte. Blitzschnell warf er sich auf dem Boden herum und feuerte erneut zwei Schüsse auf die Angreifer ab. Die Stahltür flog auf. Dwain erschien im Türausschnitt. Lazard robbte auf die Tür zu, als erneut Schüsse aufpeitschten. Sie trafen die Tür und sirrten jaulend davon.

»Los, schnell!«, rief Dwain und schoss mit seiner Magnum in Richtung eines Vermummten, der mit seiner Waffe auf Lazard zielte.

Die Schüsse zwangen den Mann in Deckung und verschafften Lazard ein paar wertvolle Sekunden. Eilends sprang er auf. Noch zwei Schritte trennten ihn von der sicheren Stahltür. Erneut peitschte eine Salve aus einem automatischen Gewehr auf. Lazard wurde nach vorn geschleudert und stürzte in Dwains Arme. Er zog seinen Neffen vollends in den Raum.

Brian machte sich am Schloss der Stahltür zu schaffen. »Schnell, die Verriegelung«, sagte er an Suzannah gewandt. Suzannah verstand. Rasch zog sie die Verriegelungsstange vor die Sicherheitstür.

Lazard hing leblos in den Armen des Sheriffs. Die Augen des Deputy waren offen, sein Blick war leer. Dwain ließ ihn zu Boden gleiten und betrachtete seine blutigen Hände. Suzannah eilte herbei und legte Dwain die Hand auf den Rücken.

Schüsse trafen von außen gegen die Stahltür, doch sie hinterließen nur leichte Beulen auf dem inneren Türblatt.

»Was sind das für Leute da draußen?«, fragte Brian.

Suzannah kniete vor dem Körper von Dave Lazard. »Er ist tot.« Ihre Stimme klang brüchig.

Dwain kniete sich nieder und schloss seinem Neffen die Augen. »Wir müssen hier verschwinden, die Tür wird nicht ewig halten«, sagte er und griff nach der Waffe des toten Deputy. »Ich hätte nicht gedacht, dass sie so weit gehen würden.«

Er reichte die Waffe an Brian weiter. »Können Sie damit umgehen?«

Brian nickte.

Dwain erhob sich und ging zur gegenüberliegenden Wand. Dort öffnete er eine Tür, die beinahe unsichtbar in die Wand eingelassen war und erst bei näherem Blick auffiel.

»Wohin führt der Gang?«, fragte Brian.

»Das ist ein alter Gang, über den wir in das Gerichtsgebäude gelangen. Früher wurden hier die Schwerverbrecher zu ihren Verhandlungen gebracht.«

»Fast wie in Venedig«, murmelte Brian.

»Wie?«

»Ach, nichts, nur so ein Gedanke.«

6

Interstate 25, Socorro County, New Mexico

Sie hasteten durch den engen und feuchten Tunnel. Deutlich war das dumpfe Pochen und Klopfen ihrer Verfolger zu hören, die inzwischen die von Dwain verriegelte Zugangstür zum Stollen erreicht hatten.

Der Tunnel schien endlos. Das Klopfen und Hämmern nahm kein Ende. Schließlich erreichten sie eine massive Metalltür. Die Tür war verschlossen. Im schummrigen Dämmerlicht suchte Dwain nach dem passenden Schlüssel an seinem Schlüsselbund. Mit fahrigen Fingern probierte er einen Schlüssel nach dem anderen. Diesen Weg war er schon lange nicht mehr in das Gerichtsgebäude gegangen. Es war lange her, dass hier ein Schwerverbrecher eingesessen hatte. Endlich passte einer der Schlüssel an seinem Schlüsselbund, knackend sprang die Tür auf.

»Folgt mir!«, rief er.

Sie stürmten eine enge Steintreppe hinauf. Suzannah stieß immer wieder mit ihrem Rucksack gegen die gekalkte Wand.

»Verdammt, die Fotos!«, rief sie plötzlich. Sie zögerte.

»Alles okay, ich habe sie bei mir«, antwortete der Sheriff atemlos.

Endlich erreichten sie die Tür am anderen Ende des Tunnels. Diesmal fand Dwain den passenden Schlüssel auf Anhieb. Von den Verfolgern war nichts mehr zu hören.

Dwain spähte vorsichtig hinaus auf das Parkdeck. Keine Menschenseele war zu sehen.

»Hier entlang!«, raunte er Suzannah und Brian zu und ging voraus durch die Tür. Brian und Suzannah folgten.

Sie überquerten das Parkdeck hinter dem Gerichtsgebäude. Zwei Wagen standen dort. Ein roter Mercury und ein gelber Camaro. Dwain hetzte auf den gelben Wagen zu. Suzannah mobilisierte ihre letzten Kräfte. Rasch warfen sie die Rucksäcke auf den Rücksitz. Suzannah zwängte sich daneben in den Fond, während Brian auf dem Beifahrersitz Platz nahm.

Dwain startete den Motor. Der Wagen sprang sofort an. Die Tanknadel zeigte nach oben. Dave hatte wirklich an alles gedacht. Vorsichtig nach allen Seiten spähend fuhr Dwain vom Parkdeck. Die Schranke zur Church Street öffnete sich automatisch.

Als er in die Straße eingebogen war, gab Dwain Gas und fuhr in Richtung Norden. Die Straßen waren leer. Keine Verfolger waren in Sicht. Er wechselte auf die Interstate und steuerte den Wagen in Richtung Albuquerque. Als Socorro hinter ihnen lag und sie Polvadera passiert hatten, verlangsamte Dwain die Fahrt. An der Abzweigung zum Sevilleta National Wildlife Refuge bog er ab. Ein paar Kilometer später fuhr er in einen Feldweg und hielt an einer Stelle, die von dichtem Gebüsch umgeben war.

Wortlos stieg er aus dem Wagen und ging auf einen der Büsche zu. Vor einem niedrigen Baum blieb er stehen und schlug mit seiner Faust wie wild gegen den Stamm. Immer und immer wieder traf er das Holz, bis seine Knöchel blutig waren. Brian sprang aus dem Wagen und ging zum Sheriff, der noch immer wie rasend tobte. Beruhigend redete er auf den Sheriff ein. Schließlich sank Dwain Hamilton zu Boden und vergrub das Gesicht in seinen Händen.

Suzannah war ebenfalls ausgestiegen. Sie setzte sich neben Dwain und legte ihm die Hand auf die Schulter. »Er war Ihr Neffe«, sagte sie mit einfühlsamer Stimme. »Es tut mir sehr leid.«

Dwain regte sich nicht. Wie ein Häufchen Elend saß er da. Ein leises Klingeln wehte zu ihnen herüber.

»Was ist das?«, fragte Suzannah überrascht.

Brian wandte sich um und hetzte zum Wagen. »Das Handy ... Porky!«, rief er.

Dwain hob den Kopf. Im Licht der Scheinwerfer erkannte Suzannah, dass seine Augen feucht waren. »Es ist unsere Schuld«, sagte sie. »Wegen uns hat er sterben müssen.«

Dwain schüttelte den Kopf. »Ich weiß, wer hinter dem feigen Anschlag steckt. Ich weiß genau, wer Dave auf dem Gewissen hat. Und ich schwöre bei Gott, derjenige wird bezahlen. Er wird den Tag verfluchen, an dem er in mein County kam. Und wenn es das Letzte ist, was ich in meinem Leben tue.«

Brian kam zurück. Er klappte das kleine Handy zu und schob es in die Hosentasche. »Porky hat mit Cliff Sebastian Kontakt aufgenommen. Offenbar hat er die Aufzeichnungen an einen Kollegen weitergereicht. Sie sind hochexplosiv, hat Porky gesagt. Sie beweisen offenbar tatsächlich, dass die Hurrikans künstlich erzeugt wurden.«

»Wie kann jemand Stürme erzeugen, die das halbe Land verwüsten?«, fragte Suzannah.

»Ich habe keinen blassen Schimmer«, erwiderte Brian. »Aber ich bin mir sicher, der Schlüssel zu diesem Rätsel liegt mit Sicherheit in dem Bunker am Mount Withington. Nur habe ich keine Ahnung, wie wir herausfinden sollen, was dort gespielt wird.«

Dwain richtete sich auf. Er wischte sich das Blut an seinen Händen an einem Taschentuch ab und warf es in das Gestrüpp. »Ich hätte eine Idee«, sagte er. »Aber es ist nicht einfach und sehr gefährlich.«

Brian nahm Suzannahs Hand, die ganz kalt war, und schaute ihr in die Augen. »Was haben wir denn noch zu verlieren? Schließlich können sie uns nur einmal töten.«

Radio KLA, Truth or Consequences, New Mexico

»... wurden zwei gefährliche Terroristen, die in Verbindung zur al-Qaida gebracht werden, inhaftiert. In der Nacht stürmte ein Kommando maskierter und schwer bewaffneter Terroristen die Polizeistation in Socorro und befreite die Gefangenen mit Waffengewalt. Dabei wurde ein Deputy des Socorro Sheriff-Department getötet, der örtliche Sheriff Dwain Hamilton wurde als Geisel genommen und befindet sich noch immer in der Hand der Entführer.

Inzwischen wird nach den Terrorverdächtigen großflächig gefahndet. Mehrere Einheiten der State Police und der NSA haben das Socorro County abgeriegelt und Straßensperren errichtet. Man vermutet die Verdächtigen im Bereich des Cibola National Forest.

In diesem Zusammenhang wird nach einem gelben Camaro mit dem Kennzeichen 4673-NHB gefahndet, der dem ermordeten Polizeibeamten gehörte.

Bei den Verdächtigen handelt es sich um einen Mann und eine Frau. Der Mann ist etwa vierzig Jahre alt, 180 Zentimeter groß, ca. achtzig Kilogramm schwer, hat eine sportliche Figur und trägt dunkelblonde, leicht gewellte Haare. Seine Begleiterin, ebenfalls um die vierzig, ist etwa 170 Zentimeter groß, sportlich und hat dunkle, schulterlange Haare.

Die Bevölkerung wird ersucht, im Falle von sachdienlichen Hinweisen umgehend das nächste Polizeirevier zu informieren. Vorsicht, die beiden Flüchtigen sind bewaffnet und machen rücksichtslos von ihrer Schusswaffe Gebrauch.

Wir haben den Einsatzleiter der National Security Agency unserem Studio zugeschaltet:

Agent Coburn, weiß man schon, was die Terroristen im Socorro County geplant hatten, oder wurden sie dort nur zufällig aufgegriffen?«

»Uns liegen Informationen vor, wonach die beiden Verdächtigen einen Anschlag auf militärische Einrichtungen in New Mexico planten. Sie wurden festgenommen, als sie sich in einem Sperrgebiet befanden.«

»Agent Coburn, was wissen Sie über den Verbleib des Sheriffs?«

»Wir müssen davon ausgehen, dass die Terroristen Sheriff Hamilton zur Sicherung ihrer Flucht als Geisel genommen haben. Wahrscheinlich befindet er sich noch immer in der Hand seiner Entführer.«

»Was raten Sie der Bevölkerung, ist sie in Gefahr?«

»Wir warnen ausdrücklich davor, die Täter anzusprechen oder zu versuchen, sie festzuhalten; stattdessen sollten Sie sich umgehend an die Polizeibehörden wenden. Die Flüchtigen sind gefährlich und gehen mit äußerster Brutalität vor.«

»Agent Coburn, ich danke Ihnen und wünsche einen schnellen Erfolg bei der Fahndung nach den Straftätern.

Das war Melanie Forbess für Radio KLA.«

Dwain Hamilton schaltete das Radio ab. »Und ich wünsche euch die Pest an den Hals«, sagte er.

Magdalena, New Mexico

Sie hatten den Tag in einem sicheren Versteck verbracht und abgewartet, bis die Nacht hereinbrach. Über Schleichwege fuhren sie nach Magdalena. Seit Stunden parkten sie in der Chestnut Street im Südwesten der Stadt. Das Haus lag im schummrigen Schein einer Straßenlaterne. Die Fenster waren dunkel.

Dwain starrte die ganze Zeit wortlos ins Leere. Der Tod seines Neffen traf ihn schwer. Er wandelte zwischen grenzenloser Wut und Hoffnungslosigkeit. Dave war einen sinnlosen Tod gestorben. Ermordet von Menschen, die mit äußerster Brutalität vorgegangen waren, um ihre Ziele zu erreichen. Dwain schwor sich, sie nicht ungeschoren davonkommen zu lassen. Er war sich sicher, dass er den Verantwortlichen für diesen feigen Anschlag kannte.

»Es ist spät. Glaubst du, er kommt noch?«, fragte Brian.

»Er wird kommen«, entgegnete Dwain Hamilton. »Wir warten!«

Brian schaute aus dem Seitenfenster. Suzannah saß schweigend im Fond.

»Und wenn er nicht allein ist?«, brach Brian das Schweigen.

»Dann werden wir uns etwas einfallen lassen«, entgegnete Dwain. »Es ist nicht mehr die Zeit, um zimperlich zu sein. Sie haben Dave kaltblütig ermordet, und wenn eure Theorie stimmt, tragen sie die Verantwortung für den Tod vieler Menschen.«

Scheinwerferlicht fraß sich durch die Dunkelheit. Ein Wagen näherte sich über den Kelly Boulevard. Alle drei zogen den Kopf ein und duckten sich. Ein silberfarbener Buick fuhr an ihnen vorbei und bog in die Einfahrt zu dem einstöckigen weißen Bungalow ein, an dem neben der Tür die goldene Ziffer 10 prangte. Ein weiterer Wagen fuhr die Straße herauf und hielt unmittelbar vor dem Wohnhaus an. Es war ein dunkler Chevrolet.

»Ich wusste es«, murmelte Brian verbittert. »Er ist nicht allein.«

»Hast du die Waffe bei dir?«, fragte Dwain. Er spähte durch die Windschutzscheibe. Ein kleiner, untersetzter Mann stieg aus dem Buick und ging auf die Haustür zu. Kurz wandte er sich zu dem Chevrolet um, dann hob er wie zum Abschied die Hand und winkte den Insassen des dunklen Wagens zu. Nachdem der kleine, untersetzte Mann im Haus verschwunden war, fuhr der Chevrolet davon.

»Siehst du«, sagte Dwain erleichtert. »Manche Dinge lösen sich von selbst.«

Sie warteten noch eine halbe Stunde und beobachteten aufmerksam die Straße und das Haus. Der dunkle Wagen kehrte nicht mehr zurück. Schließlich stiegen Dwain und Brian aus, und Suzannah setzte sich ans Steuer.

»Halte dich bereit, falls wir schnell von hier verschwinden müssen!«, sagte Dwain.

Ein Bewegungsmelder aktivierte die Außenbeleuchtung, als die beiden Männer sich dem Eingang näherten.

Dwain klingelte. Nichts geschah. Er drückte ein weiteres Mal auf den goldenen Klingelknopf neben der Tür. Niemand öffnete, schließlich klingelte er Sturm.

»Ja, ich komme ja schon!«, drang es gedämpft durch die Tür. Die Tür wurde einen Spaltbreit geöffnet. Das feiste Gesicht von Bruce Allistar erschien hinter einer vorgelegten Kette.

»Sheriff?«, fragte er verwundert. »Sie?«

»Dr. Allistar, wir müssen dringend miteinander reden«, sagte der Sheriff und zeigte auf Brian. »Das ist mein Kollege Brown.«

Der Arzt wirkte unsicher. Seine Augen flogen zwischen Dwain und Brian hin und her. »Ich dachte, die Sache mit dem Unfall wäre erledigt.«

Der Sheriff setzte eine bedauerliche Miene auf. »Leider nicht, Doktor. Es sind neue Beweise aufgetaucht. Im Zusammenhang mit Ihrer Blutprobe. Aber wir sollten das nicht hier draußen besprechen.«

Trotz des schummrigen Lichts konnte Dwain erkennen, dass das Gesicht des Arztes erbleichte. Ein nervöses Augenzwinkern befiel den untersetzten Mann.

Allistar atmete tief ein, schließlich löste er die Kette und öffnete die Tür. »Ich wollte das nicht«, erklärte er. »Ich weiß nicht mehr, warum ich in die Stadt gefahren bin. Sie müssen mir glauben.«

Dwain trat näher. »Sind Sie allein?«

Der Arzt nickte unsicher.

»Ich möchte nicht, dass jemand von diesem Gespräch erfährt, denn es handelt sich um eine Art Deal. Der Staatsanwalt ist damit einverstanden. Falls Sie nicht kooperieren, wird er wegen Totschlag zweiten Grades Anklage erheben. Sie müssen uns begleiten, vielleicht sollten Sie sich bei Ihrer Dienststelle krankmelden. Es wird womöglich den ganzen morgigen Tag dauern.«

Der Arzt fiel aus allen Wolken. »Es ist eine Krankheit. Ich habe eine Therapie hinter mich gebracht. An diesem Tag ging einfach alles schief.«

»Im Interesse der nationalen Sicherheit ist der Staatsanwalt bereit, die Sache inoffiziell zu behandeln. Wir haben Verständnis für Ihre Lage. Aber der Staatsanwalt will nicht, dass jemand von dieser Geschichte erfährt. Nicht einmal Ihr Vorgesetzter.«

Allistar nickte. »Gut, ich komme mit. Ich habe ohnehin bis Montag frei. Ich wollte meinen Sohn in Connecticut besuchen. Commander Leach weiß Bescheid. Ich hoffe doch, dass ich bis Montag wieder zurück bin?«

Dwain warf Brian ein Lächeln zu. »Das trifft sich ausgesprochen gut«, antwortete er. »Wir fahren in Ihrem Wagen.«

»Dann hole ich meine Jacke und die Therapieunterlagen«, sagte der Arzt beflissen.

»Das wird nicht notwendig sein, Doktor«, wehrte Dwain ab. In seiner Hand lag eine Waffe. »Wenn Sie sich bitte umdrehen. Ich muss Sie festnehmen. Reine Formalität, aber Sie verstehen, ich habe meine Vorschriften.«

Allistar wurde unsicher, setzte zum Protest an. »Aber ich dachte …«

»Das ist wirklich reine Routine«, beruhigte Dwain den älteren Mann.

Dr. Allistar zog eine weinerliche Grimasse. »Ich wollte, ich könnte diesen Tag ungeschehen machen«, seufzte er und wandte sich um. Mit einem scharfen Klicken schnappten Dwains Handschellen zu.

Virgile Mine, Eddy County, New Mexico

Das gesamte Socorro County ähnelte einer Festung. Alle Ausfallstraßen waren abgeriegelt, doch Dwain kannte seinen Bezirk wie seine Westentasche. Über staubige Pisten mitten durch die Wildnis entkamen sie der eisernen Umklammerung. In dem halb verfallenen Wirtschaftsgebäude einer aufgelassenen Mine im Eddy County, über 400 Kilometer von Socorro entfernt, brachten sie sich in Sicherheit. Das abgelegene Gelände, das Dwains Onkel gehörte, war ideal, um sich vor der Polizei zu verstecken. Dr. Allistar hatte während der Flucht geschwiegen. Fast stoisch saß er auf dem Rücksitz des Wagens. Dwain und Brian waren sich im Klaren darüber, dass sie mit dem Arzt ein Faustpfand in Händen hielten. Doch noch schwieg der Mann beharrlich.

Erst als sie ihn in das ehemalige Verwaltungsgebäude der Mine verfrachteten, ließ sein Widerstand allmählich nach.

»Das können Sie nicht tun ...«, wimmerte der Arzt, als Dwain ihn etwas unsanfter anpackte. Sie mussten ihn mit allen Mitteln zum Reden bringen.

Suzannah nickte zustimmend. »Wir haben allerdings keinerlei technische Möglichkeiten, um den Verlauf der Behandlung zu überwachen. Wenn es zu Komplikationen kommt, kann er sterben.«

Dwain warf ihr einen scharfen Blick zu. »Lässt er uns eine andere Wahl? Er trägt die Verantwortung für den Tod unzähliger Menschen.«

»Ich habe nichts damit zu tun, ich bin Arzt. Ich helfe Menschen«, sagte Allistar weinerlich. Die Angst trieb ihm die Farbe aus dem Gesicht.

Brian legte Suzannah eine Hand auf die Schulter. »Der Sheriff hat recht. Es gibt keinen anderen Weg. Er würde nicht zögern, uns auszuliefern, egal, was passiert. Er weiß, dass er sich auf der falschen Seite befindet, doch alles, was er tut, ist zu schweigen.«

Suzannah schaute auf die kleine rote Tasche.

»Es ist ein Risiko«, bekräftigte Dwain. »Aber er hatte seine Chance. Dave Lazard hatte keine, und welche Chance habt ihr?«

»Er ist ein Mensch, wir können sein Leben nicht aufs Spiel setzen«, beharrte Suzannah.

Brian nahm ihre Hand. »Wie oft hast du diese Mittel angewandt? Es ist immer gut gegangen. Wir werden vorsichtig sein. Sobald es Komplikationen gibt, bringen wir ihn ins nächste Krankenhaus, egal, was anschließend mit uns geschieht.«

Suzannah überlegte. »Ist das wahr?«, fragte sie an Dwain gewandt.

Der Sheriff hob die Hand und spreizte die Finger. »Ich schwöre es.«

Bruce Allistar sah flehend die Frau an, die ihm gegenüberstand.

»Erzählen Sie uns, was in dem Camp vor sich geht?«, fragte sie fordernd.

Allistar liefen Tränen über die Wangen. »Ich ... ich kann ... ich kann nicht«, stammelte er.

Entschlossen griff Suzannah zu ihrer Tasche, sie zog den Reißverschluss auf und nahm eine Spritze mit einer blauen Markierung aus dem Etui.

»Was ... was ist das?«, kreischte Allistar.

»Sie werden uns alles erzählen«, sagte Brian. »Ob Sie wollen oder nicht. Sie werden unsere Fragen beantworten und uns haargenau erzählen, was wir wissen wollen.«

Der Mann zerrte an seinen Handschellen. Dwain hielt ihn von hinten umklammert.

»Nein ... nicht ... ich bin Allergiker ... ich ... ich vertrage keine Spritzen.«

»Dafür ist es zu spät«, erwiderte Dwain kalt.

»Nicht ... ich werde reden ... ich werde alles erzählen ... ich rede, nur keine Spritze.«

Die Stimme des Arztes überschlug sich vor Hysterie. Suzannah hob die Spritze in die Höhe und schaute Dwain fragend an.

»Wenn Sie uns verarschen, dann jage ich Ihnen den Cocktail eigenhändig in die Vene«, entgegnete Dwain kaltblütig.

»Ich rede!«, sagte der Arzt schnell. »Ich erzähle alles, aber bitte, keine Spritze.«

»Wir werden sehen.« Dwain ließ ihn los und stellte ein kleines Diktiergerät auf den Tisch. »Wie heißen Sie?«, fragte er.

Dr. Allistar schaute ihn verdutzt an.

»Nennen Sie mir Ihren Namen und Ihr Geburtsdatum für die Aufnahme«, sagte Dwain eindringlich.

Der Arzt antwortete zögerlich.

»Und Sie sprechen aus freien Stücken? Sie kennen Ihre Rechte?«, fuhr Dwain fort.

Allistar wollte aufbrausen, doch ein kurzer Hinweis auf die rote Tasche seitens des Sheriffs genügte, und der Anflug von Wut erstarb. »Ja, ich kenne meine Rechte«, sagte der Arzt mit krächzender Stimme.

»Es geht um den Unfall vom ersten Juni in Socorro. Sie waren der Fahrer des Personenwagens, der auf die andere Straßenseite geriet und den Schulbus rammte?«

»Ja«, antwortete Allistar leise.

»Sprechen Sie lauter!«

»Ja, ich steuerte den Wagen.«

»Sie waren allein?«

»Ja.«

»Waren Sie betrunken?«

Allistar zögerte.

»Waren Sie betrunken?«, wiederholte Dwain.

»Ja.«

»Was haben Sie an diesem Tag getrunken?«

»Eine halbe Flasche Bourbon«, antwortete Allistar. »Ich hatte keine Ahnung, was ich tat. Ich bin einfach losgefahren. Ich hatte an diesem Tag keinen Dienst. Es war ... es war ein Fehler. Ich wusste nicht mehr, was ich tat.«

»Sie arbeiten für das Militär?«, fiel Brian in die Befragung ein.

»Ja.«

»Für welche Einheit?«

»Für das Naval Research Center.«

»Wo sind Sie stationiert?«

»Im Camp 08 am Mount Withington.«

»Was tun Sie dort?«

Der Arzt verzog die Mundwinkel. »Ich bin Arzt, das sagte ich doch schon.«

»Internist, Allgemeinmediziner, Sportmediziner – was ist Ihr Fachgebiet?«, fragte Suzannah.

»Ich bin Neurologe«, entgegnete Allistar.

»Was passiert dort im Cibola Forest, welchem Zweck dient das Militärcamp?«

Dr. Allistar zögerte. »Ich … es … es ist eine Forschungseinrichtung.«

»Welcher Art?«, fragte Dwain.

»Es ist geheim, ich weiß es nicht.«

Der Sheriff schlug mit der flachen Hand auf den Tisch. Der Arzt zuckte zusammen. »Erzählen Sie mir keine Märchen. Sie wissen, was dort vorgeht.« Zur Verdeutlichung seines Vorhalts warf er einige von Brians Fotos auf den Tisch. Das Umspannwerk, die Antennen, das Militärcamp und das Foto, das die drei Männer – darunter Senator Lee – und im Hintergrund den Hubschrauber zeigte.

Allistar warf einen flüchtigen Blick darauf.

»Welche Art Forschung wird dort betrieben?«, fragte Dwain eindringlich.

Der Arzt blickte zu Boden. Schließlich atmete er tief ein. »Es geht um neue Formen der Kommunikation und der Verbesserung der Ortungstechnik. Aber ich kenne keine Details. Ich sagte Ihnen, es ist eine geheime Anlage. Niemand darf mit Mitarbeitern anderer Abteilungen sprechen. Jede Abteilung arbeitet für sich. Commander Leach und seine Männer achten streng darauf. Ich bin in der medizinischen Abteilung tätig und weiß nichts über die anderen.«

»Was macht ein Neurologe in einer militärischen Forschungseinrichtung?«, mischte sich Suzannah ein.

»Ich war für die Betreuung der Medien zuständig«, antwortete der Arzt.

Dwain Hamilton wurde hellhörig. »Medien?«, wiederholte er. »Sie meinen Menschen mit dem zweiten Gesicht? Etwa auch für Allan Mcnish?«

Die Augen des Arztes weiteten sich. »Woher kennen Sie Allan Mcnish?«

»Er wurde von einem alten Indianer unweit von Magdalena aufgelesen«, erklärte Dwain. »Er war schwach und krank, und der Indianer nahm sich seiner an. Aber er konnte nichts für ihn tun, er starb im Laufe der Nacht. Um nicht in Verdacht zu geraten und dem Toten ein ordentliches Begräbnis zukommen zu lassen, legte der alte Jack Silverwolfe Mcnishs Leichnam am Coward Trail an der Interstate ab. Wir fanden die Leiche. Er starb an einer Überdosis LSD und Natriumpentathol. Ein paar Tage später starb auch Jack Silverwolfe. Er verbrannte in seiner Hütte, doch zuvor hat man ihm den Hals umgedreht.«

»Ich kann nichts dafür, das müssen Sie mir glauben. Ich habe Professor Stillwell gewarnt. Allan hätte eine Pause gebraucht. Er war … er war ausgelaugt. Aber es musste ein Ergebnis her. Und Allan war als Einziger für das Projekt geeignet.«

»Welches Projekt?«

»Es ging um … um … um so etwas wie Gedankenübertragung. Mcnish hatte besondere mediale Fähigkeiten, aber die Tests belasteten ihn sehr. Allan wollte nur noch weg, er war am Ende seiner Kräfte, aber sie ließen ihn entgegen meiner Empfehlung nicht in Ruhe.«

»Wie entkam er aus dem Camp?«, fragte Brian.

Der Arzt schwieg.

»Wie entkam er mit seinem geschwächten Körper den Sicherungsanlagen rund um das Camp?«, wiederholte Dwain die Frage.

Kleine Schweißperlen bildeten sich auf Allistairs Stirn. Die Antwort fiel ihm sichtlich schwer.

»Los, reden Sie schon, sagen Sie uns, was Sie wissen!«, forderte Dwain aufbrausend.

»Tyler ist ein Teufel. Das Wohl der Menschen, die für ihn arbeiten, ist ihm gleich. Er will nur Ergebnisse. Er ist wie ein Blutsauger, er saugt sie alle aus bis aufs Mark.«

»Sie haben Mcnish geholfen?«, fragte Dwain.

Der Arzt nickte.

»Ich habe ihn im Kofferraum meines Wagens mitgenommen. Außerhalb des Camps werde ich von Agenten begleitet. Ich genieße aufgrund einer Erkrankung Sonderprivilegien und bin nicht dazu verpflichtet, im Camp zu wohnen. Ich würde es nicht aushalten. Die Agenten begleiteten mich in den Laden, und so konnte Allan entkommen.«

Suzannah und Brian schauten sich fragend an.

»Sie sprachen von Stillwell«, sagte Suzannah. »Sie meinen damit den Gehirnforscher Simon Stillwell aus Newark?«

Wieder ein Nicken.

»Und wer ist Tyler?«, fragte Brian.

»Er ist der technische Leiter des Projekts.«

»Erzählen Sie mir von diesem Projekt. Ist Tyler Wissenschaftler?«

Allistar schaute Dwain an.

»Beantworten Sie die Frage, worauf warten Sie?«

»Wir arbeiten an einem Projekt mit dem Namen *Oracle*. Es geht um funkgesteuerte Übertragung von Gehirnwellen über weite Strecken. Sozusagen um Gedankenübertragung mithilfe elektronischer Mittel. Damit wären abhörsichere Geheimnachrichten bis in den letzten Winkel dieser Erde möglich. Professor John Samuel Tyler ist eine Koryphäe auf dem Gebiet der Kommunikationswissenschaften. Er und Professor Stillwell sind die Köpfe des Projekts. Zusammen mit Commander Leach, der als Navy-Offizier das Camp 08 leitet, sind sie gleichberechtigte Projektleiter.«

»Und wie viele Versuchskaninchen mit medialen Fähigkeiten gibt es in diesem Camp, und warum sind sie dort?«, fragte Dwain.

»Anfangs waren es sieben, aber nicht alle waren geeignet. Nach den ersten Eignungstests blieben vier übrig. Rosanna hatte besondere Fähigkeiten, weswegen sie bevorzugt für die erste Testserie eingesetzt wurde. Aber sie hat nicht durchgehalten.«

»Sie verschwand im Herbst des letzten Jahres«, vollendete Dwain Allistars Bericht.

»Woher wissen Sie das?«, fragte der Arzt.

Dwain zuckte die Achseln.

»Was bewegt diese Menschen, dort zu bleiben – sind sie Gefangene?«, fragte Suzannah.

Der Arzt schüttelte vehement den Kopf. »Sie haben Verträge unterschrieben«, antwortete er empört. »Es sind Freiwillige. Nach Vertragserfüllung erhalten sie drei Millionen Dollar und eine neue Identität. Es sind Glücksritter, die durch ihre Fähigkeiten zu Reichtum kommen wollen.«

Dwain runzelte die Stirn. »Und warum ging Allan Mcnish damals nicht einfach, wenn er doch freiwillig dort war?«

Wieder schüttelte Allistar den Kopf. »Er hatte sich verpflichtet, also konnte er nicht einfach mitten im Projekt das Handtuch schmeißen. Es war ihm klar, worauf er sich einließ. Sie hätten ihn niemals gehen lassen. Es war seine Pflicht. Er war ein ausgezeichnetes Medium für ihre Zwecke.«

»Medien, Gedankenübertragung. Das ist mir alles zu hoch. Klingt für mich eher nach fantastischen Spinnereien«, sagte Dwain.

Suzannah setzte sich auf die Bank. »Stillwell war ein hervorragender Wissenschaftler und Dozent an der Universität von Columbia. Sein Fachgebiet war die Gehirnforschung. Vor ein paar Jahren ist er plötzlich von der Bildfläche verschwunden. Manche behaupteten, er sei ausgestiegen und habe alles hinter sich gelassen. Dass er heute auf der Straße lebt.«

»So wie Tyler, auch er verschwand aus der Öffentlichkeit, nur dass er eigentlich nie ausgestiegen ist«, bemerkte Brian. »Er war immer schon in der militärischen Forschung tätig. Er soll sich als junger Wissenschaftler sehr für die Experimente von Townsend Brown und Nikola Tesla erwärmt haben.«

»Brown, Tesla?«, murmelte Dwain. »Was sind das für Leute?«

»Haben Sie schon einmal vom Philadelphia-Experiment gehört oder von den Forschungsanlagen bei Montauk Point?«

Dwain nickte. »Ich kenne den Film über dieses Schiff, das in die Zukunft geschleudert wurde. Aber Sie wollen doch nicht ernsthaft andeuten, dass diese Sciene-Fiction-Posse in der Realität stattgefunden hat?«

Brian lächelte. »Zumindest gibt es das Naval Research Center noch immer, und die *USS Elderige*, das Schiff, um das es in diesem Film ging, gab es auch. Niemand weiß, was damals genau passiert ist, aber es muss etwas Schreckliches gewesen sein. Das Gleiche trifft auf das Montauk-Projekt im Jahr 1969 vor der Atlantikküste zu.«

Dwain überlegte. »Bei allem, was wir vom Doc erfahren haben, wissen wir noch immer nicht, was genau hinter dem Zaun am Fuße des Mount Withington vorgeht. Und er scheint auch keine Zusammenhänge zu kennen.«

Brian nickte zustimmend. »Und genau deswegen müssen wir dort hinein. Und der Doc wird uns dabei helfen, nicht wahr, Dr. Allistar?« Der Blick Allistars war voller Angst.

»Es sei denn, der Doktor hat Interesse daran, für den Rest seines Lebens im Knast zu schmoren«, fuhr Brian fort. »Und es wird kein angenehmes Gefängnis im Grünen sein, sondern ein Staatsgefängnis, in dem man als kranker, nicht mehr ganz junger Mann nur wenige Überlebenschancen hat. Ein Gefängnis, in dem ein Gutteil des Abschaums der Vereinigten Staaten sitzt.«

»Das kann man wohl so sagen«, bestätigte Dwain Hamilton.

Cleveland, Ohio

Das Mobiltelefon klingelte. Porky hatte eigens für dieses Handy einen besonderen Rufton eingestellt. Es waren die Töne der Schicksalssymphonie, und jedes Mal, wenn sie erklang, bekam Porky eine Gänsehaut.

Er meldete sich mit einem knappen »Ja«.

»Ich hoffe, es geht dir gut«, sagte Brian.

»Mein Gott, was ist passiert? Ich habe von der Sache in Socorro gehört. Euch wird vorgeworfen, ihr habt einen Deputy erschossen. Ihr hättet nie zurückkommen dürfen.«

»Wir haben niemanden erschossen«, widersprach Brian. »Wir sind in ein Komplott geraten. Nicht das FBI ist hinter uns her, sondern ganz andere Kräfte.«

»Das wollte ich dir längst schon mitteilen, aber entweder bist du nicht erreichbar oder hast das Telefon abgeschaltet«, sagte Porky. »Ein angeblicher FBI-Agent war bei mir, der überhaupt nicht existiert. Im gesamten verfluchten Land nicht.«

»Ich stehe wirklich sehr unter Druck, wir brauchen noch einmal deine Hilfe. Hast du einen sauberen E-Mail-Account?«

Porky dachte kurz nach. Er könnte die Adresse einer Freundin benutzen, mit der ihn eine lockere Bettgeschichte verband, nichts Festes. Also wurde sie bestimmt nicht überwacht. Außerdem wohnte sie in North Perry und nicht in Cleveland. »Ja, habe ich«, sagte er.

»Dann schicke mir die Adresse per SMS, ich melde mich wieder. Bis bald.«

»Brian ... Brian, warte ...«

7

Virgile Mine, Eddy County, New Mexico

»Ihr könnt mir glauben, ihr seid hier sicher«, sagte Dwain. »Hier ist seit zehn Jahren niemand mehr hergekommen. Die alte Kupfermine ist schon mehr als zwanzig Jahre stillgelegt.«

»Und woher kennst du diesen Ort?«, fragte Suzannah.

»Das Land hier gehört zur Cave Pearls Ranch, die meinem Onkel gehört. Bevor ich Sheriff in Socorro wurde, habe ich als Verwalter hier gearbeitet.«

»Trotzdem habe ich Bauchschmerzen bei der Idee«, warf Brian ein. »Dein Onkel ist schließlich Senator. Und als solcher gehört er zu dem Machtbereich der Regierung. Ich traue in dieser Sache niemandem, der sein Geld aus Washington überwiesen bekommt.«

»Ihr kennt den alten Joseph Hamilton nicht«, sagte Dwain. »Er ist ein rechtschaffener Mensch. Er liebt dieses Land, und die Verfassung der Vereinigten Staaten von Amerika ist ihm heilig. Er wird uns helfen. Er hat Verbindungen, die wir brauchen. Wenn es uns gelingt, ihn zu überzeugen, dann wird er hinter uns stehen. Es ist unsere einzige Chance, aus dieser Sache heil wieder herauszukommen. Was sollen wir auf eigene Faust im Camp ausrichten?«

Brian schaute Suzannah an. Sie nickte unmerklich. »Gut«, sagte er schließlich. »Aber ich will, dass wir in dieser Sache zweigleisig fahren. Wir brauchen eine Rückversicherung, wir wissen nicht, wie das Spiel für uns ausgeht. Dafür benötigen wir schnellstens einen Laptop und einen Scanner. Sollte dein Onkel kneifen, dann können wir mit dem Material wenigstens an die Presse gehen. Die Kerle können nicht die gesamten amerikanischen Medien zum Schweigen bringen.«

Dwain nickte. »Das soll mir recht sein. Ich nehme die Limousine, den Camaro lasse ich hier. Ich bin bis zum Abend wieder zurück. Passt bitte auf den Doktor auf, bevor er es sich anders überlegt.«

Brian lächelte. »Das glaube ich nicht. Es war ein kluger Schachzug, die Vernehmung aufzuzeichnen und mit dem Unfall zu beginnen. Er weiß, was ihm blüht, wenn er nicht mitzieht.«

Dwain nickte. »Ich werde etwas Anständiges zum Essen mitbringen.«

Brians Handy gab zwei kurze Pieptöne von sich. Eine kurze SMS von Porky mit einer neuen E-Mail-Adresse.

»Porky ist verdammt schnell«, murmelte Brian.

St. Anthony Hospital, Denver, Colorado

»Es ist Wahnsinn!« Allan Clark warf das Dossier auf das Bett, an das Cliff Sebastian – das ruhiggestellte Bein im Schwebebaum – noch immer gefesselt war.

»Irgendwie, wahrscheinlich durch ein Experiment, wurde die F-Schicht der Ionosphäre derart aufgeheizt, dass sich eine Blase aus thermischem Plasma aufbaute, die stetig Reflexionsstrahlen zur Ende schickte und damit die Katastrophe auslöste. Vielleicht hätte es den einen oder anderen Sturm auch ohne diese Manipulation gegeben, aber sie wären mit Sicherheit nicht zu solchen unberechenbaren Giganten mutiert. Wahrscheinlich wären sie nicht einmal zu Hurrikans geworden. Zumindest nicht zu dieser Jahreszeit.«

Cliff nahm das Dossier zur Hand und blätterte darin.

»Die Aufheizung erzeugte eine Art Spiegeleffekt«, fuhr Allan fort. »Das ist aber noch nicht alles. Neben den Mikrowellenstrahlen wurde auch eine überproportionale Präsenz von extremen Langwellen registriert. Sie stammen offenbar aus derselben Quelle, haben aber aufgrund ihrer unterschiedlichen Frequenzen einen abweichenden Reflexionswinkel.«

»Mikrowellen und ELF-Wellen aus ein und derselben Quelle?«, murmelte Cliff.

»Richtig«, entgegnete Allan. »Unser Geophysiker ist überzeugt, dass die Mikrowellen als Transportmedium für die ELF-Wellen fungierten. Wayne hat die Wellenspektren kurz vor dem Auftreten des Wirbelsturms *Cäsar* analysiert. Die Einzelheiten erspare ich uns. Kurzum, die Reflexionen der Mikrowellen trafen im Westen die Karibik, während die ELF-Strahlung irgendwo in der Nähe der Sargassosee auf den Ozean traf.«

Cliff blätterte die einzelnen Seiten des Dossiers durch. »Und dein Spezialist täuscht sich bestimmt nicht?«

»Grain ist eine Kapazität auf dem Gebiet der Strahlungsforschung. Er hat einige Forschungsprojekte geleitet. Unter anderem erforschte er die Langzeitwirkung schwacher Gammawellen auf biologische Organismen. Außerdem war Wayne schon ziemlich dicht dran. Seine Vorarbeit war ausgezeichnet. Lediglich die Existenz der ELF-Wellen konnte er nicht genau erklären. Aber seine Nachforschungen haben bestätigt, dass die Strahlung von der Erdoberfläche kommt und nicht aus dem Weltall. Hierzu bedarf es natürlich einer enormen Energiequelle.«

Cliff fuhr sich über das Gesicht. »Warum heizt jemand die Meeresoberfläche auf und riskiert damit die Entstehung von Monsterhurrikans?«

Allan nahm das Dossier in die Hand und blätterte zu einer Berechnungstabelle. »Das sind Berechnungen zur Feststellung des Strahlungsursprungs. Grain hat den Südwesten unseres Kontinents als möglichen Standort der Strahlungsquelle errechnet.«

Cliff versuchte sich aufzurichten, doch er stöhnte auf. Seine Rippen schmerzten. Allan stützte ihn und schüttelte sein Kissen auf.

»Ich hätte es verstanden, wenn der Mittlere Osten als Quelle dieses Wahnsinns berechnet worden wäre«, sagte Cliff. »Aber nicht Amerika. Wir bringen uns doch nicht gegenseitig um. Ich hoffe es zumindest.«

»Grain hat eine andere Theorie«, sagte Allan. »Er erklärte mir, dass Längstwellen dieses Spektrums bestens für Ortungstechnologien geeignet sind. Sie dringen tief in das Erdreich ein. Bunkeranlagen, Schiffe, sogar U-Boote können aus großer Entfernung geortet werden. Eine solche Technik wäre die Ortungstechnologie des 21. Jahrhunderts und würde an die Stelle der üblichen Radargeräte treten, die mit Zentimeter- oder Millimeterwellen arbeiten. Überleg mal, welche Möglichkeiten unserer Armee eröffnet werden, wenn es darum geht, eine Höhle oder einen Bunker der al-Qaida-Terroristen im Hindukusch aufzuspüren.«

Cliff hob die Augenbrauen. »Mit Langwellen wäre das also möglich?«

»Mit ELF-Wellen, extrem langwelligen Frequenzen im Bereich von drei bis dreißig Hertz.«

Resigniert sank Cliff in sein Kissen zurück. »Militärische Forschung. Damit kann ich mir dann auch meinen Unfall und die Wanzen in meinem Telefon erklären«, sagte er. »Ruf diesen Journalisten an. Jetzt, sofort. Das muss unbedingt an die Öffentlichkeit. Unser Militär zerstört selbstherrlich unser Land und ist für den Tod von Tausenden Amerikanern verantwortlich.«

»Ich kann mir nicht vorstellen, dass dies bewusst geschah!«

»Ich habe die Toten von New Orleans gesehen«, antwortete Cliff. »Egal, ob sie es bewusst taten oder ob sie es einfach billigend in Kauf nahmen. Ruf den Schreiberling an. Er soll seine Story direkt an CBS liefern. Diese Schweinerei darf nicht unter den Teppich gekehrt werden.«

»Ja, aber das reicht nicht, die Presse will sicherlich Beweise sehen. Ich werde mich mit einem guten Freund beim MIS besprechen. Ich habe ihm meinen Besuch bereits angekündigt.«

Socorro County, New Mexico

An sämtlichen Durchgangsstraßen waren Kontrollstellen eingerichtet. Streifenfahrzeuge patrouillierten durch die Straßen, und Polizeihubschrauber überflogen in regelmäßigen Abständen die Interstate und abgelegene Gegenden, die sich als Versteck eigneten.

Captain Howard von der State Police stand an einen Streifenwagen gelehnt und dirigierte eine Suchstaffel durch den Wald westlich von Magdalena. Spürhunde und Spezialisten mit Wärmebildkameras unterstützten die Suche. Howard blaffte seine Befehle in das Funkgerät und blickte währenddessen auf die Karte. Bei diesem Einsatz war er ganz in seinem Element. Einhundert Beamte zu kommandieren – die Gelegenheit hatte er nicht alle Tage. Wind war aufgekommen, und dunkle Wolken türmten sich am Himmel.

Als ein schwarzer Cherokee in seinem Rücken auftauchte und unmittelbar hinter seinem Wagen zum Stehen kam, wandte sich Captain Howard um. Ein Mann im schwarzen Anzug sprang aus dem Jeep und eilte auf ihn zu.

»Sind Sie der Einsatzleiter hier?«, herrschte ihn der dunkel gekleidete drahtige Bursche an.

»Wer will das wissen?«

Der Neuankömmling fuchtelte mit einem Dienstausweis vor Howards Nase. »Ich bin Agent Coburn, NSA. Ich leite den Einsatz und versuche Sie seit zehn Minuten zu erreichen. Warum halten Sie Ihr Funkgerät nicht besetzt? Ihre Inkompetenz kotzt mich an!«

Die Beförderungsurkunde, die Howard durch diesen Einsatz bereits vor Augen gesehen hatte, rückte in weite Ferne.

»Ich ... es ist ... wir haben ...«, stammelte er.

»Pfeifen Sie Ihre Mannschaft zurück«, forderte Coburn den Captain auf. »Wir verlagern.«

»Aber ich dachte ...«

»Überlassen Sie das Denken den Pferden, die haben größere Köpfe«, schnitt ihm Coburn das Wort ab. »Wir erhielten eine Meldung. Ein gelber Wagen ist gesichtet worden. Unterhalb der Datil Mountains. Er ist in einen Feldweg eingebogen. Der Beschreibung nach handelt es sich um den Wagen des ermordeten

Deputy. Pfeifen Sie Ihre Leute zurück und halten Sie, verdammt noch mal, endlich Ihren Funk besetzt.«

Howard nickte stumm. Seine Miene wirkte wie versteinert. »Tex, ans Funkgerät!«, befahl er brüsk. Der Angesprochene zuckte zusammen und umrundete den Wagen, um sich hinter das Steuer zu zwängen.

»In einer Viertelstunde sind Sie abmarschbereit«, ordnete Coburn an und zeigte auf die Karte. »Sie übernehmen den südwestlichen Teil des Waldgebiets bei den Datils. Ich möchte, dass Sie dort jeden Stein umdrehen. Haben Sie mich verstanden?«

Unsicher schaute Howard in den Himmel. »Aber es wird bald regnen«, erwiderte er.

»Das ist mir scheißegal, nehmen Sie eben einen Schirm. Aber packen Sie endlich Ihren Kram zusammen und verlagern Sie zu unserem neuen Einsatzort. Sonst lasse ich Sie auswechseln.«

Coburn machte auf dem Absatz kehrt und brauste davon. Nachdem der Cherokee außer Sichtweite war, spuckte Howard in den Staub.

»Diese arroganten Idioten«, fluchte er. »Die haben überhaupt keine Ahnung. Sie tragen ihre Anzüge spazieren und führen sich auf wie kleine Arschlöcher. Die Terroristen sind doch längst von hier verschwunden.«

Tex beugte sich über den Beifahrersitz. »Soll ich …«

»Halten Sie das Maul, Tex«, fiel ihm Howard ins Wort. »Und lassen Sie unser Funkgerät ja nicht wieder aus den Augen, sonst können Sie ab Montag unsere Streifenwagen waschen. Haben Sie mich verstanden?«

Tex machte ein betretenes Gesicht und richtete sich auf. Innerlich lächelte er. Der Agent hatte seinem Boss endlich mal ins Gesicht gesagt, was er schon lange von ihm dachte.

Cave Pearls Ranch, Carlsbad, New Mexico

»Dwain, um Gottes willen, Junge, was ist bloß passiert?«, rief Senator Joseph Hamilton entsetzt. »Sie haben dich laufen lassen, Gott sei Dank.«

Dwain trat aus dem Schatten eines Baums.

Der Senator eilte herbei und umarmte ihn. »Ich habe mir solche Sorgen um dich gemacht, fürchtete schon, du wärst tot«, sagte er.

»Ich bin nicht tot, Onkel Joe«, entgegnete Dwain trocken und löste sich aus der Umarmung. »Ich werde dir jetzt eine Geschichte erzählen, die vollkommen unglaublich klingt, aber so wahr ist, wie ich jetzt vor dir stehe.«

Der Senator blickte verwirrt auf seinen groß gewachsenen Neffen.

Dwain hakte sich bei seinem Onkel unter und zog ihn zu einer Sitzgruppe in dem weitläufigen Park. »Es ist besser, wenn du dich hinsetzt«, sagte er und rückte einen der Stühle für ihn zurecht.

Zögernd nahm der Senator Platz. »Was ist nur passiert, Junge?«

»Du kennst Senator Lee aus Washington?«, begann Dwain seinen Bericht.

»Natürlich kenne ich den alten, verschrobenen Genossen. Aber erzähle, was ist geschehen?«

Dwain erzählte seinem Onkel von der Verhaftung der beiden Trekker im Cibola Forest, von dem schrecklichen Verdacht, der sie in das Gebiet um den Mount Withington geführt hatte, von dem Erscheinen der NSA-Agenten und dem nächtlichen Überfall auf das Socorro Sheriff-Office. Dunkle, vermummte Gestalten, ihre Gesichter hinter Masken versteckt, bewaffnet mit Automatikgewehren, die ohne Fragen zu stellen um sich geschossen hatten und den armen Dave kaltblütig töteten. Anschließend zeigte er dem Senator die Fotos. Zur Bekräftigung seiner Aussage spielte er die Tonbandaufnahme der Vernehmung vor.

»Dieser Brian Saint-Claire ist felsenfest davon überzeugt, dass die Kerle im Camp für den Hurrikan verantwortlich sind, der New Orleans zerstörte. Er glaubt, dass die Antennen, die du hier auf dem Foto siehst, der Manipulation des Wetters dienen.«

Joseph Hamilton hörte gespannt zu. Seine Augen wurden immer größer. »Aber was für einen Sinn macht es, das eigene Land durch Hurrikans zu verwüsten?«

Dwain zuckte mit den Schultern. Auf diese Frage hatte er keine Antwort.

»Du glaubst diesem Kanadier?«, fragte der Senator.

»Ich glaube ihm jedes Wort.«

Der Senator räusperte sich. »Du weißt, wie ich darüber denke, Dwain. Ich habe dich mehrfach davor gewarnt, mit fliegenden Fahnen gegen eine Wand zu laufen. Was, glaubst du, wirst du zur Antwort kriegen, wenn du diese Geschichte jemand anderem als mir erzählst? Die Navy der Vereinigten Staaten von Amerika produziert Wirbelstürme und zerstört damit die Südküste der Staaten. Überlege selbst, was denkt man über jemanden, der einem eine solche Geschichte auftischt?«

»Ich weiß nicht«, antwortete Dwain zögerlich. »Vielleicht war es ein Unfall, vielleicht ist irgendein Versuch fehlgeschlagen.«

»Kleiner, ich schätze deinen wachen Verstand«, entgegnete der Senator. »Du bist ein echter Hamilton, und du bist für mich wie mein eigener Sohn. Ich kann nicht zulassen, dass die Öffentlichkeit über dich lacht und uns Hamiltons als Spinner und Fantasten brandmarkt. Wir beide haben einen Ruf zu verlieren. Deswegen müssen wir unserer Sache ganz sicher sein, bevor etwas an die Öffentlichkeit dringt. Diese Antennen im Wald können ganz normale Abhöranlagen sein, und die Aussage des Arztes ist ohne Beweise nicht viel wert. Aber das muss ich dir nicht erläutern, du bist schließlich von uns beiden der Sheriff.«

Dwain blickte zu Boden. Die Worte des Senators hatten ihn nachdenklich gestimmt. Im Grunde genommen hatte Onkel Joe recht. Ohne ausreichende Beweise – und das waren die Bilder vom Camp und die Aussage eines alkoholkranken Militärarztes beileibe nicht – würde ihnen niemand Glauben schenken. Die Navy würde alles als Spinnerei eines übergeschnappten Geisterjägers und eines verrückten Sheriffs abtun, der dem Whiskey zugetan war und bei dem es nicht einmal die eigene Frau ausgehalten hatte.

»Wir werden ins Camp gehen und die Beweise liefern«, antwortete Dwain entschlossen.

»Das lässt du schön bleiben, mein Junge!«, sagte Onkel Joe. »Ich will euch helfen, ich muss mir nur überlegen, wie. Auf alle Fälle wirst du nichts unternehmen, bevor ich dir dafür das Okay gebe. Versprichst du mir das?«

»Aber …«

»Keine Widerrede, mir wird schon etwas einfallen, du weißt doch, ich habe Verbindungen. Nur muss ich in dieser Sache sehr sensibel vorgehen. Lass mir als Erstes die Fotos und das Band mit der Aussage des Arztes zukommen.«

»Und ich brauche von dir ein paar Dinge, vor allem etwas zu essen«, entgegnete Dwain. »Dosenkost hängt uns allmählich zum Hals heraus.«

»Wenn das alles ist«, antwortete der Senator. »Betty soll dich mit allem versorgen, was du benötigst.«

»Ich danke dir, Onkel Joe.«

»Wo versteckt ihr euch eigentlich?«

»Wir sind in der alten Virgile Mine.«

»Gut, dann wartet dort auf mich und unternehmt nichts ohne meine Zustimmung!«

Kurz darauf fuhr Dwain Hamilton mit dem silberfarbenen Buick die staubige Straße entlang, die ihn in den Lincoln National Forest führte. Er hatte ein gutes Gefühl. Diesmal würde der Senator alle Hebel in Bewegung setzen.

Cleveland, Ohio

Porky saß gespannt vor dem Bildschirm des Computers seiner Freundin und trommelte ungeduldig mit den Fingern auf die Schreibtischplatte. Vor einer halben Stunde hatte Brian angerufen und die Übermittlung wichtiger Bilder und Tondokumente angekündigt. Helen hatte bereits ihre Jacke angezogen, um sich ins Nachtleben zu stürzen, doch er hatte ihr klargemacht, dass er sie nicht begleiten könne.

Das leise Brummen des Computers erfüllte den Raum. Er öffnete Helens E-Mail-Account, aber außer ein paar Werbemails war noch keine neue Nachricht eingegangen. Er warf einen Blick zum Fenster. Draußen senkte sich die Dämmerung über den Lake Erie. Er dachte an Brian und Suzannah. Wo sie sich wohl gerade aufhielten?

Er kannte Brian seit über zehn Jahren, und wenn es jemanden auf dieser Welt gab, der den Ausdruck »Freund« verdiente, dann war es Brian Saint-Claire. Und mit diesem Begriff ging er nicht gerade verschwenderisch um. Deshalb war ihm von Anfang an klar gewesen, dass er ihm helfen musste, egal, was er dabei riskierte. Brian würde sich auf seinen alten Kumpel Porky verlassen können. Am Ende würde sogar noch eine Enthüllungsstory höchster Güte herausspringen, die ihm Tür und Tor bei einer großen Tageszeitung verhieß. Das Tonsignal riss Porky aus seinen Gedanken. Eine E-Mail war im Postfach angekommen. Beinahe zwei Megabyte an Datenmenge. Der Download dauerte eine ganze Weile. Langsam schob sich der rote Balken, der den Ladeprozess anzeigte, auf die rechte Bildschirmhälfte zu. Porky konnte seine Ungeduld kaum noch zähmen. Schließlich erreichte der rote Balken die rechte Markierung. Porky klickte auf das kleine Briefkuvert, das die angekommene Nachricht symbolisierte.

Hallo, Porky,
wir haben gefunden, was wir suchten. Aber sie sind hinter uns

her. Wir haben ein Militärcamp fotografiert. Auf einigen der Bilder sind Antennen zu sehen. Sonderbare Masten, bestimmt an die hundert. Versuch herauszufinden, welchem Zweck sie dienen. Am besten setzt du dich mit diesem Wetterfrosch, Cliff Sebastian, in Verbindung. Außerdem befindet sich im Anhang eine Tonbandaufnahme. Es ist der Mitschnitt einer Vernehmung. Bewahre das Material sorgfältig auf. Wir verlassen uns auf dich. Und lass dich nicht erwischen. Die Kerle sind kaltblütig und schrecken auch vor Mord nicht zurück, wie wir mit eigenen Augen gesehen haben.
Pass auf dich auf,
Gruß Brian

Porky öffnete die Anhänge und besah sich rasch die Fotoaufnahmen. Eines der Bilder zeigte den erwähnten Antennenwald. Er vergrößerte die Aufnahme. Brian hatte recht. Es waren mit Sicherheit keine Radioantennen. Nachdem er das Tondokument angehört hatte, huschte ein Lächeln über sein Gesicht. Das Geständnis des Mannes auf dem Tondokument würde das ganze Land erschüttern.

Eilends legte er einen CD-Rohling in den Brenner. Insgesamt viermal kopierte er die Dateien. Eine CD versteckte er in einem Regal, zwischen Büchern, die Helen wohl niemals gelesen hatte und auch nie lesen würde. Dort war die kleine Scheibe sicher aufgehoben, dachte er sich, ehe er die E-Mail löschte.

Plaza Hotel, New York

Der Wohltätigkeitsball war in vollem Gange. Der Ballsaal wurde von dem sanften Licht der kristallenen Kronleuchter erhellt, und die Damen in ihren prächtigen Roben tanzten mit den Herren im Smoking zu den Walzerklängen eines philharmonischen Orchesters. Die feine Gesellschaft, der gesamte Geldadel New Yorks, hatte sich im Ballsaal sowie an den festlich gedeckten Tischen im

Westflügel versammelt. Bankiers, Ärzte, reiche Kaufleute, Manager aus der Wirtschaft, Politiker und auch einige Schauspieler, Filmproduzenten und hohe Pressevertreter. Die Worth-Gesellschaft hatte zu dem Wohltätigkeitsball geladen. Die Organisation hatte sich zur Aufgabe gemacht, das kulturelle und freiheitliche Leben in den Vereinigten Staaten zu fördern, und unterstützte neben einigen künstlerischen Projekten auch den Ausbau des Schulsystems in den ärmeren Vierteln des Landes. Präsident der Worth-Gesellschaft war Senator Luther Thornton. Thornton hatte sich für einen kurzen Augenblick unbemerkt davongestohlen. In einer Suite im dritten Stock traf er sich mit den Senatoren Alison Stalton und Bill Stansfield sowie Thomas C. Lee, der den Vorsitz der kleinen Versammlung führte. Ein Stuhl am Tisch war verwaist geblieben.

»Es gibt ernsthafte Komplikationen«, sagte Lee, nachdem Thornton Platz genommen hatte.

»Komplikationen?«, entgegnete Thornton ernst.

»Sie werden doch nicht allen Ernstes behaupten wollen, dass uns diese kleine Gruppe von fragwürdigen Wissenschaftlern gefährlich werden könnte?«, warf Senator Stansfield ein.

Lee runzelte die Stirn. »Es ist schlimmer«, sagte er. »Es ist ihnen offenbar gelungen, in die Sperrzone einzudringen.«

»Aber ich dachte, Lincoln würde das Problem lösen«, erwiderte Stalton.

»Sollte der Chief nicht an dieser Besprechung teilnehmen?«, warf Stansfield ein.

Senator Lee schüttelte den Kopf. »Ich weiß nicht, wie es den beiden Subjekten gelungen ist, aber sie haben es irgendwie geschafft, genügend tragfähige Indizien zu sammeln. Es wird möglicherweise eine interne Untersuchung geben. Deshalb muss das Camp schnellstmöglich geräumt und die Spuren müssen verwischt werden. Leach trifft bereits Vorbereitungen.«

»Sollten wir nicht schnell …«

»Noch haben wir Zeit«, unterbrach Lee den Einwand. »Wir

haben alles unter Kontrolle. Lincoln bereitet zur Stunde eine Aktion vor. Ich habe ihm grünes Licht gegeben. Wir können keine Rücksicht mehr nehmen.«

Stansfield schaute Lee mit großen Augen an. Eine Frage lag auf seinen Lippen, aber Thornton kam ihm zuvor.

»Was sollen wir jetzt tun?«, fragte er.

»Ganz einfach: Wir werden wieder zum Ball zurückgehen«, erwiderte Lee. »Es ist aber für die nächste Zeit das Beste, wenn wir uns nicht mehr in dieser Runde treffen.«

Cleveland, Ohio

Porky betrachtete noch einmal die Fotoaufnahmen, die ihm Brian vor ein paar Minuten übersandt hatte. Als er die sonderbaren Antennen näher betrachtete, klingelte das Handy. »Ja«, meldete er sich.

»Ich muss dringend ein Treffen mit Ihnen arrangieren. Es geht um die brisanten Unterlagen, die Sie einem Freund von mir übergeben haben. Ist diese Leitung sicher? Ich habe die Nummer von ebendiesem Freund erhalten.«

»Ich denke schon. Aber vielleicht verraten Sie mir erst mal, mit wem ich es zu tun habe?«

»Mein Name ist Allan Clark. Ich bin der Leiter des National Hurricane Center in Miami. Sie können ruhig Erkundigungen über mich einziehen, falls Sie mir nicht vertrauen. Also, wann können wir uns sehen?«

Porky hob eine Augenbraue. »Ich halte diese Idee für nicht besonders gut. Seit ich das Material übernommen habe, werde ich verfolgt. Außerdem habe ich meinen Job verloren. Ich habe keine Lust, in einer dunklen und schmutzigen Gosse zu enden.«

»Ich verstehe Sie«, erhielt er zur Antwort. »Aber wir alle gehen ein hohes Risiko ein. Andererseits ist das Material, das Sie meinem Freund übergeben haben, hochbrisant. Sie sind doch Journalist und könnten mit der Veröffentlichung gewisser Details eine sensationelle Story landen. Mit diesem Dokument haben Sie Indizien in der Hand, die eindeutig darauf hindeuten, dass Manipulationen an der Ionosphäre für die Auslösung der Wirbelstürme verantwortlich sind, die in Tallahassee und in New Orleans Tausende Menschenleben kosteten. Und raten Sie mal, wo sich diese Manipulationsanlage befindet? Nicht etwa in einem der sogenannten Schurkenstaaten, sondern irgendwo im Südwesten der Vereinigten Staaten. Nur wo genau, wissen wir nicht.«

Porky lief es heiß und kalt über den Rücken. Er vergrößerte das Bild mit den sonderbaren Antennen. »Wenn ich mich nicht irre, dann betrachte ich gerade die Manipulationsanlage, die Sie suchen. Ich sehe auf einem Foto, das mir meine Quelle zukommen ließ, mehrere sonderbare Antennen mit langen Tentakeln an der Spitze. Können Sie damit etwas anfangen?«

»Sie haben Fotos?«

»Ich habe Fotos und so etwas wie ein Geständnis eines Mitarbeiters der Anlage.«

»Wir haben nur eine Chance, diesen Wahnsinn zu stoppen, wenn wir uns treffen und ich einen Blick auf das Material werfen kann«, erwiderte Allan. »Ich gebe Ihnen mein Wort, dass Ihnen und Ihrem Informanten nichts geschehen wird.«

Porky überlegte fieberhaft. Sollte er das Risiko eingehen und einem Treffen zustimmen? Was hatte er schon zu verlieren? Seinen Job war er los, und wenn er mit Wayne Changs Material und den neuen Informationen, mit denen Brian ihn versorgt hatte, eine große Story landen wollte, brauchte er die Unterstützung eines Spezialisten dieses Fachgebiets. Er selbst konnte sich keinen Reim auf das Material machen.

»Ach, was soll's«, murmelte er. Laut sagte er in den Hörer: »Gut, wir treffen uns. Wann können Sie hier in der Gegend sein?«

»Ich steige in den nächsten Flieger. Heute Abend?«

»Lassen Sie uns einen Treffpunkt in North Perry vereinbaren,

Cleveland ist zu gefährlich. Sagen wir um acht am Busbahnhof?«, sagte Porky. »An der Haltestelle der Linie eins.«

»Wie erkenne ich Sie?«

Porky schaute sich um, sein Blick fiel auf die Tageszeitung. »Ich trage eine schwarze Windjacke mit roten Streifen und halte den *Perry Express* unter dem rechten Arm. Aber gehen Sie davon aus, dass ich nicht allein bin. Möglicherweise kleben ein paar Verfolger an meinen Fersen.«

»Okay«, antwortete Allan.

Porky sog tief den Atem ein, nachdem er das Gespräch beendet hatte. Er erhob sich. Aus einer Schublade holte er ein Kuvert, adressierte es an die Redaktion der *Washington Post* und stopfte eine der silbernen CDs hinein. Auf einem Zettel notierte er seinen Namen, eine kurze Nachricht und die Nummer eines Postfachs in Port Colborne, bevor er das Kuvert zuklebte.

Pentagon, Subdivision 5E, Arlington, Virginia

»Diese beiden Psychologen sind der Wahrheit erstaunlich nahegekommen«, sagte Chief Lincoln. »Sie und Ihre Männer haben auf ganzer Linie versagt.«

Coburn senkte schuldbewusst den Blick. »Ich muss zugeben, ich habe das Pärchen unterschätzt.«

»Ein Parapsychologe und eine Schlafforscherin haben Sie an der Nase herumgeführt. Sie haben sich austricksen lassen wie ein blutiger Anfänger, damit ist jetzt Schluss. Wir können uns keine weiteren Fehler leisten.«

Coburn kratzte sich am Kopf. »Die beiden spazieren wie zufällig durch den Cibola und stoßen direkt auf das Camp. Ist das nicht irgendwie merkwürdig?«

»Was wollen Sie damit sagen?«

Coburn straffte die Schultern. »Woher hatten sie die Information, in welchem Landstrich sie suchen müssen? Das alles kann doch kein Zufall sein.«

Chief Lincoln lehnte sich in seinem bequemen Sessel zurück und zündete eine Zigarre an. Nachdenklich blies er den Rauch in die Luft. »Senator Lee ist der gleichen Meinung«, sagte er schließlich. »Wir haben ein Leck, und das müssen wir schleunigst schließen. Ab jetzt dürfen wir keine Rücksicht mehr nehmen.«

Coburn schaute zum Fenster hinaus. Die Blätter an den hohen Bäumen im Constitution Garden tanzten im Wind. »Dieser Sheriff, der Neffe von Senator Hamilton, hat uns große Schwierigkeiten bereitet. Wenn er nicht dazwischengefunkt hätte, dann wären Saint-Claire und Shane längst schon in unserer Hand. Alles wäre so einfach gewesen ...«

»Schieben Sie Ihr Versagen nicht auf den Sheriff«, raunzte Lincoln seinen Untergebenen an. »Sie haben einfach die Kontrolle verloren. Ihnen ist die Sache entglitten. Ich hätte gute Lust, Sie wieder in die Dechiffricrabteilung zu versetzen. Aber nun genug davon. Haben Sie diesen Redakteur unter Kontrolle?«

Coburn verzog das Gesicht. »Sein Telefon, seine E-Mail und sein Handy werden überwacht. Bislang scheint er keinen weiteren Kontakt mehr zu den beiden gehabt zu haben.«

Lincoln wischte die Antwort mit einer Handbewegung beiseite. »Das war nicht meine Frage«, sagte er barsch. »Wo befindet sich dieser Mann jetzt im Augenblick?«

»Er steckt in North Perry und ist bei einer jungen Frau untergekrochen. Zwei Teams überwachen ständig seine Bewegungen. Sobald er die Wohnung verlässt, wird er ins Visier genommen. Diesmal sind wir besser vorbereitet als damals in Sandusky. Aber bislang hat er sich noch nicht aus seinem Mauseloch hervorgewagt.«

»Gut, jetzt müssen wir dem Spuk ein für alle Mal ein Ende bereiten«, sagte der Chief. »Wir wissen, wo sich der Sheriff und seine beiden Begleiter verkrochen haben, und Senator Lee ist der Meinung, dass es an der Zeit ist, sie zu eliminieren. Nehmen Sie drei komplette Gruppen und fliegen Sie nach Carlsbad. Heute Nacht noch.«

Chief Lincoln warf ein verschlossenes Kuvert auf den Schreibtisch. »Hier drinnen steht alles, was Sie wissen müssen. Lesen Sie es aufmerksam, bevor Sie es vernichten.«

»Und was ist mit Senator Hamilton?«

Chief Lincoln schnippte die Asche seiner Zigarre in den Aschenbecher. »Er steht ganz oben auf der Liste. Haben Sie mich verstanden?«

Coburn nickte. »Wird das nicht zu viel Staub aufwirbeln? Schließlich ist der Senator ein einflussreicher Mann.«

»Das lassen Sie mal meine Sorge sein«, erwiderte Chief Lincoln. »Wir werden uns schleunigst zurückziehen. Camp 08 wird es ab Dienstag nicht mehr geben, und wenn Sie diesmal keinen Mist bauen und Ihren Auftrag professionell erledigen, dann wird bald Gras über die Sache gewachsen sein.«

»Und wenn der Redakteur dieses Geistermagazins bereits die Medien informiert hat?«, fragte Coburn.

»Wie viel Glauben würden Sie einem Mann schenken, der Ihnen weismachen will, dass Geister und Dämonen in dieser Welt herumspuken?«

Coburn lächelte.

»Unsere Zielpersonen müssen vollständig verschwinden«, schob Chief Lincoln nach. »Machen Sie ein schönes großes Feuer und verwischen Sie Ihre Spuren.« Er drückte seine Zigarre im Aschenbecher aus. »Und keine Fehler diesmal, verstanden?«

North Perry, Ohio

Der kleine, verschlafene Ort lag an der Interstate 20 zwischen Cleveland und Geneva, am Südostufer des Erie-Sees. Die Hauptstraße zog sich wie eine Perlenschnur durch die kleine Stadt und halbierte sie in zwei beinahe gleich große Teile. Der Busbahnhof lag im Norden, unweit des Seedrive Inn. Porky trug verabredungsgemäß seine Windjacke und hatte die Tageszeitung unter den Ellenbogen geklemmt.

Er versuchte sich so unauffällig wie möglich zu verhalten, doch seine Nervosität ließ sich nicht verbergen. Bereits als er Helens Haus in der Fleet Street verlassen und den Weg zu dem großen Busbahnhof eingeschlagen hatte, wurde er das Gefühl nicht los, dass ihn unzählige Augen beobachteten.

Argwöhnisch musterte Porky die Wartenden. Zwei dunkel gekleidete Männer und eine Frau standen auf der Plattform gegenüber. Er hatte das Gefühl, dass sie miteinander tuschelten. Harmlose Zeitgenossen oder getarnte Agenten?

Porky fluchte. Er hätte sich ein Bild von Allan Clark besorgen oder zumindest eine Beschreibung geben lassen sollen. Auf der gegenüberliegenden Straßenseite parkten drei Fahrzeuge. Ein blauer Ford, ein roter Geländewagen und ein dunkler Lieferwagen mit der Aufschrift einer Elektrofirma. Saß in einem dieser Wagen Allan Clark oder ein Verbindungsmann?

»Hallo, Mr Pokarev«, flüsterte eine angenehme Stimme hinter seinem Rücken.

Porky fuhr herum. Eine langbeinige Blondine in einem cremefarbigen Kostüm lächelte ihm zu. Die Frau trat näher und umarmte ihn. Nachdem sie ihm einen Kuss auf die Wange gehaucht hatte, flüsterte sie ihm ins Ohr: »Allan Clark schickt mich, Sie abzuholen.«

»Ich werde vermutlich verfolgt«, antwortete Porky. »Aber ich weiß nicht, in welchem Wagen ...«

»Das lassen Sie nur unsere Sorge sein«, antwortete die Frau.

Ein dunkler GMC-Van näherte sich auf der Hauptstraße. Unvermittelt bog der Wagen in den Busparkplatz ein. Mit quietschenden Reifen kam er direkt neben Porky zum Stehen. Die Schiebetür wurde geöffnet. Die Blondine löste die Umarmung. »Steigen Sie ein, Mr Pokarev«, sagte sie.

»Hallo, Mr Pokarev«, sagte der Mann, der im Fond des Wagens saß. »Ich bin Allan Clark, schnell, kommen Sie!«

Porky zögerte. »Woher weiß ich, dass Sie nicht zu Coburns Bande gehören?«

»Ich sagte doch, das ganze Leben ist ein Risiko.«

Porky nickte und stieg zu. Die Blondine folgte ihm und schloss die Tür. Der Kleinbus schoss in Richtung Geneva davon. Porky wurde in den Sitz gepresst. Aus den Augenwinkeln sah er, wie sich der Ford auf der gegenüberliegenden Straßenseite in Bewegung setzte und wendete.

»Wir werden verfolgt«, sagte er.

»Nicht mehr lange.« Allan Clark pochte an die getönte Scheibe zur Fahrerkabine. Der GMC beschleunigte. Porky schaute aus dem Heckfenster.

Plötzlich tauchte ein gelber Sportwagen hinter dem Verfolger auf und setzte sich neben ihn. Einen kurzen Augenblick später geriet der blaue Ford ins Schleudern und prallte gegen einen geparkten Wagen.

»Das hätten wir«, sagte Allan Clark zufrieden.

8

Virgile Mine, Eddy County, New Mexico

Der Sonntag verabschiedete sich mit einem prächtigen Sonnenuntergang. Brian erhitzte eine Dose Bohnen mit Rindfleisch, während Dwain seit langer Zeit wieder einmal ein Zigarillo rauchte. Der Senator hatte ihm eine Schachtel in die Jackentasche gesteckt, als er die Ranch verlassen hatte.

»Ich dachte, du hättest genug von Bohnen«, sagte Dwain. »Die Rindersteaks, die mir die Haushälterin meines Onkels mitgegeben hat, sind die besten weit und breit.«

»Soll ich draußen vielleicht den Grill anschmeißen?«, antwortete Brian.

Dwain zuckte die Schultern. »Sorry, daran habe ich nicht gedacht.«

»Ist sowieso die letzte Büchse. Wollen Sie auch einen Teller, Doc?«

Dr. Allistar schüttelte den Kopf und zog sich in eine stille Ecke zurück.

Suzannah saß draußen auf der Veranda und betrachtete den Himmel. Einzelne Wolken trieben von Westen über das Land. Sie dachte an ihre Mutter und an den letzten Besuch bei ihr, als auch Peggy und die Kinder anwesend waren. Sie hatte das Gefühl, als läge er Jahre zurück.

In Gedanken stand sie vor dem Grab ihres Vaters, das für immer ein Einzelgrab bleiben sollte. Es war beinahe unerträglich, wenn man ein Kapitel nicht abschließen konnte. Und zum letzten Kapitel im Leben eines Menschen gehörten nun einmal das Abschiednehmen und das Grab auf irgendeinem Friedhof. Von ihrer Mutter würde sie sich nie richtig verabschieden können. Und diese Einsicht machte sie unendlich traurig.

Brian trat durch die Tür und setzte sich neben sie auf die Bank. Er hob einen mit Eintopf gefüllten Löffel an ihre Lippen, doch Suzannah schüttelte abwehrend den Kopf.

»Ich hasse Bohnen«, sagte sie.

»Etwas anderes gibt die Speisekarte leider nicht her«, antwortete Brian.

»Hast du mit Dwain gesprochen?«

»Er ist wie vernagelt, er glaubt, sein Onkel wird alles richten. Er will, dass wir abwarten, bis wir vom Senator grünes Licht bekommen.«

»Du traust dem Senator nicht?«

Brian schluckte den Bissen hinunter. »Ich traue keinem mehr. Jetzt sind wir so weit gekommen und stehen kurz vor unserem Ziel. Der Doc würde uns helfen. Wenn er morgen nicht im Camp auftaucht, dann werden sie Verdacht schöpfen, und wir haben unsere einzige Chance verspielt.«

Suzannah nickte. »Und wenn ich mit dir ins Camp gehe?«

»Du hast dich tapfer geschlagen, als wir über den Berg marschiert sind. Ich dachte oft genug, du hast mehr Mumm in den Knochen als ich selbst. Aber diesmal ist es anders. Diesmal lassen die uns nicht einfach so hinein- und wieder hinausspazieren. Ich brauche Dwains Rückendeckung, wenn es hart auf hart kommt. Er kann mit der Waffe und auch mit seinen Fäusten umgehen.«

Suzannah schaute Brian in die Augen und lächelte. »Diese Erklärung lasse ich gelten«, sagte sie. »Jedes andere Argument hätte dich deinen Kopf gekostet.«

»Erinnerst du dich an den Abend im Kennedy Space Center? Als du dich über Brandon geärgert hast und beinahe alles hingeschmissen hättest?«

Suzannah nickte erwartungsvoll.

»Da habe ich dich auch zurückgehalten«, fuhr Brian fort. »Ich will, wenn das hier alles hinter uns liegt, mit dir zusammenbleiben. Für immer, verstehst du?«

Suzannah schaute Brian ins Gesicht. Ein Lächeln lag auf ihren Lippen. »Soll das ein Heiratsantrag gewesen sein?«, fragte sie.

»Ich will den Rest meines Lebens mit dir verbringen, und wenn es sein muss und du darauf bestehst, auch mit Trauschein.«

»Bild dir nur nicht ein, dass du dich ohne Vertrag aus der Affäre ziehen kannst«, entgegnete sie. »Ich will in einer Kirche heiraten. In einem schönen weißen Kleid und mit allem, was dazugehört. Falls wir jemals aus dieser Sache herauskommen«, fügte sie hinzu.

»Es wird schon gut werden, du wirst sehen.« Brian zog sie in die Arme und küsste sie.

Sein Handy klingelte. Er fluchte leise und zog es aus der Tasche.

»Hallo, Brian, hier ist Porky. Ein Freund möchte mit dir sprechen.«

Brian war überrascht, doch ehe er Porky antworten konnte, meldete sich eine sonore Stimme.

»Hallo, Mr Saint-Claire, mein Name ist Allan Clark. Ich bin der Leiter des National Hurricane Centers in Miami. Cliff Sebastian hat mich gebeten, mich der Sache anzunehmen. Ich muss mich unbedingt mit Ihnen treffen. Ich habe Ihr Material gesichtet und bin zutiefst schockiert. Aber leider reicht es nicht aus, um konkrete Anschuldigungen zu formulieren. Können wir darüber reden?«

Brian war außer Atem. »Woher weiß ich, dass Sie derjenige sind, der Sie vorgeben zu sein?«, fragte er.

Suzannah blickte Brian mit großen Augen an. »Ist etwas passiert?«

Brian hob abwehrend die Hand.

»Es würde zu lange dauern, um Ihnen alles zu erzählen. Ihr Freund, Mr Pokarev, sitzt neben mir. Er muss Ihnen vorerst als Gewährsmann meiner Identität genügen. Also lassen Sie uns zusammenarbeiten, bevor es zu spät ist.« Allan Clark machte eine Pause, ehe er weitersprach. »Wenn wir nicht schnell reagieren, werden wir am Fuße des Mount Withington nicht mehr viel vorfinden. Und unser Bedarf an weiteren Monsterstürmen, die von irgendwelchen Wahnsinnigen ausgelöst werden, ist vorerst ebenfalls gedeckt. Wenn es uns nicht gelingt, die wahren Hintergründe zu entschlüsseln und die Kerle, die dafür die Verantwortung tragen, dingfest zu machen, dann war Ihr halsbrecherischer Einsatz umsonst, verstehen Sie? Und übrigens, ich weiß, dass der Neffe von Senator Hamilton Sie begleitet. Es ist wichtig, dass Sie ihm von unserem Gespräch nichts erzählen.«

Brian betrachtete nachdenklich das Telefon. »Ich rufe Sie zurück«, sagte er und drückte die rote Taste.

»Was ist los?«, fragte Suzannah aufgeregt. »Nun red schon!«

Er erzählte ihr kurz den Inhalt des Telefonats. »Was haben wir für eine andere Chance?«

»Sollen wir mit Dwain darüber reden?«

»Du hast gehört, was Clark gesagt hat«, entgegnete Brian. »Er vertraut auf seinen Onkel, und sein Onkel ist Senator, so wie Lee. Wir müssen uns entscheiden, uns rinnt die Zeit durch die Finger.«

»Es ist ein Risiko.«

»Ich habe genug vom Weglaufen und vom Verstecken«, antwortete Brian. »Es ist an der Zeit zu handeln.«

Military Intelligence Service, Philadelphia

»Uns bleiben noch vierundzwanzig Stunden«, sagte der Mann, den Allan Clark als Bob vorgestellt hatte. »Die Überwachung steht. Wir haben Teams in der Nähe aller Verdächtigen postiert. Ich bin gespannt, was die Gegenseite unternimmt.«

Allan nickte. »Das ist wie in alten Zeiten«, antwortete er.

»Die Hauptaufgabe liegt noch vor uns«, erwiderte Bob und zeigte auf die Fotoaufnahmen des Camps am Mount Withington, die vor Kurzem von einem Überwachungsflugzeug gefertigt worden waren.

Porky betrachtete die Überwachungsfotos mit wachen Augen. »Und wie wollen Sie dort hineingelangen?«

»Der Arzt muss Ihren Freunden dabei helfen, Zugang zu finden. Nur wenn wir weiteres Material in die Hände bekommen, wird es uns gelingen, dieses Komplott lückenlos aufzuklären.«

»Ich bin mir nicht sicher, ob Brian sich meldet«, warf Porky ein. »Er traut keinem mehr, und das ist absolut verständlich. Ihm wurde ein Mord in die Schuhe geschoben, und Coburn ist mit seinen Männern hinter ihm her. Wie würden Sie sich fühlen, wenn Sie unter Mordverdacht stünden?«

»In Venezuela war er in Sicherheit und ist zurückgekommen«, entgegnete Allan Clark. »Spätestens nach dem Überfall auf das Sheriff-Revier muss ihm klar geworden sein, dass es seine Gegner ernst meinen und er nur eine Chance hat, wenn er Verbündete findet, die ihm helfen.«

Ein Offizier in blauer Uniform betrat den Raum und salutierte. »Wir haben die Quelle des Gesprächs lokalisiert«, meldete er. »Die Übertragung kam aus dem Eddy County, westlich von Carlsbad. Der Radius beträgt drei Kilometer. Es gibt dort eine geschlossene Mine.«

»Dann wollen wir mal sehen«, antwortete Bob und trat an die Karte.

Cave Pearls Ranch, Carlsbad, New Mexico

Die Ranch des Senators lag sieben Kilometer nördlich von Carlsbad in der Nähe des Rio Pecos. Mitten im Grün erhob sich neben zwei großen Stallungen, einer Scheune und zwei großen Pferdekoppeln ein zweistöckiges weißes Herrenhaus im spanisch-mexikanischen Kolonialstil des 19. Jahrhunderts. Eine schattige Veranda lag hinter den Rundbogen einer Arkade. Breite Treppen führten zum Eingangsportal.

Senator Joseph Hamilton zündete eine dicke Zigarre an und blies den Rauch in den dunklen Himmel. Ein paar Öllampen verstreuten ihr flackerndes Licht unter den Arkaden. Seine Haushälterin war bereits zu Bett gegangen. Nur Phil, der Verwalter, und ein paar Cowboys waren noch auf den Beinen. *Silver Lady*, eine Zuchtstute, die vor Jahren erfolgreich an den Pferderennen im Osten teilgenommen hatte, sollte heute Nacht ihr Fohlen zur Welt bringen. Deshalb war auch Dr. Fargo, der Veterinär aus Aroka, den weiten Weg zur Ranch herausgekommen.

Den Senator hatte es schwer getroffen, als er von dem Überfall auf das Sheriff-Revier in Socorro erfuhr, bei dem der Neffe von Dwains Frau getötet worden war. Die Sache war ihm in den letzten Tagen mehr und mehr entglitten. So konnte es nicht weitergehen. Mit Lee war nicht zu reden, er ließ sich verleugnen.

Senator Joseph Hamilton hatte lange nachgedacht. Er hatte sich entschieden, und diese Entscheidung war unumstößlich. Als einziger Verwandter war ihm sein Neffe geblieben, er war das Wichtigste in seinem Leben. Ihm durfte unter keinen Umständen etwas zustoßen. Und dafür wollte er sorgen. Es wurde Zeit, reinen Tisch zu machen. Dieser Wahnsinn musste endlich ein Ende haben.

Es war ein wunderbarer und lauer Abend, den er noch eine

Weile im Freien und in Gedanken verbringen wollte. Schlafen konnte er ohnehin nicht. Die Sorge um Dwain, der in großer Gefahr schwebte, ließ ihn nicht zur Ruhe kommen. Die Zigarre qualmte, und das Glas Portwein war zur Hälfte geleert. Plötzlich horchte er auf. Ein Geräusch grollte durch die Nacht. Ein Dröhnen, das sich in seinem Kopf festsetzte und immer lauter wurde.

Die drei Hubschrauber näherten sich der Cave Pearls Ranch aus westlicher Richtung. Sie überflogen die Gebäude im Tiefflug, sodass die Pferde in den Stallungen unruhig wurden. Als die blinkenden Ungetüme in einem weiten Bogen über das Areal zogen und die gleißend hellen Scheinwerfer an der Unterseite aufflammten und den Innenhof in ein grelles Licht tauchten, erhob sich der Senator und blickte überrascht in den Himmel. Das Dröhnen wurde lauter, sodass die edlen Zuchtpferde des Senators in ihren Boxen scheuten und in Panik gerieten. Was zum Teufel wurde hier gespielt?

Die Hubschrauber gingen tiefer. Seile fielen aus dem Inneren der Maschinen auf die Erde. Dunkle Gestalten hangelten sich in Sekundenschnelle herab. Sie trugen automatische Waffen.

Senator Joseph Hamilton war 64 Jahre alt, doch er hatte noch immer den wachen Verstand und die Auffassungsgabe eines jungen Mannes. Das Licht eines Scheinwerfers erfasste einen der Männer am Seil, der in einem dunklen Overall steckte. Dort, wo ein helles Gesicht sitzen sollte, gähnte Dunkelheit. Wollmasken, dachte der Senator.

Er drehte sich um und rannte ins Haus, um kurz darauf wieder aufzutauchen. Eine Schrotflinte lag in seiner Hand. Eine dunkle Gestalt rannte auf ihn zu.

»Ihr verfluchten Hunde, verschwindet von meinem Land!«, rief er in die lärmerfüllte Nacht.

Schüsse peitschten auf. Eine Woge des Schmerzes lief durch seinen Körper. Lee hatte ihm eine Falle gestellt, dachte er noch, bevor er auf dem Boden aufschlug und die Besinnung verlor.

Virgile Mine, Eddy County, New Mexico

Es war kurz vor Sonnenaufgang, als der Jet Ranger auf dem Areal der alten Mine aufsetzte. Brian und Dwain waren aus dem Schlaf aufgeschreckt und spähten hinaus in das Dämmerlicht.

Gespannt warteten sie, bis sich die Rotoren verlangsamten.

»Das kann nur Onkel Joe sein«, sagte Dwain. »Ich sagte doch, auf ihn ist Verlass.«

Als Erstes stieg Porky aus dem Hubschrauber und blickte sich suchend um. Drei Männer folgten. Einer von ihnen trug die Uniform eines hochrangigen Offiziers der Navy.

»Das ist Porky«, sagte Brian und nahm seine Waffe herunter. »Jetzt wird sich herausstellen, ob wir Clark vertrauen können.«

»Was für ein Clark?«, fragte Dwain verwirrt.

»Porky hat mich gestern angerufen«, erklärte Brian. »Allan Clark ist der Leiter des National Hurricane Center, und er hat uns seine Unterstützung zugesichert. Wenn wir jetzt nicht handeln, dann ist es zu spät, um in das Lager vorzudringen. Spätestens morgen, wenn sie feststellen, dass der Doc verschwunden ist, werden sie merken, was wir vorhaben.«

Dwain blickte Brian fragend ins Gesicht. »Du hast also im Alleingang gehandelt?«, sagte er kalt.

Brian seufzte. »Wir können uns nicht ewig hier verstecken. Und dein Onkel wird uns nicht helfen können. Wir brauchen eine Rückversicherung. Jetzt gibt es kein Zurück mehr.«

»Du traust mir und meinem Onkel nicht«, entgegnete Dwain enttäuscht.

Brian packte Dwain an den Oberarmen und sah ihn eindringlich an. »Natürlich vertraue ich dir. Ich weiß genau, was du für uns getan hast, und ich kann den Tod deines Neffen nicht rückgängig machen. Es sind schon viel zu viele Menschen gestorben. Damit muss ein für alle Mal Schluss sein. Inzwischen weiß ich, dass es ein Komplott in höchsten Regierungskreisen gibt und mehrere Senatoren in die Sache verstrickt sein sollen.«

»Willst du etwa behaupten, mein Onkel hätte etwas damit zu tun?«, brauste Dwain auf.

»Nein, aber ausschließen kann ich es nicht. Hast du schon einmal von der Worth-Gesellschaft gehört?«, fragte Brian.

Dwain zögerte, schließlich schüttelte er den Kopf.

»Ein paar hochrangige Senatoren und Regierungsbeamte haben die Gesellschaft vor mehreren Jahren in Fort Worth ins Leben gerufen«, erklärte Brian. »Vordergründig fördern sie die Schulbildung von Kindern aus armen Familien, aber ein Teil der Gesellschaft verfolgt ganz andere Ziele: Diese Leute sammeln Gelder, um die militärische Forschung voranzutreiben.«

»Was hat das mit meinem Onkel zu tun?«

»Senator Joseph Hamilton ist eines der Gründungsmitglieder dieser Gesellschaft.«

Dwain ließ sich auf einen Stuhl sinken. »Du meinst …«

Inzwischen waren die Männer aus dem Hubschrauber am Mineneingang eingetroffen.

»Hallo, Brian, Suzannah«, sagte Porky. »Schön, euch wohlbehalten wiederzusehen.« Er umarmte seinen Freund und klopfte Suzannah freundschaftlich auf den Rücken. »Und Sie sind Sheriff Hamilton?«

Dwain nickte.

»Das ist Bob«, erklärte Porky und zeigte auf den untersetzten, älteren Mann im braunen Anzug. »Er ist vom militärischen Sicherheitsdienst und wird euch helfen.«

»Bob?«

»Der Name genügt. Mehr müssen wir nicht von ihm wissen«, erklärte Porky. »Er ist ein Freund von Allan Clark.«

Brian musterte den untersetzten Mann.

Der kam ohne Umschweife zur Sache. »Wir müssen den Plan ändern«, sagte er. »Die Ranch von Senator Hamilton wurde vor ein paar Stunden überfallen. Man hat augenscheinlich nach euch gesucht. Wir konnten gerade noch ein Blutbad verhindern.«

Dwain sprang aus seinem Stuhl auf. »Was ist mit Onkel Joe?«, fragte er besorgt.

»Der Senator ist tot«, entgegnete Bob. »Er wurde erschossen.«

»Was, was ist ...«

»Sie kamen mit Helikoptern, waren vermummt und hatten Automatikwaffen. Wir haben die Ranch bewacht, aber bevor wir reagieren konnten, war Ihr Onkel bereits tot. Die Kerle sind entkommen. Das waren ausgebildete Spezialisten.«

»Coburn und seine Brut!«, schrie Dwain. »Ich werde sie zur Rechenschaft ...«

»Wir haben keine Zeit zu verlieren«, fiel ihm Bob ins Wort. »Das ist Simon Raleigh vom FBI, er ist Spezialist für Abhörgeräte, und der Herr in Uniform ist Commander Brooke vom Oberkommando der Navy. Er ist in die Sache eingeweiht. Offenbar liegen Sie richtig mit Ihrer Einschätzung bezüglich des Militärcamps. Offiziell gibt es das Camp überhaupt nicht. Die Anlage ist geheim, so geheim, dass nicht einmal das Oberkommando der Navy davon weiß.«

Der Commander räusperte sich. »Meine Dame, meine Herren, ich möchte Ihnen versichern, dass die Anlage nicht mit der Genehmigung der Navy betrieben wird. Sie ist offenbar ein Überbleibsel aus den Neunzigern und wurde unter dem Vorgänger des Präsidenten als geheimes Forschungsprojekt ins Leben gerufen. Senator Lee war damals im Pentagon dafür verantwortlich. Das Projekt nennt sich *Oracle*, mehr können wir zum jetzigen Zeitpunkt nicht sagen.«

»Aber es muss doch Aufzeichnungen geben, alte Akten«, warf Brian ein. »Irgendwer muss doch von der Existenz wissen.«

Der Commander lächelte verlegen. »Laut unseren Akten befindet sich dort ein Trainingscamp für Marinesoldaten, das zeitweilig zum Training von Gebirgskampfsituationen benutzt wird. Näheres können wir derzeit nicht sagen. Noch nicht.«

»Gleichwie«, meldete sich Bob wieder zu Wort. »Wir müssen

wissen, was genau dort drinnen vor sich geht. Wenn wir mit unserer Kavallerie auftauchen, werden sie das Camp in die Luft jagen, bevor wir überhaupt gelandet sind. Wie ich hörte, planen Sie, sich durch den Militärarzt in das Camp schmuggeln zu lassen. Diese Idee ist zwar waghalsig, scheint mir aber die einzige Möglichkeit zu sein, ungesehen in das Areal einzudringen. Mr Raleigh wird Sie mit den nötigen Geräten ausstatten, über die wir jeden Ihrer Schritte und jedes Wort verfolgen können. Es handelt sich um Implantate, die Sie unter der Haut tragen. Keine Angst, es ist nur ein kleiner Eingriff. Meine Herren« – er wandte sich an Brian und Dwain – »machen Sie bitte einen Oberarm frei, die Zeit drängt. Es wäre möglich, dass die Betreiber der Anlage nach dem Fehlschlag der heutigen Nacht das Camp bis zum Ende des morgigen Tages räumen und sich irgendwo anders verkriechen. Es gibt genügend stillgelegte Stützpunkte.«

»Aber die Antennen und das Gebäude?«, warf Suzannah ein. »Die kann man doch nicht so einfach verschwinden lassen.«

»Sie glauben gar nicht, was ein paar Tonnen C4-Plastiksprengstoff bewirken können, Madam«, erwiderte der Offizier.

Dwain saß schweigend in einer Ecke und starrte zu Boden. Bob setzte sich neben ihn und legte ihm freundschaftlich die Hand auf die Schulter. »Ich weiß, es ist hart für Sie, Dwain«, sagte er. »Sie haben Ihren Neffen und Ihren Onkel verloren. Aber ihr Tod ist nicht sinnlos, wenn es uns gelingt, mit Ihrer Hilfe die Mörder zu fangen und diesen Albtraum zu beenden.«

»Mein Onkel liebte dieses Land. Er war mit Leib und Seele Patriot. Ich kann nicht glauben, dass er zu solch einem Wahnsinn fähig war.«

»Ich habe Ihren Onkel als loyalen und gerechten Mann kennengelernt. Ich weiß nicht, was ihn dazu bewogen hat, der Worth-Gesellschaft beizutreten. Er wird seine Gründe gehabt haben. Ich weiß nur, dass es innerhalb unseres Landes Strömungen gibt, die unsere Nation wieder gern in altem Glanz und mit alter Macht in der Welt erstrahlen lassen wollen. Eine allzu freie Presse und die Kompromissbereitschaft anderen Nationen gegenüber werden von diesen Kräften als Schwäche ausgelegt. Ihr Onkel war ein Mann vom alten Schlag, vielleicht dachte er ebenso.«

Dwain atmete tief ein.

»Wir werden seine Beweggründe nie erfahren«, fuhr Bob fort. »Ich weiß nur, dass er wollte, dass der Wahnsinn ein Ende nimmt. Und ich weiß, dass er Sie geliebt hat wie einen eigenen Sohn.«

»Woher wollen Sie das wissen?«, antwortete Dwain. »Das sind doch nur Worte.« Resignation und Mutlosigkeit standen ihm ins Gesicht geschrieben.

»Betty, die Haushälterin Ihres Onkels, hat es mir erzählt. Als wir den Senator fanden, lag ein Schrotgewehr in seinen Händen. Ich bin sicher, er wusste, wer hinter der Aktion steckte, als er die Hubschrauber sah. Er hat nicht gezögert, sondern seine Waffe geholt und sich zur Wehr gesetzt. Und ich denke, er erwartet von Ihnen das Gleiche.«

Dwain schlug die Hände vor die Augen.

Brian kam hinzu und blieb vor ihm stehen. »Dwain, wir brauchen dich«, sagte er.

Naval Research Center – Camp 08, Mount Withington, New Mexico

Die Fahrt über die ausgefahrenen Feld- und Waldwege, die zum Camp führten, war holperig und unangenehm. Wie zwei Sardinen in einer viel zu engen Büchse lagen Dwain Hamilton und Brian Saint-Claire im Kofferraum des Buicks. Bei jedem Schlagloch wurden sie ordentlich durchgeschüttelt. Am ersten Kontrollposten hielt der Arzt kurz an, und der Wachmann winkte den Wagen durch, als er ihn erkannte. Die holperige Piste schlängelte sich weitere eineinhalb Kilometer durch den Cibola National Forest, ehe der Arzt endlich das Militärcamp erreichte. Am großen Tor standen vier schwer bewaffnete Posten. Allistar hielt an und öffnete die Seitenscheibe.

»Hallo, Dr. Allistar«, sagte der dunkelhäutige Wachmann. »Sie stehen heute überhaupt nicht auf meiner Liste. Aber es ist gut, dass Sie gekommen sind. Man hat mehrfach versucht, Sie zu erreichen.«

Der Arzt zuckte nervös mit den Augen. »Ich ... ich hatte ein paar Tage frei«, antwortete er. »Hatte meinen Piepser und das Telefon zu Hause vergessen.«

»Warten Sie bitte, ich informiere den Wachoffizier«, sagte der Wachmann.

Beinahe zehn Minuten dauerte die Überprüfung, bis der Soldat wieder zurückkam. »Sie können passieren«, sagte er. »Bitte melden Sie sich umgehend bei Professor Stillwell. Er erwartet Sie in seinem Büro.«

Dr. Bruce Allistar nickte und winkte dem Posten kurz zu, bevor er den Wagen startete. Das Tor öffnete sich automatisch. Bruce Allistar gab Gas.

»Gott sei Dank«, stöhnte Brian in seinem engen Gefängnis, als sich Allistars Wagen wieder in Bewegung setzte.

»Sei froh, dass er keinen Porsche fährt«, scherzte Dwain.

»Das nächste Mal lasse ich mich nur noch mit einem Mann in einen Kofferraum sperren, der deutlich kleiner ist als du«, konterte Brian.

Der Arzt lenkte seinen Wagen den asphaltierten Weg entlang, der geradewegs zum Bunkergebäude führte. Es war durch einen weiteren, streng überwachten und Strom führenden Schutzzaun umgeben, der die geheimen Forschungsanlagen am Fuße des Mount Withington von den anderen Gebäudetrakten trennte. Der Bunker oder das »Haus im Fels«, wie Suzannah die Anlage genannt hatte, war für die Marinesoldaten eine verbotene Zone. Die Sicherheitskräfte innerhalb der Schutzzone gehörten nicht den Marineeinheiten an. Sie trugen schwarze Overalls und unterstanden direkt dem Kommandanten der Einrichtung.

Der Posten, der in einem kleinen, mit Panzerglas versehenen Wachhäuschen die Einfahrt überwachte, blickte auf, als sich der silberfarbene Buick dem Tor näherte. Der Arzt hielt in Höhe einer kleinen Säule an und betätigte die Sprechanlage.

»Identifikation!«, dröhnte es durch den kleinen Lautsprecher.

Dr. Allistar lehnte sich aus dem Seitenfenster und drückte die Handfläche auf ein umrandetes Feld oberhalb der Sprechanlage. Die rote Lampe neben dem dunklen Rechteck verlosch, und eine grüne Leuchtdiode flammte auf.

»Guten Morgen, Dr. Allistar«, sagte der Wachposten. »Der Professor erwartet Sie.«

Das Tor schwang auf. Die letzte Hürde war genommen. Drei Minuten später hielt Allistar auf einem Parkplatz in unmittelbarer Nähe des dreistöckigen Hauptgebäudes, das an die steile Felswand angelehnt war.

Er stutzte, als er aus dem Wagen stieg. Vor dem großen Rolltor an der Ostseite des Gebäudes standen drei große Army-Trucks. Unweit davon entfernt waren zwei Transporthubschrauber gelandet. Männer in schwarzen Overalls waren damit beschäftigt, mit einem Gabelstapler Kisten in die Laster zu verladen.

Allistar umrundete seinen Wagen. Er hatte ihn ein Stück abseits geparkt. Er klopfte rhythmisch gegen den Kofferraumdeckel.

»Sieht beinahe so aus, als werden hier die Zelte abgebrochen«, murmelte er. »Ich verschwinde jetzt. Stillwell erwartet mich.«

»Halten Sie sich an das, was wir besprochen haben!«, dröhnte Brians Stimme dumpf aus dem Kofferraum. Er hoffte, dass er sich auf das Wort des Arztes verlassen konnte, doch glaubte er mittlerweile an dessen lautere Absichten. In den stillen Stunden in der verlassenen Mine hatte er genügend Zeit zum Nachdenken gehabt, und es schien, als ob ihm die Tragweite seines Handelns erst jetzt richtig bewusst geworden sei. Allistar klopfte zweimal gegen den Kofferraumdeckel zum Zeichen, dass er verstanden hatte. Dann ging er auf das Gebäude zu und verschwand hinter einer elektrischen Schiebetür.

Dwain zählte langsam bis hundert, ehe er die präparierte Verriegelung öffnete und den Kofferraumdeckel einen Spaltbreit anhob. Vorsichtig spähte er nach draußen. In seinem Blickfeld befand sich nur die nackte Felswand des Berges. Allistar hatte einen günstigen Parkplatz erwischt. Langsam glitt Brian, gefolgt vom Sheriff, aus dem Kofferraum. Beide trugen einen schwarzen Overall. Sie reckten kurz ihre Glieder, ehe sie unter dem Wagen verschwanden und sich aus ihrer Deckung ein Bild von der Umgebung verschafften. Auch ihnen fiel sofort das geschäftige Treiben der Männer auf, die einen Lastwagen beluden.

»Bob hatte recht, die bauen hier wirklich ab und bereiten ihren Abgang vor«, flüsterte Dwain.

»Wir müssen uns in das Gebäude schleichen«, erwiderte Brian. »Siehst du die Hubschrauber da drüben?«

Dwain reckte den Kopf ein Stück weiter unter dem Wagen vor.

»Wir gehen im Schutz der Felswand bis zu den Helikoptern und mischen uns unter die Kerle«, erklärte Brian.

Dwain stimmte mit einem Knurren zu.

Der etwa zehn Meter hohe und etwa doppelt so breite Klotz hatte einen Anbau auf der Ostseite, der wohl als Lagerhalle genutzt wurde. Fenster gab es auf dieser Seite nicht. Auf dem Anbau befand sich eine große Wölbung, die einer Radarkuppel ähnelte. An der Naht inmitten der Kuppel erkannte Brian, dass diese offenbar aufgeklappt werden konnte, ähnlich wie das Dach einer Sternwarte.

Auf dem Flachdach des daneben liegenden Gebäudetrakts war damals der Hubschrauber gelandet, aus dem Senator Lee ausgestiegen war. Dicke Stromleitungen führten über die steile Felswand in das Gebäude.

»Also los, aber vorsichtig!«, sagte der Sheriff zu seinem Begleiter.

Hyatt Elementary School, Plainfield, New York

Senator Lee schlenderte den langen Gang entlang und hörte interessiert den Ausführungen der Direktorin zu, die über den finanziellen Engpass der Stadt und die fehlenden Lehrmaterialien referierte. Umgeben von Sicherheitsbeamten und seinem persönlichen Referenten, nahm er als Beauftragter der Worth-Gesellschaft gern diesen Routinetermin wahr und verteilte großzügig Gelder, die sich auf dem Konto der gemeinnützigen Gesellschaft angesammelt hatten. Einen Scheck über 10 000 Dollar hatte er vor einigen Minuten im Foyer unter dem Blitzlichtgewitter der örtlichen Pressevertreter an die Direktorin übergeben.

In knapp zwei Stunden stand der nächste Termin des Senators auf dem Programm. Dann wurde er in der Marineschule auf Long Island zu einem Vortrag über Seekriegstaktik und U-Boot-Kriegsführung erwartet. Ein in seinen Augen wichtiger Termin, denn dort befand er sich auf seinem ureigenen Terrain. Senator Thomas C. Lee war beliebt bei den Menschen, hatte er doch für all die Probleme, die sie tagtäglich beschäftigten, immer und jederzeit ein offenes Ohr. Außerdem war es ihm ein Vergnügen, kleine Geschenke an die unteren Schichten der Gesellschaft zu verteilen.

Die politischen Gegner allerdings fürchteten den Senator seines messerscharfen Verstandes wegen. Und genau dieser messerscharfe Verstand war es, der ihn sofort Gefahr wittern ließ, als zwei Männer in grauen Anzügen auf ihn zukamen und ihm mit versteinerter Miene ins Gesicht blickten. Sofort stellten sich die Sicherheitsbeamten den beiden in den Weg und schirmten den Senator ab, um ihn nach einem kurzen Wortwechsel wieder freizugeben.

»Guten Morgen, Senator Lee«, sagte einer der grau gewandeten Herren und hielt einen Dienstausweis in die Höhe, in dem ein goldenes Emblem in Form eines Adlers prangte. »Mein

Name ist Walter Forbes vom Büro der Bundesanwaltschaft. Ich habe eine Vorladung für Sie.«

Das Lächeln des Senators gefror ihm auf den Lippen. »Eine Vorladung, meine Herren?«, sagte er gestelzt.

»Der Kontrollausschuss tritt heute Mittag zusammen«, bestätigte der Wortführer im grauen Anzug und reichte dem Senator ein blaues Kuvert. »Wir möchten Sie ersuchen, pünktlich zu erscheinen.«

9

NRC-Camp 08, Mount Withington, New Mexico

Unbehelligt hatten sie die Helikopter erreicht und sich unauffällig unter die ebenso wie sie gekleideten Männer gemischt, um beim Beladen zu helfen. Sie warteten auf eine Gelegenheit, um einigen der Männer in den schwarzen Overalls in den Ostflügel des Gebäudes zu folgen.

Brian entfernte sich von den anderen und drückte sich tief in den Schatten der Wand. Dwain blieb zurück. Sie hatten vereinbart, sich getrennt Zugang in den Bunker zu verschaffen, um nicht aufzufallen. Ein Gabelstapler tauchte auf und lud eine Kiste auf die Ladefläche des Lastwagens.

Als der Gabelstapler wieder auf das Rolltor zufuhr, nutzte Brian den Augenblick. Er löste sich von der Wand und ging mit großen Schritten auf den dunklen Eingang zu. Er bewegte sich gelassen und unverdächtig, ganz so, als ob er dem Team der Ladearbeiter angehörte. Er betrat die Lagerhalle, in der allerhand Kisten und Gerätschaften herumstanden. Die Männer waren damit beschäftigt, einen Generator, der an einem Deckenkran baumelte, in eine Kiste zu hieven. Ein offenbar schwieriges Unterfangen. Brian schritt arglos vorüber und auf die Rampe zu, hinter der sich eine offene Tür befand. Dahinter lag ein breiter, hell erleuchteter Gang. Am oberen Ende der Rampe stand ein schmächtiger Mann, der das Gesicht unter dem Schatten einer dunklen Baseballkappe verbarg. Unverkennbar überwachte er das Szenario. Unterhalb der Rampe luden mehrere Männer kleinere technische Geräte in Kisten, die sie auf einem Anhänger platzierten, der an einem Militärjeep hing.

Brian strebte zielsicher auf die Rampe zu.

»Zwei Mann zum Generator!«, rief der Schmächtige durch die Halle. »Wir haben keine Zeit zu verlieren. Bis in einer Stunde muss alles auf dem Weg sein.«

Brian fühlte, wie sich der Blick des Aufsichtsführenden an ihm festsaugte. Er machte auf dem Absatz kehrt und eilte auf die Männer am Kran zu. Eifrig packte er mit an. Endlich bekamen die eingesetzten Helfer die Schwingungen des mehrere Tonnen wiegenden Generators unter Kontrolle. Ein paar Minuten später senkte sich das Ungetüm in den Holzverschlag.

»Hol den Laster!«, raunte einer der Männer Brian zu.

»Keinen Schlüssel«, antwortete Brian knapp.

»Drinnen im Vorraum«, erwiderte der Mann. »Aber beeil dich!«

Brian schaute zur Rampe. Der Schmächtige war verschwunden. Das war die Gelegenheit, auf die er gewartet hatte. Suchend blickte er sich um. Dwain stand noch immer in der Nähe des Rolltors und wickelte eine Folie um einen metallenen Kasten, der ihm bis zum Bauch reichte. Dwain hob den Kopf und warf Brian einen fragenden Blick zu.

Brian nickte flüchtig, ehe er sich umwandte und die Rampe hinaufsprang. Zielstrebig hielt er auf die Tür zu. Kein Hindernis versperrte ihm den Weg. Er bog um die Ecke und tauchte in den breiten Flur ein.

»Was wollen Sie hier?«, schnauzte ihn plötzlich der Schmächtige an.

Brian zuckte zusammen, beinahe wäre er mit dem dünnen Kerl zusammengestoßen, der mit einer Tasse in der Hand aus einer Seitentür gekommen war. »Ich, äh … ich soll den Schlüssel für den Lastwagen holen«, antwortete Brian wie aus der Pistole geschossen.

Für einen kurzen Augenblick streiften sich ihre Augen. Das Erstaunen lag auf beiden Seiten. Bevor der Schmächtige mit der freien rechten Hand zum Pistolenholster greifen konnte, stieß ihm Brian mit voller Wucht vor die Brust. Die Tasse fiel zu Boden, der Schmächtige strauchelte. Doch er hielt sich auf den Beinen.

»Alarm, ein Eindringling!«, brüllte er aus Leibeskräften durch die Halle.

Brian rannte den langen Gang hinab. Vorbei an stählernen Türen, die allesamt geschlossen waren.

»Bleiben Sie stehen!«, rief ihm der Schmächtige nach. »Sie kommen hier nicht raus.«

Brian rüttelte an einer Tür, welche die Aufschrift *EMM-Labor* trug und mit dem Gefahrenpiktogramm für radioaktive Strahlung versehen war. Auch diese Tür war verschlossen. Eine laute Sirene erklang. Brian wandte sich um. Der Schmächtige trabte, eine Pistole in der Hand, mit ein paar Helfern gemächlich auf ihn zu. Er lächelte siegesgewiss.

Brian seufzte und reckte dann die Hände in die Höhe. Auch von der anderen Seite näherten sich drei bewaffnete Posten.

Der dürre Kerl steckte die Pistole in das Holster zurück.

Plötzlich schoss seine Hand hervor und klatschte gegen Brians Wange.

»Das ist für Beaumont«, zischte er. »Sie erinnern sich noch an das kleine Intermezzo im Park, Mr Saint-Claire?«

Brian rieb sich die brennende Wange. »Die Welt ist ein Dorf«, antwortete er.

Der Schmächtige gab den Männern einen Wink, die unverzüglich auf Brian zustürmten und ihn gegen die Wand drückten. Einer der Sicherheitskräfte durchsuchte ihn, fasste in sämtliche Taschen und tastete seinen Körper ab. Schließlich drehte er Brian die Arme auf den Rücken und legte ihm Handschellen an.

»Es war unklug, hierherzukommen«, sagte der Schmächtige, nachdem Brian gefesselt war. »Wo ist Ihre kleine Freundin?«

»Sie ist nicht hier. Wir wissen, was hier gespielt wird. Sie sitzt jetzt im Augenblick in einem Pressebüro und wartet dort auf meinen Anruf. Sollte ich bis heute Abend nicht wieder zurück sein, dann wird sie unser Material an den verantwortlichen Redakteur übergeben. Das wird das Ende für Sie und Ihre Freunde hier bedeuten.«

Der Schmächtige lächelte. »Das wird Ihnen nicht viel nützen«, antwortete er.

»Was ist hier los?«, fragte eine tiefe Stimme im Hintergrund. Ein Mann in einem dunklen Anzug kam auf Brian zu.

»Er ist hier eingedrungen«, berichtete der Schmächtige dienstbeflissen. »Wir haben ihn festgenommen, Agent Coburn.«

Coburn nickte. »Das sehe ich auch. Wo sind seine Begleiter?«

»Er sagt, die Frau wartet auf ihn in einem Pressebüro.«

»Bestimmt bei diesem windigen Redakteur aus Cleveland oder wo immer er untergetaucht ist«, überlegte Coburn laut. »Aber auch der Sheriff fehlt. Durchsucht das ganze Areal, gebt Alarm für die Außenposten. Ich will, dass hier jeder Stein umgedreht wird. Und finden Sie heraus, wie der Kerl hier hereingekommen ist.«

Der Schmächtige salutierte.

»Und wir beide, Mr Saint-Claire, werden uns ein wenig unterhalten«, sagte Coburn. »Aber zuerst will der Boss Sie sehen. Also folgen Sie mir!«

Sie hatten Brian durch eine Flut langer Gänge mitten hinein in den Berg geführt. Nun saß er in einem kargen Raum auf einem einfachen Holzstuhl, die Hände gefesselt und einen schwarzen Sack über den Kopf gestülpt. Unsanft wurde ihm der Sack vom Kopf gerissen. Künstliches Neonlicht erhellte das Zimmer. Das grelle Licht schmerzte in Brians Augen. Er kniff sie zu schmalen Schlitzen zusammen. Neben der Tür stand ein Bewacher, gekleidet in einen schwarzen Overall. Eine Maschinenpistole hing vor seiner Brust. Coburn betrat in Begleitung zweier Sicherheitsmänner den Raum. Sie nahmen ihm die Handschellen ab und führten ihn zu einer Wand. Dort musste sich Brian Stück um Stück entkleiden. Er wurde gründlich untersucht. Seine Habseligkeiten warfen sie in eine metallene Box, die einer der Männer anschließend aus dem Zimmer schaffte. Er erhielt eine Jogginghose und ein gelbes T-Shirt. Unterwäsche und Schuhe gaben sie ihm nicht.

»Sie müssen entschuldigen, Saint-Claire«, rechtfertigte sich Coburn süffisant. »Normalerweise behandeln wir unsere Gäste nicht so grob, aber die bereiten uns auch keine solche Schwierigkeiten wie Sie und Ihre Freundin.«

Brian wurden erneut Handschellen angelegt, dann musste er sich wieder auf seinen Stuhl setzen.

»Die Wanzen oder Minikameras, die Sie sicherlich in Ihrer Kleidung bei sich trugen, sind jetzt entfernt. Ihr Plan dürfte gescheitert sein. Also, raus mit der Sprache, warum sind Sie hier und wie sind Sie hereingekommen?«

Brian räusperte sich. »Ich wollte mit eigenen Augen sehen, was wir schon längst befürchten. Ich weiß Bescheid. Sie sind für den Tod von Wayne Chang verantwortlich.«

»Und wenn schon«, entgegnete Coburn. »Ihr Freund ist uns in die Quere gekommen. Ebenso wie Professor Paul. Er hätte niemals diese unselige Crew von Wissenschaftlern um sich scharen dürfen. Er spielte mit dem Feuer.«

»Sie haben also auch ihn umgebracht und es wie einen Unfall aussehen lassen …«

Coburn grinste. »Und was nutzt Ihnen diese Erkenntnis jetzt? Sie werden nichts beweisen können, Saint-Claire, dafür ist es zu spät. Ihre Uhr ist abgelaufen.«

»Sie irren sich, ein paar schöne Fotoaufnahmen eurer Antennen auf dem Berg sind längst schon im Büro einer großen Zeitung. Es sind auch Bilder von Senator Lee darunter, der diesem

Camp einen Besuch abstattete. Außerdem ist Ihr Anschlag auf Senator Hamilton gescheitert. Der Mann lebt und wird aussagen.«

Coburn zuckte zusammen. »Sie haben eine ganze Menge herausgefunden«, antwortete er. »Mehr, als ich vermutet hatte. Aber offensichtlich nicht alles, sonst wären Sie nicht hier.«

Brian lächelte. »Seit Arlington sollten Sie eigentlich wissen, dass wir Ihnen immer einen Schritt voraus waren«, erwiderte Brian spöttisch.

Für einen kurzen Augenblick schien Coburn die Fassung zu verlieren, doch er riss sich zusammen. Die Tür wurde geöffnet, und ein Navy-Offizier in blauer Uniform und mit den Rangabzeichen eines Commander betrat das kleine Verlies.

Die Bewacher nahmen Haltung an, und auch Coburn, der lässig an der Wand gelehnt hatte, straffte sich. Der Offizier trat vor Brian und schaute ihm ins Gesicht. »Sie sind also der Mann, der uns in große Schwierigkeiten gebracht hat«, sagte er.

»Mein Name ist Brian Saint-Claire«, antwortete Brian lässig. »Und wenn es nach mir ginge, würden Sie und Ihre Komplizen längst im Gefängnis verrotten. Aber lange dürfte meine Geduld nicht mehr auf die Folter gespannt werden. Sie haben Tausende von Menschen auf dem Gewissen. Können Sie überhaupt noch ruhig schlafen?«

»Ich bin ein Patriot«, sagte der Commander. »Ich diene meinem Land und bin bereit, Opfer zu bringen. Aber was verstehen Sie als Kanadier schon davon«, fügte er verächtlich hinzu.

»Opfer bringen? Sie meinen wohl das Leben anderer Leute. Das ist kein Opfer, sondern Wahnsinn. Sie und Ihr ganzer Haufen hier gehören in eine Klapsmühle.«

Der Commander lächelte mitleidig. »Sie haben eine spitze Zunge, Saint-Claire. Wo ist übrigens Ihre überaus hübsche Begleiterin abgeblieben?«

»Sie ist in Sicherheit und hat einen Aktenkoffer bei sich, dessen Inhalt Sie und alle, die an diesem Irrsinn beteiligt sind, für den Rest des Lebens hinter Gitter bringt.«

Der Commander wandte sich Coburn zu. »Wie kam er herein?«

Coburn zuckte mit den Achseln. »Wir haben bisher kein Leck erkennen können. Der Letzte, der heute eingefahren ist, war Dr. Allistar. John ist bei ihm und nimmt ihn sich vor.«

Der Commander nickte. »War er allein?«

»Auch das überprüfen wir gerade.«

»Wissen Sie eigentlich überhaupt irgendetwas?«, schnauzte der Commander erbost. »Ich habe Lincoln nach fähigen Männern gefragt, und er schickt mir eine Bande von hirnlosen Idioten.«

Brian musste sich ein Grinsen verkneifen.

»Sehen Sie zu, dass wir bis zum Einbruch der Dunkelheit abreisefertig sind. Kümmern Sie sich um ihn, ich will erfahren, was er alles weiß!«

Auf Coburns Gesicht zeichnete sich unterdrückte Wut ab. »Jawohl, Commander Leach«, antwortete er. »Wir sind bereits dabei, machen Sie sich keine Sorgen.«

»Also los!«, befahl der Commander. »Bringen Sie ihn zum Sprechen!« Leach warf Brian einen geringschätzigen Blick zu, ehe er auf dem Absatz kehrtmachte und wie ein Roboter mit hocherhobenem Kopf aus dem Raum stolzierte.

»Ihr Boss ist wohl nicht gerade gut auf Sie zu sprechen«, sagte Brian mit mitleidigem Unterton in der Stimme, nachdem die Tür ins Schloss gefallen war.

Coburn platzte der Kragen. Seine Hände schossen vor und packten Brian am Kragen. »Ich will wissen, wie Sie ins Camp gekommen sind und wo sich Ihre Komplizen aufhalten«, zischte er. »Sonst schlage ich Ihnen den Schädel ein.«

Das Schrillen einer Alarmsirene drang in den Raum. Coburns Lachen erstarb.

»Passt gut auf ihn auf!«, raunte er den Bewachern zu, dann rannte er aus dem Zimmer.

Magdalena Ranger District, New Mexico

Vier Blackhawk-Transporthubschrauber der Navy und sieben Apache-Kampfhubschrauber der Marine Aircraft Group 41 aus Texas waren im Schatten des Mount South Baldy gelandet. Zusammen mit den beiden Bell-Hubschraubern des MIS unter dem Kommando von Chief Robert U. Carrington, von allen Beteiligten nur Bob genannt, warteten die Einheiten auf ihren Einsatz.

Vor zwei Stunden war Bob mit Commander Brooke vom Oberkommando der Navy im Laderaum eines schwarzen Lastwagens verschwunden. Der Parabolspiegel, der auf dem Dach des Aufliegers aufgerichtet worden war, wies in den westlichen Himmel. Dort irgendwo hinter den sanften Hügeln lag das geheimnisvolle Militärcamp.

»Haben wir ihn noch?«, fragte Bob den Techniker, der auf einem bequemen Lehnstuhl saß und einen Kopfhörer trug. Simon Raleigh vom FBI saß direkt daneben und schraubte an zwei Reglern eines Kontrollpults. Das Innere des Trucks war vollgestopft mit Technik. Die Aufzeichnungsgeräte summten leise.

»Das Signal ist zwar schwach, aber die Filter leisten gute Arbeit«, antwortete Raleigh. »Nur mit Bildern können wir nicht mehr dienen, sie haben den Braten wohl gerochen.«

»Und der Sheriff?«

»Die Übertragungsspur 2 arbeitet noch einwandfrei. Hamilton mimt in der Lagerhalle noch immer den Ladearbeiter.«

»Wann werden Sie endlich eingreifen?«, fragte Suzannah ängstlich, die an der Stirnseite neben dem schweigsamen Porky saß und ihren Kopfhörer abgenommen hatte.

Bob lächelte ihr beruhigend zu. »Rechtzeitig«, antwortete er. »Das verspreche ich Ihnen.«

NRC-Camp 08, Magdalena Ranger District, New Mexico

Die Alarmsirene schrillte durch die Lagerhalle. Dwain trug gemeinsam mit einem Soldaten eine schwere Holzkiste zum LKW, als die übrigen Anwesenden alles stehen und liegen ließen und zum Eingang strömten.

»Ich möchte nur wissen, was heute los ist«, beschwerte sich der Soldat an Dwains Seite. »Seit Monaten nichts als stupider Wachdienst, und innerhalb von einer Stunde gibt es zweimal Alarm.«

»Bestimmt Fehlalarm«, knurrte Dwain.

Sie umrundeten den Lastwagen und hievten eine schwere Kiste auf die Ladefläche.

»Glaube ich nicht«, sagte der Mann im schwarzen Overall. »Seit gestern der Befehl zum Abrücken ausgegeben wurde, geht es hier drunter und drüber. Schau dich um, ich weiß nicht, wann zuletzt alle drei Gruppen gleichzeitig im Einsatz waren. Irgendetwas ist da im Busch, aber uns sagen sie ja nichts.«

»Genau«, bestätigte Dwain.

»Zu welcher Gruppe gehörst du eigentlich? Zu Walsh oder Bettermann? Ich habe dich hier noch nie gesehen.«

Die Kiste landete krachend auf der Ladefläche.

»Walsh«, antwortete Dwain. »Ich bin noch nicht lange hier.«

»Du bist aus Texas, oder?«

Dwain nickte.

»Von Fort Bliss oder Fort Hood?«

Dwain schob die Kiste weiter zurück. In der einen Hand hatte er einen massiven Stock aus bestem Ahornholz, der zur Befestigung der Spriegel diente. Der andere wandte ihm den Rücken zu. »Tut mir leid«, murmelte Dwain, ehe er dem Mann im schwarzen Overall mit dem Stock ins Genick schlug. Ein Gurgeln kam über dessen Lippen, dann sackte er zusammen. Dwain fing ihn auf und hob ihn auf die Ladefläche des Lasters, auf dem schon mehrere Kisten standen. Er zog ihn zwischen zwei Kisten und fesselte ihn mit den Händen an eine Öse zur Sicherung der Ladung. Nachdem er ihn mit einem Handschuh geknebelt hatte, sprang er vom LKW und hastete auf die Rampe zu.

10

NRC-Camp 08, Magdalena
Ranger District, New Mexico

Brian rutschte unruhig auf seinem Stuhl hin und her. Zwei Wachleute hatten den Raum verlassen, nur noch ein Bewacher stand neben der Tür und musterte ihn argwöhnisch.

Die Tür flog auf, und ein Mann im grauen Anzug, mit einer runden Brille auf der Nase und schlohweißen langen Haaren schaute herein. Er sah aus wie das leibhaftige Abbild von Albert Einstein, nur wesentlich größer.

»Haben Sie Commander Leach gesehen, was sollen diese andauernden Alarme?«, fragte er den Wachmann.

»Er ist vor ein paar Minuten gegangen, es gab einen Zwischenfall im medizinischen Trakt. Deswegen der Alarm, Professor Tyler.«

Der Mann nickte und wollte wieder verschwinden.

»Sie sind also der Mann, der beinahe dreihunderttausend Menschenleben auf dem Gewissen hat?«, beeilte sich Brian zu sagen.

Professor Tyler verharrte im Schritt. Kurz musterte er Brian, dann trat er wieder über die Schwelle und schloss die Tür. »Und Sie sind dieser Parapsychologe, der uns die ganze Zeit über auf Trab gehalten hat.«

Brian nickte.

»Sie sind Wissenschaftler, so wie ich«, dozierte Tyler. »Also sollten Sie sich kein Urteil bilden, bevor Sie nicht die gesamten Fakten wissen.«

»O nein, Professor, Sie irren, nichts, rein gar nichts verbindet uns. Das, womit Sie sich beschäftigen, hat nichts mit Wissenschaft zu tun, es ist ein Verbrechen an der Menschheit.«

Tyler schmunzelte. »Wir Wissenschaftler dürfen uns keine Grenzen auferlegen. Was wir heute noch als unumstößliche Gesetze der Natur kennen und akzeptieren, kann morgen nur noch ein blasser Schatten sein. Denken Sie an Kopernikus oder später Galilei, die ihren Weg gegen die Widerstände einer allmächtigen Kirche gingen, um das Wissen über die Welt voranzubringen. Wir stehen jetzt ebenfalls vor einer Schwelle und sind dabei, unseren Fuß in eine neue, ungeahnte Welt zu setzen. Bald werden wir eine neue Ebene erreichen, die dritte Ebene. Townsend Brown und Nikola Tesla haben als Erste diesen Weg eingeschlagen, und wir werden ihn zu Ende beschreiten. Ob Sie wollen oder nicht, Saint-Claire, wir werden die Trompeten von Jericho erschallen lassen.« Der Professor hatte sich in Fahrt geredet. Seine Augen leuchteten, und ein Schweißfilm bildete sich auf seiner Stirn.

»Wie können Sie nur dieser wahnwitzigen Idee anhängen, das Wetter zu kontrollieren«, sagte Brian kopfschüttelnd. »Das haben schon viele vor Ihnen versucht, und es ist ihnen nicht gelungen. Die Natur ist viel zu komplex, als dass sie sich von Menschen beherrschen ließe.« Brian wusste, dass er den Professor provozieren musste, um ihm weitere Details zu entlocken. Lauter Beweise, die der Übertragungschip an der Innenseite seines Oberarms an das Abhörzentrum des MIS übermittelte.

»Sie irren wiederum, Saint-Claire«, sagte Tyler leise. »Diese Anlage dient einem vollkommen anderen Zweck. Uns liegt nichts daran, das Wetter zu kontrollieren. Die Stürme waren ein unbeabsichtigter Nebeneffekt, ein bedauerlicher Unfall, ausgelöst durch eine Plasmablase in der Ionosphäre. Mittlerweile haben wir den Fehler gefunden und die Anlage modifiziert. Ich gehe davon aus, Sie haben die Aufzeichnungen dieses Meteorologen längst analysieren lassen.«

Brian nickte. »Ich kenne die Auswertung, und ich weiß, dass er von Ihren Leuten umgebracht wurde«, schnaubte Brian.

»Ich will es Ihnen kurz erklären.« Tyler redete mit Brian, als wäre er sein begriffsstutziger Schüler. »Oben auf dem Berg haben wir einen Wald von Kreuzdipolantennen errichtet, die eine leistungsstarke HAARP-Einheit bilden. Wir nennen diese Anlage ›Heater‹. Diese Antennen strahlen eine modulierbare Hochfrequenzstrahlung mit einer Gesamtleistung von vierzig Gigawatt in unsere Ionosphäre. Wir beschießen damit die F-Schicht und heizen sie auf. Die elektrisch geladenen Teilchen dieser Schicht verschmelzen zu einem thermischen Plasma, das extrem leitfähig ist und uns die Reflexion von ELF-Wellen im unteren Hertzbereich ermöglicht. Bei entsprechender Modulation lassen sich diese Wellen mithilfe einiger Satelliten punktgenau auf Ziele, insbesondere auf feindliche Unterseeboote ausrichten.«

Der Professor war ganz in seinem Element und schien sich der absurden Situation gar nicht bewusst zu sein, in der er und Brian, sein Widersacher, sich befanden. Vom Flur her war hektisches Treiben zu vernehmen, während Tyler weiterdozierte.

»Eine fast perfekte Waffe, die ihr Ziel eigenständig ortet und mithilfe eines Computers nach Maxwells Gleichungen einen entsprechenden Strahlungswinkel errechnet. Ein dreifach gepulster Forsteritlaser bringt die ELF-Wellen ins Ziel. Die Reflexionsstrahlung liegt bei 7,83 Hertz. Allerdings gab es dabei einige unerwünschte Nebenwirkungen. Bei unserer ersten Testreihe wurden nicht nur die Längstwellen reflektiert, sondern auch die hochfrequente Mikrowellenstrahlung wurde gebündelt zurückgeworfen. Die Folge kennen Sie.«

»ELF-Wellen dieser Frequenz?«, fragte Brian. »Sind das nicht Wellen, die das menschliche Gehirn stimulieren?«

»Ganz genau, wie ich sagte, wir lassen die Trompeten von Jericho erschallen«, erwiderte Tyler stolz. »Sie kennen die Geschichte aus der Bibel sicher: Der Klang der Trompeten brachte die Mauern der Stadt zum Einstürzen. Wir lassen keine Mauern einstürzen, aber wir können ganze Armeen in die Flucht schlagen, ohne auch nur einen einzigen Schuss abzufeuern. Wir stimulieren einen ganz bestimmten Bereich des Gehirns, die Amygdala. So können wir bei unseren Feinden beispielsweise Angstsymptome auslösen. Es war ein weiter Weg, bis wir die Anlage so weit modifiziert hatten, dass wir fast jeden Punkt auf der Erde erreichen. Sogar der tiefste Ozean oder ein Bunker aus Stahlbeton bieten keinen Schutz. Ist das nicht genial?«

»Die Amygdala, das Angstzentrum, natürlich«, murmelte Brian nachdenklich. »Auf diese Weise wurden die Astronauten der *Discovery* in ihren verheerenden Zustand versetzt. Sie wurden beim Landeanflug von der Strahlung erfasst.«

»Sehen Sie, Mr Saint-Claire«, fuhr Tyler fort. »Vor einigen Jahren herrschte zwischen den großen Mächten der Welt noch eisernes Schweigen. Der Konflikt im Nahen Osten spitzte sich immer weiter zu. Wir standen kurz vor einem Krieg mit den Kommunisten. Damals kam ein Beauftragter der Regierung zu mir und unterbreitete mir einen Vorschlag.«

»Darf ich raten: Senator Lee?«, warf Brian ein.

»Sie sind wirklich ausgezeichnet informiert«, entgegnete Tyler. »Damals war er Staatssekretär im Pentagon. Was er sagte, klang einleuchtend. Die wirkliche Bedrohung waren nicht die Atomraketen in der UdSSR, sondern die U-Boot-gestützten Einheiten, die den Krieg direkt vor unsere Küste tragen konnten. Gegen diese Waffensysteme standen lediglich unzulängliche Abwehrmöglichkeiten zur Verfügung. Haben Sie schon einmal versucht, eines dieser modernen atombetriebenen U-Boote mit einem U-Boot-Jäger zu orten?« Die Frage schien ernst gemeint.

Brian schüttelte den Kopf.

»Es ist, als würden Sie eine Nadel im Heuhaufen suchen«, beantwortete Tyler seine eigene Frage. »Und um dieses Problem zu lösen, haben wir das Projekt *Oracle* ins Leben gerufen. Leider änderten sich kurz darauf die politischen Rahmenbedingungen in unserem Land, sodass wir die Forschungsanlage im Geheimen weiterbetreiben mussten. Und heute wissen wir, dass es sich gelohnt hat. Haben Sie von dem russischen U-Boot *Tichonow* gehört, das in der Sargassosee in Seenot geriet, weil eines der Besatzungsmitglieder durchdrehte?«

Brian schlug ungläubig die Augen nieder. »Sie haben mit Ihrem Wahnsinn diese Monsterstürme ausgelöst, die über dreihunderttausend Tote forderten, Sie sind verantwortlich für den Tod zweier hochrangiger Wissenschaftler, die Ihnen bedrohlich wurden, und Sie sprechen von Erfolg! Was geht eigentlich in Ihrem Kopf vor? Leben Sie fernab der Geschehnisse draußen in der Welt? Jedenfalls scheint es noch nicht zu Ihnen vorgedrungen zu sein, dass von den Russen keine Bedrohung mehr für uns ausgeht. Sie gehören in eine Anstalt und nicht in ein Forschungslabor!«

Tyler lachte laut auf. »Nein, Sie irren, mein Junge, glauben Sie mir. Die Bedrohung besteht mehr denn je. Das Problem mit den Reflexionsstrahlen haben wir im Übrigen im Griff. Bald schon verfügen wir über die perfekte Waffe. Sie aber, Saint-Claire, Sie und Ihre kleine Begleiterin sind dann längst schon Geschichte. Sie hätten sich dem Fortschritt eben nicht in den Weg stellen sollen. Und jetzt leben Sie wohl, oder besser, sterben Sie schnell und schmerzlos. Ich habe noch zu tun.«

Tyler wandte sich zum Gehen.

»Eine Frage noch!«, rief ihm Brian nach. Er musste noch eine wichtige Information aus ihm herauskitzeln. »Woher stammt das Geld für dieses Projekt?«

Tyler drehte sich zu ihm um. »Das ist Sache von Senator Lee und seinen Freunden. Für finanzielle Dinge habe ich mich nie interessiert. Hauptsache, die Finanzierung unseres Projekts steht. Tja, eigentlich schade, ich hätte Sie gern ein wenig herumgeführt und Ihnen unsere Anlage vorgestellt, aber wie Sie sehen, befinden wir uns im Aufbruch. In ein paar Stunden gibt es hier nur noch ein paar qualmende Trümmer. Und Sie, Saint-Claire, werden sich bedauerlicherweise darunter befinden ...«

»Sie sind ein Wahnsinniger, Tyler!«, rief Brian ihm nach.

Dwain schlich durch den von Neonlicht durchfluteten Gang. Die Alarmsirene dröhnte, und kein Mensch war weit und breit zu sehen. Langsam tastete er sich voran, vorbei an den zahlreichen geschlossenen Sicherheitstüren. Wohin hatten sie Brian gebracht? Was hatte den zweiten Alarm ausgelöst? Er hoffte, dass noch immer Funkkontakt zu Brian bestand und sie den Übertragungschip an der Innenseite seines Oberarms nicht entdeckt hatten.

Am Ende des Gangs konnte er von Weitem eine Sicherheitsschleuse erkennen. Das Licht wurde durch das Glas reflektiert. Er drückte sich an die Wand und schlich bis zur nächsten Tür. Plötzlich wurde sie geöffnet. Ein kleiner, untersetzter Mann in weißem Kittel und mit einer Stirnglatze kam aus dem Raum. In den Armen hielt er mehrere übereinandergestapelte Aktenordner. Der Mann verharrte abrupt und schaute Dwain an.

»Was ist denn nun schon wieder passiert?«, fragte er arglos. »Ich dachte, der Eindringling wäre geschnappt?«

Dwain betrachtete den Mann nachdenklich. Auf seiner Brust prangte ein Namensschild. *Dr. Stillwell*, war darauf zu lesen.

»Ich habe keine Ahnung, Dr. Stillwell«, antwortete Dwain.

»Er wird doch nicht wieder ausgebüxt sein. Aber egal, hier drinnen kommt er nicht weit. Haben Sie einen konkreten Auftrag, Soldat?«

Dwain schüttelte den Kopf. »Ich war mit Ladearbeiten im Hangar beschäftigt.«

»Gut so, ich könnte nämlich ein wenig Hilfe gebrauchen«, sagte Stillwell. »Hier drinnen liegen noch einige Ordner, die in den Sicherheitsbereich müssen, bevor uns alles um die Ohren fliegt. Greifen Sie zu, Soldat. Sie ersparen mir damit einen weiteren Weg.«

Stillwell öffnete die Tür und wies auf die Aktenordner, die er neben dem Türrahmen aufgestapelt hatte. »Sie sind ein großer und kräftiger Kerl. Ich denke, Sie vertragen noch ein paar mehr als ich.«

Stillwell übergab Dwain den Stapel, den er auf den Armen trug, und schichtete noch drei weitere Ordner darauf, sodass sie Dwain bald bis unters Kinn reichten. Die restlichen Ordner nahm er selbst, dann ging er voraus auf die Sicherheitsschleuse zu. Dwain ließ ihn gewähren. Das war die Chance, auf die er gewartet hatte. Er folgte dem Mann.

Kurz bevor sie die Sicherheitsschleuse aus massivem Panzerglas erreichten, verstummte die Alarmsirene. Ein Summer wurde betätigt, und die Glastür öffnete sich automatisch. Zwei mit Maschinenpistolen bewaffnete Posten flankierten den Zugang.

»Weswegen der erneute Alarm?«, fragte Stillwell einen der Posten.

Dwain machte eine möglichst unbeteiligte Miene und senkte den Kopf.

»Nehmen Sie den Zugang B, Dr. Stillwell«, antwortete der Posten. »Dr. Allistar ist durchgedreht. Er hat einen von Coburns Männern erschossen und sich im medizinischen Labor verschanzt. Offenbar war er es, der den Eindringling in das Areal eingeschleust hat.«

»Soso, Allistar.« Stillwell nickte nachdenklich. »Ich dachte mir schon, dass so etwas passieren könnte. Seit dem Zwischenfall mit Mcnish war er nicht mehr der Alte. Und dann noch der Unfall mit dem Schulbus. Das war zu viel für den armen Kerl.«

Stillwell betrat die Schleuse. Dwain folgte, doch plötzlich hielt ihn einer der Posten am Arm fest.

»Und er?«, fragte der Posten.

Stillwell wandte sich um. »Er gehört zu mir.«

Der Wachmann nickte stumm und ließ Dwain passieren. Mit mehreren Ordnern beladen, passierte Dwain die Schleuse und betrat den abgeschirmten Bereich von Camp 08.

Magdalena Ranger District, New Mexico

»Sie müssen endlich eingreifen«, bat Suzannah inständig. »Schicken Sie Ihre Männer los. Was wir auf Band haben, reicht doch.«

»Wie lange haben wir noch Kontakt?«, fragte Bob an Raleigh gewandt.

Raleigh schaute auf die kleine LCD-Uhr im Kontrollpult. »Die Verbindung steht noch genau neun Minuten«, antwortete er. »Die Daten sind an die Zentrale übermittelt. Wir haben seit einer Minute grünes Licht.«

Bob wandte sich an Brooke. »Ich denke ebenfalls, wir haben genug gehört, holen wir die Jungs da raus.«

Brooke nickte und erhob sich. »Meine Männer sind instruiert«, erwiderte er. »Ich hoffe, wir können ein Blutbad vermeiden.«

»Wir tun, was nötig ist«, entgegnete Bob. »Sie übernehmen die Einsatzleitung. Aber denken Sie an die Geisel.«

»Aber selbstverständlich.« Commander Brooke griff nach seiner Schildmütze, ehe er vom Laderaum des Lastwagens stieg.

»Gut, Miss Shane«, sagte Bob an Suzannah gewandt. »Lassen wir den Spezialisten den Vortritt. Sie und Mr Pokarev fliegen mit mir.«

Suzannah atmete erleichtert auf.

Kontrollausschuss im Weißen Haus, Washington D.C.

»Ich habe immer redlich und voller Liebe zu meinem Land gehandelt«, erklärte Senator Lee den Anwesenden. »Die Interessen unserer Nation lagen mir stets am Herzen.«

Der Vorsitzende der Kontrollkommission nickte gleichgültig und betrachtete neugierig die Nachricht, die ein Justizbeamter auf seinen Schreibtisch gelegt hatte.

»Dennoch, Senator, scheint es mir Unregelmäßigkeiten in der

Buchführung der Worth-Gesellschaft zu geben. Mir liegt ein Protokoll unserer Ermittlungsabteilung vor, wonach seit Jahren Gelder in Millionenhöhe spurlos verschwunden sind. Sie, Senator Lee, tragen als Hauptgesellschafter die volle Verantwortung. Können Sie mir sagen, wo die Gelder geblieben sind?«

Senator Lee lehnte sich in seinem Stuhl zurück und verschränkte die Arme vor der Brust. »Ich berufe mich auf meine Immunität als Mitglied des Senats«, antwortete Thomas Lee. »Sie wissen, dass ich Ihre Fragen nicht zu beantworten brauche.«

»Eine andere Frage«, fuhr der Vorsitzende unbeeindruckt fort und hielt das Dokument in die Höhe, das der Beamte schweigend auf seinem Tisch platziert hatte. »Was wissen Sie über das Militärcamp im Cibola National Forest in New Mexico?«

Der Senator verzog das Gesicht und wandte den Kopf zum Fenster. »Ich weiß nicht, wovon Sie reden.«

Der Vorsitzende griff in einen Aktenordner und hielt ein Foto in die Höhe. Das Bild des Senators vor dem Hubschrauber auf dem Dach des Bunkers im Camp 08.

Der Senator warf einen flüchtigen Blick darauf. Schließlich erhob er sich. »Ich sehe nicht ein, warum ich mir weitere Anschuldigungen anhören sollte«, sagte er. »Ich berufe mich auf mein Recht als Senator der Vereinigten Staaten und mein verfassungsmäßiges Recht auf Immunität.«

»Setzen Sie sich, Senator!«, forderte ihn der Vorsitzende auf. »Wir sind noch lange nicht am Ende. Und was Ihre Rechte betrifft, so darf ich Ihnen die Erklärung des Weißen Hauses übergeben. Ihre Schutzrechte als Senator wurden vom Präsidenten höchstpersönlich aufgehoben. Also, Senator, nehmen Sie wieder Platz und beantworten Sie unsere Fragen. Sonst sehe ich mich gezwungen, Sie in Arrest nehmen zu lassen.«

Senator Lee starrte mit aufgerissenen Augen auf das Dokument, das ihm der Vorsitzende durch einen Justizbeamten übergeben ließ und auf dem das Siegel des Präsidenten prangte.

»Die von Ihnen geschaffenen Strukturen während der Amtszeit von Präsident Burk waren nicht leicht zu durchschauen«, fuhr der Vorsitzende fort. »Ohne fremde Hilfe wären wir womöglich nie hinter Ihre verwobenen Aktivitäten gekommen. Der Regierungsfonds, die finanziellen Machenschaften der Worth-Gesellschaft, Ihr Engagement bei der Navy, dieses geheime Camp des Naval Research Center in New Mexico, das Sie zu einem autarken System entwickelten und das selbst Jahre nach Ihrem Ausscheiden aus der Regierungsverantwortung unter Ihrer Führung weiterarbeitete: All diese subversiven Unternehmungen sind Verrat an diesem Land. Sie haben Ihre eigenen Interessen über die Interessen unserer Nation gestellt. Das ist Hochverrat.«

Das Gesicht des Senators verfärbte sich blutrot. Er sprang auf. Seine Hand fuhr durch die Luft, als ob sich die schweren Anschuldigungen des Vorsitzenden einfach wegwischen ließen. »Was wissen Sie von dieser Welt!«, herrschte der Senator den Vorsitzenden an. »Sie haben keine Ahnung. Während Sie hier in diesem warmen und trockenen Saal sitzen und von Verrat sprechen, sind noch immer Hunderte von Atomraketen auf unsere Städte gerichtet. Noch immer sterben unsere Jungs im hinterhältigen Feuer von feigen Bastarden, die angeblich einen heiligen Krieg führen und nicht den Mumm haben, sich einem offenen Gefecht zu stellen. Und die Russen lachen über uns und warten nur auf ihre Chance. Nicht ich habe die Vereinigten Staaten verraten, sondern Präsident Cranford und sein ganzes liberales Gesindel. Nichts wissen Sie, nichts. Sie stochern im trüben Wasser und hoffen darauf, einen Fisch zu fangen. Aber nicht mit mir, nicht mit mir. Von mir erfahren Sie kein Wort.«

Der Vorsitzende gab dem Justizbeamten ein Zeichen. Der Beamte verschwand kurz im Nebenzimmer.

»Ich denke, wir wissen bereits mehr, als Sie ahnen«, sagte der Vorsitzende.

Als der Justizbeamte wieder auftauchte, befand sich Senator Luther Thornton an seiner Seite. Mit offenem Mund starrte Thomas Lee zur Tür. »Luther, du?«, sagte er ungläubig.

»Es tut mir leid, Thomas«, antwortete Thornton.

Lee griff sich an die Brust. Sein Atem setzte aus, und seine Augen traten aus den Höhlen. Er sank auf einen Stuhl. »Luther, über all die Jahre ... von dir ... von dir hätte ich es am wenigsten erwartet«, stammelte Senator Thomas Lee, bevor er sich kurz aufbäumte, um schließlich wie leblos zusammenzusacken.

»Schnell, einen Arzt!«, rief der Vorsitzende. »Der Senator hat einen Herzanfall.«

NRC-Camp 08, Mount Withington, New Mexico

Sie passierten die letzte Schleuse. Dr. Stillwell hatte es offenbar eilig. Er schaute nervös auf seine Armbanduhr.

»Kommen Sie, uns bleibt nur noch eine Stunde!«, sagte er.

»Und was ist dann?«, fragte Dwain.

Stillwell zog einen Schlüssel aus seiner Tasche hervor. Der Gang war nach der letzten Sicherheitsschleuse deutlich schmaler geworden. Sie befanden sich in einem Schacht unter dem Berg. Es war kühl hier unten. Dwain schaute sich um. Ein dünnes Kabel lief an der Wand entlang. Im Abstand von einigen Metern verschwand es in der Wand, um kurz darauf wieder aufzutauchen.

Stillwell blieb vor einer Stahltür stehen und schloss die Tür auf. »Es ist wichtig, dass nichts übrig bleibt«, sagte er und betrat den muffigen Raum.

Kisten und Ordner häuften sich auf dem Boden. Dwain reichte dem Doktor seine Ordner, ehe er in die Tasche seines Overalls griff und eine Pistole hervorzog.

Als sich Stillwell umwandte, blieb er wie vom Donner gerührt stehen.

»Was passiert in einer Stunde?«, fragte Dwain kalt. Die Mündung seines Revolvers zeigte auf den Bauch des Arztes.

»Was … was soll das?«, fragte Stillwell.

»Sind das die Unterlagen über die Experimente, die Sie hier im Camp durchgeführt haben?«

Stillwell blickte auf die aufgestapelten Unterlagen. »Wer sind Sie?«

»Mein Name ist Dwain Hamilton. Ich bin Sheriff in Socorro, und ich bin hier, um Ihrem Treiben ein Ende zu setzen.«

Die Augen des Arztes waren angsterfüllt. Hastig zuckten sie hin und her. »Wie kommen Sie hier herein?«

»Ich stelle jetzt die Fragen. Warum haben Sie Allan Mcnish sterben lassen? Was hat er Ihnen getan?«

»Ich weiß nicht …«

»Ihre Experimente haben ihn umgebracht.«

Der Arzt sah betroffen zu Boden.

Dwain warf Stillwell einen verächtlichen Blick zu. »Sie sind erledigt«, fuhr er fort. »Den Rest Ihres Lebens können Sie im Gefängnis verbringen und über Ihre Verbrechen nachdenken.«

»Sie irren sich, Sheriff«, ertönte plötzlich die kalte Stimme Coburns in seinem Rücken. Unbemerkt hatte sich der NSA-Agent angeschlichen. Dwain fuhr herum. Eine silberfarbene Luger lag in Coburns Hand und zielte auf den Kopf des Sheriffs.

»Lassen Sie die Waffe fallen, Sheriff!«

»Coburn!« Dwain kam der Aufforderung nach. »Nett, Sie zu sehen.«

»Dr. Stillwell, sind die Unterlagen komplett?«

Der Arzt nickte.

»Nehmen Sie seine Waffe und gehen Sie nach draußen zum Hubschrauber. Wir mussten den Zeitplan ändern. In ein paar Minuten bekommen wir Besuch.«

Der Arzt nickte und bückte sich nach dem Revolver. Eilends schob er sich an Dwain vorbei und reichte Coburn die Waffe, ehe er erleichtert den Gang entlanghastete.

»Tja, Sheriff, Zeit, einander Lebewohl zu sagen«, sagte Coburn. »Ihr Onkel wird diesmal seine schützenden Hände nicht mehr über Sie halten können. Aber keine Angst, es wird schnell gehen. Sie werden nichts spüren.«

»Sie sind erledigt, Coburn. Mit dem Überfall auf die Ranch meines Onkels sind Sie zu weit gegangen. Sie werden nicht entkommen!«

»Bis Ihre Verstärkung hier eintrifft, wird es dieses Labor nicht mehr geben.« Coburn grinste kalt.

Dwain fasste langsam mit der Hand in eine Tasche seines Overalls.

Coburn reckte die Waffe vor und spannte den Hahn. Argwöhnisch beobachtete er den Sheriff. »Vorsicht!«, zischte er. »Sonst verpassen Sie noch den großen Knall, das wäre doch jammerschade.«

Dwains Hand tauchte wieder auf. Ein Kugelschreiber lag darin. Er streckte die Hand aus und reichte ihn dem NSA-Agenten.

Coburn verharrte noch immer regungslos.

»Der gehört Ihnen, wenn ich mich nicht irre«, sagte Dwain.

Coburn warf einen Blick auf den schwarzen Kugelschreiber. »Wie kommen Sie darauf, dass er mir gehören könnte?«

»Ich habe ihn am Rio Salado gefunden«, erklärte Dwain. »In der Nähe stand einmal eine einfache Holzhütte.«

Coburn verzog das Gesicht. »Sie verstehen das nicht, Sheriff. In diesem Spiel gilt der Einzelne nichts. Es geht um unser Land, um unsere Ideale. Ich hatte nichts gegen den alten Indianer, aber er hat sich in Dinge eingemischt, die ihn nichts angingen.«

»Sie haben meinen Neffen und meinen Onkel kaltblütig ermordet. Dafür werden Sie bezahlen, Coburn.«

»Ich weiß, dass Sie das nicht verstehen, aber sie mussten zum Wohle unseres Landes sterben. Ich hatte keine andere Wahl.«

»Sie sind krank, Coburn.«

»Ende der Diskussion, Sheriff. Ich darf Sie nun bitten.« Mit seiner Waffe deutete er auf die Tür zu dem muffigen Raum, in der noch immer Stillwells Schlüssel steckte. »Die Zeit läuft uns davon.«

Dwain trat über die Schwelle und wandte sich noch einmal um. »Eine letzte Frage werden Sie mir erlauben. Woher wussten Sie, dass ich hier bin?«

Über Coburns Gesicht huschte ein Lächeln. »Allistar war ein Säufer. Er war schwach. Trotzdem hat er einen meiner Männer erschossen. Er hat es mir gesagt, bevor er sein Lebenslicht aushauchte.«

11

Magdalena Ranger District, New Mexico

Das Dröhnen der Hubschrauberflotte ließ die Luft vibrieren. Im Tiefflug umrundete das Geschwader die Südseite des Mount Withington. Suzannah saß neben Bob im Jet Ranger und schaute aus dem Fenster hinunter auf den grünen Wald. Porky saß gegenüber und umklammerte krampfhaft den Gurt. Der Pilot flog eine steile Linkskurve. Plötzlich tauchte eine Lichtung auf. Suzannah wies nach unten, wo eine Armada aus metallenen Ästen in den Himmel ragte.

Flankiert von den Apache-Kampfhubschraubern mit ihren gefährlich wirkenden Raketengeschützen und den Maschinenkanonen an der Seite, schwebten vier Blackhawks auf den Stützpunkt unterhalb des Mount Withington zu.

»Wir werden rechtzeitig eintreffen«, sagte Bob zu der ängstlich dreinblickenden Frau neben ihm. Er legte ihr beruhigend die Hand auf den Arm. »Wir holen ihn raus, das verspreche ich Ihnen, Miss Shane.«

Suzannah nickte stumm. Das helle Sonnenlicht durchströmte das Innere des Hubschraubers, als der Pilot nach Osten schwenkte.

NRC-Camp 08, Mount Withington, New Mexico

»Man wird auch Sie zur Verantwortung ziehen.« Brian redete eindringlich auf seinen Bewacher ein, der zusehends nervöser wurde. »Sie können sich nicht hinter Ihrer Uniform verstecken. Dreihunderttausend Menschen sind gestorben. Dafür werden alle Beteiligten bezahlen.«

Der Wachmann blickte betreten zu Boden. »Ich tue nur meine Pflicht. Ich wusste nichts davon.«

»Gleich wird hier eine Spezialeinheit der Navy Seals eintreffen«, setzte Brian nach. »Alles, was hier gesprochen wird, überträgt ein Satellit direkt an das Oberkommando der Navy. Glauben Sie bloß nicht, dass ich allein gekommen bin. Das Spiel ist aus. Das Militärgericht wartet auf Sie.«

Der Wachmann wurde zunehmend unsicherer.

»Binden Sie mich los und helfen Sie mir, verdammt. Und retten Sie damit Ihre Haut.«

Plötzlich wurde die Tür aufgerissen. Commander Leach stürzte in den Raum. »Warum sitzt er noch hier?«, herrschte er den verblüfften Soldaten an. »In zehn Minuten räumen wir. Code Alpha, Mann! Haben Sie die Durchsagen nicht gehört?«

Der Soldat nahm Haltung an. »Nein, Sir!«

Leach schüttelte den Kopf und wandte sich Brian zu. »Dr. Allistar ist tot«, bellte er. »Dieser Narr dachte, er müsste den Helden spielen. Er hat einen unserer Männer getötet. Und Sie und Ihr Freund sind schuld.«

»Mein Freund?«, entgegnete Brian fragend.

»Tun Sie nicht so. Wir wissen, dass Sie nicht allein waren. Aber das hat sich jetzt erledigt. Dieser Hamilton ist dingfest gemacht und wartet im B-Trakt auf den großen Knall. Sie sind allein, Saint-Claire. Und bald sind auch Sie tot.«

Brian lief es heiß und kalt über den Rücken. Wo blieb nur das Einsatzkommando? Er musste unbedingt Zeit gewinnen. »Was sind Sie nur für ein Ungeheuer!«, sagte er. »Sie elender

Teufel, wie viele Menschen wollen Sie noch umbringen? Haben Sie kein Gewissen? Dort draußen herrscht Frieden. Die UdSSR gibt es nicht mehr. Geht das nicht in Ihren verdammten Dickschädel?«

Commander Leach trat vor Brians Stuhl und beugte sich zu ihm hinab, sodass sich beinahe ihre Nasenspitzen berührten. Brian roch seinen fauligen Atem.

»Sie haben es noch immer nicht kapiert, Saint-Claire. Schauen Sie sich diese Welt einmal genau an. Es gibt keinen Frieden, es gibt nur die Zeit zwischen den Kriegen. Und die muss unser Land nutzen, um sich Vorteile gegenüber seinen Feinden zu verschaffen.«

Brian schloss die Augen, legte den Kopf in den Nacken. Im nächsten Moment stieß er die Stirn mit voller Wucht nach vorn. Es knackte laut, als sie auf Leachs Nasenbein traf. Der Commander heulte auf und riss die Hände vor das Gesicht. Im selben Augenblick zog Brian die Beine an und trat Leach mit aller Kraft in die Lenden. Der Commander knickte ein und fiel auf die Knie. Behände sprang Brian vom Stuhl auf und rammte ihm das Knie ans Kinn. Blut spritzte durch die Luft. Mit einem gurgelnden Laut brach der Commander zusammen und stürzte zu Boden. Blitzschnell holte Brian mit dem Fuß aus und trat den Mann vor ihm auf dem Boden in den Magen. Der Wachmann hatte inzwischen sein Gewehr von der Schulter gerissen. Mit schreckensgeweiteten Augen zielte er auf Brians Brust. Doch er zögerte.

Brian sah ihm ins Gesicht. »Entscheiden Sie sich, Mann! Wenn Sie meinen, Ihre Pflicht tun zu müssen, dann drücken Sie endlich ab!«, schrie er. »Wenn Sie sich aber für die Freiheit entscheiden, dann helfen Sie mir endlich, damit der Wahnsinn ein Ende hat.«

Unsicher flogen die Augen des Soldaten zwischen dem ohnmächtigen Commander und Brian hin und her. Schließlich ging ein Ruck durch seinen Körper. Er senkte die Waffe und griff in seine Hosentasche.

»Was heißt Code Alpha?«, fragte Brian, als ihn der Soldat von seinen Handschellen befreite.

»In zwanzig Minuten fliegt uns das Labor um die Ohren«, antwortete der Soldat. »Hier ist alles vermint worden, verstehen Sie.«

Brian atmete tief ein. »Wo ist der Stollen, von dem der Kerl sprach?«, stieß er hervor.

Der Soldat öffnete die Tür und wies den Gang hinunter.

»Kommen Sie mit?«, fragte Brian.

Der Soldat schüttelte den Kopf und bückte sich. Er griff in die Jackentasche des Commander und zog eine grüne Scheckkarte hervor. »Die werden Sie brauchen, damit kommen Sie durch jede Schleuse. Folgen Sie den roten Markierungen. Dann können Sie den B-Trakt nicht verfehlen.«

Brian zog Leachs Pistole aus dem Halfter und überprüfte das Magazin. Entschlossen hetzte er den Gang hinunter. Er konnte den Sheriff unmöglich seinem Schicksal überlassen.

Captain Melrose starrte ungläubig in die Luft. Sieben Apache-Kampfhubschrauber der Marines schwebten über dem General Willston Camp am Fuße des Mount Withington. Das Donnern der Motoren erfüllte die Luft. Seine Männer waren abmarschbereit. Sein Schutzauftrag für das geheime Forschungslabor war beendet, und der Marschbefehl sah vor, dass er sich wieder bei seiner Stammeinheit, dem elften Marineinfanterieregiment in Kalifornien, einzufinden hatte. Zusammen mit den knapp vierzig Soldaten des Wachkommandos hatte er die Lastwagen und die beiden Jeeps mit den Gerätschaften beladen lassen und war im Begriff aufzubrechen.

Von der Ostseite näherten sich drei Blackhawks und schwebten im Tiefflug über die vorderen Gebäude heran.

»Was sollen wir tun?«, rief der Sergeant Captain Melrose zu. Die Soldaten standen vor den Lastwagen, andere waren bereits aufgestiegen. Gestern hätte er noch gewusst, was zu tun war, da hatte er noch klare Befehle. Jegliches Eindringen von nicht autorisierten Personen, selbst Militärangehörigen ohne besonderen Passierschein, war mit allen Mitteln zu unterbinden. Über das Gebäude, das in den Berg ragte, wusste er nur, dass es sich um eine geheime Forschungseinrichtung der Navy handelte, deren Tätigkeit etwas mit satellitengestützter Aufklärung und Telekommunikation zu tun hatte. Seine Aufgabe war der Außen- und der Innenschutz der Einrichtung gegen Spionage und Sabotage. Doch seit einer halben Stunde galt der Befehl nicht mehr. Zu diesem Zeitpunkt hatte er offiziell seine Abkommandierung über Commander Leach erhalten.

»Was sollen wir tun?«, rief der Sergeant erneut.

Melrose zuckte die Achseln. Seine Männer sahen ihn erwartungsvoll an. Zwischendurch blickten sie immer wieder in den Himmel. Einige hatten ihr Gewehr in die Hand genommen, aber keiner wagte sich zu bewegen. Die Blackhawks flogen eine Schleife, ehe sie zwischen den Gebäuden aufsetzten. Zwei im Westen, einer im Osten. Männer in grauen Uniformen mit schusssicheren Westen, in Kampfausrüstung und mit automatischen Sturmgewehren bewaffnet, quollen aus den Leibern der Helikopter und suchten sofort Deckung auf. Ein weiterer Hubschrauber, ein ziviler blauweiß lackierter Jet Ranger, kreiste in der Luft, ehe auch er in einiger Entfernung direkt auf der Straße aufsetzte. Ein Mann in blauer Militäruniform stieg aus der Maschine.

Der Sergeant war an Melroses Seite getreten und zeigte auf die Einheiten, die neben den Unterkunftsgebäuden in Deckung gegangen waren. »Das sind Spezialeinheiten der Navy Seals«, rief er dem Captain zu. »Was wollen die hier?«

Aus einem der Lastwagen, die aus dem inneren Bereich zu dem Tross von Captain Melrose gestoßen waren, sprang ein Mann in dunklem Overall aus dem Führerhaus. In seiner Hand lag ein Automatikgewehr. Er zielte in Richtung der heranrückenden Einheiten und feuerte zwei Salven ab.

Sofort erwiderten die Navy Seals das Feuer. Die Apache-Hubschrauber feuerten aus ihren Maschinenkanonen ein paar Warnschüsse ab. Fontänen aus Erde und Staub spritzten in ummittelbarer Nähe der Lastwagen auf. Aus den Augenwinkeln sah Melrose den Mann im schwarzen Overall zusammenbrechen.

»Stellt das Feuer ein!«, brüllte er, doch der Lärm der Hubschrauber übertönte seine Worte.

»Achtung, Achtung!«, dröhnte es aus dem Lautsprecher eines Hubschraubers. »Stellen Sie das Feuer ein! Dies ist eine Aktion der Marinekommandantur. Legen Sie Ihre Waffen nieder und nehmen Sie die Hände hoch.«

Der Sergeant warf Captain Melrose einen fragenden Blick zu. »Was sollen wir tun?«

Melrose erhob sich langsam. »Lassen Sie die Männer antreten«, befahl er. »Unbewaffnet. Sie sollen ihre Hände zeigen. Und keinen einzigen Schuss mehr, wir feuern nicht auf unsere Kameraden. Haben Sie verstanden?«

Der Sergeant nickte.

Coburn richtete die Waffe auf Dwains Brust. »Es ist Zeit für Ihre Reise in die Ewigkeit«, sagte er und machte einen Schritt zur Tür.

Auf diesen Moment hatte Dwain gewartet. Seine Muskeln waren zum Zerreißen gespannt. Gerade als Coburn die Tür mit der Hand berührte, sprang Dwain mit einem gewaltigen Satz auf den Agenten zu. Kurz bevor er Coburn erreichte, hallte der trockene Knall der Luger durch den Gang. Dwain spürte den Schlag gegen seine Brust. Mit voller Wucht prallte er gegen Coburn. Ein zweiter Schuss peitschte auf und traf Dwain am Arm. Doch der Schmerz blieb aus. Dwains Hände krallten sich in den Stoff von Coburns Anzug. Mit der Faust schlug er nach dem Gesicht seines Widersachers, doch er streifte nur das Kinn. Die andere Hand umschlang Coburns Waffenhand und drückte sie zu Boden. Der dritte Schuss traf die Fliesen und sirrte jaulend davon. Dwain unterdrückte den aufkeimenden Schmerz in seiner Brust. Ein zweiter rechter Haken traf den Mund des Agenten. Ein unterdrückter Schrei kam über Coburns Lippen.

Der Sheriff wirbelte herum. Coburn versuchte die Waffe erneut in Anschlag zu bringen, doch Dwain wischte die Waffenhand zur Seite. Erneut schlug er Coburn ins Gesicht. Diesmal traf er ihn mit voller Wucht. Sofort setzte Dwain nach. Noch bevor Coburn wieder zu Kräften kam, packte er den Kopf des Agenten und schlug ihn gegen die Wand. Gleichzeitig zog er das Knie in die Höhe und rammte es ihm in die Lenden. Coburn stöhnte. Blut lief ihm aus Mund und Nase. Erneut versuchte er sich zu befreien. Noch immer hielt er die Luger fest umklammert. Doch Dwain ließ ihm keine Chance mehr. Immer wieder stieß er den Kopf seines Widersachers gegen den kalten Stein der Wand. Ein gurgelnder Laut kam über die Lippen des Agenten. Coburns Beine knickten ein.

Mit letzter Kraft riss Coburn die Waffe hoch und drückte ab. Das Projektil drang in Dwains Seite ein und riss ihn herum. Ihm wurde schwarz vor Augen, ehe er auf dem Boden aufschlug. In Erwartung seines Endes blieb er liegen. Er hatte höllische Schmerzen. Ein roter Schleier legte sich über seine Augen, wie ein samtenes Tuch. Nur noch schemenhaft nahm er die Umgebung wahr. Seine Augen suchten angestrengt nach Coburn, der ihm wohl in der nächsten Sekunde den Todesstoß versetzen würde. Mit letzter Kraft richtete sich Dwain auf. Coburn lehnte auf dem Boden sitzend an der Wand. Sein Kopf hing schlaff vor seiner Brust. Die Waffe war ihm entglitten. Dwain wollte sich erheben, doch er sank wieder auf die kalten Fliesen zurück. Dann wurde es dunkel um ihn.

Die Explosion ließ den Berg erzittern. Brian hastete durch die langen Gänge und folgte den roten Markierungspfeilen, die ihn in den B-Trakt führten. Immer weiter drang er in den Berg vor. Die Zeit rann ihm durch die Finger, aber er konnte den Sheriff nicht im Stich lassen. Durch die menschenleeren Gänge hetzte er weiter. Leachs Codekarte öffnete ihm die Schleusen. In wenigen Minuten würde der gesamte Gebäudetrakt in die Luft fliegen. Die Explosion musste wohl dem Antennenwald gegolten haben. Schweiß rann Brian über die Stirn, das Herz pochte ihm bis zum Hals. Als er die letzte Schleuse hinter sich gelassen hatte, sah er die beiden leblosen Körper auf dem Boden liegen. Kam er zu spät, hatte er sein Leben umsonst aufs Spiel gesetzt? Er hastete auf die beiden Leiber zu. Dwain Hamilton lag lang gestreckt inmitten des Flurs. Coburn hockte zusammengesackt am Boden, den Rücken an die Wand gelehnt. Seine Augen waren geöffnet. Sein weißer Hemdkragen war blutüberströmt. Brian kniete sich nieder und beugte sich über den Sheriff. Er fühlte Dwains Puls an der Halsschlagader. Kein Zweifel, Dwain lebte noch. Blut sickerte aus einer Wunde in der Brust. Eine weitere Schussverletzung befand sich auf der rechten Seite.

»Jetzt ... jetzt fahren wir ... wir alle zusammen in die ... in die Hölle«, stöhnte Coburn. Brian erschrak und wandte sich zu dem Mann um. »In ... in ein paar Minuten ... sind wir in ... in der Ewigkeit.« Coburn lachte auf. Mit seiner Hand tastete er nach der Luger, die neben ihm auf dem Boden lag.

Brian sprang auf und stieß die Waffe mit einem Fußtritt zur Seite. Sie rutschte auf den Fliesen entlang und knallte gegen die Wand. »Irrtum, Coburn«, sagte Brian kalt. »Der Teufel wartet nur auf Sie.« Er wandte sich wieder dem Sheriff zu und riss den schweren Körper seines Mitkämpfers in die Höhe.

»Das ... das schaffen Sie ... nie, Saint-Claire«, krächzte Coburn.

Mit unbändiger Kraft hob Brian den Sheriff auf seine Schulter. Er war noch schwerer, als er befürchtet hatte. Brian mobilisierte seine letzten Kräfte. Schwankend unter der Last ging er über den langen Flur zurück zum Ausgang. Er taumelte und strauchelte, fing sich wieder und hetzte weiter. Schleuse um Schleuse, Gang um Gang ließ er mit seiner drückenden Last hinter sich. Er wusste nicht, wie viel Zeit verstrichen war, als er endlich den

Ausgang erreichte. Das Donnern eines Hubschraubers empfing ihn, als er durch die Tür stürzte. Ein Lächeln huschte über sein Gesicht, als er Suzannah, Porky und Bob erblickte. Porky und Bob eilten herbei.

»Los, in den Helikopter!«, rief Bob durch den infernalischen Lärm. Sie nahmen Brian den Verletzten ab und schoben den Sheriff auf die Ladefläche des Hubschraubers, ehe sie auch Brian hinaufhalfen. Schließlich sprangen die beiden Männer in das lärmende Ungetüm. Noch bevor die Seitentür geschlossen war, hob der Helikopter ab und gewann rasch an Höhe. Der Pilot steuerte die Maschine nach Norden. Suzannah umarmte Brian und drückte ihn schluchzend an die Brust. Ein ohrenbetäubendes Krachen ertönte. Brian richtete sich auf und schaute aus dem Fenster. Er musste sich strecken, damit er durch die hintere Luke des Hubschraubers blicken konnte. Ein Feuerball hüllte den Mount Withington ein.

»Tyler und Stillwell sind festgenommen!«, rief Bob Brian zu. »Sie wollten in einem Helikopter entkommen. Aber unsere Apaches haben den Piloten zur Landung gezwungen.«

Brian wies auf Dwain. »Er braucht dringend einen Arzt«, brüllte er gegen den Rotorenlärm an.

Bob nickte. »Wir fliegen nach Socorro. In zehn Minuten sind wir dort. Was ist mit Allistar?«

»Er wurde getötet«, antwortete Brian. »Coburn und Leach sind ebenfalls tot.«

Bob nickte stumm.

Suzannah legte Brian den Arm auf den Schenkel und streichelte ihn sanft. Er beugte sich zu ihr hinüber. »Ich liebe dich«, hauchte er ihr ins Ohr. »Ich habe nie aufgehört, dich zu lieben.«

Epilog

Die gewaltige Explosion hatte den Antennenwald und das Forschungszentrum am Fuße des Mount Withington in Schutt und Asche gelegt. Die Trompeten von Jericho waren verstummt. Für immer?

Brian machte sich keine Illusionen. Bei der Verhaftung der beiden Wissenschaftler wurden allerhand Aufzeichnungen und Dateien sichergestellt, die in irgendeinem Archiv des Verteidigungsministeriums verschwinden würden. Irgendwann würde jemand die Büchse der Pandora wieder öffnen und dort weitermachen, wo Tyler und Stillwell aufgehört hatten.

Das Bewachungskommando des Camp 08 unter der Führung von Captain Melrose wurde vernommen, doch keiner der Soldaten, nicht einmal die Offiziere, wusste, was sich wirklich im inneren Bereich des Forschungszentrums abgespielt hatte. Nur wenige der Festgenommenen hatten im Sicherheitsbereich gearbeitet. Hochrangige Offiziere und Gönner von Commander Leach hatten durch ihre Befehle das Forschungsvorhaben unterstützt. Ein Admiral aus dem Büro des Oberkommandos der Navy wurde in den Ruhestand versetzt, ein Staatssekretär im Verteidigungsministerium wurde entlassen und inhaftiert. Von der Öffentlichkeit sollte niemand erfahren, wozu das Camp 08 in New Mexico gedient hatte. Des inneren Friedens wegen verschwiegen die Militärs den Vorfall. Auch Brian, Suzannah, Dwain und vor allem Porky stimmten schließlich dieser Vereinbarung zu.

Die sieben Agenten und Offiziere, die unter Coburns Kommando gestanden und die Überfälle auf Jack Silverwolfe, das Sheriff-Revier und die Cave Pearls Ranch durchgeführt hatten, die Senatoren Thornton, Stansfield und Stalton sowie Dr. Tyler und Dr. Stillwell wurden vor dem Militärgerichtshof in Washington zu lebenslanger Haft verurteilt. Senator Lee, der bei seiner Anhörung vor dem Kontrollausschuss einen Herzanfall erlitten hatte, erholte sich nie mehr richtig von seinem Zusammenbruch. Als Pflegefall wurde er in ein Sanatorium im Staat Arkansas eingeliefert, wo er sieben Monate nach der Explosion am Mount Withington starb. Chief Lincoln hingegen, der Direktor der National Security Agency, beendete sein Leben von eigener Hand, als er von der Aktion der Navy Seals im Camp 08 erfuhr.

Im Rahmen weiterer Ermittlungen konnten auch Verbindungen zwischen der Gruppe um Senator Lee und der NASA aufgedeckt werden. Es stellte sich heraus, dass Professor Paul, der Leiter der Shuttle-Missionen, ebenfalls ein Opfer des Komplotts geworden war. Die Expertenkommission war der Wahrheit um die Vorfälle bei der Landung der *Discovery* gefährlich nahegekommen. Donald Ringwood, der Stellvertreter des Professors, setzte seinem Leben im Militärgefängnis von Fort Sill ein Ende.

Von den zivilen Versuchspersonen, die im inneren Bereich des Camps festgehalten wurden, überlebte niemand die Explosion. Berichten und Aussagen einiger Soldaten zufolge hatte es sich dabei um fünf Männer und zwei Frauen gehandelt. Ihre Namen tauchten in keiner der sichergestellten Unterlagen auf. Dort waren sie nur unter Nummern vermerkt.

Dwain Hamilton überlebte die dreistündige Notoperation im Krankenhaus von Socorro. Vier Wochen, nachdem der Sheriff aus dem Krankenhaus entlassen wurde, stieg er in Salt Lake City aus dem Zug und besuchte Margo und die Kinder. Kurz darauf hängte er seinen Job als Sheriff an den Nagel und ging zurück auf die Ranch, die er von seinem Onkel geerbt hatte. Margo und die Kinder folgten ihm.

Nur Porky hatte zunächst das Nachsehen, wie es schien. Er wurde zum Schweigen verpflichtet. Aus seiner großen Story wurde nichts. Doch seiner Karriere tat das keinen Abbruch. Es dauerte nicht lange, und ihm wurde der Posten des Chefredakteurs bei einer überregionalen Tageszeitung angeboten. Als ihn Brian eines Tages fragte, ob er noch immer vom Pulitzerpreis träume, schüttelte er den Kopf, bevor er in seinen neuen Sportwagen stieg und zu einem wichtigen Termin davonbrauste.

Rose of Jamaica, Südwestküste von Kuba

»Glaubst du, sie sieht uns?«, fragte Suzannah und lehnte sich über die Reling. Die *Rose of Jamaica* kreuzte vor den Gewässern Kubas, ganz in der Nähe der Stelle, wo Suzannahs Mutter den Tod gefunden hatte.

»Ich bin felsenfest davon überzeugt«, antwortete Brian.

Suzannah nahm den Blumenkranz und warf ihn weit hinaus ins Meer. »Dann ist es jetzt Zeit, Abschied zu nehmen«, sagte sie. »Lebe wohl, Mutter. Ich danke dir für alles. Ich liebe dich und werde dich nie vergessen.«

Brian nahm Suzannah in die Arme und drückte sie fest an sich. Die glutrote Sonne versank im Meer. Suzannah fröstelte. Sie zog sich die Strickjacke über die Schultern. Es war Herbst geworden, und eine frische Brise wehte von Osten her.

Weitere drei Hurrikans hatten im Sommer die Südküste der Vereinigten Staaten heimgesucht. Zwei Menschen waren gestorben, sieben verletzt worden. Der Sachschaden lag bei zwei Milliarden Dollar. Aber gegen den Monstersturm, der New Orleans vernichtet hatte, waren sie nur ein laues Lüftchen gewesen. Die Trompeten von Jericho waren vorerst verstummt, die Normalität hatte die Menschen wieder eingeholt.

Es war noch ein verdammt weiter Weg bis zur dritten Ebene ...

Dank

Mein Dank gilt allen, die mich bei diesem Projekt unterstützten, insbesondere Ulli Carlucci und Adelheid Umminger sowie meiner Familie und, last but not least, Tina, Christiane und Benno.

Ulrich Hefner, August 2007

www.ulrichhefner.de

GOLDMANN

Einen Überblick über unser lieferbares Programm
sowie weitere Informationen zu unseren Titeln und
Autoren finden Sie im Internet unter:

www.goldmann-verlag.de

Monat für Monat interessante und fesselnde
Taschenbuch-Bestseller

Literatur deutschsprachiger und internationaler Autoren
∞
Unterhaltung, Kriminalromane, Thriller,
Historische Romane und Fantasy-Literatur
∞
Klassiker mit Anmerkungen, Anthologien
und Lesebücher
∞
Aktuelle Sachbücher und Ratgeber
∞
Bücher zu Politik, Gesellschaft, Naturwissenschaft
und Umwelt
∞
Alles aus den Bereichen Esoterik, ganzheitliches Heilen
und Psychologie

Die ganze Welt des Taschenbuchs
Goldmann Verlag • Neumarkter Straße 28 • 81673 München

GOLDMANN